O Destino de Tearling

O Destino de Tearling

Erika Johansen

Tradução
Regiane Winarski

Grafia atualizada segundo o Acordo Ortográfico da Língua Portuguesa de 1990, que entrou em vigor no Brasil em 2009.

Título original
The Fate of the Tearling

Capa
Thiago de Barros

Mapa
Nick Springer Cartographics, LLC

Preparação
Carolina Vaz

Revisão
Thaís Totino Richter
Renata Lopes Del Nero

Dados Internacionais de Catalogação na Publicação (CIP)
(Câmara Brasileira do Livro, SP, Brasil)

Johansen, Erika
O destino de Tearling / Erika Johansen; tradução Regiane Winarski. – 1ª ed. – Rio de Janeiro: Suma, 2018.

Título original: The Fate of the Tearling.
ISBN 978-85-5651-058-7

1. Ficção de fantasia 2. Ficção norte-americana 3. Literatura juvenil. I. Título.

17-11973 CDD-813.5

Índice para catálogo sistemático:
1. Ficção de fantasia: Literatura norte-americana 813.5

[2018]

EDITORA SCHWARCZ S.A.
Praça Floriano, 19, sala 3001 – Cinelândia
20031-050 – Rio de Janeiro – RJ
Telefone: (21) 3993-7510
www.companhiadasletras.com.br
www.blogdacompanhia.com.br
facebook.com/editorasuma
instagram.com/editorasuma
twitter.com/Suma_BR

Para Shane, que nunca me pede para ser outra pessoa.

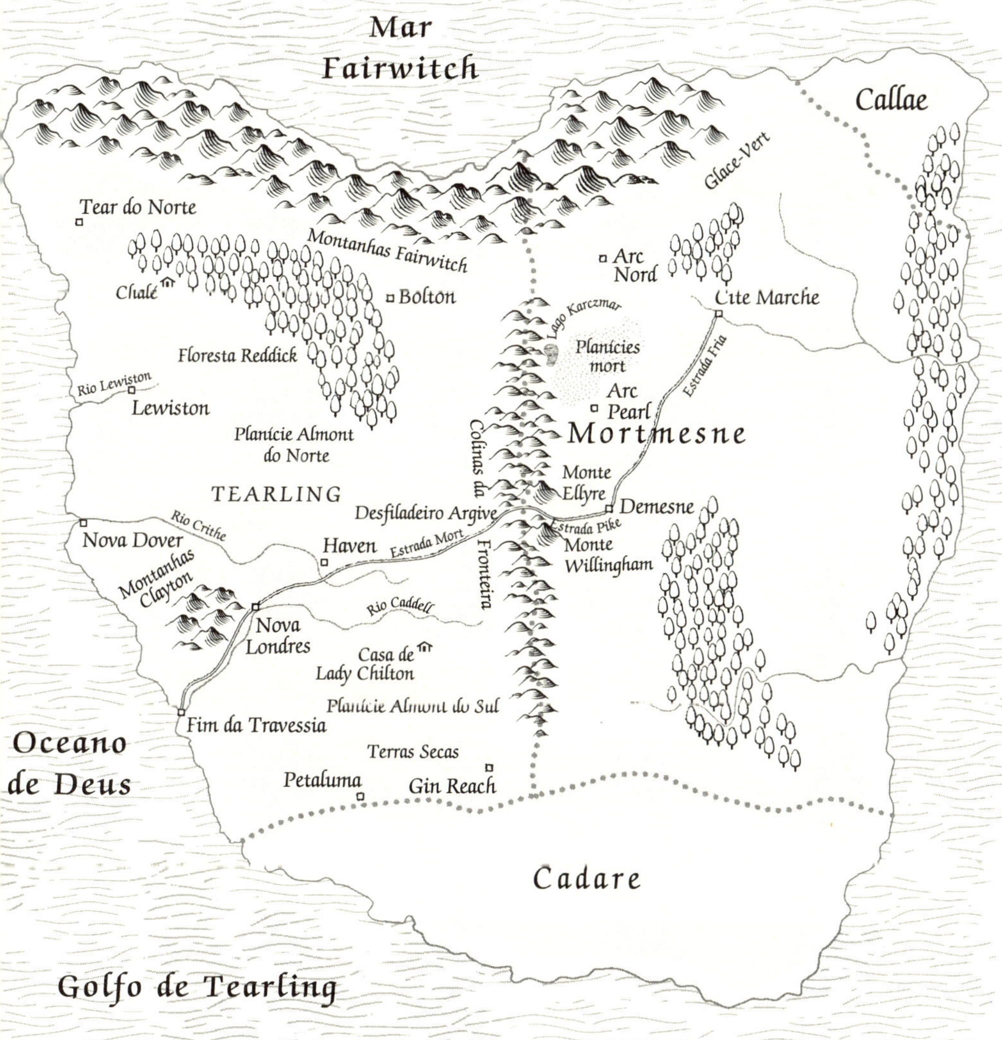

Mar
Fairwitch
Callae
Glace-Vert
Tear do Norte
Montanhas Fairwitch
Arc
Nord
Chalé
Bolton
Cite Marche
Lago Karczmar
Planícies
mort
Floresta Reddick
Estrada Fria
Rio Lewiston
Lewiston
Arc
Pearl
Planície Almont
do Norte
Mortmesne
Colinas da
Fronteira
Monte
Ellyre
TEARLING
Desfiladeiro Argive
Demesne
Rio Crithe
Estrada Pike
Nova Dover
Haven
Estrada Mort
Monte
Willingham
Montanhas
Clayton
Rio Caddell
Nova
Londres
Casa de
Lady Chilton
Planície Almont do Sul
Fim da Travessia
Oceano
de Deus
Terras Secas
Petaluma
Gin Reach
Cadare
Golfo de Tearling

O Órfão

Muito antes de a Rainha Vermelha de Mortmesne chegar ao poder, o Glace-Vert já era uma causa perdida. Não passava de uma área de taiga esquecida na sombra das montanhas Fairwitch: as planícies endurecidas possuíam apenas uma leve sugestão de grama, e os poucos vilarejos eram meros aglomerados de cabanas e brejos. Poucos arriscavam se aventurar ao norte de Cite Marche se não houvesse outra opção, pois a vida naquelas planícies era dura. A cada verão, os aldeões de Glace-Vert sofriam com o calor sufocante; a cada inverno, congelavam e passavam fome.

Porém, naquele ano, havia uma nova ameaça. Os vilarejos congelados estavam bem protegidos por cercas recém-construídas, e atrás dessas cercas homens alertas vigiavam, com facas de caça nos joelhos, pouco mais do que sombras na escuridão. Nuvens cobriam a lua, embora essas nuvens não significassem a chegada das neves do inverno de Fairwitch. Nos contrafortes acima, lobos uivavam em sua língua estranha, lamentando a escassez de alimento. Em breve o desespero levaria as matilhas em direção às florestas do sul, para caçar esquilos e furões, ou a rara criancinha tola o bastante para se aventurar sozinha no bosque durante o inverno. Mas, de repente, às duas e dez da manhã, os lobos se silenciaram. O único som ouvido em Glace-Vert era o gemido solitário do vento.

Na sombra dos contrafortes, algo se moveu: a silhueta negra de um homem escalando a encosta íngreme. Ele se movia com destreza, mas com cuidado, como se prevendo perigos. Exceto pela respiração rápida e leve, era invisível, nada mais do que uma sombra entre as pedras. Tinha chegado por Ethan's Copse, onde ficou por dois dias antes de seguir para o norte. Durante esse tempo no vilarejo, ele ouviu todos os tipos de história sobre a praga que assombrava os habitantes: uma criatura que saía à noite e levava os jovens. Essa criatura tinha um nome antigo na parte mais alta de Fairwitch: o Órfão. O Glace-Vert nunca teve que se preocupar com esse tipo de coisa antes, mas agora os desaparecimentos estavam se espalhando mais para o sul. Após dois dias, o homem já tinha ouvido o suficiente. Os aldeões podiam chamá-la de Órfão, mas o homem sabia o nome real da criatura, e embora fosse rápido como uma gazela, ele não podia escapar do peso da própria responsabilidade.

Ele está livre, pensou Fetch com desânimo, desviando-se dos espinhos na encosta. *Eu não o matei quando tive a chance, e agora ele está livre.*

Essa ideia o atormentava. Ele ignorou a presença de Row Finn em Fairwitch por muitos anos porque o homem estava contido. Em intervalos de poucos anos, uma criança desaparecia; era uma lástima, mas havia males maiores a combater. O Tearling, por exemplo, onde quase cinquenta crianças desapareciam todo mês sob a aprovação do Estado. Mesmo antes do mal generalizado que era a remessa, os tear sempre foram como uma criança teimosa, necessitando de cuidado constante. Os Raleigh alternavam indiferença com destruição, e os nobres lutavam por cada migalha enquanto o povo passava fome. Por três longos séculos, Fetch viu o sonho de William Tear afundar mais e mais na lama. Ninguém mais no Tearling conseguia ver o mundo melhor de Tear, muito menos arrumar coragem para lutar por ele. Só Fetch e sua gente sabiam, só eles lembravam. Eles não envelheciam, não morriam. Fetch roubava apenas para se entreter. Apesar de ser mesquinho, gostava de atormentar os piores dos Raleigh. Ficava de olho na linhagem de Tear, quase com indiferença, tentando se convencer de que aquilo tinha importância. Sangue Tear era fácil de identificar, pois certas qualidades sempre acabavam se apresentando: integridade, intelectualismo e determinação de ferro. Alguns Tear foram enforcados como traidores ao longo dos anos, mas mesmo na forca, eles nunca perderam o sutil ar de nobreza que parecia distinguir a família. Fetch reconhecia essa nobreza: era a aura de William Tear, o magnetismo que convenceu quase duas mil pessoas a segui-lo pelo oceano em direção ao desconhecido. Até a cretina mort, cheia de defeitos como era, carregava um resquício dessa aura. Mas a Rainha Vermelha não teve filhos. Por muito tempo, Fetch ficou convencido de que a linhagem estava perdida.

E então, a garota apareceu.

Fetch sibilou quando um espinho afundou em sua mão. Não perfurou a pele; ele não sangrava havia vidas. Muitas vezes, tentou acabar com a própria, mas acabou desistindo e declarando isso uma causa perdida. Ele e Row, os dois haviam sido punidos, mas Fetch via agora quão cego tinha sido. Rowland Finn nunca parou de tramar em nenhum momento da vida. Ele também estava esperando a garota.

Ela era a primeira herdeira Raleigh que não fora criada na Fortaleza. Fetch a observava com frequência, visitando o chalé em segredo quando estava à toa, às vezes até quando não estava. Inicialmente, não conseguiu descobrir muita coisa. Kelsea Raleigh era uma criança quieta, introspectiva. A maior parte da educação dela parecia estar nas mãos daquela eterna mal-humorada Lady Glynn, mas Fetch sentia que a personalidade da garota estava sendo silenciosa e seguramente formada pelo velho membro da Guarda da Rainha, Bartholemew. Conforme crescia, a garota se cercava de livros, e isso, mais do que tudo, convenceu Fetch de que ela merecia atenção especial. Suas lembranças dos Tear estavam sempre diminuindo, perdendo o brilho intenso e ficando fracas. Mas disso ele lembrava: os Tear sempre amaram livros. Um dia, ele viu a garota se sentar embaixo de uma árvore na frente do chalé e ler um livro grosso do início ao fim em quatro ou cinco horas. Fetch ficou escondido nas árvores a dez metros de distância, mas reconhecia concentração quando a via; ele poderia ter se aproximado e se sentado na frente dela, e Kelsea não teria notado. Ela *era* como os Tear, ele percebia agora. Vivia tanto dentro da cabeça quanto fora.

Daquele dia em diante, sempre havia alguém do grupo dele no chalé. Se um viajante demonstrasse interesse demais nos ocupantes (homens seguiram Bartholemew do mercado até o chalé várias vezes), nunca mais se tinha notícia dele. Fetch nem sabia direito por que fazia tanto esforço. Era uma intuição, e uma certeza que William Tear colocou na cabeça deles desde o começo era que os instintos eram reais, algo em que se podia confiar. Fetch sentia que a garota era diferente. Importante.

Ela talvez seja uma Tear, disse ele para seu grupo certa noite, em volta do fogo. *Talvez.*

Sempre era possível. Havia vários homens na Guarda de Elyssa cujas origens ele não conhecia. Tear ou não, a garota exigia observação minuciosa, e com o passar dos anos, ele mudou de estratégia sutilmente. Sempre que Thomas Raleigh mostrava sinais de forjar uma aliança verdadeira com um dos nobres poderosos dos tear, Fetch voltava todas as suas atenções para esse nobre, roubando caravanas, armazéns e colheitas e desaparecendo na noite. Depois de roubos suficientes sob a vigilância de Thomas, qualquer potencial aliança rapidamente azedava. Ao mesmo tempo, Fetch começou a forjar seus alicerces em Mortmesne, atrapalhando os planos da Rainha Vermelha. Se a garota chegasse ao trono, Fetch sabia que seu primeiro teste seria lidar com as remessas. Mortmesne estava exposta para qualquer um que soubesse explorar suas falhas, e depois de anos de trabalho paciente, havia uma sólida rebelião a caminho. Com tantas coisas para cuidar ao longo dos anos, ele naturalmente acabou deixando Row Finn de lado.

Uma forma surgiu de repente nas rochas à frente, interrompendo sua subida. Para qualquer pessoa, pareceria ser apenas uma silhueta escura, mas Fetch, que tinha o dom da visão noturna, viu que era uma criança. Um garoto pequeno, de cinco ou seis anos. As roupas eram pouco mais do que farrapos, a pele pálida com o frio. Os olhos eram escuros e impenetráveis. Os pés estavam descalços.

Fetch olhou para a criança por um momento, gelado até os ossos.

Eu não o matei quando podia.

O garoto avançou, e Fetch sibilou para ele como um gato. Os olhos do garoto, que brilhavam de expectativa, mudaram de repente, e ele encarou Fetch, perplexo.

— Não sou carne para você — disse Fetch rispidamente. — Vá chamar seu senhor.

O garoto olhou para ele por mais um momento e sumiu em meio às pedras. Fetch cobriu os olhos, sentindo o mundo girar dentro dele, um vórtice escuro. Quando a garota quebrou a ponte de Nova Londres, a certeza se cristalizou dentro dele, mas todos os momentos depois disso pareciam um desfile de dúvidas. Kelsea estava sob custódia mort, e a última mensagem de Howell deixou claro que estavam se preparando para transportá-la para Demesne. A Rainha Verdadeira finalmente tinha chegado, mas um pouco tarde demais.

Alguma coisa estava descendo a encosta. Só um filete na escuridão, mas fazia muito tempo que alguém conseguia se esgueirar a ponto de pegar Fetch de surpresa. Ele manteve sua posição, esperando. A última vez que eles pararam para conversar foi... quando? Mais de dois séculos antes, James Raleigh ainda estava no trono. Fetch queria ver se Row podia matá-lo. A reunião virou uma batalha de ataques ferinos, era verdade, mas nenhum dos dois derrubou uma única gota de sangue.

Nós éramos amigos, Fetch lembrou-se de repente. *Bons amigos.*

Mas aqueles dias se perderam no passado distante, várias vidas antes. Quando a forma sombria na frente dele se transformou em um homem, Fetch se preparou. Os colonos de Fairwitch criaram várias histórias acerca do Órfão, mas pelo menos uma coisa era verdade: eles diziam que a criatura tinha duas faces, uma clara e outra escura. Qual ele veria hoje?

A clara. O rosto que se virou para ele era o mesmo que Fetch sempre conheceu: pálido e autocrático. E dissimulado. Row sempre tivera o dom de enrolar qualquer um; muito tempo antes, convenceu Fetch a tomar a pior decisão da sua vida. Eles se encararam em silêncio, de pé na encosta açoitada pelo vento, toda Mortmesne às suas costas.

— O que você quer? — perguntou Row.

— Quero convencer você a parar. — Fetch apontou na direção da montanha abaixo. — A desistir do rumo que está seguindo. Nada de bom vai resultar disso, nem mesmo para você.

— Como você sabe meu rumo?

— Você está indo para o sul, Row. Já vi suas coisas se esgueirando à noite nas aldeias abaixo de Glace-Vert. Não sei qual é seu objetivo, mas os pobres aldeões mort com certeza não precisam fazer parte dele. Por que não os deixa em paz?

— Minhas crianças estão com fome.

Fetch percebeu movimento à direita: outra criança, uma garotinha de uns dez anos, empoleirada em cima da pedra, olhando para ele, os olhos fixos e sem piscar.

— Quantas crianças você tem agora, Row?

— Em pouco tempo serão uma legião.

Fetch parou, sentindo o abismo dentro de si ficar um pouco maior.

— E depois?

Row não respondeu, só abriu um sorriso largo. Não havia humanidade naquele sorriso, e Fetch lutou contra a vontade de se afastar.

— Você já destruiu o Tearling uma vez, Row. Precisa mesmo fazer isso de novo?

— Tive ajuda para destruir o reino de Tear, meu amigo. Faz tanto tempo assim que você chegou a esquecer ou será que se absolveu?

— Eu me responsabilizo pelos meus pecados. Tento consertá-los.

— E como está se saindo nisso? — Row abriu um braço para abarcar toda a terra abaixo dele. — Mortmesne é um esgoto a céu aberto. Os tear continuam a afundar.

— Não é verdade. Estão se reerguendo.

— A garota? — Row riu, um som vazio e lúgubre. — Pare com isso, Gav. A garota não tem nada além de um criado leal e um dom para relações públicas.

— Você não me engana, Row. Também tem medo dela.

Row ficou em silêncio por um longo momento e perguntou:

— O que você está fazendo aqui, Gav?

— Servindo a garota.

— Ah! Então suas lealdades mudaram mais uma vez.

Aquilo doeu, mas Fetch se recusou a morder a isca.

Ela está com a sua safira, Row. Com a safira de Tear, e tem sangue Tear. Ela esteve lá.

Row hesitou, os olhos escuros insondáveis.

— Esteve onde?

— No passado. Ela viu Lily, viu Tear.

— Como sabe disso?

— Ela me contou, e não é de mentir. É só uma questão de tempo até chegar a Jonathan. A nós.

Row não respondeu. Seu olhar foi de pedra a pedra. Fetch, sentindo que finalmente tinha rompido a barreira de indiferença, engoliu a raiva e continuou.

Você não vê como isso muda as coisas, Row?

— Isso não muda nada.

Fetch suspirou. Ele tinha guardado uma última informação, tinha deixado bem escondida, para ser usada apenas em caso da maior necessidade. Era uma jogada desesperada, que faria Row sair em uma caçada. Mas aqueles eram tempos de desespero. A rainha estava sob custódia mort e, sem ela, Fetch temia que o Tearling fosse se despedaçar, com ou sem a ajuda de Row.

— A coroa foi vista.

Row levantou a cabeça, como a de um cachorro farejando alguma coisa ao vento.

— A coroa?

— É.

— Onde?

Fetch não respondeu.

— Como você sabe que não é a coroa Raleigh?

— Porque eu destruí a coroa Raleigh anos atrás, para garantir que Thomas nunca pudesse usá-la. Estou falando da coroa verdadeira, Row.

— A minha coroa.

O coração de Fetch despencou. Houve uma ocasião em que ele ajudou aquele homem, não só por vontade própria, mas com sofreguidão. Os dois cometeram crimes terríveis, mas só Fetch se arrependeu. Row seguiu em frente sem nunca olhar para trás. Por um momento, Fetch se perguntou por que tinha se dado ao trabalho de ir até lá, mas afastou o pensamento e seguiu em frente.

— Se recuperarmos a coroa, Row, podemos dar para a garota, consertar as coisas. Podemos compensar o passado.

— Você passa todos os seus anos torturado por culpa e supõe que os outros fazem o mesmo. Não atribua sua consciência a mim. Se minha coroa estiver por aí, vou pegá-la de volta.

— E depois vai fazer o quê? Nem todos os reinos do mundo podem mudar o que aconteceu conosco.

— Agora entendi. Você acha que a garota pode matá-lo.

— É possível.

— Mas ela vai fazer isso? — A boca de Row se curvou em um sorriso malicioso. — Ela é uma criança fácil de ler, e está apaixonada por você.

— Ela só vê um jovem bonito.

— Por que veio até aqui, de verdade? — perguntou Row, e Fetch percebeu um brilho vermelho nos olhos do outro homem quando ele se aproximou. — O que você esperava conseguir?

— Esperava chegar a um acordo. Me ajude a achar a coroa. Me ajude a consertar o Tearling. Nunca é tarde demais, Row, nem mesmo agora.

— Tarde demais para quê?

— Para pagarmos pelos nossos crimes.

— Nunca cometi nenhum crime! — disparou Row, e Fetch ficou satisfeito de ver que tinha tocado em um ponto sensível. — Eu queria o melhor, só isso.

— E Katie?

— É melhor você ir embora.

Os olhos de Row estavam ardendo com mais intensidade, a pele do rosto empalidecendo.

Pelo menos ele ainda sente, Fetch disse para si mesmo, e percebeu como isso significava pouco. Não havia emoção no mundo que pudesse superar a fome de Row.

— E se eu não for embora?

— Vou deixar minhas crianças pegarem você.

Fetch olhou para a garota empoleirada na pedra. Os olhos dela brilhavam de forma quase febril e, contra a vontade, ele ficou inquieto. Os pés descalços da criança, os dedos encolhidos na pedra gelada, o incomodaram profundamente por nenhum motivo aparente.

— O que elas são, Row?

— Você nunca foi de ler muito, Gav. Isso é magia antiga, mais antiga que a Travessia, mais antiga até do que Cristo. São criaturas antigas, mas servem a mim.

— E você as soltou em Glace-Vert?

— Elas têm tanto direito quanto qualquer animal.

Essa declaração era tão a cara de Row que Fetch quase riu. Ele e Row podiam estar de volta às margens do Caddell, com catorze e quinze anos, cada um segurando uma vara de pescar.

— Vá, agora. — A voz de Row soou baixa e venenosa, a pele tão branca que parecia descolorida. — Não fique no meu caminho.

— Senão o quê, Row? Eu desejo a morte.

— Você deseja a morte dos outros? Da garota?

Fetch hesitou, e Row sorriu.

Ela me libertou, Gav, quebrou a minha maldição. Kelsea não tem mais utilidade para mim. Se você me atrapalhar, se *ela* me atrapalhar, vou matá-la. Vai ser a coisa mais fácil que já fiz.

— Row. — Ele se viu implorando de repente. — Não faça isso. Pense em Jonathan.

— Jonathan está morto, Gav. Você me ajudou a matá-lo.

Fetch pegou impulso e desferiu um soco. Row saiu voando e caiu em uma pedra próxima, mas Fetch soube quando Row se levantou que não haveria nada, nem mesmo uma marca.

— Ah, Gav — sussurrou Row. — Nós já não fizemos isso o bastante?

Ainda não.

— Você faz seu novo mundo e eu faço o meu. Vamos ver quem vai sair por cima.

— E a coroa?

— A *minha* coroa. Se estiver por aí, vai ser minha.

Fetch deu as costas e saiu cambaleando, quase perdendo o equilíbrio na encosta. Dez passos depois, percebeu que a visão estava borrada de umidade. O vento o castigava. Ele não conseguia pensar em Tear sem chorar, então se concentrou no que faria em seguida.

O padre estava desaparecido havia mais de um mês, e o rastro esfriou. O grupo de Fetch estava espalhado pelo norte e pelo centro de Mortmesne, mas ele precisaria trazer alguns de volta. Lear e Morgan, talvez Howell. Fetch passou muito tempo elaborando a rebelião que agora estourava em Mortmesne, mas encontrar a coroa era prioridade. Eles todos precisariam procurá-la. E ainda tinha a garota...

Notando que estava sendo observado, Fetch olhou para trás e sentiu o frio do vento penetrar mais profundamente nos ossos. A encosta atrás dele estava cheia de crianças pequenas, rostos brancos e olhos escuros. Pés descalços.

— Deus — murmurou ele.

A noite parecia cheia de fantasmas, e ele ouviu a voz de Jonathan Tear, séculos de distância, mas muito próxima.

Nós não vamos falhar, Gav. Como podemos?

— Nós falhamos — sussurrou Fetch. — Ah, Deus, nós falhamos tanto.

Ele continuou a descer a encosta, rápido demais para ser cuidadoso, praticamente correndo. Várias vezes, quase perdeu o equilíbrio, mas não conseguia descer tão rápido quanto queria. Quando chegou ao pé da colina, ele saiu em disparada, percorrendo o contraforte na direção do bosque onde tinha deixado seu cavalo preso.

No topo, as crianças esperavam pacientemente, uma onda imóvel que cobria a encosta ampla. A respiração delas era cadenciada — um chiado rouco que ecoava nas pedras —, mas nenhuma nuvem de condensação saía de seus lábios. Row Finn estava na frente do grupo, olhando a pequena figura abaixo. Houve uma época em que Gavin era o homem mais manipulável do mundo. Esses dias já tinham chegado ao fim, assim como o próprio Gavin, sua identidade consumida e absorvida pela lenda do homem que chamavam de Fetch. Esse homem era um problema real, mas Row continuou confiante enquanto observava o pálido oceano de crianças ao seu redor. Elas sempre faziam o que ele mandava e estavam eterna e inexoravelmente famintas. Só esperavam por uma ordem dele.

— A coroa — sussurrou Row, sentindo uma grande empolgação percorrer seu corpo, uma empolgação que ele reconhecia de muito tempo antes: a caçada estava começando, e no final havia a promessa de sangue. Ele tinha esperado quase trezentos anos. — Vão.

LIVRO I

O regente

Vista em retrospectiva, a Regência Glynn não foi uma regência de verdade. O papel de um regente real é simples: cuidar do trono e frustrar usurpadores na ausência do governante por direito. Como guerreiro natural, Clava estava singularmente adequado a essa tarefa, mas o exterior de guerreiro escondia uma mente política astuta e, talvez ainda mais surpreendente, uma crença devotada na visão da rainha Glynn. Como consequência da segunda invasão mort frustrada, o regente não ficou sentado quieto, esperando que sua soberana voltasse; ele dedicou todos os seus talentos consideráveis à visão dela, ao seu Tearling.

— *A antiga história de Tearling*, CONTADA POR MERWINIAN

Por um breve período, Kelsea abria os olhos sempre que a carroça passava por um buraco. Parecia uma maneira tão boa quanto qualquer outra de marcar a passagem do tempo, de ver a paisagem mudar em pequenos vislumbres. Mas a chuva tinha parado, e a luz do sol fazia sua cabeça doer. Quando a carroça a despertou de novo do que parecia ser um cochilo sem fim, ela se esforçou para manter os olhos bem fechados, ouvindo o movimento dos cavalos ao redor, o tilintar dos cabrestos e o estalo dos cascos.

— Nem uma moeda de prata — resmungou um homem à esquerda de Kelsea.

— Nós recebemos um salário — respondeu outro homem.

— Uma verdadeira mixaria.

— É verdade — disse uma terceira voz. — Minha casa está precisando de um telhado novo. Não vou conseguir pagar com essa esmola.

— Parem de reclamar!

— Ah, e você? Você sabe por que estamos indo para casa de mãos vazias?

— Sou um soldado. Não é meu trabalho saber das coisas.

— Eu ouvi um boato — murmurou a primeira voz em tom sombrio. — Ouvi que os generais e os coronéis preferidos deles, de Ducarte para baixo, vão receber a cota *deles.*

— Que cota? Não houve pilhagem!

— Eles não precisam de pilhagem. Ela vai pagar diretamente a eles, do tesouro, e deixar o resto de nós de mãos vazias!

— Não pode ser verdade. Por que ela os pagaria por nada?

— Quem sabe por que a Dama Escarlate faz as coisas?

— Já chega! Você quer que o tenente escute?

— Mas...

— *Cala a boca*!

Kelsea prestou atenção por mais um tempo, mas não ouviu mais nada, então virou o rosto de volta para o sol. Apesar da dor de cabeça persistente, a luz fazia bem aos ferimentos, como se estivesse penetrando na pele dela para curar o tecido abaixo. Ela não chegava perto de um espelho havia um tempo, mas o nariz e as bochechas ainda estavam inchados ao toque, e ela tinha uma ideia razoável de sua aparência.

Completamos um círculo, pensou ela, sufocando uma risada sombria quando a carroça passou por outro buraco. *Eu vejo Lily, eu me torno Lily, agora tenho os machucados dela também.*

Kelsea era prisioneira havia dez dias; seis passados amarrada a um poste em uma barraca mort, os outros quatro acorrentada naquela carroça. Homens de armadura montados em cavalos a rodeavam, inibindo qualquer tentativa de fuga, mas os cavaleiros não eram o verdadeiro problema de Kelsea. Seu problema estava sentado do outro lado da carroça, olhando para ela, os olhos semicerrados por causa do sol.

Kelsea não fazia ideia de onde os mort tinham encontrado aquele homem. Ele não era velho — tinha a idade de Pen, no máximo — e ostentava uma barba bem cuidada que se enrolava como uma tira embaixo do queixo. Não possuía a aparência de um carcereiro-chefe; na verdade, Kelsea estava começando a se perguntar se ele tinha algum cargo oficial. Seria possível que alguém simplesmente tivesse jogado para ele as chaves das algemas dela e o colocado como responsável? Quanto mais pensava, mais Kelsea tinha certeza de que era isso mesmo que tinha acontecido. Ela não via a Rainha Vermelha desde aquela manhã na barraca. Toda aquela operação tinha um ar de improvisação.

— Como está, linda? — perguntou o carcereiro.

Ela o ignorou, mas algo pareceu se revirar em seu estômago. Ele a chamava de "linda", mas Kelsea não sabia se era um comentário pessoal ou não. Ela *era* linda agora, uma duplicata de Lily, mas teria dado qualquer coisa para ter o antigo rosto de volta, embora não soubesse se ser comum teria permitido que ela escapasse das atenções daquele homem. Após o terceiro dia juntos na barraca, ele deu uma surra meticulosa no rosto e no tronco dela. Kelsea não sabia o que tinha feito para irritá-lo e nem se ele estava mesmo com raiva. O rosto dele permaneceu vazio, inexpressivo, o tempo todo.

Se eu tivesse minhas safiras, pensou Kelsea, olhando para ele, se recusando a baixar o olhar para que o homem não interpretasse o gesto como um sinal de fraqueza. Fraqueza o encorajava. Kelsea tinha passado muitas horas daquela viagem fantasiando o que faria se recuperasse as safiras. Sua curta vida como rainha envolveu muitas formas de violência, mas a ameaça apresentada pelo carcereiro era totalmente nova: violência que parecia vir do nada, em troca de nada. Aquela falta de sentido a deixava desesperada, e isso também a fez se lembrar de Lily. Uma noite, talvez uma semana antes, ela sonhou com Lily, com a Travessia, um pesadelo iluminado e dourado de fogo e oceano furioso e um amanhecer cor-de--rosa. Mas a vida de Lily estava encapsulada nas safiras, e elas não pertenciam mais a Kelsea, e agora a garota se perguntava quase com crueldade por que teve que passar por tudo aquilo, ver tanta coisa. Ela tinha o rosto de Lily, o cabelo de Lily, as lembranças de Lily. Mas qual era o propósito daquilo se não podia ver o final da história? Row Finn tinha dito que ela era uma Tear, mas Kelsea não sabia que valor isso tinha sem as pedras. Até a tiara de Lady Andrews estava perdida, largada no acampamento. Tudo da sua vida antiga ficou para trás.

Por bons motivos.

Verdade. Era importante botar o povo tear como prioridade. Sua morte devia estar lhe esperando em algum lugar no final daquela jornada — ela nem tinha certeza do motivo de a terem mantido viva até agora —, mas Kelsea deixou para trás um reino livre, sob os cuidados de um bom homem. Sua mente conjurou a imagem de Clava, sério e carrancudo, e por um momento ela sentiu tanta saudade que lágrimas ameaçaram escorrer das pálpebras fechadas. Lutou contra o impulso, sabendo que o homem sentado do outro lado da carroça teria prazer na consternação dela. Ela tinha certeza de que um dos motivos de ter apanhado tanto foi ter se recusado a chorar.

Lazarus, pensou, tentando aliviar a tristeza. Clava estava no seu trono agora, e apesar de não enxergar o mundo do mesmo jeito que Kelsea, ele seria um bom governante, justo e decente. Mas Kelsea ainda sentia uma agonia sutil, sentimento que crescia a cada quilômetro viajado. Nunca tinha saído do reino na vida. Não sabia por que ainda estava viva, mas tinha quase certeza de que estava indo para Mortmesne para morrer.

Uma coisa deslizou pela panturrilha dela e a fez pular. Seu carcereiro tinha esticado a mão e estava acariciando a perna dela com um dedo. Kelsea não ficaria mais repugnada nem se tivesse encontrado um carrapato afundado na pele. O carcereiro estava sorrindo de novo, as sobrancelhas erguidas esperando uma reação.

Eu já estou morta, Kelsea lembrou a si mesma. Em teoria, ela já era uma mulher morta havia meses. Havia grande liberdade nesse pensamento, e essa liberdade permitiu que ela puxasse as pernas, como se para se encolher no canto da carroça, e, no último momento, arqueasse as costas e chutasse o carcereiro no rosto.

Ele caiu para o lado com um baque. Os cavaleiros ao redor explodiram em gargalhadas, a maioria nada gentil; Kelsea percebeu que o carcereiro não era muito popular com a infantaria, mas essa constatação não a ajudaria em nada. Ela ficou de joelhos e levou as mãos acorrentadas à frente do corpo, preparada para lutar da melhor forma possível. O carcereiro se sentou com sangue escorrendo do nariz, mas pareceu não reparar, pois nem se deu ao trabalho de limpar o filete que descia até o lábio.

— Eu só estava brincando — disse ele, a voz petulante. — A linda não gosta de brincadeiras?

Kelsea não respondeu. As mudanças abruptas de humor foram as primeiras indicações de que ele não batia bem da cabeça. Não havia padrões de comportamento previsíveis. Raiva, confusão, diversão... toda vez, ele reagia diferente. O homem reparou no sangramento e limpou o sangue com a mão, esfregando no chão da carroça.

— A linda deveria se comportar — repreendeu ele, o tom de um professor falando com um aluno insolente. — Sou o homem que cuida dela agora.

Kelsea se encolheu no canto da carroça. Voltou a pensar com tristeza nas safiras e, com certa surpresa, percebeu que realmente tinha intenção de sobreviver àquela viagem. O carcereiro era apenas um em uma série de obstáculos a serem superados. No fim, ela pretendia voltar para casa.

A Rainha Vermelha nunca vai deixar isso acontecer.

Então por que ela está me levando para Demesne?

Para matá-la. Ela deve querer botar sua cabeça em um lugar de honra na estrada Pike.

Mas isso parecia fácil demais. A Rainha Vermelha era uma mulher direta. Se quisesse Kelsea morta, o corpo dela estaria apodrecendo nas margens do Caddell. A Rainha Vermelha devia querer alguma coisa dela, e, se isso se mostrasse verdade, Kelsea talvez conseguisse voltar para casa.

Casa. Desta vez, não foi na terra que ela pensou, mas nas pessoas. Lazarus. Pen. Fetch. Andalie, Arliss. Elston. Kibb. Coryn. Dyer. Galen. Wellmer. O padre Tyler. Por um momento, Kelsea conseguiu ver todos, como se estivessem ali, reunidos ao seu redor. Mas a imagem sumiu, e só havia a luz do sol em seus olhos, fazendo sua cabeça doer. Não era uma visão, só sua mente tentando se libertar. Não haveria mais magia, não mais; a realidade era aquela carroça poeirenta, deslizando inexoravelmente para a frente, levando-a para longe de casa.

Clava nunca se sentou no trono.

Às vezes, Aisa achava que ele se sentaria. Já tinha virado piada entre a Guarda: a forma como Clava subia na plataforma com os passos determinados... apenas para se sentar no degrau de cima, os braços enormes apoiados nos joelhos. Se o dia tivesse sido longo, ele talvez aceitasse usar a poltrona surrada ali perto, mas o trono em si ficou desocupado, um monólito vazio de prata brilhante no meio da sala, um lembrete da ausência da rainha. Aisa tinha certeza de que era exatamente aquilo que Clava pretendia.

Naquele dia, Clava ignorou completamente a plataforma e escolheu se sentar à cabeceira da mesa de jantar da rainha. Aisa ficou de pé atrás da cadeira dele. Várias pessoas estavam de pé; nem a mesa enorme conseguiria acomodar todo mundo. Aisa avaliou que as chances de a reunião descambar para a violência eram pequenas, mas segurou o cabo da faca mesmo assim. Raramente a soltava, mesmo quando ia dormir. Na primeira noite depois da ponte (a mente de Aisa agora parecia estar dividida em Antes e Depois da Ponte), Clava lhe deu um quarto próximo do alojamento dos guardas. Embora Aisa gostasse dos irmãos, ficou aliviada de se ver livre deles. Aquela parte da vida dela — a parte antiga, a parte da família — parecia sumir quando ela trabalhava com a Guarda. Não havia espaço para ela. Aisa se sentia segura no novo quarto, mais segura do que nunca, mas às vezes ainda acordava pela manhã e via que estava agarrada à faca.

Arliss estava sentado ao lado de Clava, um dos cigarros fedorentos presos nos dentes, mexendo numa pilha de papéis. Arliss só se importava com fatos e números, mas Aisa não sabia de que os registros dele adiantariam ali. O problema da rainha não podia ser resolvido no papel.

Ao lado de Arliss estava o general Hall, acompanhado de seu ajudante, o coronel Blaser. Os dois homens ainda estavam vestindo armadura completa, pois tinham acabado de voltar do front. Na semana anterior, os resquícios do exército tear seguiram o enorme comboio de guerra mort atravessando o rio Caddell e começando um progresso lento e regular para o leste, pela planície Almont. Por mais impossível que pudesse parecer, os mort estavam recuando, desmontando o equipamento de cerco e indo para casa.

Mas por quê?

Ninguém sabia. O exército tear tinha sido dizimado, e as defesas de Nova Londres eram frágeis; Elston disse que os mort poderiam ter passado direto por cima deles. O exército estava de olho nos invasores para o caso de ser um truque, mas agora até Clava parecia convencido de que a retirada era real. Os mort estavam indo embora. Não havia sentido, mas estava acontecendo mesmo assim. O general Hall disse que os soldados mort não estavam nem pilhando no caminho de volta.

Eram boas notícias, mas o clima à mesa era qualquer coisa, menos animado. Ainda não havia notícia da rainha. O corpo dela não ficou para trás quando os mort foram embora. A mãe de Aisa disse que ela era prisioneira, e a ideia fazia seu sangue ferver. O primeiro dever de um Guarda da Rainha era proteger o soberano do mal, e mesmo a rainha não estando morta, ela ainda estava à mercê dos mort. Nem sua mãe sabia dizer o que estava acontecendo com ela no acampamento.

Do outro lado de Clava estava Pen, o rosto pálido e tenso. Aisa e os outros guardas temiam pelo bem-estar da rainha, mas ninguém estava sofrendo como Pen, que era o guarda-costas pessoal da rainha... *e mais*, pensou Aisa. Ele não tinha muita utilidade atualmente, pois não parecia capaz de fazer nada além de beber e ficar vagando, amuado, pelos cantos da Fortaleza, e quando alguém chamava o seu nome, ele apenas olhava, sem entender muito bem o que estava fazendo ali. Uma parte de Pen se perdeu no dia que a rainha quebrou a ponte, e apesar de ele se sentar ao lado de Clava, na posição de um guarda-costas, seu olhar permanecia fixado na mesa, perdido. Coryn, que estava sentado ao lado dele, estava alerta como sempre, então Aisa não se preocupou, mas se perguntou até quando Elston ia aliviar para Pen. Quanto tempo demoraria até alguém dizer a verdade, que Pen não era mais adequado à função?

— Vamos começar — anunciou Clava. — Alguma notícia?

O general Hall pigarreou.

— É melhor eu dar meu relatório primeiro, senhor. Por um bom motivo.

— Que seja, então. Onde estão os mort?

— Estão no centro da planície Almont agora, senhor, perto da foz do Crithe. Percorrem pelo menos oito quilômetros por dia, quase quinze desde que a chuva parou.

— E não deixaram nada para trás?

Hall balançou a cabeça.

— Nós procuramos armadilhas. Acredito que a retirada seja genuína.

— Bom, é alguma coisa, pelo menos.

— Sim, mas, senhor...

— E os refugiados? — interrompeu Arliss. — Podemos começar a mandá-los para casa?

— Não tenho certeza de que é seguro, não com o comboio de guerra mort tão próximo.

— Já caiu neve no norte de Reddick, general. Se não fizermos as colheitas logo, não vai haver nada para colher. — Arliss fez uma pausa para soltar um filete de fumaça. — Também temos todos os problemas que uma cidade superpopulosa tem: esgoto, tratamento de água, doenças. Quanto mais rápido mandarmos as pessoas embora, melhor. Talvez se você...

— Nós avistamos a rainha.

Todos à mesa ficaram atentos. Até Pen pareceu despertar.

— O que você está esperando? — bradou Clava. — Relate!

— Nós a vimos ontem de manhã, no delta do Crithe. Ela está viva, mas algemada, presa a uma carroça. Não há chance de fuga.

— Ela partiu a porra da ponte de Nova Londres no meio! — disse Arliss com agressividade. — Que correntes poderiam segurá-la em uma carroça?

O tom de Hall foi sério.

— Não conseguimos ter uma visão muito clara. A cavalaria mort é densa demais. Mas tenho um soldado chamado Llew que tem a visão de um falcão. Ele está confiante de que a rainha não está mais usando nenhuma das safiras Tear.

— Em que estado ela está? — perguntou Pen.

Pontos de cor surgiram nas bochechas de Hall, e ele se virou para Clava.

— Talvez nós devêssemos discutir...

— Você vai discutir agora. — A voz de Pen ficou grave. — Ela está ferida?

Hall lançou um olhar desamparado para Clava, que assentiu.

— Sim. O rosto está machucado. Até eu consegui ver pela luneta. Ela levou uma surra.

Pen afundou na cadeira. Aisa não conseguia ver o rosto dele, mas nem precisava. Os ombros murchos diziam tudo. A mesa toda ficou em silêncio por um momento.

— Ela estava sentada na carroça, pelo menos — arriscou Hall. — Saudável o bastante para ficar de pé. Acho que não está com nada quebrado.

— Onde está essa carroça? — perguntou Clava.

— Bem no meio da cavalaria mort.

Nenhuma chance de um ataque direto?

— Não. Mesmo que meu exército não estivesse tão reduzido, os mort não querem correr nenhum risco. Tem pelo menos cem cavalos cercando a carroça de todos os lados. Eles a estão levando pela estrada mort, distanciando-se da infantaria. Só posso supor que estão indo direto para Demesne.

— O calabouço do Palais. — Pen apoiou a testa em uma das mãos. — Como vamos tirá-la de lá?

— A rebelião mort em breve vai se deslocar para Demesne — lembrou Clava. — O pessoal de Levieux vai ser útil.

— Como sabe que pode confiar nele?

— Eu sei.

Aisa ergueu as sobrancelhas. Não tinha pensado muito em Levieux, que tinha deixado a Fortaleza mais de uma semana antes. Ele era bonito, mas as aparências enganam. Seu parceiro Alain sabia bons truques de cartas, mas não chegavam aos pés dos de Bradshaw. Um mágico podia conseguir entrar no calabouço do Palais, mas Clava não confiava em mágicos.

— A Rainha Vermelha vai ter um grande problema nas mãos agora — refletiu Arliss. — Não houve pilhagem... nem ouro, nem mulheres. Não sei como fez o exército ir embora, mas os soldados não devem estar felizes.

— Levieux já previu isso. Soldados insatisfeitos são excelentes rebeldes. Ele espera poder recrutar em massa quando o exército chegar em casa.

— E que diferença vai fazer se não temos a rainha? — disparou Pen.

— Vamos discutir isso depois, Pen — repreendeu Clava. — Calma.

Aisa franziu a testa. Clava era indulgente com Pen, sempre tentando tirá-lo dos humores péssimos, ignorando quando Pen era insubordinado. Aisa teria dado a Pen uma longa suspensão e, se não desse certo, um forte tapa na cara.

— Continue a me mandar relatórios sobre a retirada — disse Clava para Hall —, mas seu foco é a rainha. Destaque dois dos seus melhores soldados para segui-la até Mortmesne. Cuide para que não a percam de vista. Dispensados.

Hall e Blaser se levantaram e fizeram uma reverência antes de saírem pelas portas.

— Precisamos conversar sobre o Arvath — disse Arliss.

— O que tem?

Arliss reuniu seus papéis e os botou de lado.

— Uma turba provocou danos na cidade hoje de manhã. Parece ter se reunido no Circo e partido dali até Bethyn's Close.

— Sempre há turbas.

— Essa era especial. A maior insatisfação parecia ser a falta de moralidade no governo da rainha.

Clava franziu a testa, e Aisa também. Enquanto o problema dos mort se afastava rapidamente, outro surgia para assumir seu lugar: o Santo Padre. No dia em que a rainha saiu da cidade, o Arvath anunciou publicamente que deixaria de pagar impostos sobre propriedades, assim como sua intenção de perdoar qualquer leigo que fizesse o mesmo.

— O que liga essa turba ao Arvath? — perguntou Coryn.

— Nada — respondeu Arliss. — A turba se desfez bem antes de os guardas da cidade chegarem perto, e não há mais exército para lidar com inquietação civil. Mas invadiram uma casa na travessa e violentaram duas mulheres que viviam lá. Estilo de vida imoral.

Um músculo tinha começado a tremer na bochecha de Clava.

— O Santo Padre acha que, se me pressionar o bastante, eu não vou coletar os impostos da rainha. Ele está enganado.

— Os nobres continuam se recusando a pagar os impostos, exceto Meadows e Gillon. A Creche vai levar boa parte do Tesouro. Perdemos a renda do pedágio na ponte. Em alguns meses, vamos estar com problemas sérios.

— Eles vão pagar. — Clava abriu um sorriso tão alegre e assassino que Aisa recuou, mas um momento depois seu rosto ficou sério. — Alguma notícia dos dois padres?

— Nada. Eles sumiram. Mas o Arvath sabe que estamos oferecendo nossa própria recompensa. — Arliss remexeu na pilha de papéis de novo. — A mensagem de ontem do Santo Padre exige que retiremos a recompensa pelo padre Tyler, em nome de Deus.

— Em nome de Deus — repetiu Clava. — Um dia, eu mesmo vou mandar aquele homem ao encontro de Jesus.

— Mais um relato perturbador. Dois dias atrás, um dos meus informantes viu vários padres deixando Nova Londres pela estrada que circunda a cidade.

— Para onde estavam indo?

— Demesne, provavelmente. Meus homens os seguiram até a estrada mort.

O rosto de Clava ficou sombrio.

— Devemos segui-los? — perguntou Elston.

— Não — respondeu Clava depois de pensar alguns momentos. — Se o Santo Padre estiver negociando com a Rainha Vermelha, minha fonte no Palais vai nos contar o que ele está tramando. O que mais?

Arliss olhou para a lista.

— Temos que fazer a colheita antes que a neve chegue. O reino inteiro está precisando de frutas, legumes e verduras. Um bom incentivo seria deixar os primeiros fazendeiros que voltassem para as terras a fim de fazer a colheita determinarem o próprio preço.

— Isso não é incentivo para quem cultiva nas terras dos nobres.

— É, mas todos os nobres ainda estão em Nova Londres. — Arliss sorriu com tanta malícia que Aisa não pôde evitar gostar dele naquele momento, com cigarros fedidos e tudo. — Se o Lord Tal-e-Tal não consegue cuidar da própria terra enquanto os mort a atravessam, quem pode dizer para onde foi a produção?

— E se os mort fizerem a própria pilhagem no caminho de casa? — perguntou Elston.

— Eles não estão fazendo. Eu perguntei ao ajudante de Hall. Eles estão deixando a terra intocada, só Deus sabe por quê. — Arliss deu de ombros. — Deixe os fazendeiros escolherem tudo a dedo. Até mesmo alguns dias de colheita os ajudariam a sobreviver ao inverno se conseguissem ser os primeiros no mercado. E o sucesso deles atrairia os outros.

Clava assentiu lentamente.

— Cuide disso.

— Merritt ainda está lá fora, senhor — lembrou Elston.

— Quantos Caden estão com ele?

— Três.

— Só?

— Sim, senhor. Mas não três quaisquer. Os irmãos Miller.

— Ah.

Clava refletiu por um tempo. Aisa não sabia quem eram os irmãos Miller, mas houve um debate acirrado sobre deixar qualquer Caden entrar na Ala da Rainha. Elston não gostava da ideia, nem a maioria da Guarda, mas Clava estava determinado a recebê-los, e Aisa torcia para que as coisas saíssem a seu favor. Ela desejava ver um Caden de verdade de perto.

— Bem, podem trazê-los.

Clava subiu na plataforma, e Aisa prendeu a respiração, esperando. Mas ele ignorou o trono e só se acomodou no degrau de cima enquanto Devin deixava os Caden entrarem no salão.

O líder, Merritt, tinha bem mais de um metro e oitenta, mas se deslocava como Clava, com os movimentos fáceis de um homem grande capaz de se deslocar com agilidade se necessário. Uma cicatriz feia marcava sua testa. Aisa, que sofreu vários ferimentos de faca nas mãos e nos braços ao longo do treinamento, achou que a cicatriz não era regular o bastante para ter sido feita por uma lâmina. Se tivesse que adivinhar, ela podia jurar que havia sido infligida por unhas humanas. Tinha ouvido falar de Merritt; todo mundo tinha, pois mesmo dentre os Caden, ele era a elite. Mas os três homens atrás dele eram um enigma.

Eles entraram no salão em triângulo — um na frente e dois atrás —, uma formação defensiva que Aisa reconhecia do próprio treinamento. As capas cor de sangue destoavam em contraste com a pedra cinza das paredes da Fortaleza. Fisicamente, os três homens eram bem diferentes: um alto, um de altura média e um baixo, os cabelos exibindo diferentes tons de castanho, do mais claro ao mais escuro. Fora isso, compartilhavam uma similaridade curiosa que Aisa não conseguiu identificar. Quando um se movia, os outros dois seguiam; eles se orientavam como uma tríade, sem depender de fala ou qualquer outro sinal, e Aisa percebeu que aqueles homens trabalhavam juntos havia muito tempo. Elston, em sua posição de capitão provisório, tinha decretado que nenhum Caden podia chegar a três metros de Clava, e Aisa ficou feliz pela cautela. Aqueles três pareciam perigosos.

Merritt apontou para os três companheiros, um de cada vez.

— Os irmãos Miller. Christopher, Daniel, James.

Clava os avaliou por um momento.

— Ouvi dizer que vocês três foram expulsos da guilda.

— A guilda reconsiderou — respondeu Christopher, o mais alto, com brandura.

— Por quê?

— Nós somos úteis, Lord Regente.

— Vocês foram úteis seis anos atrás. Não ouvi falar de vocês depois disso.

— Não ficamos ociosos — afirmou James.

— Claro que não. — A voz de Clava adquiriu um tom cortante. — Vocês estavam caçando a rainha.

Os três homens continuaram em silêncio, olhando com truculência para Clava, que finalmente cedeu.

— O passado é passado. Eu tenho um trabalho para vocês e para quantos membros da sua guilda quiserem participar.

— Nossa guilda é muito ocupada — retrucou James, mas a resposta pareceu automática aos ouvidos de Aisa. Ela se perguntou se eles sempre diziam não da primeira vez.

— Sim, vocês são muito ocupados — respondeu Clava, um toque de deboche na voz. — Nós conhecemos as histórias. Caden como assaltantes de beira de estrada, Caden como garotos de programa, Caden organizando rinhas de cachorros e coisa pior.

— Nós fazemos o que temos que fazer. Qual é o problema?

— Essas coisas estão abaixo de vocês, não foi para isso que entraram para os Caden. Elas mancham o prestígio da sua guilda. Eu ofereço um trabalho melhor. Coisa difícil e perigosa. Exige uma certa finesse também. Mesmo que comandasse um exército intacto, eu não confiaria esse trabalho a soldados.

O terceiro Caden, Daniel, falou pela primeira vez.

— Que trabalho é esse?

— Limpar a Creche.

James riu.

— Isso é fácil. Basta uma cisterna.

— Não é nada fácil — respondeu Clava, sem sorrir. — Vão ter que sujar as mãos lá embaixo, onde mulheres e crianças estão em condições de perigo considerável. Homens também, a rainha ia gostar que eu reforçasse. Quero que os inocentes saiam em segurança, e os cafetões e patrocinadores, vivos e presos.

— Qual é o valor desse trabalho?

— Valor fixo. Dez mil libras por mês, para três meses de trabalho. Se sua guilda não conseguir terminar até lá, duvido que alguém possa.

— Algum bônus por término adiantado?

Clava olhou para Arliss, que assentiu contra a vontade, e disse:

— Façam o serviço, e estou falando sobre fazer *de verdade*, em dois meses, e pagamos pelos três.

Os Miller se reuniram e deliberaram sobre a proposta aos sussurros enquanto todos esperavam. Merritt não se juntou ao grupo, só ficou parado, impassível. Ele já tinha concordado em ajudar; Clava contou que o homem tinha uma dívida com a rainha. Mas Aisa tinha suas dúvidas. Que tipo de dívida faria um Caden trabalhar de graça?

Na plataforma, Clava observava os três irmãos com indiferença, mas isso não enganava mais Aisa. Algo o estava motivando. Ela nunca tinha ouvido falar da Creche antes da ponte, e ninguém explicava para ela do que se tratava, mas agora ela já tinha ouvido o suficiente para ter uma ideia: um cortiço no subterrâneo da cidade onde os piores vícios eram tolerados, onde crianças mais novas do que Aisa eram vendidas por lucro e entretenimento. A ideia do lugar a assombrava. Seu pai era ruim, mas era um homem só. A ideia de haver várias pessoas assim, todas fazendo coisas terríveis, de haver um mundo clandestino inteiro de crianças passando pelo mesmo pesadelo... Aquilo consumia Aisa, a mantinha acordada à noite. Parecia consumir Clava também, pois ele e Arliss estavam dedicando boa parte das energias em desmantelar a Creche, embora Arliss se ressentisse do dinheiro gasto. Ninguém discutiu com Clava sobre isso, mas nada andava rápido o bastante para o homem, e agora Aisa tinha quase certeza de que via a sombra da rainha acima do ombro dele, instigando-o. Motivando-o.

Os Caden chegaram a um tipo de acordo e se viraram para Clava. Christopher falou por eles.

— Vamos apresentar sua proposta no próximo encontro da guilda. Enquanto isso, nós três vamos dar uma olhada no serviço, sem custo ou compromisso.

— É justo. Como vocês estão trabalhando sem cobrar, não vou dar um prazo. Mas o tempo urge. Quero essa questão resolvida antes de a rainha retornar.

Os três Caden encararam Clava.

— O que o faz achar que ela vai voltar para casa? — perguntou James.

— Ela vai — respondeu Clava, num tom que encerrava qualquer discussão.

— Se aceitarem o trabalho, vão falar comigo sobre o pagamento — disse Arliss. — Não vai haver adiantamento nem nada do tipo, então nem tentem.

— Vou pedir um pequeno adiantamento mesmo assim — respondeu Daniel. — Aquela garota ali.

Ele apontou para Aisa, e a menina se sobressaltou.

— Nós ouvimos falar dela. Dizem que tem talento para a faca, mas nunca vimos algo assim. Antes de irmos, posso pedir uma demonstração?

Clava franziu a testa.

— Você quer lutar com uma criança?

Aisa fez uma careta. Ela odiava quando lembravam sua idade.

— Não de verdade, Lord Regente — respondeu Daniel. — Apenas uma demonstração.

Clava olhou para Aisa, que assentiu com vigor. Lutar com um dos Caden! Até mesmo um empate seria um feito extraordinário.

— Se você se machucar, ferinha — murmurou Clava, se inclinando mais para perto —, quem vai ter que se explicar para sua mãe é *você*.

Aisa já estava soltando a armadura e puxando a faca da bainha. Fell tinha mandado fazer aquela faca especialmente para ela, da mesma forma e modelo que as facas usadas pelo resto da Guarda: elaborada no antigo modelo Belland, com fio reto e fio curvo. Mas as mãos de Aisa eram pequenas, e Venner achava que ela precisava de menos circunferência no cabo e de uma lâmina mais fina. Fell passou o serviço para um ferreiro de confiança, e o resultado foi uma faca que era uma alegria para Aisa portar. Venner sempre dizia que um bom lutador tornava a faca parte de sua mão, mas Aisa às vezes sentia que tinha ido além disso, a faca não era só parte da mão, mas parte dela, mantendo seus demônios longe. Até seu pai sumia quando ela empunhava a faca.

O Caden, Daniel, tinha largado o resto das armas, mas a faca cintilava, meio escondida, na mão dele, a lâmina mais comprida do que a de Aisa. Venner também viu, pois apontou para a arma de Daniel e gritou:

— Não é uma luta justa!

— A desvantagem é uma parte natural da batalha — respondeu Daniel, falando com Clava. — Sou uns trinta centímetros mais alto do que ela também. No entanto, como ela é criança, vou segurar o cabo da faca mais para cima do que faria normalmente. Justo?

Clava olhou para Aisa, e ela assentiu. Ela lutaria com o sujeito mesmo com todas as desvantagens; haveria mais glória assim.

— Cuidado, garota! — disse Venner. — Lembre-se dos seus talentos!

Aisa segurou bem a faca, a lâmina virada para baixo. Venner disse muitas vezes que seu tamanho sempre seria desvantagem em uma luta, mas que ela podia compensar com velocidade e esperteza. O resto da Guarda tinha se afastado para dar a eles um espaço de pelo menos seis metros de diâmetro, e uma parte distante da mente de Aisa ouviu apostas sendo feitas ao redor.

— Eu não pretendo ferir você — disse Daniel, se posicionando a poucos metros dela. — Só quero ver o que você sabe fazer.

Essa declaração não significava nada. Venner e Fell também não pretendiam feri-la, mas Aisa já tinha várias cicatrizes nas mãos e nos braços. Briga era briga.

— Tente me atacar — ordenou Daniel, mas ela não obedeceu.

Venner tinha ensinado a ela que atacar antes da hora podia ser um erro fatal. Golpear quando não tinha a vantagem deixaria suas costelas e seu pescoço desprotegidos.

— Cautelosa, hein? — comentou Daniel.

Aisa não respondeu; estava ocupada demais avaliando-o. Ele mantinha os braços perto das costelas, conservando energia. Seu alcance era maior do que o dela. Se ela fosse chegar perto, teria que levar pelo menos um golpe no antebraço. A garota começou com uma série de estocadas controladas, todas mais lentas do que ela era capaz, nenhuma tão longe quanto ela conseguia chegar. Seu sangue estava fervendo agora; Venner dizia que era a adrenalina, mas Aisa sabia que era a música da luta, de estar sozinha contra a parede com nada além de si mesma e sua faca. Ela sentiu gosto de metal na boca.

O Caden investiu de repente, usando um braço para distraí-la enquanto estocava com o outro. Mas Aisa tinha aprendido a manter a atenção na mão da faca, e desviou com facilidade, rolando por baixo do braço dele e indo parar de pé às suas costas.

— Você é rápida — comentou Daniel.

Aisa não respondeu, pois tinha notado uma coisa quando o Caden se virou para encará-la: a perna esquerda dele era fraca. Ou ele era manco ou, o mais provável, tinha um ferimento recente. Ele estava protegendo a perna, deixando-a sutilmente fora da zona de contato. Aisa avançou e deu uma estocada fraca na direção do pescoço dele, sibilando quando a faca dele fez um corte em seu antebraço. Mas, ao mesmo tempo, ela deu um chute forte no joelho esquerdo de Daniel, com o dedão esticado como Clava tinha ensinado. O Caden soltou um grunhido abafado de dor, cambaleou e caiu no chão.

— Rá! É assim que se faz! — gritou Venner. — Vá para cima, garota! Vá para cima agora que ele está no chão!

Ela pulou nas costas do homem e tentou colocar a faca no pescoço dele, mas o Caden já tinha se movido para bloquear, e ela não conseguiu se segurar direito. Ele se sacudiu com força, jogando-a por cima dos ombros, e agora foi a vez de Aisa grunhir quando caiu de costas, batendo a cabeça no chão de pedra.

— Tudo bem, Aisa? — gritou Clava.

Ela o ignorou e ficou de pé, mantendo o olhar no Caden, que estava andando em volta dela. Ela o machucou quando atacou seu joelho, mas Aisa não havia saído ilesa; o corte no antebraço era fundo, e a mão livre estava escorregadia de sangue. Venner estava treinando sua resistência, mas ela sentia que já estava ficando cansada, os movimentos ficando mais lentos. Ela apertou o cabo da faca, procurando uma nova abertura. O Caden não a deixaria chegar perto da perna fraca de novo, mas as fintas desajeitadas de antes deviam ter dado certo; ele não estava protegendo as costelas tão bem quanto antes. Teria chance com um ataque direto, mas haveria um custo.

— Cuidado onde pisa — avisou Daniel. — Tem sangue no chão.

— Você gostaria que eu olhasse para baixo, não?

Sorrindo, ele passou a faca para a mão direita. Os guardas ao redor resmungaram um pouco, mas Aisa não se incomodou; Venner também era ambidestro. Ela manteve o olhar longe do ponto onde queria atacar, a saliência das costelas atrás do antebraço esquerdo, fora da proteção da armadura. Ela estava encarando um oponente superior, mais alto e mais rápido e com mais habilidade, e em uma luta de vida ou morte estaria acabada. Mas aqui, só precisava acertar um ataque.

Ela soube o momento exato em que ele decidiu partir para cima dela, pois o Caden respirou fundo antes de atacar, movendo a faca em um arco largo, tentando alcançar seu ombro. Aisa desviou e passou a faca pelas costelas dele. O golpe não foi limpo e quase derrubou a lâmina da mão dela, e ao mesmo tempo ela sentiu um corte no bíceps. Mas ouviu-o sibilar de dor logo antes de ele a segurar e a girar. Aisa perdeu o equilíbrio, e um segundo depois estava indefesa, a faca dele pressionando sua garganta. Ela se obrigou a ficar imóvel, ofegante. O Caden não estava nem sem fôlego.

— Solte-a — ordenou Clava.

Daniel a soltou, e Aisa se virou para encará-lo. Por um momento, eles ficaram ali parados, se olhando, enquanto os guardas ao redor começavam a discutir e trocar moedas.

— Como você é com a espada? — perguntou Daniel.

— Mais ou menos — admitiu Aisa.

O progresso lento dela em dominar a espada era um ponto sensível.

— Eu peguei leve com você, garota, mas nem tanto, e sou um dos melhores lutadores com faca da guilda. — Ele a avaliou por um longo momento. — Talentosa com a faca, medíocre com a espada... Você não é Guarda da Rainha, criança. Você é uma assassina. Quando ficar mais velha, devia abandonar este mausoléu e vir falar conosco.

Ele tocou no ferimento das costelas, depois levantou a mão para Clava, os dedos sujos de sangue.

— Obrigado, Lord Regente. Foi uma boa demonstração.

Aisa pegou a armadura e voltou para sua posição na frente da plataforma. Kibb piscou quando ela passou. Prendendo o peitoral, ela limpou o sangue da testa. Depois que a reunião acabasse, Clava provavelmente permitiria que ela saísse para Coryn cuidar do ferimento em seu braço, mas não agora, pois ela tinha querido lutar. Era justo, mas estava perdendo sangue, e depois de pensar por um momento ela enrolou a parte cortada da manga em volta do braço e apertou bem.

— Nossa reunião chegou ao fim — disse Christopher para Clava. — Vamos voltar quando a guilda tiver uma resposta.

— Se a guilda disser sim, posso ceder pelo menos vinte guardas da rainha para ajudarem.

— Recusados. Nós não queremos amadores envolvidos.

Um murmúrio de irritação se espalhou pelos membros da Guarda, mas os irmãos Miller já tinham dado as costas e ido embora.

Merritt riu.

— Não tenho simpatia por esses três, Lord Regente, mas eles são bons no que fazem. Quanto a mim, estou pronto para servir a rainha.

Ele seguiu os outros Caden pela porta, e Aisa sentiu seus músculos relaxarem. Embora não fosse admitir para ninguém, estava pensando nas palavras de Daniel.

— Agora só resta a infanta, não? — perguntou Arliss. Ele tinha ficado na mesa durante a luta, o que surpreendeu Aisa; ela achava que o velho seria o primeiro a coletar apostas. — O que precisa ser feito?

— Nós vamos buscá-la — respondeu Clava. — Mas ela me mataria se eu deixasse o reino desmoronando na nossa ausência. Uma triagem é necessária.

Aisa sentiu um toque leve no braço e viu Coryn examinando seus ferimentos.

— Feios, menina, mas não muito fundos. Tire a manga da frente e vou dar uns pontos.

Ela rasgou a manga da camisa.

— Foi uma boa luta, ferinha — comentou Clava. — Mas você permitiu que ele desequilibrasse você.

— Eu sei — respondeu Aisa, trincando os dentes quando Coryn começou a desinfetar os ferimentos. — Ele foi mais rápido do que eu.

— O jeito desengonçado da juventude. Não vai durar para sempre.

Até um dia a mais parecia muito tempo para Aisa. Ela se sentia presa em um terreno intermediário terrível: velha demais para ser criança, jovem demais para ser adulta. Queria trabalhar como adulta, ter uma função e ganhar dinheiro, ser responsável por si mesma. Estava aprendendo a lutar, mas muitas das lições da Guarda não eram ensinadas, mas absorvidas: como se portar em público, como pensar na Guarda da Rainha antes de si mesma e na rainha acima de tudo. Essas eram lições de maturidade, e Aisa as encarava assim. Mas ainda havia vezes em que queria correr para a mãe, afundar o rosto no ombro dela e sentir seu consolo, como fazia quando era uma criança perseguida.

Eu não posso ter as duas coisas.

A agulha de Coryn perfurou a pele do antebraço, e ela respirou fundo. Ninguém na Guarda falava sobre essas coisas, mas ela sabia que a forma como se lidava com um ferimento era tão importante quanto o desempenho em uma luta. Procurando uma distração, ela perguntou:

— O que ser expulso quer dizer?

— O quê?

— Os Caden. Você disse que eles foram expulsos.

— Foram mesmo, seis anos atrás. Fizeram a guilda perder muito dinheiro e foram postos para fora como resultado.

— Ai! — gritou Aisa. A agulha de Coryn tinha encostado em algum nervo. — O que eles fizeram de errado?

— Havia uma jovem nobre, Lady Cross. Lord Tare estava interessado nela, e nas terras da família dela também, mas Lady Cross tinha um noivado secreto com um jovem em Almont, um fazendeiro pobre, e recusava as atenções de Lord Tare. Assim, Lord Tare a sequestrou, a levou para seu castelo ao sul da floresta Reddick e a trancou na torre. Ele jurou que ela ficaria lá até aceitar se casar com ele.

— Casamento é idiotice — resmungou Aisa, trincando os dentes enquanto Coryn apertava o fio. — Eu nunca vou me casar.

— Claro que não — respondeu Clava com uma risada. — Mas Lady Cross, não sendo guerreira, queria se casar, e queria se casar com o jovem fazendeiro. Ela ficou no castelo de Lord Tare por dois meses e não cedeu. Então, Lord Tare teve a excelente ideia de parar de dar comida a ela.

— Ele a fez *passar fome* para forçá-la a se casar com ele? — Aisa fez uma careta. — Por que ela não casou logo e fugiu?

— Não existe divórcio na Igreja de Deus, criança. Um marido sempre tem o direito de arrastar a esposa de volta para casa.

Seu pai tinha feito isso, Aisa lembrava. Várias vezes durante sua infância, sua mãe os fez arrumar os poucos pertences e fugir, mas a viagem sempre acabava de volta em casa com o pai.

— E depois?

— Bem, Lady Cross estava definhando, ainda se recusando a ceder. Virou uma questão controversa no reino.

— O noivo dela não fez nada?

— Não havia muito que ele pudesse fazer. Ele ofereceu a Tare o pouco dinheiro que tinha. A família de Lady Cross tentou pagar um resgate também, mas não teve sorte. Lord Tare ficou obcecado: o orgulho dele dependia de fazer a mulher se submeter. Muitos nobres procuraram o regente em nome de Lady Cross, mas o regente se recusou a mandar o exército tear para cuidar de uma questão que ele classificava como doméstica. Por fim, quando ficou claro que Lady Cross morreria naquela torre, os Cross juntaram seu dinheiro e contrataram os Caden para buscá-la.

— E eles foram? — perguntou Aisa.

Ela estava hipnotizada; era como ouvir um dos contos de fadas da mãe.

— Sim, e foi uma ação bem planejada — disse Elston. — James se passou pelo primo da dama que foi implorar para que ela cedesse, e Christopher e Daniel por seus criados. Eles passaram uma hora com a dama na torre e, quando saíram, ela aceitou se casar com Lord Tare. Ele ficou exultante e planejou o casamento para a semana seguinte.

Uma finta, pensou Aisa. Às vezes, ela achava que toda a vida podia ser reduzida a uma luta.

— Na semana anterior ao casamento, Lord Tare deixou Lady Cross sob vigilância pesada, mas o reino inteiro achava que ela tinha cedido. Nosso capitão aqui insistia que não — Elston saudou Clava com dois dedos —, mas o resto de nós foi enganado, e não pensamos mal de Lady Cross por isso. Morrer de fome é uma morte terrível.

— E depois?

Coryn estava trabalhando no bíceps dela agora, mas ela mal percebeu enquanto Elston continuava a história.

— No dia do casamento, Lady Cross estava com suas melhores roupas. O Arvath enviou o bispo local para fazer a cerimônia. Lord Tare convidou metade do reino para testemunhar seu triunfo, e a igreja estava lotada com seus guardas e convidados. Os Cross se recusaram a ir, mas o resto da nobreza estava lá, até o próprio regente. Lady Cross foi até o altar e seguiu a deixa do bispo durante a cerimônia, repetindo cada palavra durante duas horas, até eles estarem casados.

— O quê?

— O casamento acabou sem derramamento de sangue, e tenho que dizer, assim que acabou, as preocupações de Lord Tare terminaram. Ele tinha as terras e o título da esposa, e era isso que queria. Ele ficou na festa, enchendo a cara com a guarda da casa enquanto Lady Cross subia para o andar de cima para tirar o vestido de noiva. Uma hora depois, Tare foi procurar a esposa, mas ela tinha sumido, levada com facilidade. Quando ele juntou um grupo de resgate, ela já estava no meio de Reddick.

— Mas ela estava casada.

— Parece que sim, não é? Lord Tare teve um chilique, foi atrás dos Caden com cães e tudo, e como não conseguiu encontrá-los, apelou para o regente. Levou dois dias para alguém pensar em consultar o bispo, mas, quando decidiram fazer isso, o encontraram amarrado em seu palácio, junto com seus guardas. O bispo estava faminto e furioso, e era um homem bem diferente do que o sujeito que celebrou o casamento.

— Essa é a parte inteligente, pestinha — interrompeu Clava. — Não falo latim, mas conheço várias pessoas que falam, e elas disseram que a cerimônia foi uma enrolação. Houve um longo sermão sobre os benefícios do alho, outro sobre as regras do rúgbi e Deus sabe mais o quê. Lady Cross prometeu amar e servir a cerveja por toda a vida. Ela falava latim, sabe, e Lord Tare não.

Aisa pensou nisso por um momento.

— E os convidados?

— Muita gente na cerimônia falava latim, e algumas eram até amigas de Lord Tare. Mas nenhuma disse nada, só bem mais tarde, quando deram testemunho de que o casamento foi de mentira. Os três Caden correram um risco, mas foi um risco bom. No final, o reino inteiro estava solidário com Lady Cross. As únicas pessoas que realmente lhe queriam mal eram os sádicos e os misóginos, e os Caden apostaram certo que nenhum deles falava latim.

— Uma boa aposta — resmungou Arliss. — Perdi uma fortuna naquele casamento.

— O que Lord Tare fez quando descobriu?

— Ah, ele jurou por todos os Tear que se vingaria de todo mundo: de Lady Cross, dos Caden, do falso bispo, que por sinal nunca foi encontrado. Mas ele não tinha direito legal sobre a dama, e quando o assunto foi resolvido, ela já estava com o fazendeiro.

— Ela se casou com ele?

— Sim, e foi deserdada pela família como resultado. Foi aí que os Miller se meteram em confusão: eles tinham que devolver a dama para a família, mas a levaram para o fazendeiro. Os Cross só pagaram metade do preço acordado pelo serviço. Os Caden ficaram furiosos e expulsaram os irmãos da guilda. Eles também foram excomungados pela Igreja de Deus, mas duvido que se importaram com isso.

— Mas eles conseguiram — refletiu Aisa. — Eles a salvaram.

— Sim, por uma boa troca.

— E Lord Tare? O que aconteceu com ele?

— Ah, ele ainda está no seu castelo, amargo como cerveja de inverno — respondeu Clava. — Passou a planejar a queda da rainha, e se eu pudesse provar que ele estava em Argive na primavera, o pescoço dele já estaria na corda. Mas, por enquanto, eu o deixo em paz.

Que decepcionante. Em um conto de fadas de verdade, o vilão teria sido punido.

— Eles sempre trabalham juntos? — perguntou ela. — Os três irmãos?

— Sim. Muitos Caden trabalham em grupos pequenos assim, principalmente quando têm habilidades que se complementam. Mas eles também podem trabalhar em conjunto. Todos os Caden trabalhando por um objetivo em comum seria uma coisa e tanto de se ver.

— Mas por que a Creche, senhor? — perguntou Coryn. — Eu achava que a rainha era a prioridade.

— E é, mas ela nunca me perdoaria se eu fizesse dela a única prioridade. Ela me encarregou disso, na verdade. — Clava piscou, e por um momento Aisa pensou ver o brilho de lágrimas. — Eu não entendi o que ela quis dizer na época, mas ela me encarregou de resolver este lugar. Ela me encarregou de cuidar dos indefesos assim como dos poderosos, e essa tarefa não pode esperar até ela voltar para casa.

Um punho bateu na grande porta dupla da Ala da Rainha, fazendo Aisa se sobressaltar. A Guarda se reuniu para cercar Clava. Devin e Cae abriram a porta de leve, mas a única pessoa a entrar foi uma criada da Fortaleza, vestida toda de branco. Aisa não conseguiu entender as palavras, mas a agitação e o nervosismo da mulher ficaram evidentes do outro lado da sala.

— O que foi, Cae? — perguntou Clava.

— Temos um problema lá embaixo, senhor. Com a bruxa de Thorne.

— Que problema?

A criada da Fortaleza ficou olhando para Clava, os olhos arregalados. Ela não era jovem, e o rosto estava coberto de maquiagem.

— Fale!

— Ela sumiu — gemeu a mulher.

— E Will? O guarda que estava com ela?

Mas a mulher não sabia responder. Soltando um palavrão, Clava desceu da plataforma às pressas e saiu da Ala da Rainha. Aisa o seguiu pelo corredor e pelos três lances de escada que levavam à prisão improvisada de Brenna. Ela tinha medo de Brenna; todos tinham, até o guarda mais corajoso. Visitar os aposentos de Brenna era perigoso, mas Aisa não conseguia parar de pensar nas palavras do Caden.

Quando ficar mais velha, devia vir falar conosco.

Eles dobraram o último corredor, e Clava parou de repente a poucos metros do aposento de Brenna. A porta estava escancarada, com uma poça de sangue na frente. O cheiro atingiu Aisa como um tapa. Moscas já sobrevoavam a poça, e uma zumbiu em volta da cabeça de Aisa antes de ela afastá-la com a mão.

Clava começou a se adiantar, mas Elston colocou a mão no peito dele.

— Senhor. Nós vamos primeiro.

Clava assentiu, mas Aisa conseguia sentir sua irritação pela restrição. Elston e Kibb entraram no quarto, e Aisa foi logo atrás, querendo e não querendo ver. Ela espiou por trás de Elston e se encolheu ao ver uma massa vermelha no canto.

— É seguro?

— Sim, senhor — respondeu Elston, mas a voz estava estranha, e ele recuou quando Clava se aproximou, permitindo a Aisa uma visão que lamentou pouco depois. Will estava caído no chão, o pescoço retalhado, como se um animal o tivesse atacado. Aisa nunca tinha visto um cadáver antes; ela esperava ficar enjoada, mas seu estômago lidou com a visão desagradável muito bem. Clava nunca tinha permitido que Aisa ficasse sozinha com Brenna. Nas duas ocasiões em que tinha ido até lá durante sua rotação, foi acompanhada de Coryn ou Kibb. Will era um bom guarda, mas a bruxa tinha sido demais para ele. Talvez eles devessem ter trabalhado em dupla o tempo todo.

Kibb se agachou ao lado de Will e levantou um dos braços do morto, examinando as mãos, que estavam cobertas de sangue.

— Tem pele embaixo das unhas, senhor. — Kibb ergueu o rosto. — Acho que ele fez isso a si mesmo.

Aisa voltou o olhar — não sem certa fascinação sombria — para o estrago no pescoço de Will. Por que um homem destruiria o próprio pescoço?

Estou mais forte agora do que eu era, percebeu ela, olhando para o cadáver. *Consigo suportar. Um dia, talvez, eu consiga suportar qualquer coisa.*

— Mande alguns criados com estômago forte limparem isso — ordenou Clava. — E cuidem para que Ewen não desça aqui.

— Devemos mandar um grupo atrás da bruxa?

— Não. Ofereçam uma recompensa, claro. Ela é uma mulher fácil de identificar. Mas é provável que não adiante nada. Coryn só a capturou por sorte da última vez.

— Aposto minha espada que sabemos para onde ela está indo — murmurou Coryn. — Jesus, olhem aquilo.

Aisa afastou o olhar da massa sangrenta no chão. O quarto de Brenna era limpo e confortável, não luxuoso, mas com bastante espaço e vários móveis decentes. Os restos de uma refeição de poucas horas antes estavam na mesa, atraindo sua cota de moscas. Mas Coryn estava falando da parede dos fundos, e a visão fez Aisa perder o ar. A parede estava coberta com símbolos estranhos que pareciam dançar na pedra, uma constelação em órbita doentia ao redor de uma única palavra, tudo desenhado com sangue.

GLYNN

A Cidade

O grupo de sonhadores comprometidos que fez a Travessia original com William Tear compartilhava um ideal grandioso de uma sociedade superior, pacífica e igualitária. Chegando a quase dois mil, eles ocuparam a área no sopé das Montanhas Clayton, na base do contraforte alto que se tornaria a Nova Londres dos dias modernos. Eles aprenderam a cultivar, votavam em reuniões municipais e cuidavam uns dos outros. Nesse ambiente idílico, a cidade cresceu a passos largos; a população explodiu, quase dobrando na geração seguinte à Travessia. A religião era um assunto estritamente particular, e todo tipo de violência era proibido. Ao que parecia, William Tear tinha dado vida à sua grandiosa visão.

— *A antiga história de Tearling*, CONTADA POR MERWINIAN

A viagem colina acima foi árdua.

Katie Rice tinha feito aquele trajeto muitas vezes, seguindo pela trilha sinuosa que percorria a lateral da colina, do rio até a Cidade. Conhecia cada marco do caminho: a pedra quebrada cuja face a cumprimentava como um poste de sinalização depois da terceira curva, o agrupamento de carvalhos jovens começando a se inclinar sobre a curva na metade do caminho, o local a barlavento onde a trilha erodiu depois de anos açoitada pelos ventos que criaram as planícies. Na reunião da semana anterior, William Tear falou sobre aquele local; ele explicou que eles precisavam escorar a área, fortificá-la de alguma forma. Pediu voluntários, e cem mãos subiram no ar.

Katie conhecia o caminho, mas mesmo assim o odiava. Odiava a longa caminhada em que tudo que tinha para fazer era pensar. Mas a fazenda de ovelhas ficava no pé da colina, e Katie amava lã tanto quanto odiava andar. Ela tinha três anos quando a mãe colocou um par de agulhas de tricô em suas mãos, e agora, aos catorze, além de ser a melhor tricoteira da Cidade, ela também era uma das melhores fiadeiras e tingidoras. Para fiar e tingir sua própria lã, a caminhada era o preço.

Ela saiu da floresta, e ali estava a Cidade: centenas de pequenas casas de madeira cobrindo o topo ligeiramente arredondado da colina. As casas se estendiam até a depressão entre as colinas, chegando à margem do rio no ponto em que ele se curvava na direção da cidade antes de voltar para o sul e depois para o oeste. Sua mãe dizia que eles encontraram aquele lugar ao seguir o rio a partir do mar. Katie tentou imaginar como devia ter sido para os colonos de Tear: só um grupo de colinas cobertas de árvores. Dezesseis anos tinham se passado desde a Travessia, o que parecia muito tempo para Katie, mas ela sabia que era bem pouco.

Ela se virou para andar de costas, pois era sua vista preferida: as árvores cobrindo a lateral da colina, o rio azul brilhante contra o verde e dourado das fazendas. Dali, Katie conseguia ver os agricultores, uns cinquenta, trabalhando no amplo retângulo de fileiras cultivadas na margem mais distante do rio. Os agricultores trabalhariam até o pôr do sol, e se o trabalho não estivesse terminado, continuariam sob a luz de lampiões. Antes de Katie nascer, houve dois anos terríveis: o período da fome, sua mãe dizia, quando os colonos não sabiam como fazer as plantações crescerem. Mais de quatrocentas pessoas, quase um quarto da população, morreram. Agora, a agricultura era a atividade mais importante da cidade.

No ano seguinte, Katie finalmente teria idade para se tornar aprendiz depois das aulas, e poderia trabalhar na fazenda se quisesse, mas achava que não faria isso. Não gostava de trabalho manual, de levantar e carregar peso. Mas nos meses de setembro e outubro, todo mundo trabalhava na fazenda, menos os bebês e os idosos com artrite. Eles ainda não tinham agricultores suficientes, e a colheita tinha que ser concluída antes do inverno. Se alguém reclamasse, e sempre tinha alguém que reclamava, os adultos inevitavelmente contavam sobre o período da fome, e logo viriam todas as histórias antigas: que eles tiveram que abater e comer todos os cachorros, exceto os filhotes; que vários grupos fugiram à noite, para procurar comida em outro lugar, e presumivelmente morreram na neve; que William Tear cedeu suas porções para os outros até ficar tão magro e subnutrido que pegou pneumonia e quase morreu. Agora, eles cultivavam muitas coisas, batata e cenoura e morango e repolho e abóbora, assim como tinham um número razoável de galinhas, vacas e ovelhas, e ninguém passava fome. Mas todo outono Katie era obrigada a reviver o período da fome mesmo assim, e agora só a ideia da colheita a deixava enjoada.

Em uma reunião do ano anterior, William Tear dissera uma coisa que Katie nunca esqueceria: que um dia todas as planícies estariam cobertas de terras de cultivo, até onde a vista alcançasse. Katie não conseguia imaginar toda aquela área de floresta domada em fileiras de plantio. Esperava que esse dia não fosse durante a vida dela. Queria que a vista ficasse como era.

— Katie!

Ela se virou e viu Row alguns metros à frente na trilha. Katie correu até ele, sentindo uma certa emoção por dentro. Row tornaria a caminhada interessante; sempre tornava.

— De onde você está vindo? — perguntou ela.

— Da encosta sul. Eu estava procurando metal.

Katie assentiu, entendendo na mesma hora. Row era serralheiro, um dos melhores da cidade. Era aprendiz na serralheria de Jenna Carver, e as pessoas sempre levavam joias para ele consertar, assim como itens mais práticos como chaleiras e facas. Mas consertar era só o trabalho de Row. O que ele amava mesmo era fazer as próprias peças: ornamentos e braceletes, ferramentas decoradas para mexer no fogo, facas com cabos elaborados, pequenas estátuas feitas para decoração. No último aniversário de Katie, Row fez uma pequena estátua de prata de uma mulher sentada embaixo de um carvalho. O entalhe das folhas devia ter levado dias, e a estátua era o bem mais precioso de Katie; ficava na mesa de cabeceira dela, ao lado da pilha de livros. Row era um artista talentoso, mas o metal que ele amava manusear era difícil de encontrar na Cidade. Era comum que Row deixasse a cidade, às vezes por vários dias, para procurar nas florestas e planícies. Uma vez, ele caminhou para o norte por uma semana e encontrou uma floresta grande, cujos arredores ofereceram uma quantidade impressionante de cobre. Row desejava retornar para aquela floresta, e até tinha pedido permissão a William Tear para liderar uma expedição para o norte. Até o momento, Tear não tinha respondido.

Eles passaram pelo cemitério, uma área de meio hectare de terra plana sob um agrupamento de pinheiros. O local era delimitado por uma cerca de madeira, trabalho recente. Alguma coisa estava entrando no cemitério, lobos ou talvez guaxinins. Nas semanas anteriores, Melody Banks, responsável pelo cemitério, encontrou vários túmulos revirados, o conteúdo espalhado. Melody não quis dizer quais túmulos, e os cadáveres já haviam sido enterrados novamente. Katie não tinha medo de cemitérios nem de cadáveres, mas nem ela gostava da ideia de animais cavando os túmulos das pessoas. Ela ficou aliviada quando a Cidade votou a favor da cerca na última reunião.

— Um dia — disse Row —, quando eu estiver no comando, vou cavar esse lugar todo e cremar todo mundo.

— O que faz você pensar que vai ficar no comando? — perguntou Katie. — Talvez eu fique no comando.

— Talvez nós dois — respondeu Row, sorrindo, mas Katie notou um toque de seriedade na voz dele. Ela não tinha interesse em ficar no comando da Cidade, cuidando das mil coisas que William Tear tinha que resolver todos os dias. Mas as ambições de Row eram reais. Mesmo aos quinze anos, ele ficava incomodado com a ineficiência da Cidade, seguro de que era capaz de comandá-la melhor. O garoto desejava responsabilidade, e Katie achava que ele se sairia bem nisso; Row era um solucionador de problemas nato. Mas, até o momento, nenhum dos adultos da Cidade parecia ter reconhecido essa qualidade, e falta de reconhecimento era um incômodo para Row.

O motivo da insatisfação de Katie era um pouco diferente. Ela amava a Cidade, amava a ideia lindamente simples de que todos cuidavam uns dos outros. Mas, nos últimos anos, às vezes sentia-se sufocada pela comunidade, por toda a gentileza, pelo fato de que todo mundo devia cuidar de todo mundo. Katie não gostava de muitos dos vizinhos; achava-os chatos ou burros ou, pior, hipócritas, fingindo gentileza porque era o que se esperava deles, porque Tear estava de olho. Katie preferia a sinceridade mesmo à custa da civilidade. Desejava ter tudo em aberto.

Ela atribuía a parte mais gentil de si mesma à mãe, que era uma das conselheiras mais próximas de William Tear e uma verdadeira crente. Katie não sabia quem era seu pai; sua mãe gostava de mulheres, não de homens, e Katie tinha quase certeza de que ela tinha recrutado algum homem disposto a ser o pai e depois o deixado de lado. Katie não tinha interesse em descobrir a identidade do pai, mas se perguntava muitas vezes se esse homem invisível e desconhecido não era a fonte da insatisfação dela, da maré crescente de impaciência que sentia dentro de si, uma impaciência que às vezes beirava o rancor.

— Hesitando de novo? — perguntou Row, e Katie riu.

— Não hesitando, só pensando. Não dói.

Row deu de ombros. A necessidade dela de ver os dois lados de uma questão, de ser justa no pensamento — sua *hesitação*, como Row chamava —, era um impulso que ele não tinha. O que Row achava era o certo, e ele nunca precisou analisar mais do que isso. Deixava Katie louca às vezes, mas também havia um certo alívio nisso. Row nunca precisava olhar para trás e se perguntar se tinha feito besteira, se tinha sido injusto. Os pequenos erros que cometia não o assombravam à noite.

Eles dobraram a esquina e entraram na High Road, passando pela biblioteca, onde a bibliotecária, a sra. Ziv, estava expulsando as últimas pessoas. A biblioteca era uma construção enorme, a única de dois andares na cidade inteira. Diferentemente de muitas das construções dali, que eram feitas de carvalho, aquela era de tijolos. Era o lugar favorito de Katie, sempre escura e silenciosa, com livros em toda parte. Row também gostava de lá, embora seu gosto fosse diferente do da amiga; ele já tinha lido a pequena seção de livros sobre ocultismo inteira, mas isso não o impedia de verificar uma segunda ou terceira vez. Havia regras severas para tocar e manusear os livros, e a sra. Ziv atacava como um falcão se pegasse alguém dobrando as páginas ou, Deus nos acuda, tirando um livro da proteção plástica. Katie uma vez perguntara à sra. Ziv quantos livros havia na biblioteca, e a sra. Ziv respondeu em um sussurro que havia quase vinte mil. Queria que Katie ficasse impressionada, mas ela não ficou. Ela lia dois ou três livros por semana. Se continuasse assim durante toda a vida, ela teria o suficiente para ler, mas e se não gostasse da maioria? E se os que ela não leu tivessem sido retirados por outras pessoas? Não haveria mais livros, mas sem dúvida haveria mais gente, muito mais. Só Katie parecia entender que vinte mil não era muito, não era quase nada.

Por fim, a sra. Ziv se livrou dos últimos visitantes. Katie acenou para ela, e a bibliotecária, parecendo apressada, levantou a mão e desapareceu lá dentro, batendo a porta.

— Row!

Katie se virou e viu Anita Berry indo na direção deles, quase despencando pelos degraus da varanda. Katie não gostava muito de Anita, mas sorriu mesmo assim, pois o efeito de Row nas outras garotas nunca perdia a graça para ela. Row era muito bonito, até Katie sabia; às vezes, nas raras ocasiões em que olhava para Row fora da lente da amizade, aquele pensamento surgia em sua mente. A natureza o presenteou com o rosto de um anjo: maçãs do rosto altas com vãos macios embaixo; uma boca larga, porém bonita. O cabelo denso, tão castanho que era quase preto, caía sobre a testa, quase escondendo os olhos pretos. Ele possuía um magnetismo que atraía uma série de admiradoras, nem todas adolescentes. Mais de uma vez, Katie viu mulheres mais velhas flertando com ele, e às vezes até homens mais velhos.

— Oi, Anita — respondeu Row. — Estamos com pressa. Nos falamos na escola.

Katie reprimiu um sorriso quando os dois foram embora, deixando Anita para trás, arrasada. Row a cutucou nas costelas, e ela sorriu. Ele sabia o que fazia com as mulheres, e aquilo não passava de um jogo para ele. Katie sentia um orgulho estranho com toda aquela atenção, um orgulho que não compreendia totalmente. Ela e Row ultrapassaram totalmente a atração e passaram para algo mais refinado e mais poderoso do que sexo: uma amizade forte, leal e unida, nada como a amizade que Katie via entre as garotas da sua idade, que só pareciam interessadas em fofocar e trair umas às outras. Katie nunca tinha feito sexo, — uns beijos rápidos e desajeitados com Brian Lord foi o mais próximo que chegou —, mas sua amizade com Row era tal que ela tinha certeza de que sexo só os separaria.

Quando chegaram à casa de Row, ele parou e olhou com nojo para a porta da frente, onde sua mãe o esperava. Apesar da popularidade dele, ninguém gostava da sra. Finn. Ela era uma mulher ansiosa e chorona, que dizia constantemente a coisa errada. Row não fazia nada de errado aos olhos da mãe, mas seu filho não a amava pela lealdade; o máximo que ele parecia sentir por ela era uma indiferença desdenhosa.

— Ainda não quer entrar? — perguntou Katie.

Row deu um sorriso triste e respondeu em voz baixa:

— Às vezes eu só queria me mudar, sabe? Construir minha casa do outro lado da cidade... mas acho que ela iria atrás de mim e bateria na minha porta dia e noite.

Katie não respondeu, mas achava que Row estava certo. O pai dele tinha sido um dos melhores amigos de William Tear, mas o sr. Finn morreu logo depois do Desembarque, e a sra. Finn se agarrou ao filho com um desespero que chegava a ser constrangedor. A sra. Finn botava as coisas em perspectiva: a mãe de Katie não tolerava bobagens, mas era forte e justa, uma das mulheres mais respeitadas da cidade. Ela não era muito tolerante com Katie, mas também não a sufocava nem a humilhava na frente dos outros.

— Nós podíamos fugir — disse Katie. — Correr pelas planícies e acampar. Ela nunca nos encontraria lá.

— Ah, Rapunzel.

Row tocou a bochecha dela, e Katie sorriu involuntariamente. Quando eles se conheceram, ela estava chorando atrás da escola porque Brian Lord tinha puxado o cabelo dela, puxado com *força*, e Katie não queria voltar depois do recreio porque sabia que ele estaria lá. Ele se sentava na mesa atrás dela e puxava seu cabelo o tempo todo. A sra. Warren tinha conversado com ele sobre o assunto, mas ele esperava a professora dar as costas para a turma para fazer de novo. A injustiça da situação, a crueldade, fizeram a Katie de seis anos chorar, e ela estava pensando em cortar o cabelo todo, em deixá-lo curto como o da tia Maddy, quando Row se sentou ao lado dela. Katie tinha ficado com medo dele, pois ele era do terceiro ano, mas Row ouviu com atenção a reclamação dela, inspecionou seu cabelo e contou a história da Rapunzel, cujas tranças compridas permitiram que ela fugisse da prisão.

Quem dera nós pudéssemos fugir, pensou Katie, um eco da impaciência anterior com a Cidade. *Quem dera.*

— Row! — A sra. Finn tinha atravessado a varanda. Ela era uma mulher magra, com olhos arregalados e carentes, os cantos da boca repuxados para baixo em reprovação. Katie, que estava pensando em se convidar para jantar, decidiu de repente que preferia ir para casa. — Row, entre agora!

— Minha mãe pode não nos encontrar — continuou Row. — Mas a sua com certeza encontraria.

— É mesmo. Minha mãe é um verdadeiro cão farejador.

— Row! — chamou a mãe dele de novo. — Por onde você andou?

Row sorriu, sem muita opção, e foi até a varanda. Katie se virou e seguiu pela rua. Row morava em uma das partes mais altas da colina, mas a casa de Katie era bem no alto, ao lado da de William Tear. Ele estava bem protegido, com a casa da mãe dela de um lado e a de Maddy Freeman do outro. Ninguém na cidade queria se meter com nenhuma das duas.

— Katie!

Era a sra. Gannett chamando de sua varanda. Katie desejava poder ignorá-la e continuar andando — a sra. Gannett não passava de uma grande fofoqueira —, mas esse tipo de coisa sempre chegava aos ouvidos da mãe. Ela parou e acenou.

— Ele está na sua casa.

— Quem?

— Você sabe. — A sra. Gannett baixou a voz até quase um sussurro. — Ele. *Tear.*

Com esforço, Katie se segurou para não revirar os olhos. Ela sabia que devia idolatrar Tear, como todo mundo fazia, mas sempre que ouvia alguém falar o nome dele com reverência, ela sentia um impulso rebelde de xingá-lo e provar que ele não era grande coisa. Mas não ousava. Havia alguma coisa em Tear, talvez o jeito que ele olhava para ela, com os olhos cinzentos perfurantes. Aqueles olhos assustavam Katie. Pareciam ver sua essência, coisas que ela não queria que mais ninguém soubesse. Ela evitava conversar diretamente com ele.

Ela gostava de Lily, a esposa de Tear (*não esposa*, sua mente lembrou a ela; William Tear e Lily nunca se casaram), mas todo mundo gostava de Lily. Ela era uma das poucas mulheres genuínas que Katie conhecia, mas a garota sentia que a sinceridade de Lily tinha sido conquistada a duras penas, pois também havia algo de pesaroso nela, uma melancolia que Katie vislumbrava de tempos em tempos, quando Lily achava que ninguém estava observando. William Tear também via? Provavelmente, já que parecia ver tudo.

O sol estava começando a se pôr quando ela chegou no alto da colina, mas todos os lampiões já estavam acesos, balançando delicadamente enquanto as chamas das velas tremeluziam na brisa noturna. Era outro aprendizado que Katie podia escolher: aprender a fazer velas. Ela não tinha interesse em chegar perto das colmeias da Cidade, mas sua mãe tinha dito que a apicultura era um ofício separado, que os fabricantes de vela só precisavam manipular a cera. Katie não sabia por que o aprendizado estava tão presente em sua mente hoje; ainda estava a meses de distância. Talvez porque fosse um sinal de que estava ficando mais velha. Ela estava cansada de ser criança.

— Katie!

Ela ergueu o rosto e viu a mãe esperando na varanda, as mãos nos quadris. O cabelo estava preso em um coque desgrenhado e a saia estava suja do que parecia ser manchas de cozido. Em alguns dias, ela deixava Katie louca, mas em outros dias, como aquele, Katie era tomada de uma onda repentina de amor pela mãe, que era tão teimosa que se recusava a usar avental para cozinhar.

— Venha, trapo — disse sua mãe, dando-lhe um abraço e a levando para dentro. — Temos visita.

Todos os lampiões da casa já estavam acesos, e quando os olhos de Katie se ajustaram à penumbra da sala, ela viu William Tear e tia Maddy perto da lareira, conversando em voz baixa.

— Oi, gatinha — disse tia Maddy, virando-se. — Como você está?

Katie a abraçou com alegria; apesar de Maddy Freeman não ser sua tia de verdade, Katie a amava quase tanto quanto amava a mãe. Tia Maddy sabia se divertir; desde que a garota conseguia lembrar, era sempre ela quem pensava em um bom jogo ou em uma atividade divertida para passar uma tarde chuvosa dentro de casa. Mas também era uma boa ouvinte. Foi tia Maddy que explicou a Katie sobre sexo quando ela tinha nove anos, dois anos antes de a sra. Warren tocar no assunto na escola e bem antes de Katie conseguir reunir coragem para tocar no assunto com a mãe.

O abraço de tia Maddy quase a esmagou. Ela era forte o bastante para trabalhar nos campos ou até nos currais para o abate, mas se tia Maddy tinha um trabalho, era o de aconselhar William Tear. Sua mãe, tia Maddy, Evan Alcott... Tear nunca ia a lugar nenhum sem pelo menos dois deles a tiracolo, e apesar da ambivalência de Katie em relação ao sujeito, ela não podia deixar de sentir orgulho quando via sua mãe ou tia Maddy ao lado dele.

— Venha para o quintal comigo, Katie — disse tia Maddy, e Katie foi atrás dela, se perguntando se estava encrencada. Tia Maddy não tinha filhos com que se preocupar, e tinha bastante tempo para ficar de olho em Katie.

O quintal era aberto, separado das outras casas por uma cerca de troncos que sua mãe construiu para impedir a entrada do cachorro dos Caddell. O sol estava baixo sobre as casas, uma bola laranja ofuscante tocando o horizonte. Katie ainda ouvia os gritos de outras crianças várias casas abaixo, mas logo elas fariam silêncio. A Cidade sempre ficava silenciosa à noite.

Tia Maddy se sentou no banco largo de madeira sob a macieira e bateu no espaço ao seu lado.

— Sente-se, Katie.

Ela se sentou, a ansiedade aumentando. Ela raramente se comportava mal, mas, quando acontecia, costumava ser tia Maddy quem a pegava no flagra.

— Você começa como aprendiz ano que vem, certo, Katie?

Então seria uma discussão sobre seu futuro, não seu passado. Katie relaxou e assentiu.

— Você tem alguma ideia do que quer fazer?

— Eu quero trabalhar na biblioteca, mas mamãe diz que todo mundo quer trabalhar lá e que é muito difícil entrar.

— É verdade. A sra. Ziv tem mais ajudantes do que tarefas. Qual é sua segunda escolha?

— Qualquer coisa, acho.

— Você não se importa?

Katie ergueu os olhos e viu, para seu alívio, que não estava falando com a tia Maddy disciplinadora. Havia duas tias Maddy, e essa era a solidária, a que ajudou Katie a esconder um vestido que ela estragou brigando na lama quando tinha sete anos.

— Só não estou interessada — admitiu Katie. — Sei que tem aprendizagens que eu odiaria com certeza, como apicultura. Mas entre as que eu não odiaria, não ligo.

Inesperadamente, tia Maddy sorriu.

— Eu tenho um aprendizado para você, gatinha, um que acho que você vai gostar. Sua mãe já aprovou, mas precisa guardar segredo.

— Que tipo de aprendizado?

— Você não pode contar para ninguém.

— Nem para Row?

— Principalmente para Row. — O rosto dela ficou muito sério, e o protesto que estava na ponta da língua de Katie morreu em seus lábios.

— Eu consigo guardar segredo.

— Ótimo. — Tia Maddy fez uma pausa, escolhendo as palavras com cuidado. — Quando atravessamos o oceano, nós deixamos todas as armas para trás, e com elas a maior parte da nossa capacidade de nos defender da violência. Nós acreditávamos que não precisaríamos delas aqui. Você já leu sobre armas, não leu?

Katie assentiu lentamente, pensando no livro que tinha na mesa de cabeceira, no qual homens atiravam em outros homens com armas de fogo. Não havia armas na Cidade, só facas e flechas, e eram usadas apenas para caça e comércio. Ninguém tinha permissão de portar uma faca na rua.

— Antes da Travessia, sua mãe e eu fomos treinadas para matar — murmurou tia Maddy, o olhar fixo em um lugar distante. — Tínhamos armas de fogo, mas não precisávamos delas. Nós aprendemos a matar com nossas próprias mãos.

— Matar *gente*?

Katie ficou quieta, tentando absorver a ideia. Essas coisas aconteciam o tempo todo em livros, mas eram só histórias. Ela tentou imaginar tia Maddy ou sua mãe matando alguém e percebeu que não fazia ideia de como seria isso. Até onde sabia, apenas um homem na cidade tinha tido uma morte violenta, e ele morreu nas planícies anos antes, atacado por um lobo feroz. Houve uma discussão sobre isso na reunião, mas Katie era nova demais para entender na época. Várias pessoas exigiram que guardas fossem posicionados no perímetro da Cidade, guardas armados com arcos. Essas decisões eram sempre tomadas por votação democrática, mas William Tear foi contra, e quando William Tear era contra alguma coisa, só havia uma direção para qualquer votação. Katie olhou para as mãos de tia Maddy, para os braços musculosos e cheios de cicatrizes.

— É por isso que você sempre segue William Tear por aí? — perguntou a garota. — Para o caso de ter que matar alguém?

Dessa vez, foi tia Maddy que ficou surpresa.

— Claro que não. Nós só queremos estar por perto caso ele precise.

Tia Maddy acabou de mentir para mim, pensou Katie. Mas não se ofendeu; os adultos mentiam o tempo todo, os motivos muitas vezes tão bobos quanto os das crianças. Mas ela achou curioso que, em uma conversa com tantos outros trechos surpreendentes de sinceridade, tia Maddy sentisse necessidade de mentir sobre isso.

— Queremos começar seu aprendizado mais cedo, Katie. Mês que vem. Queremos treinar você da mesma forma que sua mãe e eu fomos treinadas, para enfrentar a violência quando ela chegar.

— Por quê? Que violência?

O rosto de tia Maddy pareceu se fechar. Até os olhos ficaram vazios.

— Provavelmente nenhuma, Katie. É só uma precaução.

Outra mentira, e Katie sentiu a raiva surgir dentro dela, um animal preparado para atacar, esperando o momento certo.

— Tem alguma coisa a ver com o cemitério? — perguntou ela, pensando nos túmulos abertos, nos conteúdos espalhados pela grama. Disseram que tinha sido um animal, mas Katie não acreditava muito nessa teoria. Animais não teriam destruído o lugar todo? O que quer que tenha cavado o chão aparentemente escolheu três ou quatro túmulos específicos.

— Não — respondeu tia Maddy. — Mas pode haver outros perigos. Considere-se uma medida preventiva.

— Só eu? — perguntou Katie, pensando em seu tamanho. Não era muito pequena, mas também não era alta, e era magra. Se tivesse que lutar com um homem com as próprias mãos, ela provavelmente perderia, com ou sem treinamento.

— Não. Nós escolhemos vários jovens. Sua amiga Virginia. Gavin Murphy. Jonathan Tear. Lear Williams. Jess Alcott. Alguns outros.

— Mas não Row?

— Não. Rowland Finn não vai fazer parte disso e não pode saber de nada.

Por um momento, Katie sentiu a raiva começar a crescer. Row tinha tantos talentos; por que os adultos não podiam reconhecê-los pelo menos uma vez? A falta de reconhecimento magoava Row, embora ele fizesse o melhor para esconder, e Katie sentia essa dor como se fosse parte dela.

— Você quer fazer isso? — perguntou tia Maddy.

Katie engoliu em seco, tentando domar a raiva dentro de si. Ela *queria* fazer isso, mas significaria guardar um segredo de Row. Ela era capaz? Eles não tinham segredos. Row sabia tudo sobre ela.

— Posso pensar um pouco?

— Não. — A voz de tia Maddy foi gentil, mas implacável. — Você precisa decidir agora.

Katie olhou para o chão, os pensamentos em disparada. Ela queria fazer isso. Nunca tinha escondido nada de Row, mas achava que podia, só daquela vez. Ela queria participar do segredo.

— Eu quero.

Tia Maddy sorriu e apontou na direção da casa. Katie se virou e viu William Tear andando na direção delas. Sem pensar, ela ficou de pé, as costas eretas. Tia Maddy apertou seu ombro uma última vez antes de ir embora, mas Katie mal a viu se afastar. A única outra vez que conseguia se lembrar de ter ficado sozinha com William Tear foi em um jantar no ano anterior, quando os dois foram à cozinha ao mesmo tempo. Por alguns segundos, Katie esperou, paralisada, sem saber o que dizer para ele, e ficou aliviada quando Tear levou o prato de volta para a mesa. Naquele momento não foi diferente.

— Não precisa ter medo, Katie. — Tear se acomodou ao lado dela no banco. — Você não está encrencada. Eu só quero conversar com você.

Katie assentiu e voltou a se sentar, embora as pernas estivessem tremendo e ela tivesse que lutar para mantê-las paradas.

— Você quer esse aprendizado?

— Quero.

Katie sentiu uma vontade súbita e insistente de abrir a boca e falar: que ela conseguia guardar segredo, que seria uma boa lutadora, que nunca faria nenhum mal para a Cidade.

— Eu sei — disse Tear, fazendo Katie tomar um susto. — É uma boa parte do motivo de termos escolhido você para isso. Não é só lutar e usar facas, Katie. Todo o treinamento do mundo não vale nada sem confiança. Eu observo você há anos. Você tem um dom, um que todos nós percebemos, o dom de ver através dos artifícios. A Cidade vai precisar disso, e eu não vou estar aqui para sempre.

Katie olhou para ele, confusa. Nunca tinha pensado muito na idade de Tear, como às vezes o fazia com os outros adultos da Cidade. Tear devia ter pelo menos cinquenta anos, mas isso era só um número; Tear não tinha idade, simplesmente existia. Mas não havia como confundir o tom das suas palavras.

— Você está doente, senhor?

— Não. — Tear sorriu. — Ainda tenho alguns anos pela frente, Katie. Só estou sendo cauteloso. O que nos traz a isto.

Enfiando a mão embaixo do suéter de lã, Tear pegou uma bolsinha fechada por um cordão feito de couro de cervo. Katie nunca tinha visto aquela bolsa, e olhou com interesse quando Tear a abriu e virou seu conteúdo na palma: uma pedra azul cintilante, uma safira, Katie achava, as muitas facetas refletindo o sol poente. Muitas pessoas na cidade tinham pedras, mas Katie nunca tinha visto uma daquele tamanho. Tear a esticou para Katie, mas por um momento ela só conseguiu olhar.

— Vamos, pode tocar.

Ela segurou a pedra e viu que era quente. Provavelmente por causa do peito de Tear, mas Katie não pôde deixar de lado a estranha ideia de que a pedra estava viva, quase respirando.

— Quero que você me faça uma promessa, Katie. E saiba que é uma promessa bem séria, que não deve ser encarada com leviandade. A pedra que você tem nas mãos tem um talento para fazer as pessoas se arrependerem de suas mentiras.

Katie fechou a mão sobre a safira e sentiu-a esquentar, e seu sangue correu mais rápido nas veias. Ela ergueu o rosto e viu algo terrível: uma gota de água escorrendo pela bochecha de Tear, uma visão incongruente com o mundo que Katie sempre conheceu.

— Prometa, Katie. Prometa fazer o que for melhor para esta cidade, sempre.

Os ombros de Katie relaxaram de alívio, porque aquela não era uma promessa difícil de fazer. Mas Tear estava tão obviamente perturbado que ela se obrigou a falar devagar e solenemente, como se refletindo bem cada palavra.

— Eu prometo fazer o que for melhor para a Cidade. — Ela fez uma pausa e, como as palavras não pareceram suficientes, continuou: — Se alguém tentar fazer mal à Cidade, vou impedi-lo. Eu vou... matá-lo.

Tear ergueu a sobrancelha.

— Um animal feroz. Bem que sua mãe disse. Mas chega de falar em matar, certo? — Ele esticou a mão, e Katie devolveu a safira. — Espero que nunca chegue a isso. Aqui não era para ser um lugar violento.

— Senhor, posso lhe fazer uma pergunta?

— Claro.

Katie reuniu coragem.

— Você tem visões às vezes. É o que todo mundo diz.

— Sim.

— Se a Cidade está em perigo, quem é o inimigo? Você não sabe?

Tear balançou a cabeça.

— Minhas visões costumam ser pouco melhores do que sombras, Katie. Pode nem ser nada.

— Mas não é isso que você acha.

— Não. Mesmo quando só vejo sombras, elas costumam se mostrar verdadeiras. — Ele ergueu a safira, permitindo que os últimos raios de luz do sol poente brilhassem por ela. — Esta pedra é poderosa, mas tem seus limites. Funciona apenas quando quer. Eu posso usá-la, mas não posso controlá-la.

— Onde você a conseguiu? Do antigo mundo?

— Sim e não.

Ela ficou olhando para Tear, confusa.

— Um dia eu talvez lhe conte essa história, Katie. Mas agora, só saiba que você fez uma promessa. Uma promessa séria. Vamos começar seu treinamento na semana que vem, mas, até lá, vou pedir que não fale sobre isso com ninguém, nem com seus amigos. Nós ainda não contamos para todo mundo.

— Posso falar com a minha mãe?

— Claro. E ninguém mais.

Ela hesitou, querendo perguntar sobre Row, por que ele não estava incluído. Row era o garoto mais inteligente da cidade, sem dúvida, exceto talvez por Jonathan Tear... mas tia Maddy tinha mencionado Jonathan também, Katie lembrou. Ele era só um ano mais velho que Katie, mas três anos à frente dela na escola, e bem mais distante do que a idade sugeriria. Jonathan nunca acompanhava os pais quando eles iam jantar na sua casa, e embora morasse na casa ao lado, Katie quase nunca o via. Ele era incrivelmente inteligente; Katie tinha ouvido que mesmo depois de avançar vários anos, tiveram que criar uma aula especial de matemática para Jonathan, um tipo de cálculo que mais ninguém estava preparado para aprender. Mas ele não tinha amigos, e diziam na escola que ele era meio desajustado. Ninguém implicava com ele por ser filho de William Tear, mas o fato de ele ser diferente, distante, permanecia. Sem dúvida Row não seria uma escolha tão ruim.

— Katie?

Ela se virou e viu Tear sorrindo para ela, um pouco solidário, como se tivesse percebido sua confusão. A pedra e a bolsinha já tinham desaparecido sob o suéter, mas Katie mal reparou nessas coisas. Estava impressionada com os olhos de Tear, que não estavam cinza e nem cinza-claros, mas brilhantes e transparentes, quase prateados na luz fraca.

— Não precisa mais ter medo de mim — disse Tear. — Tudo bem?

Katie assentiu, incapaz de não sorrir para ele. Ela lutou com todos os pensamentos críticos sobre Tear e seus puxa-sacos e sentiu uma vergonha repentina. Ele era um bom homem; por um momento, Katie sentiu uma bondade tão forte que quase parecia que tinha uma corda os prendendo um ao outro, e ela entendeu de repente por que sua mãe tinha seguido aquele homem através de um oceano.

Ele só quer o melhor para todo mundo, pensou ela. *Por baixo de todos os sussurros e idolatrias, essa é a verdade. Queria poder contar para Row.*

— Obrigado — disse Tear, e pelo resto da vida Katie jamais esqueceria aquele momento: o homem alto sorrindo para ela, a colina e o rio ao fundo, o sol vermelho-sangue ainda no céu.

Ela não sorriu desta vez, compreendendo que diminuiria a seriedade do momento, pelo menos nas lembranças dela, ainda que não de verdade.

— Vamos entrar.

Ela andou ao lado dele, ouvindo os pés dos dois se arrastando na grama fina e áspera, mas sua mente estava em outro lugar. Tear estava certo; seu aprendizado tinha que ser um segredo. Lutas e armas... essas coisas iam tão contra as regras da Cidade que Katie não conseguia nem imaginar o que aconteceria se as pessoas descobrissem. Virginia Warren, Lear Williams, Gavin Murphy, Jess Alcott, Jonathan Tear, ela, alguns outros. Mas não Row.

Por quê?, ela se perguntou, olhando para as pernas longas de Tear, para os sapatos pesados de lã. *O que ele sabe que eu não sei?*

Sua mãe os estava esperando, encostada na parede ao lado da porta da cozinha, as mãos nas costas.

— Pronto — disse Tear para a mãe dela, colocando a mão em seu ombro. — É um animal feroz mesmo, Dori. Igual à mãe.

Ele entrou, e Katie olhou para a mãe, sem saber o que viria em seguida. Sua mãe era imprevisível; podia ser surpreendentemente racional com os erros de Katie, mas as coisas mais estranhas a irritavam às vezes. Sua mãe sorria, mas os olhos continuavam alerta.

— Você nunca guardou um segredo tão importante quanto esse, Caitlyn Rice.

— Eu sei. — Katie pensou por um momento antes de dizer: — Mãe, Row é tão inteligente! Por que ele não foi escolhido também?

— Ah. — Sua mãe recostou-se novamente na parede, e Katie notou que ela estava escolhendo cada palavra. — Row é... um garoto imprevisível.

— O que isso quer dizer?

— Nada. Venha botar a mesa.

Katie a seguiu em silêncio, ainda tentando entender. Row tinha um lado travesso, ela sabia; gostava de confundir os outros. Mas não havia malícia em suas ações, nada que não fizesse os dois caírem na gargalhada quando se lembravam. Queria ficar com raiva pelo amigo, mas só conseguia sentir tristeza. Só Katie via o verdadeiro valor de Row, e parte dela gostava disso; era como um segredo entre os dois. Mas, naquele momento, ela trocaria toda a preciosa intimidade entre eles para que o resto da Cidade o conhecesse, o visse como realmente era. Falando em Row, como ia esconder aquilo tudo dele? Um aprendizado ocupava muito tempo. Como ia impedir que Row descobrisse?

Tear vai cuidar disso.

A voz veio de algum lugar no fundo da mente dela, um lugar que parecia perturbadoramente adulto, mas Katie reconheceu a sinceridade do pensamento. Tear *cuidaria* de tudo. Havia mais de um segredo sendo guardado ali; Katie sentia anéis de ilusão ao seu redor, ondas cada vez mais largas na superfície enganosamente lisa da cidade. Ela pensou na safira enorme e estremeceu. Prometera proteger a Cidade, e tinha falado sério, mas lá no fundo uma voz protestou, a parte que estava cansada de se preocupar com os outros, a parte que desejava só cuidar de si mesma.

Posso fazer as duas coisas, insistiu Katie, mas foi uma insistência estridente, desesperada, como se alguma coisa dentro dela soubesse mesmo então que um equívoco assim era falso, que um dia ela teria que escolher.

Kelsea acordou com um susto e se viu na escuridão. O carcereiro estava por perto, deixando-a tensa, mas depois de um momento ela viu que a cabeça e o peito oscilavam com o movimento da carroça. Ele estava dormindo. O céu acima parecia veludo preto; Kelsea sentiu que era madrugada, mas não havia sinal do amanhecer.

Eu vi.

Uma luz brilhou acima da carroça. Kelsea ergueu o rosto e viu um poste decorado passando acima da sua cabeça. Ao mesmo tempo, percebeu que o movimento irregular e esburacado com que tinha se acostumado se transformou em um deslizar tranquilo. Estavam em terreno plano novamente. O ar da noite era quase gelado, e Kelsea colocou a capa sobre os ombros. Mais um poste passou acima deles, uma miríade de sombras iluminadas pelo fogo se espalhando umas sobre as outras pelo piso da carroça. Ela devia se sentar, tentar entender onde estava, mas só ficou deitada, paralisada.

— Eu vi — sussurrou ela, como se as palavras fossem tornar aquilo real. — Eu vi.

De impulso, colocou as mãos no peito, mas, é claro, as safiras não estavam lá. Não estavam lá havia muito tempo, mas quando Kelsea fechava os olhos, via tudo bem à frente dela: a Cidade, a floresta, o rio Caddell, a Almont ao longe. Como era possível? Nem o mundo de Lily tinha parecido tão claro.

Ela não é Lily.

Não. Era uma pessoa diferente, uma criança crescendo no Tearling, bem antes do reino ter esse nome. Sua mãe era Dorian Rice, a mulher que um dia caiu no quintal de Lily Mayhew com uma bala na barriga. A garota era Katie Rice. Anos depois da Travessia, aquela cena, Jonathan Tear com apenas quinze anos. A ideia fez o coração de Kelsea doer, pois ela sabia que apenas cinco ou seis anos depois Jonathan Tear seria assassinado e a utopia de William Tear mergulharia no caos.

Como tudo pôde desmoronar em tão pouco tempo?

Aquilo era um enigma sem solução, a não ser que Kelsea voltasse e descobrisse as respostas por si mesma. Mas ela aprendera do pior jeito que aquelas pequenas aventuras no passado podiam ter um preço terrível.

Você não está fazendo nada produtivo mesmo.

Kelsea sorriu com cansaço pelo pensamento, um certo pragmatismo que a fez pensar em Clava. Sem dúvida havia bem pouco que ela pudesse fazer naquela carroça. A cavalaria tinha atravessado a fronteira e descido pelo desfiladeiro Argive no dia anterior, deixando a maior parte do exército mort para trás. Ela não sabia se a Rainha Vermelha tinha ficado com o exército ou se passou para a frente à noite. Kelsea ficou olhando para o céu, começando a clarear de preto para azul-escuro, e por um momento sentiu tanta saudade da sua terra que pensou que choraria. Ela tinha deixado o Tearling nas mãos de Clava, sim, e isso era um consolo. Mas não conseguia fugir da sensação de que seu reino estava passando por um momento terrível.

Acima da cabeça dela, outro poste surgiu, o lampião balançando na brisa da madrugada. Até aquele detalhe da organização mort irritava Kelsea. Os postes de luz tinham que ser acesos à noite e apagados de manhã, para não desperdiçar óleo. Quem ia até ali, aquele lugar no meio do nada, cuidar de todos aqueles lampiões? Mais uma vez, Kelsea lamentou pelas safiras perdidas, pois os postes pareciam ensinar uma lição valiosa: o medo gerava eficiência.

Não estão perdidas.

As palavras fizeram Kelsea se sobressaltar, pois a voz no fundo da mente dela era inconfundivelmente de Lily. Era verdade, as safiras não estavam completamente perdidas, mas sim nas mãos da Rainha Vermelha; o que era a mesma coisa que estarem na lua. A Rainha Vermelha não podia usá-las, nem Kelsea.

Por que ela não pode usá-las? A voz de Lily estava a quilômetros de distância, mas Kelsea percebeu a urgência no tom. *Pense, Kelsea. Por que ela não pode usá-las?*

Kelsea pensou, mas não chegou a nenhuma conclusão. Row Finn tinha dito algo relacionado a sangue Tear; ela lutou para lembrar, o que fez sua cabeça doer. A Rainha Vermelha tinha sangue Tear, Finn tinha dito, mas o de Kelsea era mais poderoso. Ela entregou as safiras, então como ainda podia estar tendo vislumbres do passado? Lembrou-se de repente do sonho de uma semana antes: a Travessia, os navios e o céu escuro com um buraco brilhante no horizonte. William Tear abriu um portal no tempo, e de seu jeito limitado, Kelsea fez a mesma coisa, abrindo uma fenda e espiando o passado. Era possível que a fenda tivesse ficado aberta desde então, apesar de as safiras estarem perdidas? Se a Travessia que ela viu fosse a real, alinhava-se bem com o que tinha acabado de ver ali: Maddy Freeman, a irmã de Lily, vários anos mais velha, mas viva e bem.

Quanto antes Kelsea saísse da carruagem, melhor. Ela perdia o controle do próprio corpo durante as fugas; tanto Clava quanto Pen disseram para ela. Ela se virou para deitar de costas, sentindo farpas entrando na capa. Se ao menos pudesse se comunicar com eles, com William e Jonathan Tear, contar sobre o futuro tempestuoso, mudar a história em vez de apenas vê-la acontecer...

Um crânio apareceu acima da cabeça de Kelsea.

Ela se empertigou de repente, levando uma das mãos à boca para sufocar um grito, e viu que o crânio tinha sido pendurado no alto, em uma vara entre os postes. Alguns pedaços de músculo ainda estavam pendurados no maxilar, e as órbitas, cobertas de sangue escuro, envelhecido. Ela perdeu o crânio de vista quando a luz do poste foi sumindo, ficando para trás, mas outro crânio apareceu, e logo depois outro. Esse era muito mais velho; o vento e o tempo tinham corroído o maxilar e a curvatura suave do nariz.

Bom, pelo menos uma pergunta estava respondida. Ela estava na estrada Pike.

O mais silenciosamente que conseguiu, Kelsea se levantou, segurando as correntes para não tilintarem e acordarem o carcereiro. O amanhecer estava se aproximando rapidamente, o horizonte a leste tomado de luz rosada, mas a terra abaixo era uma escuridão vasta, interrompida apenas pela estrada por onde a carroça seguia, margeada por varas e postes. Estavam descendo um declive suave, mas, ao longe, Kelsea viu que a estrada se inclinava mais intensamente na direção de uma barreira enorme: um muro, alto e bem fortificado, um volume negro contra o céu que clareava. Acima do muro, Kelsea viu as silhuetas de muitas construções e, mais alta do que todas, uma estrutura enorme, com pontas e oblongos que Kelsea identificou como torreões.

Demesne, pensou, sentindo o estômago revirar. Já tinha sido Evanston, capital da Nova Europa, a cidade no platô, construída tijolo a tijolo por colonos. Mas agora, parecia algo saído de um pesadelo.

Kelsea voltou a se sentar na carroça, mantendo um olho no carcereiro, que estava começando a despertar, e se enrolou na capa. Tentou reunir coragem, mas suas forças pareciam ter ido embora. Ela estava no meio de sua própria Travessia, mas aquela viagem não era nada parecida com a de William Tear.

Seu destino era uma terra sombria.

Quando Ducarte entrou na sala, a Rainha soube que a situação era ruim. Havia esperado dias por aquele relatório, tentando ser paciente, embora fosse diretamente contra sua natureza, entendendo que Ducarte precisaria de um tempo para avaliar a situação. Ela só o tinha liberado da fronteira duas semanas antes. Depois do episódio com a garota, Ducarte não servia mais como comandante, pois mal conseguia ficar de pé. Ele se assustava com barulhos altos, e às vezes a Rainha tinha que falar o nome dele duas ou três vezes para chamar sua atenção. Ela esperava que retornar à antiga rotina, à posição que ele criou e tornou dele, pudesse fazê-lo voltar a si. Mas assim que Ducarte entrou na sala do trono, ela viu que nada tinha mudado. Na verdade, parecia ainda pior. O que quer que a garota tivesse feito com ele, foi bem-feito... talvez até permanente. E, sem Ducarte, a posição da Rainha ficava mais fraca do que antes.

Ela estava enfrentando uma revolta. Apesar de seus melhores esforços, um boato de que ela não estava presente tinha se espalhado, e o líder dos rebeldes, Levieux, tinha feito um cerco em Cite Marche. Nenhum dos moleques que ela deixou no comando fez o menor gesto para impedir esse Levieux, nem para descobrir sua identidade. Seu exército tinha voltado de Tearling, mas lentamente, ainda mais lentamente que a viagem de ida, e nessa falta de velocidade a Rainha reconhecia traição. Antes de partir, ela deu ordens explícitas para o substituto de Ducarte, o general Vine, de que qualquer homem pego saqueando os tear fosse enforcado na árvore mais próxima. Mas o general Vine não era um homem que botava medo no exército. Só o medo da própria Rainha estava mantendo os soldados na linha, e ela sentia esse medo erodindo mais e mais a cada dia. Seus coronéis e generais eram leais, pois sabiam que seriam compensados pela parte deles da pilhagem quando retornassem. Mas o restante do exército... Droga, precisava de Ducarte! Como ele podia desmoronar quando ela menos podia se dar ao luxo de perdê-lo?

Mas a Rainha não permitiu que esse rancor transparecesse em seu rosto. Até Ducarte no fundo do poço era mais competente que a maioria dos homens, ela lembrou a si mesma. Atrás dele entraram dois tenentes, ambos sabendo que deviam se posicionar atrás de Ducarte e ficar em silêncio, os olhos direcionados respeitavelmente para o chão.

— Quais são as notícias, Benin?

Ducarte jogou a capa longe e desabou em uma cadeira. Mais um sinal perturbador. Ele nunca precisara se sentar antes; agora, parecia estar procurando constantemente o lugar mais próximo para se apoiar.

— Cite Marche está um caos, Majestade. Semana passada uma multidão invadiu os armazéns da Coroa e levou tudo: comida, vidro, aço e armas. Os soldados que deveriam estar de serviço desapareceram. O prefeito Givene desapareceu, e, sem ele, ninguém tem autoridade de mobilizar a milícia da cidade.

— Eu tenho autoridade.

— Claro, Majestade. Eu não quis dizer...

— Bote a milícia na rua e encontre o que me pertence.

— Isso pode ser um problema, Majestade. Nós pegamos algumas pessoas com vidro ou aço, mas só uma ou duas peças. Aquele filho da mãe rebelde, Levieux, já distribuiu todos os bens, e parece ter feito isso pela cidade inteira. A comida já deve ter acabado a essa altura e teríamos que prender metade da população para recuperar os outros bens.

— Ele roubou para distribuir?

— Acredito que sim, Majestade.

A Rainha ficou imóvel, mas por dentro seus músculos se retesaram, estimulados pela fúria. Não bastava ela ter gastado uma fortuna para preparar uma invasão que não lhe rendeu nada. Agora, tinha voltado para casa e encontrado aquilo!

— Quando você encontrar Givene, quero que ele seja pendurado no muro de Cite Marche.

— Sim, Majestade. — Ducarte hesitou por um momento. — A cabeça?

— O corpo inteiro! — gritou ela. — O corpo inteiro, Benin! Vivo! Quando os corvos forem cuidar dele, vamos ver o quanto ele é um bom rebelde!

— Sim, Majestade — repetiu Ducarte monotonamente, e a Rainha teve que controlar a vontade de pular do trono e dar um tapa nele. Uma vez, quase vinte anos antes, Ducarte pegou um traidor de Callae e o esfolou vivo, trabalhando lenta e metodicamente, alheio aos gritos do homem, arrancando a pele da mesma forma como um escultor trabalharia em argila. O antigo Ducarte não precisava de esclarecimento. O antigo Ducarte teria simplesmente entendido. A Rainha respirou fundo, sentindo como se tudo estivesse escapando de suas mãos.

— E Demesne?

— Neste momento, Demesne parece relativamente calma, Majestade. Mas aposto que não vai ficar assim por muito tempo.

— Por quê?

— Mandei vários dos meus agentes para o campo, para avaliar a probabilidade de uma revolta de escravos. Eles acharam que não havia muita preocupação nessa área.

A Rainha assentiu. As penalidades para escravos fugitivos sempre foram muito severas para desestimular qualquer foco.

— Mas?

— Tem uma migração curiosa acontecendo, Majestade. Os vilarejos de Glace-Vert foram abandonados. As pessoas estão pegando seus animais e todos os bens que conseguem carregar e indo para o sul. Muitas delas já estão espremidas em Cite Marche.

— Por quê?

— Meu pessoal estava muito espalhado para conduzir interrogatórios adequados, Majestade. A única coisa que conseguiram captar de declarações voluntárias é sobre uma superstição antiga em Fairwitch... — Ducarte fez uma pausa e tossiu. — Uma criatura que supostamente espreita as montanhas e os contrafortes, procurando presas jovens...

— O Órfão — murmurou a Rainha.

— Majestade?

— Nada. Eu conheço essa lenda, Benin; é mais velha do que eu. O que mudou?

— Há novos relatos, Majestade, de vilarejos atacados não por uma, mas um exército dessas coisas. Meu agente em Devin's Copse encontrou sangue e ossos no chão das casas vazias. Meu pessoal encontrou oito vilarejos abandonados. Dois dos meus agentes sumiram, não entram em contato há mais de uma semana.

— Qual é a explicação alternativa? — perguntou a Rainha. Mas o tom dela foi vazio, pois era uma pergunta vazia. A coisa sombria estava à caça. Podia contar para Ducarte, mas ele pediria uma explicação, e que história ela contaria?

Uma vez, muito tempo atrás, uma garotinha assustada fugiu de um vilarejo em Glace-Vert. Ela tinha sido exilada e foi para o norte se esconder. Mas não encontrou consolo nos vilarejos de Glace-Vert, só abuso, tanto que preferiu passar fome nas montanhas. Ela estava preparada para morrer, mas uma noite viu o lampejo de uma fogueira...

— Como disse, eu não tinha recursos para interrogar aquelas pessoas, mas tenho que dizer, Majestade, elas acreditavam no que estavam dizendo. Tem alguma coisa fazendo um trabalho sujo no norte, e se continuar a vir para o sul, o país todo vai bater na nossa porta pedindo asilo.

A Rainha se recostou no trono, uma pulsação desagradável nas têmporas. Duas semanas antes, ela despertou de um pesadelo, o pesadelo mais terrível da vida dela, no qual a coisa sombria, não fantasma, mas sólida, não mais presa pelo fogo, a caçou por todos os corredores do castelo, pela extensão do Novo Mundo...

Livre, percebeu ela. Fosse chamada de coisa sombria, fosse chamada de Órfão (e aqueles pobres aldeões de Fairwitch precisavam chamá-lo de alguma coisa, dar nome ao motivo de suas crianças desaparecerem sem deixar rastros), estava solta agora, livre para vagar... Estaria mesmo vindo naquela direção? Havia dúvida?

Evie!

A voz ecoou dentro da cabeça dela, mas a Rainha a afastou, olhando com tristeza para seu aliado mais antigo e mais fiel. Ducarte estava inclinado para a frente, os braços cruzados apoiados nos joelhos, encarando o chão. Ele ainda não tinha nem sessenta anos, mas parecia um velho, abatido e exausto. O antigo general Ducarte, o chefe de Segurança Interna cujo nome fazia o reino inteiro tremer, aquele homem estava morto, e a Rainha estava de luto por ele. Ducarte, que acabou com a revolta de Callae, que ajudou a transmutar o controle da Rainha Vermelha de madeira para ferro em Mortmesne. Mas ele estava destruído, e só agora a Rainha estava despertando para o fato de que mandar Ducarte para o Tearling talvez tivesse sido o erro mais grave que já cometeu. Sem ele, não havia ninguém para protegê-la, nem mesmo de seu próprio exército.

Houve outros?, ela se perguntou, sentindo a pergunta percorrer sua mente de um lado para outro como um roedor em pânico. *Outros fracassos? Quantos erros eu cometi?*

— O que você deseja fazer, Majestade?

A Rainha batucou com os dedos no braço do trono por um momento, depois perguntou de forma quase indolente.

— Onde está a garota?

A expressão de Ducarte não mudou, mas seu rosto ficou uma fração mais pálido, e naquele momento ele pareceu ficar um pouco mais velho. A Rainha também não gostava de pensar na garota; a lembrança daquela cena na barraca era horrível, tão horrível que ela a empurrou para o fundo da mente. A garota sabia tanto agora...

Evie!

... tantas coisas que a Rainha pretendia levar para o túmulo.

— Ela chegou ontem, Majestade. Está no calabouço, segura e protegida.

Mas Ducarte fez uma careta enquanto falava.

— Eu a quero bem vigiada.

— Tem medo de uma fuga, Majestade?

— Claro que não. Tenho medo de ela morrer. Seus homens não tem o melhor histórico nesse departamento, Benin. Eu preciso da garota viva.

— O nome dela é um grito de guerra para os rebeldes. Não seria melhor simplesmente executá-la?

A Rainha bateu com o punho no trono e teve o prazer de ver Ducarte se assustar.

— Você me ouviu, Benin?

— Sim, Majestade. Viva, entendi.

Mas a Rainha não confiava mais nele. Ducarte algum dia se viraria contra ela? Nenhuma lealdade parecia mais certa. Ela pensou com tristeza em Beryll, seu antigo camareiro, que teria entrado no fogo se ela mandasse. Mas Beryll estava morto, e no lugar dele a Rainha tinha agora Juliette, que parecia estar sempre sussurrando. Mesmo agora, Julie estava distraída, recostada na parede trocando olhares com um dos guardas do palácio. As outras amas da Rainha estavam espalhadas pela sala, ignorando a conversa.

— O que mais?

— O exército, Majestade — arriscou Ducarte, lançando um olhar inquieto para os homens atrás dele. — É um problema. Muitos dos soldados se recusaram a voltar para casa depois que foram dispensados. Grandes grupos fizeram reuniões que acreditam serem secretas. Temos relatórios de embriaguez pública e discussões em toda Demesne, e visto a propriedade privada destruída e mulheres abusadas, o povo culpa você.

A Rainha sorriu, permitindo parte de seu rancor transparecer na voz.

— Ah, e por que você não faz algo em relação a isso, Benin?

— Eu não tenho mais autoridade com meus homens, Majestade — admitiu Ducarte com a postura rígida. — Eles não desejam trivialidades nem patriotismo. Querem sua pilhagem, todos, até a infantaria. Se não for possível, querem ser pagos em dinheiro.

A Rainha assentiu, mas o que Ducarte pedia era impossível. Ela sempre agiu como sua própria tesoureira e sabia avaliar quanto dinheiro havia nos cofres. Tinha suas reservas, mas o fluxo de dinheiro havia diminuído consideravelmente desde que a remessa tear foi interrompida. Não havia o suficiente para pagar os milhares de soldados descontentes, não dava nem para chegar perto do que eles esperavam obter pela invasão tear. Por alguns instantes, a Rainha considerou pagar uma pequena fração a todos. Tal gesto esvaziaria o Tesouro, mas às vezes atitudes assim eram necessárias. Ela já tinha feito essa aposta várias vezes antes, e a aposta sempre compensou.

Mas alguma coisa na ideia deu um nó na garganta dela. Afinal, ela também não tinha recebido sua recompensa. As duas safiras Tear estavam sob a roupa, mas eram só objetos bonitos. Todo o poder, a invencibilidade que ela torceu para obter com a invasão tear, foi reduzido aos troféus vazios pendurados entre seus seios. No retorno ao Palais, a Rainha tentou tudo, todos os encantamentos que conhecia, mas as pedras não falavam com ela. Era enlouquecedor. Ela tinha sangue Tear, pelo menos a coisa sombria tinha garantido que sim, e devia ter sido capaz de usá-las. Para onde foi o poder das pedras?

Ducarte ainda estava esperando uma solução, mas a Rainha não tinha nenhuma para dar. Seus soldados eram crianças. Ela tinha compensado o alto-comando generosamente. O que eles decidissem fazer com o dinheiro era problema deles.

— O exército é meu — respondeu ela, por fim. — Eles trabalham para mim. Se esqueceram, posso lembrá-los.

— O medo não vai segurá-los por muito tempo, Majestade.

— Só espere para ver, Benin.

Ducarte queria argumentar, ela percebeu, mas depois de um momento apenas voltou à postura derrotada, a cabeça baixa. Talvez pela centésima vez, a Rainha se perguntou o que a garota tinha feito com ele. Ela nem sabia que aquele homem era capaz de sentir medo, e agora ele não parecia passar de um pavor ambulante.

— Mais alguma coisa?

— Um relatório perturbador. Quando seus soldados se reúnem em segredo, o meu pessoal está sempre de olho. Dois dias atrás, um grupo de dez tenentes se reuniu em uma casa abandonada no distrito sul.

— E?

— Eles se encontraram com dois padres.

— Padres *tear*?

— Sim, Majestade. Nós não reconhecemos o segundo, mas o homem no comando era o padre Ryan, o que assumiu como mão direita do papa quando o irmão Matthew foi executado.

Os lábios da Rainha se repuxaram em uma careta. Os princípios do papa tear eram tão frágeis a ponto de serem quase transparentes, e a barganha que ele fez com a Rainha Vermelha estava no limbo. O papa falhou em matar a garota, e a Rainha retirou o exército do Tearling. Ela não tocaria mais naquele reino; apesar de as pedras parecerem sem vida, ela tinha feito um juramento sobre as safiras, um que não ousava quebrar. Mas devia ter sabido que o filho da mãe duas caras do Arvath agora estaria procurando suas acomodações. Ela desejava ter o pescoço dele nas mãos.

— O motivo do encontro? — perguntou ela.

— Ainda não sei, Majestade. Tenho dois tenentes presos, mas eles não se dobraram.

— Dobre-os *agora*.

— Claro, Majestade.

Mas Ducarte pareceu desanimado, e a Rainha interpretou seu pensamento não dito com facilidade: era tão difícil impedir que as pessoas planejassem no escuro.

Evie!

— Caramba, cala a *boca*!

— Majestade?

— Não é nada.

A Rainha massageou as têmporas, forçando a mente a se silenciar. A garota pregou uma peça e tanto em Ducarte, mas ele não estava sozinho. A Rainha, que acreditava ter matado Evelyn Raleigh muito tempo antes, agora via sua mente povoada pelos fantasmas de Evelyn. Ela precisava de paz, de tempo para se sentar e pensar, para decidir o que fazer. Chá e um banho quente. As respostas viriam, e se não viessem, ela poderia pelo menos cochilar, afastar um pouco da confusão que parecia dominar sua mente o tempo todo agora. Ela tinha tanta certeza de que as safiras Tear curariam sua insônia, mas claro que também não fizeram isso, e agora todos os dias pareciam servir para recuperar o sono que ela perdeu na noite anterior...

Um leve estalo de aço ecoou no ar. Por um instinto antigo, a Rainha desceu do trono e foi para a lateral da plataforma, caindo agachada. Alguma coisa bateu nas costas do trono, mas ela já estava correndo para trás de um dos enormes pilares ao lado da plataforma. Sua mente registrou vislumbres de atividade: Ducarte lutando com um dos tenentes; uma faca caída na escada; o outro tenente andando na direção do pilar segurando a espada.

Assassinos, pensou a Rainha, quase perplexa com a ideia. Não era nenhuma novidade, mas fazia muito tempo que alguém tinha coragem de tentar. Ela encostou o corpo na superfície lisa e arredondada do pilar, a mente trabalhando rapidamente. O exército estava descontente, sim, mas só o descontentamento não os levaria a um gesto tão drástico. Eles a achavam vulnerável, de alguma forma. Achavam que ela tinha deixado o Tearling intacto por fraqueza? Intolerável. Ducarte poderia estar envolvido? Ela achava que não. Era mais provável que fosse um alvo secundário. Ninguém o amava, nem mesmo suas próprias tropas.

Ela sentiu o segundo soldado se aproximando, sentiu seus batimentos cardíacos, leves e rápidos como os de um coelho, do outro lado do pilar. Podia matá-lo com facilidade, mas dois tenentes nunca teriam elaborado um plano assim sozinhos. Ela precisava de pelo menos um vivo. Do centro da sala do trono veio o som engasgado de um homem sendo estrangulado. Ela esperava que não fosse Ducarte, mas foi obrigada a aceitar que podia ser. O assassino estava dando a volta no pilar, se aproximando pela esquerda, e a Rainha ficou tensa, se preparando para atacar a mão que segurava a espada. Mas algo bateu no pilar, um impacto que ela sentiu mesmo pelos três metros de pedra sólida. A espada do homem caiu no chão na frente dela.

— Majestade? Está tudo bem?

As palavras foram ditas com sotaque tear pesado. A Rainha espiou em torno do pilar e encontrou uma das amas, a garota nova que Juliette escolheu quando Mina morreu. Não conseguiu se lembrar do nome dela. Saindo de trás do pilar, ela viu que a garota estava segurando o tenente contra a pedra, o rosto esmagado e uma faca pressionada na garganta. A Rainha não pôde deixar de ficar impressionada. Embora alta e musculosa para uma mulher — todas as suas amas tinham esse porte —, a garota ainda era menor do que o soldado. Mas tinha imobilizado o tenente.

O estado da sala do trono dizia muito. Juliette não tinha se movido, nem o restante das amas. O capitão da Guarda da Rainha, Ghislaine, estava tirando Ducarte de debaixo de seu atacante, e mesmo de onde estava a Rainha viu os hematomas feios se formando no pescoço de Ducarte. O outro tenente estava morto, uma faca cravada nas costas. A maioria da Guarda ainda estava enfileirada nas paredes, olhos alerta observando cada movimento dela. Eles mal se mexeram.

Meu Deus!, pensou a Rainha. *A minha própria Guarda!*

Ela se virou para a nova ama.

— Qual é seu nome?

— Emily, Majestade.

— Benin! Você está bem o bastante para levar um prisioneiro sob custódia?

— Estou ótimo! — respondeu Ducarte, quase rosnando. — Ele me pegou desprevenido.

A Rainha comprimiu os lábios. Ninguém pegava Ducarte desprevenido. Ela se virou para a garota, Emily, e a avaliou: bom espécime tear, alta e loura, músculos definidos nos braços. Bonita, mas não brilhante; seu rosto tinha aquela expressão bronca que a Rainha sempre associou à classe inferior.

— Você veio na remessa — comentou a Rainha.

— Sim, Majestade — respondeu a garota em uma mistura de tear e mort hesitante. — Ama escolhida mês passado apenas.

Uma ama que nem conseguia falar a língua direito! Juliette devia estar desesperada. Mas, considerando os eventos dos últimos minutos, a Rainha tinha que concordar com a escolha. Podia ter enfrentado os assassinos ela mesma, mas isso não importava. De todas as pessoas na sala, apenas duas agiram: Ghislaine e a escrava. Havia servos fluentes em mort em abundância, mas lealdade estava em falta. Que pena que a garota era tear!

— Entregue-o para o general Ducarte — ordenou a Emily. — Benin! Eu quero nomes!

— Sim, Majestade — respondeu Ducarte, se levantando.

A nova ama entregou o prisioneiro enquanto a Rainha olhava com cautela para Juliette, que estava se esforçando para esconder a ansiedade. Se isso indicava culpa, a Rainha não sabia dizer. A traição parecia cercá-la agora. Era como a antiga história tear: o ditador solitário, sozinho no castelo, tão protegido que não podia sair. Ducarte tinha avisado que retirar o exército do Tearling poderia causar grandes problemas, e agora ela percebia que ele tinha entendido seus homens melhor do que ela própria. Devia ter lhe dado ouvidos. Enquanto Ducarte tirava o prisioneiro da sala, a Rainha se viu obrigada a encarar uma verdade desagradável: aquele homem infeliz era o mais perto que ela tinha de um amigo. Sozinhos, nenhum dos dois duraria muito tempo.

— Benin!

Ele se virou.

— Majestade?

A Rainha respirou fundo e sentiu como se tivesse que convencer cada palavra a sair da garganta. Pedir ajuda... era a coisa mais difícil do mundo, a mais terrível. Mas estava sem opções.

— Somos só você e eu agora, Benin. Já percebeu?

Ducarte assentiu, o rosto se contorcendo em uma careta, e a Rainha fez uma descoberta surpreendente: ele achava sua Rainha tão desagradável quanto ela o achava. Era algo em que pensar... depois, quando a crise acabasse, quando ela finalmente tivesse uma boa noite de sono.

— Vá.

Ducarte saiu, empurrando o tenente do exército à frente. Não devia haver nada a arrancar do homem mesmo; um exército insatisfeito era bom para recrutamento, mas o conspirador inteligente nunca contava nada ao assassino, e seu adversário invisível, o tal Levieux, era no mínimo inteligente. A Rainha se sentou no trono de novo, olhando para a variedade de potenciais traidores à sua frente: guardas, amas, soldados cortesãos, pelo menos trinta pessoas, todas planejando derrubá-la. Juliette tinha começado a providenciar a retirada do cadáver no chão, mas seus olhos se desviavam constantemente para a Rainha, temerosos.

A Rainha procurou a garota tear, que tinha se afastado para ficar perto da parede com as outras amas. Reviraria o passado da garota, descobriria onde uma mulher tear aprendera a manusear tão bem uma faca. Mas isso era para depois; havia coisas mais importantes com que se preocupar agora. Vilarejos inteiros desapareceram, os aldeões fugindo de Glace-Vert. A Rainha não comandava mais um exército, só um bando de bárbaros. O Órfão, a coisa sombria, fosse qual fosse seu nome, estava chegando, e ela não tinha como impedi-lo. A garota poderia ser útil, mas era uma incógnita perigosa, e a Rainha odiava incertezas mais do que qualquer coisa. Sentiu vontade de gritar, de jogar alguma coisa em alguém, qualquer coisa para fazer aquelas pessoas pararem de olhá-la, esperando que cometesse outro erro.

— Emily, não é? — perguntou ela à escrava.

— Sim, Majestade.

A Rainha olhou para a garota por mais alguns momentos, avaliando-a. Não podia confiar em ninguém, percebia agora, mas talvez uma escrava tear fosse uma escolha melhor do que a maioria. De modo geral, os tear que chegavam na remessa não guardavam lealdade por seu reino; era mais provável que sentissem ódio. Era um risco, e um risco muito grande, dar a uma escrava tear acesso à rainha tear, mas a garota pelo menos *agiu*, ora... E isso era mais do que a Rainha podia dizer sobre a maior parte da sala, até seus próprios guardas. Mais uma vez, pensou com saudade em Beryll, em uma época em que a lealdade não era uma escolha entre o melhor dos males.

— Você não é mais uma ama — disse a Rainha. — Tenho uma tarefa especial para você. Vá até o calabouço. Quero um relatório completo sobre as condições da rainha tear. Onde ela está e se foi maltratada. Descubra se ela fez algum pedido aos carcereiros.

A garota assentiu, lançando um olhar triunfante para Juliette, cujo rosto ficou sombrio. Percebeu uma rivalidade ali. Um bom sinal.

— E arrume um professor mort. Aprenda rápido. Não quero ouvir palavras tear saindo da sua boca.

Mais um bom sinal: Emily não respondeu nem fez perguntas, só assentiu e saiu.

A Rainha voltou para o trono, mas quando chegou lá, parecia só ter olhos para a mancha de sangue fresco no chão. Rebelião e revolta. Nenhum governante resistia muito tempo a essas coisas, não pela força. Levieux e a coisa sombria... Por um momento, ela se perguntou se podiam estar trabalhando juntos. Mas não, a coisa sombria nunca se rebaixaria a trabalhar com outra pessoa. Até a Rainha, que achou que eles eram parceiros, fora apenas um peão para ele. A coisa sombria ia esperar até que ela estivesse fraca, até que a rebelião crescente em Mortmesne alcançasse as piores consequências. Só então iria atrás dela.

Eu posso fugir, pensou a Rainha, mas era no máximo uma ideia vazia. Ela era igualmente odiada em Cadare e Callae. Só lhe restavam o norte, onde a coisa sombria esperava, e o oeste, a pior opção de todas. Se os tear a pegassem, eles a machucariam só para vê-la gritar. E mesmo que pudesse fugir para buracos escuros e cantos cheios de escuridão, que tipo de vida seria essa, quando estava acostumada a ver reinos comerem nas suas mãos?

Evie! Venha aqui!

— Não — sussurrou ela.

Bem antes de os tear terem enviado a primeira remessa, ela já tinha sido escrava, e não podia voltar a essa vida. Preferia morrer. Ela pensou no pesadelo recorrente, que a afligia havia meses: a última fuga, a garota, o fogo ardente, o homem de cinza atrás delas. *Você vai fugir*, a coisa sombria tinha lhe dito, e talvez fosse mesmo, mas só no finalzinho, quando não restasse mais nada. Ela ergueu o rosto e encarou a sala de traidores à frente.

— Próximo.

Demesne

Essas pessoas sentem tanto orgulho de seu ódio! O ódio é fácil e, ainda por cima, preguiçoso. É o amor que exige esforço, o amor que cobra um preço de cada um de nós. O amor tem um custo; esse é o valor dele.

— *As palavras da rainha Glynn*, COMPILADAS PELO PADRE TYLER

Em todos os anos que passou se esgueirando para dentro e para fora de todos os lugares imagináveis, Fetch descobriu que a habilidade mais valiosa era o ritmo correto. Rápido demais provocava desconfiança. Lento demais era perdido. Mas a velocidade certa, o gingado confiante de quem estava onde devia estar, essas coisas tinham um poder quase mágico de deixar guardas e sentinelas à vontade.

Ele subiu a escada com apatia, a caminhada de um homem bem mais pesado que não gostava de para onde estava indo. Ele usava a capa de um dos guardas do Arvath, mas por baixo do capuz seus olhos se desviavam para todo lado, procurando movimento. Eram três e meia da manhã, e a maior parte do Arvath estava dormindo. Mas não todo mundo; Fetch ouvia atividade acima, o som de muitas vozes descendo pelo centro da escadaria dos andares superiores. Uma nova turba. Quando o Santo Padre foi escolhido, os devotos da cidade comemoraram o evento em uma vigília de três dias em jejum em frente ao Arvath. Essas mesmas pessoas achavam que o Santo Padre restauraria a glória da Igreja, uma glória que vinha se deteriorando pouco a pouco desde que a rainha Glynn assumira o trono. Era nessa demografia que o Santo Padre reunia as turbas.

Eu poderia contar para vocês, pensou Fetch, a ideia sombria na mente dele, e agora, em vez do Santo Padre, ele viu Row vestido de branco. *Eu poderia contar algumas histórias sobre a Igreja de Deus.*

As turbas eram ruins; já tinham assassinado "pecadores" em vários cantos da cidade. Mas havia coisa pior a caminho. O novo Santo Padre contratou mais de vinte e cinco escriturários para o Arvath, mas mesmo um observador casual conseguia ver que aqueles homens não eram contadores, mas sim uma quadrilha. Howell seguiu vários deles pela cidade, no Gut e no bairro dos armazéns, até na Creche, onde eles atuavam em qualquer obscenidade que desse um bom lucro. A intuição dizia para Fetch que um amplo império criminoso estava sendo desenvolvido lá, debaixo das ruas, no escuro.

Claro que havia muitos criminosos no Tearling; o tesoureiro da rainha era um deles. Mas aquilo era a Igreja, e Fetch, que tinha sido membro da Igreja de Deus quando ela estava dando os primeiros passos, sentia a diferença dentro de si. Criminosos e cafetões... ele não sabia por que esse fato ainda o surpreendia. Mas a vergonha que sentia agora era a mesma que tinha sentido antes.

Antes de morrer, Thomas Raleigh contou para Fetch que a coroa estava sendo guardada pelo Santo Padre. Thomas ofereceu uma quantidade infinita de pequenos subornos para recuperá-la, mas pelo menos teve a presença de espírito de não dar o que o Santo Padre realmente queria: isenção permanente de imposto de renda para a Igreja. Afinal, era só uma coroa, embora Fetch, que sempre conseguiu compreender Thomas com facilidade, visse a mentira nos olhos do homem condenado: ele queria muito a coroa. Ele não tinha ideia do que o objeto era capaz de fazer (nem Fetch, na verdade), mas o círculo de prata simbolizava uma coisa que Thomas precisava provar. Naquele momento final antes da execução, Fetch sentiu pena dele, mas não o bastante para não erguer o machado.

Várias semanas antes, quando a rainha ainda não tinha sido capturada, Howell ouviu falar que alguma coisa tinha sido roubada do Arvath. A quadrilha do Santo Padre não fazia a menor ideia do que era, mas sabiam que ficava em uma caixa de cerejeira polida; foi essa informação que fez Howell apurar os ouvidos. Os homens de Fetch nunca tinham visto essa caixa, mas Fetch sim, muito tempo antes, nas mãos do homem que ele achava que era seu amigo. Mantê-la longe de Row era essencial, mas havia outras mãos quase tão ruins quanto as dele. A Igreja inteira estava atrás do padre da Fortaleza, o padre Tyler, e a recompensa pela cabeça dele parecia aumentar a cada dia. Se o padre da Fortaleza tivesse pegado a coroa, Fetch não a encontraria se ficasse se esgueirando pelo Arvath. Mas no dia anterior ele tinha visto uma coisa interessante, e se a vida lhe ensinou uma coisa, era que informação nunca era demais. Os pequenos fatos que se descobriam sem querer muitas vezes se tornavam úteis mais tarde.

À frente dele estava uma mulher de cabelo preto, sentada em um banco no corredor que ocupava o comprimento dos aposentos dos irmãos. O rosto dela tinha sido cortado pelo que parecia uma navalha. Os cortes não foram costurados, deixando o rosto da mulher uma colcha de retalhos de sangue seco e pele infeccionada. Ela olhou para o chão quando Fetch se aproximou.

Howell não tinha dito nada sobre aquela mulher, mas Fetch escutara fofoca suficiente na cozinha para saber que o nome dela era Maya e que ela havia sido uma das concubinas do Santo Padre. Fetch, que sabia identificar uma oportunidade promissora, ficou de olho no cardeal Anders durante anos; o homem sempre tinha mulheres, duas, nem mais e nem menos. Embora bem escondidas da população, essas duas mulheres não eram segredo no Arvath. Elas vinham da prostituição e costumavam voltar para lá quando Anders terminava com elas. Mas essa, Maya, nunca mais poderia trabalhar. Como todas as mulheres do Santo Padre, ela era viciada em morphia, e Fetch achava que o vício era a única coisa que a mantinha sentada obedientemente no banco. Ela podia estar ansiando apenas pela próxima dose, mas Fetch sabia que a morte não podia estar muito atrás.

Ainda assim, ela era um enigma. Anders nunca cortou uma de suas mulheres. Ele era um homem violento, isso era certo, mas sempre reservou essa violência para suas demonstrações antissodomia. Não havia tentativa de esconder Maya; ela estava totalmente exposta. Estava sendo punida, usada como exemplo. Fetch estava determinado a descobrir por quê.

Fetch cutucou o ombro dela, e Maya olhou para cima. Os cortes estavam cruelmente visíveis, mesmo na luz fraca das tochas; um deles atravessava seu rosto, subindo pelo nariz até quase o canto do olho. Parecia que o olho tinha chorado sangue, e isso fez Fetch pensar de novo em Row. Na empolgação de descobrir aquela mulher, ele tinha se esquecido do inferno que estava desabando ao norte dos dois reinos, Tear e Mortmesne. Esse era um dos muitos perigos de Row: era fácil ignorá-lo até ser tarde demais.

— Você é Fetch — murmurou Maya.

Por um momento, ele ficou desconcertado, mas então lembrou que estava usando a máscara. Era comum que esquecesse; estava tão acostumado à sensação do couro que às vezes parecia fazer parte do rosto dele. Ao longe, nas profundezas do Arvath, ele ouviu um relógio soar duas vezes.

— O que você quer comigo? — perguntou ela.

Fetch tocou de leve o cabelo dela, afastando as mechas da testa. Ele usava artifícios para conseguir o que queria com frequência, principalmente com mulheres, mas não havia arte ali. O Tearling era cheio de violência, mas Fetch raramente via mulheres tão maltratadas quanto aquela. Por um momento, Fetch pareceu ouvir a voz de William Tear, no fundo da mente.

Deus não guarda as mãos para si. Acredite se quiser; a crença do seu vizinho vai ferir você com tanta certeza quanto a sua.

Fetch quase gemeu. Eles ouviram, todos eles; eles ouviram William Tear dizer aquelas palavras (ou alguma variação delas) muitas vezes, mas nunca escutaram. Para todos eles, nascidos depois da Travessia, sem nenhum referencial, as palavras de Tear entravam por um ouvido e saíam pelo outro. Fetch pertenceu à Igreja de Deus por tempo suficiente para saber que a carnificina que estava à sua frente não tinha nada a ver com Deus nem com o bem. A brutalidade encontrava uma camuflagem tão grande embaixo da cruz.

Nós não escutamos.

Não, você *não escutou. Katie escutou.*

Era verdade. Ela escutou. E pagou o preço por isso, foi forçada ao exílio, a barriga enorme com o bebê de Jonathan. Mais do que qualquer coisa, Fetch desejou de repente que pudesse ter cinco minutos com Katie, só para pedir desculpa, para dizer que ela estava certa. O Gavin mais jovem era orgulhoso demais para sequer pensar em pedir desculpas, mas Fetch descobriu que a idade trazia aquela necessidade, de acertar as contas e fazer a coisa certa. Mas estava muitos anos atrasado para implorar o perdão de Katie. Só havia a mulher à frente dele, o rosto um mapa feito por navalhas.

— Por que ele fez isso com você? — perguntou Fetch.

— Porque eu deixei o padre da Fortaleza ir embora.

— Por quê?

Maya olhou para ele com a vista embaçada.

— O velho foi gentil. Ele me ouviu. Disse que a rainha era boa...

Ela fez uma pausa e olhou ao redor, e Fetch percebeu que tinha se enganado; ela estava imobilizada não pela morphia, mas pela abstinência. A pele do pescoço e dos ombros estava úmida de suor.

— ... boa — continuou Maya, a voz ficando rouca; os músculos estavam tendo espasmos, apertando as cordas vocais. — Ele disse que ela era boa. E eu pensei, bom, se ela é boa, então Anders não devia poder escondê-la dela. Não devia poder fazer isso.

— Esconder o quê?

— A coroa. Ele gostava de experimentar quando ninguém estava olhando, e mesmo quando eu estava muito afetada pela droga, eu pensava: não é dele; a coroa pertence à rainha. Ele não devia poder usar. — Ela piscou lentamente; Fetch imaginou que ela estava bem próxima de afundar na inconsciência. — Quando o velho chegou, eu vi uma oportunidade e a agarrei.

Fetch precisava saber mais, mas seu tempo estava acabando.

— Essa coroa. Como era?

— Prateada. Um círculo. Safiras azuis. Em uma caixa bonita.

— E o padre da Fortaleza levou?

Ela assentiu.

— Onde ele está?

— Não sei. Disseram que ele fugiu, que levou o padre Seth junto. Quando Anders descobriu, ele cortou meu rosto.

Fetch franziu a testa, um nó no estômago. Poucos em Tear sabiam que o círculo de prata que os Raleigh usaram durante séculos era apenas uma imitação. A verdadeira coroa tinha desaparecido completamente, junto com a caixa de cerejeira. Fetch desconfiava que Katie a tinha levado consigo, mas nunca teve certeza. Independentemente de onde a coroa estivesse, por pelo menos um breve momento esteve ali no Arvath, e ele a perdeu. Dois padres do Arvath sozinhos em Nova Londres? A ideia o fez estremecer.

— Dão drogas para você? — ele perguntou a Maya.

— Sim. Todos os dias uma dose pequena, nem de perto suficiente...

Fetch fez uma careta.

— Não quer ficar e me fazer companhia? — perguntou Maya. — Não tenho medo da sua máscara.

— Então você é a primeira — murmurou Fetch.

Até ele tinha passado a ter medo da máscara, pois não sabia mais quem estava embaixo dela. O fora da lei? O traidor deplorável que fora obrigado a se esconder, usando a máscara só porque não conseguia mais suportar a ideia de poder ser reconhecido? Ou um garoto chamado Gavin, um menino que queria tanto fazer o certo, ser inteligente, que foi presa fácil do manipulador mais inteligente de todos?

Quem é você?

Ele não sabia. Andava por Tear havia mais de trezentos anos e às vezes sentia que não era um homem, só uma coleção de fases, vários homens diferentes com suas próprias vidas.

Mas qual deles é você agora?, martelou sua mente de forma incansável. *Que homem você se tornou?*

Ah, essa era a pergunta. O garoto, Gavin, teria deixado a mulher mutilada à frente dele no banco, o propósito dela cumprido, a informação extraída. O homem, Fetch, talvez a salvasse, mas só para aumentar a glória de sua lenda, como quando roubou uma concubina infeliz de debaixo do nariz de Thomas Raleigh.

Ele remexeu fundo no bolso interno da camisa e pegou um pacote embrulhado em tecido. Dentro havia várias agulhas e uma boa quantidade de morphia de qualidade. Ele não esperava precisar dessas coisas, mas levou consigo só por garantia. Agora, desamarrou o tecido e estalou os dedos na frente do rosto de Maya.

— Escute. — Ele empurrou os frascos na mão dela. — São para você. Esconda tudo e esconda bem.

O olhar se apurou quando ela viu as agulhas.

— Para mim?

— É. Só por garantia. — Ele deu um tapinha na bochecha dela para fazê-la olhar para ele. — É de categoria Grandmile. Poderosa, mais poderosa até do que a que você recebia do Santo Padre. Se usar tudo de uma vez, não vai sobreviver a esta noite.

Ela olhou para ele com firmeza, apertando o pacote no colo.

Fetch andou de costas nas pontas dos pés, deixando-a no banco. Durante alguns segundos, considerou a ideia de subir e acabar com o Santo Padre de uma vez por todas, mas percebeu que não podia; talvez precisasse do homem no final, e mesmo que não precisasse, havia uma série de padres ansiosos, talvez até piores, esperando na fila. Não, era melhor simplesmente desaparecer, sumir, como sempre tinha feito. Mas não conseguiu deixar de sentir desprezo por si mesmo.

— Meu Deus — sussurrou ele, e apesar de estar andando pela casa de adoração mais antiga do Novo Mundo, ele sabia que não estava falando com ninguém. Se Deus já tinha estado no Tearling, tinha ido embora havia tempo.

Javel não conseguia ficar parado. Tinha passado a maior parte da manhã andando de um lado para outro na frente da janela, que estava pontilhada de gotículas. Uma chuva fria caía em Demesne havia duas semanas, e as ruas sem pavimentação daquele bairro, Breen, não passavam de um atoleiro molhado. O inverno tinha chegado à capital mort várias semanas antes do que em Nova Londres; Javel estava agradecido de Galen ter insistido para eles levarem roupas mais pesadas. Às vezes, a cautela de Galen era irritante — era como ter uma mãe junto —, mas, com muita frequência, justificada. Javel tinha aprendido a confiar nos instintos do homem, e vários dias antes, quando Galen sugerira que era hora de seguir para um novo alojamento, eles fizeram as malas e seguiram para Breen.

Javel não esperava gostar de Demesne. Mesmo antes de ter tirado Allie dele, Mortmesne era um reino sombrio e mau dos contos de fadas que Javel ouvia quando criança. Mas Demesne era, no fim das contas, só uma cidade, com prédios e becos e ruas, e Javel morou numa cidade a vida toda. Demesne era maior do que Nova Londres e exibia construções impressionantes, a maioria feita de tijolos, não de madeira. As ruas cintilavam com janelas, pois vidro era quase tão barato quanto tijolos em Mortmesne, resultado do suprimento abundante de Cadare. A Rainha Vermelha não era burra; ela garantia que vidro fosse acessível até para os mais pobres. A cidade era cheia de pequenos gestos assim, os adornos de qualidade de vida, praças e parques públicos. Era a fachada de uma terra fácil e aberta, incongruente com a imagem de Mortmesne que Javel sempre carregou na cabeça.

Mas as praças e parques viviam sob vigilância da Segurança Interna da Rainha, observando para ver quem se reunia com quem. As janelas significavam que bem pouco podia ser escondido.

— Calma, Guarda do Portão — murmurou Gale da mesa, onde estava escrevendo uma mensagem para Clava. — Vai acabar furando o tapete.

Javel parou na frente da janela. Quando ficou parado, sentiu as batidas regulares embaixo dos pés. Fundições de aço, fornos de tijolos e muitos outros tipos de indústrias operavam embaixo das ruas, e o barulho era horrendo, mesmo em ambientes fechados. A agitação tornava qualquer espaço no térreo extremamente barato, e eles estavam no Meiklejohn's Pub havia dois dias, pagando a diária para o taberneiro extremamente mal-humorado. Galen, sempre cauteloso, expressou certa preocupação de pedir a Javel para ficar em um bar, mas não precisava ter se preocupado. Os bares de Demesne não eram como os de Nova Londres, buracos escuros onde um homem podia se perder e se afogar. E Javel nunca tinha sentido menos vontade de beber na vida. Dyer passou a noite toda fora, mas logo voltaria, e se fosse bem-sucedido, voltaria com o paradeiro de Allie.

Eles eram um grupo incompatível. Guarda da Rainha ou não, Galen era velho demais para uma empreitada daquela. Dyer e Javel chegaram a um equilíbrio inquieto entre civilidade e desconfiança, mas Javel sabia que, em tempos normais, Dyer adoraria enfiar uma espada na barriga dele. Dyer o provocava com frequência, o que era fácil, pois Javel não podia negar as duas afirmações recorrentes dele: Javel era um traidor e um bêbado. Várias vezes, Galen separou os dois quando a discussão estava prestes a passar para a violência (apesar de Javel saber que se sairia pior de uma briga dessas), mas qualquer trégua que eles fizessem era só temporária. Dyer o odiava, e Javel muitas vezes pensava em dizer a verdade e poupar o tempo dele: Dyer não podia odiar Javel mais do que ele odiava a si mesmo.

Mas a estranha parceria era eficiente com frequência. Galen, que tinha crescido em um vilarejo da fronteira, falava um excelente mort, bom o bastante para se misturar ao povo da cidade. Ele falava pelo grupo na maior parte do tempo; Dyer falava mort bem, mas com um leve sotaque que podia ser notado por um ouvinte atento, e Javel, que não falava mort, não tinha permissão de falar nunca. Javel tinha que admitir que Galen era um negociador perspicaz. Conseguiu os quartos em Meiklejohn's por uma mixaria, e o mais importante, cuidou para que o senhorio os deixasse em paz.

E aí tinha Dyer. Javel supunha que Dyer tinha sido enviado principalmente como espadachim, pois era conhecido por ser um dos melhores da rainha. Mas ele tinha outros talentos: só demorou dois dias para conquistar uma garota no Escritório do Leiloeiro. Desde então, houve vários outros encontros, e de cada um Dyer voltava com um ar cada vez mais insuportável de ter feito um sacrifício pela rainha e pelo país. Os três estavam se passando por mercadores do sul, e Dyer também estava fingindo ter um interesse grotesco no comércio de escravos.

Na noite anterior, a garota ia mostrar a ele o Escritório do Leiloeiro, mas quando Javel acordou de manhã, Dyer ainda não tinha voltado. Agora, a única coisa que ele podia fazer era andar na frente da janela. A lista do Leiloeiro tinha o nome, a localização e a origem de todos os escravos de Mortmesne, pois o escritório de Gain Broussard era quase tão eficiente quanto o antigo Censo de Thorne. Um boato havia chegado a Demesne quase um mês antes: Arlen Thorne estava morto. A rainha Glynn acabou com ele, e até o consenso mort era de que Thorne já ia tarde. Mas, para Javel, a notícia da morte de Thorne não ofereceu a satisfação que esperava, só um sentimento de inutilidade. Ele apostaria sua última moeda que Thorne tinha morrido acreditando que não tinha feito nada de errado, mas mesmo se o homem tivesse descoberto uma forma tardia de arrependimento, o mundo continuava cheio de Thornes.

— Você está inquieto de novo — comentou Galen. — Se não conseguir se controlar, vou ter que amarrar você em uma cadeira.

— Desculpe — murmurou Javel, obrigando-se a ficar parado. Era uma coisa terrível ter esperança. Às vezes, ele sentia saudade dos dias do passado. Os últimos seis anos em Nova Londres foram infelizes, sim, mas pelo menos havia uma certeza fria neles.

Do lado de fora, a chuva tinha mudado de um chuvisco implacável para um temporal, e nos dois lados da rua, os vendedores expondo suas mercadorias tinham começado a recolher tudo. Abaixo de Javel, na calçada do lado de fora, havia uma pilha de cocô de cavalo que ninguém se deu ao trabalho de limpar. Com ou sem janelas abundantes, aquele bairro não era bom. Apesar de Demesne não ter uma área comparável ao Gut, onde quase todo mundo era mal-intencionado, em suas explorações pela cidade Javel encontrou muitos bairros onde as melhorias da Rainha não chegaram, onde a deterioração estava presente. Ele marcou esses lugares em um mapa na sua cabeça. Essa era a sua utilidade, o motivo para ele não se sentir um peso morto naquela empreitada. Dyer tinha passado a maior parte da vida na Fortaleza, e Galen era mais ou menos um garoto do interior que virou Guarda da Rainha. Os dois ficaram intimidados com o tamanho de Demesne, com a dificuldade de navegação, e sempre que tinham uma pergunta sobre a geografia da cidade, eles falavam com Javel.

Nos vinte minutos que passou ao lado da janela, Javel já tinha visto três tropas de soldados mort passarem. Apesar da falta de um Gut, de alguma forma a grande maioria da cidade não era outra coisa, todo mundo fazendo o que tinha que fazer e afastando o olhar. O povo de Demesne não parecia se considerar sob lei marcial, mas a força policial em estado de alerta percorria as ruas de alto a baixo. Javel não viu nenhuma confusão, embora Galen tenha observado que o Tearling, mesmo com Thomas Raleigh no governo, sempre teve uma tolerância bem maior para tumultos civis do que Mortmesne. Galen disse que os soldados eram uma medida preventiva, e estava certo. Até três estranhos conseguiam sentir a diferença na cidade agora, os murmúrios de insatisfação em alojamentos silenciosos. Galen, que nunca esquecia que era um Guarda da Rainha, gostava de se sentar nos pubs à noite, fazendo uma caneca de cerveja durar horas enquanto agia como os ouvidos de Clava, e ultimamente tinha ouvido muita coisa. A Rainha de Tearling, amplamente reconhecida por Demesne como uma feiticeira temível, entrou no acampamento mort e fez o exército recuar ao chegar aos portões de Nova Londres, assim como a mãe dela tinha feito, embora ninguém parecesse saber como. Javel se perguntou brevemente se a rainha tinha reinstituído a remessa, mas descartou a ideia. Ele não era um bajulador, como Galen e Dyer, mas nunca se esqueceu da mulher que viu no Gramado da Fortaleza, a mulher que abriu as jaulas. Ela cortaria a própria garganta antes de permitir a volta do tráfico de escravos.

Tanto Dyer quanto Galen estavam ansiosos por causa da rainha, apesar de os dois tentarem esconder, mas não havia mais notícias dela, não nos bares. O resto da fofoca era sobre os problemas de Mortmesne, e havia muitos. Algum tipo de peste estava afligindo o norte, esvaziando vilarejos e espalhando os aldeões. Uma rebelião estava crescendo nas cidades do norte, Cite Marche e Arc Nord. Os rebeldes estavam se deslocando para Demesne, e a cidade os esperava. Sem gente para comercializar, muitos tinham perdido o emprego, e muitos outros em diversas indústrias tinham perdido temporariamente o subsídio regular da Coroa. Até a garota do Escritório do Leiloeiro confidenciou a Dyer que vivia com medo de ser demitida. A economia de Demesne ia ficando cada vez mais abalada, e em todos os cantos da cidade colocavam a culpa na Rainha Vermelha. A invasão de Tearling, que devia ter injetado uma riqueza mais que necessária na cidade quando o exército voltasse, não deu em nada.

Javel tinha suposto que o retorno dos soldados acalmaria a inquietação da cidade. Mas a Rainha Vermelha descobriu que seus problemas tinham se multiplicado. Os dois guardas pareciam pensar que todo aquele caos era bom, que tornaria o trabalho mais fácil. Javel torcia para que eles estivessem certos.

— Senhor!

Um punho bateu na porta. A voz era de Dyer, e Javel percebeu, perturbado, que Dyer tinha conseguido passar por ele despercebido. Com um aceno de Galen, ele destrancou a porta e quase foi derrubado quando Dyer entrou de rompante no aposento, ofegante.

— Senhor, venha. Agora.

Galen se levantou e pegou a capa. Era uma coisa que Javel tinha aprendido a admirar na Guarda da Rainha: não havia discussão, não havia bate-boca mesquinho, todas as perguntas eram deixadas de lado pela necessidade do momento.

Ele queria perguntar sobre Allie, mas o profissionalismo de Galen o envergonhou e o fez ficar em silêncio. Ninguém o convidou, mas ele foi atrás mesmo assim, trancando a porta do quarto com cuidado ao sair. Ele foi obrigado a correr, pois os dois guardas passaram velozes pelo taberneiro de cara feia e não diminuíram o passo até chegarem à rua. A chuva tinha voltado a ser um chuvisco, quase uma neblina. O ar estava pesado com o cheiro acre de vapor das fundições de aço. À direita, acima dos prédios, Javel conseguia vislumbrar as torres mais altas do Palais, a bandeira escarlate que tremia acima de tudo, para que o povo de Demesne não esquecesse que o reinado da Rainha Vermelha tinha começado em sangue.

Os dois guardas da Rainha mantiveram um ritmo rápido e regular, o suficiente para fazer Javel sentir que seus pulmões murchariam a qualquer momento, mas depois de um quilômetro e meio, mais ou menos, o progresso deles ficou mais lento. Eles estavam se aproximando da Rue Grange, o enorme bulevar que dividia Demesne. Javel gostava de explorar a cidade, mas tentava evitar a Rue Grange quando possível, pois era a entrada principal pelo portão ocidental de Demesne, o começo da estrada Pike. Javel não conseguia parar de pensar que Allie devia ter passado por aquele mesmo bulevar em uma jaula, anos antes. Mas Dyer os levou naquela direção, e Javel não teve escolha além de segui-los. A multidão intensificou quando eles foram se aproximando da Rue; um amontoado de pessoas parecia estar ocupando todas as ruas laterais, mas os dois guardas conseguiam abrir caminho com facilidade, e Javel ia logo atrás.

Quando chegaram à Rue em si, eles foram obrigados a parar; não havia mais espaço. O meio do bulevar tinha sido esvaziado pela aproximação de centenas de cavalos, todos marchando em fileiras ordenadas na direção do Palais. O chão tremia com o impacto dos cascos, mas Javel não conseguia ouvir nada em meio ao rugido da multidão.

— O que é? — gritou ele no ouvido de Dyer.

Ele até esperava que Dyer se virasse e lhe desse um tapa em resposta, já tinha acontecido antes, mas Dyer não prestou atenção nele. Seus olhos estavam grudados nas colunas infinitas de cavalos, procurando.

— Ali!

Javel ficou nas pontas dos pés, tentando ver acima dos ombros do homem mais alto. Depois de alguns segundos, ele viu uma coisa: uma carroça aberta, no centro da coluna mort. Pulando um pouco para espiar por cima do ombro de Galen, ele viu uma figura sentada na carroça, virada para trás, um capuz puxado sobre o rosto.

— O que é? — gritou ele de novo, e desta vez Dyer se dignou a reparar nele, embora o lábio se curvasse de repulsa quando falou.

— É a rainha, seu bêbado de merda.

Javel queria gritar que não era bêbado; estava sóbrio havia seis meses. Mas as palavras de Dyer ficaram claras para ele de repente.

— A rainha?

— Sim, a rainha — rosnou Dyer —, feita prisioneira enquanto estávamos presos aqui sem fazer nada útil.

Javel ficou nas pontas dos pés de novo e olhou para a carroça, que agora estava quase na frente deles. A posição dos ombros sugeria uma mulher, assim como os pulsos finos, acorrentados à carroça. Quando se aproximou, o rugido da multidão aumentou, e um pedaço do que parecia carne crua voou do outro lado da Rue, passando de raspão pela cabeça dela.

— O que a gente faz? — gritou Dyer para Galen.

Javel sentiu um toque leve na cintura. Olhou para baixo e viu um mão-leve, pouco mais do que uma criança, explorando com dedicação embaixo da capa dele. Ele empurrou o garoto para longe.

— Ah, Jesus! — gritou Galen.

Javel olhou de novo e viu que a carroça já tinha passado por eles e estava longe o suficiente para os homens conseguirem ver embaixo do capuz. Alguém tinha batido nela; o lábio inferior estava cortado e o maior olho roxo do mundo decorava seu rosto. Mas era impossível confundir aqueles olhos verdes; eles percorriam a multidão enquanto as pessoas a xingavam e pedaços de lama caíam quase no colo dela. Por um momento interminável, Javel teve certeza de que o olhar dela passou pelos três, o olho bom se fixando nos dele. Em seguida, a carroça sumiu de vista.

Dyer ameaçou puxar a espada, e Javel sentiu o pânico apertar seu coração. Dyer ia mesmo atrair o exército mort para cima deles? Agora? E quanto a Allie?

Uma mão surgiu por trás deles e segurou o pulso de Dyer, e uma voz sibilou em tear:

— Não faça nada!

Eles se viraram e encontraram um grupo de homens vestidos de preto. O líder não era grande, mas estava cercado de homens maiores, um deles grande demais até para Dyer ou Galen encararem. Se era uma patrulha mort, eles estavam mortos. Javel considerou implorar para Dyer contar onde Allie estava, para o caso de não haver outra chance.

Galen tinha puxado uma faca, mas o estranho só observou por um momento antes de encarar Dyer.

— Ela está fora do seu alcance agora, Guarda da Rainha. Poupe suas forças para outro momento. Ela está ensanguentada, mas não foi dobrada. Olhem!

Os três se viraram para olhar, mas a carruagem já tinha desaparecido. A cavalaria mort seguia em frente, parecendo infinita.

— Quem é você? — perguntou Galen, se virando novamente.

Mas o homem e seus companheiros já tinham desaparecido no meio da multidão.

O calabouço de Kelsea tinha uns seis metros de área. Ela descobriu isso margeando cada parede e medindo seus passos. Três das paredes eram de pedra sólida; os dedos de Kelsea não identificavam rachaduras nem vazamentos. A quarta parede era feita de barras de ferro e tinha uma porta, e atrás dela havia um corredor de tamanho indeterminado. Os sons do corredor não eram bons: alguns gritos, alguns gemidos e, mais ao longe, um homem que não parava de falar, sustentando um diálogo interminável com alguém chamado George. O fato de George não estar lá para proferir seu lado da conversa não era impedimento para essa pobre alma, que parecia determinada a convencer o amigo invisível de que não era ladrão.

Não havia como medir a passagem do tempo. Tinham tirado o relógio dela no acampamento, e Kelsea já estava descobrindo que o pior de uma situação ruim era a incerteza do passar das horas. As refeições ofereciam um alento, mas não muito, pois costumavam ser compostas de legumes e verduras frios, em geral combinados com algum tipo de carne que Kelsea não conseguia identificar. Ela forçava toda comida para dentro de qualquer jeito. As refeições não pareciam seguir nenhum tipo de programação, e às vezes demorava muito para a seguinte chegar. Água também era entregue de forma errática; Kelsea tinha aprendido a racionar o balde de água potável.

Não conseguia ver quase nada; os mort não permitiam aos prisioneiros nem mesmo uma vela. Alguns dos presos estavam sendo mantidos vivos contra sua vontade, pois Kelsea tinha ouvido mais de uma voz no corredor implorar pela morte. Ela via a lógica por trás da privação de luz; a escuridão era por si só algo terrível. Tinha sido bem mais generosa com seus prisioneiros, até mesmo Thorne.

Mas pensar em Thorne foi um erro. Pelas suas contas, Kelsea estava ali fazia quatro dias, e tinha descoberto que não havia muito a se fazer em um calabouço além de refletir. Durante as últimas semanas na Fortaleza, ao ver os mort se aproximando de Nova Londres, ela não teve tempo de questionar suas ações, mas ali, no ócio, Kelsea pensava com frequência em Arlen Thorne, ajoelhado na plataforma, o rosto contorcido em sofrimento. Ele era um traidor e traficante, um homem brutal que não hesitava em torturar. Apresentou um perigo claro ao Tearling. Mas...

— George, você tem que acreditar em mim! — gritou o homem no corredor. — Eu não peguei!

Kelsea se perguntou por que não havia ninguém para silenciá-lo. Ela raramente via alguém ali, só carcereiros e criados que levavam a comida. Eles ofereciam um breve momento de luz com suas tochas, o suficiente para Kelsea mapear a própria cela: o piso vazio e dois baldes. Ela não via o próprio carcereiro desde a chegada, e estava feliz que fosse assim. A escuridão, a monotonia, a ausência de horário para as refeições... essas coisas eram ao menos sombriamente previsíveis, mas o carcereiro era uma variável total, e Kelsea preferia a certeza sombria da solidão.

Fazia frio lá, e era úmido; ela não notara um fosso ao redor do Palais, mas a umidade devia estar vindo de algum lugar. Mas a sorte de Kelsea não estava tão ruim. Tinha colocado um vestido quente para a excursão de manhã cedo pela ponte, e a lã pesada quase não foi danificada na viagem. Só sentia um arrepio nas raras ocasiões em que o vento gemia pelo calabouço, um sinal certo de que havia múltiplas entradas e saídas ou uma falha estrutural em algum lugar. Ela passava boa parte do tempo perto das grades, prestando atenção, tentando entender as distâncias espaciais naquele lugar. O Palais não era tão alto quanto a Fortaleza, mas cobria uma área enorme. Ela podia estar a quase um quilômetro da muralha externa.

Naquele momento, Kelsea estava encostada na parede ao lado das grades, tentando avaliar se estava mesmo ouvindo um certo som: o ruído de alguém arranhando a pedra do outro lado da parede. Com base nos vislumbres pela luz fraca das tochas que teve no caminho, havia outra cela com grade lá. Os mort não gostavam de desperdiçar espaço, nem gostavam de dar aos prisioneiros o mínimo de privacidade. Havia alguém lá, e esse alguém estava raspando alguma coisa na parede, repetidamente e sem nenhum padrão distinto.

Kelsea pigarreou. Não bebia nada havia várias horas, e a voz pareceu sentir cada sílaba com um arranhado especial próprio.

— Olá? — disse ela em mort.

O som parou.

— Tem alguém aí?

O ruído de raspagem recomeçou, mais lento agora. Kelsea achava que a pessoa estava agindo deliberadamente, para mostrar a ela que tinha ouvido, mas simplesmente não estava com vontade de responder.

— Há quanto tempo você está aqui?

Os arranhões continuaram, e Kelsea suspirou. Algumas daquelas pessoas sem dúvida estavam presas havia anos, bem além da época em que teriam algum interesse no mundo fora do calabouço. Mas ela não conseguia afastar a sensação de urgência. O Tearling estava em segurança, disse a si mesma, pelos três anos que ela tinha negociado, então que importância tinha se apodrecesse ali? Pensamentos vagos sobre William Tear surgiram na cabeça dela, imagens da utopia dele, da Cidade, já começando a apodrecer de dentro para fora. Mas aquilo aconteceria quer Kelsea estivesse presa ou não. O passado na cabeça dela podia ser visto, mas não mudado.

Por que não?

Kelsea tomou um susto, mas antes que pudesse continuar o pensamento, seus ouvidos captaram um som distante: passos, mais de um indivíduo, descendo pelo corredor à direita. Quando se aproximaram, o som de raspagem na parede parou. Os passos desceram dois lances pequenos de degraus, escadas ainda não vistas no final do corredor. De alguma forma, Kelsea soube que estavam indo buscá-la e se levantou, para que quando a luz da tocha dobrasse a esquina, a encontrasse de pé na cela, as costas eretas e a postura orgulhosa.

Eram dois. Um era o carcereiro de Kelsea, os olhos de uma alegria insana como antes, segurando uma tocha, e o outro era uma mulher usando um vestido de veludo azul. Ela era alta, com olhos penetrantes e uma destreza que revelava que tinha sido treinada, talvez em combate. Kelsea refletiu e se lembrou de uma informação contada para ela por Clava muito tempo antes: as amas da Rainha sabiam se virar.

— Ela está imunda — comentou a mulher em mort com sotaque carregado. — Vocês deram banho nela?

O carcereiro balançou a cabeça, e Kelsea ficou satisfeita de vê-lo parecendo constrangido.

— Quando foi a última vez que ela comeu?

— Ontem, acho.

— Você é um verdadeiro exemplo para a sua profissão, não é?

O carcereiro olhou para ela com ar confuso, e foi nessa hora que Kelsea soube que tudo não passava de uma cena. Havia algo muito errado com seu carcereiro, uma coisa profunda e fundamentalmente errada, mas ele não era burro.

— Me dá isso! — disse a mulher com rispidez, pegando a tocha e a segurando no alto, os olhos semicerrados grudados no rosto de Kelsea. — Essa mulher foi espancada.

O carcereiro deu de ombros, olhando para o chão.

— Ela é desobediente.

— Ela é uma prisioneira de alto valor. Um subcarcereiro não encosta um dedo nela a não ser para salvar sua vida. Está entendendo?

O carcereiro assentiu, mal-humorado e com um leve brilho de raiva nos olhos. Mas a raiva em si não assustou Kelsea tanto quanto a rapidez com que ele a escondeu, estava lá e então não estava mais, fora do alcance dos olhos.

— Amarre as mãos dela e leve-a para o terceiro andar — ordenou a mulher.

O carcereiro destrancou a cela, e Kelsea ficou tensa quando a mulher se afastou.

— A linda é especial — murmurou o carcereiro, baixinho. — Mas é ainda mais especial para mim. A linda é minha.

O lábio de Kelsea se curvou de nojo. Parecia a hora mais segura para corrigir esse equívoco em particular, pois ele não podia bater nela de novo sem despertar a fúria da mulher de azul. Ela falou com cuidado em mort, enunciando cada palavra.

— Eu não pertenço a ninguém além de mim mesma.

— Não, não, eles não teriam trancado a linda se ela não fosse minha, só minha.

Kelsea resistiu a uma vontade enorme de chutar o joelho dele. Já tinha visto Clava demonstrar a manobra, um dos ferimentos mais dolorosos que um homem desarmado podia infligir: bem no domo do joelho, estilhaçando ossos em muitos fragmentos. Kelsea não tinha sua magia, só a própria força com a qual trabalhar, mas achava que conseguiria, e ouvir aquele homem uivar de dor de repente pareceu a ideia mais linda do mundo. Mas não haveria para onde ir depois.

— Mãos — ordenou o homem, colocando a tocha no suporte.

Kelsea as esticou e permitiu que ele colocasse algemas nos pulsos.

— A linda não se mexe rápido o suficiente.

— Talvez não — respondeu Kelsea. — Mas antes de a linda sair deste calabouço, ela vai dar um jeito em você. Pode ter certeza disso.

O homem levantou o olhar, assustado.

— Besteira. Ela é só uma prisioneira.

— Não. Ela é uma rainha.

— Sim. — O homem terminou de trancar as algemas e passou a mão no cabelo dela. Havia lugares piores que ele poderia ter escolhido tocar, mas a posse no gesto deixou a pele de Kelsea arrepiada. — Minha própria rainha.

Ela revirou os olhos, repugnada.

— Cristo, vamos logo.

— Mulheres não deviam usar palavreado.

— Vá se foder.

Ele piscou de surpresa, mas não reagiu, só pegou o braço dela e a levou para fora do calabouço. Kelsea teria dado o mundo e todas as suas riquezas pelas safiras naquele momento. Só um pequeno empurrão com a mente e o carcereiro morreria em agonia. Ela poderia fazer durar dias se quisesse.

Brutalidade, sussurrou sua mente, e o rosto de Arlen Thorne surgiu por trás dos olhos dela, mas logo sumiu. *Você queria deixar tudo isso para trás, lembra?*

Ela lembrava; aquele momento na barraca da Rainha Vermelha acabou com toda a vontade de Kelsea de usar violência. Mas o ódio era mais forte do que a lembrança, infinitamente mais forte, e em seu ódio Kelsea sentia o eco da mulher que tinha se tornado nas últimas semanas na Fortaleza: a dama de espadas. Kelsea pretendia esquecer aquela mulher, mas ela não se calaria com facilidade.

Após o corredor, eles subiram vários lances de escada. Foi uma rota diferente da que Kelsea fez quando chegou ao calabouço, e no topo do último lance ela teve a decepção de ver uma porta enorme de barras de ferro, dois guardas dentro e dois guardas fora.

É o fim dos meus planos de fuga, pensou ela com tristeza. Um homem podia bater a cabeça naquelas barras de ferro até o cérebro explodir e não ir a lugar algum. Ela manteve o olhar voltado para baixo enquanto os guardas de dentro destrancavam a porta. A mão do carcereiro roçou na bunda dela, e Kelsea deu um pulo. O desejo de ter as safiras parecia físico, quase uma febre.

Eles entraram em um corredor comprido coberto de seda vermelha do teto ao chão, o lustro intenso do tecido brilhando na luz de muitas tochas. O efeito era lindo, e Kelsea sentiu de novo a incongruência com a Rainha Vermelha, a bruxa-rainha sobre quem tinha ouvido durante toda a infância, a mulher sem misericórdia, sem coração.

Não é bem assim, sussurrou sua mente. *Ela tem coração, e é um coração complicado. Você sabe disso.*

Kelsea sabia. Quando o carcereiro a levou por mais um lance de escadas, ela se perguntou se a Rainha Vermelha tinha finalmente decidido matá-la. Kelsea poupou a vida da outra, mas tinha certeza de que esse fato não seria levado em consideração. A Rainha Vermelha veria Kelsea como um fator de risco agora, pois ela sabia coisas demais sobre o passado que a mulher tinha tentado enterrar. Sabia o nome da Rainha Vermelha.

Eu preciso sobreviver, pensou Kelsea, *senão como vou voltar para casa?* E, por baixo disso, mais silencioso, mas não menos poderoso: *Como vou ouvir o final da história?* A Rainha Vermelha queria alguma coisa, senão não a teria levado para aquele buraco, e Kelsea preparou sua mente, colocou a máscara da barganha. Elas já tinham barganhado uma vez, ela e a Rainha Vermelha, e Kelsea venceu, mas por sorte. Ela não subestimaria a mulher de vermelho.

No topo do terceiro lance de escadas, a ama da Rainha Vermelha estava esperando. Ela dispensou o carcereiro com um movimento da mão.

— Eu vou levá-la a partir daqui.

O carcereiro franziu a testa, o beicinho de uma criança a quem um doce foi negado.

— Eu devia ficar com ela.

— Você devia fazer o que mandam.

Os olhos dele arderam, e Kelsea, que considerou brevemente mostrar a língua para ele, achou melhor se conter. Não tinha intenção de aguentar o pior dos abusos e ilusões do sujeito, mas antagonizá-lo ainda mais não lhe traria nada de bom.

Só um instante, pensou ela quando o carcereiro, um tanto desajeitado, entregou a chave das algemas. *Um instante com minhas pedras e eu poderia virá-lo do avesso.*

— Venha comigo. — A ama tinha mudado para tear agora, e o tear dela era muito bom. — Preparei um banho para você e separei roupas limpas.

Kelsea se animou com a perspectiva e acelerou o passo atrás da mulher até estar quase correndo. O carcereiro tinha pelo menos deixado as botas com ela, as botas boas de montaria que Kelsea tinha colocado naquela manhã tão distante. Foram úteis no momento certo, quando ela correu pela ponte de Nova Londres. Clava reconstruiria a ponte? Havia pouco dinheiro no Tesouro, e um projeto enorme de construção parecia uma extravagância.

Olhe só você!, sua mente debochou. *Tentando governar até daqui!*

Tomar banho na frente da mulher foi difícil. Kelsea tinha banido Andalie do banheiro havia muito tempo, mas pelo menos Andalie era útil às vezes, enquanto aquela mulher só ficou encostada na parede, observando-a sem expressão.

— Qual é sua posição aqui? — perguntou Kelsea, por fim.

— Sou ama de Sua Majestade.

Então ela estava certa. Mas, mesmo assim, uma ama tear! Kelsea não tinha amas de verdade; Andalie fazia esse serviço muito bem. Mas todos sabiam que a Rainha Vermelha desdenhava de todas as coisas tear. Aquela mulher devia ser especial.

— Qual é seu nome?

— Emily.

— Como você veio parar aqui? Pela loteria?

— Lave o cabelo, por favor. Vou checar se tem lêndeas quando sair da banheira.

Kelsea olhou para Emily por mais um momento antes de afundar a cabeça. O cabelo, longo e liso, o cabelo de Lily, chegava até metade das costas e estava um emaranhado só. Demorou um tempo para desembaraçar tudo, mas, para o alívio de Kelsea, ela não tinha piolhos. Separaram um vestido preto para ela usar, se de propósito ou sem querer Kelsea não fazia ideia, mas ela aceitou o traje com gratidão e viu que era feito de lã macia, sem dúvida cara.

— Venha — disse a ama. — A Rainha a espera.

Kelsea seguiu Emily por outro longo corredor, com lareiras escuras na parede. Parecia haver guardas em todo lugar, e embora usassem o vermelho da Rainha, eles não passavam a sensação de guardas pessoais. Diferente de Kelsea, a Rainha Vermelha não precisava se isolar em uma única ala do palácio com um grupo escolhido a dedo. Qual seria a sensação, ela se perguntou, de se sentir tão segura no trono?

Elas estavam se encaminhando para duas portas pretas no final do corredor, bloqueadas por um homem que só podia ser um guarda pessoal. Ele parecia vagamente familiar, mas havia outra coisa: um certo orgulho da posição, apesar de consistir apenas em ficar ali parado. Para os homens ao longo do corredor anterior, ser guarda era só um emprego, mas não para aquele. A um aceno da ama, ele bateu duas vezes e abriu a porta.

Kelsea esperava algum tipo de sala do trono, mas bastou adentrar alguns passos para perceber que era um aposento particular. Seda vermelha estava pendurada em todos os cantos: paredes, teto, até na cama enorme no centro do quarto. O aposento também contava com uma mesa enorme de carvalho e um sofá forrado de veludo vermelho. Nada ali era dourado, e isso obrigou Kelsea a reavaliar suas conclusões sobre a Rainha Vermelha. Veludo e seda eram luxos, certamente, mas o espaço não era espalhafatoso nem de mau gosto. Era um quarto que transmitia uma personalidade forte.

— Kelsea Glynn.

A Rainha Vermelha estava no canto mais distante. O vestido se misturava tão bem à seda que Kelsea não reparou nela de primeira, mas agora via que a Rainha Vermelha não estava bem. A pele estava pálida e opaca, como se ela estivesse com febre. Os olhos escurecidos tinham a aparência de alguém que não dormia bem havia muito tempo.

Somos duas, então, pensou Kelsea com pesar.

— Isso é tudo, Emily. Ghislaine, deixe-nos.

Pen teria discutido com Kelsea nessa hora... Ah, mas pensar em Pen também foi um erro; Kelsea carregaria a imagem do rosto abalado dele na ponte de Nova Londres até o fim da sua vida. Mas o guarda pessoal da Rainha só fez uma reverência e saiu do quarto. Ele foi o homem que a algemou na barraca, lembrou Kelsea de repente. Ela achou que ele pretendia cortar sua garganta, mas ele só colocou ferro nos pulsos dela. Aquilo parecia ter acontecido tanto tempo antes...

— Sente-se — ordenou a Rainha Vermelha em mort, indicando o sofá vermelho. Ela podia estar doente, mas os olhos escuros permaneciam imperturbáveis, um porto calmo em meio a uma tempestade furiosa. Kelsea admirou essa serenidade exterior, desejou saber como alcançá-la. Estava tentando manter a máscara de barganha, mas era difícil. Suas safiras estavam em algum lugar ali, e apesar de Kelsea tê-las entregado por vontade própria, a dama de espadas as queria de volta.

Ela se sentou, uma experiência desajeitada com os pulsos presos, e viu que o sofá era a mobília mais macia em que já tinha se sentado. Ela pareceu afundar no veludo. A Rainha Vermelha se sentou em uma cadeira próxima, estudando-a por um longo momento, a ponto de Kelsea ficar intensamente desconfortável.

— Você era uma coisinha comum — comentou a Rainha Vermelha — quando eu a via em meus sonhos. Não é mais tão comum agora, não é?

— Nem você, Lady Escarlate.

A Rainha Vermelha contraiu o maxilar, sinal de irritação.

— Como estão suas acomodações?

— Não muito confortáveis, mas já estive em lugares piores.

— É mesmo?

A Rainha Vermelha apurou o olhar, interessada, e Kelsea lembrou a si mesma para ter cuidado. Na barraca, a Rainha Vermelha havia reconhecido seu rosto no retrato de Lily. Ela não conhecia Lily, mas sua fascinação pelo retrato e pela mulher retratada nele podiam ser uma moeda de barganha importante. Mas qual era a barganha? O que Kelsea poderia oferecer que faria aquela mulher libertá-la?

— Era pior ficar presa em uma cidade condenada com as mãos atadas.

— Suas mãos não estavam atadas.

Mas eu não sabia disso, Kelsea quase retrucou, mas pensou em Clava, Clava que, quando lidando com um inimigo declarado, não revelava nada. Pensar nele a deixou mais firme, permitiu que ela encontrasse sua própria autoridade. Ela nunca mais veria Clava, a não ser que voltasse para casa.

A Rainha Vermelha enfiou a mão no bolso do vestido e tirou de lá as duas safiras.

— Eu queria saber o que você fez com essas pedras. Por que não funcionam comigo?

Kelsea olhou para as safiras, tentando entender os próprios sentimentos. Desejava-as havia dias, pensando no inferno que poderia criar se elas estivessem em suas mãos de novo. Mas agora que as via, não sentia nada, assim como não sentiu nada quando abriu mão delas. O que isso queria dizer?

Ao ver que Kelsea não responderia, a Rainha Vermelha deu de ombros.

— Ninguém as entende, as safiras Tear. Nem mesmo quem as usa. Elyssa nunca teve a menor ideia. Só achava que eram colares bonitos, mas tinha um apego a elas mesmo assim. Eu nunca consegui fazer com que ela as tirasse, nem mesmo para salvar seu reino.

— Já ouvi muitas opiniões sobre a rainha Elyssa, mas estou curiosa: qual é a sua?

Ela nunca deveria ter recebido um reino para governar.

— Isso é óbvio para todos. Mas como ela era?

— Superficial. Descuidada.

As mesmas palavras que Kelsea teria usado. Ela se encolheu nas almofadas.

— Vou lhe dar um conselho de graça, Glynn. Você é dedicada demais. Os laços de sangue só têm a força que você quiser que tenham. Alguns pais são como veneno: é melhor simplesmente deixá-los para lá.

— Foi fácil para você?

— Foi. — A Rainha Vermelha sentou-se na outra ponta do sofá. — Com ou sem herdeira e sobressalente, minha mãe, como a sua, nunca deveria ter tido filhos. Ao perceber isso, eu a abandonei e não olhei para trás.

Ela está mentindo, pensou Kelsea. Tinha entrado na mente daquela mulher, ainda que brevemente, e a Rainha Bela estava espalhada por todo o lugar.

— Quem é seu pai? — perguntou a Rainha Vermelha. — Confesso que tenho curiosidade.

— Eu também.

— Você também não sabe? — A Rainha Vermelha balançou a cabeça com um sorrisinho. — Ah, Elyssa.

— Você não vai me atingir ao atacar minha mãe.

— Quem está atacando? Eu tenho um homem diferente na minha cama todas as noites. Nós não somos os tear para exigir que as mulheres ignorem todos os prazeres do mundo. Mas não era típico de Elyssa guardar segredo. E é ainda mais estranho — refletiu a Rainha Vermelha, segurando as safiras — que essas pedras não tenham revelado.

Kelsea deu de ombros.

— Talvez não tão estranho. Eu nunca tive vontade de saber.

— Você não se importa com quem é seu pai?

— Por que deveria? Ele não me criou. Eu tive outros para isso.

— Mas o sangue tem peso, Glynn. — A Rainha Vermelha deu um sorriso triste, e Kelsea ficou alarmada de se ver quase sentindo pena da mulher. Não queria ficar pensando nas lembranças dela, mas não conseguia desfazer as conexões que já tinha feito. A Rainha Bela trocou a filha da mesma forma como se trocaria um boi no mercado, e essa traição ainda pesava na mente da Rainha Vermelha, escurecendo-a, queimando a terra embaixo. — O sangue nos cria e nos molda de formas que ainda não entendemos.

— Ah, sim. Soube que você se intitula geneticista.

— É só uma palavra. Na verdade, sei bem pouco sobre os genes. Nós não recuperamos essa tecnologia, ainda não. Mas traços, Glynn, traços... esses eu olho e analiso. Nós voltamos para o nível de Mendel, mas ainda tem muito a ser aprendido e entendido sobre comportamento.

— Mendel falava de traços físicos.

— Ele não era ambicioso o bastante. Alguns traços mentais podem ser passados para os filhos também.

— Falou a mulher que afirmou que tem muito a ser aprendido.

A Rainha Vermelha sorriu em resposta, mas o sorriso não deixou Kelsea à vontade. O que a mulher queria dela?

— Você mesma disse que ninguém entende essas pedras. O que faz você pensar que eu entendo?

— Você deve entender. Elas estão sem vida. Eu nunca ouvi falar de uma coisa assim, mas aqui estão. O que você fez?

— Não sei — respondeu Kelsea com sinceridade. — Por que você não pergunta a Row Finn?

— Quem é Row Finn?

Kelsea semicerrou os olhos. Se a mulher queria brincar com ela, ela não daria conversa. Mas, ao revirar as lembranças que tinha visto na mente da Rainha Vermelha, ela percebeu que era perfeitamente possível que a outra mulher não soubesse o nome verdadeiro de Row Finn. Os dois tinham uma história em comum, claramente, e Kelsea teve um vislumbre de alguma coisa relacionada a uma criança morta... mas já tinha sumido. Sua incursão na mente da mulher tinha sido rápida demais.

— Pare.

A Rainha Vermelha segurou o pulso dela.

— Eu sei o que você está fazendo. É injusto.

— Injusto? Você está me prendendo em uma cela.

— O que você está examinando não é seu. Você roubou. Eu não olhei o conteúdo da sua mente.

— Mas olharia se pudesse, Lady Escarlate.

— Que diferença isso faz?

A pergunta assustou Kelsea. Ela tinha certeza de que fazia diferença... Ou não? Clava teria dito que sim, mas Kelsea não tinha mais certeza. Só porque podia, só porque outros teriam feito a mesma coisa, isso tornava o ato certo?

— Eu recebo relatórios semanais do estado do seu reino — continuou a Rainha Vermelha, a voz cheia de deboche. — Kelsea Glynn, uma rainha de muitos princípios. Seu governo alardeia o valor da privacidade. Até seu risível recém-criado judiciário decidiu casos baseado nisso. Privacidade é privacidade, Kelsea Glynn. Você é uma rainha de princípios ou não?

Kelsea fez uma careta ao se ver naquela posição. Havia hipocrisia no argumento da Rainha Vermelha, mas isso não mudava a lógica fundamental. Ela não podia acreditar em privacidade para alguns e invadir a de outros. Depois de mais uns instantes de pausa, ela largou o tecido das lembranças da Rainha Vermelha, que pareceram se amontoar, uma massa disforme aos pés da mente dela, como quando ela tirava um vestido.

A Rainha Vermelha assentiu, um sinal de triunfo na voz.

— Os princípios enfraquecem você, Glynn. Sempre vão ser usados contra você no momento mais inconveniente.

— Falta de princípio é pior.

— Existe um meio-termo.

— Esse seria o jeito mort, imagino. Todas as coisas inconvenientes são descartadas.

— O que você fez com as safiras? Exijo saber.

— O quanto essa informação vale para você?

— Não me teste, Glynn. Minha tolerância já está no limite.

Ela quer mesmo algo, percebeu Kelsea, *não só informações, mas alguma outra coisa*. Essa ideia a deixou eufórica, e ela se encostou no sofá e cruzou as pernas.

— Você não vai responder?

— Por que deveria? Não ouvi nenhuma proposta, Lady Escarlate.

O rosto da Rainha Vermelha se contorceu. Ela lembrava a Kelsea um cachorro proibido de comer um petisco.

— Eu poderia me encolher e dormir nas bolsas embaixo dos seus olhos. O que a atormenta?

— Você está certa — admitiu a Rainha Vermelha lentamente. — Eu não estou dormindo bem. Sou atormentada por visões.

— De quê?

— Do futuro, do que mais?

Do passado, Kelsea quase respondeu, mas ficou com a boca fechada.

— Uma praga atormenta minhas terras.

Kelsea piscou.

— Uma doença?

— Não do jeito como você imagina. Essa praga vem de Fairwitch.

Uma mão fria pareceu penetrar o peito de Kelsea.

— No seu tear, é chamado de Órfão. Um monstro antigo, cheio de rancor. — A Rainha Vermelha a olhou com atenção. — Mas acho que você o viu de forma diferente, Glynn. Um jovem, talvez? Bonito como o diabo em pessoa.

Kelsea tentou não reagir, pois não confiava nem um pouco na mulher na frente dela, mas, sem escolha, sua mente voltou para o passado, onde um garoto chamado Row Finn já se sentia afrontado pela cidade de William Tear.

Ele sempre esteve aqui, pensou Kelsea. *Sempre aqui, esperando para destruir meu reino, talvez todo o mundo novo. E eu o libertei.*

— Um horror se desloca pelo norte, empurrando meu povo para o sul. Vilarejos inteiros desapareceram.

— Que tipo de horror?

— Crianças — respondeu a Rainha Vermelha, o rosto retorcido de aversão e outra coisa... culpa? — Estão indo de vilarejo em vilarejo, massacrando os adultos, sequestrando os jovens.

Kelsea fechou os olhos. No momento em que perdoou Finn, ela *sentiu* quanto a barganha tinha sido ruim, soube que estava sendo novamente enganada pela urgência a tomar uma decisão terrível. Por trás das pálpebras fechadas, ela vislumbrou as jaulas na frente da Fortaleza, as especiais feitas para crianças pequenas. A lembrança não trouxe consolo, mas uma grande sensação de futilidade. Ela fez algo de valor desde que assumiu o trono? Alguma ação que teria significado a longo prazo?

Meu nome é Ozymandias, o rei dos reis, sussurrou sua mente, as palavras não maldosas, mas melancólicas, como o vento que corrói a paisagem, varrendo tudo que está à sua frente, sem deixar nada para trás. Carlin a fez decorar o poema de Shelley, e agora ela via por quê, com certeza.

— Por que crianças? — perguntou ela.

— Não sei. O homem sempre quis crianças. Durante anos eu tive que separar uma parte da remessa para as horas em que precisava da ajuda dele.

— Que tipo de ajuda?

— Ele sabe coisas. Simplesmente sabe. Se houvesse uma rebelião crescendo em algum lugar do reino, ele saberia, e eu poderia agir antes de a conspiração ganhar força. Se eu precisasse encontrar alguém, um fugitivo, um traidor, ele sabia onde. Menos você, Glynn. Ele a protegeu desde que você nasceu. Ele ficava feliz em dar informações sobre outros assuntos, por um preço, sempre havia um preço. Mas nunca me falava nada sobre você, sua localização. Por que você acha que era assim?

Kelsea desviou o olhar, sentindo-se enjoada de novo.

A barganha ruim!

— O fogo permite que ele viaje para onde eu não posso, mas ele não precisa mais de fogo. Ele vem, e as crianças o seguem, avançando de vilarejo em vilarejo, usando meu povo como alimento.

As palavras pareceram perfurar o peito de Kelsea, mas ela só deu de ombros e perguntou:

— Por que devo me importar? Ele disse para mim que o ódio dele está aqui.

— Em Mortmesne?

— Em você, Lady Escarlate. Por que devo me importar se ele vier atrás de você?

— Não seja tola, garota. O dano que essas crianças infligem não é aleatório. Um vilarejo de cada vez, elas destroem tudo em seu caminho: cabanas são derrubadas, campos, transformados em lama, e túmulos, remexidos... elas estão procurando alguma coisa.

Túmulos remexidos... outro eco da Cidade. Kelsea ficou agitada, no mínimo porque acreditava que o passado e o presente deviam permanecer separados. A época de Lily — mesmo a visão sendo poderosa como era — sempre foi distinta. O que o povo de Tear tinha a ver com o mundo atual?

Ela balançou a cabeça para desanuviá-la.

— Procurando o quê?

— Quem sabe dizer? Mas, se não encontrarem no meu reino, vão procurar no seu.

— Finn não pode ser tão poderoso assim.

— Pode, sim, e você sabe disso. Essa criatura sobreviveu durante séculos à base de ressentimento.

— Bem, o que eu devo fazer quanto a ele?

— Vocês idealistas são todos iguais — disse a Rainha Vermelha com desprezo. — Supõem que só porque não querem fazer mal, suas decisões são sempre inofensivas. Essa coisa estava controlada, Glynn... Limitada por uma magia tão sombria que nem eu consegui descobrir a fonte. Agora que o feitiço foi rompido, o Órfão está livre, e eu sei que isso é culpa sua. Você trouxe essa praga.

Kelsea sentiu a raiva crescendo, agitando-se sob a superfície calma que projetava, e a recebeu de braços abertos como se fosse uma velha amiga batendo na porta.

— Você tem coragem, Lady Escarlate. Quer discutir responsabilidade? Vamos falar sobre a sua. Milhares de pessoas foram sequestradas do meu reino, homens, mulheres e crianças, e trazidos aqui para serem explorados e abusados até caírem mortos de maus-tratos. E quantos você mesma entregou para Finn? Você recebe um número desproporcional de crianças desde a primeira remessa, e aposto a minha coroa que é para lá que elas estavam indo. Se minhas mãos estão sujas de sangue, você está afundada até o pescoço.

— Isso ajuda você a dormir à noite?

Kelsea trincou os dentes. Discutir com aquela mulher era enlouquecedor, pois a hipocrisia parecia não a envergonhar nem um pouco.

— Talvez não, mas não preciso de medo para governar meu próprio reino. Eu não tenho polícia secreta, não tenho nenhum Ducarte.

— Mas queria ter.

— Você acha que tenho inveja? — perguntou Kelsea, incrédula. — De *você*?

— Eu mantenho meu povo seguro, alimentado e abrigado há mais de um século. Você só pode sonhar com um feito desses. Tudo o que fez foi destruir todos nós, sem pensar duas vezes.

— Você não me conhece. Eu sofro a cada decisão que tomo.

— Nenhuma decisão foi tão desastrosa quanto essa. A coisa sombria...

— O nome dele é Row Finn. Você não sabe mesmo muita coisa sobre ele, não é?

— Nem você.

— Ah, eu sei — respondeu Kelsea, vislumbrando um possível caminho. — Eu sei mais sobre ele do que você pode imaginar. Ele cresceu na cidade de William Tear. O nome da mãe dele era Sarah. Ele era um ferreiro talentoso.

— Você está mentindo.

— Não estou.

— Ele nunca lhe contaria essas coisas.

— Ele não contou.

A Rainha Vermelha encarou Kelsea por um longo momento.

— Qual é a sua fonte?

— Você não é a única atormentada por visões. — Kelsea hesitou, pois agora já era instintivo negar a verdade por trás das fugas, mas continuou: — Eu vejo o Desembarque, a época em que Nova Londres não passava de um vilarejo em uma colina, governado por William Tear.

— De que adianta uma visão do passado?

— É uma boa pergunta, mas eu vejo tudo mesmo assim: quinze anos após o Desembarque, a cidade de Tear começou a apodrecer de dentro para fora.

Quando disse aquilo, Kelsea percebeu que a história falhou com eles; sempre, na sala de aula de Carlin, a queda da utopia de Tear foi atribuída à morte de Jonathan Tear. Mas tinha começado bem antes disso, todos os vícios antigos da humanidade retornando. Kelsea os sentiu mesmo em Katie, que foi criada por uma das tenentes mais antigas e de mais confiança de Tear. Até Katie tinha dúvidas.

Talvez nós não sejamos capazes de ficar satisfeitos, pensou Kelsea, e a ideia pareceu abrir um buraco dentro dela. *Talvez a utopia seja inalcançável.*

Mas, não, ela não acreditava nisso.

— E o Órfão... Finn, como você o chama, estava lá? — perguntou a Rainha Vermelha.

— Sim, e pouco mais do que uma criança.

— Mas vulnerável — murmurou a outra mulher, os olhos começando a brilhar. — Todos são vulneráveis na infância.

— Talvez. Mas eu preciso viver por tempo suficiente para descobrir qual é essa vulnerabilidade. Minhas visões não são unificadas. Elas progridem com o tempo, às vezes dando saltos. Como os capítulos de um livro.

— Que estranho... — O olhar da Rainha Vermelha se apurou. — Você ainda tem visões mesmo sem as safiras de Tear?

— Tenho.

— Como isso é possível?

— Não sei.

— Esse tal Row Finn. Ele pode ser morto?

— Acho que sim — respondeu Kelsea com sinceridade, pois sentia que era verdade. Mesmo sendo jovem, a análise de Katie era muito precisa. O garoto, Finn, era inegavelmente arrogante, mas um medo cuidadosamente escondido também o motivava. Mas medo de quê?

— Mas você não sabe como matá-lo.

— Minhas visões vêm de forma espontânea. Eu não as controlo. Você tem que me dar tempo.

— Tempo, com essa criatura fungando no meu pescoço?

A Rainha Vermelha deu as costas, mas não antes de Kelsea ver uma coisa extraordinária: os dedos da mulher entrelaçados, tão brancos que pareciam prestes a se partir e começar a sangrar.

— De que você tem medo? — perguntou Kelsea baixinho.

Não esperava resposta, mas a Rainha Vermelha a surpreendeu, as palavras abafadas quando ela falou por cima do ombro:

— Você acha que eu não me importo com o meu povo, mas eu me importo, assim como você se importa com o seu. Eu construí este reino do nada, de uma confusão desordenada até uma máquina. Não vou deixar que seja destruído. Eu me preocupo com meu povo.

Não tanto quanto se preocupa com si mesma, pensou Kelsea, mas manteve as palavras para si.

— Eu preciso de tempo — repetiu ela com firmeza. — Tempo para descobrir do que *ele* tem medo. E quero um carcereiro diferente.

A Rainha Vermelha observou Kelsea por um momento, a testa franzida, e gritou:

— Emily!

A ama entrou e fez uma reverência.

— Sim, Majestade?

— Quem é o carcereiro dela?

— Strass, Majestade.

— Strass? Por que eu...?

— Três anos atrás, Majestade, um incidente — respondeu a ama em seu mort truncado. — Não estava presente, ouvi falar. Uma prisioneira.

— Ahhh... — A Rainha Vermelha fez uma careta e indicou Kelsea. — Ele fez isso com o rosto dela?

— E no resto do corpo também, Majestade.

A Rainha Vermelha balançou a cabeça.

— Isso não deveria ter acontecido. Vou lhe dar outro carcereiro, uma mulher, sem tendências desse tipo.

— Por que você tem um carcereiro com esse tipo de tendência?

A Rainha Vermelha acenou para Emily sair e esperou até as portas estarem fechadas para responder.

— Porque ele é bom no que faz. Os prisioneiros não fogem.

Kelsea pensou em Ewen na Fortaleza, que também nunca deixou um prisioneiro escapar, mas que nunca machucaria ninguém por escolha própria.

— Isso não é desculpa.

— Quem é você para julgar? Um cachorro louco é capitão da sua Guarda.

— Mais uma palavra sobre Lazarus e não vou ajudar você com nada, com ou sem carcereiro.

Os olhos da Rainha Vermelha brilharam de raiva, e Kelsea percebeu como aquilo era novidade para ela, ter que pedir ajuda. Com o temperamento dela, devia ser quase intolerável.

— Se você quer que eu ajude com Row Finn, a troca tem que ser recíproca. Você precisa me contar tudo que sabe sobre ele.

A Rainha Vermelha assentiu, e Kelsea ficou atônita de ver que as mãos dela estavam tremendo.

Eu não sou a única com medo do passado, pensou ela. *Ela tem ainda mais arrependimentos do que eu.*

— E quero minhas safiras de volta.

— Ainda não.

— Por quê? Elas não têm utilidade para você.

— Mas têm muita para você, Glynn. Nós temos que ter alguma base para confiança primeiro.

Kelsea riu.

— Nunca vai haver confiança entre nós, Lady Escarlate, apenas interesse mútuo.

A Rainha Vermelha franziu a testa, e Kelsea teve a sensação estranha de que a mulher queria confiar nela. Estava claro que tinha perdido muitas nuances na breve invasão da mente da Rainha Vermelha. Ainda havia coisas ali que ela não entendia, mas embaixo da postura confiante da mulher, Kelsea sentia uma grande infelicidade.

É possível que ela se sinta solitária?, perguntou-se Kelsea, e em seguida: *Isso é possível?*

A Rainha Vermelha esticou a mão. Kelsea pensou na proposta por um momento, sentindo-se inquieta. Se o passado recente tinha deixado alguma coisa clara, era sua incapacidade de reconhecer uma barganha ruim.

— E então?

O instinto é seu melhor conselheiro. A voz de Barty soou em sua cabeça, calma e sem exigências, o oposto da de Carlin. *Pode ter todo o conhecimento do mundo, mas seu instinto sempre vai saber a melhor resposta.*

— Contemplai minhas obras, ó poderosos, e desesperai — murmurou Kelsea.

E segurou a mão da Rainha Vermelha e a apertou.

Brenna

Chega de lágrimas. Agora vou pensar em vingança.

— MARY STUART (*pré-Travessia*)

Havia sangue em suas mãos.

Ela olhou para as palmas, tentando lembrar. Os dias haviam virado um borrão desde que seu mestre morreu. Daquele momento em diante, Brenna não percebia o tempo como algo concreto, só um rio no qual, de tempos em tempos, ela resvalava na margem. Ela se lembrava de ter matado o Guarda da Rainha, mas não de como fugiu depois. Não sabia como tinha chegado ali.

À esquerda havia um pequeno riacho. Brenna se inclinou e lavou as mãos, esfregando embaixo das unhas para se livrar do sangue seco. Tinha matado um homem em Burns Copse, ela lembrava agora, por comida e dinheiro. Ela atacou antes de ele ter tempo de pegar a arma, e ele só ficou olhando para ela, hipnotizado, até Brenna enfiar uma faca entre as costelas dele. O homem também tinha um cavalo, mas ela não sabia montar, e não haveria como vender o cavalo sem atrair atenção. Toda Tear achava que ela era albina, e o mestre dissera que aquilo era uma coisa boa, um segredo bom de guardar. Mas ela não era albina tanto quanto não era louca, e desde que o mestre morreu, começou a recuperar um pouco da cor, da vida. Mas não o bastante para vender um cavalo sem ninguém fazer perguntas, ainda não. Não o bastante para se misturar na multidão.

O mestre.

Ela não derramou lágrimas por ele, mas só porque lágrimas eram um jeito muito covarde de sentir dor. Primeiro se procurava vingança, depois, muitos anos mais tarde, quando toda dívida tivesse sido paga, era possível afundar na dor. A voz do mestre ainda ecoava na cabeça dela, gritando; ela não conseguia sufocar o som. Ela o sentiu morrer, sentiu sua agonia e, pior, seu pânico absoluto naquele momento final em que ele percebeu que não havia saída, que finalmente tinha encontrado uma força com a qual não poderia fazer um acordo. Ela absorveu a dor dele a vida toda, desde que eram crianças; o esforço a deixou pálida.

Ela se empertigou na frente do riacho e voltou a encarar o leste, procurando sua presa. Não usou o olfato, não precisamente; na verdade, parecia que estava atravessando uma distância, caminhando entre milhares de pessoas, toda a miríade de sentimentos como água lamacenta, até encontrar exatamente o que queria. Esse dom em particular foi bem útil para o mestre, pois sempre que alguém tentava fugir da remessa, não havia como se esconder das habilidades de rastreio de Brenna. Era uma vantagem poderosa, e quando ela era jovem, os Caden tentaram mais de uma vez recrutá-la, tirá-la do mestre. Ela precisou matar três deles para fazê-los desistir. No ano anterior, tentaram de novo; vários Caden procuraram o mestre, pedindo um empréstimo temporário dos serviços dela para encontrarem a herdeira Raleigh. Mas não queriam pagar o que o mestre pedia.

Se tivessem pagado!, pensou Brenna com ferocidade. Aquele caminho em particular tinha sido percorrido pelos pensamentos dela muitas vezes, mas não ficava menos amargo, nem menos urgente. *Se tivessem pagado, talvez o mestre ainda estivesse vivo!*

Ela virou o rosto para o vento, sentindo o movimento com a língua. Aquela escrota ainda estava lá, mas não se movia mais. Agora estava em um aposento frio e escuro. Brenna testou as paredes, sentiu o gosto delas na língua e viu que eram de pedra sólida.

— Aprisionada, é? — sussurrou ela.

Não tinha como ter certeza, mas achava que aquela escrota conseguia ouvi-la. Havia poder nela, grande poder; Brenna o sentia mesmo agora, distante e fraco, assim como sempre conseguiu sentir a força em Fairwitch. Ela considerou voltar para o norte, viajar para as montanhas e procurar ajuda. O que quer que vivia lá era poderoso, sem dúvida; Brenna sentia a atração embaixo dos pés. Mas alguma confusão estava acontecendo em Fairwitch, e ela conseguia sentir as linhas de força que sempre fundamentaram o Tearling começado a mudar. A situação era incerta demais, e ela não queria distrações. Tinha comida suficiente para chegar à fronteira mort, e precisava de muito pouco para sobreviver. A ira a alimentava melhor do que a comida.

Mas se aquela escrota estivesse nos calabouços de Demesne, podia estar além até do alcance de Brenna. De nada adiantaria ao mestre se Brenna morresse tentando entrar no Palais. Devia haver outro jeito.

Depois de pensar mais um momento, Brenna começou a olhar pelo bosque. A maioria dos animais tinha fugido com a aproximação dela, mas eles estavam começando a voltar agora que ela estava imóvel. Depois de alguns minutos procurando, ela encontrou um esquilo cinza espiando atrás de uma árvore. Pulou em cima dele antes que ele pudesse piscar. O esquilo mordeu e a atacou, mas Brenna ignorou a ardência (dor era só um truque da mente, afinal) e torceu o pescoço dele. Ela pegou a faca do homem morto, cortou o esquilo do pescoço até a barriga e deixou o sangue escorrer, criando uma poça no chão. Tinha que ser rápida. Sangue atrairia outros predadores, e eles talvez atraíssem um caçador. Ela podia lidar com uma pessoa dessas, mas não queria deixar rastros. Estava livre, sim, mas o mestre disse muitas vezes para nunca subestimar Clava.

Ela deixou o esquilo de lado e se inclinou sobre a pequena poça de sangue, respirando fundo o aroma acobreado. Saber onde uma pessoa estava era fácil. Descobrir onde *estariam* era mais difícil, mas podia ser feito, e provavelmente de forma bem mais fácil do que invadindo sozinha o calabouço mort.

E se ela morrer lá?

Brenna se recusou a considerar a ideia. A morte da escrota sob custódia mort não seria bonita, mas seria um passeio no parque se comparada ao que Brenna tinha em mente. Ela tinha sofrido, o mestre tinha sofrido, e ela não acreditava que o futuro roubaria sua vingança.

Ela ficou imóvel, olhando para a poça vermelha por um tempo, os olhos arregalados, cada respiração um sibilar dolorido. A quatrocentos metros dali, na estrada mort, o tráfego prosseguia, um êxodo de carroças e cavaleiros indo para o leste, refugiados de Nova Londres voltando para suas casas na fronteira. Nenhum deles viu Brenna, mas todos estremeceram, como se tivessem passado por um bolsão de ar frio.

Brenna finalmente se empertigou, sorrindo. Um leve toque de cor tinha voltado às bochechas. Ela pegou a faca sangrenta e o saco de comida e se dirigiu para o sudeste.

Javel enrolou a capa no corpo, desejando poder se misturar às sombras do prédio acima. Mais uma patrulha mort tinha passado por ele alguns minutos antes. Cedo ou tarde alguém ia reparar que ele estava parado ali, sem sair do lugar, e suporia que ele não estava com boas intenções.

O endereço que Dyer descobriu estava à frente: uma casa de tijolos imponente, três andares, cercada por um muro alto de pedra com portão de ferro. Javel não conseguia nem espiar pelas janelas, pois havia dois guardas cuidando do portão, abrindo-o apenas para certas pessoas. De acordo com Dyer, a compradora de Allie era uma tal madame Arneau, mas essa era a única informação que Javel recebeu. Desde que viram a rainha na Rue Grange, Allie poderia ter sumido da face da Terra. Dyer e Galen mudaram a base para uma fábrica abandonada no bairro do aço, e as noites pareciam totalmente ocupadas por tarefas sem explicação e reuniões noturnas secretas com homens que Javel não reconhecia. Esses homens eram mort e carregavam aço, mas não eram soldados. Uma missão de resgate estava sendo planejada, e Javel se sentia um estorvo maior ainda.

Do outro lado da rua, uma carroça aberta contornou a casa. Devia haver estábulos nos fundos, pois quando os homens chegaram, um dos guardas no portão levou rapidamente os cavalos deles pela lateral da casa. Javel já tinha visto vários homens irem e virem. Dois estavam bêbados. Uma conclusão horrível estava se formando na mente dele, revirando seu estômago e enfraquecendo seus joelhos.

Pode ser qualquer tipo de casa, ele disse para si mesmo. Mas claro que não. Aquele bairro podia ser mais limpo do que o Gut, mas algumas coisas eram iguais em toda parte. Ele sabia o que estava vendo. Passou a mão pela testa e viu que estava suando, mesmo no frio do final de outono. Ele sabia que as chances eram altas — ninguém comprava uma mulher bonita como Allie para fazê-la de criada —, e Javel fez o seu melhor para aceitar o fato de que ela poderia ser uma prostituta. Mas tinha começado a se perguntar se seu melhor seria suficiente. Quando imaginava a esposa embaixo de outro homem, ele sentia vontade de chutar, socar e quebrar coisas.

Gargalhadas altas e alegres o fizeram erguer o olhar. Cinco mulheres tinham saído da casa, conversando entre si. Elas carregavam bolsas nos ombros. Todas estavam enfeitadas, vestidas com tecidos brilhantes, os olhos pintados, o cabelo preso no alto da cabeça.

Allie estava no meio do grupo.

Por um longo momento, Javel não conseguiu se mexer. Era sua Allie, sim; ele reconhecia seus cachos louros, agora presos no alto da cabeça. Mas o rosto dela estava tão diferente... Mais velho, sim, com rugas nos cantos dos olhos, mas essa não era a verdadeira mudança. Sua Allie era doce. Aquela mulher parecia... ferina. Havia uma tensão em volta da boca. Ela ria com a mesma alegria do resto, mas não era a gargalhada que Javel conhecia: agora era ampla e cheia de segredos, fria como uma camada de gelo em um lago escuro. Ele ficou olhando, perplexo, quando ela subiu na carroça por vontade própria e se sentou ao lado das outras mulheres, ainda rindo.

Um homem, alto e corpulento, as seguiu para fora da casa. Quando subiu na carroça, Javel viu o brilho de uma faca embaixo do casaco. Outro guarda, então, apesar de Javel já ter reparado em suas explorações por Demesne que a maioria das prostitutas era tratada bem melhor ali do que em Nova Londres. Nem as garotas que trabalhavam na rua eram incomodadas. Ele não sabia por que cinco prostitutas de alto nível precisavam de um guarda em Demesne, mas devido à presença do guarda e do cocheiro, Javel não podia correr o risco de se aproximar da carroça.

O cocheiro botou os cavalos em movimento e saiu da propriedade. Como se em um sonho, Javel foi atrás, se obrigando a ficar pelo menos trinta metros afastado. Um buraco sombrio tinha se aberto em seu peito. Ao longo dos seis últimos anos, ele imaginou a vida de Allie com frequência, muitas imagens surgindo na cabeça, conduzindo-o para o bar assim como um homem leva bodes para o mercado. Mas ele nunca a imaginou rindo.

Quando a carroça parou no cruzamento seguinte, Javel se aproximou, entrou em uma viela adjacente e fez uma segunda descoberta desagradável: as cinco mulheres, inclusive Allie, estavam falando mort. A carroça entrou na Rue Grange, e Javel foi atrás, embora fosse obrigado a se abaixar e desviar. Era o segmento comercial da Rue, e a rua ficava sempre movimentada, cheia de barracas de vendedores e clientes das lojas. Ele estava começando a perder a carroça de vista quando, milagrosamente, o cocheiro reduziu a velocidade e parou perto da calçada, para as mulheres poderem descer e se espalhar pela rua. Duas atravessaram para o outro lado, e Javel percebeu, atônito, que aquele era um passeio de compras. Allie foi direto para um boticário.

O cocheiro ficou na carroça e o guarda ficou com ele, mas os olhos percorriam a rua continuamente. Javel tinha a sensação de que ele estaria pronto para agir ao primeiro sinal de problema. Ele chegou mais perto, sem nem saber qual era seu plano. Parte dele queria fugir para a segurança do armazém, para a época em que ele não sabia nada sobre o destino da esposa.

Mantendo os olhos no guarda e no cocheiro, ele andou casualmente na direção do boticário. Pessoas esbarravam nele, mas Javel desviava e as contornava sem tirar os olhos da porta. O cocheiro estava contando uma história que fez o guarda abrir um sorrisinho, e Javel passou por eles e entrou na loja.

Encontrou Allie em um canto escuro, esperando na frente do balcão. O boticário não estava por perto, mas Javel ouvia o som de frascos sendo movidos por trás de uma cortina verde. Ele queria poder fazer isso em outras circunstâncias, sem uma plateia que pudesse reaparecer a qualquer momento, mas também percebeu que talvez nunca mais tivesse uma chance como aquela. Era agora ou nunca.

— Allie.

Ela ergueu o rosto, assustada, e Javel sentiu o mundo girar no eixo quando viu os olhos dela, frios e desconfiados por baixo das pálpebras pintadas de violeta. Ela olhou para ele por um longo momento.

— O que você quer?

— Eu vim...

Javel sentiu a garganta travar, cortando as palavras. Ele conjurou suas lembranças: as noites passadas em bares sem nem conseguir ficar de pé, o rosto de Allie flutuando na visão dele, o ódio por si mesmo que o atingia como ondas infinitas.

Seis longos anos ele a deixou ali, para que ela pudesse se tornar a mulher à sua frente. Se a deixasse ali de novo, como viveria com si mesmo depois?

— Eu vim levar você para casa — concluiu ele, constrangido.

Allie fez um som breve e rouco que ele finalmente percebeu que era uma risada.

— Por quê?

— Porque você é minha esposa.

Ela começou a gargalhar, o som como um tapa na cara de Javel.

— Nós podemos tirar você daqui. Eu tenho amigos. Posso proteger você.

— Proteger — murmurou ela. — Que fofo.

Javel ficou vermelho.

— Allie...

— Meu nome é Alice.

— Eu vim resgatar você!

— Um verdadeiro cavaleiro de armadura brilhante! — exclamou ela com alegria, mas os olhos não mudaram, e Javel percebeu a raiva dela nas palavras alegres. — E onde você estava seis anos atrás, Sir Cavaleiro, quando sua coragem poderia ter me ajudado tanto?

— Eu segui você! — insistiu Javel. — Segui você até a estrada mort!

Ela olhou para ele por um momento longo e frio.

— E?

— O pessoal de Thorne era forte demais. Eu não pude fazer nada. Achei que não conseguiríamos fugir.

— E em todos os anos depois disso?

— Eu estava... — Mas não havia o que dizer. O que podia responder? Que estava no bar? — Eu tentei — concluiu ele com a voz falha.

— Ah, você tentou — respondeu Allie. — Mas como foi covarde na época, não vai poder alegar coragem agora. Está seis anos atrasado. Eu construí uma vida aqui. Estou satisfeita.

— Satisfeita? Você é uma prostituta!

Allie lançou um olhar longo e avaliador para ele. Esse olhar sempre fez Javel se sentir uma criancinha, mas ele só o viu algumas vezes durante o casamento, normalmente quando prometia fazer alguma coisa e esquecia. Ele sentia como se um feitiço tivesse sido lançado nela; se pudesse tirá-la dali, poderia quebrá-lo e ter sua esposa de volta.

— Algum problema aqui, Alice?

Javel se virou e viu o guarda corpulento da carroça de pé na porta. O olhar estava grudado em Javel, e a expressão nos olhos dele o fez tremer. O homem adoraria bater nele até ele virar mingau.

— Nenhum — respondeu Allie, alegre. — Só estou pescando.

Com isso, o queixo de Javel caiu, e ele entendeu de repente o propósito duplo da saída, o motivo para os vestidos arrumados das mulheres e a maquiagem pesada.

— Bem, me avise se precisar de alguma coisa, senhora. — Decepcionado, o guarda saiu da loja.

Javel percebeu de repente que tinha entendido o homem perfeitamente, que ele falou em tear. O guarda tinha violência em todos os músculos, mas ele se dirigiu a Allie com pura deferência. Javel se virou para a esposa, desejando poder retirar suas últimas palavras, mas sentiu que isso não faria diferença.

— Eu sou mesmo uma prostituta — respondeu Allie depois de um longo momento. — Mas estou *trabalhando*, Javel. Eu ganho meu dinheiro e não devo satisfação a ninguém.

— E seu cafetão? — disse ele, odiando o veneno na própria voz, mas sem conseguir controlar.

— Eu pago aluguel para madame Arneau. Um aluguel razoável, bem mais razoável do que o aluguel em espaços similares em Nova Londres.

Javel não tinha resposta. Só desejou poder botar as mãos no pescoço dessa madame Arneau ao menos uma vez.

— Em troca, tenho uma suíte com lindos aposentos e três refeições por dia. Sou bem protegida de predadores, trabalho o tempo que quero e escolho minha clientela.

— Que tipo de prostíbulo dá tanta liberdade a uma prostituta? — perguntou ele. — É um mau negócio, no mínimo.

Allie semicerrou os olhos e, se possível, a frieza na voz dela ficou ainda mais profunda, mais cortante.

— O tipo que percebe que uma prostituta feliz e saudável é muito mais rentável. Eu ganho três vezes o seu salário como Guarda do Portão.

— Mas nós ainda somos casados! Você é minha esposa.

— Não. Você abriu mão de mim quando me viu subir na jaula seis anos atrás. Não quero nada de você, e você não tem o direito de exigir nada de mim.

Javel tentou protestar, um casamento não podia ser dissolvido com tanta facilidade, nem em Mortmesne, mas naquele momento o boticário reapareceu de trás da cortina verde. Era um homem pequeno e calvo de óculos, e segurava uma caixinha nas mãos.

— Aqui está, moça — disse ele, oferecendo a caixa para Allie. Ele também falava tear, e isso intrigou Javel, que não ouviu tear nas ruas de Demesne e foi obrigado a aprender um parco mort palavra por palavra. — É o suficiente para dois meses, e você precisa tomar cada uma com uma refeição substancial. Senão, podem piorar seu enjoo.

Allie assentiu e pegou uma bolsa cheia de moedas.

— Obrigada.

— Volte em dois meses e preparo mais, mas é melhor parar de usar após o sexto mês, senão pode fazer mal ao bebê.

Com a última palavra, Javel sentiu uma onda de irrealidade tomar conta dele. Ele mal percebeu Allie entregando várias moedas e guardando a caixa na bolsa. O boticário olhou de um para o outro e, ao sentir a tensão no ar, desapareceu atrás da cortina de novo.

— Você está grávida — disse Javel, não tanto para questionar Allie, mas para se convencer.

— Estou. — Ela olhou para ele, como se o desafiando a continuar.

— O que você vai fazer?

— Fazer? Eu vou ter meu bebê e criar um belo filho.

— Em um bordel!

O olhar de Allie grudou nele como luz do sol.

— Meu filho vai ser cuidado e ensinado pelas três mulheres que madame Arneau contrata só para isso. E quando ficar mais velho, não vai haver vergonha em saber que sua mãe era prostituta. O que você acha disso?

— Acho criminoso.

— É verdade, Javel. Eu talvez pensasse isso em outra época. Mas esta cidade é bem melhor para as mulheres do que Nova Londres jamais aspirou ser. Talvez tenha sido corajoso da sua parte vir aqui, não sei. Mas sua coragem é de baixo risco. Sempre foi, e eu mereço coisa melhor. Se você valoriza sua vida, nunca mais se aproxime de mim.

Ela saiu e bateu a porta ao passar, deixando Javel ainda encostado na parede. Ele foi tomado por uma sensação de claustrofobia; a loja pareceu pequena de repente, mas ele não ousou sair, não até saber que Allie tinha ido embora. Rezou para o boticário não sair de trás da cortina, e, por algum milagre, o homem não surgiu. Por fim, quando pareceu que horas tinham passado, Javel espiou pela vidraça da porta da loja e viu que a carroça tinha ido embora. Ele respirou fundo e saiu.

A Rue continuava como sempre, o que pareceu estranho para Javel; como a cidade podia continuar a funcionar normalmente quando tudo tinha mudado? Um aroma doce pairava no ar, doces da padaria próxima, mas para Javel o cheiro era sufocante, doçura junto com sujeira, assim como toda aquela cidade. Ele tinha passado seis anos se preocupando com Allie, sofrendo por Allie, e agora não tinha ideia do que fazer. Voltar pelo mesmo caminho parecia intolerável. Seguir em frente parecia pior. E a noite estava chegando.

Ele ficou na calçada, aninhando a cabeça como um homem absorto em pensamento, mas sua mente estava vazia. Ele tirou as mãos dos olhos, olhou para a frente, e viu tudo com claridade.

Ele estava parado na frente de um bar.

Nem Clava conseguiu encontrar os dois padres.

A Guarda da Rainha tinha que ficar com Clava o tempo todo. Eles tinham sido incumbidos disso pela própria rainha, e Aisa não conseguia imaginar nenhum dos seus colegas levando a tarefa menos a sério do que ela. Mas Clava era Clava, e se ele queria desaparecer, ninguém conseguia impedir. Ele tinha sumido no dia anterior, e agora reapareceu, também repentinamente, pela porta secreta da cozinha, fazendo Milla gritar enquanto mexia uma panela de ensopado.

Os desaparecimentos de Clava eram enervantes, mas até Aisa entendia que a paciência de Clava estava por um triz, que ele foi feito para proteger, não para ser protegido. Às vezes, precisava sair, ir para outro lugar sem nenhum deles por perto. Aisa supunha que Clava saía para beber ou para espionar, mas uma conversa entreouvida entre Elston e Coryn lhe disse uma coisa diferente: ele estava tentando encontrar o padre da Fortaleza, padre Tyler, e um segundo padre, padre Seth, os dois procurados pelo Arvath.

— Os Caden também estão procurando por eles — comentou Coryn. — Querem a recompensa, a nossa ou do Arvath, não faz diferença. Quem imaginava que dois velhos conseguiriam se esconder tão bem?

— Eles não vão ficar escondidos para sempre — disse Elston. — E cada vez que o capitão sai da Fortaleza, é mais provável que o Santo Padre fique sabendo.

Aisa gostaria de ter ouvido mais, mas naquele momento Coryn reparou na presença dela e a expulsou.

Cada vez que Clava voltava de uma dessas expedições sem os dois padres, ele parecia mais desanimado. Aisa achava que era provável que o padre Tyler estivesse morto, pois parecia haver pouca chance de que o tímido padre pudesse ficar escondido por tanto tempo. Ela não era a única com essa opinião, mas ninguém ousava dizer isso para Clava. Eles tinham aprendido a deixá-lo em paz nessas horas, mas hoje, assim que Clava desabou em uma das cadeiras em volta da mesa, ele começou a gritar:

— *Arliss! Venha aqui!*

As palavras reverberaram pelo piso da câmara de audiências.

— *Arliss!*

— Paciência, seu filho da mãe burro! — gritou Arliss do corredor. — Eu não posso correr!

Clava se acomodou encurvado, uma expressão carrancuda na cara. Sua incapacidade de encontrar os dois padres era só parte do problema, pensou Aisa. O verdadeiro problema era o trono prateado vazio. A ausência da rainha pesava em todos eles, mas mais em Clava. Aisa achava que, por baixo do exterior impassível, o capitão podia estar sofrendo ainda mais do que Pen.

Arliss se arrastou até a mesa.

— Sim, sr. Clava?

— Qual foi a última do Santo Padre?

— Outra mensagem hoje de manhã. Se não entregarmos o padre Tyler e renovarmos o acordo de isenção de impostos das propriedades do Arvath, ele vai expulsar todos nós da Igreja.

— Quem é "nós"?

— A Fortaleza toda, da rainha para baixo.

Clava riu, esfregando os olhos vermelhos.

— Isso não tem graça, homem. Não tenho utilidade para Deus, mas este lugar é cheio de gente devota. Tem cristãos praticantes na Guarda. Eles vão se importar, mesmo que você não — disse Arliss.

— Se eles são burros o bastante para aceitar a palavra de Deus daquele merda do Arvath, eles merecem o inferno.

Arliss deu de ombros, embora Aisa pudesse ver que ele gostaria de insistir no assunto.

— Eles exigiram só o padre Tyler? Não o padre Seth?

— Só o padre Tyler. E a recompensa dobrou de novo.

— Estranho. Ainda não houve notícia do que aconteceu quando ele fugiu do Arvath?

— Uma confusão. Algo aconteceu nos aposentos do Santo Padre. Foi só o que consegui descobrir.

— Estranho — repetiu Clava.

— Aliás, ele não é mais padre Tyler, nem mesmo padre da Fortaleza, nessas pequenas missivas. O Santo Padre deu um nome novo para ele.

— E qual é?

— O Apóstata.

Clava balançou a cabeça.

— Mais alguma coisa enquanto eu estava fora?

— Outro vilarejo foi atacado no contraforte.

— Que tipo de ataque?

Arliss balançou a cabeça.

— Apenas duas pessoas sobreviveram, senhor, e os relatos deles não fazem muito sentido, falam de monstros e fantasmas. Preciso de mais alguns dias.

— Certo. O que mais?

Arliss se virou para Elston, que de repente pareceu extremamente desconfortável.

— Nós temos que conversar sobre Pen, senhor — murmurou ele.

— O que tem Pen?

Elston olhou para baixo em busca de palavras, e Arliss assumiu:

— O garoto anda bebendo demais...

— Eu sei.

— Eu não terminei. Ontem à noite, ele se meteu em uma briga. Uma briga pública.

Aisa arregalou os olhos, mas não disse nada, pois não queria que eles lembrassem que ela estava lá e a expulsassem, como Coryn fez outro dia.

Pen, pensou ela, e balançou a cabeça, quase com tristeza.

— Por sorte ele estava em um dos meus bares de apostas, senão poderia ter morrido. Ele encarou cinco homens sem espada. No fim das contas, só levou uma bela surra. Tentei manter tudo na surdina, mas a notícia já deve ter se espalhado. Sempre se espalha.

— Onde ele está?

— No quarto, dormindo.

Clava se levantou com o rosto sombrio.

— Sinto muito, senhor — disse Elston com infelicidade. — Eu tentei controlá-lo, mas...

— Deixa pra lá, El. Essa confusão fui eu que provoquei.

Clava seguiu pelo corredor na direção dos aposentos dos guardas, caminhando a passos largos e determinados. Depois de um momento, Elston foi atrás, depois Coryn e Kibb, e Aisa seguiu os homens com cautela. Eles chegaram ao final do corredor e foram surpreendidos por um estalo alto de palma da mão batendo em pele.

— Levanta essa bunda daí!

Pen murmurou alguma coisa.

— Já mimamos você o suficiente, seu pestinha apaixonado. Saia dessa cama, senão vou chutar você para fora, e não vou tomar cuidado com o que vou quebrar no caminho. Você está se envergonhando e também à Guarda. Está me envergonhando.

— Por quê?

— Eu escolhi você, seu merdinha! — rugiu Clava. — Você acha que é o único garoto que vi nas ruas com talento para manejar a espada? Eu escolhi você! E agora está desistindo, bem quando mais preciso de você!

Pen resmungou alguma outra coisa. Ainda estava bêbado, Aisa percebeu, ou pelo menos com uma ressaca enorme. Ela tinha ouvido palavras arrastadas parecidas ditas pelo pai muitas vezes. Agora, mais alto:

— Eu sou um guarda-costas e você não precisa de guarda-costas. — A voz de Pen aumentou de volume. — Nós ficamos sentados aqui sem fazer nada enquanto ela está lá! Não tem ninguém para eu proteger!

Ela ouviu o ruído de madeira rachando, depois um baque, seguido de um grito de dor de Pen.

— Devemos entrar? — sussurrou Aisa, mas Elston balançou a cabeça e levantou um dedo na frente dos dentes irregulares. Um som chiado e deslizante veio pela porta; Clava estava arrastando Pen pelo chão, a respiração pesada pelo esforço.

— Você era o inteligente, garoto. Você devia capitanear essa Guarda depois que o resto de nós ficasse velho e lento demais. E aqui está você, chafurdando na infelicidade feito um porco na merda.

Aisa sentiu um puxão na camisa, olhou para baixo e viu sua irmãzinha, Glee, olhando para ela.

— Glee! — sussurrou ela. — Você sabe que não pode vir aqui.

Glee continuou olhando para a irmã sem enxergar, e Aisa percebeu que estava em um de seus transes.

— Glee? Está me ouvindo?

— É a sua chance — sussurrou Glee. Seus olhos estavam tão vazios que pareciam ocos. — Você vai ver claramente. Eles dobram a esquina e você agarra a sua chance.

Os lábios de Aisa se abriram. Ela não podia prestar atenção em Glee agora, pois as coisas entre Clava e Pen continuavam violentas; ela ouviu mais móveis quebrando e o som de um soco.

— Vá procurar a mamãe, Glee. — Ela virou Glee para o outro lado e deu um empurrãozinho, enviando-a pelo corredor. Aisa observou a irmã por alguns segundos, consternada, antes de se voltar para os aposentos da Guarda. Elston e Kibb estavam inclinados na direção da porta, e Aisa, reunindo coragem, ficou de quatro para espiar o quarto por entre as pernas de Elston.

Pen estava curvado, a cabeça dentro de uma das bacias enfileiradas na parede mais distante. Clava estava acima dele, segurando-o pela nuca, e Aisa teve a impressão de que, se Pen tentasse se levantar rápido demais, Clava o empurraria. Elston sinalizou, perguntando se eles deviam ir embora, mas Clava só deu de ombros.

Pen se levantou, ofegante, os cachos castanhos grudados na cabeça. Aisa fez uma careta quando viu o rosto dele: uma aurora colorida de hematomas, os dois olhos roxos e um corte largo com sangue seco na bochecha. Clava não parecia preocupado.

— Está sóbrio agora, garoto?

— Por que nós não agimos? — reclamou Pen. — Nós ficamos aqui, esperando e esperando, enquanto ela está lá sendo...

Clava deu um tapa na cara dele.

— Você tem coragem, Pen. Se olhasse além da própria infelicidade, veria claramente. Nós temos uma cidade cheia de pessoas que precisam voltar para casa. Uma Igreja que quer partir o trono no meio. E um ferimento infeccionado sob o Gut. Você conhece a rainha, Pen. Se deixássemos essa confusão de lado só para buscá-la, ela nos mataria.

— Sem ela aqui, tudo fica pior... a Igreja fica pior...

Clava suspirou.

— É verdade. E você poderia ser de grande ajuda, mas prefere afogar sua dor em bebida e brigas. Você acha que a rainha gostaria de ver você assim? Ela sentiria orgulho de você?

Pen olhou para o chão.

— Ela acharia você patético, Pen. Assim como eu acho. — Clava respirou fundo e cruzou os braços. — Tome um banho e troque de roupa. Depois, saia daqui. Faça o que precisa fazer, pense se quer continuar a fazer parte desta Guarda. Você tem dois dias. Volte na sua melhor forma ou não volte. Entendido?

Pen respirou fundo com mágoa nos olhos vermelhos. Aisa esperava que Clava desse outro tapa nele, mas o capitão só foi para a porta e espantou todo mundo.

— Sinto muito, senhor — repetiu Elston.

— Não é sua culpa, El — respondeu Clava, fechando a porta do quarto. — Eu quebrei uma regra antiga e não deveria.

— Você acha que ele vai voltar?

— Acho — respondeu Clava brevemente.

Arliss os estava esperando em frente à sala dele, segurando a pilha de papéis de sempre, mas agora Ewen tinha se juntado a eles e estava espiando por cima do ombro de Arliss como uma criança acanhada.

— Nós temos estimativas sobre a colheita... — começou Arliss, mas Clava o interrompeu:

— Ewen, o que o perturba?

Ewen saiu de trás do tesoureiro, as bochechas em um tom forte de vermelho.

— Eu gostaria de falar com você, senhor.

— Pode falar.

Ewen respirou fundo, como se iniciando um discurso.

— Eu não sou Guarda da Rainha. O senhor foi muito gentil comigo, e a rainha também, de me deixarem usar o manto e encenar o papel. Mas não sou um Guarda da Rainha de verdade e nunca vou ser.

Clava encarou Elston com intensidade.

— Alguém andou falando com você sobre isso, Ewen?

— Não, senhor. Todo mundo foi gentil — respondeu Ewen, corando ainda mais. — Eu demorei um tempo para perceber na minha cabeça, mas agora percebi. Eu não sou um Guarda da Rainha *de verdade*, e gostaria de voltar a ser útil.

— E como você faria isso?

— Da mesma forma como sempre fiz, senhor: como carcereiro. Temos uma prisioneira à solta.

— Uma prisioneira... Jesus, Ewen. Não.

— Eu gostaria de ser útil de novo — repetiu Ewen com teimosia.

— Ewen, você sabe como capturamos Brenna na primeira vez? Coryn a encontrou por acaso, enquanto delirava em um dos antros de morphia de Thorne. Você soube o que aconteceu com Will lá embaixo. Sabendo o que sabemos agora, acho que Coryn teve muita sorte de Brenna não notar o ataque. Eu não enviaria a melhor espada de Tearling para capturar aquela bruxa. E certamente não posso enviar você.

Ewen firmou os ombros até estar bem ereto.

— Eu sei o que ela é, senhor. Soube no dia que a vi pela primeira vez. E soube o que ela escreveu na parede. Ela quer fazer mal à rainha.

Clava franziu a testa.

— Você falou com seu pai sobre isso?

— Meu pai já está morto, senhor. Mas, mesmo quando estava à beira da morte, ele me disse para fazer o que pudesse para proteger a rainha.

Clava ficou um tempo sem responder, mas Aisa conseguia ver que ele estava perturbado.

— Ewen, ela não é uma prisioneira comum. Você não pode matá-la, pois a rainha deu sua palavra que a manteria viva. Mas, se você tentar capturar uma bruxa daquelas viva, eu acho que vai acabar morrendo. Eu aprecio sua coragem, mas não posso deixar que você faça isso. A rainha diria o mesmo. Sinto muito.

Ewen olhou para o chão.

— Vamos encontrar outra coisa para você fazer. Alguma coisa que ajude a rainha. Eu prometo.

— Sim, senhor.

— Dispensado.

Ewen desceu o corredor na direção da câmara de audiências, os ombros murchos.

— Talvez devesse tê-lo deixado ir — comentou Arliss, baixinho.

— Seria um ótimo legado como regente, não seria? Enviar uma criança em uma missão suicida.

— Ele quer fazer uma coisa honrada, senhor — disse Elston inesperadamente. — Pode ser bom permitir.

— Não. Não vou mais ser assassino de crianças.

Aisa ficou paralisada, mas ninguém mais pareceu surpreso pelas palavras dele.

— Aqueles dias ficaram no passado — murmurou Arliss, mas Clava riu com amargura, balançando a cabeça.

— Você quer ser gentil, velho, mas por mais que tentemos deixar o passado para trás, ele sempre está próximo. Aqueles dias acabaram para mim, mas isso não quer dizer que eu acabei para eles.

— Você é um bom homem agora.

— Sim, sou — respondeu Clava, assentindo, mas seus olhos estavam vazios, quase assombrados. — Mas não apaga tudo que veio antes.

Eles continuaram pelo corredor, discutindo a colheita, mas Aisa ficou parada, quase grudada no chão, a mente repassando as palavras sem parar, tentando entendê-las. Mas não conseguia. Ela achava que Clava era o melhor homem da Ala da Rainha, talvez só atrás de Venner, e era incapaz de associar o capitão da Guarda que ela conhecia com a imagem que as palavras dele plantaram: um homem que caminhava por fileiras de formas pequeninas segurando uma foice.

Um assassino de crianças.

Duas horas depois, eles se reuniram na sala do trono para a audiência do Regente. Elston, Aisa, Coryn, Devin e Kibb estavam agrupados em volta da plataforma, o resto da Guarda espalhado pela sala. Clava estava sentado em uma poltrona na plataforma, e Arliss ao lado dele em outra, quando começaram a deixar os pleiteantes entrarem. O trono vazio brilhava à luz das tochas.

— Que Deus me ajude — murmurou Clava. — Eu me perguntava por que a rainha não conseguia controlar a irritação nessas coisas. Agora me pergunto como conseguia.

Arliss riu.

— A irritação da infanta era uma coisa poderosa. Divertida também. Sinto falta da garota.

— Nós todos sentimos — respondeu Clava com mau humor. — Agora, vamos cuidar dos negócios dela.

Aisa se virou para as portas, fixando no rosto a máscara de estoicismo impassível que Elston recomendara. Os nobres entraram primeiro, um velho costume que, mais de uma vez, Aisa ouviu Clava e Arliss falarem em eliminar. Mas, na verdade, fazia as coisas irem mais rápido. Poucos nobres iam às audiências de Clava agora, e hoje eram só dois, ambos pedindo isenção de impostos. Não havia ninguém trabalhando nos campos, e até Aisa via que isso precisava ser remediado, e logo; não só não haveria comida, mas os campos e fazendas vazias davam a todos os nobres do reino uma desculpa para fugir dos impostos. Lady Bennett e Lord Taylor ouviram de cara feia enquanto Clava explicava com paciência extraordinária que eventos fora de seu controle tornavam impossível que ele decidisse sobre aquela questão no momento. Aisa sabia que Arliss estava trabalhando no problema da colheita, de levar as pessoas para casa, mas era um trabalho lento preparar famílias para uma viagem dessas a pé. Os dois pleiteantes saíram de mãos vazias e mal-humorados, assim como muitos outros antes deles.

Depois dos nobres vieram os pobres. Aisa gostava mais deles, pois seus problemas eram reais. Crimes sem justiça, gado desaparecido, brigas por propriedade... Clava costumava encontrar soluções nas quais Aisa nunca teria pensado. A Guarda costumava relaxar um pouco durante essa parte da audiência, até Aisa, que estava se divertindo até o momento em que a multidão abriu caminho e ela se viu encarando o pai.

A mão de Aisa foi automaticamente para o cabo da faca, e ela foi tomada de uma mistura tão conflitante de sentimentos que a princípio não conseguiu separá-los. Houve alívio, alívio porque ela cresceu vários centímetros desde a primavera, e seu pai não parecia mais tão alto. Havia ódio, um fogo antigo ardendo que só aumentava com a distância e o tempo, queimando sua mente e suas entranhas. E, por último e mais urgente, ela sentiu uma necessidade de procurar as irmãs mais novas, Glee e Morryn, para protegê-las de tudo no mundo, a começar pelo pai.

Clava também tinha reconhecido o pai de Aisa, pois um músculo começou a latejar no maxilar dele. O capitão se inclinou e perguntou em voz baixa:

— Quer sair, ferinha?

— Não, senhor — respondeu Aisa, desejando que sua determinação estivesse tão firme quanto a voz. Seu pai podia não ser mais bem maior do que ela, mas estava com a aparência de sempre. Ele ganhava a vida carregando pedras, e a parte de cima do corpo parecia ter o dobro do tamanho da de baixo. Quando ele se aproximou do trono, Aisa puxou a faca e a apertou em um punho que rapidamente ficou úmido de suor.

Clava fez sinal para Kibb e murmurou:

— Cuide para que Andalie não venha aqui.

Seu pai não estava sozinho, Aisa viu agora; ele tinha saído da multidão com um padre ao lado. O padre usava as vestes brancas do Arvath, mas o capuz estava puxado sobre a testa e Aisa não conseguiu ver seu rosto. Depois de um olhar na direção dela, um olhar rápido e intenso que Aisa não conseguiu interpretar, seu pai a ignorou e concentrou toda a sua atenção em Clava.

— Você de novo, Borwen? — perguntou Clava com voz cansada. — O que tem no cardápio hoje?

Seu pai abriu a boca para responder, mas o padre se adiantou e puxou o capuz. Aisa ouviu o sibilar baixo da respiração de Clava e moveu a faca automaticamente quando Elston se sobressaltou. O resto da Guarda se deslocou rapidamente para cercar a base da plataforma, e Aisa foi junto com eles, pulando dois degraus para se posicionar entre Cae e Kibb.

— Vossa Santidade — disse Clava lentamente. — Que honra ter você aqui. A última vez foi emocionante.

O Santo Padre em pessoa! Aisa tentou não encarar, mas não conseguiu evitar. Ela achava que o Santo Padre era velho, mas ele era bem mais jovem até do que o padre Tyler, o cabelo ainda quase todo preto, o rosto marcado com linhas levíssimas. Clava dizia que o Santo Padre nunca ia a lugar nenhum desprotegido, mas Aisa não viu nenhum guarda na plateia. Mesmo assim, ela seguiu os passos dos homens ao seu redor, que tinham se posicionado na defensiva em volta de Clava.

— Eu vim exigir justiça do governo da rainha — anunciou o Santo Padre com voz grave e alta, e agora Aisa reparou nos olhos dele: inexpressivos, quase reptilianos, sem trair emoção alguma. — Nosso irmão paroquiano, Borwen, nos procurou com uma queixa algumas semanas atrás. A rainha negou seus direitos de pai.

— É mesmo? — Clava se encostou na poltrona. — E por que ela faria isso?

— Para benefício próprio. Ela quer manter a esposa de Borwen como criada.

Clava manteve o olhar em Borwen.

— É essa sua história da semana? Que besteira. Andalie não é criada de ninguém.

— Estou confiante na veracidade da história de Borwen — respondeu o Santo Padre. — Borwen é membro da paróquia do padre Dean há alguns anos e...

— Você não veio aqui suplicar em nome desse molestador. O que você quer?

O Santo Padre hesitou, mas só por um momento.

— Também venho pessoalmente exigir a devolução do Apóstata.

— Como já falei pelo menos umas dez vezes, nós não estamos com ele.

— Acredito que estejam.

— Bom, não seria a primeira vez que você acredita em uma coisa sem ter provas, não é? — O tom de Clava era de deboche, mas uma veia grande tinha começado a pulsar na testa dele. — Nós não estamos com o padre Tyler e me recuso a voltar a discutir esse assunto.

O Santo Padre abriu um sorriso seco.

— E o caso de Borwen?

— Borwen é um pedófilo. Você quer mesmo criar um laço entre o Arvath e essa causa?

— Isso é calúnia — respondeu o Santo Padre calmamente, mas Aisa reparou que o sorriso dele sumiu momentaneamente. Talvez eles tivessem acreditado que Clava não tocaria no assunto em uma audiência pública. Aisa não sabia se ficava aliviada ou decepcionada de ele ter feito isso.

— Borwen vive a vida de um bom cristão. Todas as manhãs ele vai à missa do alvorecer. À noite, ele doa seu tempo para...

— Borwen não tem escolha além de ser um bom cristão — rosnou Clava. — Porque ele sabe que nos últimos seis meses eu coloquei um policial de Nova Londres na cola dele. Pelo que soube, seus vizinhos estão muito aliviados.

Isso surpreendeu Aisa. Ela não achava que Clava fosse se interessar por qualquer coisa que não afetasse diretamente a rainha. Ela se perguntou se sua mãe sabia. Seu pai não era bom paroquiano coisa nenhuma; a família deles ia à igreja poucas vezes ao ano.

— Borwen se arrependeu sinceramente por todos os atos cometidos no passado — respondeu o Santo Padre. — Ele é um novo homem, e agora só quer ficar com a esposa e os filhos.

— Um novo homem — disse Clava com desprezo. — Pode contar a história que quiser, Borwen. Mais cedo ou mais tarde, nós dois sabemos que a doença dentro de você vai ressurgir, e quando pegarmos você no flagra, vou prendê-lo de vez.

— Meus filhos pertencem a mim! — gritou o pai de Aisa. — Você não tem o direito de tirá-los de mim!

— Você abriu mão dos seus filhos no momento em que botou a mão neles. Na mãe deles.

Um movimento distante atraiu a atenção de Aisa: sua mãe, de pé na entrada do corredor, de braços cruzados. Kibb não tinha reparado nela (ou estava fingindo não reparar), e Aisa também não disse nada. Como Clava podia saber sobre sua mãe? Ela contou sobre aqueles dias? Parecia improvável. Eles não se davam bem.

— Minha filha está ali! — disse seu pai. — Pergunte a ela! Pergunte o quanto era maltratada!

Aisa ficou paralisada, pois todos os olhares da sala de repente se desviaram para ela.

— Sua filha trabalha para mim — respondeu Clava, e Aisa percebeu que ele não estava preparado para essa virada na conversa. — Ela fala quando eu mandar, não você.

Aisa encontrou o olhar do pai e viu triunfo nele. Ele ainda a conhecia bem. Foi uma jogada bem calculada, apostando que ela não ia querer revelar sua infelicidade, seu passado terrível. Contar sua vergonha para estranhos, tantos olhando para ela agora... como poderia fazer isso e seguir em frente? Mesmo que acreditassem nela, como ela poderia viver o resto da vida sabendo que era a primeira coisa que todo mundo saberia sobre ela: que passou por tudo aquilo? Quem teria coragem?

A rainha, sua mente respondeu de repente. *A rainha falaria e enfrentaria o que quer que viesse depois.*

Mas Aisa não conseguia.

— Aisa já passou por muito — disse Clava. — E nenhum cristão de verdade a obrigaria a recontar sua história aqui.

— Realmente, Deus ama as crianças — respondeu o Santo Padre, assentindo. — Todas, menos as mentirosas.

— Cuidado, padre. — A voz de Clava tinha descido um tom, um sinal de perigo para quem o conhecia, mas o Santo Padre não pareceu se importar. Aisa se perguntou se o padre pretendia acabar levando uma surra ali ou sendo preso; seria um evento útil para o Arvath. Clava era inteligente demais para fazer o que ele queria... ou era o que Aisa esperava. Essa raiva baixa e silenciosa era bem pior do que quando ele gritava. Ela sentiu os olhos do pai novamente e resistiu à vontade de encará-lo.

— Se a criança tivesse uma acusação a fazer, ela faria — comentou o Santo Padre, a voz desdenhosa. — Essas falsas acusações contra Borwen são para obscurecer o fato de que as leis da rainha são arbitrárias, elaboradas para servir às necessidades dela. Todos os homens de Deus deveriam defendê-lo.

— As necessidades dela. Quando os mort chegaram, a rainha abriu a Fortaleza para mais de dez mil refugiados. Quantos refugiados o Arvath recebeu?

— O Arvath é sagrado — respondeu o Santo Padre, mas Aisa viu, aliviada, que Clava tinha quebrado o ritmo dele de novo. — Nenhum leigo pode entrar na casa de Deus sem a permissão do Santo Padre.

— Que conveniente para Deus e para Sua Santidade. E o que Cristo diz sobre receber os sem-teto?

— Eu gostaria de voltar ao assunto do Apóstata, Lord Regente — disse o Santo Padre rapidamente. Aisa deu uma olhada na plateia, mas não conseguiu saber se tinham reparado na retirada rápida do sujeito. A maioria só ficou olhando para a plataforma de boca aberta.

— O que tem o padre Tyler?

— Se ele não for entregue até o meio-dia desta sexta-feira, a Igreja vai excomungar todos os funcionários da Coroa.

— Entendi. Quando tudo mais falhar, chantageie.

— De jeito nenhum. Mas Deus está decepcionado com o fracasso da Coroa de resolver o problema dos pecadores no Tearling. Na ausência da rainha, nós esperávamos que você aproveitasse a oportunidade para criminalizar atos não naturais.

Elston estremeceu; Aisa mais sentiu do que viu. Mas quando olhou para o lado, ele estava do mesmo jeito de sempre, o rosto inexpressivo e os olhos fixos na multidão.

— Como vai o dinheiro para aquele imposto sobre propriedade? — perguntou Clava de repente. — Vai estar pronto para o início do novo ano?

— Não sei o que você quer dizer — respondeu o Santo Padre, mas o tom foi inquieto.

Clava caiu na gargalhada, e ao ouvir o som, Aisa relaxou um pouco, a tensão sumindo dos ombros. Ela deu outra espiada no salão e encontrou o olhar da mãe grudado em Clava, um sorrisinho curvando seus lábios.

— Sabe, Anders — disse Clava —, por alguns minutos, eu não soube direito o que você veio fazer aqui. Mas agora vejo bem. Quero aproveitar a oportunidade para dizer claramente: pode chover canivete que o pagamento dos impostos *vai* acontecer no primeiro dia de fevereiro.

— A questão aqui não é o dinheiro, Lord Regente.

— Tudo é dinheiro, sempre. Você impõe um dízimo aos tear e quer ficar com tudo, despejando dinheiro em luxo, se alimentando dos crédulos e dos famintos. Você *lucra*.

— As pessoas dão livremente para uma causa sagrada.

— Dão mesmo? — O rosto de Clava se abriu em um sorriso desagradável. — Mas eu sei exatamente para onde o dinheiro vai. Nós pegamos dois dos seus agentes na semana passada. Você anda fazendo negócios na Creche.

Ao ouvir isso, uma agitação começou a se espalhar pela plateia, e o sorriso do Santo Padre diminuiu um pouco antes de ele se recuperar.

— Falsas acusações! — gritou ele. — Eu sou um mensageiro de Deus...

— Então seu Deus é traficante de crianças.

A plateia ofegou.

— E você! — Clava se virou para Borwen. — Eu também não sabia o que você estava fazendo aqui, mas agora entendi. Você achou que teria mais chance com seu argumento ridículo com um homem sentado no trono. Se tentar chegar perto da sua esposa ou dos seus filhos de novo, eu vou...

— O quê? Vai me matar? — gritou Borwen. — Que ameaça é essa? Eu já estou morto, meus filhos estão perdidos para mim, e eu sou perseguido aonde quer que vá! Por que você não me mata logo?

— Eu não vou matar você — disse Clava baixinho, os olhos escuros frios. — Vou prendê-lo e permitir que sua esposa decida seu destino.

O pai de Aisa ficou pálido.

Clava desceu os degraus da plataforma, concentrando sua atenção no Santo Padre.

— Você não vai me chantagear com ameaças, e também não vai me distrair das questões da rainha. Não apareça com essas besteiras na minha porta. O próximo padre a botar o pé aqui pode não se dar tão bem. E você, Borwen... Acho bom você nunca mais aparecer na minha frente.

Aisa sentiu como se seu coração fosse explodir. Sua mãe e Wen sempre a defenderam do pai quando podiam, mas era diferente uma pessoa de fora da família fazer isso. Se fosse permitido abraçar Clava, ela teria feito isso, pois ela o amou tão de repente, com o tipo de amor intenso que nunca tinha sentido por ninguém além da mãe.

— Venha, irmão Borwen — ordenou o Santo Padre. — É como sempre falei: a coroa Glynn se afoga no próprio orgulho. Deus sabe sobre essa injustiça, mas vamos levar nosso caso para os tribunais públicos também, além de expor este lugar pelo que é.

— Você pode tentar — respondeu Clava com a voz firme. — Mas tome cuidado, Vossa Santidade. Os filhos de Borwen não são os únicos com acusações.

— Ninguém acusou Borwen de nada, Lord Regente.

— Eu acuso.

As palavras saíram da boca de Aisa antes que ela pudesse impedi-las. Os olhos da multidão se voltaram para ela, e a garota desejou mais do que tudo que pudesse voltar atrás.

— Você disse alguma coisa, criança? — perguntou o Santo Padre. A voz dele era doce como mel, mas os olhos ardiam. Estranhamente, isso incentivou Aisa a falar de novo. Ela pensou que cada palavra fosse ser pior do que a anterior, mas, quando começou, descobriu, aliviada, que o oposto era verdade: as primeiras palavras foram as mais difíceis de dizer, e tudo depois veio mais fácil, como se uma represa tivesse se quebrado na garganta dela.

— Eu tinha três ou quatro anos quando você começou. — Ela se esforçou para olhar nos olhos do pai, mas só conseguiu focar no seu queixo. — Você foi atrás de Morryn na mesma idade. Nós chegamos ao ponto de ter que nos esconder debaixo do piso para fugir de você. — Aisa ouviu a própria voz angustiada subindo de volume, mas agora era como descer uma colina correndo, os braços girando como cata-ventos. Ela não tinha como parar. — Sempre forçando, pai, esse é você, e não nos deixava em *paz*, é disso que mais me lembro...

— Calúnias! — cortou o Santo Padre.

— *Não são!* — gritou Aisa. — Eu estou dizendo a verdade, você só não quer ouvir!

— Ferinha — chamou Clava delicadamente, e ela parou, inspirando pesadamente devido à raiva. — Você não está encrencada. Mas quero que vá agora. Coryn, leve-a para a mãe.

Coryn puxou o braço dela gentilmente, e depois de um momento, Aisa foi com ele. Ela lançou um último olhar para trás e viu um mar de olhos ainda a encará-la. Seu pai ficou ao lado do Santo Padre, o rosto vermelho de raiva.

— Você está bem? — perguntou Coryn a ela em voz baixa.

Aisa não sabia como responder. Sentia-se enjoada. Atrás, ouviu Clava expulsar os dois homens.

— Aisa?

— Eu constrangi o capitão.

— Não constrangeu, criança — respondeu Coryn, e ela ficou grata de ouvir o tom profissional dele. — Você fez uma coisa útil. O Arvath não vai ousar colocar seu pai na frente de um juiz público agora. Tinha gente demais aqui.

Todo mundo vai saber. O pensamento pareceu queimar Aisa.

— Os Caden não vão ligar — comentou Coryn casualmente, e Aisa parou de andar.

— Por que diz isso?

— Eu vi seu rosto, garota. Eu sei que vamos perder você um dia. Mas, manto cinza ou vermelho, faça um favor a si mesma: não deixe que seu passado governe seu futuro.

— É fácil assim?

— Não. Até o capitão luta com o dele todos os dias.

Um assassino de crianças, lembrou Aisa. Sua mãe apareceu de repente, os braços abertos, e tudo dentro de Aisa pareceu desmoronar misericordiosamente. Ela estava pronta para matar o pai, pronta havia anos, mas agora ficou impressionada de descobrir que tinha feito uma coisa ainda mais difícil: tinha falado em voz alta.

Tyler não acreditava em inferno. Tinha decidido muito tempo antes que, se Deus quisesse puni-los, havia oportunidades infinitas bem ali; o inferno seria supérfluo.

Mas se *houvesse* um inferno na Terra, Tyler o tinha encontrado.

Ele e Seth estavam enfiados em uma alcova, um nicho escondido no fundo de um túnel enterrado nas entranhas da terra. Eles se espremeram lá por uma pequena fissura na pedra. O piso e as paredes, iluminados só pelo fósforo pequeno e tremeluzente nos dedos de Tyler, estavam cobertos de mofo. No último momento antes de o fósforo se apagar, Tyler viu que a aparência de Seth tinha piorado, as bochechas ardendo de febre e as córneas amareladas por causa da infecção. Tyler não checava os ferimentos de Seth havia vários dias, mas, se olhasse, sabia que veria riscos vermelhos subindo pela barriga dele na direção do peito. Quando os dois fugiram do Arvath, Tyler levou Seth a um médico e gastou a maior parte do dinheiro que tinha economizado. Mas o homem não era médico de verdade, e apesar de ter dado a Seth um remédio para aliviar a dor por alguns dias, ele não conseguiu impedir que a infecção se alastrasse.

O fósforo se apagou, e na hora certa, pois agora Tyler ouvia o som de passos correndo, vários pares, no túnel lá fora.

— O ramo leste! — disse um homem, ofegante. — Para o ramo leste, e podemos nos encontrar na estrada.

— São os Caden, eu sei — disse outro homem, a voz fraca de medo. — Eles estão vindo.

— O que os Caden querem aqui embaixo? Não temos dinheiro para eles.

— Todos vocês, para o ramo leste, rápido!

Os passos se afastaram correndo de novo. Tyler se encostou na parede do nicho, o coração disparado. Ele e Seth já estavam bem encrencados, mas se os Caden estivessem mesmo ali embaixo, os problemas deles se multiplicariam. Nos primeiros dias de fuga, Tyler foi até a superfície várias vezes, para trocar dinheiro por comida e água limpa, e não demorou para que ele soubesse da notícia: o Arvath tinha oferecido recompensa pelos dois. Tyler e Seth tinham se livrado das vestes do Arvath tempos antes, mas mesmo com roupas comuns, eles não se sentiam mais seguros na superfície. Tyler não saía dos túneis havia mais de duas semanas, e o suprimento de comida dos dois tinha quase acabado.

— Ty? — disse Seth em um sussurro. — Você acha que estão atrás da gente?

— Não sei — respondeu Tyler.

Ele achava que eles estavam seguros lá embaixo, mas essa segurança tinha um preço. Em suas viagens pelos túneis, Tyler viu muitas coisas, e quando passou a entender o que aquele labirinto era de verdade, ele começou a resvalar para a escuridão espiritual que tomou conta dele durante suas últimas semanas no Arvath.

Deus, por que você permite isso? Este mundo é seu. Por que você obriga essas pessoas a sofrerem?

Para a surpresa de ninguém, ele não teve resposta.

Tyler sabia que tinha que tirar Seth dali, e logo. Ele estava procurando uma rota subterrânea para a Fortaleza; sem dúvida Clava estava usando uma rota assim para entrar e sair do Arvath despercebido para as aulas de leitura. Mas Tyler tinha medo de se aventurar longe demais da segurança da fenda deles. O preço por Seth era só mil libras, mas na última ida de Tyler à superfície, a recompensa pela cabeça dele já estava em cinco mil. Nenhum Caden deixaria uma oportunidade dessas passar. Pelas fofocas que Tyler ouviu em um bar qualquer, ele soube que sua recompensa também incluía seus bens, e isso dizia a Tyler que apesar de o Santo Padre querer os dois mortos (e que pagaria uma boa grana para poder enviar Tyler a julgamento ele mesmo), seu interesse principal não era Tyler nem Seth, mas a caixa de cerejeira polida que ele tinha na bolsa. Tyler desejava abri-la de novo, mas eles não podiam se dar ao luxo de desperdiçar mais fósforos; estavam no último pacote. Ainda assim, não conseguia deixar de segurar a bolsa perto do corpo, para sentir as beiradas reconfortantes da caixa lá dentro.

Depois de várias semanas no túnel, Tyler tinha juntado algumas peças do quebra-cabeça. A coroa tear não era vista desde a morte da rainha Elyssa. Ela devia ter oferecido a coroa de presente à Igreja — um gesto estranho para uma monarca que não ia a missas mais do que uma vez por ano, mas Elyssa não seria a primeira a ter encontrado Jesus no leito de morte. Tyler não conheceu a mãe da rainha Glynn, mas ela era famosa por ser o tipo de mulher que poderia tentar comprar uma passagem para o céu. A coroa era indubitavelmente valiosa, feita de prata maciça e safira, mas seu valor para ele ia bem além do dinheiro. Aquela coroa esteve na cabeça de todos os governantes desde Jonathan Tear, e ancorou muitas batalhas sangrentas de sucessão. Tinha fama de também ter propriedades mágicas, apesar de Tyler achar que isso não passava de fantasia. Para ele, a coroa era um artefato, uma testemunha da história selvagem, confusa e extraordinária dos Tear, e não podia ser descuidado com um artefato assim, da mesma forma que não podia deixar Seth para trás. Além do mais, ele tinha uma promessa a cumprir. Pensar na mulher, Maya, quase o destroçava. Ela lhe deu a coroa, e ele a deixou lá, sentada na frente de uma mesa cheia de drogas. Não podia tê-la levado junto, senão nada daquilo teria dado certo; ele sabia disso, mas saber não lhe trazia paz. Anders não era tímido com punições, e Tyler não conseguia imaginar que destino Maya teve depois da fuga dele. No mínimo, ele pretendia cumprir a promessa e entregar a coroa para a rainha. Mas não poderia fazer isso lá embaixo.

Passos soaram na pedra acima da cabeça de Tyler, fazendo-o tremer. Podia ser os Caden, podia ser outro grupo de almas perdidas e amaldiçoadas que Tyler tinha visto lá embaixo. Mas os passos continuaram, muitos, e ele não pôde deixar de pensar em outra informação que ouviu no pub: bandos agora andavam pelas ruas de Nova Londres, carregando espadas e crucifixos de madeira, louvando a Deus e ameaçando violência a todos que não fizessem o mesmo. Não havia nada de explícito unindo esses bandos à Igreja de Deus, mas Tyler sentia o fedor do Santo Padre neles todos. Ele apostaria sua Bíblia que aquelas pessoas recebiam ordens do Arvath.

Já foi uma boa Igreja, pensou Tyler, e era verdade. Depois do assassinato de Tear, a Igreja de Deus ajudou a manter a ordem. A Igreja trabalhou com os primeiros Raleighs, impediu a colônia de William Tear de se espalhar aos quatro ventos. No segundo século depois da Travessia, um pregador empreendedor chamado Denis se apoderou do catolicismo e reconheceu o grande valor da teatralidade e do ritual em capturar a imaginação do povo. Denis supervisionou a construção do Arvath, um trabalho que esvaziou os fundos da Igreja e envelheceu o homem antes da hora. Denis morreu três dias depois que a última pedra foi colocada, e a Igreja agora o reconhecia como o primeiro verdadeiro Santo Padre, mas houve muitos homens antes dele, guiando a Igreja de Deus pelo mesmo caminho. Tyler, que reuniu o máximo de história oral que conseguiu, sabia que sua igreja estava longe de ser perfeita. Mas nem o capítulo mais sombrio da história do Arvath se aproximava do que estava acontecendo naquele momento.

Claro, o Santo Padre não ousaria fazer nada disso se a rainha estivesse lá. Anders tinha medo da rainha Kelsea, tanto medo que, não muito tempo antes, deu a Tyler um frasco de veneno e ordenou que ele cometesse um ato terrível. A rainha se rendeu a Mortmesne, essa notícia foi impossível de passar despercebida, mesmo nas brevíssimas viagens de Tyler à superfície, e Clava estava no comando do reino. Mas o povo de Tearling não amava Clava, só o temia, e o medo não era tão perigoso. Na ausência da rainha, o Santo Padre ficou ousado.

Ela precisa voltar, pensou Tyler, quase na forma de uma oração. *Ela precisa voltar.*

Novos passos ecoaram no túnel lá fora, e Tyler se encostou na parede. Vários homens passaram correndo pela pequena abertura, mas não fizeram nenhum som além dos passos, e mesmo pela parede ele conseguia sentir a eficiência militar que permeava seus movimentos, todos unificados sob o mesmo objetivo.

Caden, pensou. Mas o que estavam procurando? Estavam ali atrás de Tyler e Seth ou de outra pessoa? Não importava. Bastaria que um par de olhos argutos visse a pequena fresta no túnel e eles seriam descobertos.

Os passos não diminuíram a velocidade, e Tyler relaxou. Seth estava encolhido junto a ele, tremendo, e Tyler abraçou o amigo. Seth estava morrendo lenta e dolorosamente, e Tyler não podia fazer nada por ele. Tinha ajudado Seth a escapar do Arvath, mas de que adiantava a fuga agora? Todos estavam contra eles.

Querido Deus, orou, embora tivesse certeza de que as palavras não estavam indo para lugar algum, só rodopiando pelo abismo escuro da sua mente. *Querido Deus, por favor, nos mostre sua luz.*

Mas não havia nada, só escuridão, um gotejar infinito de água e, em algum lugar próximo, passos de assassinos se afastando cada vez mais.

A terra de Tear

O erro da utopia é presumir que tudo vai ser perfeito. A perfeição pode ser a definição, mas nós somos humanos, e mesmo para a utopia levamos nossas dores, erros, invejas e desgostos. Não podemos renunciar aos nossos defeitos, mesmo com a promessa do paraíso no horizonte, e, por isso, planejar uma nova sociedade sem levar em conta a natureza humana é destinar essa sociedade ao fracasso.

— *As palavras da rainha Glynn*, COMPILADAS PELO PADRE TYLER

William Tear estava profundamente preocupado com alguma coisa. Katie tinha certeza.

Mesmo depois de quase um ano trabalhando com ele, ela não conhecia Tear muito bem. Ele não era um homem que se passava a conhecer, pois era muito fechado. Katie achava que nem sua mãe o entendia completamente. Alguns dias, tinha a sensação de que quase conseguia ver a preocupação, pesando em Tear, forçando seus ombros para baixo e o fazendo envelhecer, e como ele estava preocupado, Katie também ficava.

Ela estava sentada no chão no meio do Cinturão, a faixa estreita de floresta densa que contornava o lado norte da cidade. A copa das árvores era grossa ali, permitindo que apenas alguns raios de sol se espalhassem na grama seca.

— Empurre! — gritou Tear. — O equilíbrio dele é fraco, já percebeu? É nesse momento que você usa o peso do seu corpo para chegar mais perto e derrubá-lo. Se colocar um homem com firmeza embaixo de você com uma faca na sua mão, você venceu.

Katie abraçou os joelhos, tentando se concentrar na luta à sua frente, onde Gavin e Virginia estavam agarrados, brigando. Cada um segurava uma faca, mas agora as armas eram secundárias; essa lição era sobre vantagem numa luta. Katie não tinha talento com a faca nem tinha tamanho para dominar ninguém, mas era uma das mais rápidas do grupo, e tinha facilidade em confiar no próprio corpo, nos reflexos e no equilíbrio. Virginia era alta e musculosa, mas não conseguiu encontrar o lugar para empurrar, e alguns segundos depois Tear mandou os dois pararem e começou a mostrar o que ela tinha deixado passar. Virginia estava insatisfeita, mas Katie achava que deixariam passar isso. Havia nove em treinamento ali: Katie, Virginia Warren, Gavin Murphy, Jess Alcott, Jonathan Tear, Lear Williams, Ben Howell, Alain Garvey e Morgan Spruce. Todos tinham pontos fortes diferentes, mas o de Virginia era o mais valioso: ela não tinha medo de nada. Katie aprendeu muito naquele ano, mas destemor não podia ser ensinado, e ela desejava essa qualidade.

— Virginia, sente-se e observe. Veja se consegue perceber desta vez. — Tear estalou os dedos. — Alain, venha enfrentar Gavin.

Alain se levantou do círculo e se aproximou de Gavin com cautela. Os dois eram bons amigos, mas Alain era o membro mais fraco do grupo, e Gavin sabia; um brilho de excesso de confiança tinha surgido nos olhos dele. Katie balançou a cabeça. Gavin era um bom lutador, mas costumava ser arrogante, e isso o meteu em confusão mais de uma vez.

— Diminua seu tamanho, Garvey! — gritou tia Maddy ao lado de Tear. — Senão ele vai jogar você longe!

Alain encolheu os ombros e puxou uma faca da bainha na cintura. As facas eram rudimentares, pouco mais do que lanças pontudas com cabos, as mesmas ferramentas que os trabalhadores usavam para matar gado. Mas Katie tinha ouvido sua mãe conversando com tia Maddy, que disse que Tear tinha feito facas de verdade para todos eles, facas de luta. Armas assim tinham que ser feitas em segredo e carregadas em segredo — às vezes parecia a Katie que, no longo ano desde que ela havia se sentado no banco com William Tear, sua vida tinha se enchido de segredos, como um balde embaixo de um vazamento —, mas eles receberiam as facas quando estivessem prontos. Katie mal podia esperar.

Alain era mais alto do que Gavin, mas Gavin manuseava uma faca melhor do que qualquer um deles, e ainda por cima podia se mover como um lagarto. Em poucos segundos, conseguiu ir para trás de Alain e segurar a mão da faca, batendo com o pulso de Alain no joelho de forma determinada e metódica, tentando fazer o outro largar a faca.

— Parem! — gritou Tear, entrando no círculo. A mãe de Katie foi com ele, os olhos cheios de reprovação.

— O que aconteceria em uma luta real, Gavin? — perguntou a mãe de Katie.

— Eu o teria segurado — respondeu Gavin, a voz inflexível. — Teria quebrado o pulso dele e depois acertado o joelho.

— O fracasso significa pouco neste ringue — disse Tear para Alain. — Mas, no mundo real, numa luta real, o fracasso é uma morte rápida. Essa é uma lição a ser entendida e lembrada.

Com o canto do olho, Katie viu Virginia assentindo de forma sombria. Elas eram amigas, de certa forma, mas Virginia era um pouco violenta demais para ser uma amiga de verdade. Na semana anterior, durante uma grande discussão sobre a distribuição da colheita, Virginia segurou o sr. Ellis pela garganta, e se vários adultos não tivessem interferido, Katie tinha quase certeza de que Virginia o teria estrangulado com as próprias mãos. Na Cidade da infância de Katie, não havia brigas; se as pessoas tinham problemas, discutiam até resolvê-los. Agora, parecia que havia um incidente por semana, e Katie muitas vezes se perguntava se eles estavam treinando para manter a paz, se esse era o problema que William Tear tinha previsto.

Ao lado de Virginia, Jonathan Tear observava as duas figuras no centro do ringue, os olhos avaliando e aprendendo. Tudo em Jonathan era William Tear em duplicata, exceto os olhos, grandes e escuros. Os olhos de Lily; Katie muitas vezes reparou naquela semelhança. Jonathan não era bom nem ruim nos treinos; Katie já o tinha vencido, apesar de ele ser um ano mais velho do que ela. Mas isso não importava. Em todos os momentos da vida, Jonathan estava *aprendendo*. Katie conseguia ver, ver aqueles olhos escuros registrando as informações e enviando tudo para ser processado no aposento enorme que era o cérebro dele. Aposento? Caramba, era uma casa inteira.

— Gavin, vamos trocar. Lear, tente lutar com Alain.

Lear se levantou, e Katie quase viu Alain gemer. Lear não era o melhor lutador dentre eles, mas era o mais respeitado porque era inteligente. O pai dele, que morreu na Travessia, foi um dos homens de confiança de William Tear, e sua mãe sempre dizia que Lear tinha herdado o cérebro do pai. Ele era aprendiz do velho sr. Welland, o historiador da Cidade, e Lear estava trabalhando em sua própria história da Cidade. Não da Travessia; nenhum deles sabia o suficiente sobre aquele período, e as respostas que recebiam dos adultos eram muito vagas. Mas, de acordo com Gavin, Lear pretendia registrar a história da Cidade por toda a vida e publicar o documento na época de sua morte. Ninguém queria lutar com um garoto capaz de pensar a longo prazo a esse nível.

— Fechem um pouco o círculo — ordenou a mãe de Katie. — Menos espaço para erros.

Todos chegaram para a frente.

— Comecem.

Lear circulou Alain, que estava quase paralisado. Ele era um elo fraco no grupo, e Katie se ressentia disso; não havia espaço para fraqueza ali.

Isso é Row falando.

Ela franziu o cenho e desejou que pudesse forçar a mente a ficar quieta. Havia uma qualidade quase esquizofrênica nos pensamentos dela agora; parecia que cada ideia individual podia ser categorizada como pertencente a Row ou Tear. Alain não era um grande lutador, mas, como muitos filhos da Travessia, tinha outras habilidades, em particular um dom fenomenal para destreza manual. Nunca se jogavam cartas com Alain, não por mais do que o direito de se gabar; ele ganhou vários novelos do melhor fio de Katie antes de ela aprender a parar de apostar. Cada outono, no festival da colheita, Alain montava um show de mágica que impressionava os adultos e deixava as crianças menores enfeitiçadas. Ele podia não ser grande lutador, mas Katie reconhecia o grande valor de ter tantas pessoas diferentes em uma comunidade, cada uma singular, cada uma com dons e defeitos e interesses e excentricidades. Eles criavam uma tapeçaria, todos eles, assim como os personagens de um livro fariam. Era a lição que toda criança aprendia antes mesmo de aprender a andar: *Você é especial, todo mundo é especial. Mas você não é* melhor. *Todos são valiosos.*

Mas Row não conseguia quantificar o valor daquela tapeçaria. Katie muitas vezes tentara explicar ao amigo, mas não sabia se estava se fazendo entender. Row não tinha paciência para a ineficiência, e às vezes seus pensamentos se entrelaçavam com os de Katie, estrangulando a voz de Tear, sufocando-a.

Lear parou de rodear Alain e avançou, rápido e silencioso. Em poucos momentos, tinha ido para trás de Alain e passado os braços em volta do pescoço do amigo, dando uma gravata nele.

— Parem.

William Tear estava com os braços cruzados, o olhar grudado em Alain. Aqueles olhos não eram sem compaixão, mas eram frios, e Katie de repente soube que Alain estava na corda bamba.

— Já chega por hoje. Todos vocês, sigam para seus aprendizados regulares.

Lear soltou Alain, que cambaleou e massageou o pescoço. Lear colocou a mão nas costas dele, e Alain abriu um sorriso simpático, mas havia uma certa amargura ali também; Katie tinha certeza de que ele também sabia que estava sendo testado. Gavin começou a pegar no pé dele, mas Gavin era assim, tão convencido da própria habilidade que às vezes beirava a crueldade sem querer. Gavin tinha convidado Katie para o piquenique de verão no ano anterior, e apesar de ele ser bonito, ela dissera não. Havia alguma coisa de implacável em Gavin, pronto para esmagar tudo que houvesse no caminho até seu objetivo. Katie achava que sua única prioridade era ele mesmo.

Pare com isso!, debochou sua mente. *E Row por acaso é melhor?*

Não, mas Row sabia que era pior, não alimentava ilusões sobre si mesmo. Isso fazia uma diferença enorme. Row podia ser grosseiro, mas Gavin era um tolo. Ele nem gostava de ler.

Tear, tia Maddy e sua mãe foram embora da clareira, seguindo para o oeste, na direção da cidade. Sua mãe assentiu para Katie ao passar, um sinal sutil de que Katie tinha ido bem hoje. Gavin, Howell, Alain e Morgan desapareceram nas árvores indo para o leste, contornando a colina, e para o sul, descendo até a fazenda de gado. Jess desceu a colina na direção da madeireira, e Virginia foi atrás; ela fazia parte de um grupo grande que estava começando a explorar e mapear as terras amplas ao redor da Cidade — a terra de Tear, era como chamavam a cidade agora, embora Katie soubesse pela mãe que William Tear não gostara nem um pouco disso. Eles todos tinham aprendizados para camuflar suas sessões; até Jonathan Tear tinha emprego, trabalhando na leiteria. Mas nenhum trabalho chegava aos pés das aulas de Tear. Ele os estava ensinando a lutar, mas isso era apenas uma parte. De uma forma indefinível, Katie sentia que Tear também estava ensinando a eles, não por palavras, mas por exemplos, a serem melhores. Pessoas melhores, membros melhores da comunidade. Durante as sessões, a voz de Row ainda estava presente na mente de Katie, mas abafada. No mundo de Row, Alain teria sido expulso muito tempo antes, mas as ideias de Row de excepcionalidade, sua visão impiedosa de mundo, essas coisas pareciam não ter lugar naquela clareira.

Katie esperou um minuto para se levantar e limpar a grama da parte de trás da calça. Podia se dar ao luxo de se atrasar um pouco para chegar à fazenda de ovelhas; trabalhava arduamente, e o sr. Lynn, encarregado dos fiandeiros e tingidores, achava que ela praticamente caminhava sobre água. Ela provavelmente podia faltar uma semana inteira no trabalho até que ele dissesse alguma coisa.

Do outro lado da clareira, Jonathan Tear ainda estava sentado no chão, olhando para a frente. Seu rosto estava fechado e inexpressivo, quase sonolento, e Katie saiu andando, deixando-o sozinho; Jonathan era tão *esquisito*! Mesmo em uma comunidade que valorizava indivíduos, Katie não sabia qual era o lugar de Jonathan. Ele tinha saído ao pai, e isso podia lhe dar um grande status, mas Jonathan não aceitava a adulação que a comunidade queria dar a ele; não parecia saber o que fazer com toda a atenção. Ele passava o tempo livre na biblioteca, encolhido com uma pilha de livros em um canto escuro do segundo andar. Mesmo nas sessões de treino, Jonathan ficava isolado, ignorando a familiaridade brincalhona que o resto deles compartilhava, aquele senso feliz de grupo de elite que os definia. Ele era estranho, simplesmente estranho, e o primeiro impulso de Katie foi de simplesmente deixá-lo em paz.

Mas, quando chegou na beirada da clareira, seus passos ficaram lentos até ela parar. A voz de sua mãe estava em sua cabeça, a voz da infância de Katie, a voz que dizia que, quando você via seu vizinho com um problema, por mais que não gostasse ou discordasse dele, você parava. Você *ajudava*.

Jonathan Tear não parecia nada bem.

Com um suspiro exasperado, Katie se virou e andou até ele.

— Você está bem?

Jonathan não respondeu, só ficou olhando para a frente. Katie se agachou e olhou no rosto dele, percebendo que a expressão que confundiu com vazio era na verdade fixação, como se Jonathan estivesse vendo alguma coisa ao longe. Katie olhou para trás, mas só havia o muro de árvores na extremidade da clareira.

— Jonathan.

Ela estalou os dedos na frente do rosto dele, mas o garoto nem piscou. Suas pupilas estavam dilatadas, e Katie se perguntou se ele estava tendo algum tipo de ataque, se devia ir atrás de ajuda. Mas o resto do grupo tinha desaparecido. Até o som dos passos deles tinha sumido, e ela ouvia só a melodia da floresta, os cantos das aves e o ruído baixo dos galhos das árvores balançando com o vento de começo da tarde soprando nas folhas.

Lenta e hesitantemente, Katie tocou o ombro de Jonathan. Ele se sobressaltou, mas suas pupilas não se contraíram, e quando ele se virou para ela, seu olhar continuava tão vazio e distante quanto antes, olhando através dela, fazendo Katie tremer.

— Ficou ruim — sussurrou ele. — Cidade ruim, terra ruim. Você e eu, Katie. Você, eu e uma faca.

Com a última palavra, Katie deu um pulo para trás, a mão indo automaticamente para a faca na cintura. Jonathan esticou a mão e segurou o pulso dela com dedos frios como gelo, as beiradas da boca se erguendo em um sorriso medonho.

— Nós tentamos, Katie — sussurrou ele. — Fizemos nosso melhor.

Com um grito, ela soltou o pulso. Jonathan piscou, as pupilas se contraindo na luz do sol. Ele olhou para ela com a testa franzida.

— Katie?

Ela chegou para trás. Seu coração estava disparado, e ela não queria ficar tão perto dele. Sentia o perigo irradiando de Jonathan, quase como calor.

— Você estava sonhando — arriscou ela.

Sonhando, a mente dela respondeu com deboche. *Ele estava em um transe, algum tipo de transe, como Annie Fowler tem às vezes quando perguntam a ela sobre o tempo do dia seguinte.*

Mas Annie só fechava os olhos por um momento antes de prever o tempo, normalmente de forma correta. O que aconteceu com Jonathan foi algo totalmente diferente. Foi quase como...

— O treino acabou? — perguntou Jonathan.

— Acabou.

Ela se empertigou e ofereceu a mão a ele. Ela o ajudaria a ficar de pé e seria tudo. Tinha cumprido seu dever de boa samaritana. Sairia dali, iria até a fazenda de ovelhas, tingiria alguns fios e esqueceria aquela cena apavorante.

Em vez disso, sentiu sua boca se abrir e dizer:

— O que você viu?

A expressão dele se retraiu.

— O que você quer dizer?

Ela o levantou do chão.

— Seu pai tem transes. Minha mãe me contou sobre isso. Você também teve um. O que viu?

— Você não pode contar isso a ninguém.

— Por quê? Não é minha culpa você ter decidido fazer isso no meio do treino.

Ele segurou os ombros dela, e Katie ficou tensa, percebendo de repente que ele era quase trinta centímetros mais alto do que ela. Levou a mão à faca, mas antes que pudesse tirá-la da bainha, Jonathan a soltou e recuou.

— Desculpe — disse ele rigidamente. — Só não quero que ninguém saiba.

— Por quê? — perguntou Katie, consternada. — Eu adoraria ter o dom da visão. Não ganhei nenhum dom da Travessia.

Jonathan a observou por um momento antes de responder:

— Desde que nasci, as pessoas ficam me observando, esperando que eu me torne meu pai em miniatura. E tudo bem, eu entendo por que fazem isso. Mas dinastias são perigosas. Quem quer que elejam para chefiar esta cidade, não deveria ser só por ser filho de alguém. Vão tomar uma decisão melhor se acharem que sou igual a todo mundo.

— Isso não é meio difícil de esconder?

— Na verdade, não. Eu passo a maior parte do tempo sozinho.

Katie olhou para baixo, constrangida. Sempre supôs que o isolamento de Jonathan fosse apenas em função de deslocamento social; nunca ocorreu a ela que pudesse ser uma autoimposição. Ao pensar nos comentários mordazes que ela e Row fizeram sobre ele, sentiu vergonha.

— Não sinta — disse Jonathan, surpreendendo Katie. — Era para você ter essa impressão mesmo.

Katie recuou, assustada de novo. Ele tinha ouvido o que ela estava pensando? Vários adolescentes da cidade tinham um pouco desse talento; Katie tinha ouvido sua mãe e tia Maddy conversarem sobre isso uma vez. Sua mãe dizia que William Tear tinha proibido que falassem sobre essas coisas, para não fazer os filhos da Travessia se sentirem superiores. Row sabia fazer coisas extraordinárias com fogo; era o dom dele, assim como Ellie Bennett era capaz de encontrar água e Matt van Wye era capaz de fazer as coisas sumirem. Mas Row não exibia sua habilidade; só Katie (e talvez a mãe de Row) sabiam que essa habilidade era o que fazia de Row um ferreiro tão bom. Katie, que nasceu quase dois anos depois do Desembarque, não tinha nenhum desses dons, e muitas vezes os invejava. Mas sentia que os filhos da Travessia, com seus pequenos focos de magia espalhados pela Cidade como ovos escondidos no festival de primavera, eram bem diferentes de Jonathan. Ele parecia cercado de poder. Katie olhou para baixo e viu que os pelos dos seus braços estavam eriçados. Ela manteve a mão no cabo da faca.

— Eu não sou um perigo para você — disse Jonathan.

Talvez não, mas havia perigo nele mesmo assim, e Katie se esforçou para analisá-lo. Não estava pensando havia pouco que a Cidade era um lugar em que todo mundo era igualmente reconhecido, onde todos os dons se juntavam para formar uma grande tapeçaria?

Igualmente reconhecidos? E William Tear?

Katie piscou. Perguntou-se o que Row diria se soubesse o que ela tinha descoberto sobre Jonathan, e a resposta veio na mesma hora.

Nós não precisamos de outro William Tear.

Sim, era a voz de Row, mas Row não estava lá naquela noite, não se sentou no banco e sentiu a grandiosidade de Tear, sua majestade. Tear planejou com todos os mentores deles para esconder aqueles treinos, para fingir que eles estavam todos trabalhando nos aprendizados quando não estavam, e até o momento a história parecia se sustentar. Mas guardar segredo de Row era um desafio completamente diferente: ele sabia que Katie não estava sendo totalmente sincera, e isso criou um pequeno distanciamento entre os dois. Katie odiava esse distanciamento, mas estava de mãos atadas. Apesar de ainda se irritar com a rigidez da Cidade, com sua hipocrisia nata, ela sabia que nunca poderia se voltar contra William Tear. Tear não queria ser idolatrado como um deus, nem como um rei; havia perigo nisso, uma coisa naturalmente hostil à democracia que ele valorizava. Mas Katie o idolatrava mesmo assim. E agora, ali estava o filho de Tear, o esquisitão da escola de Katie, um garoto que ela sempre considerou sem importância nenhuma, com o poder de William Tear emanando dele em ondas. Um novo pensamento ocorreu a Katie, um que nunca tinha considerado: o que aconteceria à Cidade quando William Tear morresse?

— Pode tirar a mão da faca?

Ela tirou. Jonathan relaxou e voltou a se sentar no chão, e Katie se lembrou de repente que ele era só um ano mais velho do que ela. Por alguns momentos, a diferença pareceu ser de décadas.

— Não vou contar para ninguém.

Jonathan sorriu para ela. Katie precisou afastar o olhar, pois o sorriso era brilhante, quase ofuscante de tanta boa vontade. Por um momento, ela teve vontade de implorar pelo perdão dele. Mais uma vez, pensou naquela noite no quintal, sentada ao lado de Tear no banco e percebendo que faria qualquer coisa que ele pedisse. Os Tear eram pessoas perigosas, mas o perigo deles não vinha na forma de facas.

— Obrigado — disse Jonathan.

Katie olhou para o relógio. Ela já deveria estar na fazenda há tempos, mas alguma coisa ainda a fazia hesitar, e quando identificou essa hesitação, ficou perplexa: estava esperando ser dispensada.

— Vá — disse Jonathan, e Katie cambaleou até a beirada da clareira. Sua mente não se concentrava, e a pele se cobriu de arrepios. Foi como imaginava que as árvores se sentiam depois de serem atingidas por um relâmpago.

Ela olhou para trás, mas Jonathan já tinha sumido. Katie se virou e seguiu caminho, andando para o leste e procurando a trilha que contornava a colina, a trilha que a levaria de volta a Hill Road. Acabou encontrando, mas aquele sentimento de ter sido atingida por um relâmpago persistiu.

O que aconteceu?, perguntou ela, embora soubesse que não haveria resposta. *O que aconteceu comigo?*

Não sabia, mas um fato pelo menos tinha se solidificado em sua mente: tinha um novo segredo para guardar. Não da Cidade, isso era fácil, mas de Row. Outro segredo para separá-los, e Katie sentiu uma divisa aumentando ainda mais em sua mente: Tear e Row, tão distantes agora que podiam estar em lados opostos de uma ravina, e onde Katie plantou sua bandeira?

Eu posso fazer as duas coisas!, insistiu ela, mas mesmo em sua mente a voz soou aguda, o tom alto e ansioso de alguém encobrindo uma mentira.

Batidas.

Katie acordou abruptamente de um sonho agitado e se viu na escuridão. As batidas continuaram, e por um momento ela sentiu o sonho se metamorfosear suavemente e sem falhas, como costumava acontecer com sonhos, em uma coisa nova, um poema que sua mãe tinha lido para ela quando era pequena. Havia um corvo batendo na janela e Katie não podia abri-la. Só a loucura esperava lá fora.

Outra série de batidas suaves. Ela percebeu que estava acordada, que o som era de dedos reais na janela, uma tábua grande que sua mãe construiu para abrir para fora com dobradiças. Diferentemente das janelas de vidro dos livros, aquela janela era de madeira opaca, e Katie não tinha como ver o que havia lá fora.

Nada, sussurrou sua mente. *Nada de bom. Ignore e volte a dormir.*

Mas as batidas continuaram. Na verdade, estavam começando a aumentar, tanto em velocidade quanto em volume, e em pouco tempo acordaria sua mãe. Katie respirou fundo, lembrou a si mesma que era um animal feroz, puxou a tranca e abriu a janela.

Row estava agachado embaixo do parapeito, os olhos escuros espiando-a no luar.

— Ponha um casaco e venha.

— Para onde? — perguntou ela.

— Sair.

— Que horas são? — Ela mexeu na mesa de cabeceira procurando o relógio.

— Duas e meia da manhã. — Row levantou um tecido preto. — Eu trouxe capas para nós. Achei que com isso podemos nos passar por adultos.

Katie não se mexeu. Todos os seus instintos lhe diziam para não ir, mas havia uma fascinação terrível na escuridão atrás de Row. Ele podia violar as regras e não ser punido. Mas Katie não tinha tanta coragem.

Row sorriu.

— Por que não? Você me conhece, Katie; eu nunca sou pego.

Ela recuou, gelada de repente, se lembrando do momento naquela tarde com Jonathan Tear. *Todo mundo* conseguia ler sua mente agora? Ela olhou para Row com desconfiança, se perguntando se ele estava escondendo isso dela todos aqueles anos.

— Você...?

— Eu conheço você, Rapunzel. Desde quando precisamos de magia para ler a mente um do outro?

Era verdade. Às vezes, os dois atingiam uma sintonia tal que eles nem precisavam falar.

— Do que você está com medo, aliás? — perguntou Row, cruzando os braços no parapeito. — De mim?

Não, não de Row exatamente, mas Katie não conseguia explicar. Como sempre, o que o amigo oferecia era sombrio e selvagem e ia além dos limites: a noite fora da janela dela. Se fosse pega lá fora depois do toque de recolher, sua punição não terminaria em sua mãe. Chegaria a William Tear. Ele talvez até a tirasse da guarda.

— Por que você está aqui? — perguntou ela. — E Mia?

Row deu de ombros, o gesto resumindo uma conversa inteira que Katie entendeu com facilidade. Ele podia estar dormindo com Mia Gillon naquela semana, mas Mia esperaria, assim como todas as mulheres da cidade pareciam esperar Row. Ele tinha sua escolha de camas, e fazia bom uso delas, mas nenhuma das mulheres importava. Katie achava a ideia reconfortante. O círculo mágico que cercava os dois desde a infância era sólido, sólido demais para ser rompido por alguém tão ridículo quanto Mia Gillon.

Row se inclinou ainda mais para dentro e balançou a capa na frente dela.

— Última chance, Rapunzel.

Com dedos que não estavam muito firmes, ela pegou a capa.

— Eu tenho que me vestir.

— Vou esperar lá na frente. Não demore.

Tremendo, Katie fechou a janela. Seu estômago tinha se contorcido em nós, como sempre acontecia quando ela sabia que podia se meter em confusão. Ela achava que talvez fosse vomitar.

— O que você está fazendo? — ela sussurrou para si mesma, colocando a calça grossa de lã e a camisa mais quente. — Por que está fazendo isso?

Não houve resposta. Katie pensou de novo em Jonathan Tear, no pai dele, na sua mãe, nos livros... mas essas eram coisas para o dia, e agora era noite.

— Tão burra — sussurrou ela, passando uma perna pelo parapeito da janela. — Burra, burra, burra.

Ela caiu no chão e fechou a janela atrás de si. As dobradiças gemeram um pouco, fazendo-a se encolher. Sem a tranca, a madeira não ficaria fechada, deixando uma abertura de talvez um centímetro, mas não havia o que fazer quanto a isso. A grama debaixo da janela estava cheia de orvalho, e ela já conseguia sentir as gotas de água atravessando os sapatos grossos de lã. Mas seus pés pareceram levá-la por vontade própria, para a frente da casa, onde Row esperava em silêncio, com a capa e o capuz puxado sobre a cabeça. Ele segurou a mão dela, e Katie sentiu uma emoção estranha percorrer suas veias.

— Vamos.

Eles correram pelo caminho e foram em frente, na direção do lado sul da cidade. Uma neblina cobria a lateral da colina, obscurecendo tudo exceto os ocasionais postes de luz. Tudo estava silencioso, e o silêncio fez Katie entender como nenhuma outra coisa naquele dia o estado híbrido de sua idade, beirando a idade adulta. Todas as crianças estavam na cama, mas ali estavam ela e Row, nem crianças nem adultos, correndo pelas ruas sem permissão, contrabandistas em um mundo azul-escuro.

Depois de alguns minutos, o caminho se transformou em uma ladeira. Katie tinha se perdido na névoa, mas Row parecia saber para onde eles estavam indo, pois puxou a mão dela, levando-a para fora do caminho e para uma viela entre um amontoado de casas. Katie não sabia como ele podia ter tanta certeza da direção; não conseguia ver mais de poucos palmos à frente. Os sapatos estavam encharcados, e as pontas dos dedos dos pés, dormentes. As casas terminaram, e eles chegaram à floresta, árvores e arbustos pelos quais Row correu, sempre puxando Katie junto. A neblina começou a sumir conforme eles foram descendo, e logo Katie conseguiu ver onde estava: Lower Bend, a última parte da cidade antes de a encosta leste voltar para a floresta. Row fazia seu estágio lá, na oficina de metal de Jenna Carver, e Katie logo percebeu que lá era o destino deles.

— Row, o que...

— Shhh.

A oficina de Jenna era uma construção precária de madeira, desprotegida do vento incansável que atingia aquela encosta. Katie supôs que a porta estaria trancada, pois Jenna tinha bens de valor de muita gente lá, mas, quando eles subiram nos degraus gastos, Row pegou uma chave.

— Onde você conseguiu isso?

— Eu fiz uma cópia.

Katie balançou a cabeça pela tolice da própria pergunta. Dentre muitos outros itens de metal, Row e Jenna faziam fechaduras e chaves. Não eram muitas as pessoas que trancavam a porta de casa na cidade, mas todas *tinham* fechadura. Katie desconfiava que essa excentricidade, como muitas outras, tinha alguma coisa a ver com a pré-Travessia, mas não podia ter certeza. Todos os adultos eram iguais: adoravam falar sobre a Travessia em si (embora fossem absurdamente vagos sobre a geografia) ou sobre a história do mundo, mas o período imediatamente antes da Travessia, uns trinta ou quarenta anos, era um buraco negro na consciência da Cidade. O que quer que os tivesse levado até ali, eles decidiram enterrar.

Ela seguiu Row para dentro da oficina e ficou esperando, tremendo, enquanto ele acendia o lampião.

— Espero que isso valha a pena, Row. Estou congelando.

— Vale, sim — respondeu Row, remexendo em uma gaveta da mesa de Jenna. — Olhe aqui!

Ele ergueu uma pedra preciosa escura, as muitas facetas cintilando. Mesmo na penumbra, Katie não teve dificuldade em reconhecer a pedra como sendo a de William Tear, a mesma que ela segurou mais de um ano antes. Mas agora, Katie olhava para a safira como se fosse novidade.

— O que é? — Parte dela sentia tristeza, a mesma tristeza que sentia quando mentia para Row sobre onde passava as tardes. Eram tantos segredos agora!

— É de William Tear — respondeu Row. — Ele entregou para Jenna, quer que ela prenda em um cordão de prata. Não era para eu saber.

— Então, como você sabe?

— Eu escutei, ora — respondeu Row, sorrindo.

Katie conhecia bem aquele sorriso, mas naquele momento lhe pareceu quase grotesco. Ela não gostou de ver a safira de William Tear na mão de Row.

— Foi para mostrar *isso* que você me arrastou até aqui?

— Não é uma pedra qualquer! — protestou Row. — Aqui, pegue.

Katie pegou a pedra. Não teve nenhuma das sensações das quais lembrava da noite no banco, só o peso frio da safira, as muitas pontas afundando na palma da mão. Row olhou para ela com ansiedade, mas depois de um momento, sua testa se franziu.

— Não está sentindo?

— Sentindo o quê?

— Magia — respondeu Row.

— Magia — repetiu Katie, a voz carregada de sarcasmo.

— É magia de verdade, Katie! Eu consigo sentir quando seguro a pedra!

Katie lançou a ele um olhar de desprezo, mas, por baixo da tristeza por seu próprio fingimento, sentiu uma dor repentina e profunda. O entusiasmo de Row não era falso; Katie não o via tão empolgado por nada havia muito tempo. Quando segurava a pedra, *alguma coisa* acontecia com ele... magia, como ele disse. Por que nada estava acontecendo com Katie? Ela apertou a pedra com força, mas não aconteceu nada, nem o formigar quente do qual se lembrava da noite no banco com Tear. A pedra era um objeto inerte na mão dela.

— Que tipo de magia?

— Ela me mostra coisas! — Os olhos de Row brilhavam de empolgação. — O passado. A Travessia. Eu sei o que aconteceu, Katie! Sei por que mantiveram em segredo!

Ele fez uma pausa, esperando que ela perguntasse o que era, mas Katie não perguntou. Uma raiva fervilhou dentro dela, raiva que começou com um burburinho doentio e ácido que ela reconheceu como inveja.

— Fala sério, Row — respondeu ela, dando as costas.

Row segurou o braço dela.

— Não estou mentindo! Eu vi!

— Claro que viu.

Parte de Katie se sentia enojada pela conversa — por mentir mais uma vez para o melhor e mais antigo amigo — mas não podia evitar; o burburinho de inveja dentro dela cresceu rapidamente e virou um rio caudaloso. Katie foi quem fez a promessa, quem seguiu William Tear, quem dava tudo de si para aprender as lições dele, e agora estava até guardando o segredo de Jonathan Tear. Row odiava William Tear. Então, por que ele conseguia ver?

Row olhou para ela, a expressão irritada e magoada.

— Você acha que eu estou mentindo?

— Eu acho que você está tendo algum tipo de alucinação.

Row estreitou os olhos. Esticou a mão em silêncio, e Katie devolveu a safira e ficou aliviada ao vê-lo colocá-la de volta na gaveta. Quando a gaveta estava se fechando, Katie teve um vislumbre de outra coisa lá dentro, um brilho de prata não polida, quase circular, mas logo sumiu.

— Desculpe por ter feito você perder tempo — disse Row rigidamente. — Vou levar você para casa agora.

Katie assentiu com a mesma rigidez. Gostaria de poder sair andando, mas a ideia de atravessar a cidade sozinha, no escuro, lhe provocava arrepios. Ela esperou em silêncio enquanto Row apagava o lampião e o seguiu pela porta.

O vento tinha voltado e sibilava pelos pinheiros. A visão noturna de Katie tinha sumido, e ela só via um mundo preto além da varanda.

A Cidade está mais escura agora, pensou ela, mas não sabia o que o pensamento queria dizer.

Row trancou a porta da oficina de Jenna, e em cada movimento Katie sentia o vão repentino e profundo entre os dois, um vão que nunca tinha existido antes. Eles discutiam algumas vezes, claro, mas nada assim. Ela sentiu um impulso absurdo de voltar atrás, de dizer que acreditava nele, mas seu orgulho não permitiu que dissesse as palavras. Afinal, o que Row estava pensando quando resolveu brincar com a safira de Tear? Ele nem deveria saber sobre a pedra, ele mesmo disse.

Droga. Pelo menos admita que está com inveja.

Katie fez uma careta. Ela podia admitir, mas não para Row. Saiu andando mais rápido, alcançando Row e passando na frente, seguindo seu hálito no ar gelado. Queria poder não falar com ele até de manhã, quando certamente teria se acalmado. Por que estava com tanta inveja, afinal? Estava satisfeita de ser Katie Rice. Não precisava ter magia, ser uma das crianças da Travessia com a variedade estranha de dons. Era Row quem não conseguia se satisfazer com as cartas que a vida lhe dera, Row que não descansaria até ter derrubado a cidade toda de William Tear...

Katie estacou. Esse último pensamento não foi dela, mas de outra pessoa, como se houvesse um estranho dentro da sua cabeça. Nem Row nem Tear, mas uma terceira pessoa, uma voz que ela nunca tinha ouvido antes.

Ouvindo vozes. Você está a dois passos de ficar maluca.

Mas Katie não acreditava. Ela se virou para olhar para Row, para ver se aquela voz estava correta, se podia encontrar destruição no rosto dele.

A rua atrás dela estava vazia.

Katie girou em um círculo lento. Estava na extremidade de Lower Bend, onde a rua se inclinava para iniciar a subida da colina em direção ao centro da cidade. A área era iluminada por postes esporádicos, mas isso só servia para acentuar as muitas áreas de sombra atrás dela. Dos dois lados, construções maltratadas pelo tempo estalavam e gemiam com o ataque do vento. Aquela parte de Lower Bend era o que havia de mais próximo a uma região industrial da qual a Cidade podia se gabar: a forja do sr. Edding; o moinho de trigo de Ellen Wycroft, a oficina de cerâmica, que tinha dez tornos e duas fornalhas e era aberta a qualquer um por meio de uma lista de espera; e a oficina de artes do sr. Levy, cheia de grafites e telas, tintas caseiras e molduras simples e bem-feitas de carvalho. Eram boas casas, simpáticas, mas agora se inclinavam e gemiam na escuridão, e Katie sentiu uma pontada de inquietação pelo quanto estavam diferentes, pela facilidade com que a certeza foi erradicada na noite. Onde estava Row? Se ele estivesse pregando uma peça, ela o faria sofrer.

— Row?

O vento carregou sua voz; pareceu escorregar pela rua, por esquinas e sombras, por lugares aonde ela não queria que fosse. Pensou no cemitério, em ossos espalhados por todo lado por um animal que não tinha problema em abrir túmulos e carregar cadáveres. Sua imaginação, tão vívida que a sra. Warren muitas vezes lia seus trabalhos de escrita criativa para a turma, estava ganhando vida, soltando fagulhas e estalando. Ela via movimento para todo lado, atrás, em cada área de sombra.

— Row! — gritou ela, a voz estalando no meio da palavra. Não se importava mais se os dois fossem pegos; na verdade, acharia bom, gostaria de encontrar um adulto reprovador que a acompanhasse até a Cidade para ter uma conversa com sua mãe sobre ela ter saído de casa depois do toque de recolher. À frente de Katie estava a floresta, a escuridão rompida só pelo brilho quase imperceptível da trilha. Ela preferia encarar ser pega a entrar naquela floresta sozinha.

— Row! — gritou ela, mas o vento pegou sua voz e pareceu estilhaçar em pedacinhos. Ninguém morava naquele lado da cidade. Todas as construções ficavam fechadas e vazias à noite, mas aquele vazio pareceu subitamente terrível para Katie, um vazio esperando para ser preenchido. Ela nunca perdoaria Row por isso, nunca. Ele passou escondido por ela, pegou um de seus caminhos secretos pela floresta e naquele momento já devia estar na metade do caminho de casa, rindo dela o tempo todo. Os dois gostavam de ler histórias de terror, mas as histórias não assustavam Row da forma como assustavam Katie. Ele não devia ter achado nada de mais tê-la deixado sozinha no escuro, devia achar que era uma ótima piada.

Você não acha que ele conhece você bem o suficiente para saber que isso não é verdade?

Sim, conhecia. Row conhecia a imaginação de Katie, sabia que ela não gostaria de ficar sozinha na escuridão e no vento. Ele fez de propósito. Katie se comportou mal na oficina de Jenna; ela sabia. Pretendia pedir desculpas. Mas o que Row fez foi deliberado e cheio de rancor.

Katie ouviu um barulho.

Sob o grito agudo e frio do vento, seus ouvidos captaram o som regular de alguma coisa se movendo. Não atrás dela, mas à frente, em algum lugar depois do moinho e da oficina de cerâmica. Havia muito movimento lá; o vento na ladeira era tão forte que as árvores estavam sempre falando e sussurrando em sua linguagem secreta, mas aqueles barulhos não eram de árvores. Lentos e desajeitados, mas determinados, os sons se aproximando. Katie ouviu o estalo de um galho empurrado voltando para o lugar.

— Row? — chamou ela baixinho. O som mal saiu de seus lábios, e ela ficou feliz com isso. Podia não ter nenhum dom; não era capaz de enxergar no escuro, como Gavin, nem de se mover com rapidez e em silêncio, como Lear, mas sua intuição funcionava tão bem quanto a de qualquer pessoa, e o que ela ouvia era mau. Não mau no estilo de Row, encantador e sedutor, mas uma coisa horrível. Katie pensou com ânsia na faca, ainda na cômoda, em cima de uma pilha de roupas. Eles só podiam levar as facas para o treino, mas Katie daria qualquer coisa para ter uma consigo agora.

Não havia jeito. Ela se virou e começou a subir a ladeira para a floresta, baixando a cabeça, tentando andar em silêncio, determinada a não olhar para trás. A floresta seria ruim, mas ela conseguia enfrentar; tinha quinze anos. O caminho era mais longo do que o atalho de Row, mas pelo menos era um caminho que Katie conhecia; não se perderia. Ela andaria até a cidade e voltaria para a cama, e da próxima vez que Row batesse na janela, ela não a abriria.

Mesmo na escuridão, ela seguiu rápido; a copa das árvores era densa, mas havia luar suficiente passando pelos galhos para Katie conseguir ver o caminho. Apesar de suas intenções, ela ficava olhando para trás, mas não viu nada. O que quer que fosse — e ela não tinha intenção de ficar pensando nisso, ao menos enquanto não estivesse protegida na cama e o sol já tivesse nascido e enchido a Cidade de luz —, não tinha ido atrás dela.

O caminho fazia uma curva. À frente, Katie viu uma abertura larga nas árvores, levando a um campo amplo e plano. Estava iluminado pelo luar, revelando as formas escuras e arredondadas de tumbas. O cemitério. A Cidade, preocupada com contaminação de água, enterrava seus mortos no pé da colina. William Tear encorajava a cremação, ele e Row concordavam ao menos com isso, mas havia gente demais cuja fé religiosa exigia que os entes queridos fossem enterrados. Na última vez que o assunto surgiu em uma reunião, Paul Annescott reuniu um grande contingente de cristãos; eles venceram a votação de manter o cemitério, venceram de forma justa, mas, por um momento, Katie odiou todos. Aquele campo amplo brilhava de forma fantasmagórica, mas eram as lápides que mais incomodavam Katie. Já era bem ruim colocar gente embaixo da terra para apodrecer. Era preciso celebrá-las também?

Um galho estalou atrás dela.

Katie se virou. Por uma pequena fresta na folhagem, distante de forma quase impossível, ela via as luzes fracas de Lower Bend, mas o caminho que tinha acabado de atravessar era um tapete comprido de sombras. Seu coração trovejava nos ouvidos, mas mesmo com o latejar, ela ouviu o som de novo, o empurrar regular de galhos sendo tirados do caminho. Uma coisa indo na direção dela. Mas pela direita ou pela esquerda?

— Row! — gritou ela na floresta, a garganta ardendo de medo. — Se for você, vou te matar! É sério!

Não houve resposta, só o mesmo som de aproximação deliberada. Katie se abaixou e começou a remexer na terra até encontrar o que procurava: uma pedra de bom tamanho, lisa e arredondada, mas pesada, uma pedra que conseguiria segurar. Um lado era irregular; um geodo, talvez, os cristais aparecendo pela superfície rachada. Katie se empertigou, segurando a pedra, e ficou paralisada quando uma coisa surgiu no caminho, talvez a dez metros dela, cobrindo uma área de luar e bloqueando-o.

Era grande, o que quer que fosse, da altura de um homem alto. Katie só conseguia identificar uma leve silhueta, ombros arredondados e a cabeça, mas a forma, a postura, eram errados, curvados, quase como se estivesse agachado. Em desespero, sua mente tentou convencê-la uma última vez que era Row se divertindo à custa dela, mas Katie sabia que não era. Seus *instintos* sabiam. Ela sentia o cheiro da coisa, úmido e podre, como legumes estragados.

Ficou parado, olhando-a em silêncio, e naquele silêncio Katie sentiu ameaça, não a ameaça energizada e incontida de um lobo ou outro animal selvagem, mas uma coisa bem pior: uma ameaça *pensante*. Katie teve uma certeza repentina de que a coisa sabia quem ela era, que tinha ido atrás especificamente dela.

Sabe meu nome, pensou Katie, e seu nervosismo explodiu. Ela se virou e saiu correndo.

O que quer que fosse, era rápido. Galhos estalaram atrás de Katie com a velocidade da passagem da criatura. Ela ouviu a própria respiração pesada, cortante na garganta, mas, por baixo disso, ouviu a coisa atrás dela, não respirando mas rosnando, um ruído baixo como o dos cata-ventos na frente da escola. Katie não estava acostumada a correr colina acima. Sentia que a criatura estava se aproximando.

Ela correu pela madeireira, a toda velocidade, dando tudo de si, ouvindo o estalo de metal e madeira quando a coisa atrás dela derrubou uma das estações de corte. Ela arriscou uma olhada para trás, torcendo para a coisa ter caído, mas ainda estava atrás dela, mais perto do que antes, uma sombra escura que corria encolhida, bem próxima do chão. As árvores ficaram mais esparsas, e Katie sufocou um grito ao vislumbrar a pele branca e os olhos arregalados da criatura, mãos que se apoiavam no chão como as de um animal. Era um homem, mas não era homem, não com a coluna curvada daquele jeito e o zumbido animalesco na garganta.

O mal, pensou Katie. *Eu sei como é o mal e ali está ele e vai me comer? É assim que termina?*

As folhagens voltaram a ficar densas, e Katie estava novamente no meio da floresta. Sua respiração arranhava na garganta como uma lixa. Ela pulou o tronco de uma árvore caída, os galhos se esticando para arranhar suas pernas, mas nem sentiu a dor direito. Manteve o olhar na trilha, pouco visível à frente, sabendo que, se tropeçasse, seria o fim. O caminho estava ficando mais visível à sua frente, um sulco comprido e claro na noite, delineado em azul. Sim, agora ela enxergava tudo! Se não estivesse com tanto medo, talvez tivesse rido, porque Gavin não fora o único a receber visão noturna na Travessia. Mas, um momento depois, ela percebeu que não era visão noturna. A luz vinha de sua mão direita, que ainda estava segurando a pedra que ela achou no chão. Linhas azuis finas de luz brilhavam entre os dedos dela, com intensidade suficiente para iluminar o caminho.

A coisa atrás dela rosnou, e Katie gritou porque estava bem ao lado dela, a voz da criatura soou *bem ali*, atrás de sua orelha esquerda. Alguma coisa agarrou seu quadril e apertou, e ela berrou, um som parecido com o alarme de incêndio da cidade, mas se soltou e correu pelas árvores, e ali, brilhando ao longe, estava a Cidade com sua glória estagnada e comunal, mas Katie estava louca para mergulhar naquela estagnação; se conseguisse encontrar o coração sólido e latejante da Cidade, daria um beijo nele...

Ela arriscou outro olhar para trás e estacou de repente, de forma tão abrupta que caiu esparramada na terra, arranhando o cotovelo esquerdo.

Não havia nada atrás dela.

O fim do bosque ficava a uns trinta metros de onde ela tinha caído, bem no pé da High Road, onde as casas começavam e os postes brilhavam alegremente na escuridão. As árvores no começo da floresta estavam agitadas, mas era só o som natural que Katie ouviu a vida toda, folhas e galhos se balançando no vento que vinha da planície. Não havia sinal de movimento.

— Katie?

Ela rolou, ofegante, puxando a pedra, preparada para jogá-la apesar de estar de bruços. A luz azul tinha sumido (tinha existido?), mas as luzes ainda estavam acesas, e ela não precisava de luz adicional para reconhecer Row, alguns metros à frente na High Road, sem um fio de cabelo fora do lugar.

— Katie, o que aconteceu com você?

— Row! — Ela se levantou chorando e se jogou nos braços dele. — Onde você estava?

— Eu peguei o meu atalho, e de repente olhei em volta e você não estava comigo. O que aconteceu?

Chorando, Katie contou para ele. Row manteve os braços em volta dela, mas havia algo distante no abraço, e depois de alguns minutos, Katie percebeu que ele não a estava consolando. Só estava ouvindo a história, o rosto afastado.

— ... e então eu saí das árvores e me virei e não havia nada, tinha *sumido*, Row, mas estava lá e...

— Eu não me preocuparia com isso — respondeu Row tranquilamente.

— O quê?

Row se virou para ela, e Katie viu que sua boca estava curvada em um sorriso triunfante e cruel. Ela tinha visto aquele sorriso muitas vezes, mas nunca direcionado para si, e doeu tanto que ela se soltou dos braços dele e recuou, olhando para Row com olhos arregalados e feridos.

— Eu não me preocuparia com isso — continuou Row. — Na verdade, Katie, eu diria que você provavelmente estava tendo uma alucinação.

Ela ficou boquiaberta, mas Row já tinha se virado e saído andando colina acima.

Kelsea se libertou do passado e se viu envolta em escuridão. Por um momento, não conseguiu escapar da visão, e rolou para o lado, ofegante, até reconhecer o piso de pedra. Ainda estava no calabouço, e por um longo minuto só conseguiu sentir alívio por não estar lá com Katie, na floresta.

Não havia ninguém em frente à cela, o que também foi um alívio; a Rainha Vermelha sabia sobre suas fugas, mas Kelsea não gostava da ideia de ser observada. Pela parede atrás de si, ouviu o vizinho trabalhando, mexendo em papéis e o que soou estranhamente como o arranhar de uma caneta. Ela ainda não tinha conseguido fazer com que ele ou ela dissesse alguma coisa, mas havia silêncios ocasionais que sugeriam que ele podia estar ouvindo quando ela falava. Agora, porém, não havia nada além do som de arranhado. O resto do calabouço estava em silêncio. Kelsea achou que talvez fosse madrugada.

Havia alguma coisa na mão dela, dura e arredondada. Ela ficou desorientada por um momento, tentando pensar no que poderia ser, mas não conseguia pensar em nada. Estava recebendo tratamento especial; a ama, Emily, deu a ela uma vela e alguns fósforos. Kelsea hesitou perante a ideia de gastar um, mas a curiosidade era forte demais. Ela tateou no chão até os dedos encontrarem a vela, e depois de certa dificuldade, conseguiu acendê-la. A chama era fraca, difícil de se manter no meio das muitas correntes de ar que atravessavam o calabouço, mas foi suficiente para Kelsea ver, e ela ficou encarando o objeto por muito tempo, a mente trabalhando, tentando entender o que aquilo queria dizer.

Ela estava segurando uma pedra lisa e oval, cheia de quartzo azul.

LIVRO II

Aisa

O futuro não pode se divorciar do passado. Acreditem em mim, eu sei.

— *As palavras da rainha Glynn*, COMPILADAS PELO PADRE TYLER

— Ferinha. Hora de ir.

Aisa ergueu o olhar dos alforjes. Venner estava parado na porta, o rosto longo e severo tomado de preocupação.

— Está com tudo pronto?

— Sim, senhor.

— Bom, então se despeça da sua mãe.

Ela se levantou.

Sua mãe estava no quarto da rainha, trocando os lençóis. Fazia isso a cada dois dias, apesar de ninguém dormir lá. Por um momento, Aisa ficou na porta, vendo sua mãe trabalhar. Sentiria falta da mãe, sim, mas desejava conhecer o mundo. Clava já tinha dito que ela não iria até Demesne; ficaria em Almont, com o general Hall, em relativa segurança. Mas ficou surpresa de sua mãe ter dado permissão para que ela fosse. Uma voz baixa e irritante dentro dela até se perguntou se sua mãe a queria longe.

— Mãe. Estou indo.

Sua mãe largou a fronha com a qual estava brigando e contornou a cama de dossel, os braços abertos. Seu rosto estava composto, como sempre, mas Aisa ficou chocada de ver que seus olhos estavam tristes. Sua mãe não ficava assim desde que eles fugiram da casa do pai.

— Você viu alguma coisa, mãe? — perguntou Aisa. — Viu se vamos trazer a rainha de volta?

— Não, meu amor. Eu não sei.

— Viu alguma coisa sobre mim?

A mãe hesitou, mas disse:

— Eu vejo muitas coisas sobre você, Aisa. Você cresceu rápido demais, mas eu seria uma péssima mãe se a impedisse de seguir o caminho que você foi feita para seguir.

— Eu fui feita para salvar a rainha?

Sua mãe sorriu, mas Aisa notou amargor por trás do sorriso.

— Você foi feita para lutar, minha menina. Mas tome cuidado. Você vai para um lugar perigoso.

Aisa sentiu sua mãe enrolando, mas não conseguiu entender as respostas vagas. Por um momento, desejou que sua mãe pudesse ir junto. Mas, não, seria desastroso. Uma mulher com a visão dela teria um preço alto em Mortmesne; Clava tinha dito isso mais de uma vez.

— Andalie!

A voz de Elston trovejou lá fora, fazendo as duas tomarem um susto. Aisa pegou a faca e correu para o corredor, onde Elston as chamava.

— É sua caçula. Ela está tendo uma convulsão.

Sua mãe saiu correndo. Ao entrar na câmara de audiências, Aisa encontrou a mãe inclinada sobre Glee, que estava em um de seus transes. Aisa tinha visto aquele fenômeno tantas vezes que já achava comum, e achou quase graça das reações dos homens ao redor, que tinham se afastado de Glee, o rosto espelhando um medo supersticioso quase idêntico.

— Bonequinha — disse a mãe. — Você vai voltar para nós?

Mas Glee balançou a cabeça vigorosamente. Os olhos arregalados percorreram a sala por um momento antes de se fixar em Clava, e ela ficou olhando para ele por tanto tempo e tão absorta que até o capitão da Guarda ficou nervoso.

— Você procura um prêmio — murmurou Glee, o tom de reflexão, como se ela estivesse decifrando um enigma. — Mas não vai encontrá-lo em Demesne.

Um dos novos guardas, cujo nome Aisa não sabia, fez o sinal da cruz.

— Olhe para Gin Reach — disse Glee para Clava.

— Bonequinha! — A mãe colocou as mãos nos ombros da irmã de Aisa. — Bonequinha, está me ouvindo?

— Gin Reach — repetiu Glee. — Mas nós não temos como saber...

— Glee, acorde!

— Tire-a daqui, Andalie — resmungou Clava. — Antes que ela assuste todo mundo.

A mãe pegou Glee nos braços e a levou pelo corredor. Aisa pensou em segui-las, mas não foi. Já tinha se despedido de sua mãe.

Estou pronta para partir, pensou ela, maravilhada. *Pronta de verdade agora.*

Clava se virou para Arliss.

— Tem certeza de que nossa informação está certa?

— Está! — respondeu Arliss, exasperado. — Você escolheu a garota!

— E se mudaram a Rainha de lugar em segredo?

— Não mudaram. A não ser que tenham feito isso nos últimos dois dias.

— Descubra.

Arliss se levantou e foi para o escritório.

— Fale com Levieux e não com Galen! — gritou Clava atrás dele. — Vamos conseguir a resposta mais rápido!

Arliss o dispensou com um gesto. Aisa se perguntou o que Clava faria. As visões de Glee às vezes não davam em nada, não tinham significado, mas Aisa nunca soube de uma previsão dela estar errada. Ela nunca tinha ouvido falar em Gin Reach.

— El? O que você acha?

Elston deu de ombros.

— A pequena tem o dom, com certeza, mas sempre prefiro informações concretas às vagas. Por mim, vamos para Demesne, como planejamos.

Clava assentiu.

— Eu concordo. Não podemos perder essa oportunidade.

Ele se dirigiu ao resto da sala, e Aisa sentiu aquela frase perturbadora, *assassino de crianças*, ecoando na mente. Tinha perguntado sobre isso à mãe, que disse nada saber, mas Aisa viu uma verdade diferente nos olhos dela. Aisa perguntou a Coryn de onde Clava era, e Coryn respondeu que não sabia. Havia um segredo ali, e Aisa estava determinada a descobrir.

— A todos que ficarem aqui — anunciou Clava. — Devin está encarregado dos assuntos da Guarda! As outras questões são com Arliss e Andalie!

Ao ouvir isso, o queixo de Aisa caiu. Clava, deixando sua mãe responsável? Vários dos guardas também não estavam gostando, mas seus murmúrios de descontentamento morreram sob o olhar de Clava. Ao observar as pessoas ao redor, Aisa de repente reparou em Pen, de pé alguns metros atrás de Clava. Seus olhos tinham círculos escuros, mas ele parecia sóbrio. Estava armado e vestido para a viagem, a espada presa na cintura.

— Preparem este lugar para a nossa volta — avisou Clava para os guardas. — Nós vamos trazer a rainha para casa. Não deixem que ela os encontre cochilando.

Mas, apesar do tom confiante, Clava ainda parecia perturbado. Dez minutos depois, quando Aisa foi buscar seus alforjes, ele ainda estava curvado sobre a mesa de jantar, olhando um mapa.

Era incrível estar na cidade depois do anoitecer. Clava escolheu a hora mais tranquila da madrugada — depois que os bêbados iam para a cama, mas antes de os trabalhadores que madrugavam saírem —, e as ruas estavam quase vazias.

Mas nem tudo estava quieto. Quando eles se aproximaram dos arredores do Gut, Aisa ouviu uma algazarra crescente, homens gritando uns com os outros e o ruído ocasional de espadas se chocando.

— O que está acontecendo? — perguntou Ewen. Ele estava cavalgando ao lado de Aisa, perto do fim da tropa.

— Não sei.

— É a Creche — disse Bradshaw, que estava do outro lado de Ewen. Ele foi um acréscimo de último minuto à Guarda, mas, no final, até Clava foi obrigado a admitir que um mágico poderia ser útil em uma fuga. Aisa ainda não sabia por que Clava decidira levar Ewen. Os três, Aisa, Ewen e Bradshaw, existiam em um limiar estranho, armados, mas não guardas de verdade, e Aisa se perguntou se eles teriam a mesma função na viagem: essencialmente, lastro. Mas essa era a vida de um Guarda da Rainha. A segurança da rainha vinha em primeiro lugar, mesmo que os três não passassem de escudos humanos.

— O que é a Creche? — perguntou Ewen.

— Os túneis embaixo do Gut. Os Caden começaram a limpar o lugar.

Ewen ainda pareceu confuso, mas claro que ficaria; como ele saberia o que era a Creche? Agora, eles estavam perto o bastante para o barulho de lutas vindo do Gut ser horrendo. Aisa se perguntou como as pessoas que moravam lá suportavam isso, como conseguiam dormir.

— Por que estão trabalhando à noite? — perguntou Ewen.

Bradshaw repuxou a boca com repulsa.

— Porque, a essa hora, há uma chance melhor de pegar a clientela.

Aisa também fez uma careta. Ela se viu capaz de imaginar a Creche com clareza extraordinária: os túneis, os homens fugindo, as tochas. Capas vermelhas. Na mente de Aisa, tudo estava ligado ao pai, por causa de todas as crianças lá embaixo, todas em perigo.

— Aisa?

Ela saiu de seu estupor e viu que tinha parado o cavalo. Ewen e Bradshaw estavam três metros à frente, chamando-a para alcançá-los.

— Aisa? — disse Ewen de novo.

Ela abriu a boca, querendo explicar isso para ele. Afinal, Ewen também não era um Guarda da Rainha. Ele sabia como era só fazer parte daquele mundo parcialmente. Mas, não, ela não podia botar esse peso em Ewen; a imaginação dele não iria tão longe, não conseguiria compreender a feiura humana que se desenrolava a poucas ruas. Mas Aisa conseguia e compreendia. À esquerda dela, um homem gritou, seguido do som de passos. A temperatura de Aisa estava subindo, e ela de repente se lembrou de uma coisa que Glee disse dias antes. *Eles dobram a esquina e você agarra a sua chance.*

— Aisa? Está tudo bem?

Ela sorriu. A Guarda tinha dobrado a esquina. Sua chance estava à sua frente, clara e evidente e brilhante, e ela só lamentou não poder pedir desculpas pessoalmente a Clava, explicar para ele que era uma coisa que ela simplesmente tinha que fazer. Sua mão foi até a faca na cintura, e ela segurou o cabo, sentindo uma força titânica crescer dentro de si. Não era uma Guarda da Rainha, não de verdade, pois de repente ela viu que havia coisas mais importantes no mundo além da vida de uma mulher. Queria percorrer o mundo erradicando o mal, sonhava com isso havia meses. Mas sabia que a raiz desses sonhos ia mais longe, ia até sua infância, seu pai. Ela esperou a vida toda por uma chance como aquela.

— Digam ao capitão que sinto muito. Digam que não tive escolha.

Ewen franziu o rosto sem entender, mas Bradshaw perguntou:

— O que você vai fazer?

— O que a rainha teria feito.

Aisa se virou e encontrou a memória por trás dos olhos: as jaulas; os soldados; o rosto de Glee, perplexo e assustado atrás das grades; sua mãe gritando. Pareceu o fim do mundo, mas a rainha apareceu. Soltou Glee da jaula, mas havia jaulas em todos os cantos.

— Criança, você não pode ir para lá! — protestou Bradshaw.

— Eu não sou criança — respondeu Aisa, e soube ao dizer as palavras que era verdade, que finalmente tinha atravessado aquela fronteira misteriosa na mente. — Digam ao capitão que estou cuidando dos interesses da rainha.

Ewen abriu a boca com consternação, mas antes que pudesse dizer mais alguma coisa, Aisa agarrou sua chance e desapareceu nas sombras profundas do Gut.

— Ei, você! Garota!

Kelsea ergueu o rosto, surpresa. Era a voz de um homem falando bom tear, mas ela não conseguia ver a fonte. Estava sentada de pernas cruzadas no chão, perfeitamente imóvel, mas seu cérebro vinha trabalhando sem parar por uma hora ou mais, tentando transformar informações avulsas em uma teoria unificada. Estava começando a chegar em algum lugar, alguma coisa sobre as safiras de William Tear, mas, ao ouvir a voz do homem, seus pensamentos se embaralharam.

— Você aí, da cela ao lado!

Era o prisioneiro invisível. Ela foi até as barras de ferro.

— O quê?

— Você é a rainha marcada?

Kelsea ergueu as sobrancelhas.

— Acho que sim.

— Meu carcereiro disse que seu exército foi destruído. Que foi massacre. É verdade?

— É — respondeu ela, passando a sussurrar. Conseguia ouvir passos descendo a escada curta no final do corredor. — Nós estávamos em número bem menor.

— Ninguém sobreviveu?

Kelsea não respondeu, pois os passos se aproximaram e a luz da tocha dobrou a esquina. Ela achou que era Lona, sua nova carcereira, indo atrás dela, mas os passos pararam na cela ao lado, e uma voz masculina disse em mort:

— Levante-se. Você está sendo chamado.

Kelsea se aproximou das barras, tentando espiar pelo corredor quando o guarda destrancou a cela do vizinho. Não conseguiu ver muito, só a parede mais distante e, depois de um momento, a parte de trás de uma cabeça careca. Ele desceu o corredor, seguido pela forma escura do carcereiro, e a luz desapareceu atrás dele.

Kelsea voltou até perto da parede dos fundos e se sentou no chão. Pensou em acender a vela de novo, mas descartou a ideia. Pensar era sempre mais fácil no escuro.

Oito meses antes, ela não tinha magia nenhuma. Era uma jovem com um cérebro decente, boa educação e uma convicção forte de que algumas coisas eram certas, e outras, erradas. Carregou uma safira no pescoço desde a infância, mas era só uma joia. Ela era da realeza, talvez, mas nada impressionante. A vida era comum. Ela nunca se sentiu uma rainha.

Foi na viagem até Nova Londres que ela sentiu a primeira diferença. Era cedo, ela lembrava, talvez no dia do falcão, talvez em outro. Mas tudo começou a mudar daquele momento em diante. Porque ela tinha feito dezenove anos, a idade da ascensão? Parecia uma explicação tão boa quanto qualquer outra, mas ainda lhe soava falsa. Jovens de dezenove anos eram tolos, e William Tear sabia disso.

Elas estavam juntas, relembrou Kelsea de repente. *As duas safiras. Eu segurei as duas juntas, nas minhas mãos.*

Seria possível? Ela não tinha certeza. De onde a segunda safira veio? Na cidade de Katie, dois grupos de exploração já tinham chegado ao pé das colinas de Fairwitch; um desses grupos devia ter encontrado safiras nas montanhas, onde estavam mais perto da superfície. Era fácil fazer um cordão depois que se tinha as pedras brutas. Row Finn era o melhor ferreiro da Cidade, mas não o único.

Como isso vai ajudá-la?, perguntou sua mente. *Toda essa história, alguma vez já ajudou?*

Mas essa voz não tinha peso nenhum para a filha adotiva de Carlin Glynn. A história sempre importava. Havia um padrão ali, e mais cedo ou mais tarde começaria a se repetir. Tanto Kelsea quanto Jonathan Tear herdaram reinos em decadência. Por motivos diferentes, verdade, mas...

Você está divagando. Já carregava uma das pedras no pescoço desde que consegue lembrar. Então, por que ficou lá por tantos anos sem fazer nada?

Talvez não tivesse nada para fazer.

Isso pareceu certo. Durante todos aqueles anos, ela ficou escondida em Reddick, protegida no anonimato. Muitas pessoas a caçavam, mas nenhuma encontrou o chalé. Se alguém tivesse encontrado, a pedra de Kelsea teria ficado inerte e adormecida no pescoço dela? A mesma pedra que matou o assassino que a arrastou da banheira?

Ele estava tentando tirar o cordão, ela lembrou, mas esse fato só pareceu deixar a questão mais confusa. De onde veio aquele poder? Como uma safira podia decidir como e quando agir? Kelsea deu as joias para a Rainha Vermelha por vontade própria, mas a Rainha não conseguiu usá-las, apesar de certamente saber mais sobre magia do que Kelsea. As joias tinham vontade própria? Se sim, por que escolheram Kelsea? Os Raleigh usaram as safiras por anos, mas, até onde Kelsea sabia, nunca houve sinal de magia nelas.

Ela ergueu o rosto, interrompendo seus pensamentos. Tinha ouvido alguma coisa no corredor, à esquerda. Conhecia bem o calabouço agora, e aquele som não fazia parte dele: um arranhar leve, como se alguma coisa tivesse raspado a parede do corredor. Não houve outro som, nem do ladrão no final do corredor, e Kelsea percebeu que não o ouvia havia dias. As pessoas deviam morrer nas celas o tempo todo. A ama da Rainha Vermelha, Emily, dava uma olhada em Kelsea pelo menos duas vezes por dia... mas aqueles sons não eram dela.

Outro arranhão, esse suave, quase furtivo, definitivamente mais próximo. Alguma coisa dentro de Kelsea gelou, e, sem pensar, ela esticou a mão até a pequena pilha de provisões junto da cama, procurando a pedra, a de Katie. Katie achou que era um quartzo azul, mas Kelsea a examinou por muito tempo à luz da vela até decidir que era uma safira, como as dos colares, a mesma pedra que parecia haver sob todo o Tearling. Talvez fosse mais fácil encontrá-las em Fairwitch, mas estavam por toda parte, ancorando seu reino, dando forma ao chão embaixo da Cidade, e Kelsea reconheceu o brilho azul iluminando o caminho de Katie sem problema nenhum.

Mas, apesar de Kelsea tatear o chão, ela não conseguiu encontrar a pedra, só os fósforos e o que havia restado da última refeição. Ela se obrigou a ficar imóvel. No corredor, ouviu um passo, depois outro. Suaves, como se a pessoa estivesse descalça... ou andando na ponta dos pés. Se estivesse carregando uma tocha, Kelsea já estaria vendo a luz; quem quer que fosse estava andando no escuro. Uma mão fria pareceu pousar em seu pescoço, fazendo-a pensar em Brenna, a criatura de Thorne, que conseguia baixar a temperatura de um aposento só com sua presença. Mas Brenna estava trancada na Fortaleza. Os passos pararam diretamente na frente da cela dela, e Kelsea ficou parada, sem nem respirar, tomada pela esperança momentânea de que, se não se movesse, não conseguiriam encontrá-la. As barras fizeram um barulho suave quando dedos as tocaram. Então seus nervos a traíram.

— Quem está aí? — perguntou ela, mas logo se arrependeu. Havia algo de terrível em fazer perguntas à escuridão. Ela pensou em Katie, gritando na noite, e fechou os olhos.

— Acharam que poderiam manter a linda longe de mim.

Kelsea ficou paralisada.

— Acharam que eu não teria minha própria chave.

Kelsea se encostou na parede. Tinha se esquecido do carcereiro, um erro. Ela ouviu o tilintar de um molho de chaves, sentiu o latejar da pulsação disparada.

— Fique longe de mim.

— Como se a linda pudesse pertencer a qualquer pessoa que não fosse eu.

Ao ouvir as palavras, o medo se transformou em raiva, uma raiva linda e muito bem-vinda. Memórias vagas ocorreram a ela, ecos do dia em que partiu Arlen Thorne em pedacinhos. Tinha prometido nunca mais fazer aquilo, mas agora estava pronta para agarrar a oportunidade.

O carcereiro enfiou a chave na tranca, e com o som do tambor girando, Kelsea sentiu o restante do medo se dissipar. Uma fúria inflou dentro dela, intensa e brilhante, até o peito parecer ter o dobro do tamanho real. Ah, como sentiu falta da fúria nas semanas anteriores, sentiu falta de uma forma que não podia imaginar possível, e naquele momento sentia como se estivesse se reunindo consigo mesma, se tornando inteira.

— Onde ela está?

Aquilo era um jogo para ele, um que o homem já tinha jogado antes. Quantas prisioneiras tiveram que passar por aquilo? Quando ele entrou na cela, Kelsea percebeu de repente que conseguia *vê-lo*, uma silhueta envolta em luz azul suave. Era a pedra, a pedra de Katie, a safira de Katie, no canto da cela, emitindo um brilho suave. Mas Kelsea não tinha tempo para refletir sobre isso, porque o carcereiro estava se aproximando.

— Aí está ela — murmurou ele. Seu olhar foi atraído para o canto, para a safira cintilante, mas pareceu deixá-la de lado.

— Você vai se arrepender se chegar perto de mim — disse Kelsea, falando pausadamente. Pretendia falar como blefe, mas sentiu certa verdade nas palavras. Uma coisa enorme estava ganhando força dentro dela, uma pedra despencando por uma colina, ganhando velocidade. O carcereiro tirou uma adaga da cintura, e por algum motivo isso enfureceu Kelsea mais do que tudo. Ele tinha pelo menos vinte quilos a mais do que ela, mas, mesmo assim, não queria arriscar uma luta justa. Ela considerou as várias partes do corpo dele e escolheu os olhos, visíveis na luz azul. Que prazer seria arrancá-los.

Assim que pensou isso, o carcereiro tropeçou e levou a mão aos olhos. A adaga caiu no chão, e Kelsea a pegou. Ele caiu de joelhos, berrando, e Kelsea deu um pulo e o derrubou, usando todo o seu peso para que ele caísse de costas no chão. A cabeça dele bateu nas grades, mas Kelsea nem reparou. O que quer que o tenha incapacitado poderia acabar a qualquer momento, e a urgência desse pensamento permitiu que ela montasse nele, apesar de odiar ter que tocá-lo, segurasse bem a faca e a enfiasse no pescoço dele. O carcereiro gemeu e gorgolejou, enquanto Kelsea segurava bem o cabo da faca, empurrando para baixo.

— Ninguém é dono de mim — sussurrou ela.

Isso prosseguiu por muito tempo, algo entre cinco minutos e uma eternidade, mas finalmente o carcereiro parou de resistir. Ao sentir os músculos embaixo de si ficarem flácidos, Kelsea relaxou.

O brilho da pedra, se é que existiu, tinha sumido, e Kelsea sentiu como se sua raiva tivesse sumido junto. Ao tatear embaixo da cama, ela encontrou os fósforos. A vela demorou mais, pois a luta a tinha jogado no canto mais distante da cela. Quando Kelsea finalmente a acendeu, ela parou junto ao corpo caído do homem e olhou para ele. Não sentia quase nada, apenas uma leve decepção que se lembrava de quando matou Thorne, então ouviu a voz de Andalie, ecoando de um canto escuro da memória.

Eu acho que esse é o ponto crítico do mal neste mundo, Majestade; os que se sentem no direito de fazer o que quiserem, de ter o que quiserem.

Aí estava a decepção. Kelsea desejava erradicar o verdadeiro mal, mas não podia. Só podia matar homens como o carcereiro, como Thorne, homens que representavam os instrumentos fracos e inúteis do mal. A verdadeira mudança estava além do alcance de Kelsea.

— Como posso resolver isso? — sussurrou ela para o cadáver. — Como chegaremos ao mundo melhor?

Ela ficou em silêncio, torcendo sem esperanças para que alguém a ouvisse e respondesse. O próprio William Tear, talvez, tomado de tanto poder que sua voz fosse capaz de ecoar pelos grandes vazios gêmeos do tempo e da morte. Mas, depois de pensar por um momento, ela percebeu que Tear já tinha respondido essa pergunta muito tempo antes. Não havia erradicação rápida e fácil do mal. Só havia a passagem do tempo, de gerações, de pessoas criando filhos que considerariam todas as outras vidas tão valiosas quanto as próprias. Tear sabia que essa era a resposta, mas até seus melhores esforços fracassaram.

Porque eles esqueceram, respondeu a mente dela. *Eles levaram menos de uma geração para esquecer tudo que deveriam ter aprendido.*

Mas isso não era bem verdade. Os pais, a geração que fez a Travessia, escondeu deliberadamente o passado dos filhos. Katie aprendeu um pouco de história mundial na escola, mas o período brutal anterior à Travessia, as armas, a vigilância, a pobreza, Katie não sabia dessas coisas, nem seus amigos. A geração que estava começando a se rebelar contra o socialismo de Tear não tinha familiaridade com o outro lado da moeda. Tear teve acesso à melhor história educativa que existia, mas a ignorou, permitindo que o aviso desaparecesse.

Mas você lembra, Kelsea, sussurrou Carlin. *No fim, pode ser até que saiba de tudo.*

O que eu poderia fazer com essa informação?

Não houve resposta, só a cara do carcereiro virada para ela. As córneas estavam num tom intenso e escuro de vermelho; ele tentou arrancar os próprios olhos. Kelsea olhou ao redor procurando o pedaço de safira não lapidada e o encontrou ainda no canto da própria cela.

— O que é você? — Começou a pegar a pedra, mas parou no meio, sentindo a respiração parar junto. A porta da cela estava escancarada, a chave ainda pendurada na fechadura.

Seu primeiro impulso foi o de sair correndo, mas Kelsea se obrigou a ficar parada e avaliar a situação. Tinha uma noção da disposição do calabouço, mas nenhuma do castelo acima. Até onde conseguiria chegar?

Não seja covarde. A porta está aberta!

Ao pensar no Tearling, a saudade pareceu espremer seu coração. Ela evitava pensar no reino em termos concretos; naquela cela escura, parecia um bom jeito de enlouquecer. Ela fechou os olhos e viu Almont à frente, quilômetros de fazendas e o rio, e então Nova Londres, sua cidade em uma colina. Muito diferente da cidade de Tear e afundando com a mesma certeza, mas ainda havia salvação. Quando os mort chegaram à cidade e eles levaram os últimos refugiados para dentro, a Fortaleza ficou cheia até a capacidade máxima e ainda ficaram duas mil pessoas sem abrigo. Elas não podiam dormir ao relento, pois a temperatura caía e ficava congelante à noite. Arliss não conseguia pensar em mais nada, mas, no último momento, Kelsea lembrou agora, os comerciantes se aproximaram, a guilda de lojistas de Nova Londres, e se ofereceram para abrigá-los em suas casas e lojas. Seu reino podia ter defeitos, mas ainda valia a pena lutar por ele, e mais do que qualquer coisa, Kelsea simplesmente queria ir para casa.

Mas agir com base no desejo já a tinha metido em confusão. O rosto de Thorne surgiu em sua mente de novo; às vezes, Kelsea sentia que nunca conseguiria fugir dele, e talvez fosse adequado, pois quando o matou, ela não estava pensando no reino, mas em si mesma. Não podia se dar ao luxo de repetir o mesmo erro ali. Não poderia ajudar o reino se estivesse morta, e só estava viva pela graça da Rainha Vermelha. Uma tentativa de fuga destruiria a frágil trégua das duas. Por mais que quisesse, Kelsea não podia simplesmente fugir e torcer pelo melhor. Pelo seu reino, tinha que ficar.

Ela podia pelo menos tirar o corpo do carcereiro da cela. Mas outra boa olhada a convenceu da inutilidade do ato. O piso em volta do cadáver estava cheio de sangue. Não, ele seria encontrado, e o encontrariam na cela dela. Não havia como impedir.

A porta está aberta!, gritou sua mente.

— Talvez só uma olhadinha por aí — sussurrou Kelsea, e percebeu com horror que estava falando com o carcereiro quando contornou o cadáver dele para chegar à porta. — Só uma olhadinha para ver o que tem aqui embaixo.

Ela saiu na ponta dos pés. O corredor à direita estava escuro, mas, à esquerda, bem longe, havia uma indicação de tocha tremeluzente perto da escada. Fora isso, a longa fileira de celas estava silenciosa, e ela não ouviu nenhum movimento. O carcereiro fez muito barulho quando morreu, mas gritos não eram incomuns no calabouço. Não parecia que alguém estivesse indo investigar. Protegendo a chama da vela com a mão em concha, Kelsea foi na direção da luz.

Uma breve olhada na cela vazia do vizinho provou que o tempo de prisão tinha seus privilégios. O homem careca estava lá havia muito tempo; ele tinha não só um colchão e vários baldes, mas também uma mesa e uma cadeira. A mesa tinha uma pilha de papéis, um pote com canetas e umas dez velas. As paredes não eram nuas, como na cela de Kelsea, mas cobertas de desenhos. Kelsea levantou a vela e parou.

Não eram desenhos, mas diagramas. Cada centímetro de cada folha de papel parecia coberto de medidas e orientações. A maior parte do trabalho estava longe demais da luz para ser vista com clareza, mas mesmo perto das grades, Kelsea conseguiu enxergar dezenas. Uma torre de cerco com uns vinte metros. Um dispositivo de duas camadas com uma espécie de mecanismo de tranca no meio. Dois tipos diferentes de arco. A mesa em si, que ficava perto das barras, estava coberta de um desenho inacabado que Kelsea não conseguiu entender. Ela levantou a vela o mais alto que conseguiu, sibilando quando um pouco de cera quente caiu na mão, e foi recompensada com uma visão clara do diagrama sobre o tampo: era um canhão, idêntico aos que ela viu no comboio de guerra mort. A respiração de Kelsea parou quando a implicação de todos aqueles desenhos ficou clara: ela tinha encontrado o criador de armas da Rainha Vermelha.

Mas o que em nome de Deus ele estava fazendo lá embaixo? O homem careca falava tear perfeito. Era uma boa aposta que ele era um escravo, e assim, devia ser um dos escravos mais valiosos que a Rainha Vermelha poderia ter. Então por que ela o deixava no calabouço do Palais? Por que deixá-lo exposto à brutalidade, aos ratos, à pneumonia que devia se espalhar por aquele lugar úmido e cheio de correntes de ar no inverno? Um engenheiro talentoso assim deveria estar vivendo a vida mais luxuosa que um escravo mort poderia imaginar.

A cela vazia não oferecia respostas. Kelsea ficou parada na frente das grades por mais um momento, verificando se não tinha deixado nada passar, antes de seguir pelo corredor.

A cela ao lado não tinha nem uma cama. Uma mulher jovem, da idade de Kelsea, estava encolhida no chão, dormindo profundamente. Estava nua, e mesmo na luz fraca da vela, Kelsea viu que ela tremia. Os braços estavam cobertos de marcas vermelhas que pareciam ferimentos de perfuração. A raiva dela, que parecia ter morrido com o carcereiro, explodiu de novo no fundo do estômago.

Como você pode fazer isso?, ela perguntou à Rainha Vermelha em pensamento. *Você não é burra, sabe o que é certo e o que é errado. Como pode viver consigo mesma?*

Mas foi Carlin que respondeu.

Não desperdice seu tempo, Kelsea. Algumas pessoas simplesmente não têm salvação.

Surpreendentemente, Kelsea percebeu que não queria acreditar que isso era verdade. Não gostava da Rainha Vermelha, mas tinha passado a respeitá-la. A criança Evelyn não teve uma vida fácil.

Se você criar desculpas pela Rainha Vermelha, deveria ter criado para Thorne também... talvez até para o seu carcereiro. Nenhum deles pode ter tido uma infância feliz.

Kelsea afastou o pensamento. Não permitiria que a morte do carcereiro pesasse sobre ela. O mundo estava melhor sem ele. Quanto a Thorne...

Uma porta foi aberta no alto da escadaria. Por um momento, Kelsea ficou paralisada. Uma fuga agora seria impossível, se é que tinha mesmo sido uma opção, mas ela não podia deixar que soubessem como tinha chegado perto. Era possível que tivesse que enfrentar algum tipo de punição por ter matado o carcereiro, mas não havia nada a ser feito sobre isso. Suas pernas destravaram e ela seguiu pelo corredor até sua cela. A vela se apagou com a corrida, e ela deu os últimos passos tateando, abrindo a porta e entrando. A chave do carcereiro ainda estava na fechadura, e por um momento ela considerou pegá-la, mas decidiu que era melhor não. O fato de o carcereiro ter entrado só reforçaria sua história, e Kelsea desconfiava de que a morte do carcereiro não incomodaria a Rainha Vermelha, de qualquer modo.

Quando a luz de uma tocha se espalhou pelo corredor, ela foi para o fundo da cela e ficou imóvel, esperando. Enquanto olhava para o corpo do carcereiro, foi tomada por uma onda de alívio, a emoção tão parecida com as lembranças de Lily que Kelsea quase sentiu que o mundo tinha se replicado. Independentemente do que acontecesse, pelo menos não teria que enfrentar o carcereiro nunca mais.

A tocha apareceu, e embaixo dela estava a forma alta de Emily, a ama da Rainha Vermelha. Ela observou a cena rapidamente, prendeu a tocha na parede e entrou correndo na cela.

— Péssimo timing — murmurou ela em tear. — Que timing péssimo.

Ela olhou para Kelsea com um toque de impaciência.

— Você está ferida?

— Eu estou bem.

— Bem, então me ajude. Temos que tirá-lo daqui.

— O quê?

— Se a Rainha Vermelha descobrir que você matou seu carcereiro, ela vai aumentar sua segurança. Não podemos permitir isso agora. Não com a data tão próxima.

— Data de quê?

— Me ajude! — sibilou Emily. — E tire o vestido.

— Tem sangue demais.

— Nós podemos limpar isso depois. Mas não podemos deixar rastros. Me dê seu vestido.

Após um momento de indecisão, Kelsea tirou o vestido e o jogou para a outra mulher, que começou a enrolá-lo no pescoço do carcereiro. Por reflexo, Kelsea se cobriu, mas percebeu como a modéstia não tinha importância naquele momento. Ela baixou as mãos e simplesmente ficou ali parada, tremendo, de botas e roupas de baixo. Emily tirou a chave do carcereiro da fechadura, tirou a chave da cela de Kelsea do aro e enfiou o molho no bolso.

— Segure as pernas dele.

Kelsea pegou as pernas do carcereiro e ajudou Emily a levantá-lo do chão. A ama era bem mais forte do que Kelsea e carregou a maior parte do peso. Kelsea olhou para ela com confusão sincera. Era possível que ela fosse leal ao Tearling?

— Nem um ruído — murmurou Emily. — A cela à sua direita está vazia, mas o resto está ocupado. Os prisioneiros podem não estar dormindo.

— E luz? — sussurrou Kelsea.

— Eu conheço este calabouço como a palma da minha mão. Apenas me siga e não faça barulho.

Mais perguntas surgiram na mente de Kelsea, mas ela as sufocou e seguiu Emily. Elas foram para a direita, e Kelsea viu que Emily estava certa: a cela do outro lado estava vazia. A luz foi sumindo quando elas dobraram uma esquina, e finalmente começaram a andar em total escuridão. Por baixo dos dedos de Kelsea, as pernas do carcereiro ainda estavam quentes, e a cada passo Kelsea ficava mais atormentada por uma certeza irracional: ele não estava morto, só adormecido, e em algum momento ela sentiria as mãos dele deslizando sobre as suas, sua voz a centímetros de distância.

Linda.

— Quem está aí? — gritou um homem à direita de Kelsea, tão próximo que ela desviou para a esquerda, sufocando um grito e quase largando as pernas do carcereiro. Sua testa estava coberta de suor. Ela ouvia outras pessoas nas celas, tossindo e chorando, e sua mente resgatou os complexos da Segurança que ela tinha visto na época de Lily, enormes labirintos sombrios de sofrimento.

Nós não aprendemos nada, pensou ela de novo. *Nós todos esquecemos.*

À frente, Emily limpou a garganta, fazendo Kelsea parar. Sentiu o outro lado do corpo do carcereiro começar a descer e baixou as pernas dele até o chão. Metal estalou embaixo dela: era Emily colocando o molho de chaves do carcereiro no corpo dele. Aquela mulher era fria sob pressão; fez Kelsea se lembrar de Andalie. Um momento depois, Emily segurou o braço dela e a guiou de volta pelo caminho que elas tinham percorrido. Kelsea se perguntou o que Clava diria se pudesse vê-la agora, andando pelo calabouço do Palais de roupas de baixo. Estava morrendo de frio, os dentes batendo por trás dos lábios cerrados. Pensou na mulher nua no final do corredor, tremendo no chão. Kelsea precisaria de roupas, e logo.

Elas dobraram mais uma esquina e chegaram ao corredor da cela de Kelsea. Ao olhar para baixo, viu as mãos e os braços cobertos de sangue seco. Mas o corredor estava limpo.

— Entre de volta aí — murmurou Emily, empurrando-a de volta para a cela. Estava segurando os restos sujos do vestido de Kelsea. — Vou trazer produtos de limpeza e um vestido novo para você.

— E depois?

— Vai ser como se ele nunca tivesse entrado na sua cela. — Emily mostrou a chave prateada da cela de Kelsea. — Ele não deveria ter esta chave. Vou me livrar dela.

Kelsea hesitou, lembrando-se novamente da eficiência apavorante de Andalie. Emily começou a fechar a porta da cela, mas Kelsea segurou as grades, mantendo-a aberta.

— Quem é você? Você serve Tear?

— Não. Eu sirvo Clava.

Emily soltou a porta das mãos de Kelsea, trancou-a e desapareceu no corredor.

— Acorde, seu beberrão patético.

Javel voltou à realidade. Foi um processo lento. Havia tantas sensações para ignorar: dor de cabeça, dor nas costas, o estômago pesado e vazio. As cervejas mort eram bem mais fortes do que as tear. Ele quase se lembrava de ter experimentado uma coisa que o barman ofereceu a ele, de um período muito breve de esquecimento que a bebida sempre lhe dava, depois, vazio. Ficou ciente de algo úmido na bochecha; um filete de baba.

— Acorde, droga! — Uma coisa acertou sua nuca, e a dor de cabeça de Javel se intensificou, ficando quase ofuscante. Ele grunhiu e afastou a mão, mas agarraram seu cabelo e o puxaram para cima, a dor na cabeça fazendo-o gritar. Ele se viu encarando Dyer.

— Seu idiota de merda. — Dyer o sacudiu a cada palavra, a voz um sibilar baixo. — Nós estamos aqui para fazer um trabalho, um trabalho discreto. E eu encontro você aqui, desmaiado.

A mente de Javel estava confusa. O que estava fazendo em um bar? Tinha passado meses sóbrio. Teria mesmo que recomeçar agora?

Allie.

A lembrança voltou com tudo, dolorosamente clara. Allie o levou até ali. Allie, de vestido e maquiagem de prostituta, não mais ela mesma, mas outra pessoa. Ela não queria saber dele. Eles passaram meses em Demesne caçando um fantasma. Javel desejou que Dyer fosse embora para ele poder pedir outra bebida e recomeçar o carrossel. Pelo menos, outra bebida aliviaria a dor de cabeça que ameaçava rachar seu crânio.

— O que o atormenta, traidor?

— Allie — murmurou Javel. — Minha esposa. Ela...

— Ah, pelo amor de Deus. — Dyer o segurou pela gola e o jogou no chão, e Javel percebeu que tinha passado a noite em um banco de bar, a cabeça apoiada no balcão. Não seria a primeira vez, mas, ah, ele achava que tinha deixado aqueles dias para trás.

— Minha esposa... — Ele hesitou ao dizer isso. Ainda podia chamar Allie de esposa? — Ela estava vestida como...

— Uma prostituta? — Dyer olhou para Javel com franqueza, sem solidariedade no olhar.

— É — sussurrou Javel, agradecido por não precisar dizer a palavra em voz alta. Mas um momento depois seus olhos se arregalaram quando seu rosto ficou molhado. Dyer tinha jogado um balde de água nele. Pelo canto do olho, Javel reparou no barman atrás do balcão, observando-os com o olhar desinteressado de um homem que já viu de tudo.

— Deixe-me ver se entendi direito, Guarda do Portão. Você encontrou sua esposa em um bordel mort.

— Isso mesmo.

— E depois?

— Ela disse que queria ficar lá. Disse que estava feliz. Disse... — Javel engoliu em seco, pois essa última parte era a pior de admitir. — Ela disse que não queria mais saber de mim.

— Meu Deus. — Dyer o arrastou até a porta, jogando dinheiro no balcão antes de se afastar. O barman nem piscou, só assentiu e fez as moedas desaparecerem da superfície com um movimento rápido.

Lá fora, a luz do sol pareceu partir o crânio de Javel. Ele gemeu e segurou a cabeça.

— Cala a boca, seu merda.

Dyer o arrastou atrás dele. Os dois passaram pelo boticário, e Javel reprimiu a vontade de cuspir na porta.

— Ela estava rindo — disse Javel. Não sabia por que estava falando justamente com Dyer, um Guarda da Rainha que adoraria vê-lo enforcado por traição. Mas não havia mais ninguém para ouvi-lo. — Estava feliz.

— E isso deixa você com raiva?

— Claro que sim! Por que eu não deveria estar com raiva?

Dyer o segurou pelo pescoço e o jogou contra a parede. No momento antes de a dor se espalhar, Javel desejou estar morto.

— Como você é um imbecil de merda, Guarda do Portão, eu vou explicar. Sua esposa foi levada por mais de trezentos quilômetros em uma jaula. Quando chegou nesta cidade, foi despida, revistada e colocada em uma plataforma na frente do Escritório do Leiloeiro. Pode ter ficado lá durante horas, enquanto estranhos debatiam o valor dela e crianças a xingavam por ser tear. Se foi comprada logo pelo prostíbulo, como os documentos do leiloeiro parecem sugerir, era esperado que ela trabalhasse conforme a necessidade, e, se ela se recusou, deve ter levado surras, ter sido estuprada ou deixada passando fome. Por seis anos. — A voz de Dyer ficou mais grave e rouca. — Por seis anos, e onde você esteve esse tempo todo? Trabalhando durante o dia e gastando o salário inteiro enchendo a cara à noite.

— Ela ainda é minha esposa.

Dyer o sacudiu, batendo com a cabeça dele nos tijolos.

— Sua esposa está fazendo o que tem que fazer. Nunca ocorreu a você que fingir alegria torna a vida dela aqui mais fácil?

— Alegria! — rosnou Javel. — Ela está grávida! Vai ter o filho de outro homem!

— Não sei de onde você tira a audácia, Guarda do Portão. — Dyer o soltou com nojo na voz. — Sua esposa foi enviada para Mortmesne na remessa enquanto você ficou para trás, um homem livre, e você acha que tem o direito, qualquer direito, de questionar como ela sobreviveu?

— Eu a amo — repetiu Javel com voz arrasada. — Ela é minha esposa.

— Ela parece ter seguido com a vida.

— Mas e eu?

— Você devia fazer o mesmo. Esqueça-a. — O olhar de Dyer não exibia pena, mas, quando voltou a falar, sua voz estava um pouco mais suave: — A rainha viu alguma coisa boa em você, embora eu não faça ideia do quê. Seu objetivo aqui acabou, mas você ainda pode ser útil para nós. Para *ela*.

— Para Allie?

— Para a rainha, imbecil. — Dyer balançou a cabeça. — O capitão está a caminho, e quando ele chegar, nós vamos resgatar a rainha do Palais ou vamos morrer tentando. Precisamos de mais homens.

— O que isso tem a ver comigo?

Dyer mostrou uma carta lacrada.

— Estas são as últimas ordens do capitão. Ele quer enviar um mensageiro para Nova Londres para pedir reforços, mas ninguém do pessoal dele pode ser desperdiçado. Galen e eu também não podemos ir.

Desperdiçado, pensou Javel com amargura.

— O capitão vai chegar em quatro dias. Vamos precisar de reforços no máximo dois dias depois disso. Portanto, precisamos de um mensageiro que saiba cavalgar como o vento. — Dyer pareceu avaliá-lo. — Eu observei você no caminho para cá. Você é um bom cavaleiro quando não está com preguiça. Se sair amanhã cedo, pode conseguir chegar a tempo.

Javel franziu a testa e fez os cálculos, apesar de isso piorar sua dor de cabeça. Teria que chegar em Nova Londres em no máximo três dias. Não era muito, mas podia ser suficiente.

— Você vai precisar ficar longe dos bares no caminho, claro.

— E Allie?

— Bom, essa é a escolha que você tem que encarar, Guarda do Portão. Servir a rainha ou servir a sua própria idiotice. O capitão colocou seu destino nas minhas mãos, e posso deixar você aqui se afogando na bebida se for o que você prefere. Por mim, tudo bem. — Dyer olhou por cima do ombro de Javel e semicerrou os olhos. — De qualquer modo, já passamos muito tempo parados nesta rua.

Javel acompanhou o olhar e viu que algum tipo de agitação estava acontecendo no cruzamento seguinte. Outra revolta. As ruas de Demesne estavam cheias delas. Os rebeldes se revoltavam, as forças de segurança de Demesne acabavam com as manifestações e outra revolta começava no dia seguinte. Galen dizia que a cidade estava à beira de uma guerra civil.

Dyer se afastou da confusão, e Javel foi atrás. Sua mente estava um tumulto: duas partes ressaca, duas partes Allie e um cantinho pequeno e inseguro que tinha começado a refletir sobre as palavras de Dyer, a examiná-las como uma joia sem lapidação retirada de uma mina.

Você ainda pode ser útil.

Ele já tinha sido útil. Antes de a bebida passar a dominá-lo e bem antes de Arlen Thorne aparecer com os subornos venenosos, houve um Guarda do Portão chamado Javel, comum e competente, satisfeito em fazer o trabalho bem e ir para casa encontrar a esposa no fim do dia.

Servir a rainha ou servir a própria idiotice.

Ele não pensava na rainha havia semanas, desde que eles a viram passar na carroça. Mas percebia agora, e se sentiu um tolo por não ter percebido antes, que os dois guardas não pensaram em mais nada desde então. A rainha poderia ter enforcado Javel por traição, como fez com Bannaker e com o padre do Arvath, ou até o mutilado, como fez com Thorne. Mas não fez nada disso. A morte seria recebida de braços abertos, mas não tinha como a rainha saber disso, e ali estava Javel, infeliz, talvez, mas vivo e livre, enquanto a rainha apodrecia em um calabouço mort. Ele pensou sobre isso por mais um instante, desviando de uma carroça que vinha pela rua, antes de correr e alcançar Dyer.

— Parto amanhã.

Dyer parou, e Javel, que tinha se preparado para um comentário sarcástico, ergueu o rosto e viu o Guarda da Rainha avaliando-o de verdade, talvez pela primeira vez. Depois de um longo momento, Dyer tirou a carta lacrada do bolso de novo e ofereceu a Javel.

— Guarde com você e não mostre para ninguém até chegar a Nova Londres. Deve bastar para você passar pela Guarda do Portão e chegar à Ala da Rainha. Apresente para Devin, que ficou encarregado pela Fortaleza.

Javel pegou a carta e a colocou no bolso interno da camisa. Eles começaram a andar de novo, escapando por pouco de lama jogada por uma carroça que passava. O olhar de Dyer estava distante, quase pesaroso, e Javel sabia que ele estava pensando na rainha. Javel ficaria pensando em Allie, naquela noite e em muitas outras depois, e os pensamentos sem dúvida seriam dolorosos, mas ela não era prisioneira de ninguém.

— Vocês vão conseguir tirá-la de lá? — perguntou Javel, baixinho.

Dyer bateu com o punho na palma da mão.

— Não sei, Guarda do Portão. Mas, por Deus, se fracassarmos...

Javel espiou o rosto de Dyer, com medo da fúria que sentiu na voz do homem, combustível esperando um fósforo. Mas o que viu lá foi ainda mais alarmante.

Dyer estava chorando.

A queda

É difícil lutar contra o culto de bajulação que surgiu ao redor da rainha Glynn. Muitos historiadores deixam de questionar suas decisões. Mas este historiador acha que a rainha Glynn cometeu vários erros desastrosos. O Tearling acredita no mito da governante infalível, mas é fato que a rainha Glynn abandonou o reino em um momento crucial, deixando-o sob o comando de Clava, que depois também o abandonou. Essas decisões tiveram resultados catastróficos, e os verdadeiros historiadores deveriam aceitar esse fato.

— *História alternativa do Tearling*, ETHAN GALLAGHER

— Estou sendo atacada — falou a Rainha Vermelha. — A cada dia estão mais perto.

Elas estavam em uma sacada, a mais alta do Palais, tão acima do resto das torres que Kelsea podia girar em círculo e ver tudo, sem obstrução, em todas as direções. Demesne se abria como um tapete abaixo delas, uma tapeçaria enorme de tijolos vermelhos e pedras cinzentas, e depois vinha Champs Demesne, um campo aberto amplo que envolvia toda a cidade. Mortmesne era um país bem mais verde do que o Tearling; boa parte da terra era coberta de pinheiros, mas até os campos de cultivo tinham um verde abundante em vez da terra batida que Kelsea estava acostumada a ver em Almont. Era um reino extraordinário, e Kelsea só podia lamentar a história amarga que separava os povos mort e tear, feitos inimigos. O desperdício era enorme.

A oeste, Kelsea via de longe os picos gêmeos dos montes Ellyre e Willingham, os cumes quase escondidos debaixo da névoa naquela manhã de final de outono. As duas montanhas já estavam cobertas de neve, mas os olhos de Kelsea estavam grudados no espaço entre eles: o desfiladeiro Argive. A vontade de voltar para sua terra, de ficar em solo tear, foi tão intensa que Kelsea sentiu um aperto no peito.

— Meu exército não tem como impedir essa rebelião — continuou a Rainha Vermelha, trazendo Kelsea de volta ao momento. — Olhe lá embaixo.

Acompanhando o olhar dela, Kelsea viu uma pluma enorme de fumaça na seção norte da cidade.

— O que é?

— Minhas fábricas de armas — respondeu a Rainha Vermelha em tom seco. — Esses rebeldes sempre conseguem passar pelos meus soldados. Pelos preciosos poucos que sobraram, pelo menos. Mais gente do meu exército deserta para se juntar a esse lunático tear a cada dia.

— Levieux?

— Você o conhece?

— Já ouvi falar dele — respondeu Kelsea com cautela.

— Por que um tear ia querer fazer isso comigo?

Kelsea se virou para ela e percebeu, atônita, que a Rainha Vermelha estava falando sério.

— Você invadiu nosso país.

— Eu bati em retirada.

— Desta vez, sim. Na última vez, seu generalzinho de estimação deixou um rastro de estupro e destruição. E mesmo que algum tear pudesse esquecer isso, eles não esqueceriam dezessete anos de remessa.

A Rainha Vermelha balançou a cabeça.

— A população não passa de peões, Glynn. São só peças sendo movimentadas.

— Você sabe que o povo não se vê assim, não é? — Mas, um momento depois, Kelsea percebeu que a Rainha Vermelha acreditava mesmo naquilo. Ela tinha passado mais de um século alheia à própria população. O começo da simpatia que vinha despertando na mente de Kelsea foi morrendo e desapareceu. — As pessoas não se veem como peões. O sofrimento causado pela remessa, parentes separados, cônjuges tirados um do outro, crianças arrancadas dos pais... Você acha que alguém pode esquecer?

— As pessoas vão esquecer.

— Não — respondeu Kelsea com firmeza. — Não vão, não.

— O tráfico de pessoas existe desde o princípio dos tempos.

— Isso não justifica. Só deixa tudo pior. Nós já devíamos ter aprendido alguma coisa.

A Rainha Vermelha olhou para ela por um longo momento, o olhar quase triste.

— Quem criou você, Glynn?

— Um bom homem e uma boa mulher. — Kelsea sentiu a garganta apertar, como sempre acontecia quando pensava em Barty e Carlin. Hesitou em revelar o nome deles, mas percebeu que não havia sentido em guardar segredo. Ninguém podia mais fazer mal a eles. — Bartholemew e Carlin Glynn.

— A tutora de Elyssa. Eu devia ter imaginado.

— Por quê?

— A moralidade rígida. Rígida demais para Elyssa; Lady Glynn perdeu a posição de tutora antes de você nascer. — A Rainha Vermelha balançou a cabeça. — De qualquer modo, invejo você.

— Inveja?

— Claro que invejo. Você foi criada para acreditar em uma coisa. Em muitas coisas.

— E você não acredita em nada?

— Eu acredito em mim mesma.

Kelsea se voltou para a amurada. Bem abaixo, uma maré escura saiu dos portões do Palais: soldados a caminho do inferno no lado norte de Demesne. O fogo era mesmo trabalho de Fetch? O que ele podia querer com aquele lugar?

Ninguém ligou Kelsea à morte do carcereiro. Houve uma agitação quando o corpo foi encontrado, um enorme aumento de atividade no corredor de Kelsea, mas ela não foi questionada. Strass não era um sujeito popular; o furor pela morte dele passou rápido. A vida no calabouço voltou ao normal, com Kelsea revirando a pedra estranha na mão sem parar, tentando entender o que tinha acontecido. Seu colega prisioneiro invisível, o criador de armas, tinha voltado a ficar em silêncio.

— Por que me trouxe aqui? — ela perguntou à Rainha Vermelha.

— Porque nós perdemos contato com Cite Marche. Os últimos três enviados que mandei pela Estrada Fria não voltaram. — A Rainha Vermelha olhou para Kelsea com intensidade. — Quais são as novidades, Glynn? O que você descobriu sobre ele agora?

— Não tanto quanto você gostaria.

— Por quê?

— Eu não posso acelerar o passado. Só vi o garoto.

— E como ele é?

— Cruel — respondeu Kelsea, e por um momento estava de novo com Katie, paralisada de medo na área industrial da cidade de Tear na calada da noite. — Cheio de ressentimentos.

— O que mais?

— Não tenho certeza. — Kelsea fechou os olhos, pensando no cemitério da Cidade, nos túmulos abertos. Katie ainda não tinha somado dois mais dois, mas não conhecia seu melhor amigo tão bem quanto Kelsea. — Ele faz experimentos.

— Com o quê?

— Com ocultismo. Acho que quer despertar os mortos.

— Bom, agora ele já sabe como fazer isso — respondeu a Rainha Vermelha com amargura, indicando o nordeste. — Todo novo grupo de refugiados chega com uma história terrível. Aquelas crianças não podem ser mortas por espadas. Só magia as atinge.

— O que você sabe dele?

— Ele é um bebedor de sangue — respondeu a Rainha Vermelha secamente.

Kelsea ficou surpresa, mas não disse nada.

— Eu oferecia crianças da remessa para ele em troca de ajuda. Nenhuma voltou.

— Como você o conheceu?

— Eu estava fugindo.

— Da sua mãe?

Pelo menos isso Kelsea viu na mente da mulher. Havia uma grande traição aí, embora as circunstâncias exatas não estivessem claras.

— É. E dos cadarese também. — A Rainha Vermelha balançou a cabeça como um cachorro faria para sacudir água do pelo. — De qualquer modo, a coisa sombria me deu abrigo, me salvou da fome em Fairwitch.

— Por que ele faria isso?

— Ele achou que eu poderia libertá-lo. — A Rainha Vermelha deu um sorriso gelado. — Mas não fui eu. Foi você.

— Eu fiz o que precisei fazer para salvar meu reino.

— É uma questão de tempo até isso mudar, Glynn.

— Por que você me trouxe aqui? Para se gabar?

— Não — respondeu a Rainha Vermelha, ficando calma de repente. — Eu queria conversar com alguém.

— Você tem um reino inteiro à sua disposição.

— Não posso confiar nessas pessoas.

— Também não pode confiar em mim.

— Mas você não é falsa, Glynn. Este castelo inteiro, essas pessoas, todos estão querendo me derrubar.

— As pessoas sempre conspiraram contra você. É a natureza de ser uma ditadora.

— Eu não ligo. É a falsidade que não consigo suportar. Você pode me desprezar, Glynn, mas seu ódio é aberto e claro. Essas pessoas, elas sorriem, mas, por baixo... — A voz da Rainha Vermelha ficou rouca, a mão apertando a grade da amurada, os nós dos dedos brancos. A lenda tear dizia que a Rainha Vermelha nasceu sem coração, mas nada podia estar mais distante da verdade. O que Kelsea estava vendo agora eram as primeiras rachaduras em décadas de autocontrole de ferro. Teve vontade de botar a mão no ombro da Rainha Vermelha, mas se conteve. Não havia amizade entre ela e aquela mulher.

Por que sou tão tolerante com ela?

Porque você esteve na cabeça dela.

Kelsea assentiu, reconhecendo a verdade na afirmação. As safiras ofereciam a maior experiência de empatia que existia. Era impossível odiar alguém depois de assistir à longa história da vida dela: a mãe, linda e terrível, que rejeitou Evelyn Raleigh durante anos... até chegar a hora em que precisava de uma coisa para vender. Aí a garota foi jogada no redemoinho. A Rainha Vermelha tomou suas próprias decisões terríveis, mas as cartas estavam contra ela desde o nascimento.

Você também tomou suas próprias decisões terríveis, sussurrou Carlin com uma voz sombria. *Quem é você para julgar?*

Kelsea fechou os olhos, sobrecarregada de imagens: a multidão em Nova Londres, gritando, seus rostos tão contorcidos de ódio que não pareciam humanos e sim monstros; o sorriso de Row Finn na frente da lareira; o rosto de Arlen Thorne, sangrando de múltiplos cortes enquanto morria sofrendo; e, por fim, a mão de Kelsea segurando uma faca, a ponta dos dedos vermelha de sangue.

— Quem criou você? — perguntou ela de repente, abrindo os olhos, afastando as imagens.

— Você não sabe?

— Eu não vi tudo — admitiu Kelsea.

— Eu tive uma babá, Wright. Ela era uma mulher inteligente, mas também me dava muito medo. Parecia achar que seu trabalho era me ensinar que a vida seria difícil.

Como Carlin, pensou Kelsea, impressionada. Tinha tido vislumbres daquela mulher na mente da Rainha Vermelha; o cabelo era comprido e escuro, não branco como o de Carlin, mas havia uma similaridade. As duas mulheres tinham olhos aguçados, como os de um falcão.

— Minha mãe ficou feliz em me largar com Wright. Elaine ocupava todo o tempo dela.

— Quem foi seu pai?

— Não sei. — A Rainha Vermelha encarou Kelsea. — Eu nunca quis saber. Você quer saber o seu?

Quero, Kelsea pensou em dizer, então *Não*. Ela queria saber, mas era só por curiosidade acadêmica. Se fosse gostar da resposta, Clava teria contado.

— Não importa, Glynn. Eu não pretendia falar tanto para você, mas faz muito tempo que não tenho ninguém com quem conversar. Desde Liriane.

— Sua vidente. Ela tinha um dom tão poderoso quanto dizem?

— Mais. Nós éramos amigas, ou eu achava que éramos. — A testa da Rainha Vermelha se franziu em confusão. — Mulheres assim são difíceis de conhecer, o que me traz ao assunto. Eu recebi uma proposta muito interessante do seu papa.

— Sua Santidade? Se você fizer um acordo com esse homem, é melhor estar com uma faca na mão.

A Rainha Vermelha sorriu, mas o sorriso não chegou aos olhos.

— Acho que seu reino está com um problema enorme, Glynn. O papa está pedindo mercenários, uma legião inteira do meu exército.

Alguma coisa dentro de Kelsea pareceu dar um nó. Precisava avisá-los, avisar Clava... mas é claro que não podia avisar ninguém.

— Para que propósito?

— Quem sabe? Mas o ódio dele por você é evidente.

— Você vai dar os soldados a ele? — perguntou Kelsea, os lábios pálidos.

— Talvez. Depende muito do que ele oferecer em troca.

— Que troca?

— O papa me diz que você, rainha Kelsea, tem uma vidente.

O queixo de Kelsea caiu. Quem falou...? Ela virou de costas, mas já era tarde demais.

— É verdade! — A voz da Rainha Vermelha revelou surpresa genuína. — E a criança também?

Alguma coisa se partiu em Kelsea. Antes que percebesse, tinha atravessado a sacada, segurado os ombros da Rainha Vermelha no vestido de veludo e a erguido do chão, perguntando-se se tinha forças para jogar a mulher pelo parapeito.

A dama de espadas!, sua mente gritou, mas o som estava distante, desesperado.

— Nem pense nisso — rosnou ela. — Nem pense em tocar nelas.

— Tome cuidado, Glynn. Pense no que está fazendo.

Kelsea hesitou. O ar ao redor tinha ficado rígido, quase elétrico, sua pele se esticando de forma desagradável. De repente, não conseguia respirar. Sua garganta tinha se fechado.

— Me coloque no chão, Glynn. — A Rainha Vermelha deu um tapinha na bochecha de Kelsea, como faria com uma criança. — Me coloque no chão, ou vou matar você sufocada.

Depois de mais um instante, Kelsea relaxou o aperto no veludo vermelho e colocou a mulher no chão. O aperto na garganta continuou por talvez mais dez segundos (a curva leve e vitoriosa na boca da Rainha Vermelha deixou claro que foi deliberado) antes de afrouxar. Kelsea ofegou e respirou fundo para os pulmões receberem uma grande quantidade de ar.

— Você tem coragem, isso eu tenho que admitir. — A Rainha Vermelha olhou para o vestido dela, que agora estava com a costura aberta embaixo dos dois braços. — Já chicoteei uma ama por estragar um dos meus vestidos.

— Eu não sou uma das suas criadas.

Kelsea se encostou no parapeito, ofegante. O pilar de fumaça que subia da fábrica em chamas estava borrado agora; sua visão estava duplicada. Ela sentiu uma dor de cabeça despertando nas têmporas.

— Você mostrou suas cartas com facilidade demais — comentou a Rainha Vermelha, juntando-se a ela na amurada. — Não posso mandar soldados para o Tearling agora, nem para o papa nem para ninguém. Eu só queria saber se a informação era verídica. Sua dama de companhia e a filha mais nova dela! Eu sempre achei que o dom da visão era hereditário, mas não tive oportunidade de estudar isso.

— Boa sorte. Essa vidente em particular mataria a própria filha para não deixá-la vir para as suas mãos.

— Você tem problemas maiores, Glynn. Benin me diz que o Santo Padre anda jogando em dois times. Ele também fez abordagens diretas ao meu exército pelas minhas costas.

— Seus soldados querem uma vidente?

— Não, meus soldados querem a pilhagem deles. Mas uma vidente, se provada como tal, alcançaria um preço alto no mercado, alto o bastante para compensar uma legião inteira. Eu não... — A Rainha Vermelha parou de falar, e Kelsea sentiu que as palavras eram árduas para ela. — Eu não controlo mais meu exército, não completamente.

— Que terrível para você.

— Pode rir se quiser, Glynn, mas esse problema também atinge você se meus soldados desertarem.

Kelsea fez uma careta ao pensar na Fortaleza desprotegida, a maioria do exército morta em Almont. O general Hall não podia ter mais de cem homens à disposição, o que não era páreo para uma legião mort. Ela achava que tinha negociado a segurança do reino por três anos, mas será que tinha conquistado alguma coisa, no fim das contas? Se ao menos pudesse fazer contato com eles! Alguma coisa pareceu cintilar no fundo da memória dela, mas sumiu.

— Você não tem nada de útil para me oferecer sobre o Órfão?

Kelsea balançou a cabeça.

— Ainda não.

— Emily! — chamou a Rainha Vermelha, e a ama apareceu na escadaria no meio da sacada. Seus olhos se desviaram brevemente para Kelsea, mas logo se afastaram, e Kelsea também não mostrou reconhecê-la. Desde que elas se livraram do problema do carcereiro, Emily se recusava a responder qualquer outra pergunta.

— Acabei com ela. Pode levá-la para baixo.

As palavras foram ditas com descaso, mas o tom estava errado. Ao olhar para a Rainha Vermelha enquanto descia a escada, Kelsea mais uma vez teve a impressão de profunda infelicidade, de uma mulher à beira de um colapso. Tinha ouvido aquele tom com frequência na própria voz durante as últimas semanas condenada na Fortaleza.

Ela não tentou falar com Emily durante a descida. Havia gente demais nos corredores, chances demais de elas serem ouvidas. *Com a data tão próxima*, Emily dissera, e só então Kelsea se permitiu considerar que poderia haver um plano de fuga sendo executado. Ela esperava que sim e esperava que não; se o Santo Padre estava preparando um ataque contra a Fortaleza, Clava tinha problemas maiores nas mãos. Kelsea queria mandar uma mensagem por Emily, avisar Clava, avisar Andalie, que precisava saber que ela e Glee não estavam mais em segurança. E como o Santo Padre descobriu sobre Andalie? Haveria outro traidor na Ala da Rainha?

Eu preciso sair daqui, pensou Kelsea. *Custe o que custar. Meu reino está desprotegido.*

Quando as duas passaram pela cela do seu vizinho, Kelsea lançou um olhar lá para dentro e o viu sentado à mesa, trabalhando à luz de velas, o rosto a dois centímetros do papel. Só conseguiu ver uma fração do perfil dele, mas foi suficiente para perceber que ele era bem mais jovem do que ela tinha imaginado. Careca, sim, mas uma espiada mais atenta sugeria que o cabelo tinha sido raspado. Kelsea desejava dar uma olhada decente nele, mas o homem não notou a presença dela nem de Emily.

Quando Emily fechou a porta da cela, Kelsea segurou o braço dela e fez sinal para ela chegar mais perto, querendo contar sobre Andalie, pedir que enviasse uma mensagem para Clava. Mas Emily recuou, levando um dedo aos lábios, e partiu. Kelsea teve vontade de gritar de frustração. Quando a luz da tocha de Emily desapareceu, ela acendeu uma de suas velas e a colocou com cuidado no chão ao lado das grades. Era desperdício de cera, mas pensar em Clava, Pen, Andalie, em todos seguindo a vida na Fortaleza enquanto o risco de morte pairava sobre a cabeça deles... Essas visões a deixaram arrasada, e ela não conseguiu suportar ficar no escuro.

Bebedor de sangue.

Se a Rainha Vermelha estivesse falando a verdade — e apesar de não confiar na mulher, acreditava no desespero na voz dela —, então Kelsea tinha libertado um verdadeiro pesadelo no mundo. Ela pareceu sentir o sangue grudento nas mãos.

— Eu já matei antes — murmurou ela e, estranhamente, não foi em Thorne nem no carcereiro que pensou, mas em Mhurn. Matá-lo foi um ato de misericórdia... ou foi o que ela pensou na ocasião. O silêncio na cela pesou sobre ela, e depois de um momento, ela ficou de joelhos e segurou as grades.

— Você aí! O homem com os desenhos!

Silêncio na cela ao lado.

— Há quanto tempo você está aqui?

Mais silêncio. Como fazê-lo falar? Kelsea pensou por um momento e arriscou:

— Eu vi seus canhões no campo de batalha. Peças extraordinárias

— Você os viu sendo disparados? — perguntou ele.

Kelsea franziu a testa, pensou em mentir, mas respondeu:

— Não. Não chegaram a usá-los em nós.

O homem deu uma risada, amarga e vazia.

— Isso é porque não conseguiram. Ninguém conseguiu fazer com que disparassem. Meu desenho foi bom, mas o químico da Rainha Vermelha tinha que arrumar algo similar a pólvora, mas não deu certo.

Kelsea se sentou perto das grades. Tanto tempo e energia eles gastaram com os canhões, tentando achar uma forma de desarmá-los; ela sentiu uma raiva enorme de si mesma.

— Você foi enganada. — O homem fez uma longa pausa. — O exército tear foi mesmo dizimado?

— Sim.

— E o general?

— Bermond morreu. — Ela sabia que devia lamentar por um soldado que dedicou a vida ao Tearling, mas não conseguiu; Bermond foi um reacionário, um incômodo. — Seu segundo em comando agora conduz o que sobrou do meu exército. Não é suficiente nem para formar uma força policial decente na cidade.

— Que pena. Construir um bom exército do zero leva gerações.

— Nós temos três anos. — *Talvez menos*, sua mente completou. Ao pensar no Santo Padre comandando uma legião armada, ela sentiu alguma coisa arder dentro de si. Mesmo se o Santo Padre falhasse, havia Row Finn, Finn e suas criaturas, seguindo logo atrás.

— Três anos, é? — Seu vizinho riu. — Boa sorte.

— Por que você está aqui? — perguntou Kelsea, mais para manter a conversa do que qualquer outra coisa. Não queria ficar sozinha no escuro. — Você é escravo, certo?

— Certo.

— Ouvi dizer que a Rainha Vermelha trata escravos excepcionais como homens livres. Você é um engenheiro talentoso. Por que está em um calabouço?

Ele ficou em silêncio por um longo momento. O coração de Kelsea afundou, e ela segurou as grades de novo, sentindo o chão de pedra machucar os joelhos.

— Por favor, fale comigo. Vou ficar louca nesse silêncio.

— O apelo de uma rainha não é pouca coisa, imagino. Mesmo uma rainha em um calabouço. — Uma cadeira foi arrastada sobre a pedra quando o homem se levantou, e Kelsea ouviu o farfalhar de papel. — Não importa, de qualquer forma. Revistam minha cela uma vez por semana, só para ter certeza de que não estou inventando nada criativo demais. Mas quando me colocaram aqui, confiscaram todos os meus desenhos e diagramas. Até o momento, isto fugiu aos olhos deles, mas é o verdadeiro motivo de eu estar aqui. Dê uma olhada.

Uma folha de papel amassada caiu na frente da cela de Kelsea. Ela pegou o papel e o abriu sobre o piso de pedra. Tinha a aparência de uma propaganda, mas quando Kelsea puxou a vela para mais perto, ela viu que era um folheto político, lindamente escrito em mort e em tear.

> Povo de Mortmesne!
>
> Estão cansados de ser escravos? Estão cansados de trabalhar dias sem fim para satisfazer os ímpetos de uns poucos corruptos? Estão cansados de ver seus filhos irem para a guerra e voltarem para casa de mãos vazias, isso quando voltam? Querem coisa melhor?
>
> Juntem-se à nossa luta.

— Você fazia parte da rebelião — murmurou Kelsea.

Aquele folheto era fruto de um trabalho inteligente. Redigido com linguagem direta e simples, o que ela supunha tornava o apelo ainda mais amplo.

— Eu não fazia parte da rebelião — respondeu seu vizinho de cela. — Só fazia esse trabalho para eles de tempos em tempos, criava algumas propagandas em troca de alguns marcos. — A voz dele estava tomada de deboche de si mesmo. — Era uma forma ótima de me rebelar sem me envolver em perigo real.

— Mas aqui está você — comentou Kelsea distraidamente, ainda examinando o folheto. O papel era bem comum, do tipo normal, com a mesma espessura do papel que Arliss tinha usado para o Ato Regencial. Mas alguma coisa no texto lhe pareceu estranha. Kelsea segurou a vela o mais perto que ousou, apertando os olhos ao examinar as letras. Os dois *e* em Mortmesne pareciam idênticos, exatamente do mesmo tamanho, sem variação nenhuma. Até a consistência da cor da tinta preta era igual. Os olhos de Kelsea saltaram de uma palavra para outra, de vogal em vogal, de consoante em consoante, procurando falhas, procurando defeitos...

— Meu bom Deus — sussurrou ela.

O folheto não foi escrito à mão, mas sim impresso.

Ewen nunca tinha imaginado que o Tearling pudesse ser tão grande. Ele cresceu em Nova Londres e nunca tinha saído da cidade. Como sempre, pensava no reino como a distância entre o rio Caddell e o horizonte. Mas quando a Guarda da Rainha chegou ao final do Caddell, a terra continuava adiante. Chegou um momento em que até o rio Crithe deixou de ser rio e virou só grama. Havia montanhas ao longe, montanhas que Ewen nunca tinha visto, e que se aproximavam cada vez mais. Era coisa séria ir resgatar a rainha, e Ewen entendia isso. Mas, mesmo assim, ele sentia como se estivesse em uma grande aventura.

Eles montaram acampamento entre duas colinas altas. Clava tinha colocado Ewen de guarda, vigiando o oeste, para o caso de alguém se aproximar. Eles tinham visto vários grupos grandes de pessoas e, por Coryn, Ewen ficou sabendo que eram refugiados da cidade voltando para casa. Se ele visse alguém chegar, devia impedir que se aproximasse do acampamento, pois ninguém devia saber que Clava tinha saído de Nova Londres. Ewen levava seu trabalho de vigia muito a sério, mas, ao mesmo tempo, queria ter tempo para desenhar. Tinha levado seus papéis e grafite nos alforjes. Nunca havia imaginado quanto do mundo dava para ver dali, de colina a colina.

Clava estava no centro do acampamento em uma reunião com o general Hall e com o homem de Mortmesne. Ewen não foi convidado para ir à reunião, mas não ficou ofendido. Não sabia por que Clava o tinha levado naquela jornada, mas estava feliz de estar presente; impedia que pensasse no pai. Dois meses antes, seu pai tinha morrido, e na manhã seguinte, Ewen e os três irmãos enterraram o pai. Ele tentava não pensar naquele dia, mas voltava à sua mente com frequência. Tinha chorado, mas não havia problema; Peter chorou também. Ewen não gostava de pensar no pai deitado lá na caixa marrom-clara, só uma camada de carvalho o protegendo do subterrâneo escuro.

— Ewen!

Ele se virou e viu o mágico, Bradshaw, subindo a colina atrás deles.

— Querem que a gente volte lá para baixo.

Ewen assentiu e pegou o manto e o cantil. Bradshaw esperou, e os dois desceram até o acampamento juntos. Ewen gostava de Bradshaw; ele sabia fazer as coisas desaparecerem e reaparecerem, e sempre conseguia adivinhar o que Ewen tinha nos bolsos. Mas Bradshaw também era paciente, disposto a explicar as coisas que Ewen não entendia.

— Você estava na reunião? — perguntou Ewen.

— Não. Fui enviado para procurar um cervo para o jantar. Devem achar que falo com animais também.

— E fala? — perguntou Ewen, pensando no quanto isso seria maravilhoso.

— Não.

Sentindo-se repreendido, Ewen ficou em silêncio.

O acampamento estava uma agitação só. Havia doze Guardas da Rainha, oito soldados que acompanhavam o general Hall e vários outros homens que foram com o homem de Mortmesne. Elston e Kibb estavam preparando o cervo, e o ar estava carregado do cheiro de carne assada. O resto dos homens andava em volta da fogueira como abutres famintos. Ewen ouviu trechos de conversa enquanto ele e Bradshaw andavam pelo local: a rainha, a rebelião mort, alguma coisa sobre um órfão. Ewen não sabia de nenhum órfão na Guarda, embora, agora que seu pai estava morto, ele achasse que tinha passado a ser órfão. Em outro dia, poderia ter perguntado a Bradshaw, mas agora, achava melhor ficar quieto.

— Vocês dois! — gritou Clava. — Venham aqui!

Ewen e Bradshaw o seguiram até a barraca no centro do acampamento. Lá dentro, a mesinha dobrável estava coberta de mapas e cercada de cadeiras da reunião recém-terminada. Quando Clava se sentou, Ewen viu que ele estava com bolsas escuras sob os olhos. Normalmente, Ewen nem ousaria tentar adivinhar o que Clava estava pensando, mas, agora, achava que sabia. Na primeira noite, ao sair de Nova Londres, eles cavalgaram com pressa, então foi só ao amanhecer que Clava notou o desaparecimento de Aisa. A Guarda inteira recebeu mal a notícia, embora ninguém tanto quanto Venner, que teve o que o pai chamaria de chilique, xingando e jogando coisas de dentro dos alforjes. Clava não disse nada, mas seu silêncio assustou Ewen. Ele estava com medo de Clava o culpar ou culpar Bradshaw; afinal, eles foram os últimos a ver a menina. Mas ninguém disse nada, e aos poucos Ewen percebeu que não estava encrencado.

— Não podemos perder tempo — disse Clava. — Sentem-se.

Eles se sentaram.

— Levieux confirmou que a rainha ainda está no calabouço do Palais. Mas nós não podemos entrar em Mortmesne por Argive. O general Hall me disse que uma legião mort ficou para trás, para controlar o lado oriental do desfiladeiro. Eles querem regular o tráfego de agora em diante. Assim, vamos seguir para o leste e atravessar pelas Colinas da Fronteira.

Nem tudo fazia sentido para Ewen, mas ele assentiu mesmo assim, acompanhando Bradshaw.

— Vocês dois não vão conosco.

Bradshaw inspirou fundo com irritação, mas Ewen só esperou. Torcia para não ser enviado para casa, pois estava adorando aquela viagem. Na Fortaleza, não conseguia evitar pensar no pai, que trabalhou no calabouço a vida toda.

Clava franziu a testa.

— A filha mais nova de Andalie só tem três anos, e não sou um homem de criar estratégias com base nos sonhos de uma criança. Mas não posso ignorar o fato de que Glee costuma acertar.

— Ela tem mesmo um dom — comentou Bradshaw.

— É esse meu dilema. Levieux disse que a rainha está no calabouço do Palais; ele a viu lá em pessoa, e confio na palavra dele. Glee disse que a rainha está em Gin Reach, e Andalie afirmou que Glee está certa. Então, o que eu devo fazer?

— Onde fica Gin Reach, senhor? — perguntou Bradshaw.

— É um pequeno vilarejo no sul de Almont, a norte das Terras Secas, uma estação intermediária para tolos que pretendem atravessar o deserto e tentar entrar em Cadare sem pagar o pedágio do rei. Não pode haver mais de duzentas almas na cidade, e não sei o que a rainha estaria fazendo lá, mas mesmo assim...

Clava deixou as palavras no ar.

— Você precisa cobrir todas as bases — ofereceu Bradshaw.

— Sim. Por mais estranho que possa parecer, quero que vocês dois sigam para Gin Reach e apenas fiquem de olhos abertos. Procurem qualquer coisa fora do comum. — Clava remexeu nos alforjes e jogou um saco de moedas para Bradshaw. — Isso deve ser suficiente para conseguir uma boa hospedagem por três semanas. Se não acontecer nada e vocês não virem nada, voltem para casa.

— E se nós virmos alguma coisa?

— Usem seu senso crítico. Nossa prioridade é a rainha. Se a recuperarmos, pretendemos voltar para a Fortaleza o mais rápido possível, e não vamos ter tempo de ir procurar vocês nas Terras Secas. Se alguma coisa acontecer, enviem uma mensagem para este acampamento. Vários guardas e a maioria dos soldados de Hall vão ficar aqui.

Ewen não gostou daquela ideia. Parecia que eles ficariam sozinhos em um pequeno vilarejo no deserto. Bradshaw podia ter magia, mas nenhum dos dois sabia manejar uma espada.

— Vocês vão partir esta noite, sem alarde, depois do jantar. Sigam o sistema de irrigação a partir do rio Crithe. Uma noite de cavalgada para o sul deve levar vocês a Gin Reach.

— Como vamos saber? — perguntou Ewen.

— Perguntando, eu acho. Bradshaw está no comando.

Bradshaw pareceu surpreso ao ouvir isso, e Ewen também. Aisa contou para Ewen que Clava não gostava de magia, apesar de Ewen não entender por quê. Sem dúvida o mundo era melhor quando coisas incomuns podiam acontecer.

— Vou confiar em você, mágico, apesar de não confiar em outros do seu tipo.

Bradshaw deu de ombros.

— A rainha me ajudou, capitão. Vou ajudá-la se puder.

— Dispensados.

Os dois homens saíram da barraca. Ewen tinha a sensação de que Bradshaw estava tão surpreso quanto ele. O mágico sabia fazer muitas coisas impressionantes;

talvez por isso Clava o tenha escolhido. Mas, depois de pensar um pouco, Ewen teve certeza de que Clava esperava que nada acontecesse com eles.

— Arrume suas coisas — disse Bradshaw. — Vou cuidar de comida e água.

Ewen assentiu e foi procurar seu cavalo. Pela conversa em volta da fogueira, ele soube que o cervo estava finalmente pronto, mas tinha perdido o apetite. Ficava apavorado só de pensar em Mortmesne, o país do mal sobre o qual seu pai falava em todos os contos de fadas, mas ao mesmo tempo havia ficado orgulhoso de ter sido escolhido para se aventurar lá. Ele sabia que não era inteligente o bastante para ser um Guarda da Rainha, e estava pronto para se retirar e ir caçar a bruxa, Brenna. Havia honra nisso. Mas aquela missão parecia uma farsa.

Quando se aproximou dos cavalos, ele viu uma figura solitária: Pen, sentado sozinho em uma das pedras que circundavam os animais, olhando para leste. Mais de uma vez, Ewen ouviu outros guardas dizerem que ele era o favorito da rainha, e tinha percebido que Pen não parecia ele mesmo desde a partida da rainha. Ewen achou melhor não falar com Pen, então só revirou na pilha até encontrar sua sela e seus alforjes e os levou até seu cavalo. Ewen não era bom cavaleiro; tinha aprendido com os irmãos quando era novo, mas nunca teve a facilidade de Peter e Arthur. Bradshaw também não era um grande cavaleiro, e os dois muitas vezes ficaram para trás na viagem, se apressando para alcançar o grupo enquanto os outros descansavam. Agora, eles estavam sendo enviados para longe, para um lugar do qual Ewen nunca tinha ouvido falar. Seu cavalo, Van, olhou para ele quase como se entendesse, e Ewen fez carinho no pescoço do animal por um tempo. Uma coisa era ir para Mortmesne, outra era arrastar um animal para lá; pelo menos, Van também ficaria longe de perigo.

Quando jogou os alforjes nas costas de Van, seu manto cinza da Guarda da Rainha caiu no chão. Eles não puderam usar o manto durante a viagem, mas Ewen levou o dele mesmo assim. Era um de seus itens mais queridos, embora entendesse que nunca tinha sido realmente seu. Ele foi até o cavalo de Clava, dobrou o manto e colocou sobre a sela.

— Ewen.

Pen estava fazendo sinal para ele se aproximar. Ewen tocou no manto uma última vez e foi até o garoto. Quando chegou perto, viu que os olhos de Pen estavam vermelhos, como se ele tivesse chorado.

— Você vai para Gin Reach.

Ewen assentiu.

— Acho que não vai encontrar nada lá, e o capitão acha o mesmo. Mas, se encontrar... — Pen ficou em silêncio antes de continuar: — Se encontrar, você é um Guarda da Rainha. Um verdadeiro Guarda da Rainha, entendeu? Você protege a rainha, independentemente do que aconteça com você.

Ewen estava perplexo demais para fazer qualquer coisa além de assentir, e Pen deu um tapinha amigável no ombro dele.

— Faça alguns desenhos para mim enquanto estiver lá. Quando voltarmos para a Fortaleza, quero dar outra olhada no seu portfólio.

Ewen sorriu. Pen foi o primeiro a dizer que seu montinho de desenhos tinha nome.

— Boa sorte, Ewen.

— Para você também.

Quando Pen saiu andando, Ewen tentou entender o que ele tinha dito. Guardas da Rainha deviam deixar as próprias vidas de lado para proteger a rainha, e Ewen entendia isso. Mas Pen parecia estar falando sobre uma coisa diferente.

Bradshaw veio andando na direção dos cavalos, uma bolsa pesada no ombro. Ewen o esperou, ainda refletindo sobre as palavras de Pen. Havia uma palavra para essas coisas... que ameaçou fugir da mente de Ewen por um momento antes de ele conseguir visualizá-la. Sacrifício. Era isso para ele. Para Pen, ser um Guarda da Rainha era questão de sacrifício, e pela aparência dele, estava lhe fazendo muito mal. Ewen hesitou por um momento e, sem saber direito por quê, pegou o manto cinza na cela de Clava e enfiou no próprio alforje.

Javel acordou ouvindo gritos.

A voz era de uma mulher, e por um momento ele ficou confuso, até se lembrar de onde estava: na Fortaleza. Tinha cavalgado com rigor por três dias, pausando brevemente apenas para dar água ao cavalo, e no momento que colocou a carta de Clava na mão de Devin, ele não se importou se o homem acreditava nele ou não, só sentiu uma gratidão enorme pela viagem ter chegado ao fim.

Agora um homem começou a gritar. Javel se sentou na cama, passou a mão pelo rosto e encontrou uma barba de pelo menos quatro dias crescendo. Tinha passado um bom tempo dormindo. A briga continuava lá fora, ininteligível, mas rancorosa, e Javel suspirou e pegou as botas.

Quando saiu para o corredor, encontrou-o cheio de Guardas da Rainha. O guarda no comando, Devin, estava discutindo com uma mulher alta de cabelo escuro em frente à porta do seu quarto. Javel não reconheceu a mulher, mas percebeu como o resto da Guarda estava se esforçando para não olhar para ela, seus olhares grudados no chão ou no teto ou em qualquer lugar.

— Estou dizendo, eles estão vindo! — gritou a mulher para Devin.

— Calma, Andalie! Você vai acordar a ala toda!

— Ótimo! Nós temos que sair daqui agora!

Devin olhou para os homens ao redor, o rosto ficando vermelho.

— Você está me dando uma ordem?

— Estou, seu imbecil! Tire essas pessoas da cama!

— *Calem a boca!*

A voz ecoou pelo corredor. À direita de Javel, uma nova figura saiu de um dos quartos ao longo do corredor, e dessa vez era uma pessoa que Javel conhecia: Arliss, um dos maiores agenciadores de apostas e negociantes de Nova Londres. Se um homem passasse um tempo bebendo no Gut (e Javel, claro, tinha passado muito tempo), não podia deixar de encontrar a figura onipresente de gnomo de Arliss, entrando e saindo de vários bares, fazendo negócio, ganhando dinheiro com rapidez.

— Espero que isso seja bom — rosnou Arliss. — Estou tentando realocar quase cem mil pessoas que não querem ir embora. Só o gerenciamento das provisões é suficiente para fazer qualquer um chorar.

A mulher, Andalie, disse:

— Nós temos que ir embora. Agora. Imediatamente.

— Ir para onde?

— Qualquer lugar — respondeu ela, seca.

— A mulher teve um pesadelo — disse Devin. — Vou resolver isso, senhor. Não se preocupe.

Mas a voz de Devin estava fraca, e ele não olhou diretamente para Andalie. Até Javel conseguiu sentir a aura de estranheza em volta da mulher, os olhos tão distantes que pareciam ver além daquele mundo. O grupo de Guardas da Rainha se agitou com inquietação, olhando de Devin para Arliss.

— Andalie? — perguntou Arliss.

— O pessoal do Santo Padre está vindo para cá agora. Nós temos que ir embora.

— Eu avisei, Andalie. — Devin baixou a voz, pois agora as portas estavam começando a se abrir pelo corredor. — Volte para seus filhos.

— Não vou voltar — respondeu Andalie, áspera. — Clava colocou você no comando da Guarda, não de mim.

— Como você acha que o Santo Padre pretende entrar na Fortaleza? Ele não tem soldados!

— Tem, sim. Os mort.

— Os mort foram embora!

— Não.

— Ela está certa! — disse um guarda mais jovem. Javel se lembrava vagamente dele da longa viagem voltando de Argive (que agora mais parecia um sonho distante). Ele não podia ter mais de vinte anos. Havia um arco preso nas costas dele. — Andalie sempre sabe! Nós temos que sair daqui!

— Cala a boca, Wellmer! — cortou Devin.

No mesmo momento, um golpe trovejante sacudiu o chão embaixo deles. Javel deu um grito, e não foi o único.

— Um aríete — murmurou Arliss. — Tarde demais.

Devin segurou um dos guardas.

— Descubra o que está acontecendo.

O guarda desapareceu. Javel o viu se afastar e imaginou a cena no portão abaixo: a Guarda do Portão estaria correndo para reforçar os portões, para erguer a ponte levadiça. Eles sabiam como afastar invasores; era parte do treinamento-padrão para Guarda do Portão. Mas, se houvesse gente demais na ponte, ela não subiria, e os portões, embora de ferro forte, não aguentariam as estocadas de um aríete de aço por muito tempo. Nem o fosso era fundo o suficiente para funcionar como impedimento. Se Vil ainda estivesse no comando da Guarda do Portão, ele estaria lá embaixo, calmo e competente como sempre, orientando os homens enquanto reforçavam o portão com tijolos e faziam de tudo para subir a ponte. Mas, se a força de ataque fosse muito grande, todos os guardas do portão saberiam que eram só ações paliativas.

Arliss se virou para Devin.

— E as passagens de Clava? Os túneis?

— Não sei onde ficam — respondeu Devin, parecendo envergonhado. — Ele nunca me contou.

— Andalie?

Ela balançou a cabeça. Outro golpe sacudiu as paredes, e Javel piscou quando poeira caiu do teto nos olhos dele.

— Os mort invadiram de novo? — questionou Devin. — Como não percebemos?

— Não é uma invasão mort — respondeu Andalie. — É o Arvath.

Javel sentiu um puxão na perna da calça, olhou para baixo e viu uma garotinha olhando para ele. Era pequenina, pouco mais do que um bebê, mas seus olhos eram estranhamente adultos. Javel tentou ignorá-la, mas ela continuou puxando sua calça, o rostinho determinado, então ele se inclinou e perguntou:

— O que foi, criança?

— Guarda do Portão — sussurrou a garota, e a voz dela também não era compatível com a idade; o tom era debochado, de alguma forma familiar.

— Sim?

— Você ainda pode ser útil.

Javel se encolheu, mas a criança já tinha soltado sua perna. Ela foi até a mulher, Andalie, e subiu no colo dela. As duas se olharam por um longo momento, como se conversando, e um tremor subiu pela espinha de Javel. Nos últimos dias, ele cavalgou com intensidade demais para pensar em beber, mas, naquele momento, daria qualquer coisa por uma dose de uísque. Talvez dez.

Uma batida rítmica ecoou embaixo dos pés deles, e Arliss balançou a cabeça.

— O portão não vai aguentar para sempre. Nós temos que barricar a ala.

Andalie assentiu.

— Nós precisamos de móveis. Dos pesados.

Lembrando-se do armário pesado do quarto, Javel voltou para lá. Mas parou na porta, ao perceber a pilha lamentável de pertences ao pé da cama. Tinha levado pouca coisa para Mortmesne, preferindo deixar a casa como estava para que, quando Allie voltasse, não encontrasse nada fora do lugar. A ideia o fez sorrir, mas foi um sorriso gélido. Sua vida antiga tinha terminado, tinha sido apagada, e o estado triste e meio vazio da bagagem parecia apenas provar isso.

Guarda do Portão, a voz da menina, a voz de Dyer, ecoou na cabeça dele.

— É, eu fui — respondeu Javel quase distraidamente. Ele foi Guarda do Portão por mais de dez anos, e um bom guarda. Ir para o trabalho todos os dias, um trabalho que precisava ser feito, e fazê-lo com competência... havia honra nisso. Mas um homem consumido por erros do passado nunca conseguiria enxergar tal valor. Javel se inclinou, pegou a espada na bagagem e olhou para ela por um longo momento, sentindo como se estivesse na beira de um precipício.

Útil.

Ele se virou e saiu andando pelo corredor, até o salão amplo que abrigava o trono vazio da rainha. Quando dobrou a esquina, viu a Guarda se preparando para bloquear a grande porta dupla com mobília pesada, várias peças já estavam agrupadas perto da parede.

— Esperem! — gritou Javel. — Me deixem passar!

— Você não quer ir para lá — avisou Devin. — Tem uma turba de pelo menos duzentas pessoas, além dos mort.

— Eu sou um Guarda do Portão — respondeu Javel. — Me deixem passar.

— O funeral é seu.

Devin bateu quatro vezes na porta, levantou a barra e a abriu o suficiente para Javel passar.

— Você não vai poder voltar! — gritou Devin às suas costas.

— Certo — murmurou Javel, acelerando o passo.

O som do aríete estava bem mais alto lá fora, uma batida regular que sacudia as paredes. Mais poeira caiu do teto, uma nevasca fina à luz das tochas. Enquanto Javel descia a escada, as batidas foram aumentando de volume até estarem fortes o bastante para fazer seus dentes baterem, cada golpe pontuado pelo estalo metálico de madeira em ferro. Parte de Javel, a parte fraca que sempre se recolhia às sombras do bar, queria dar meia-volta e correr escada acima.

— Não — sussurrou ele, tentando convencer a si mesmo. — Eu ainda posso ser útil.

Quando chegou ao primeiro andar, ele correu pelo corredor principal, passando por vários criados da Fortaleza de olhos arregalados.

— Senhor, o que está acontecendo? — perguntou uma velha senhora.

— Um cerco — respondeu ele. — Vá para os andares superiores e se esconda.

Ela saiu correndo.

Javel dobrou a última esquina e encontrou a Guarda do Portão se preparando para bloquear o portão com tijolos. Era uma contingência para a qual todos tinham sido preparados, e havia um pequeno depósito junto à guarita do portão para esse propósito. Guardas iam e voltavam do depósito, carregando pilhas de tijolos, e vários outros estavam colocando a terceira camada de tijolos e argamassa atrás da barricada. Javel ficou aliviado de reconhecer dois deles: Martin e Vil. Quando se aproximou, Vil se empertigou, segurando uma espátula.

— Javel! O que...

— O que está acontecendo? — gritou Javel.

Os golpes do aríete estavam tão altos lá fora que pareciam fazer os ossos chacoalharem.

— Eles apareceram do nada! — respondeu Vil, também gritando. — Nós fechamos o portão, mas não tivemos tempo de erguer a ponte! O portão não vai aguentar se não colocarmos os tijolos!

Javel assentiu.

— Me dê algo para fazer, Vil!

— Eu achei que você estivesse com a Guarda da Rainha!

— Eu sou um Guarda do Portão! Me dê uma tarefa!

Vil olhou para ele, avaliando-o por um longo momento, e disse:

— Preciso de mais gente para misturar argamassa! Gill já está no depósito. Vá!

Javel assentiu, sorrindo, pois nessa ordem simples ele se sentiu abençoado. Prendeu a espada na cintura, passou por trás de Martin e foi trabalhar.

Aisa estava agachada nas sombras de um nicho na parede, a mão na faca. Estava imunda, coberta da sujeira dos túneis, e sentia o próprio cheiro, uma mistura de suor antigo já seco e uma umidade podre que parecia reinar lá embaixo. Seu braço latejava por causa de um arranhão longo que tinha feito no dia anterior. Mas a música da luta soava nos ouvidos dela; e seu sangue vibrava no ritmo.

Merritt estava atrás dela e, do outro lado do túnel, em outro nicho, estavam os irmãos Miller, quase imperceptíveis na luz fraca das tochas. O pescoço de Daniel estava enfaixado; ele sofreu uma queimadura terrível quando surpreendeu uma mulher fritando frango em uma panela de óleo fervente. Ela jogou a panela nele e tentou fugir com as crianças sob custódia dela, dois garotos e três garotas, todos com menos de dez anos. Eles conseguiram salvar as crianças, levando-as para uma área ampla do Gut. Mas a mulher fugiu para a escuridão. Outro traficante tentou acertar Cristopher com uma pá, mas acabou com essa mesma pá enfiada nas costelas. Aisa não sabia se os irmãos Miller eram Caden típicos ou não e não se importava. Queria se juntar a eles ou morrer tentando.

Mas esse sonho ainda estava a anos de distância. O primeiro passo, o que ela podia dar agora, era fazer com que a tratassem como se ela fosse um deles, uma ferramenta a ser utilizada.

Cristopher se inclinou para a luz e apontou para Aisa. Merritt a cutucou nas costas.

— Agora é sua vez, garota. Dê outro ótimo show.

Aisa enfiou a faca na parte de trás da calça, cobrindo-a com a camisa. Respirou fundo e saiu no túnel principal. Era um caminho largo, com uns seis metros de um lado ao outro, e mais seis até o arco acima. Água escorria pelas rachaduras e pingava até formar poças largas no chão. Aisa achava que eles deviam estar perto do fosso da Fortaleza, talvez até embaixo.

À frente, o túnel se abria em três passagens, cada uma levando à escuridão. Em uma dessas passagens estavam vários homens, um cafetão e seus clientes, com pelo menos dez crianças. Aisa e os quatro Caden os estavam rastreando havia mais de um dia naquele labirinto subterrâneo. Os níveis superiores eram iluminados por luzes de tochas espalhadas, mas constantes; ali embaixo, não havia nada além do que eles mesmos carregassem. Aisa segurou a tocha no alto, mas não conseguiu ver nada das três passagens além da entrada, bocas pretas enormes prestes a engoli-la.

— Olá — disse ela. — Tem alguém aí?

Silêncio. Mas Aisa sentia olhos em si. Seguiu em frente, passando um braço em volta do corpo como uma criança com frio faria. Nos cinco dias em que tinha passado lá embaixo, ela viu muitas crianças, vivas e mortas. James explicou para ela, em sua voz baixa e firme, que alguns cafetões preferiam matar as crianças, para que elas não pudessem servir de prova contra eles nem atrapalhar a fuga.

— Olá — chamou ela de novo. — Sra. Evans?

Eles prenderam a sra. Evans três dias antes, e ela agora estava na cadeia de Nova Londres. Não tinha sido fácil; foi ela quem provocou o ferimento de faca no braço de Aisa. Mas o nome era muito útil, pois ela parecia ser bem conhecida na Creche, e ninguém sabia que ela tinha sido presa. Esse mesmo truque já tinha dado certo duas vezes.

— Sra. Evans? Estou com fome.

Ela sentiu movimento à frente, mas não conseguiu perceber de que túnel. Estava com medo, mas a adrenalina era mais forte. Era a música da luta, sim, mas havia mais uma coisa trabalhando ali. Aisa estava fazendo uma coisa importante. Não sabia se os Caden a teriam aceitado se não tivessem utilidade para uma criança, usando-a como isca para atrair as presas difíceis. Mas não importava. Ela estava *ajudando*, ajudando a salvar os fracos e a punir os que tinham que ser punidos. A música da luta era uma coisa incrível por si só, mas a música da luta moralmente correta era exponencialmente mais poderosa, permitindo a Aisa ignorar o medo e mancar por mais alguns metros.

— Olá!

A forma escura de um homem surgiu do túnel da esquerda. Aisa olhou para ele. Seu instinto mandou que desse o alarme, mas ela ficou em silêncio. Quando eles assustavam a presa, os sujeitos entravam em pânico, e isso aumentava a chance de matarem as crianças.

— A sra. Evans me abandonou — disse ela para o homem, deixando a voz aguda para os Caden ouvirem.

Ele sorriu; ela viu o branco dos dentes dele na luz fraca. Mas o resto dele não passava de uma grande sombra, esticando a mão.

Essa era a parte mais difícil para Aisa. O que ela mais gostaria de fazer seria cortar a mão dele na altura do pulso, mas havia mais de dez crianças naquele túnel. O homem não podia ter a chance de gritar.

Ela segurou a mão dele, fazendo uma careta mental ao sentir o suor da pele. O homem pegou a tocha dela e a segurou alto, puxando-a para o túnel. Com a mão livre, ela segurou o cabo da faca nas costas. O homem era bem mais alto, e seria preciso um movimento forte e fluido para levar a faca ao pescoço dele. As pessoas na Creche, tanto os adultos quanto as crianças, eram como animais, arredios e sensíveis ao perigo. Merritt disse que era resultado de uma vida vivida nas sombras, mas Aisa duvidava. Ela mesma era arredia.

Eles dobraram uma esquina, e Aisa se viu em uma câmara pequena e com teto baixo, quase baixo demais para o homem ao lado dela conseguir ficar ereto. A câmara estava iluminada por duas tochas, mas na parede mais distante havia outra porta que levava à escuridão. O chão estava cheio de crianças sentadas de pernas cruzadas; uma olhada rápida mostrou a Aisa que eram catorze. A mais velha não podia ter mais de onze anos. Mais cinco homens estavam espalhados junto às paredes, e Aisa percebeu que três carregavam espadas antes de parar, estupefata, ao encarar o quarto: seu pai, olhando diretamente para ela.

Ele arregalou os olhos e abriu a boca para gritar. Aisa tentou soltar a mão, mas o homem alto já a tinha jogado contra a parede. Aisa caiu, meio atordoada, e sentiu uma explosão de dor no peito quando o homem a chutou nas costelas.

— É uma armadilha! — gritou seu pai. — Fujam!

As crianças começaram a gritar, e o eco de todas aquelas vozes no túnel fez Aisa levar as mãos aos ouvidos. As crianças se levantaram e saíram correndo pela porta mais distante. Os chutes no seu peito pararam, e Aisa viu o último homem desaparecer atrás das crianças.

Meu pai, pensou ela, confusa. Aisa se perguntou por que ficou tão surpresa: cafetão ou cliente, nenhuma das duas coisas a surpreenderia.

Os quatro Caden entraram na câmara com as espadas em punho, e ela apontou para a porta mais distante enquanto tentava se sentar.

— Você está bem, garota? — perguntou Daniel.

— Estou — chiou ela. — Vão, vão.

Eles passaram pela porta, e Aisa começou o lento processo de se levantar. As costelas doíam, e havia um corte em sua cabeça no local onde bateu na parede. Ela ouviu o som de luta de espadas no túnel mais à frente e ficou de pé. Os Caden sabiam se cuidar, mas mais tarde poderiam lembrar que ela não estava lá com eles.

Meu pai, aqui, sua mente repetiu, e o pensamento tinha um tom mordaz. Ela tirou uma das tochas do suporte e andou pela sala até encontrar a faca. Os gritos das crianças estavam abafados agora, ficando distantes. Com a faca numa das mãos e a tocha na outra, Aisa respirou fundo, sentindo uma pontada nas costelas, e correu atrás delas.

O túnel era mais estreito daquele lado, e logo começou a serpentear para cima. À frente, ela ouviu um homem gritar, e logo só havia o som de seus passos. O ambiente foi ficando mais estreito, até Aisa estar disposta a dar qualquer coisa por ar puro. Ela achava que os estava alcançando, mas não tinha certeza. Sua cabeça estava doendo. Em intervalos de segundos, precisava limpar o sangue que escorria nos olhos.

Ela entrou numa curva correndo e parou de repente. A seus pés havia o corpo de um homem. Chegou mais perto e usou o pé para rolá-lo: seu pai, ainda respirando. Ele também tinha levado um golpe na cabeça; ela via o começo de um hematoma feio na têmpora dele.

Aisa se agachou e colocou a tocha no chão, a faca preparada caso fosse um truque. Mas seu pai estava caído, a respiração rouca entrando e saindo pela barba preta densa.

— Eu poderia matar você agora — sussurrou Aisa, mostrando a faca na frente dos olhos fechados do pai. — Poderia cortar sua garganta e ninguém se importaria. Eu poderia dizer que foi legítima defesa.

E seria verdade, ela percebeu. Não conseguia nem imaginar qual seria a sensação de viver num mundo em que o pai não existia mais. Saber que não tinha mais um inimigo à espreita, um perigo para todos eles... Seria a liberdade verdadeira. Aisa nunca tinha matado ninguém, mas, se ia começar, não podia fazer uma escolha melhor do que aquela.

Mesmo assim, ela hesitou, agarrando a faca com força. Os joelhos começaram a doer e as palmas das mãos ficaram grudentas de suor.

— Por quê? — sussurrou ela, vendo as pálpebras do pai tremerem. — Por que você tinha que ser assim?

Mais do que querer matar o pai, ela queria respostas, queria que ele se explicasse. Matá-lo parecia fácil demais, ainda mais com ele inconsciente. Não era uma punição.

Vários gritos infantis ecoaram pelo corredor, fazendo Aisa acordar do devaneio. Por um momento, ela tinha esquecido por que estava ali: as crianças. Um dia, menos de um ano antes, ela entrou na cozinha e encontrou o pai com a mão embaixo do vestido de Glee, e ela não tinha nem três anos.

— Seria fácil demais — murmurou ela. — Fácil demais mesmo.

Os Caden tinham algemas, mas Aisa não sabia quando eles voltariam. Usando a faca, cortou as mangas da camisa do pai, tomando cuidado para não tocar nele. Ela enrolou os pulsos e tornozelos dele, fazendo os nós mais firmes que conseguiu. Seu pai se mexeu e gemeu quando ela apertou as amarras, mas os olhos permaneceram fechados, e Aisa olhou para ele por muito tempo, desejando ser mais velha, com idade o bastante para deixar isso tudo para trás.

Alguém estava voltando pelo túnel agora, e Aisa se preparou e ergueu a faca. Mas, quando o barulho se definiu em muitos passos, andando em ritmo regular, ela relaxou. A outra parte do seu trabalho ia começar, e ela queria que tudo saísse perfeito.

O grupo de crianças surgiu virando a esquina, seguido dos quatro Caden com tochas. Christopher e James estavam carregando um prisioneiro cada um, homens com rostos machucados. As crianças estavam assustadas; muitas estavam chorando, e elas olhavam com medo para os quatro homens de capa vermelha. Aisa levantou as mãos.

— Escutem — disse ela. — Esses homens são bons. Estão aqui para ajudar vocês, eu juro. Nós vamos tirar vocês dos túneis.

Ela disse essa última parte da forma mais gentil que conseguia, pois eles já tinham descoberto que essa notícia alarmava as crianças mais do que qualquer outra coisa. Muitas tinham passado a vida toda ali embaixo e não tinham vivência nenhuma no mundo acima.

— Nós temos bastante comida — continuou Aisa, e viu os olhos das crianças assumirem um brilho de interesse.

— Nós vamos ficar doentes se subirmos — anunciou uma das garotas mais velhas. — Meu pai me contou.

— Seu pai mentiu — afirmou Aisa, olhando para o próprio pai, cujo peito ainda subia e descia no ritmo tranquilo da inconsciência. — Eu vivi lá em cima a vida toda.

A garota ainda parecia um pouco descrente, mas não disse mais nada.

— Vocês precisam nos seguir e ficar juntos. Se acabarem se afastando, podem se perder aqui no escuro. — Nos primeiros dias, essa possibilidade também assombrou Aisa, mas Daniel sempre marcava bem as paredes com um giz especial que não se dissolvia no gotejar de água. Desde que eles não ficassem sem luz, estaria tudo bem.

Christopher estava inclinado na direção do pai dela, examinando as amarras.

— Vou ter que ensinar você a dar nós, garota. Se ele tivesse acordado, teria se soltado em segundos.

Se ele tivesse acordado, eu o teria matado.

Mas Aisa não disse nada. Não queria alarmar as crianças, mas, mais do que tudo, não queria que os Caden soubessem que ele era seu pai. Coryn disse para ela que os Caden, como a Guarda, permitiam que novos recrutas deixassem o passado para trás. Mas não sabia que status tinha com eles, e, além do mais, essa concessão incluía um passado feio como o dela?

Christopher prendeu um par de algemas nos pulsos do pai dela antes de botá-lo de pé. Seu pai abriu os olhos, embaçados e vermelhos, que percorreram os aposentos antes de encontrar Aisa e se grudarem nela.

— Quer fazer as honras? — perguntou Daniel.

Ao encará-lo, Aisa ficou paralisada, pois viu que ele já sabia. Todos já sabiam. Foi a audiência, aquela maldita audiência, na qual ela revelou sua vergonha para todo o mundo. Merritt estava olhando para ela com pena mal disfarçada, e James havia colocado a mão no ombro dela.

— Vá em frente — murmurou ele. — Vai fazer bem a você.

Aisa respirou fundo. Os rostos das crianças a acalmaram, lembrando-a do que estava em jogo ali, e sua vergonha diminuiu. Ela nem precisava procurar as palavras; tinha ouvido tantas vezes naquela semana que estavam bem ali, frescas na mente.

— Em nome de Sua Majestade, a Rainha Kelsea Glynn, vocês estão presos por cafetinagem, tráfico e facilitação de agressão. Vocês ficarão contidos na prisão de Nova Londres até chegar a hora de se apresentarem a um juiz. Não vão ser feridos a não ser que tentem fugir.

— Vamos — disse Daniel bruscamente. — Vamos levá-los lá para cima. Fique de olho nas crianças, menina. Cuide para que não se afastem.

Eles começaram a voltar pelo mesmo caminho que tinham usado para descer até ali, com James e Christopher na frente e Aisa, Merritt e Daniel na retaguarda. O braço de Aisa estava latejando, e ela viu que o corte comprido, que tinha se fechado no dia anterior, estava começando a inchar sob a cicatriz. Com a adrenalina diminuindo, a dor do corte ficou difícil de ignorar, mas Aisa aguentou da melhor forma que conseguiu, segurando as mãos de duas crianças.

Depois de mais de uma hora subindo, eles chegaram a uma interseção grande de seis túneis. Aisa reconheceu o lugar; eles estavam a apenas trinta minutos da superfície. Uma luz azul chegava ao local, filtrada por várias camadas de grades, e Aisa se deu conta de que lá em cima, na superfície, já devia estar amanhecendo. A ideia da luz do sol parecia quase irreal; depois de ficar lá embaixo por muito tempo, era possível esquecer que existia algo diferente do brilho âmbar das tochas.

As crianças estavam cansadas; um garotinho, que não devia ter mais do que cinco anos, tinha começado a ficar para trás, e Aisa precisou puxar a mão dele para que acompanhasse o restante do grupo. Todos andavam em silêncio, sem emitir som algum além dos passos irregulares na pedra, e foi esse silêncio que permitiu que Aisa ouvisse a voz de um homem, baixa e urgente, em algum lugar atrás dela, à direita.

— Por favor, Deus.

Aisa parou. A acústica dos túneis era estranha; às vezes ela ouvia vozes distantes com clareza suficiente para entender as palavras, enquanto que em outras não conseguia ouvir as ordens murmuradas de Daniel a poucos metros de distância. A voz que ela tinha acabado de ouvir foi clara, sem nenhuma característica peculiar de distância nem de ar parado. A pessoa devia estar muito próxima.

— O que foi, garota? — perguntou Merritt, virando-se para esperá-la.

— Me dê sua tocha.

— Esperem! — gritou ele para os irmãos Miller, e passou a tocha para Aisa.

Segurando-a no alto, ela andou alguns metros pelo túnel, examinando as paredes. A interseção estava a pelo menos trinta metros dali, e ela não achava que a voz tinha vindo de tão longe. Em um nicho escondido, talvez? Eles já tinham encontrado um assim, espertamente escondido embaixo de uma grade de drenagem. Os Caden foram obrigados a matar os seis homens e mulheres que controlavam aquele grupo, mas Aisa não sentiu pena; uma mulher, ao perceber que estava encurralada, colocou uma faca no pescoço de uma garotinha, pouco mais do que um bebê. Mas Daniel sabia arremessar uma faca tão bem quanto a brandia, e a mulher caiu com a lâmina enfiada na jugular, a criança escapou sem nenhum arranhão. Aisa passou os dedos pela superfície irregular do túnel, voltando, e prendeu a respiração quando sentiu uma abertura na pedra, com pouco mais de vinte e cinco centímetros.

— Luz! — gritou ela. — Mais luz!

Os Caden levaram as crianças e os prisioneiros para trás e se aproximaram para olhar a abertura. Mal caberia um homem magro, mas crianças poderiam passar por ela. Aisa achava que conseguia ouvir, não com os ouvidos, talvez, mas com a mente, um batimento acelerado na parte mais distante da parede.

— Tem alguém ali dentro — disse ela para Merritt.

— Você consegue passar?

Ela deu a tocha para ele. Seu coração começou a bater mais rápido, pois havia perigo ali, mas ela estava satisfeita de nenhum deles ter protestado de ela entrar sozinha onde eles não podiam ir atrás.

Segurando a faca à frente do corpo, ela se inclinou e passou pelo vão. Era espremido, mas não muito. A qualquer momento, esperava encontrar resistência: mãos adultas a segurando. Mas nada aconteceu, e ela estava do outro lado da parede, esticando a mão para que Merritt pudesse entregar a tocha a ela.

— Fique alerta, criança! — disse Daniel do lado de fora.

Aisa segurou a tocha no alto e olhou ao redor. Estava em um aposento estreito, quase um túnel. O cheiro era bem pior lá dentro, a ponto de fazer seus olhos lacrimejarem. As paredes pingavam mofo. O chão estava coberto de lixo, e em um canto próximo Aisa viu o que parecia ser uma pilha de fezes humanas. Ela deu um pulo e ofegou quando o corpo gordo de um rato passou perto dos pés dela, e por um momento só teve vontade de fugir, fugir daquele lugar e dos túneis e correr pela longa estrada até a Fortaleza. Seu braço doía, sua mente doía, e ela só tinha doze anos.

Dor. A voz foi pouco mais do que um eco no fundo da mente dela, mas fez com que Aisa se empertigasse, pois pertencia a Clava. *A dor só desabilita os fracos.*

Assassino de crianças, sua mente devolveu, mas o pensamento não tinha poder ali. O que acontecia na Creche era pior do que assassinato. Bem pior.

— Só os fracos — sussurrou Aisa para si mesma. — Só os fracos.

Ela segurou a tocha mais alto e seguiu em frente, procurando o final do espaço estreito e longo, e quando a luz chegou à parede mais distante, ela parou e levantou a faca instintivamente.

Havia dois homens lá, sentados contra a parede, as roupas tão manchadas de lama e sujeira que não revelavam nada para Aisa. Os olhos de um homem estavam fechados; ele parecia estar dormindo, mas Aisa soube por instinto que estava morto. O outro só observava com olhos distantes e arregalados. O rosto estava sujo de lama, e ele estava cadavérico, com sulcos profundos sob as maçãs do rosto. Os pulsos pareciam varetas no ponto onde saíam das mangas. Ele ficou olhando para a tocha, as pupilas se dilatando, e Aisa ofegou ao reconhecer o padre da Fortaleza, o padre Tyler.

— Tudo bem aí, garota? — disse um dos Caden lá fora.

— Tudo.

— Bom, então se apresse! Essas crianças precisam de comida, e nós precisamos dormir.

O padre abriu a boca para falar, mas Aisa levou o dedo aos lábios. Sua mente estava trabalhando, não lenta como antes, mas com a rapidez de um raio. O padre Tyler, que a ajudou a encontrar livros para ler na biblioteca da rainha. Clava queria que o padre Tyler voltasse para a Fortaleza, mas não conseguiu encontrá-lo. O Arvath estava oferecendo uma recompensa pela cabeça do padre Tyler, dez mil libras na última vez que Aisa ouviu. Claro, Clava também estava oferecendo uma recompensa, mas as duas quantias mudavam constantemente. Clava cobriria qualquer oferta feita pelo Arvath, Aisa sabia, mas talvez os Caden não. Se Aisa contasse para os quatro homens lá fora que havia dez mil libras atrás da parede, eles a ajudariam a levar o padre Tyler para a Fortaleza, acreditando apenas na palavra dela? Sem chance.

O mais silenciosamente possível, Aisa revirou os bolsos do manto cinza. Tinha meio pão dormido e algumas frutas secas, que colocou aos pés do padre Tyler. Ele pegou o pão e começou a mastigar. Ela entregou o cantil também, depois levou o dedo aos lábios novamente e voltou até a abertura na parede.

— Me enganei! — gritou ela. — Ratos, um ninho enorme.

— Bom, então saia daí! — gritou James, irritado. — Estamos cansados.

Aisa mostrou a mão aberta para o padre Tyler, indicando que era para ele ficar onde estava, e voltou para o túnel principal.

— Desculpem — murmurou ela. — Eu achei que tinha ouvido uma voz.

Daniel deu de ombros.

— É bom olhar cada canto. Vamos embora.

Por um momento, Aisa tinha se esquecido do pai, mas agora, ao sair, a voz dele ecoou pelo túnel.

— Aisa...

Ela ergueu o rosto, e parte dela se odiou por isso, pelo fato de a voz do pai ainda ser a voz de Deus na cabeça dela, impossível de ignorar.

— O que foi, pai?

— Você não vai deixar que eles façam isso comigo, não é?

— Cala a boca! — cortou Christopher, sacudindo o pai de Aisa como uma boneca de pano.

— Eu estou falando com a minha filha.

Aisa olhou para ele, enojada. O cabelo estava desgrenhado, a barba encharcada de sangue, mas, por baixo disso tudo, era a mesma cara de sempre. Com ou sem algemas, Aisa sentiu um medo repentino, pois se lembrava exatamente disso: a voz do pai, persuasiva, escorregadia.

— Aisa? Você não quer me ver na prisão, não é?

Ela deu um tapa na cara dele.

— Eu gostaria de ver você em um buraco na terra, pai. Mas a prisão vai servir para mim. Você nunca mais vai ver ninguém da nossa família. Espero que morra no escuro.

Ela se virou para Christopher.

— Pode me fazer um favor? Amordaça ele.

— Faça o favor para todos nós — ecoou Merritt, a voz repugnada.

O grupo de crianças em volta observou esse diálogo com olhos arregalados, e o garotinho voltou a segurar a mão de Aisa e ficou olhando para ela enquanto Christopher prendia um pedaço de pano sobre a boca do pai. A mordaça não ofereceu alívio para Aisa; ela só pôde ficar ali com infelicidade, desejando ser filha de outra pessoa, lutando para não olhar para trás, para o buraco na parede. Ela teria que voltar lá, despistar os Caden e voltar com mais comida... sozinha na escuridão. A ideia a apavorava, mas ela não via escapatória; o padre tinha que voltar à Fortaleza. Ela sentia muita lealdade por aqueles Caden, que a receberam e a colocaram para trabalhar. Mas sua lealdade a Clava, à rainha, era bem maior, e tanto a rainha quanto Clava queriam o padre Tyler de volta.

O que eu sou?, perguntou-se ela. *Caden ou Guarda da Rainha?*

Ela não sabia, mas independente do que escolhesse, seria uma tarefa perigosa. Seu braço latejava insistentemente, e quando eles subiram, Aisa viu que a ferida estava soltando um fluido claro. A pele ao redor tinha adquirido um tom furioso de vermelho.

Infeccionado, a mente de Aisa pensou, e seu estômago se contraiu. Na casinha deles em Lower Bend, eles tiveram uma vizinha chamada sra. Lime, que se cortou com uma lâmina suja. Ninguém em Lower Bend podia comprar antibiótico, e a sra. Lime acabou desaparecendo por fim, a casa vazia até invasores a tomarem. Aisa sempre se lembrou da palavra, que soava como um prenúncio de morte na mente dela.

Infecção.

As terras de Tear

Minhas mesas — é preciso que eu escreva tudo —
Que alguém possa sorrir e sorrir e mesmo assim ser vilão.

— *Hamlet*, WILLIAM SHAKESPEARE (*Literatura da pré-Travessia*)

Em seus momentos mais egoístas, Katie só queria que a colheita acabasse. Ela odiava a fazenda, o cheiro de estrume, o trabalho cruel para a coluna de colher legumes e verduras só para ter como recompensa a comida que logo seria consumida. Ela odiava trabalho pesado. Às vezes, desejava que os campos pegassem fogo.

E não estava sozinha. Parecia ouvir reclamações por todos os lados, mais do que nunca, e a maioria direcionada para o povo no alto da colina: os velhos demais ou doentes demais para trabalhar, ou pais com crianças pequenas demais para serem deixadas sozinhas. Essas pessoas sempre eram dispensadas da colheita, mas as dispensas daquele ano estavam causando mais ressentimentos do que o habitual.

Talvez Row esteja certo, pensou ela no fim de uma tarde, quando as costas berravam de dor e as mãos estavam com bolhas de carregar a cesta de milho pela plantação. *Talvez nenhum de nós seja altruísta o bastante para viver aqui*

Row e Katie não foram designados como parceiros de colheita naquele ano; Row teve que ficar com Gavin na plantação de abobrinha, a meio hectare dali. Katie se perguntou se sua mãe tinha alguma coisa a ver com isso: ultimamente, Katie tinha começado a sentir como se a mãe estivesse trabalhando ativamente para afastá-la de Row, para mantê-los separados.

— Boa sorte, mãe — rosnou Katie baixinho, enfiando a mão no milharal. Sua amizade com Row estava muito diferente do que já tinha sido; Row nunca admitiu o que fez naquela noite, e eles mantiveram a mentira educada de que Row só a perdeu na escuridão. Mas os dois sabiam que não era isso que tinha acontecido, e a questão mudou a amizade deles irrevogavelmente. Os dois não pareciam mais unidos em um círculo mágico e inviolável. Ainda eram amigos, mas Katie era uma dentre muitos, talvez não mais especial para Row do que Gavin ou Lear ou qualquer outro. Às vezes, isso doía, mas não muito. A lembrança daquela noite na floresta era mais forte.

— Você disse alguma coisa? — perguntou Jonathan, se inclinando por trás de uma planta.

— Nada.

Ele sumiu de vista de novo. Katie não sabia por que eles foram designados como parceiros, mas podia ter sido pior. Jonathan era esforçado e não desaparecia (como Row costumava fazer) quando era hora de levar os cestos cheios para o armazém. Nos primeiros dias, Katie esperou para ver se Jonathan entraria em outro transe, mas como nada aconteceu, ela desistiu. Dois anos se passaram desde aquele dia na clareira, e ela manteve sua palavra de não contar a ninguém, nem para Row. Mas não tinha certeza nem se Jonathan lembrava. Ele estava sempre sério e dedicava toda a sua atenção à tarefa. Fazia Katie pensar no pai dele.

Várias fileiras à frente, alguém estava falando sozinho. Katie ouviu por um momento, e as palavras se revelaram uma oração. Essa era outra novidade. Katie nunca tinha ouvido ninguém rezar em público durante sua infância; não havia penalidade por isso, mas William Tear desencorajava, e a reprovação aberta de Tear sempre foi o suficiente para impedir qualquer comportamento. Agora, Katie parecia ouvir orações constantemente, e isso a irritava profundamente. Sua mãe abominava religião, e a opinião dela sobre o assunto modelou a de Katie. Ela não queria pais invisíveis do céu pendurados em cima da Cidade, exigindo comportamento irracional. Não queria ouvir uma oração a cada esquina.

Jonathan também estava ouvindo; tinha feito uma pausa na colheita e estava com a cabeça inclinada.

— ... e Deus nos proteja dos demônios e espíritos, ladrões de crianças, Deus nos abençoe e nos proteja...

— *Cala a boca!* — gritou Katie, mais alto do que pretendia. Sua voz ecoou pelas fileiras de plantações e carregou o silêncio junto. Jonathan a olhou por trás da planta, as sobrancelhas erguidas.

— Desculpe — murmurou Katie. — Não suporto isso.

— As pessoas estão com medo — respondeu Jonathan, cortando outra espiga de milho.

— Todo mundo está com medo. Mas nem todos são burros o bastante para sair procurando Jesus.

Jonathan balançou a cabeça, e Katie sentiu a cor voltar às bochechas. Mesmo cinco minutos de conversa com Jonathan eram suficientes para reafirmar que ele era uma pessoa bem melhor do que ela, gentil e compreensivo e tolerante. Katie tinha completado dezessete anos, e Jonathan, dezoito, mas ela ainda sentia como se ele fosse anos, talvez séculos mais velho.

— Você não acha perigoso? — perguntou ela. — Toda essa besteira religiosa surgindo em toda parte?

— Não sei. Mas eu gostaria de saber de *onde* vem. Nem meu pai consegue encontrar a fonte.

— E Paul Annescott? As reuniões da Bíblia que ele faz tem cada vez mais gente.

— Annescott é um tolo. Mas meu pai diz que ele não é o verdadeiro problema.

— Seu pai não pode fazer isso parar?

— Ainda não. Não enquanto tem crianças desaparecendo. O medo é solo fértil para a superstição.

O coração de Katie despencou, mas no fundo sabia que ele estava certo. Eles estudaram a mesma história na escola. A religião sempre cavalgava nas costas da tormenta, como um jóquei. A Cidade podia ainda não estar em pânico, mas o pânico não estava distante. Duas semanas antes, Yusuf Mansour, de sete anos, desapareceu no parque durante uma brincadeira de pique-esconde. A Cidade revirou tudo, da floresta até o rio, mas não encontraram nenhum sinal dele.

Katie logo pensou na criatura que ela viu na floresta, a que a perseguiu até a cidade. Ela nunca falou sobre aquela noite com ninguém além de Row; tentava nem pensar nela. Por algumas semanas, teve pesadelos, mas com o tempo eles acabaram passando. A depredação no cemitério parou muito tempo antes e nunca mais aconteceu. Katie tomava o cuidado de nunca estar sozinha fora da cidade depois do pôr do sol. Na maioria dos dias, podia até fingir que tinha imaginado tudo aquilo. Mas quando Yusuf desapareceu no parque, Katie percebeu que podia ser a hora de contar para alguém sobre aquela noite, mesmo que achassem que ela estava maluca. Katie não tinha o direito de esconder a informação da comunidade só para tornar as coisas mais confortáveis para si. Podia não ser uma cidadã perfeita, mas ela sabia que era a coisa certa a se fazer.

Mas contar para quem? Para sua mãe? Katie fugia dessa opção por muitos motivos. Sua mãe ficaria furiosa de ela ter saído com Row depois do toque de recolher, mas, pior do que isso, ela era uma das pessoas mais corajosas que Katie conhecia. Sua mãe não teria dado meia-volta e fugido; teria lutado com a coisa, e se a criatura não se entregasse, a arrastaria para a cidade, chutando e gritando, para entregá-la a William Tear... ou morreria tentando. Katie não queria que sua mãe soubesse que ela tinha fugido do perigo.

Em seguida, pensou em contar para o próprio William Tear. Seria um certo desafio encontrá-lo sozinho, mas provavelmente podia ser feito. Mas novamente

Katie ficou relutante. Tear a escolheu para a guarda da cidade, a escolheu em meio a pessoas bem melhores e mais inteligentes. E mais altas! Ela queria mesmo mostrar a ele que foi assim que agradeceu, ficando em silêncio por dois anos? De qualquer modo, Yusuf estava desaparecido havia mais de duas semanas. Parecia impossível que pudesse estar vivo.

O que Tear poderia ter feito?, sua mente perguntou. *O que qualquer um poderia ter feito contra aquela coisa que você viu?*

Mas Katie ignorou a pergunta. William Tear era William Tear. Não havia problema que ele não pudesse resolver.

— O que houve?

Ela levantou o rosto e encontrou Jonathan a encarando com aquele olhar dele, o que podia quase perfurar a pele. Mais uma vez, lembrou-se do pai dele. Atrás dos dois, o penitente tinha recomeçado a oração, um fluxo regular de súplicas a Deus, e Katie achava que teria alegria em arrancar o cérebro dele com a pá.

— O que você viu? — perguntou Jonathan, e Katie de repente se viu contando tudo para ele, em voz baixa porque não queria que o cristão do outro lado escutasse. Ela contou tudo para Jonathan, até sobre Row no final, aquele lado cruel e vingativo do amigo que nunca tinha se virado contra ela antes. Doeu na hora de contar, pois mesmo agora a lembrança daquela noite era suficiente para congelar o coração de Katie. Mas, depois que desabafou tudo, Katie soube que tinha escolhido a pessoa certa. Não conhecia Jonathan bem, mas se sentia melhor, quase reconfortada, como se tivesse transferido um peso para as costas dele, um peso que ele aceitou mesmo sem ter pedido.

— Row Finn estava com a safira do meu pai? — perguntou Jonathan, quando ela terminou.

— Sim — respondeu Katie, confusa; de todas as coisas que tinha acabado de contar para ele, a safira era a que o preocupava? Percebia agora que tinha traído Row, mas a coisa toda já tinha anos, e a safira de William Tear foi colocada em um cordão e devolvida muito tempo antes; ela a viu no pescoço dele muitas vezes. Não houve mal nenhum.

— Bom, você não está maluca — respondeu Jonathan, por fim. — Havia alguma coisa na floresta. Sua mãe, meu pai, tia Maddy saíram para caçar essa coisa durante meses.

— O quê? Quando?

— Quase dois anos atrás. Eles saíam em expedições tarde da noite. Eu queria ir, mas meu pai dizia que eu tinha que ficar com a minha mãe.

— Eles encontraram alguma coisa?

— Não. Fosse o que fosse, sempre andava pelo cemitério, e quando os roubos de túmulos pararam, a coisa também sumiu.

— Roubos de túmulos?

Jonathan olhou para ela, o rosto gentil, mas também com certa impaciência.

— Roubos de túmulos, claro. Você não acreditou naquela história de lobos, acreditou?

— Não acreditei, não! — disse Katie com rispidez. — Mas não achei... Quem roubaria um túmulo? E por quê?

— Prata. — Jonathan abriu um sorriso cruel. — Nenhum dos cadáveres que encontramos estava com suas joias.

— Ninguém daqui roubaria um túmulo.

— Tem certeza? — Jonathan sorriu de novo, mas esse sorriso foi diferente, quase triste.

— Bom, não, mas...

Ele segurou a mão dela. Katie deu um pulo e tentou se soltar, mas Jonathan manteve o aperto. Por um momento, eles poderiam estar de volta naquela clareira dois anos antes, mas era Katie e não Jonathan quem estava em transe. Ela olhou para sua mão pequena, coberta pela grande de Jonathan, mas não estava vendo essas coisas; sua visão foi bem além, para um local escuro açoitado pelo vento, coberto de tumbas. Relâmpagos brilhavam no céu, iluminando brevemente o cemitério, e nesse brilho Katie viu um homem cavando um dos túmulos. Mas a cabeça estava abaixada; ela não conseguiu ver o rosto dele.

Com um esforço enorme, ela arrancou a mão da de Jonathan. A ligação entre os dois se rompeu com uma fagulha elétrica que fez Katie dar um grito. Sua mão formigava como se estivesse dormente.

— Por que você fez isso?

— A cidade está em perigo.

— Eu sei. — Mas ela de repente se perguntou se eles estavam falando sobre a mesma coisa. Ela estava pensando no desaparecimento de Yusuf, mas agora sua mente se concentrou em todas as reclamações que ouviu naquela semana, toda a mordacidade direcionada aos que foram dispensados da colheita, as mesmas ideias que ela tinha ouvido de Row durante anos: não havia sentido em tratar todo mundo como igual se eles não eram iguais. Algumas pessoas eram mais valiosas do que outras. Esse tipo de pensamento era execrado pela Cidade, claro, e Row tomava cuidado de nunca dizer essas coisas quando William Tear poderia ouvir. Mas as ideias de Row estavam se espalhando cada vez mais. Às vezes, Katie sentia como se houvesse duas cidades: a comunidade que ela conheceu a vida toda, em que todos eram igualmente valiosos, e uma segunda comunidade surgindo ao lado, dentro, um primo sombrio crescendo à sombra da Cidade. A explosão de fervor religioso, um fenômeno que Katie nunca tinha visto antes, parecia ter se alojado dentro dessa segunda cidade como um parasita.

— Eu não concordo com tudo que meu pai diz — comentou Jonathan, colhendo outra espiga de milho. — Mas acredito na visão dele. Acredito que poderíamos chegar a um equilíbrio quando todo mundo tiver as mesmas chances de uma vida decente.

— Eu também acredito nisso — respondeu Katie, e fez uma pausa, surpresa consigo mesma. Tantas vezes ela e Row discutiram sobre um tipo diferente de cidade... Nem fazia tanto tempo assim, mas aqueles anos pareciam muito distantes, como se Katie tivesse deixado a pele mais jovem para trás.

— Mas nós nunca vamos chegar lá se não nos comprometermos — disse Jonathan. — Doutrinas de excepcionalidade vão ter que ficar para trás.

Katie corou, pensando que ele tinha lido a mente dela, mas um momento depois percebeu que Row não era o único que pensava assim na cidade. O movimento religioso clandestino estava cheio de gente alegando que era melhor porque acreditava. Até Gavin tinha começado a repetir essa besteira, embora ele também tivesse o cuidado de só falar longe de William Tear. Os que foram *salvos* — e essa era uma palavra na qual Katie nunca confiou — pareciam ter conquistado o direito de esquecer que também já tinham sido pecadores, como se o batismo pudesse apagar o passado. Por que William Tear nunca pôs fim a isso? Ele reprovava, sim, mas não proibia. Cada vez que Katie achava que estava começando a entender Tear, ainda que um pouco, ela percebia que não sabia nada sobre ele.

Ao longe, o sino soou, sinalizando o fim do dia de trabalho.

— Vamos — disse Jonathan, e cada um pegou uma cesta de milho. A lombar de Katie protestou, mas ela não reclamou. No primeiro dia de colheita, quando estirou um músculo, Jonathan se ofereceu para carregar a cesta dela, e isso nunca mais podia acontecer.

Eles levaram a cesta para o armazém, onde Bryan Bell esperava para contabilizar toda a colheita do dia. A fila de Bryan era uma das vinte que se formaram conforme quem trabalhou na colheita foi saindo dos campos para depositar o que fora coletado; duas filas depois, Katie viu Gavin e Row, cada um tão imundo e desgrenhado quanto ela, carregando uma cesta de abobrinhas sujas.

Katie nunca tinha entrado no armazém enorme, com mais de dois andares. Mas sabia pela mãe que havia um bebedouro comprido lá dentro, que todas as manhãs era cheio com água fresca. Mais tarde, Bryan e os outros fiscais contariam a produção, lavariam para tirar a terra e os insetos e repartir tudo. Parte iria para todos na cidade, uma boa porção para cada cidadão, mas a maior parte dos vegetais secos, como o milho, seria levada para armazenamento ou para ser debulhado. Grande parte do armazém consistia em silos, construídos na carpintaria de Dawn Morrow, as tampas tão apertadas que chegavam a ser herméticos.

— Quer ir jantar na minha casa?

Katie piscou, sem entender. Por um momento, achou que Jonathan devia estar falando com outra pessoa.

— Acorde, Katie Rice. Quer ir na minha casa?

— Para quê?

— Jantar.

— Por quê?

Jonathan sorriu para ela, embora o sorriso tenha virado uma careta quando ele carregou a cesta mais alguns metros.

— Um exemplo de bons modos.

Katie não se distraiu; estreitou os olhos enquanto puxava a própria cesta.

— Por que você me convidaria para jantar?

— Para comer.

— Estou encrencada com o seu pai?

— Não sei. Deveria?

— Ah, vai se ferrar — disse ela, ofegante, colocando a cesta no chão. — Você também não é um modelo de comportamento. Eu sei que você anda matando aula. Todo mundo na escola sabe.

— Claro, você sabe. Mas não sabe por quê.

— Bom... por quê?

— Venha jantar e descubra.

Ela franziu a testa, ainda sentindo alguma segunda intenção no convite. Nunca tinha ouvido falar de Jonathan convidar alguém para a casa dele, nem mesmo para brincar quando eles eram menores. Mais uma vez, ela se lembrou daquele dia na clareira, os olhos de Jonathan voltados para quilômetros de distância, vendo tudo até o nada.

Nós tentamos, Katie. Fizemos nosso melhor.

— Puxem para a frente! — gritou Bryan Bell, surpreendendo-a. Ela pegou a cesta e correu para alcançar a fila.

— E então? — perguntou Jonathan.

— Que horas?

— Às sete.

— Tudo bem. — Katie secou a testa, sentindo como se estivesse coberta de terra. Se ia jantar com William Tear, precisava tomar um banho primeiro.

— Vejo você lá.

Jonathan colocou a cesta na bancada, esperou que Bell verificasse tudo e foi embora. Katie ficou olhando para ele, pensando naquele dia na clareira e se perguntando: *O que nós tentamos?*

E então: *Como fracassamos?*

* * *

Apesar da proximidade entre a casa de Tear e a dela, Katie foi lá menos de dez vezes na vida. Exceto por sua mãe e tia Maddy, e às vezes Evan Alcott, as pessoas raramente eram convidadas para a casa de Tear; quando havia algo a ser discutido, Tear costumava ir até elas. Katie achava que ele estava tentando agir como uma pessoa normal, para evitar a aparência de um rei exigindo audiências dos súditos. Se era isso, fracassou. As pessoas se vestiam com mais formalidade para uma visita dos Tear do que para um baile.

Katie tomou banho e penteou o comprido cabelo castanho. Isso não era um feito simples; ela não penteava o cabelo desde o banho anterior, e estava embaraçado como um ninho de rato após dois dias suando nos campos. Depois de pensar um pouco, Katie o prendeu, pois não queria que Tear (ou pior, Jonathan) achasse que ela estava tentando ficar bonita.

Katie se preparou para uma enxurrada de perguntas quando contou à mãe que jantaria no vizinho, mas ela só deu de ombros e continuou sovando o pão. Katie se perguntou por que tinha ficado tão preocupada; afinal, tinha dezessete anos, não precisava mais dar satisfação de tudo que fazia, nem para sua mãe. Aos dezoito, ela começaria a construir a própria casa em algum canto da cidade, e aos dezenove se mudaria para lá. Row, cujo vigésimo aniversário seria na próxima semana, decidiu ficar com a mãe bem mais do que o tempo habitual (Katie não conseguia imaginar o que a sra. Finn teria feito se Row tivesse se mudado cedo), mas ele já tinha elaborado sua casa e negociado a maior parte da madeira. Ele mal podia esperar para sair de casa, mas Katie era mais ambivalente. Parte dela não queria deixar a mãe, mas outra parte amava a ideia de morar sozinha, ser responsável apenas por si mesma, sem responder a ninguém.

A casa dos Tear era quase uma duplicata da de Katie: um andar, com uma varanda alta para acomodar o porão embaixo. Katie subiu a escada, e a porta da frente se abriu e revelou Lily. Ela também tinha ido para os campos, mas agora parecia doente, e Katie se perguntou se ela tinha sido contaminada pela febre que se espalhava pela cidade.

— Katie — cumprimentou Lily, parecendo genuinamente satisfeita, como se Katie estivesse lhe entregando um presente.

— Sra. Freeman — respondeu Katie educadamente. Ela sempre pensava em Lily como sra. Tear, mas, se cometesse algum erro ali, sua mãe ia ser a primeira a saber.

— Entre.

Katie a seguiu para a sala dos Tear, uma área pequena cheia de cadeiras de madeira confortáveis que supostamente foram construídas pelo próprio William Tear. A parede leste da sala era dominada por uma lareira enorme de pedra, embora o fogo não estivesse aceso pois era começo de outubro. Havia dois retratos sobre a lareira, e como sempre fazia em suas visitas à casa dos Tear, Katie parou para examiná-los.

Um dos retratos era de William Tear. Foi pintado por John Vinson, que era visto como o melhor artista da cidade, mas o desenho não era particularmente bom. Tear estava ao lado de uma estante pequena, olhando para o artista com os ombros empertigados. A postura e o ambiente estavam certos, mas Tear parecia irritado de ter que posar para um retrato.

O outro retrato era de Lily. O próprio William Tear o pintou, e apesar de não ter a habilidade técnica do sr. Vinson, Katie achou que ele capturou Lily bem melhor. Ela estava de pé em um campo ensolarado, vestida para caçar, tão grávida que parecia prestes a explodir. Estava olhando para trás por cima do ombro, o sorriso a um centímetro de se tornar uma gargalhada.

Sua mãe dizia que Tear não tinha pintado aquele retrato ao vivo, mas de memória. Ainda assim, parecia bem real, e sempre passou para Katie uma sensação de liberdade. A Lily do retrato parecia feliz, extraordinariamente feliz, mas Tear não deixou passar as linhas sutis em volta dos olhos e da boca, linhas que falavam de dor havia muito enterrada, a vida dura antes da Travessia. Katie não tinha ideia do que havia naquela vida, mas teve seu preço para Lily, sem dúvida.

— Dezoito anos atrás — comentou Lily, parando ao lado de Katie para olhar o retrato. — Eu estava grávida de Jonathan, e tínhamos acabado de passar pelo período da fome. Parecia que nada mais poderia nos impedir.

— O que aconteceu?

Lily lançou um olhar penetrante para Katie, que desejou poder retirar a pergunta. Ela era a única que sentia que havia algo de errado na Cidade?

Não. Jonathan também sabe.

Depois de um momento, Lily relaxou e voltou a observar o retrato.

— Nós esquecemos. Esquecemos tudo que deveríamos ter aprendido.

Katie olhou para baixo e viu que a mulher estava massageando a cicatriz na palma da mão.

— O que...

— Vamos jantar — disse Lily abruptamente, e fez sinal para que ela a acompanhasse.

A refeição surpreendeu Katie. Ela achava que os Tear comiam melhor do que qualquer outra família na cidade — Katie não sabia dizer por que achou isso; talvez por causa de alguma coisa que Row tivesse dito —, mas o jantar foi tão simples quanto o que ela comia em casa: frango assado, brócolis, um pão de cinco grãos.

Eles beberam água, e não cerveja ou suco. Tear e Lily se sentaram nas cabeceiras da mesa, Jonathan entre eles, e Katie se sentou do outro lado. Quando puxou a cadeira, ela viu que o assento estava coberto de poeira.

Katie sempre supôs que os Tear deviam conversar sobre questões profundas e importantes no jantar, mas nisso eles também a surpreenderam. Lily tinha um monte de fofocas, só coisas boas, mas fofocas mesmo assim. Melody Donovan estava grávida. Andrew Ellis tinha terminado a casa, mas não era um carpinteiro muito bom; as paredes da cozinha estavam tão tortas que teriam que ser derrubadas e refeitas antes de o inverno chegar. Dennis Lynskey e Rosie Norris decidiram se casar depois da época da colheita.

A cada um daqueles pronunciamentos, William Tear assentia, raramente comentava, mas balançou a cabeça quando ouviu sobre a casa de Andrew Ellis, e Katie se lembrou de uma coisa que tinha ouvido no ano anterior: que Ellis recusou toda ajuda dos melhores construtores da Cidade. Ele estava determinado a fazer tudo sozinho, e Katie respeitou aquela decisão. Mas então começou a se perguntar se o sr. Ellis não passava de um tolo. Mais ainda, se perguntou o que estava fazendo àquela mesa. Por que Jonathan a convidara para jantar?

Jonathan perguntou ao pai se eles tinham encontrado algum sinal de Yusuf Mansour, e Tear balançou a cabeça com tristeza. A sombra que Katie viu sobre o ombro dele anos antes parecia mais pronunciada do que nunca, como se ele estivesse de alguma forma começando a sumir. Ela se perguntou novamente se Tear podia estar doente, mas afastou o pensamento com rapidez. A Cidade sem William Tear... não era algo em que se devia pensar. A febre costumava afetar todos de uma casa; se Lily estivesse doente, havia chances de Tear também estar.

— Onde quer que Yusuf esteja, está bem escondido — disse Tear.

— Você acha que ele está morto? — perguntou Lily.

— Não — respondeu Tear. Ele pareceu prestes a dizer mais alguma coisa, mas contraiu o maxilar e ficou em silêncio. A luz do sol cada vez mais fraca entrava pela janela aberta da cozinha, cintilando na corrente de prata pendurada no pescoço dele, e Katie se lembrou de outra coisa daquela noite distante: Tear tinha dito que suas visões costumavam não passar de sombras. As visões de Jonathan eram iguais? Ela olhou de um para o outro e reparou em algumas diferenças, como a cor dos olhos, as bochechas vermelhas que Jonathan herdou de Lily em contraste à pele pálida do pai, mas viu mais similaridades. Os dois eram altos, os dois eram magros, mas mais do que isso, Jonathan tinha o ar de observação do pai, do tipo que fica sentado em silêncio contemplando até chegar a hora de tomar uma decisão, uma decisão que sem dúvida seria correta.

Era uma pena ninguém mais ver aquele lado de Jonathan. Ele mal ia à escola agora, mas ainda era mantido à distância. Se as pessoas conversassem com ele, ele teria mais respeito. Não tanto quanto o pai, talvez, mas pelo menos o tanto que merecia. Aquela sensação de valor não reconhecido era familiar, e um momento depois Katie a identificou: foi o que ela sempre achou do melhor amigo, Row.

A conversa se voltou para a expedição à montanha, que partiria na semana seguinte. Até o momento, tinham acontecido duas expedições para mapear a área ampla fora da Cidade, e na segunda, eles encontraram montanhas, mas não pequenas como as do oeste. De acordo com Jen Devlin, que liderou as expedições anteriores, a cadeia de montanhas ao norte era ampla, com picos tão grandes que pareciam intransponíveis. Mas Jen estava ansiosa. Ela queria escalar a montanha.

— Parece perigoso — comentou Lily.

— E é — respondeu Tear, e uma sombra pareceu tomar seu rosto. — Mas você conhece Jen. Ela nunca recusou um desafio. Não é algo ruim, para falar a verdade. A Cidade precisa de gente assim, gente que não tem medo do desconhecido.

Katie franziu a testa, tentando decidir se era uma pessoa assim. Decepcionada, foi forçada a admitir que não. Ela gostava que as coisas fossem certas, decisivas.

— Eu tomei minha decisão — afirmou Jonathan, e Katie ergueu o rosto, surpresa. O garoto tinha o hábito irritante de adivinhar seus pensamentos, mas dessa vez não estava olhando para ela. Estava falando com o pai.

— Tomou? — perguntou Tear.

Jonathan apontou para Katie, que se assustou como se tivesse levado um beliscão. Todos os três à mesa estavam olhando para ela, e era gente demais.

— Que decisão? — perguntou ela, encarando o prato.

— Katie, você nunca se questionou por que eu estava treinando você? — perguntou Tear.

Katie assentiu. Nunca tinha chegado a uma resposta satisfatória sobre aquilo, mas ao longo dos anos a pergunta passou a parecer sem importância. Eles estavam aprendendo a lutar porque alguém tinha que saber fazer isso, e aos poucos o conhecimento por si só se tornou sua recompensa. Mas Tear estava esperando uma resposta.

— Eu achei que seríamos uma espécie de força policial.

— Isso não vai resolver nossos problemas — respondeu Tear.

— Por que não?

— Forças policiais servem para proteger todos, não apenas um.

Katie digeriu isso por um momento, mas não chegou a conclusão nenhuma. Não achava que os Tear estivessem pretendendo esconder alguma informação; era só o jeito deles. Ela considerou fingir entender, mas deu de ombros e perguntou:

— Quem é esse um?

— Jonathan.

Katie ergueu o rosto e arregalou os olhos. Viu Jonathan a observando, a expressão divertida.

— Protegê-lo de quê? — perguntou ela.

— Essa é a merda. Ninguém sabe. — Jonathan lançou um olhar irônico para o pai, que sorriu para ele. — A magia é uma coisa maravilhosa, mas nunca funciona quando você precisa.

Katie franziu a testa, se sentindo um pouco desapontada. Qual era a vantagem de se possuir magia se não funcionava quando era necessária?

— Há uma ameaça lá fora, alguém planejando a morte de Jonathan — respondeu Tear —, mas não consigo ver quem, e nem ele. Jonathan precisa de proteção. Precisa de guardas.

Katie se recostou na cadeira. Ela se perguntou se aquilo não passava de uma brincadeira, mas não havia humor nos olhos de Tear, e por baixo do sorriso de Jonathan, ela notou uma sombra de preocupação. Jonathan era ótimo para humor negro, mas mesmo em suas breves conversas, Katie observou que ele usava esse humor na defensiva.

— Todos nós? — perguntou ela.

— Quantos você desejar.

— Eu?

— Uma guarda precisa de um líder, Katie.

— Eu achei que você fosse nosso líder.

Tear fez uma pausa e olhou para Lily, que deu de ombros e se serviu de outro copo de água. Tear se virou para Katie, e ela viu algo sombrio e sem esperanças nos olhos dele, o olhar de um homem condenado a caminho da forca.

— Eu vou embora.

— Embora para onde?

— Embora da Cidade.

Katie olhou para ele, boquiaberta, mais uma vez com a certeza de que ele só podia estar brincando. Mas Lily e Jonathan estavam olhando para a mesa, e nos olhares abaixados, Katie sentiu o fantasma de muitas discussões já perdidas.

— Esta comunidade é boa — continuou Tear. — Eu acredito nela. Mas o Navio Branco foi uma perda terrível. Temos paramédicos e parteiras, e eles são verdadeiros heróis, mas precisamos de médicos. Precisamos de remédios.

— Por quê?

— Nós estamos ficando sem diafragmas, para começar.

Katie corou e baixou o olhar para não precisar encarar Jonathan. Sua mãe a tinha levado até a sra. Johnson, a parteira, quando ela tinha catorze anos, como todas as outras garotas da cidade, e Katie saiu com um diafragma e instruções de como usá-lo. Nunca ocorreu a ela que não houvesse um suprimento infinito de coisas assim.

— Eu esperava que os médicos conseguissem encontrar um substituto para o controle de natalidade nesta terra, alguma coisa na vegetação local, antes que acabasse. Mas nós não temos médicos nem químicos. Não temos ninguém que saiba fazer um aborto. Pense nisso por um momento.

— E onde você vai encontrar médicos?

— Do outro lado do oceano.

Katie já estava balançando a cabeça, porque isso era um erro. Tear não devia sair da Cidade agora, não com tantos sussurros e resmungos, tanto descontentamento.

— Outra pessoa não pode atravessar o oceano? Por que tem que ser você?

Tear e Lily se olharam de forma quase furtiva, e Tear respondeu:

— Não. Tem que ser eu.

— Por quê?

Tear respirou fundo e se virou para Jonathan e Lily.

— Podem nos deixar sozinhos por um momento?

Os dois se levantaram da mesa e desapareceram na sala de estar, Lily fechando a porta ao passar.

— Você conhece a Travessia como uma simples questão de velejar pelo mar — murmurou Tear. — Mas foi bem mais complexo do que isso. Eu tenho que estar no navio.

Katie não entendeu, mas achava que explicava ao menos uma coisa: por quê, no atlas grande e ilustrado da biblioteca, ela nunca conseguiu encontrar o novo mundo, a Cidade. Pelo que entendia, o Novo Mundo deveria estar bem no meio do oceano Atlântico, mas não havia nada lá, só pequenos arquipélagos. Nenhum dos adultos queria falar sobre o assunto, e Katie sabia que estava certa: a Travessia foi mantida em segredo de forma deliberada.

— Muito tempo atrás — continuou Tear —, eu cometi um grande erro, um erro de avaliação. Só não sabia quanto foi grande na época.

— Que erro?

— Nós colocamos toda a equipe médica no mesmo navio. — A palidez na qual Katie tinha reparado antes estava ainda mais intensa, e o rosto de Tear parecia feito de papel, quase esquelético à luz das velas. — Eu achei que todo perigo viria antes da Travessia, não depois. Quando a tempestade caiu sobre nós, eu soube. *Eu soube.* Mas era tarde demais. Nós todos vimos o Navio Branco afundar. Eu não pude salvar ninguém.

Katie assentiu. Todo mundo sabia sobre o Navio Branco.

— Agora, a Cidade sofre pelo meu erro.

— Nós não estamos sofrendo! — protestou Katie. Durante toda a sua vida, a sra. Johnson cuidou dela, fossem doenças ou ferimentos, e ela ficou bem. Pessoas morriam devido a doenças às vezes, mas normalmente eram velhas. A população da Cidade duplicou desde o Desembarque.

— Nós sofremos — repetiu Tear, e Katie se perguntou se ele a tinha ouvido. Sua mão apertou a toalha de mesa e a torceu. — Eu falhei, e meu erro voltou para me assombrar.

— O que você quer dizer?

Normalmente, não ousaria exigir respostas de William Tear, mas naquele momento ele parecia quase uma criança sonhando acordada. Se fosse outra pessoa, ela teria dado um tapa na cara para tirá-lo do transe.

— Lily está grávida.

Katie ficou olhando para ele, surpresa. Sempre pensou na mãe de Jonathan como jovem, mas ela devia ter uns quarenta anos, talvez mais. Estava velha para ter um bebê, mas não era impossível. Muitas mulheres na cidade já tiveram bebês naquela idade.

— Nyssa diz que ela está com três meses — continuou Tear. — Está saudável agora, mas vai ser um parto difícil e perigoso. — Ele engoliu em seco. — Ela pode não sobreviver, de qualquer forma. Mas vai ter uma chance melhor se conseguirmos um obstetra.

Katie estreitou os olhos. A Cidade não precisava de um médico; *Lily* precisava de um médico, e William Tear, o mesmo William Tear que sempre os mandou pensar na comunidade antes de pensar em si mesmos, ia partir em busca de um, deixando a Cidade para trás.

Egoísta, pensou ela, observando-o com atenção. *E será que você sabe? Está mentindo para mim ou para si mesmo?*

Tear não respondeu, mas Katie achou que parte do que tinha pensado devia ter transparecido, porque ele desviou o olhar.

— Eu sei o que você está pensando. Acha que a questão aqui sou eu.

Katie teve vontade de dizer sim, mas não conseguiu ir tão longe.

— Você não entende, Katie. O Navio Branco está comigo há quase vinte anos. Você é jovem, mas é inteligente, acredito eu, para entender a necessidade de consertar um erro.

Katie não entendia, mas, estranhamente, naquele momento, sua raiva passou. Não era pouca coisa ver um ídolo oscilando, mas as lições de Tear ainda eram verdadeiras, e ninguém tinha o direito de julgar a dor do outro. Katie havia aprendido isso bem antes de começar a ter aulas com Tear.

Ele não precisa ser perfeito, decidiu ela de repente. *A* ideia *é perfeita, e a ideia é maior do que o homem.*

— Não vá — implorou ela uma última vez. — Não agora, não com a Cidade tão frágil.

— Eu tenho que ir.

— Os religiosos... eles estão ficando piores...

— Eu sei.

— Por que não os impede, então? Por que não os faz parar?

— Porque aí eu seria um ditador, Katie. Eu posso desencorajar, mas não mais do que isso.

Katie ficou em silêncio, furiosa. Seu primeiro pensamento foi que a Cidade *precisava* de um ditador, precisava de alguém que tomasse a frente e parasse o comportamento ruim... mas essa era a voz de Row de novo. Ela engoliu as palavras e encarou o colo.

— Quando você vai partir?

— Mês que vem — respondeu Tear. — Assim que a época da colheita terminar.

— Sozinho?

— Não. Madeleine vai comigo. Vou deixar sua mãe no comando.

— Então me deixe ir também.

— Não. Você precisa ficar aqui. Para proteger Jonathan.

Katie franziu a testa. Não gostava de pensar em Jonathan em perigo, mas a ideia de muitas pessoas protegendo apenas uma, ou mesmo duas, parecia ir contra a essência da Cidade.

— Pode escolher seu grupo — afirmou Tear. — Qualquer pessoa das nossas aulas. Eu diria cinco ou seis no máximo; mais do que isso vai ser difícil de gerenciar.

— Quando começamos?

— Assim que eu partir.

— E as pessoas que não forem escolhidas? Como vamos guardar segredo?

Tear começou a responder, mas Jonathan o interrompeu; tinha voltado e estava de pé na porta.

— É tarde demais para isso. Todo mundo vai saber mais cedo ou mais tarde. Uma guarda armada é difícil de esconder.

Por que eu? perguntou ela, olhando de um para o outro. Eu sou a menor. Lear é mais inteligente. Virginia é mais durona. Gavin é melhor com a faca. Por que eu?

— Porque confio em você, Katie — disse Jonathan simplesmente. — Observei vocês durante anos, e você é a única que não muda de rumo com o vento.

Isso era novidade para Katie, que achava que mudava de ideia o tempo todo, às vezes pelos motivos mais ridículos. Ela queria contrariar Jonathan, mas Tear estava assentindo, concordando, e a ideia de que eles a viam de forma tão diferente de como ela via a si mesma a deixou em silêncio, estupefata. Mais tarde, Katie pensaria que era como se soubesse que isso ia acontecer, que sempre houve alguma coisa bem maior do que nove jovens em uma clareira brincando com facas. Os três anos anteriores foram só a preparação para a fase seguinte.

Jonathan se aproximou e esticou a mão por cima da mesa, mas, por um momento, Katie só conseguiu olhar para ele, aquele desconhecido tão diferente, seu colega excêntrico, às vezes esquisito, às vezes amigo, que não se dava com ninguém nem fazia questão. Havia momentos em que ela sentia a grandeza de William Tear nele, mascarada, cuidadosamente escondida porque ser um Tear era perigoso, porque nos dias vindouros todos os Tear teriam um alvo nas costas...

Como você sabe disso?

Jonathan segurou a mão dela, e Katie arregalou os olhos, a mente tomada de repente por uma visão: ela e Jonathan, sozinhos num cômodo escuro. Ele soltou a mão dela e, felizmente, a visão sumiu. Mas a sensação da mão dele, não; Katie sentia como se tivesse sido marcada.

O que aconteceu comigo?

Sua mente respondeu na mesma hora, espontaneamente, como se de um poço fundo fora do controle de Katie. Ela estava ligada a Jonathan agora, e de repente entendeu que tinha assumido muito mais do que um simples aprendizado ou mesmo uma carreira. Uma voz covarde sussurrou dentro dela, protestando que aquilo era coisa demais, que ela só tinha dezessete anos, mas Katie lutou contra essa voz, furiosa. Ela sempre soube que aquilo era coisa séria, mesmo aos catorze anos, sentada com Tear no banco de seu quintal. Tinha prometido proteger a Cidade, mas William Tear e a Cidade sempre estiveram inextricavelmente interligados. Mas Tear ia embora, e a Cidade só teria Jonathan, um desconhecido.

Eu sou uma guarda, pensou Katie. Jonathan podia rejeitar o título — e ele não seria o único —, mas ela era uma guarda protegendo um príncipe. Pensou nos sussurros incessantes que ouvia para todo lado: descontentamento, avareza, crítica. A superstição penetrando na Cidade como filetes de névoa. A aura de confiança e boa vontade que foi parte onipresente da infância de Katie parecia ter sumido da Cidade pouco a pouco, a ponto de quase não existir mais.

— Você fez uma boa escolha — disse Tear para Jonathan. — Se ela proteger você como a mãe dela me protegeu, vai ficar em segurança.

Ele sorriu para Katie, mas ela não conseguiu retribuir, pois uma premonição horrível tomou conta dela de repente, uma certeza que não conseguiu afastar e pareceu apertar seu coração.

— Katie? Está tudo bem?

Ela assentiu, forçando um sorriso, mas não estava bem. Ela sabia, e Jonathan também; seus olhos escuros estavam tristes quando os olhares deles se encontraram por cima da mesa.

William Tear não ia voltar.

* * *

— Katie.

Ela ergueu o rosto do livro. Tinha ido para a floresta ler, em uma área sossegada que ela e Row descobriram quando crianças: uma clareira pequena e relativamente plana, cercada de carvalhos, na encosta ocidental. Mas não via Row ali havia séculos.

— O que você está lendo? — perguntou ele.

Katie levantou o livro para mostrar a capa. Estava chegando à parte boa, mas ficou feliz de deixar o livro de lado. O trabalho de King sempre a assustava, mesmo em um dia ensolarado de verão. Row se sentou ao lado dela, e quando se abaixou, Katie vislumbrou um brilho no pescoço dele.

— O que é isso?

Row mostrou o pingente, e ela viu que era um crucifixo, prateado e brilhante em uma corrente fina. Katie sentiu um tremor de inquietação; fazia tanto tempo que ela e Row não conversavam. Apesar de ele ter terminado a escola, eles se esbarravam com frequência. Mas os dias em que os dois passavam o fim de semana inteiro juntos, longe do resto da Cidade, ficaram no passado.

— Para que isso?

Row deu de ombros.

— Eu fui salvo.

— Você só pode estar de brincadeira.

— Não. Sou um crente de verdade.

Katie ergueu o olhar para o rosto de Row e relaxou quando viu o brilho nos olhos dele.

— Deve ter demorado um bom tempo para salvar *você*, Row.

— Ah, demorou mesmo. Eu tive que confessar meus pecados.

— Para quem?

— Para o irmão Paul.

— *Irmão* Paul?

— Sou parte da congregação dele.

Ela ficou olhando, chocada, esperando um sinal de que aquilo era uma piada, mas não houve nenhum, e todo o seu alívio desapareceu. O irmão Paul, sem dúvida, era Paul Annescott, que se considerava um erudito da Bíblia. Ele organizava grupos de leitura em casa todas as semanas, mas supostamente era por motivos acadêmicos, não religiosos. Katie se perguntava o que William Tear acharia se soubesse que havia uma verdadeira congregação cristã na cidade... mas, não, Tear tinha dito que não ia interceder.

— Você é tão cristão quanto eu, Row. O que é isso?

— Eu fui salvo — repetiu ele.

— Isso quer dizer que você vai parar de dormir com metade da cidade?

— Eu deixei meus hábitos impuros para trás — respondeu ele, com um sorriso que Katie não conseguiu decifrar. Sentia como se ele a estivesse convidando para uma piada que ela não conseguia identificar. Quando *foi* a última vez que eles estiveram juntos, só os dois? Tinha que ter sido mais de seis meses antes.

— O que você quer, Row?

— Eu vou embora semana que vem.

O queixo de Katie caiu. Seu primeiro pensamento era que Row ia com Tear, mas, não, Tear nunca o levaria. Depois de um momento, ela entendeu.

— Você vai na expedição para as montanhas?

— Vou.

Katie assentiu, mas o toque de inquietação dentro dela só aumentou. A expedição de Jen Devlin deveria ter partido naquela semana, mas eles adiaram a data agora que Tear também ia partir. Ele anunciou seus planos de atravessar o oceano na reunião da semana anterior, e, previsivelmente, a Cidade explodiu em protestos. Todo mundo parecia prever um desastre, mas nem as súplicas da Cidade inteira puderam persuadir Tear a ficar.

— Você não é um explorador, Row. O que quer ganhar com a expedição de Jen?

— Eu quero ir para longe.

Isso fazia sentido. Quanto mais perto Row chegava de se mudar, mais intrometida a mãe dele ficava. Quando Row estava trabalhando na oficina, a sra. Finn aparecia com alguma coisa que alegava que ele tinha esquecido, o almoço ou o casaco. Quando Row saía com amigos, a mãe era vista às vezes o seguindo, andando talvez uns trinta metros atrás, os olhos apertados em pequenos triângulos ciumentos. Sua mãe dizia que a sra. Finn estava ficando descontrolada, e fazia todo sentido Row querer ir para longe dos olhos de falcão dela; a expedição para as montanhas parecia uma boa escolha, pois a sra. Finn não era forte o suficiente para encarar uma jornada dessas. Tudo era muito plausível, mas Katie, que conhecia Row desde criança, sentiu uma grande falsidade na resposta dele, algum motivo escuso escondido embaixo. Queria descobrir esse motivo, agarrar a camisa dele e exigir a verdade, mas mesmo assim ele podia não contar para ela. E Katie percebeu de repente como a amizade dos dois se desgastou nos últimos anos. Ela não fazia ideia do que Row estava pensando, o que pretendia fazer. A conexão natural que eles tinham quando eram mais novos tinha sumido; Katie só podia imaginar o que havia por baixo daquele rosto de anjo. Por um momento terrível, ela se perguntou se tinha realmente conhecido Row ou se tinha inventado o garoto que achava que conhecia. Não parecia haver mais certezas.

— Vou sentir sua falta, Katie.

Ela ergueu o olhar e viu Row a observando, um pequeno sorriso brincando nos lábios dele.

— Eu também vou sentir a sua falta, Row — respondeu ela, sem ter certeza se era sincero. Depois que Tear partisse, ela começaria a tarefa de proteger Jonathan, e apesar de nunca ter protegido uma pessoa na vida, entendia os problemas de segurança impostos pela incerteza. Sua mente deu uma guinada, e por um momento ela estava de pé na floresta, olhando para um monstro sob o luar. A incerteza era perigosa, e Row era uma grande incógnita.

Qual é o valor de uma amizade de infância?, ela se perguntou, olhando para o chão. *Quanta lealdade eu realmente devo a ele?*

— Quando você vai voltar?

— Jen estima dois meses, três se enfrentarmos tempo ruim. Eles viram neve no topo daquelas montanhas, e isso foi na primavera.

— Entendi — disse Katie, meio constrangida, e nesse constrangimento ela sentiu que uma porta estava se fechando em algum lugar, isolando tudo que tinha acontecido antes, todas as vezes que eles escaparam dos pais e decidiram fugir, os fortes que construíram nos quintais um do outro, as vezes que Row a ajudou com os deveres de matemática, até aquele dia nos fundos da escola, quando Row passou a mão na cabeça machucada dela e a fez esquecer que uma pessoa tinha sido cruel. A porta se fechou no fundo da mente dela, com um estrondo seco que Katie ouviu mais do que sentiu, e quando piscou, viu que seus olhos estavam cheios de lágrimas. Row abriu os braços, e ela cambaleou até ele, tentando segurar o choro. Row não estava chorando; ela também não choraria.

— Tome cuidado, Row.

— Você também, Rapunzel — respondeu ele, sorrindo. Row levou a mão aos longos cachos dela e deu um puxão leve, depois deu as costas e voltou para a floresta, indo para o leste, na direção da cidade.

Ele nunca se desculpou, percebeu Katie de repente. *Tantos anos se passaram e ele nunca pediu desculpas por me deixar lá sozinha, sozinha com aquela coisa...*

O pensamento tentou se cristalizar, virar raiva, mas, antes que pudesse, Katie o afastou. Ainda amava Row; sempre amaria. Sentiria falta dele enquanto ele estivesse nas montanhas.

Mas por que ele vai para as montanhas?, sua mente perguntou, martelando a pergunta, recusando-se a deixá-la ir embora. *Por que ele vai para as montanhas, Katie? Por que ele vai...*

— Cala a boca — sussurrou Katie, antes de pegar seu livro.

Três semanas se passaram, depois quatro, e William Tear ainda não tinha voltado.

Katie sabia que Tear estava morto. Não tinha o dom da visão; a resposta era bem mais simples. Ela sabia porque Jonathan sabia. Ele era muito fechado, mas, àquela altura, Katie já tinha aprendido a interpretá-lo melhor do que qualquer um, a analisar as palavras dele, a inferir do pouco que ele revelava. Na quinta semana, quando uma batida soou na porta de Jonathan no meio da noite, foi Katie quem atendeu, porque ela já sabia.

A mulher do outro lado da porta não se parecia em nada com tia Maddy. Estava nos estágios finais da fome, cada osso visível no rosto pálido, mesmo à luz de velas. Quando Katie segurou o braço dela, a pele queimava sob seus dedos. Sua mente registrou essas coisas, mas mesmo nessa hora a prioridade era levar tia Maddy para dentro, fechar a porta. Ela sabia que a tia estava morrendo, porque ninguém podia sobreviver à condição que Katie via à sua frente. Mas mesmo naquele primeiro momento, parte de Katie já tinha se concentrado na prioridade principal: guardar segredo.

Tia Maddy contou a eles o que aconteceu com a voz rouca e arrastada, as mãos esqueléticas unidas à frente do corpo. Todos os seus músculos tinham sumido, e os antebraços não passavam de varetas.

— Ele não conseguiu — murmurou ela, e apesar de não encarar nenhum deles, Katie sabia que ela estava falando com Lily. — Você se lembra da última vez, que quase tirou a vida dele. Se estava velho demais ou se era mais difícil na outra direção, eu não sei. Mas vi que ele não ia conseguir, que ia morrer tentando. Eu tentei ajudar, segurei a mão dele, achei que ele pudesse tirar um pouco de mim. E ele fez isso mesmo. Mas mesmo assim não foi o bastante. O portal não se abriu.

Katie não entendeu boa parte do que a tia estava dizendo, mas uma olhada rápida ao redor mostrou que ela era a única no escuro. Jonathan e Lily estavam com expressões idênticas de resignação, os olhos baixos.

— No final, eu vi que o esforço ia matá-lo. Ele também sabia, porque me empurrou para longe. Mas, antes de morrer, ele me deu isto.

Ela enfiou a mão no bolso e pegou a safira de Tear, pendurada na corrente fina de prata. A corrente estava emaranhada, a prata escurecida, mas a pedra brilhava com a intensidade de sempre.

— Ele me pediu para dá-la para você — disse tia Maddy, oferecendo-a para Jonathan. — E agora, eu dei.

Jonathan pegou a pedra e olhou para ela por muito tempo. Katie conseguia saber o que ele estava pensando na maioria das vezes, mas, naquele momento, não tinha ideia. Em algum momento, Lily se levantou e saiu do aposento, voltando com um prato cheio de pão e queijo. Mas Maddy só olhou para a comida por um momento antes de voltar a encará-los, os olhos escuros e sem vida.

— Eu estou morrendo. Sei que estou. Consegui chegar aqui porque estava com a parte dele da comida, mas o que ele tirou de mim se foi para sempre. A cada dia fico mais fraca.

— E o corpo dele? — perguntou Lily.

— Se foi — respondeu tia Maddy. — Eu tive que jogá-lo no mar.

Ao ouvir isso, Lily se virou e não falou mais nada. Jonathan ainda estava olhando para a safira. Katie queria sentir luto por William Tear, mas não conseguiu, pois o próprio Tear já tinha direcionado seus pensamentos para uma questão mais importante: como isso afetaria Jonathan? O que a Cidade faria quando descobrisse que Tear estava morto? Os outros podiam não ter pensado tão longe, mas uma parte da mente de Katie já tinha percebido as implicações e começado a pensar em soluções.

— Nós não podemos contar para ninguém — anunciou tia Maddy, e Katie olhou para ela com gratidão.

— O que quer dizer? — perguntou Lily. — Nós não podemos guardar segredo.

— Claro que podemos — respondeu tia Maddy, a voz rouca encerrando qualquer discussão. — Essa é a última coisa de que a Cidade precisa agora.

Katie assentiu. William Tear sempre foi o que controlava os piores impulsos dos cidadãos. Sem ele, não haveria nada no caminho de Paul Annescott e das outras incontáveis forças buscando influência. Mais cedo ou mais tarde, as pessoas concluiriam que Tear estava morto, mas até a incerteza era preferível aos fatos.

— Como podemos guardar uma coisa dessas em segredo? — perguntou Lily. — O que as pessoas vão dizer quando virem que você voltou sem ele?

— Ninguém vai ver nada. Eu não tenho muito tempo. — Tia Maddy se levantou do sofá. Mesmo à luz suave das velas, Katie achou que conseguia ver os ossos da tia através da pele. — Estou indo embora. Agora, antes de o sol nascer.

— Você não pode ir! — gritou Lily, a voz falhando.

— Lil. — Tia Maddy segurou o ombro dela e apertou até Lily fazer uma careta de dor. — Pare.

— Mas para onde você vai?

— Não importa. Isso é mais importante do que qualquer um de nós. Sempre foi, e você sabia disso tão bem quanto eu. Ele me disse que você sempre foi uma de nós, mesmo naquela época, em Boston.

Ela se virou e saiu mancando pelo corredor.

— Ela está certa, mãe — disse Jonathan baixinho, virando a safira nas mãos. — Com papai morto esta cidade desmorona.

— Nós temos que impedi-la! — insistiu Lily.

Mas nem Katie nem Jonathan se mexeram, e quando Lily fez que ia se levantar, Katie segurou o braço dela e a puxou para baixo. Alguns segundos depois, a porta da frente se fechou, e Lily começou a chorar. Katie também queria chorar, por William Tear, por tia Maddy, e mais ainda, pelo que eles tinham perdido, a Cidade toda. Mas, diante do estoicismo de Jonathan, ela não teve escolha além de engolir as lágrimas e voltar os pensamentos para o futuro imediato.

Ninguém estava pronto para ouvir que William Tear estava morto. Tear deixou sua mãe no comando, mas era uma decisão temporária; ela não seria a mulher que manteria a Cidade unida a longo prazo. Teria que ser Jonathan, mas a Cidade também não estava pronta para aceitar o filho de Tear. Tia Maddy estava certa. A morte de Tear teria que ser escondida a todo custo. Katie era guarda agora, e segredos faziam parte do trabalho, mas o lado rebelde da mente dela não conseguiu deixar de desejar que aquela responsabilidade tivesse ficado com outra pessoa. Ela amava a Cidade, e não era boa em contar mentiras.

Você vai aprender, sussurrou Tear na mente dela, e Katie tremeu, percebendo a verdade naquela voz: ela estava trabalhando para um homem morto agora.

Fuga

Mesmo nesta data tão posterior, não conseguimos descobrir provas conclusivas das origens da Rainha Vermelha. Este historiador acredita que ela nasceu em um dos pequenos vilarejos ao norte de Mortmesne, mas é apenas um palpite, pois como podemos pesquisar uma mulher de quem se sabe tão pouco, nem seu verdadeiro nome?

— *O Tearling como nação militar*, CALLOW, O MÁRTIR

Quando a Rainha acordou, não se levantou de imediato. Tinha certeza de que tinha ouvido alguma coisa, um ruído perto da parede mais distante. Em uma ocasião, durante um inverno particularmente frio, o Palais ficou infestado de ratos. O problema foi resolvido com veneno, mas era possível que os roedores tivessem voltado.

Voltaram mesmo.

A boca da Rainha se abriu em um sorriso frio. A cada dia havia mais desertores. Sua sala do trono não era limpa fazia uma semana, pois a maior parte da equipe de limpeza do Palais tinha fugido. Ela não sabia do paradeiro de metade de sua Guarda pessoal. Ghislaine, o capitão da Guarda, era o único motivo para a Rainha ousar dormir; naquele momento, ele estava de vigia em frente à porta do quarto. Pela janela, os sons distantes de batalha na cidade invadiam o ambiente. Em Demesne, a anarquia reinava.

Aquele ruído estranho soou de novo.

A Rainha soltou um xingamento baixo e pegou a vela. Dormia muito pouco à noite, de qualquer modo; era bem mais fácil adormecer durante o dia, na luz. O aposento fora das cobertas estava gelado, cheio de correntes de ar por causa das muitas janelas quebradas do Palais. Três semanas antes, o rei de Cadare havia interrompido a remessa pela primeira vez em mais de vinte anos. Só de pensar nisso, o sangue da Rainha fervia. O velho filho da mãe sentiu sua fraqueza, e a Rainha, que não precisava se preocupar com Cadare havia anos, de repente tinha um problema na fronteira sul. Vidro, que já tinha sido mais barato do que comida nas ruas de Demesne, estava prestes a se tornar um bem valiosíssimo, e a Rainha, que já tinha tido o quarto mais termicamente isolado do reino, agora tremia embaixo dos cobertores. O tesouro não podia gastar dinheiro consertando janelas. O Palais estava aberto para o ar do começo de inverno, além de para qualquer verme que pudesse entrar rastejando.

A Rainha encontrou os fósforos, sentou-se e acendeu a vela. Seu quarto estava como sempre, com paredes e móveis vermelhos. Foi preciso substituir quase todos os móveis depois do incêndio da coisa sombria no verão anterior, mas seus carpinteiros fizeram um trabalho admirável e deixaram o novo quarto quase idêntico ao anterior. Onde estavam os carpinteiros agora? Provavelmente longe, se juntando a Levieux e seu bando de traidores. Uma guerra civil explodia em Demesne, e em alguns dias a Rainha conseguia se convencer que estava vencendo. Mas, na maioria deles, ela sabia que não estava.

A queda é assim, pensou a Rainha, vestindo o roupão. Quando criança, ela leu história; sua babá, Wright, a obrigou a ler páginas e mais páginas sobre quedas de ditadores por todo o mundo. Mas ninguém havia mencionado como a experiência era soporífica, quase narcótica, como uma canção de ninar. Ela estava lutando contra um inimigo invisível, que não anunciava suas vitórias, mas se esgueirava pela noite. Gradualmente, mais e mais da cidade dela era anexada por Levieux e seus rebeldes, e ela só descobria sobre incursões específicas depois que a coisa estava feita. A paralisia estava se espalhando, pois era fácil, muito fácil, ficar sentada ali, barricada no Palais, agarrada à coroa, ao trono, até alguém tirá-los dela.

Na mesa de cabeceira, cintilando à luz da vela, estavam as duas safiras Tear, e a Rainha olhou para elas por um longo momento, ouvindo a voz da garota em sua mente: *Você perdeu.*

Sim, ela perdeu. O que quer que a garota tivesse feito, ela fez bem. As safiras eram uma ferramenta quebrada, assim como Ducarte. Quando a Rainha Vermelha foi para cama, Ducarte estava num dos quartos da ala, reunido com vários generais. Olhando de fora, parecia uma reunião de estratégia, mas a Rainha sabia o que realmente era: um esconderijo. Todos os seus generais estavam agora sendo caçados, pois era sabido que ela os compensou com itens do tesouro. Se os soldados botassem as mãos em alguém do alto-comando, seu destino não seria mais bonito do que o dela.

Mais ruídos vindos da parede mais distante.

Com um suspiro, a Rainha colocou as safiras no bolso e começou a se dirigir na ponta dos pés até a origem do barulho. Se houvesse um rato ali, ela o mataria.

Não havia onde se esconder, só embaixo da cama e do sofá. Quando criança, ela matava ratos para passar o tempo quando ficava sozinha.

Evie!

Ela tocou as têmporas, querendo afastar a voz. Mas, atualmente, parecia que nem todo o poder do mundo daria a ela controle da própria mente. A voz da mãe estava sempre ali, tirana, crítica, apontando defeitos. A garota tinha despertado a Rainha Bela, que não queria voltar a dormir. O chão estava gelado sob os pés da Rainha, e ela procurou os chinelos e os encontrou embaixo da mesa. Estava na metade do caminho quando o ruído voltou, agora diretamente acima da cabeça dela.

Evie!

A Rainha olhou para cima e sentiu seu sangue virar gelo.

Havia uma garotinha no teto. Os braços finos eram brancos e sem sangue. Os dedos sujos pareciam estar grudados na madeira, permitindo que ficasse presa lá no alto como um inseto. Estava de costas para a rainha, o cabelo escuro pendurado. As roupas não eram mais do que trapos.

A Rainha se obrigou a respirar fundo, fundo o bastante para relaxar os músculos tensionados. Ela recuou até uma das paredes, e a garotinha foi junto, se deslocando pelo teto como uma aranha. O ruído estranho era dos joelhos da criança se arrastando na madeira. Ela chegou no ponto em que o teto encontrava a parede e começou a descer. Mais uma vez, a Rainha pensou em uma aranha, não as aranhas com teias do sul de Mortmesne, mas as aranhas de caça no contraforte de Fairwitch, que vigiavam a presa por longos minutos pela grama e pelas pedras. Eram lentas na aproximação, mas se moviam como um relâmpago ao chegar perto.

Mantendo o olhar na garotinha, a Rainha recuou até a mesa. Havia uma faca na primeira gaveta, embora não tivesse certeza se uma faca fosse ter algum valor ali. Aquela criatura pertencia à coisa sombria: ela sentia a similaridade na textura estranha e instável da forma da garota. Não totalmente sólida, quase como se não fosse real; e a Rainha, que tinha a capacidade de virar um homem do avesso de cem formas diferentes, não conseguia encontrar um ponto no corpo da garota para começar. Se não conseguia alcançá-la com a mente, era improvável que alcançasse com uma arma, mas a faca era melhor do que nada, e ela remexeu na gaveta, empurrando papéis, canetas e selos para o lado, procurando a lâmina afiada. Tentou relembrar o que conseguia das conversas com a coisa sombria, tanto tempo antes, quando eles foram aliados... ou, pelo menos, quando a coisa ainda a considerava útil. Não havia muito. A coisa sombria lhe ensinou muito, mas sobre a própria história, a estranha transformação que a tornou o que era, nada disse.

A garota chegou ao chão e ficou de pé. A Rainha tremeu, pois reconheceu os trapos que a garota usava: restos de um dos uniformes azuis baratos que já tinham sido usados para vestir os escravos leiloados. Mas Mortmesne não usava aqueles uniformes havia mais de quarenta anos, bem antes de Broussard ter assumido como leiloeiro. Aquela criança teria que ser de um dos primeiros carregamentos enviados para o norte, para Fairwitch, quando uma Rainha de Mortmesne bem mais nova ainda achava que podia apaziguar a coisa sombria, comprá-la com crianças sem-teto tiradas das ruas. Os olhos da garota eram escuros e vazios, e quando falou, sua voz estava rouca, como se ela não a usasse havia muito tempo.

— Eu não quero ir — disse ela. — Não me obrigue a entrar na carroça.

A Rainha se afastou até ficar atrás do sofá. Testou a garota de novo, delicadamente, forçando com a mente, e viu que estava certa: a carne era como a da coisa sombria, baixa e vibrante como uma colmeia, não totalmente presente. A Rainha olhou para a vela, perguntando-se se a garota pegaria fogo... mas, não. Nada que pertencia à coisa sombria seria vulnerável ao fogo.

— Eu quero minha mãe — disse a garota, a voz suplicante. — Para onde estamos indo?

— Você não é um fantasma — afirmou a Rainha. — Você é um peão. Ele mandou você dizer isso para mim.

A garota saltou pela beirada do sofá, lembrando à Rainha novamente de uma aranha caçando. O tamanho dela enganava; tinha enganado a Rainha, que esperava velocidade e reflexos infantis. A Rainha recuou pelo quarto e quase tropeçou na barra da camisola, e a garota se adiantou, o rosto vazio ficando ansioso e faminto. Ela de repente se lembrou de uma longa noite em Fairwitch, a neve se acumulando e o vento uivando pelas encostas congeladas da montanha. A coisa sombria a envolveu com fogo, mantendo-a aquecida, e a Rainha ficou atônita de perceber que apesar de estar dentro de uma chama, não sentia dor. Ela tentou tocar as chamas, mas a coisa sombria segurou sua mão.

Não se deixe enganar pela sensação, disse ele. *No final, todos nós queimamos.*

— Queimamos — sussurrou a Rainha, quase impressionada. Todo o seu contato com o Órfão fora uma história de fogo em suspensão, mas agora as chamas tentavam queimá-la viva.

Ela deu as costas e correu para a porta, ouvindo o som de pequenos pés a perseguindo. Abriu a porta e saiu para o corredor, mas sua mão foi agarrada como que por um torno, e ela gritou ao sentir os dentes da garota afundarem na pele do pulso. Teve um vislumbre rápido do sofá ao lado da porta, e ali estava Ghislaine, morto, a pele branca feito papel. As almofadas embaixo dele estavam encharcadas de sangue.

Todos nós queimamos.

— Ainda não — rosnou a Rainha.

Ela puxou o braço, bateu a cabeça da garota no batente da porta e sentiu os dentes soltarem seu pulso. Logo estava disparando pelo corredor na direção da câmara de audiências, o som dos pés saltitantes da garota logo atrás. O corredor à sua frente estava vazio e parecia infinito.

O que posso fazer?, perguntou-se a Rainha. Ela reconheceu na voz o princípio de pânico, mas não conseguia controlar.

Onde está todo mundo?

Por uma porta aberta à esquerda, ela viu vários dos seus generais empilhados junto à parede mais distante, os membros emaranhados, como se tivessem sido jogados lá. O sangue tinha formado poças e se espalhado pelo chão da câmara.

Eu não ouvi nada, pensou a Rainha, quase impressionada, quando a garota agarrou seu roupão. A Rainha foi de repente puxada para trás, caindo dolorosamente e batendo a cabeça no chão. A garota pulou em cima dela, rindo, a gargalhada de uma criança numa brincadeira particularmente divertida. A Rainha segurou o pescoço da garota e a empurrou, mas a criatura era mais forte do que um homem e se soltou da mão dela. A Rainha reuniu a força que tinha e empurrou a garota para longe, para o outro lado do corredor até bater na parede, mas um momento depois a garota estava de pé de novo, o rosto sujo cheio de dentes brancos. Ela nem parecia atordoada.

Não tenho como vencer, a Rainha percebeu. Já sentia que estava enfraquecendo. Seu pulso estava sangrando; ela o pressionou contra o roupão para tentar estancar o fluxo e sentiu uma coisa dura e firme no bolso: as safiras Tear.

— É divertido caçar você — disse a garota, os olhos não mais embotados e sem vida, mas brilhantes, cintilando com uma alegria tão sombria que era quase obsceno. — Mais divertido que os outros.

A Rainha se virou e fugiu pelo corredor. Atrás dela foi a garota, rindo. A Rainha passou por uma porta e a bateu ao passar, depois se virou e correu, a respiração ardendo na garganta. Atrás de si, ouviu um estalo de madeira quebrando, mas estava quase na porta da sala do trono agora, e aquela porta era feita de aço mort de qualidade com tranca automática. Não aguentaria para sempre, mas daria a ela tempo de respirar, de decidir o que fazer. A Rainha cambaleou porta adentro, mancando e ofegando, e a bateu atrás de si para disparar a tranca.

Atrás dela, ouviu um som de suspiros sufocados. A Rainha se virou e encontrou um homem e uma mulher nus no trono, entrelaçados, alheios à entrada dela.

— No meu trono... — murmurou a Rainha, a voz uma série de ecos apavorantes que chegaram aos cantos mais distantes da sala. A mulher ergueu o olhar, e a Rainha viu que era Juliette, a testa brilhando de suor.

— M-Majestade — gaguejou ela.

— *No meu trono!* — berrou a Rainha, os ferimentos e a fraqueza esquecidos; até a criança foi esquecida. Ela empurrou Juliette com a mente, jogando a criada do outro lado da sala, na parede mais distante. A coluna se partiu, e Juliette caiu no chão, o cadáver ainda se contorcendo.

A Rainha encarou o homem, encolhido no trono, segurando as pernas, tentando esconder a ereção que murchava rapidamente. A cena foi tão triste que a Rainha começou a rir. Talvez fosse um dos guardas do Palais, mas não tinha certeza, e, de qualquer forma, ele parecia tão insignificante que ela não conseguiu nem ficar com raiva. Normalmente, a sala do trono teria um destacamento completo de guardas, mesmo durante a noite, mas não agora. A Rainha ignorou o homem quando este desceu do trono e se agachou atrás, os olhos apavorados espiando por cima do descanso de braço. Ela se virou para o corpo quebrado de Juliette e sentiu um breve momento de arrependimento; até Julie seria uma ajuda melhor do que ninguém.

Um golpe explosivo soou na porta de aço da sala do trono. A Rainha olhou ao redor como louca, procurando alguma arma, mas percebeu a futilidade no gesto. Nenhuma espada mataria aquela garota. Nem sua magia era suficiente. Ela enfiou a mão no bolso e pegou as safiras Tear; talvez na situação de perigo, elas reagissem... mas, não. O poder delas estava tão fora de alcance quanto em qualquer outra ocasião. Só uma pessoa sabia usá-las.

Outro golpe na porta. Dessa vez, o impacto criou uma marca na superfície de aço. A Rainha correu até a grande porta dupla e pelo corredor amplo que levava ao Portão Principal. Não podia sair pelo Portão; uma turba estava reunida em volta do Palais havia dias, uma turba que faria pedacinhos dela se tivesse oportunidade. Mas havia outros caminhos para sair do castelo; a Rainha, que acreditava em prudência, tinha se preparado bem para aquele dia, apesar de acreditar que nunca aconteceria.

Fugindo, sua mente sussurrou enquanto ela corria, os pés descalços batendo nas pedras planas do corredor. *Fugindo*. A ideia fez a Rainha rosnar, mas ela não podia negar. Ela estava *fugindo*, abandonando seu local de poder, o Palais que construiu tijolo a tijolo. A construção levou mais de quinze anos, e ela deu ao arquiteto, um homem chamado Klunder, um pagamento vitalício pelo trabalho. O Palais era a sede do governo dela, mas era bem mais do que isso: era o local que a tinha permitido esquecer a juventude, deixar para trás a infância no Tearling, construir sua própria história do zero. Não conseguia acreditar em como a queda viera rápido.

À sua frente, depois da curva seguinte, um homem gritou, e ela ouviu os sons de uma luta, abafados pelas grossas paredes de pedra. Seus pés diminuíram a velocidade automaticamente, e ela se virou para olhar para trás. Havia apenas um corredor comprido e vazio, pontilhado de sombras nas áreas em que as tochas se apagaram. Um pouco mais distante, mas nem tanto, ela ouviu uma risadinha aguda e alegre.

Condenada aonde quer que eu vá.

A Rainha saiu correndo de novo, a respiração arranhando a garganta. Mas, ao dobrar a esquina, seus pés pararam de repente.

Poucos metros à frente dela estava Ducarte, pulando de um lado para outro, jogando-se contra as paredes. Duas crianças, um menino e uma menina, estavam grudadas nele; enroladas no corpo dele como serpentes, as mãos e os braços parecendo estar em toda parte, e Ducarte gritava enquanto a garota mordia seu pescoço. A Rainha ficou paralisada por um longo momento, tentando entender o que estava vendo — elas bebiam sangue, aquelas crianças, ou estavam tentando se alimentar? —, mas a risada soou novamente, e a Rainha se virou. Não havia nada atrás dela, mas o som foi bem próximo.

Ducarte caiu de joelhos, e o garoto rosnou, o grunhido satisfeito de um animal que capturou sua presa. A Rainha não podia fugir daquelas crianças para sempre; elas eram fortes demais, e embora os relatos esparsos do norte de Mortmesne tivessem ficado cada vez mais bizarros ao longo do mês anterior, eles eram bem claros em uma coisa: havia muitas daquelas coisas, demais para afastar. A Rainha precisava de ajuda, mas seu único aliado estava morrendo na frente de seus olhos.

Você perdeu.

A Rainha arregalou os olhos. Ela achou que estava sem opções, mas não. Ainda restava uma. Sentindo-se repentinamente energizada, com nova vida nas pernas, ela guinou para a direita — deixando Ducarte ao seu destino — e desceu uma escadaria próxima, a caminho do calabouço.

O homem da cela vizinha sabia mais sobre ciência do que qualquer pessoa que Kelsea já tivesse conhecido, inclusive Carlin. Seu nome era Simon, e ele era escravo desde os dezesseis anos. Depois da chegada em Mortmesne, ele foi vendido de senhor a senhor para fazer trabalho pesado, até que seu quinto dono finalmente percebeu que Simon tinha grande aptidão para construir e consertar coisas. A venda seguinte foi para um cientista, um homem que criava armas para o exército mort. O cientista, de quem Simon falava com afeição verdadeira, também emprestou Simon para vários homens com ideias similares, e todos lhe ensinaram algo interessante. Física elementar, um pouco de química, até as propriedades das plantas, um assunto sobre o qual Simon parecia saber tanto quanto Barty. Em pouco tempo, ele superou seu novo senhor e começou a elaborar armas ofensivas mais complexas. Não demorou para que chamasse a atenção da Rainha Vermelha.

— As passarelas? — perguntou Kelsea. — As plataformas que os mort usaram para atravessar o rio. Foram trabalho seu?

— Trabalho conjunto — respondeu Simon. — O design foi meu, mas precisei da ajuda de um físico para entender as proporções de peso e apoio. Meus dons são mecânicos, não teóricos.

— Mas você fez uma prensa tipográfica — disse Kelsea, ainda maravilhada com a ideia.

— É uma prensa simples, operada à mão. Mas produz vinte páginas por minuto se operada adequadamente. A taxa por hora diminui, pois é preciso incluir o tempo de carregamento das placas. E cada página precisa de vários minutos para secar direito; um dia, um homem melhor do que eu vai inventar uma tinta que não mancha.

— Vinte páginas por minuto — repetiu Kelsea em voz baixa. O homem do outro lado da parede de repente pareceu mais valioso do que todas as pedras preciosas de Cadare.

Era madrugada, mas Kelsea estava acordada havia mais de duas horas. Emily, a ama, estava sentada em frente à cela dela, aparentemente montando guarda. Era quase como ter o próprio Clava presente, só que Emily tinha adormecido segurando a faca.

A mente de Kelsea continuou a repetir o mesmo padrão de tantas vezes antes: o que as safiras realmente eram? Por que ela podia usá-las, e a Rainha Vermelha, não? O pedaço de safira do mundo de Katie estava no colo de Kelsea, mas inerte. Ela sentia que estava bem próxima de algum tipo de resposta, mas toda vez que tentava pegá-la, ela fugia para além do alcance. O calabouço a estava cansando, atrapalhando sua capacidade de pensar de forma crítica. Mais alguns meses ali e até um pensamento simples seria como andar na lama. Ela deu um chute irritado nas grades, odiando-as, odiando a Rainha Vermelha, o Palais, aquele país amaldiçoado, todos conspirando para mantê-la longe de casa.

— Você vai acabar quebrando o pé assim — comentou Simon, e Kelsea encolheu os pés e xingou em voz baixa. Sentia uma tempestade se formando, mas se era uma tempestade no presente, no futuro ou no passado, ela não sabia dizer. A cidade de William Tear estava começando a desmoronar. Kelsea olhou para a pedra no colo e pensou nela. Tantas safiras embaixo de Tearling; eram todas iguais? E será que fazia diferença? Tear entendia sua safira, controlava o poder dela muito melhor do que Kelsea, mas não conseguiu salvar a cidade nem o filho. Mais alguns anos e o garoto de olhos escuros que queria o melhor para todos estaria morto.

Como Jonathan Tear morreu?

Kelsea não sabia por quê, mas às vezes sentia que tudo dependia dessa pergunta. Row Finn era o suspeito óbvio; mesmo que Katie não conseguisse somar dois mais dois, Kelsea conseguia. Cadáveres roubados, prata roubada, a fascinação de Row pela safira de Tear... Kelsea apostaria o reino que o segundo colar Tear tinha vindo das mãos talentosas de Row, mas isso não era tudo. Na escuridão da Cidade, Row não estava tramando nada de bom. Katie não queria pensar nessas coisas, mas Kelsea podia e pensava.

Quem matou Jonathan Tear?

Kelsea franziu a testa para a safira que tinha no colo. Desejou poder acelerar a memória de Katie, pular aquele filme mental, mas, com ou sem safira, isso nunca fez parte do poder dela. Ela só podia observar e esperar. Perguntou-se se tinha o poder de fazer Katie matar Row Finn antes que fosse tarde demais — pois elas não estavam sempre separadas, Katie e Kelsea; às vezes se misturavam, daquele jeito orgânico do qual Kelsea se lembrava dos últimos momentos desesperados com Lily —, mas algo naquela solução a fazia hesitar. Parecia fácil demais. Row estava atiçando uma onda de descontentamento e medo na Cidade, mas era mesmo ele o culpado? Kelsea achava que não. Parte dela queria matar Row mesmo assim, só por princípio, mas Kelsea reconhecia aquele pensamento pelo que era: a dama de espadas, sempre circulando na mente dela, sempre procurando um jeito de voltar. Passado, presente ou futuro, não fazia diferença; aquele lado de Kelsea ficaria perfeitamente feliz de correr pelo Novo Mundo, sorrindo de forma sombria, aplicando justiça com uma foice.

— Não — sussurrou Kelsea.

— Você ficou muito quieta — comentou Simon. — Eu fiz você dormir?

— Não — respondeu Kelsea lentamente, em voz alta. — Simon, preciso perguntar: se tivesse a oportunidade de voltar na história e corrigir um grande mal, você faria isso?

— Ah, o velho questionamento.

— É?

— Sim, e a resposta é clara. Ela se baseia no que os físicos chamam de efeito borboleta.

— E o que é isso? — Kelsea não sabia por que estava discutindo esse assunto; matar Row não era resposta para os problemas da Cidade. De acordo com a história, o assassinato de Tear tinha desencadeado tudo, mas não havia garantia de que matar Row impediria a morte de Jonathan. Ela queria poder ver tudo, saber tudo, de uma vez só.

— Eu só li um livro sobre o assunto — disse Simon. — O efeito borboleta fala sobre a tendência de variações infinitesimais se amplificarem com o tempo. Não se brinca com a história, porque a mudança que você achava que estava fazendo para o bem é capaz de provocar tantas ondulações não previstas que pode ocasionar uma perda muito maior. Há variáveis demais para controlar o resultado.

Kelsea pensou nisso por um tempo. Simon apresentou um argumento científico, mas por baixo dele havia uma questão moral: se ela tinha o *direito* de interferir no passado. Nos breves seis meses em que se sentou no trono, ela tomou muitas decisões, algumas boas e outras desastrosas. Duas Kelseas lutavam dentro dela: a criança criada por Barty e Carlin para acreditar em certos e errados bem delineados, e a dama de espadas, que passou a ver tudo em tons de cinza-escuro. A dama de espadas não ligava para questões morais.

— Você não respondeu a minha pergunta, Simon. O que *você* faria?

— Você quer saber se eu arriscaria a chance de alguma coisa muito pior acontecer no futuro?

— Isso mesmo. É uma aposta boa ou ruim?

— Acho que o resultado seria totalmente questão de sorte, de circunstância. A aposta não seria boa nem ruim, mas grande, em que você apostaria tudo na esperança de uma recompensa maior que podia não se materializar mesmo que você conseguisse fazer o que queria. Eu sou um homem cauteloso, não um apostador. Acho que não arriscaria.

Kelsea se acomodou no chão da cela e assentiu. Ela entendia o argumento. Mesmo que conseguisse matar Row Finn, outro Row poderia surgir no lugar dele. O poder era uma faca de dois gumes; não aumentava a chance de Kelsea fazer a coisa certa, e, ah, os resultados desastrosos se ela fizesse a errada... Ela fechou os olhos, e ali estava Arlen Thorne de novo, o rosto sujo de sangue.

— Virada estranha na conversa — comentou Simon. — Posso perguntar...

Um estrondo seco ecoou pelo calabouço. Emily acordou na mesma hora e ficou de pé; Kelsea sentiu que ela, como Clava, ficou constrangida de ser pega cochilando. Ela ergueu a faca e virou-se para o final do corredor.

— São eles? — perguntou Kelsea. Se, como Emily disse, Clava estivesse mesmo planejando uma tentativa de fuga, isso explicaria o que Emily estava fazendo ali no meio da noite.

— Não — Emily balançou a cabeça. — Está cedo demais, falta mais de um dia.

Uma série de estrondos soou pelo corredor. Parecia uma criança batendo panelas, mas, no ambiente sujeito a ecos do calabouço, o barulho era quase ensurdecedor, e Kelsea precisou tapar os ouvidos até que o barulho parasse.

— É uma turba? — perguntou Simon.

Kelsea ergueu as sobrancelhas para Emily, que balançou a cabeça. De acordo com a ama, o Palais estava cercado por uma turba, selecionada e organizada por Levieux. Clava e Fetch trabalhando juntos; Kelsea teria que ver para crer. Quando os ecos foram sumindo, uma mulher apareceu na escada e seguiu correndo pelo corredor.

Louca, esse foi o primeiro pensamento de Kelsea. A mulher parecia estar usando só um roupão, e o cabelo estava desgrenhado. Ela segurava uma tocha acima da cabeça e parecia pura sorte não ter botado fogo no cabelo. A respiração estava ofegante, e os olhos, arregalados e desesperados. A barra do roupão tinha manchas de sangue.

— Apresente-se! — gritou Emily, mas um momento depois a ama foi jogada de lado como uma boneca de pano, direto na parede, onde desabou no chão. Quando a louca parou na frente da cela, o queixo de Kelsea caiu. Ninguém teria reconhecido aquela criatura perturbada como a Rainha de Mortmesne.

— Não há tempo — disse a Rainha, ofegante. — Estão atrás de mim.

Ela se abaixou ao lado do corpo inerte de Emily e começou a revirar os bolsos.

— Chave, chave, chave. Onde está?

O guincho de aço retorcido ecoou vindo da escada, e um gemido baixo e animalesco subiu pela garganta da Rainha Vermelha. Ela tirou as mãos dos bolsos de Emily, derrotada, e ficou agachada por um tempo antes de notar a corrente no pescoço da mulher.

— O que é isso? — perguntou Kelsea.

A Rainha Vermelha se levantou com a chave de prata na mão.

— Parece uma criança — murmurou ela, destrancando a cela de Kelsea e escancarando a porta. — Mas não é.

Ela esticou a mão direita, e ali estavam suas safiras. Kelsea ficou pasma com a oferta. O rosto da Rainha Vermelha era calmo, mas seus olhos estavam tomados pelo pânico.

— Me ajude — sussurrou ela. — Me ajude, por favor.

Uma risadinha ecoou pelo corredor, e a Rainha Vermelha ficou tensa. Ao se inclinar para fora da cela, Kelsea viu uma forma pequena, pequena demais para não ser uma criança, no pé da escada. Mas o queixo da criança estava sujo de vermelho, e ela parecia estar com um babador de sangue.

— Você é boa de pique-esconde — disse a menina, a voz fina ecoando pelo corredor. — Mas eu encontrei você agora.

— O que é isso? — sussurrou Kelsea.

Uma das criaturas dele. Por favor.

A Rainha Vermelha empurrou as safiras para as mãos de Kelsea, que percebeu, atônita, que ela estava falando em tear, não em mort.

— Por favor. São suas. Estou devolvendo.

Kelsea olhou para as safiras. Tinha passado muitos meses desejando suas pedras, desejando a capacidade de punir e retaliar. Mas agora que as tinha na mão, sentia-se a mesma. Todo o poder que tirou das safiras, toda a capacidade de canalizar a raiva em força, tinha sumido. Mas havia alguma coisa ali, pois ela percebeu que conseguia diferenciar as duas. As pedras pareciam idênticas, mas eram diferentes, muito diferentes, duas vozes discretas em sua mente...

Ela não tinha tempo de analisar essa diferença. A criança, uma garotinha, Kelsea via agora, estava se aproximando pelo corredor, de quatro como um lobo, os dentes à mostra e o rosto contorcido em um rosnado.

A Rainha Vermelha se escondeu atrás de Kelsea, apertando seus ombros com força. Kelsea se perguntou o que devia fazer nos dois segundos antes que a criança as alcançasse, não havia tempo para criar um plano, muito menos para agir...

E o tempo ficou mais lento.

Kelsea percebeu isso com clareza. A criança, que estava se aproximando pelo corredor a grande velocidade, de repente foi reduzida à velocidade preguiçosa das tartarugas de lama da floresta Reddick. Ela se movia apenas alguns centímetros por vez.

Não há nenhuma pressa, pensou Kelsea, maravilhada. *Eu tenho todo o tempo do mundo.*

Ela olhou para as safiras. Diferentes, sim, mas conectadas, casadas uma com a outra de alguma forma. Uma delas era a safira de William Tear; falava com ela claramente, não com palavras, mas com um fluxo de imagens e ideias, falando do bem e da luz. A safira de Tear, que permitiu a ele dominar o tempo, levar todos pelo Atlântico e pelo Oceano de Deus em segurança. Carlin sempre dissera que os colonizadores de Tear tiveram a sorte de encontrar o Novo Mundo, que foi o equivalente a acertar na mosca em um alvo de dardos na escuridão total. Mas isso não era verdade. William Tear sabia exatamente aonde estava indo. Não houve sorte envolvida porque...

— A safira veio daqui — sussurrou Kelsea, sentindo quanto a ideia estava certa. Uma safira Tear de alguma forma foi parar no mundo antigo, e Kelsea viu sua jornada claramente, como uma história em sua cabeça: passada de Tear para Tear, escondida e contrabandeada às vezes até aos cantos mais distantes da terra, escondida dos poderosos, protegida dos fracos. Várias gerações de Tear, todos lutando para afastar a escuridão, para mantê-la longe. A safira Tear controlava o tempo; permitiu que ela desacelerasse a criança faminta à sua frente, que prolongasse o corredor até ficar quase infinito, que tivesse vislumbres do passado.

Como pude ter achado que elas eram idênticas?

A diferença era como um abismo na mente dela. A voz da outra pedra era baixa e tirana, falando de afrontas mesquinhas e inveja e desejos, de dissimulação e espionagem, de raiva e violência. Aquela safira também foi passada por gerações de Raleigh, mas nunca pertenceu de verdade a nenhum deles, nem a Kelsea.

Row Finn?

Ela achava que sim. Quando ele viu o que a safira de Tear era capaz de fazer, sem dúvida tentou criar a própria. Mas não conseguiu, não completamente, porque aquela pedra não agia de forma independente. Kelsea conseguia sentir a ligação entre as duas; a safira de Tear influenciava a outra de uma forma que ela não conseguia entender completamente. Se mantidas separadas, a pedra de Row faria muito pouco, mas juntas...

— Carlin — sussurrou Kelsea.

De alguma forma, Carlin sabia, porque a safira de Row ficou no pescoço de Kelsea a infância toda (ela quase conseguia ver os dias de sua adolescência refletidos na superfície lisa), enquanto Carlin mantinha a de Tear escondida. E Fetch também sabia, pois reteve deliberadamente a safira de Tear enquanto Kelsea estava sendo testada. A safira de Row era capaz de pequenas coisas; em vários estalos de memória, Kelsea viu o assassino Caden caído no chão do banheiro; o acampamento mort estendendo-se na sua visão; a mulher em Almont, gritando quando os filhos foram levados. Ela foi capaz de ver coisas distantes, de defender a própria vida. Eram feitos mágicos úteis. Mas quando as duas formaram um par...

— Ah — ofegou Kelsea, horrorizada. Uma legião de imagens marchou na frente dos olhos dela: centenas de soldados do exército mort mortos em um borrifo de sangue e ossos; a vasta teia de cortes que a cobriu; o rosto do general Ducarte retorcido de dor; os cortes sangrando na parte de trás das mãos de Clava; e, a pior imagem de todas, Arlen Thorne, que sofreu uma vida ainda pior do que a da Rainha Vermelha, mas que não mereceu misericórdia, porque...

Mas Kelsea não conseguia se lembrar do motivo que a fez mutilar Thorne. Ela se lembrava da violência, se lembrava das asas negras se abrindo dentro dela, uma escuridão tão convidativa que uma Kelsea Glynn recém-coroada, que agora parecia muito mais jovem, desejou se perder nela. Mas só havia loucura esperando por lá, a mesma loucura que Finn e sua laia sempre quiseram infligir ao Tearling... Ganância e insensibilidade, falta de empatia, uma mente restringida até só uma voz solitária restar, cercada por um vazio no qual só conseguia uivar uma palavra: *eu*.

Com um grito de repulsa, Kelsea tirou a safira de Finn de perto da de Tear e a segurou na frente dos olhos, pensando *Não quero nada disso, não quero fazer parte disso, quero meu eu de volta...*

Algo se partiu dentro dela, como se os músculos estivessem se soltando dos ossos, e de repente ela entendeu. A Rainha Vermelha não conseguia usar as safiras não porque pertenciam a Kelsea, mas porque não havia mais nada para usar. Kelsea as esgotou. Os dois lados, Tear e Finn, lutavam dentro dela havia meses. Por um momento, Kelsea sentiu como se a própria carne estivesse se desfazendo, como se fosse literalmente se partir ao meio com a força do desejo de que Row fosse embora, de ser Kelsea Glynn de novo...

De repente, estava feito. O grande abismo dentro de Kelsea pareceu se fechar. Ela ainda estava com raiva, sim, mas era *sua* raiva, o motor que sempre a moveu, não para punir, mas para consertar, corrigir erros, e o alívio foi tão grande que Kelsea inclinou a cabeça para trás e gritou. O berro ecoou pelo corredor, mas para Kelsea pareceu bem mais poderoso do que o som, como se pudesse sacudir o Palais até a base de pedra. Por um momento, ela esperou que a construção inteira desabasse na cabeça delas.

Quando abriu os olhos, ela viu que a criança tinha percorrido mais de metade da distância. A safira de Row ainda estava pendurada na frente de Kelsea, não mais escura, mas brilhante e cintilante, as muitas facetas reluzindo, como se perguntando se ela gostaria de colocá-la novamente, só para experimentar, só para ver...

Ela fechou a mão sobre a pedra, bloqueando essa luz, e a empurrou de volta na mão da Rainha Vermelha. Uma lembrança antiga surgiu em sua mente: uma conversa com Fetch em volta da fogueira, quando ela não sabia nada e não entendia nada, nem a verdadeira importância das próprias palavras.

— Fique com ela, Lady Escarlate. Eu prefiro morrer com a consciência limpa.

Não sabia se a Rainha Vermelha tinha ouvido; a mulher permaneceu paralisada ao lado dela, os olhos arregalados, quase loucos. Só um leve tremor dos dedos indicava que ela tinha percebido o colar, que estava começando a fechar a mão.

Ao olhar ao redor, Kelsea viu que a ama, Emily, ainda estava caída inconsciente, um hematoma azul grande surgindo na têmpora. Ela não poderia ajudá-las, mas ao lado dos dedos inertes havia uma adaga comprida e trabalhada. Kelsea a pegou e descobriu que era mais comprida do que estava acostumada; a faca de Barty, confiscada de Kelsea muito tempo antes em Almont, era pelo menos cinco centímetros menor. Mas ao menos era uma arma que ela podia brandir.

— É forte — disse a Rainha Vermelha, suas palavras lentas e distantes. — Mais forte do que um homem.

— Então vou precisar da sua ajuda — respondeu Kelsea.

A Rainha Vermelha ficou só olhando para ela.

— Você vai me ajudar! Entendeu?

— Com isto? — A Rainha Vermelha mostrou a safira de Finn.

— Não. Guarde isso.

Ela guardou a safira, e Kelsea sentiu alívio quando a pedra sumiu de seu campo de visão.

— Eu tenho magia, mas não é páreo para essa criatura — admitiu a Rainha Vermelha. — O que vamos fazer?

— Usar a velha força bruta. Você me ajuda a segurá-la, e eu enfio esta adaga no coração dela.

A Rainha Vermelha balançou a cabeça.

— Esses não são os monstros da ficção pré-Travessia. São outra coisa.

— Você tem uma ideia melhor?

A garota estava a menos de um metro, preparando-se para dar o bote. Kelsea apertou a faca, murmurando para si mesma, quase uma oração.

— Eu confio na ficção.

A garota as alcançou, e Kelsea sentiu sua pulsação saltar, o tempo perdendo a elasticidade e voltando ao normal. Esperava que a garota a atacasse primeiro, pois estava armada, mas a criança ignorou Kelsea e pulou na Rainha Vermelha, derrubando-a. A Rainha Vermelha a empurrou, mas Kelsea sentiu que o golpe foi fraco; ela estava titubeando. Kelsea segurou o cabelo da garota e a puxou para trás, mas ficou surpresa com a força da criança; ela veio, mas as mãos não soltaram os ombros da Rainha Vermelha, que veio junto, as três caindo na pedra dura. A adaga voou da mão de Kelsea e estalou ao cair no chão. Ela foi correndo pegar a faca, enquanto, às suas costas, a Rainha Vermelha continuava lutando com a garota, xingando em mort.

A adaga caiu perto das grades da cela de Simon. Kelsea a pegou e viu Simon à frente, a centímetros de distância, agachado. Ela nunca tinha dado uma boa olhada nele antes, e agora, apesar de tudo, ficou paralisada.

Era o general Hall.

Mas, não, ela deixou Hall em Nova Londres, enquanto aquele homem era prisioneiro ali havia muito tempo. O irmão de Hall tinha partido na remessa muito tempo antes... mas o pensamento de Kelsea não chegou mais longe, pois um berro soou atrás dela. A garota tinha enfiado as unhas na clavícula da Rainha Vermelha, e a boca estava a menos de dois centímetros do ombro. A Rainha Vermelha estava tentando empurrá-la para longe, sem sucesso, e seus olhos se reviravam de desespero. Baixando a cabeça, Kelsea correu até a garota e a derrubou, separando-a da Rainha Vermelha e a jogando no piso de pedra. A criança se recuperou quase imediatamente, mas Kelsea estava pronta; pulou no braço esquerdo, o prendeu contra o chão e enfiou o cotovelo no pescoço da garota, deixando os dentes perigosos longe.

— Me ajude! — gritou ela para a Rainha Vermelha. — Segure o outro braço!

A Rainha Vermelha se aproximou de quatro. Estava ferida; a mente de Kelsea registrou o fato, mas não havia tempo para fazer nada quanto a isso. A garota estava se contorcendo embaixo dela, tentando jogá-la longe, e sua força era inacreditável. Mesmo com as duas segurando os braços, Kelsea quase perdeu a adaga de novo.

— Ela é forte demais! *Segure*, por favor!

A Rainha Vermelha assentiu, e um momento depois Kelsea sentiu parte da força selvagem da garota diminuir.

— Estou segurando, mas não por muito tempo. Rápido!

— Pai! — gritou a criança. — Pai, me ajude!

Uma das criaturas dele, repetiu a mente de Kelsea, e mais uma vez ela se perguntou como o jovem Rowland Finn, encantador e egoísta, percorreu o longo caminho até aquele ponto. Suas mãos tremiam, mas ela estava segurando a adaga com firmeza e apoiou um dos joelhos no peito da garota para impedir os movimentos dela.

— Pare, Majestade! — gritou Simon de sua cela. — É uma criança!

— Não é uma criança — disse Kelsea, ofegante. Ela segurou bem a adaga. Um pensamento cruel (*O que Carlin diria se pudesse me ver agora?*) surgiu na mente de Kelsea, mas ela o ignorou e empurrou a adaga. A lâmina escorregou pelo centro do peito da garota.

A criança gritou, um som terrível, ao mesmo tempo agonia humana e o berro horrendo de um animal preso em uma armadilha. Seu corpo se sacudiu e tremeu, e Kelsea e a Rainha Vermelha foram jogadas para trás. Kelsea ouviu um estrondo seco quando sua cabeça bateu nas grades da cela de Simon, um impacto tão ressonante que seus dentes bateram. Não houve dor; Kelsea esperou, mas, antes que pudesse vir, ela afundou na escuridão.

O general Hall odiava aquele plano. Primeiro, eles estavam contando com Levieux, o fantasma de Mortmesne, e nada que Hall tivesse ouvido sobre o homem servia de consolo. Ele alegava ser capaz de guiá-los pelo Palais até o calabouço, até a cela da rainha, mas não quis dizer como sabia o caminho. Não havia nem como saber se era o verdadeiro Levieux, pois ninguém nunca tinha visto o homem. Um sujeito do pessoal de Levieux era cadarese, e apesar de Hall nunca ter conhecido nenhum, ele sabia que não eram de confiança. Pior de tudo, a operação toda contava com uma turba, e apesar da alegação de Levieux de que tinha dado instruções claras aos subordinados, Hall sabia que ninguém era capaz de controlar verdadeiramente uma turba. Os lados norte e oeste de Demesne estavam em chamas, mais de dez quarteirões queimando de forma descontrolada, e a brigada de incêndio não estava em lugar algum. Uma tropa atacava o portão norte da cidade, atraindo a pouca polícia que Demesne ainda tinha, mas o que era essa tropa e de onde vinha Levieux se recusou a dizer. As operações de Hall eram elaboradas com a certeza da vitória em mente, a eliminação de todas as variáveis através de repetidos testes. Aquele plano era loucura, e eles só teriam uma chance. Estavam arriscando demais por uma única mulher, mesmo uma rainha, mas não havia como convencer Clava, que parecia estar tomado por um delírio fixo de que, se eles conseguissem libertar a rainha, tudo ficaria bem. Ninguém conseguia convencê-lo do contrário, mas Hall, que se considerava um cético, tinha se preparado para um desastre.

Mas, até o momento, as coisas estavam indo bem. Os portões do Palais estavam abertos e desprotegidos, então o contato de Clava tinha pelo menos feito seu trabalho. Não havia sinal da guarda, e isso deixou Hall inquieto. A mulher não podia ter subornado a Guarda do Portão toda, podia? A turba de Levieux já tinha invadido o Palais, e Hall ouvia os sons de destruição ecoando pelos pisos superiores: vidro e madeira quebrando. O grupinho deles, Levieux e quatro homens dele, Hall e Blaser e oito homens da Guarda da Rainha, tinha ido na direção oposta, descendo vários lances de escada, seguindo Levieux para o calabouço. Mas não encontraram resistência, não encontraram ninguém. O trajeto foi surpreendentemente fácil, e Hall não confiava naquilo.

De repente, sentiram o cheiro. Hall era soldado havia tempo demais para não perceber o odor acobreado no ar. Sangue tinha sido derramado, e muito, e recentemente. Eles não viram um único corpo, mas, ao seguirem pela escada, viram pisos e corredores com poças vermelhas.

O contato de Clava devia estar no pé da escada, pronta para abrir a porta do calabouço, mas não estava em lugar algum. Eles só encontraram um par de portões de ferro que pareciam terem sido derrubados por um aríete. As barras estavam tortas, e um dos lados estava pendurado por pouco em uma dobradiça.

— Quem é capaz de fazer algo assim? — sussurrou Blaser.

— Se preparem para enfrentar qualquer coisa — disse Clava. Ele tinha puxado a arma que lhe dava nome, e seu rosto estava pálido, quase fantasmagórico, na luz fraca das tochas. Se alguma coisa tivesse acontecido com a rainha, Hall não sabia o que isso faria com Clava.

— Venham, vamos acabar logo com isso.

Eles desceram a escada, o único som era o estalar das tochas. Hall estava com medo que Levieux e seu pessoal fossem atrapalhá-los, mas foi um medo desnecessário; eles eram os mais silenciosos do grupo. Hall não ouvia um único ruído ou passo.

— Senhor — disse Kibb, baixinho. — Tem um rastro de sangue aqui.

Hall olhou para baixo e viu: em intervalos de poucos passos, uma mancha pequena e escura de sangue sujava a pedra cinza. Com todas as suas preocupações sobre aquela empreitada, ele nunca pensou que a rainha pudesse estar correndo perigo real. Ela era uma prisioneira valiosa, uma moeda de barganha; mesmo que a Rainha Vermelha mandasse que ela fosse açoitada por raiva, e essas coisas aconteciam nos calabouços mort o tempo todo, a Rainha não corria risco de morte nem de ferimentos sérios.

Mas, ao ver o sangue, o coração de Hall se apertou. Nas semanas anteriores, ele tinha repassado muitas vezes as palavras irritadas que dissera para a rainha. Tinha falado que ela estava interessada apenas na glória. Devia a ela um pedido de desculpas, mas ainda não tivera chance.

— O rastro vai na direção da cela dela — murmurou Levieux, e Hall achou que até ele estava nervoso. Levieux era um sujeito frio; Hall tinha se encontrado com ele apenas duas vezes, durante reuniões na Fortaleza, mas nunca tinha visto o homem abalado. A sensação de embrulho no estômago de Hall pareceu aumentar. Ele soube que o plano era fácil demais, que alguma coisa tinha que dar errado.

Mas, por favor, ele implorou ao universo, a qualquer um, *não tão errado assim.*

Os boatos que Hall tinha ouvido sobre os calabouços mort não eram exagerados. Era um gelo lá embaixo, até para um soldado que tinha dormido ao ar livre em várias campanhas durante o inverno. Muitas das celas pelas quais eles passaram não tinham nem o colchão padrão da cadeia de Nova Londres. A maioria das tochas nas paredes estava apagada havia tempos, e durante longos períodos as tochas carregadas por Levieux e Coryn eram as únicas fontes de luz.

Sem guardas, sem carcereiros, pensou Hall. *Que diabos aconteceu aqui?*

O que quer que fosse, estava claro que ninguém ligava se os prisioneiros vivessem ou morressem. Só alguns pareciam ter cobertores, e muitos estavam tossindo, ruídos ocos e profundos que Hall julgava sintomáticos de pneumonia. Alguns pediam água, mostrando baldes vazios pelas grades quando Hall passava.

— Nós vamos encontrar a chave — dizia Clava, mas até Hall ouvia a inquietação na voz dele. Eles esperavam ter que lutar para abrir caminho pelo calabouço, tirar a rainha à força ou morrer tentando; um combate difícil, com certeza, mas pelo menos seria um perigo esperado. Eles estavam preparados para perder alguns homens, mas ninguém previu aquilo. Em uma cela, uma mulher em estado avançado de gravidez implorou para ser solta. Atrás de Hall, um dos Guardas da Rainha soltou um xingamento baixo. Todo o combate do mundo parecia preferível para Hall, e ele não era o único com a mesma opinião. Depois de várias curvas no calabouço, Blaser começou a ter ânsia de vômito.

— Quanto mais falta? — perguntou Clava a Levieux.

— Duas viradas à direita e para baixo.

Quando eles se aproximaram da segunda virada, todos foram mais devagar, e Hall apertou o cabo da espada. Um momento antes, estava pensando que preferia uma batalha, mas agora sua pele estava arrepiada. À frente, a escada descia para a escuridão, e Hall sentia o ar gelado vindo lá de baixo. A trilha de sangue seguia por ali.

— Em silêncio — avisou Levieux, e começou a descer a escada. Eles foram obrigados a ir em fila única, e Hall assumiu posição atrás da forma grande de urso de um dos homens de Levieux. A escada os espremeu, e por um momento Hall foi tomado pela sensação de claustrofobia, com as paredes se fechando e gente na frente e atrás dele. As paredes reverberavam com o baque de muitos pés conforme o pessoal de Levieux ocupava os pisos superiores do Palais.

No pé da escada, a fila parou. O corredor todo estava escuro, mas o fedor de sangue parecia ter aumentado e se refinado ali, quase abrupto, um latejar baixo e nauseante de cobre toda vez que Hall respirava.

— Tochas na frente — murmurou Clava, e Coryn passou sua tocha adiante. Foi suficiente para iluminar o corredor, mas Hall não conseguia ver além do ombro do homem enorme à sua frente.

— O que é aquilo? — perguntou Clava.

— Não se mexam — disse Levieux, mas Hall, sem conseguir suportar a espera, empurrou o gigante até conseguir ver também.

Ao longe, no corredor, a uns quinze metros, havia um corpo na frente de uma cela. A porta estava aberta. Hall não conseguia identificar o corpo, pois havia duas pessoas encolhidas sobre ele, tão pequenas que de início ele as confundiu com abutres. Mas uma se virou, e Hall viu que era uma criança, um garotinho.

— Para trás! — gritou Levieux. — Morgan, Howell, Lear, aqui, agora!

O corredor era estreito, então os homens de Levieux precisaram abrir caminho até a frente enquanto o resto tentava voltar para a escada. Clava não recuou, e por isso Hall também não, avançando até estar ao lado do capitão.

— O que são? — perguntou Clava a Levieux.

— A praga do Novo Mundo.

— São apenas crianças! — protestou Hall.

— Você vai mudar de ideia sobre isso, general, quando elas beberem todo o seu sangue.

Levieux ergueu a espada, pois agora o garotinho estava de pé e começou a se aproximar.

— Quem está ali? — perguntou Pen, a voz se elevando. — De quem é o corpo?

— É a cela dela — respondeu Levieux, baixinho. — Fiquem aqui.

Ele e seus quatro homens seguiram pelo corredor, deixando Clava e Hall para trás. Blaser tinha se adiantado para ficar atrás de Hall, mas o resto do grupo estava encolhido perto da escada.

— A praga — repetiu Hall. — Os ataques no norte?

Clava não respondeu, mas Hall já estava preenchendo as lacunas sozinho. Ele tinha ouvido falar da destruição na floresta Reddick e no norte de Almont; se Hall ainda comandasse um exército, talvez tivesse sido enviado para controlar a situação. Mas a força que atacava o Tearling continuava livre, seguindo para o sul. Quase não havia sobreviventes, e os poucos boatos que Hall ouvia falavam de animais com força incrível. Mas crianças?

O garotinho pulou com um rosnado que fez a pele de Hall se arrepiar e derrubou o cadarese. A outra criança, Hall viu agora que era uma garotinha, pulou na confusão, agarrou a perna de Levieux e enfiou os dentes na coxa dele.

— Cinco homens podem não ser suficientes — disse Clava, e correu para a luta, com Hall e Blaser logo atrás.

— Fiquem longe! — gritou Levieux.

Ele soltou a perna, falando um palavrão, e jogou a garota para o homem grande, Morgan, que a segurou por tempo suficiente para Levieux a cortar com a espada. A garota berrou, o som como o repicar de sinos de alarme.

— Cristo — murmurou Blaser.

Hall se virou para Clava, para ver se ele ia protestar, mas Clava só ficou olhando com expressão pétrea, como se a visão fosse familiar.

O garoto tinha pulado em cima do cadarese, Lear, e conseguiu segurá-lo no chão. Howell pegou o menino e o jogou contra as grades, com força suficiente para o garoto ficar atordoado. Howell segurou um braço, Alain, o outro, e Lear montou na criança com uma faca. Hall não conseguiu olhar mais; ele se virou e fechou os olhos quando o garoto começou a gritar.

— Pronto — disse Levieux pouco tempo depois. — Venham.

Clava seguiu pelo corredor, a Guarda ao redor, e Hall foi atrás. Sentia como se estivesse em uma espécie de pesadelo, e a cena que o esperava era ainda mais horrível: as duas crianças estavam caídas no chão, sangrando, mas mais ao longe havia outra criança, uma garota na qual Hall não havia reparado antes, com uma adaga enfiada no peito. Na frente da cela aberta havia um quarto corpo, uma mulher, alta e loura, e agora Hall finalmente entendeu por que as crianças o fizeram pensar em abutres: o tronco da mulher estava aberto, as costelas aparecendo cruelmente pela carne que havia sobrado.

— Kibby? — chamou Clava.

Kibb já tinha desaparecido dentro da cela da rainha, e a voz dele ecoou lá dentro.

— Nada. Não tem ninguém aqui.

Hall quase não ouviu a conversa ao redor. Ele estava paralisado na frente da cela vizinha.

— Nenhum sinal? Nenhum recado?

— Não. Colchão, velas, fósforos, dois baldes. Só isso.

— Onde ela está? — perguntou Pen.

Hall ergueu a mão e balançou na frente das grades. O prisioneiro na frente dele não acenou de volta. A cabeça do homem estava raspada, e ele precisava de umas boas refeições, mas o rosto ainda era o de Hall, olhando para ele.

— Simon — murmurou Hall.

— Pescoço quebrado. — A voz de Coryn veio de longe; ele estava inclinado sobre a mulher loura. — Foi uma morte limpa, antes dessas coisas chegarem.

— Ah, droga — murmurou Clava, ajoelhando-se ao lado do cadáver. — Ela fez um bom trabalho.

Simon esticou a mão pelas grades, e Hall a segurou, apoiando a outra palma na bochecha do irmão. Hall não via seu gêmeo havia quase vinte anos, esforçando-se durante todo aquele tempo para não pensar nele. Mas ali estava Simon, sólido e real.

— Mas onde está a rainha? — perguntou Elston.

Em outras circunstâncias, Hall poderia ter dado uma gargalhada pelo tom de súplica na voz do guarda grandalhão. Os lábios de Simon formaram palavras, mas nada saiu. Hall se inclinou para mais perto.

— O quê?

— A Rainha Vermelha. Foi ela quem a levou.

— O que você disse? — Clava empurrou Hall para que saísse da frente, mas Hall se agarrou à mão de Simon enquanto deslizava para o lado.

— A rainha bateu com a cabeça nas grades e desmaiou. A Rainha Vermelha a carregou no colo.

Clava olhou de Hall para Simon por um momento, mas pareceu descartar a semelhança como um problema para outra hora.

— Para onde ela a levou?

Simon apontou na direção oposta à que eles tinham percorrido.

— Quanto tempo atrás?

— Não sei. Muitas horas, eu acho. Não dá para saber o tempo aqui.

— PORRA!

Hall se assustou. Pen estava de costas para eles, os ombros sacudindo.

Hall virou-se para Simon, reparando pela primeira vez nas paredes da cela atrás dele, cobertas de desenhos e gráficos. Quando eram crianças, os dois ficavam horas sentados, elaborando dispositivos, desenhando plantas na terra com uma vareta. Engenheiros. Hall piscou para afastar as lágrimas e, ao perceber que Simon ainda estava trancado, começou a procurar a chave.

— Para onde ela iria? — perguntou Dyer a Levieux.

— Não sei.

— Para Gin Reach. — A voz de Clava foi pouco mais alta que um sussurro, e Hall viu com alarme que o rosto do homem tinha perdido toda cor. — Ela está em Gin Reach. Andalie nos disse, mas eu não quis escutar.

— Nenhum de nós escutou — lembrou Elston.

O guarda colocou a mão no ombro de Clava, que se afastou, e de repente Hall pressentiu o que estava chegando, intuiu que o ponto de ebulição dentro do capitão tinha finalmente sido alcançado. A Guarda pareceu sentir o mesmo, pois começou a recuar em grupo instintivamente, afastando o olhar. Hall se virou para Simon e manteve o olhar no rosto do irmão quando um longo uivo de fúria e dor explodiu atrás dele.

Gin Reach

Os maliciosos têm uma felicidade sombria.

— *Os miseráveis*, VICTOR HUGO (*Literatura da pré-Travessia*)

— Meu Palais está em chamas.

Kelsea despertou de repente de um cochilo que estava virando sono profundo. Elas viajavam havia quase um dia, e sua cabeça estava começando a doer de novo, latejos fortes de dor perfurante que pulsavam de dentro para fora a partir do caroço enorme na parte de trás do crânio. Ela puxou as rédeas e viu a Rainha Vermelha olhando para trás.

— Olhe.

Kelsea se virou e viu o contorno do Palais se projetando na paisagem distante de Demesne. As janelas superiores cuspiam fogo, e todo o cume do castelo, inclusive a sacada onde ela e a Rainha Vermelha ficaram naquele dia tão distante, estava obscurecido por uma nuvem preta de fumaça.

— Os imortais não fogem — murmurou a Rainha Vermelha, palavras que soaram quase habituais para Kelsea, como se a outra mulher as tivesse praticado muitas vezes em pensamento.

Elas fugiram de Demesne por um estábulo subterrâneo que, de acordo com a Rainha Vermelha, tinha sido preparado muito tempo antes por Ducarte. O estábulo estava bem abastecido com roupas, água, comida defumada e moedas, mas a expressão perdida da Rainha Vermelha dizia para Kelsea que ela nunca esperou precisar de tal lugar e ficou atônita de se ver lá. Kelsea não estava menos atônita; a Rainha Vermelha, com uma rota de fuga? Ela se perguntou o que teria acontecido se essa informação tivesse se tornado pública.

A Rainha Vermelha tinha rasgado as roupas das duas e enrolado o cabelo de Kelsea em um coque bagunçado. Elas esconderam as moedas embaixo da roupa, e a Rainha Vermelha sujou o rosto de Kelsea com sangue do corte no pulso. Kelsea não entendeu o motivo para aqueles preparativos até elas saírem do porão escuro de um prédio abandonado, a uma certa distância do Palais. Elas conseguiram ouvir o rugido do conflito lá de baixo, mas Kelsea não estava nem um pouco preparada para o que elas encontraram nas ruas.

Demesne estava mergulhada em caos. Incêndios descontrolados ardiam em vários pontos da cidade. Turbas andavam livremente, gritando o nome de Levieux. O bairro em torno do Palais, claramente um dos mais ricos da cidade, era uma zona de batalha de casas entrincheiradas sendo atacadas por cidadãos e soldados mort. Elas não queriam ser descobertas carregando dinheiro naquelas ruas, mas Kelsea não conseguiu sentir medo, pois foi extraordinário demais estar do lado de fora novamente. Ela quase tinha esquecido que existiam coisas diferentes do ar fétido do calabouço, da luz fraca das tochas. Até aquela cidade horrenda era uma paisagem agradável.

Em vários pontos da viagem pela cidade, Kelsea considerou brevemente acabar com o disfarce, entregar a Rainha Vermelha e se apresentar como escrava tear. As ruas estavam cheias de gente falando tear, escravos fugidos que agora viraram rebeldes, e sem dúvida os mort não estariam interessados em uma tear solitária quando botassem as mãos na mais nobre de todos os nobres. Sem dúvida Kelsea tinha o direito de deixar a Rainha Vermelha para trás. Ela poupou a vida da Rainha Vermelha, que por sua vez poupou a dela. Não havia dívida ali. E o Tearling a chamava, distante, mas de repente muito próximo. Quando saísse da cidade, ela podia cavalgar para o oeste e atravessar a fronteira em pouco mais de um dia.

Lar.

Claro que a ideia era tola. Demesne era uma cidade enorme, e Kelsea não fazia ideia de onde estava. Era obrigada a confiar na navegação da Rainha Vermelha, e elas finalmente escaparam de Demesne depois de subornar cinco soldados no portão sul da cidade. Depois de sair, elas ignoraram a estrada Mort e começaram uma viagem para o sudoeste. Kelsea não fazia ideia de para onde a Rainha Vermelha pretendia ir, mas desde que elas estivessem indo na direção de Tearling, não sentia necessidade de mudar de rumo. Ficou surpresa ao sentir uma estranha responsabilidade em relação à Rainha Vermelha. A mulher estava completamente sozinha agora, abandonada em um país que gritava pelo sangue dela. Se fosse pega, o que os mort fariam com ela seria ruim, muito ruim, mas o que os tear fariam seria pior. Ela não podia ficar impune, insistia a mente de Kelsea, não para sempre. Mas Kelsea também não queria que ela fosse vítima de agressões.

— A garota ao meu lado — continuou a Rainha Vermelha, a voz distante enquanto ela olhava para a ruína em chamas atrás delas. — A garota ao meu lado, e o homem de cinza atrás.

— Você está lançando um feitiço? — perguntou Kelsea. — Ou falando absurdos?

A Rainha Vermelha se virou para ela, e Kelsea sentiu um tremor involuntário subir pela espinha. Fosse qual fosse seu relacionamento com a safira de Tear, e Kelsea não tinha uma ideia precisa de qual era, ainda permitia que ela visse, catalogasse e analisasse os pequenos tiques que as outras pessoas tentavam manter escondidos. Ao longo do dia, ela foi ficando cada vez mais certa de que a Rainha Vermelha estava a um triz de surtar. *Une maniaque*, Thorne a chamou... E como uma pessoa assim se comportaria sob a pressão de uma fuga às cegas? Por baixo do exterior prático da Rainha Vermelha, da necessidade de escapar de Demesne, Kelsea sentiu os primeiros traços de loucura.

— Eu não sou imortal — disse a Rainha Vermelha. A expressão que ela lançou para Kelsea foi uma mistura de ódio e gentileza, e Kelsea não tinha certeza de qual das duas opções a deixava menos à vontade. — Está feliz, Glynn? Você me derrubou.

— Você se derrubou! — disparou Kelsea com rispidez. — Tanto poder! Você podia ter feito qualquer coisa com ele, e veja o que fez.

— Fiz o que precisei para manter meu trono.

— Mentira. Eu sei sobre sua corte, Lady Escarlate. Sei como você se portava. Escravos torturados e estuprados, inclusive os homens; não pense que não ouvi sobre suas predileções. As pessoas entram nos seus laboratórios e não saem nunca. Isso não é necessidade. É se dar carta branca.

O rosto da Rainha Vermelha ficou sombrio, e Kelsea sentiu alguma coisa movimentar seu cabelo apesar da ausência de brisa.

— Tome cuidado, Lady Escarlate — disse Kelsea suavemente. Eu não faria isso se fosse você.

A Rainha Vermelha ficou encarando Kelsea por um tempo, soltou um xingamento e virou-se para a cidade.

— Nós já nos afastamos o suficiente — disse Kelsea. — Por que não seguimos cada uma o seu caminho?

— Bom, você pode ir se quiser, Glynn. Mas eu preferia que ficássemos juntas até nossos caminhos se afastarem. Mulheres viajando juntas estão mais seguras do que sozinhas.

Isso era verdade, mas Kelsea sentiu a falsidade por trás da declaração. Elas não eram mulheres comuns, e o homem que tentasse roubar ou atacar qualquer uma das duas se arrependeria. A Rainha Vermelha estava com medo de outra coisa. Das crianças de Finn, talvez? Elas não viram mais nenhuma daquelas coisas horríveis desde que saíram do Palais, mas Kelsea não conseguiu pensar em mais nada que assustaria aquela mulher, exceto talvez o próprio Finn. Elas pararam horas antes para descansar e ingerir comida e água, mas a mulher proibiu Kelsea de acender uma fogueira.

A Rainha Vermelha estava massageando o pulso de novo. No estábulo, Kelsea cuidou do ferimento, lavou com água e fez um curativo. Os dois furos eram bem profundos e pareciam inflamados. Marcas de mordida.

— O que foi?

A Rainha Vermelha a pegou olhando. Kelsea se virou para a paisagem. Elas tinham finalmente deixado para trás o gramado amplo e aparado de Champs Demesne. O chão tinha virado mato alto, cheio de caminhos arenosos. Era um pouco mais protegido, mas não o lugar mais confortável para passar a noite.

— Nós devíamos seguir em frente — disse Kelsea. — Para onde você pretende ir no final?

— Para as Terras Secas. Não há outro lugar onde eu possa me esconder.

— E Cadare?

— Eu não posso ir para Cadare — respondeu a Rainha Vermelha secamente.

— Bom, eu posso ficar com você até atravessarmos a fronteira. Depois disso, preciso voltar para minha cidade.

— Tudo bem — respondeu a Rainha Vermelha, a voz despreocupada, e novamente Kelsea teve a estranha sensação de que a mulher não se importava para onde elas fossem, desde que estivessem juntas.

Do que ela tem medo?

Elas seguiram para sudoeste durante várias horas. Quando o sol tocou o horizonte, pararam para descansar já perto das Colinas da Fronteira. Tão ao sul, a terra não era coberta de pinheiros, só de grama e arbustos e bosques ocasionais. Era uma paisagem sem graça, mas Kelsea ficou olhando ao redor, fascinada. Menos de oitenta quilômetros ao norte, Hall fez sua resistência, e Ducarte forçou o exército tear a sair da colina botando fogo na floresta. Até Kelsea, que gostaria de ver Ducarte em uma prisão tear pelo resto da vida, tinha que admirar a simplicidade da estratégia: se seu oponente não podia ser removido, era só botar fogo nele.

Voltaram a comer carne defumada e frutas no jantar. Havia muitos animais ali, cervos e coelhos, mas a Rainha Vermelha mais uma vez proibiu Kelsea de acender uma fogueira.

— Você já tentou matá-lo? — perguntou Kelsea. — Row Finn?

— Tentei e fracassei. Ele não é exatamente mortal. Não tem forma; eu não consegui segurá-lo.

Kelsea não entendeu exatamente as palavras da Rainha Vermelha, mas achava que tinha uma ideia. Quando matou Arlen Thorne, ela conseguiu ver o âmago dele: não sólido, mas sólido o suficiente, delineado por um brilho venenoso, e uma Kelsea mais jovem e furiosa, pensando em todas as coisas que estavam fora do seu controle, não teve dificuldade de segurar.

— Você sabe como ele se tornou o que é?

— A coisa sombria? De algumas formas. Ele falava sobre isso depois... — Aqui, a Rainha Vermelha fez uma pausa e lançou um olhar furtivo na direção de Kelsea. — Ele dizia que tinha forçado sua própria sobrevivência. Quase se gabando, eu acho. Ele me ensinava coisas.

— Quanto tempo você ficou em Fairwitch?

— Dois anos. Tempo suficiente para que todos que me conheciam acharem que eu estava morta. — Kelsea viu um breve brilho de ódio nos olhos dela. — Mas você sabe disso, Glynn. Sabe tudo sobre mim.

— Nem tudo. Não vejo com clareza. É como folhear um livro. Por que sua mãe mandou você para o exílio?

— Ela não mandou. Eu fugi.

— Por quê?

— Não é da porra da sua conta.

Kelsea piscou de surpresa, mas insistiu:

— Você aprendeu magia com Finn?

— Um pouco. O suficiente para conseguir criar a minha própria quando chegou a hora. Mas não o suficiente para evitar desastres. — A Rainha Vermelha franziu a testa, e Kelsea reparou que ela estava massageando o pulso com o curativo de novo, mexendo nele com os dedos.

— Está doendo?

A Rainha Vermelha não respondeu.

Elas continuaram viajando para sudoeste. O tempo foi ficando mais frio, e logo a terra começou a ficar seca. Riachos e rios sumiram, e até fontes de água potável e poços ficaram escassos. Em um vilarejo nas planícies baixas, Kelsea trocou ouro por água, negociando em mort enquanto a Rainha Vermelha ficava em silêncio ao seu lado. Muitas vezes, Kelsea pensava que podia simplesmente sumir, deixar a Rainha Vermelha para trás e seguir direto para Nova Londres. Ela cavalgava melhor; na verdade, achava que a Rainha Vermelha tinha um medo secreto de cavalos. Quanto tempo fazia desde que a mulher saíra de Demesne ou viajara sem ser de carruagem? Fora do Palais, a Rainha Vermelha começou a parecer menos substancial, não a feiticeira de Mortmesne, mas uma mulher comum, solitária e perdida. O que inicialmente eram pequenas coisas (distração, tremores na fala) foi ficando mais pronunciado quanto mais se afastavam de Demesne. A Rainha Vermelha olhava para trás constantemente, e Kelsea não sabia se ela realmente via alguma coisa ou se era apenas paranoia.

— O que foi? — perguntou Kelsea quando a Rainha Vermelha parou o cavalo pela terceira vez naquela tarde.

— Nós estamos sendo seguidas — respondeu a Rainha Vermelha, e Kelsea ficou nervosa pela certeza do tom dela. A Rainha Vermelha começou a massagear o pulso de novo.

— Me deixe dar uma olhada nisso — ofereceu Kelsea.

— Se afaste! — sibilou a Rainha Vermelha, batendo na mão dela, e Kelsea recuou. Por um momento, pôde jurar que os olhos da Rainha Vermelha brilharam em um vermelho intenso e ardente.

— Vou precisar amarrar você? — perguntou Kelsea secamente.

— Não. Eu vou superar. Controlo meu próprio corpo, mesmo que não controle mais nada.

Kelsea tinha suas dúvidas, mas não conseguia pensar em como agir. Mesmo que conseguisse prender a Rainha Vermelha, para onde poderia ir com uma mulher amarrada? Sentiu novamente a vontade de simplesmente ir embora, de fugir para o norte, para sua própria cidade, sua Fortaleza, sua vida. Mas, novamente, alguma coisa a fez hesitar.

O que me prende a ela?, perguntou-se Kelsea. *O que nos une?* Ela tinha revirado a mente da mulher como alguém procura um objeto, com descuido, sem dar atenção a decência ou privacidade, e só agora Kelsea percebia que aquela invasão talvez tivesse um custo, um preço que nunca considerou.

— Não se preocupe comigo — disse a Rainha Vermelha com aspereza. — Vamos em frente.

No terceiro dia de viagem, elas subiram as encostas suaves das primeiras Colinas da Fronteira, e Kelsea finalmente pôde olhar seu reino, a planície enorme de Almont se espalhando à frente, até onde o olhar alcançava. Em vez do prazer que esperava, ela se sentiu quase enjoada. Tinha sacrificado muito por aquela terra, seu país imperfeito, mas alguma coisa dizia que ainda não tinha acabado. Quando olhou para baixo, ela se viu apertando a safira de William Tear na mão úmida de suor.

Naquela tarde, elas chegaram no começo das Terras Secas, mais de cento e sessenta quilômetros de deserto que se prolongava além da fronteira cadarese. Elas precisariam parar e comprar equipamentos para o frio, peles e barracas; Carlin disse uma vez que as Terras Secas ficavam quase tão frias quanto Fairwitch no inverno. Ao longe, Kelsea via vários pontos escuros, vilarejos espalhados, mas em volta deles a paisagem era vasta, ressecada, sem cor e imperdoável. Kelsea sentia que não tinha fim, mesmo além do horizonte.

A oeste, ela viu uma mancha no céu pontuada por relâmpagos. As tempestades das Terras Secas eram lendárias, um fenômeno ecológico temido e inexplicável no qual a água parecia vir do nada. Torrentes de chuva caíam, mas a água não alterava as características da paisagem; tudo permanecia tão seco quanto antes. Tecnicamente, as Terras Secas faziam parte do Tearling, mas, para Kelsea, o deserto parecia ser um reino próprio, solitário e frio.

— O que você pretende fazer? — ela perguntou à Rainha Vermelha. — Vamos morrer se tentarmos atravessar isso.

A Rainha Vermelha se virou, um tipo louco de desespero nos olhos. Ela estava segurando o pulso de novo.

— Ele sabe onde eu estou — disse ela, baixinho. — Consigo sentir. Ele vai mandar mais daquelas criaturas. Preciso fugir.

— Bom, você não pode se esconder no deserto.

— Aonde você quer chegar?

— Que tal irmos para Nova Londres juntas? — perguntou Kelsea. — Eu vou...

Ela parou, sem ser capaz de acreditar nas palavras que quase escaparam da sua boca. *Eu vou proteger você...* mas não podia fazer isso. Os tear tratariam a Rainha Vermelha como uma criminosa de guerra, e estariam certos de fazer isso.

— Um desses povoados deve ter uma pensão — concluiu ela sem muito ânimo. — Pelo menos nós temos dinheiro para uma cama decente e um banho.

A Rainha Vermelha engoliu em seco e assentiu, recuperando o antigo autocontrole. Mas, aos olhos de Kelsea, era só uma sombra do que um dia tinha sido.

Desfazendo-se, pensou ela. A Rainha Vermelha piscou, e, desta vez, Kelsea não pôde enganar a si mesma: as pupilas da mulher estavam tingidas de vermelho.

— Sim — respondeu a Rainha Vermelha. — Um banho e uma cama. Seria bom.

O primeiro vilarejo que elas encontraram era pouco mais do que um amontoado de casas, uma cidadezinha tão triste quanto a paisagem ao redor. Quando pegaram o caminho estreito de areia que parecia servir de rua principal, Kelsea viu uma plaquinha maltratada pelo tempo enfiada na terra arenosa:

Gin Reach

As casas eram pouco mais do que tábuas de madeira empilhadas, e ninguém tinha se dado ao trabalho de deixá-las mais bonitas. Só uma construção tinha janelas de vidro e um toldo colorido e bonito; Kelsea não ficou surpresa de ver que era o bar do vilarejo. Ela achou que estava sendo observada, mas quando ergueu o rosto, viu que todas as janelas do segundo andar estavam fechadas. O vento soprava forte, jogando areia no rosto de Kelsea. Uma tempestade se aproximava, e a cidade toda parecia estar fechando as portas.

A pensão da cidade acabou sendo uma casa grande com três quartos. O proprietário garantiu que possuía atualmente apenas um hóspede; as duas teriam privacidade, um comentário seguido de uma piscadela distintamente lasciva. A Rainha Vermelha não pareceu se importar e acrescentou dinheiro para que dois banhos quentes fossem providenciados para o quarto delas. Depois do luxo que Kelsea viu no Palais, teria esperado que a Rainha Vermelha fosse ficar incomodada de se hospedar em uma pensão de cidadezinha. Mas ela pareceu bem e apenas deu uma resposta atravessada quando o proprietário da pensão tentou flertar. Isso fez Kelsea se perguntar de novo o que tinha deixado passar na mente da Rainha Vermelha, a vida complexa que ela devia ter tido.

Quando elas se despiram para o banho, a Rainha Vermelha tirou o curativo, e Kelsea viu que as marcas no pulso tinham desaparecido. Sua inquietação aumentou; os buracos que ela tratou eram fundos e estavam feios, e se isso não era cicatrização natural, o que era então? Enquanto tomavam banho, cada uma relaxando em uma banheira de aço, Kelsea observou a Rainha Vermelha pelo canto do olho. Ela mostrava poucos sinais de cansaço; de fato, apesar do tempo frio no qual elas viajaram, a Rainha Vermelha parecia fisicamente forte, mais forte do que quando elas saíram de Demesne.

Do que tenho medo?, perguntou-se Kelsea quando elas se deitaram nas camas. Não sabia dizer, mas sua pele estava arrepiada, como se um animal invisível estivesse à espreita, pronto para dar o bote. Ela se sentiu observada novamente, mas quando olhou para a Rainha Vermelha, viu que ela estava virada para o outro lado, descansando confortavelmente na sua cama. Kelsea tentou ficar acordada, mas a exaustão falou mais alto, e ela finalmente desistiu de tentar ficar vigiando e soprou a vela. Uma tempestade terrível assolava a cidade, trovões que sacudiam a casa até as bases, e Kelsea deslizou com facilidade para um sonho com Argive e as jaulas na fronteira. Se ela e sua Guarda tivessem chegado um dia atrasados, a caravana teria ido embora, sumido em Mortmesne.

Esse foi um marco, pensou a Kelsea que sonhava, *um marco no tempo, assim como a morte de Jonathan Tear. Se eu tivesse perdido esse momento, o que teria acontecido? Onde nós estaríamos agora?*

Mas o sonho de Argive sumiu, misturou-se gradualmente com outro. Kelsea estava no cadafalso alto, e na frente dela estava Arlen Thorne, de joelhos. Ao redor, a multidão furiosa, uma cacofonia de vozes gritando. Thorne ergueu o rosto, e Kelsea viu que ele estava no momento final, o rosto uma máscara de sangue.

Perdão!, ela tentou gritar, mas, antes que pudesse, uma mão segurou seu tornozelo. Ela olhou para baixo e viu Mhurn aos seus pés, um sorriso largo, o rosto virado para ela, expondo o corte vermelho que ela fez no pescoço dele. A mão começou a subir pelo tornozelo, e Kelsea fez a única coisa que podia fazer: pulou do cadafalso para o mar de gente gritando que a esperava. No último momento, ela percebeu que todos eram Mhurn e Thorne, esperando-a, e acordou sem fôlego.

Havia uma mulher de pé ao lado da cama.

Antes que Kelsea pudesse gritar, uma mão cobriu sua boca. Havia muita força naquela mulher; ela segurou Kelsea com facilidade, prendendo-a contra o colchão.

Eu me enganei, pensou Kelsea com amargura. O que quer que a Rainha Vermelha tivesse se tornado, Kelsea nunca devia ter tirado os olhos dela, assim como Clava nunca tiraria os olhos de um inimigo declarado. Ela se permitiu amolecer pela companhia e pelo interesse mútuo, permitiu-se esquecer que havia mais de um século de ódio entre Mortmesne e o Tearling, entre o vermelho e o negro.

A Rainha Vermelha se inclinou, aproximando o rosto de Kelsea, e ela ouviu o sibilar da respiração da mulher no ouvido, achou que estivesse sentindo o toque de dentes no pescoço.

— Você vai sofrer, sua puta — sibilou a mulher na escuridão. — Vai sofrer pelo meu mestre.

Kelsea ficou paralisada ao reconhecer a voz. A ameaça era real, mas ela se enganou sobre a fonte. Não era a Rainha Vermelha, mas...

— Brenna — sussurrou Kelsea.

Ewen não lidava bem com lugares novos. Tinha morado a vida toda em Nova Londres, mas várias vezes se perdeu em partes estranhas da cidade. Seu pai dizia que ele não tinha uma bússola dentro de si. Mas, depois de duas semanas em Gin Reach, Ewen achava que até seu pai ficaria satisfeito. Conhecia cada centímetro das quatro ruas da cidade e até conseguia reconhecer alguns dos moradores.

Ele e Bradshaw provocaram uma agitação quando chegaram; Bradshaw disse que era porque eles tinham dinheiro para gastar. Isso confundiu Ewen, porque Gin Reach oferecia bem pouca coisa em que gastar dinheiro. Uma vez por semana, um homem com expressão azeda levava uma carroça coberta pela rua principal e parava na frente do bar. Enquanto o dono e seu assistente tiravam garrafas e barris da carroça, o pessoal do vilarejo saía de casa para negociar com o homem carrancudo por comida, roupas ou algumas novidades como papel, tecido ou remédios. Gin Reach tinha uma área de cultivo pequena e deprimente atrás das casas do lado sul, protegida do deserto com cercas e lonas, e a maior parte do que as pessoas usavam para negociar era a comida que plantavam: tubérculos, alho-poró e batatas, coisas que precisavam de pouca luz. Mas os únicos lugares onde era possível gastar dinheiro de verdade eram o bar e a pensão.

Quando Ewen viu a bruxa, ele quase não a reconheceu. A mulher de quem Ewen se lembrava era branca como papel, com idade indefinida e olhos como adagas. Podia ter vinte ou cinquenta anos. Mas a mulher que ele via agora tinha bochechas coradas e parecia estar no ápice da juventude. O cabelo, que era da cor de palha desbotada pelo sol quando Ewen a viu pela última vez, estava de um dourado intenso e saudável. Ela tinha mudado muito, sim, mas ele reconheceu a bruxa por baixo do disfarce, de pé na porta da pensão. Ela não o viu, pois Ewen se escondeu em uma viela estreita entre duas casas.

Naquela noite, ele e Bradshaw tiveram uma longa conversa sobre o que fazer. Bradshaw disse que os poderes de Brenna eram conhecidos, que ela podia controlar homens fortes com apenas um olhar. Nenhum dos dois se sentia à vontade para tentar capturá-la, nem mesmo os dois contra uma. Mas Bradshaw insistiu que Clava devia ser informado, que um deles devia ficar em Gin Reach enquanto o outro levava a mensagem.

Ewen não queria ficar. A cada momento do dia, seguindo-a a partir da pensão, ele sentia que Brenna ia se virar e o perfurar com os olhos. Não ousava segui-la quando ela ia para o deserto, pois não havia onde se esconder lá, e, de qualquer modo, até Ewen sabia sobre as Terras Secas. Seu pai dizia que o deserto gostava de mostrar aos homens imagens escondidas, coisas que não estavam lá, para atraí-los e fazer com que se perdessem. Os homens morriam de sede perseguindo as imagens em suas mentes. Ewen esperava na frente da pensão até Brenna voltar ao pôr do sol e desaparecer lá dentro, então corria para o quarto no porão que compartilhava com Bradshaw, sentindo-se um rato dispensado por um falcão. Não, ele não queria ficar ali, acompanhando os passos de Brenna.

Mas a alternativa era pior. Eles estavam em Gin Reach havia duas semanas, e àquela altura o general Hall podia ter sido obrigado a mudar o acampamento de lugar. Se o regimento não estivesse onde eles o deixaram, na parte sul de Almont, Bradshaw disse, o mensageiro teria que ir até Mortmesne para entrar em contato com Clava.

Mortmesne! A mais terrível de todas as terras, um lugar de escuridão, fogo e crueldade. Ele não queria ficar sozinho em Gin Reach, mas queria ainda menos visitar um reino do mal. Bradshaw insistia que Mortmesne não era tão ruim, mas Ewen não queria descobrir. A mera menção à jornada bastava para deixá-lo de estômago embrulhado.

— Bom, um de nós tem que ir — disse Bradshaw com firmeza. — E, se tem que ser eu, então você vai precisar tomar muito cuidado, Ewen. A bruxa não pode ver você, senão você está frito. Entendeu?

Ewen assentiu com desânimo. E desde que Bradshaw partiu, ele se tornou um espião. Não era um trabalho fácil, pois a cada dia ele tinha que elaborar um jeito novo e criativo de vigiar a pensão, não só para que Brenna não reparasse, mas para que o povo da cidade não começasse a falar. Ele ia ao bar com frequência, pois ficava perto da pensão, na mesma rua, e tinha uma boa vista da entrada. Mas isso também não era fácil, porque Ewen não bebia. Muito tempo antes, seu pai o alertou para não tomar cerveja, dizendo que isso só o meteria em confusão, e proibiu Ewen terminantemente de beber destilados. Isso não era difícil; Ewen tinha experimentado uísque no Natal uma vez e achou que tinha gosto de vinagre estragado. Mas a rigidez de seu pai apresentava um problema agora, quando Ewen estava tentando passar o dia em um bar. Até ele sabia que ninguém passava o dia em um bar se não fosse um bêbado. Ele pensou em comprar uma cerveja e ir bebendo devagar, mas no final não conseguiu. Seu pai podia estar morto, mas isso só tornou as regras dele mais poderosas. Ewen não podia violá-las.

Ele disse para o dono do bar que estava esperando um amigo chegar na cidade, e depois de certa discussão, aceitou que Ewen bebesse água e pagasse o preço de uma cerveja. Ewen teve medo de o homem contar para alguém sobre o estranho acordo, mas suas preocupações eram desnecessárias; a não ser que a discussão envolvesse dinheiro ou álcool, o dono do bar não parecia se interessar. Ficou satisfeito de deixar Ewen sentado na ponta do bar, bebendo um copo de água atrás do outro, só se levantando de vez em quando para usar o banheiro imundo nos fundos. Era entediante esse trabalho de espião, e no segundo dia, Ewen levou grafite e papel e começou a desenhar os clientes do bar, a rua lá fora. Ele sabia que seus desenhos não eram muito bons, mas ao menos o dono do bar pareceu gostar; depois de várias horas de aparente indiferença, ele se aproximou para ver Ewen desenhar. Depois de várias outras horas, ele perguntou se podia desenhar também. Ewen entregou a ele uma folha de papel e um pedaço de grafite. Ele se perguntou se alguém desenhava em Gin Reach. Não havia muita inspiração ali; a paisagem ao redor era a mais sem graça que Ewen já tinha visto. Ele desenhava pessoas, as construções, o céu, mas seus olhos nunca se afastavam da porta da pensão.

Por mais duas vezes, Brenna saiu da pensão e andou pela rua principal, depois seguiu para fora da cidade, até o deserto. Os passos pareciam quase sem direção, mas nem tanto, e no terceiro dia Ewen começou a se perguntar o que ela estava fazendo ali, por que não seguia em frente como a maioria dos outros viajantes, que passavam por Gin Reach só para se abastecer antes de tentarem atravessar as Terras Secas. Brenna não ia às poucas lojas que existiam com esse propósito, nem tentava comprar nada, nem comida. Na verdade, exceto pelas incursões estranhas pelo deserto, ela não saía da pensão. Ewen achava que entendia o porquê; agora que não sofria mais da doença branca que a afligia, Brenna era uma mulher bem bonita, e quando andava pela rua, os homens a encaravam. Ela ainda tinha o aspecto ameaçador; ninguém tentava falar com ela e ninguém ousava segui-la até o deserto. Mas ela atraía atenção, e Ewen sentia que era algo que ela não queria. Brenna estava esperando alguma coisa, e estava sendo cuidadosa. Ewen só podia monitorá-la durante o dia e não tinha ideia do que ela fazia enquanto ele estava dormindo.

No quarto dia após a partida de Bradshaw, mais dois viajantes chegaram à pensão. Estavam com capas pesadas, mas Ewen não sentiu ameaça nisso, pois muitos viajantes em Gin Reach eram bem reservados. Brenna não saiu para ver quem tinha chegado, então ele tirou as pessoas da cabeça e voltou a desenhar.

Naquela noite, não houve sono para ninguém. Uma tempestade se armou no deserto, uma tempestade diferente de qualquer coisa que Ewen já tinha visto. Relâmpagos brilhantes estalavam no céu de horizonte a horizonte, e os trovões eram tão fortes que sacudiam todas as construções na rua. Ewen, que tinha medo de trovões, sabia que nunca dormiria durante uma tempestade dessas, ainda mais sozinho no quarto do porão. Ele ficou até tarde no bar, e aparentemente o resto da cidade teve a mesma ideia, pois todas as mesas estavam lotadas. O dono do bar estava tão ocupado que, quando Ewen ficou sem água, ele colocou uma jarra cheia no balcão e se afastou sem nem cobrar nada.

O salão estava barulhento demais para Ewen ter prazer em desenhar, então ele só apoiou a cabeça no balcão e manteve o olhar na janela. Em intervalos de segundos via o brilho de um relâmpago, momentos longos e reluzentes que iluminavam a rua toda de um tom branco-azulado. Apesar dos trovões, as pálpebras de Ewen começaram a pesar. Era quase meia-noite, e ele só tinha ficado acordado depois da meia-noite três vezes na vida, nos três Natais antes de começar a trabalhar no calabouço da Fortaleza. Ele se perguntou se o dono do bar o deixaria dormir ali. Os trovões pareciam partir o mundo em dois, mas, apesar do medo, não era tão ruim quanto Ewen achava que seria. Quem imaginaria que ele deixaria Nova Londres, viajaria por metade do Novo Mundo e conseguiria se virar em uma cidade estranha? Queria poder ter contado para o pai, mas seu pai estava...

Ewen se levantou de supetão. O relâmpago tinha iluminado a rua de novo, e apesar de o lampião na janela dificultar sua visão, ele achou que tinha visto uma figura encapuzada carregando alguma coisa para fora da pensão.

Ewen desceu do banco e parou na frente do vidro. Mal conseguia enxergar na escuridão lá fora, só um leve contorno da fachada da casa. De repente, outro relâmpago brilhou no céu, e ele viu que havia uma carroça na frente da pensão, com a forma clara de um amontoado na parte de trás.

Esquecendo os papéis e grafites sobre o balcão, Ewen saiu do bar e ficou encharcado na mesma hora. A tempestade fazia tanto barulho que ele não conseguia ouvir nada vindo do bar. Pretendia dar uma olhada na carroça, mas assim que saiu de baixo do toldo do bar, um relâmpago explodiu novamente, iluminando a silhueta escura na frente da pensão. Ewen recuou e se escondeu nas sombras. Por um momento, viu apenas escuridão, e então um relâmpago mostrou a ele o rosto da bruxa sob o capuz. A cabeça se virava de um lado para o outro, lembrando um cão farejador. Ele pressionou as costas na parede com força, rezando para estar escondido, para aqueles olhos pálidos não conseguirem vê-lo...

Depois do que pareceu uma eternidade, Brenna saiu da proteção da porta da pensão e desceu os degraus. O próximo relâmpago revelou um segundo embrulho sobre o ombro dela, e Ewen percebeu com horror crescente que era do tamanho de uma pessoa. Ele não tinha visto o que Brenna fez com Will na Fortaleza, mas ouviu muitas histórias no alojamento dos guardas. Elston disse que Brenna transformou Will em carne moída.

Brenna subiu na carroça e pegou as rédeas. Ela estava indo embora, Ewen percebeu, e sua primeira reação foi de alívio. A bruxa não estava tramando nada de bom; talvez até tivesse matado alguém. Mas iria embora de Gin Reach e isso não seria mais problema dele. Quando Bradshaw voltasse, eles poderiam ir embora daquela cidade horrível no meio do nada e voltar para Nova Londres, para seus irmãos, para a vida que ele conhecia.

Mas, com o coração apertado, Ewen percebeu que não era bem assim. Clava disse para ele ficar de olho em qualquer coisa incomum, e ali estava uma bruxa transportando o que pareciam ser pessoas no meio da noite. Além disso, Brenna era uma prisioneira fugitiva, e antes de Ewen ter falado com Clava, ele era um carcereiro acima de tudo. Seu pai fez dele um carcereiro, escolheu Ewen apesar de seus irmãos serem mais inteligentes e corajosos, e ele nunca tinha deixado um prisioneiro escapar.

Ewen olhou para a janela do bar atrás de si, mas todos estavam conversando e bebendo. Talvez pudesse pedir ajuda do dono... Não, o dono nunca sairia do bar. Se ao menos Bradshaw estivesse ali para lhe dizer o que fazer! Mas não havia tempo. Após outro relâmpago, Ewen viu que a carroça já estava em movimento. Ele tateou a cintura e viu que ainda estava com a faca. Nada de espada; Clava nunca permitiu que ele tivesse uma. Ewen não saberia usar mesmo, pois até com a faca era desajeitado. Venner tinha dito isso.

Não sou um Guarda da Rainha de verdade, pensou ele novamente. Até os verdadeiros Guardas da Rainha tinham medo de Brenna, mas não havia mais ninguém. Nenhuma ajuda chegaria a tempo.

— Eu vou, pai — sussurrou ele na chuva. — Eu vou, está bem?

Ele se afastou da parede e começou a andar pela rua, atrás da carroça.

Quando Kelsea acordou, percebeu primeiro que as mãos estavam amarradas nas costas e em seguida que estava encharcada. Ela estava na caçamba de uma carroça em movimento, e depois de um momento se perguntou, atônita, se ainda estava a caminho de Mortmesne, se os meses anteriores não passaram de um sonho profundo. Ela abriu os olhos e não viu nada, mas um relâmpago brilhou e ela percebeu, aliviada, que aquela era uma carroça diferente, menor. Havia um amontoado ao lado dela, e no brilho do relâmpago seguinte Kelsea viu um par de olhos escuros sob o capuz: a Rainha Vermelha.

Brenna.

Kelsea se virou e viu uma figura encapuzada conduzindo a carroça. Não se lembrava de nada depois de ouvir a voz de Brenna na escuridão. Havia uma mancha de sangue na testa da Rainha Vermelha; será que as duas desmaiaram? Kelsea tinha sofrido ferimentos demais na cabeça ultimamente, mas não era uma concussão o que a assustava agora. Ela não sabia como Brenna tinha se libertado da Fortaleza, mas a mulher não estava em Gin Reach por acidente. Tinha ido atrás de Kelsea, assim como teria ido atrás de qualquer um que tivesse ferido Arlen Thorne. Ela se contorceu, tentando avaliar se ainda estava com a safira de Tear. Não conseguia saber. A safira faria alguma coisa ali? Brenna tinha fama de ser uma bruxa, mas seus verdadeiros poderes eram desconhecidos.

A carroça parou, e Kelsea fechou os olhos e sinalizou para a Rainha Vermelha fazer o mesmo. O que quer que Brenna fosse, ela tinha uma força incrível; puxou Kelsea da carroça como se ela não pesasse nada, a desenrolou do manto e a jogou no chão. Kelsea abriu os olhos de leve para tentar determinar onde estavam, mas mesmo com a iluminação brilhante dos relâmpagos, mal conseguia enxergar na chuva torrencial. A terra embaixo da bochecha parecia areia. Elas deviam estar no deserto.

Brenna a pegou e carregou para longe da carroça. Kelsea tentou ficar inerte, mas Brenna passou a mão nas costelas dela, e Kelsea não conseguiu impedir um tremor involuntário.

— Nem se dê ao trabalho, Rainha Verdadeira — murmurou Brenna. — Eu sei que você está acordada faz um tempo. Fingir inconsciência não vai adiantar nada.

— O que você pretende fazer?

Brenna não respondeu, mas o relâmpago seguinte revelou um sorriso largo e bestial. Ela parecia diferente, mais jovem, mas Kelsea não conseguiu avaliar a mudança antes de a escuridão reinar de novo. Mais alguns passos e a chuva parou de agredir seu rosto e seu corpo; elas estavam em algum tipo de abrigo. Brenna a jogou sem cerimônia no chão duro de pedra, e Kelsea deu um gritinho ao bater o cotovelo.

— Espere aqui, rainhazinha. Eu não vou esquecer você.

Kelsea trincou os dentes e tentou se levantar. Com as mãos amarradas nas costas, o melhor que conseguiu foi se contorcer no chão. Em desespero, ela olhou para o peito e viu a safira aparecendo embaixo da roupa. Mas, não, era a safira errada, não a que ela precisava. A safira Tear não servia para provocar ferimentos. A de Finn a teria ajudado naquela situação, mas ela a tinha devolvido para a Rainha Vermelha. Por que fez isso? Mal conseguia lembrar, e sua mente não lhe ofereceu nenhuma resposta além da imagem do rosto de Arlen Thorne.

Depois de mais um minuto, Brenna voltou, os passos arrastados no piso de pedra. Com um baque e um grito agudo, a Rainha Vermelha caiu ao lado de Kelsea, e Brenna se afastou.

— Quem é essa? — sussurrou a Rainha Vermelha.

— Brenna. A bruxa de Arlen Thorne.

— É mesmo uma bruxa. Eu não consigo encontrá-la.

Kelsea assentiu, concordando. Brenna era como Row Finn; nunca existiu claramente na mente de Kelsea como as outras pessoas. Tantas crianças nascidas depois da Travessia, nascidas com peculiaridades que chegaram ao Tearling do presente de formas imprevisíveis. Se alguém se desse ao trabalho de procurar, poderia encontrar magia por todo o reino, e boa parte parecia ter ligação com aquele momento, os navios passando pelo portal no horizonte. Mas seria a Travessia a verdadeira raiz, ou a safira, a pedra preciosa que ocupava todo o subterrâneo de Tearling?

O que fez conosco?, perguntou-se Kelsea, momentaneamente distraída. *O que fez com todos nós?*

Um fósforo se acendeu, e ela viu a silhueta de Brenna no aposento, agachada ao lado de uma pilha de varetas. Elas estavam em um tipo de casa de pedra sem janelas. Kelsea ouvia chuva batendo no telhado. O lugar parecia abandonado; alguns pedaços de madeira no canto eram tudo que restava da mobília.

Brenna se empertigou e bateu as mãos para limpar as cinzas, e Kelsea soube que estava certa: Brenna estava diferente. O cabelo antes branco agora estava cor de mel, e as bochechas estavam coradas.

— Você não é mais albina? — perguntou Kelsea.

— Eu nunca fui. As pessoas acreditam rapidamente na primeira imagem tola que lhes surge aos olhos.

— O que é você, então? — perguntou a Rainha Vermelha.

Kelsea percebeu que a outra estava tentando ganhar tempo, mas de que adiantaria? Mesmo se Clava e Pen tivessem conseguido rastreá-las até o vilarejo, eles nunca encontrariam aquele lugar. Brenna não achou uma casa abandonada no deserto por acidente. Aquele local foi escolhido.

— Rainha mort! Meu mestre falava bastante de você. — Brenna olhou para o fogo, que estava mais forte e lançava sombras tremeluzentes nas paredes. — Nós vamos esperar o fogo crescer um pouco, para todas podermos enxergar bem. Senão, não vai ser tão divertido.

— O que é você? — perguntou Kelsea, seguindo a ideia da Rainha Vermelha. Um atraso era melhor do que nada.

— Eu sou uma ferramenta. A ferramenta útil do meu mestre.

— Que tipo de ferramenta?

— Você não vai me distrair, escrota. Mas vou contar, pois faz parte do show. — Brenna disse a última palavra com prazer, e Kelsea tremeu. Sentia cheiro de tortura ali, de alguma forma. A empolgação da mulher era pronunciada demais para qualquer outra coisa.

— Antes de eu aprender a andar, meus cuidadores na Creche perceberam que eu tinha um talento curioso — continuou Brenna. — Eu absorvo dor. Não dor física, mas dor da mente, do coração. Eu podia pegar as piores lembranças de um homem, as coisas mais terríveis que ele tinha feito ou que tinham feito com ele, e absorvê-las. Pela hora que eles pagavam, meus clientes podiam ficar livres de preocupações.

— Imagino que pagavam um preço alto por isso.

— Ah, pagavam, sim. — Brenna se agachou e verificou as amarras de Kelsea. — Mas o alívio era apenas temporário. No final da sessão, eles precisavam pegar suas dores de volta.

— Ah... — murmurou Kelsea, vendo o estranho valor de Brenna. Para certos grupos, ela valeria um suprimento vitalício de morphia. — E Thorne?

Brenna bateu com a cabeça de Kelsea no chão. Kelsea sentiu gosto de sangue.

— Você está proibida de dizer o nome dele. Eu vi o que você fez. Vi... — Brenna ficou em silêncio. Naquele momento, ela pareceu distraída, mas a distração não servia de nada para Kelsea. A Rainha Vermelha estava tentando se sentar, mas não estava tendo mais sucesso do que Kelsea. Ganhar tempo era a única opção que elas tinham.

— O que você fazia pelo seu mestre? — perguntou Kelsea.

— Eu absorvia a dor dele e a mantinha comigo. — As feições de Brenna estavam limpas, quase bonitas. Os olhos eram de um tom frio e profundo de azul. — Eu nunca devolvia a dor dele. Foi tirando a minha vida, tirou minha juventude e me deixou pálida, mas eu segurava a dor dele para que ele fizesse as coisas que precisava. Para nos manter em segurança.

Kelsea fechou os olhos. Tinha avaliado Thorne mal, classificando-o como um sociopata, mas ele não era nada disso. Ele sentiu dor quando estava morrendo, uma dor enorme, bem maior do que os ferimentos que Kelsea infligiu. Brenna não podia mais ajudá-lo.

— Então você é um condutor? — perguntou a Rainha Vermelha em tear. — Que retira a dor?

— Às vezes. — Brenna sorriu, um sorriso tão selvagem que Kelsea tremeu de novo. — Mas tenho outros talentos. Meu mestre raramente precisava deles, mas acho que vamos fazer bom uso deles aqui.

Ela segurou a Rainha Vermelha pelos cabelos e a obrigou a ficar sentada. A Rainha Vermelha grunhiu de dor, mas não gritou, como Kelsea tinha certeza de que era a intenção de Brenna.

— De você, piranha mort, meu mestre falou muitas vezes. Você tentou enganá-lo quando achava que podia se safar. Você vai servir para uma boa demonstração.

— Demonstração de quê?

Brenna se agachou e encarou os olhos da Rainha Vermelha. A Rainha Vermelha tentou virar o rosto, mas não conseguiu, e ela foi parando de lutar gradualmente, o olhar fixo e concentrado em alguma coisa que Kelsea não conseguia ver, a boca se abrindo de horror.

— Eu sou dona da dor — comentou Brenna quase casualmente, sem interromper o contato visual com a Rainha Vermelha. — Eu a manipulo. Posso tirar dor se eu quiser. Mas também posso ampliar.

A Rainha Vermelha começou a berrar, um berro alto e animal, como um porco no matadouro. Kelsea fechou os olhos, mas não conseguiu bloquear o som.

— Pense na pior coisa que você já fez, na pior coisa que já aconteceu com você — sussurrou Brenna. — Eu posso fazer você viver lá.

O berro parou. Os olhos da Rainha Vermelha tinham se revirado para dentro das órbitas. O rosto estava coberto de suor, e um filete de baba tinha começado a escorrer da boca. O corpo dela começou a tremer inteiro.

— Pare! — gritou Kelsea. — Você não tem motivo para fazer isso com ela!

— Ela enganou meu mestre — respondeu Brenna com a voz firme. — É motivo suficiente, mas não é tudo. Eu quero que você veja o que a aguarda, vadia tear. Isso é uma demonstração para você.

— Mãããe! — uivou a Rainha Vermelha.

— Acho que podemos soltá-la agora — comentou Brenna, empertigando-se. Ela pegou uma faca, inclinou-se e começou a cortar as amarras da Rainha Vermelha. — Ela não vai a lugar algum. E o show vai ficar melhor.

— Mãe, me *desculpe*! — gritou a Rainha Vermelha, e Kelsea viu que lágrimas escorriam pelas bochechas conforme as palavras saíam pela boca. — Por favor, não! Não, mãe! Eu vou ser boazinha, eu prometo! Não me venda. — As mãos soltas cobriram o rosto e as unhas fizeram cortes longos em uma bochecha. Sangue fluiu dos ferimentos e começou a escorrer pelo pescoço. Kelsea virou para o lado e vomitou.

— Você tem lembranças ruins, Kelsea Glynn? — perguntou Brenna com a voz suave. — Alguma coisa de que se arrepende? Alguma coisa da qual anda tentando fugir?

Kelsea se contorceu para longe das palavras, mas Brenna apareceu ao lado dela e levantou sua cabeça pelo cabelo.

— Eu vou encontrar. Seja o que for, acredite em mim, eu vou encontrar, e vai se repetir de novo e de novo até você não conseguir pensar em mais nada.

Kelsea fechou os olhos, determinada a não olhar Brenna. A bruxa a jogou de costas no chão, e um momento depois Kelsea sentiu a dor suave de unhas nas pálpebras.

— Abra os olhos — sussurrou Brenna. — Abra, ou vou arrancá-los de você.

A alguns metros, a Rainha Vermelha ainda estava soluçando e implorando para a mãe invisível. O som era terrível, mas a ideia de ficar cega era pior. Kelsea abriu os olhos e encontrou o rosto de Brenna acima do dela.

— Onde está? — sussurrou Brenna, e Kelsea percebeu com horror que conseguia *sentir* a mulher dentro de sua mente, procurando, xeretando. — Onde está essa coisa, a pior de todas?

Foi isso que eu fiz?, perguntou-se Kelsea, perplexa. Brenna estava percorrendo a mente dela com a delicadeza de um ladrão revirando uma gaveta cheia de roupas; era como levar socos na cabeça. Kelsea tentou romper o contato visual, mas não conseguiu afastar o olhar nem fechar os olhos.

Eu fiz isso com outras pessoas?

— Está fundo — murmurou Brenna, e Kelsea percebeu, apavorada, que Brenna estava chegando mais perto de um bolsão profundo e escuro de sua mente: as lembranças de Lily, a vida de Lily antes da Travessia, o medo constante pontuado por violência e violação. A vida terrível de Lily, que Kelsea foi obrigada a viver junto.

— Ah — murmurou Brenna com prazer. — Estou vendo agora.

Kelsea deu um suspiro trêmulo, o corpo se arqueando no chão. Mas não conseguiu romper o contato. Em algum lugar próximo, ela ouviu a Rainha Vermelha engasgar.

— O que temos aqui? — perguntou Brenna, a voz provocativa. Os dedos fizeram cócegas nas costelas de Kelsea, fazendo-a se contorcer, mas ainda assim ela não conseguiu afastar o olhar. Conseguiu sentir as lembranças de Lily saindo do buraco escuro em sua mente, procurando apoio, ganhando tração. Greg Mayhew, o major Langer, o animal chamado Parker, em pouco tempo eles a alcançariam, e então...

— Deixe ela em paz.

Brenna deu um pulo. O contato na cabeça de Kelsea foi interrompido, e ela gemeu por aquela bênção, pelo alívio das lembranças de Lily voltando para a escuridão da sua mente, onde era o lugar delas. Seus olhos estavam secos e doendo; ela precisou piscar algumas vezes antes de conseguir se concentrar na figura na porta. Lá, avistou a última pessoa que esperaria: o carcereiro da Fortaleza, Ewen.

— Ewen, fuja! — gritou Kelsea.

Ewen segurava uma faca, mas seus olhos estavam arregalados, os olhos de uma criança com medo do escuro. Kelsea não podia deixar que ele morresse ali, não Ewen, não depois de já ter matado tantos outros...

— É, saia daqui, garoto — disparou Brenna. — Isso não é da sua conta.

— Essa aí é a rainha de Tearling — respondeu Ewen, com a voz trêmula —, e eu sou um Guarda da Rainha. A rainha é da minha conta, sim. Deixe ela em paz.

— *Guarda da Rainha* — repetiu Brenna, cheia de deboche. — Você é uma piada para eles, uma mascote. Você nem tem uma espada.

Essas palavras tiveram um impacto visível sobre Ewen; o rosto branco ficou ainda mais pálido, e ele inspirou fundo. Mas, ainda assim, ergueu a faca e deu outro passo à frente.

— Ewen, não olhe nos olhos dela! — Kelsea ouviu um som de engasgo vindo da esquerda, e quando se virou, viu a Rainha Vermelha tentando se enforcar. Com um grito, Kelsea se virou de barriga e começou a se arrastar na direção dela. — Evelyn!

Olhando para o nada, a Rainha Vermelha afastou as mãos do pescoço e as esticou para baixo, os dedos em forma de garra. Com um único movimento, abriu um corte fundo na coxa direita. Kelsea tentou chutar as mãos dela, mas não conseguiu.

— Evelyn, acorda!

— Mãe? — sussurrou a Rainha Vermelha, e com horror crescente, Kelsea percebeu que ela estava esticando as mãos em sua direção. Chegou para trás, mas a Rainha Vermelha começou a engatinhar em sua direção, esticando as mãos, agarrando o nada.

— Mãe — gemeu ela, chorando —, sinto muito por ter fugido.

Brenna tinha encurralado Ewen e estava indo para cima dele, lentamente, a faca escondida nas costas, um sorriso se formando na boca.

— Vamos conversar sobre isso, garoto. Venha aqui, olhe para mim.

— Não! — gritou Kelsea, mas viu com desespero que Ewen já tinha sido capturado, estava olhando para Brenna com olhos arregalados e boca aberta. Kelsea sentiu uma pressão leve no tornozelo, olhou para baixo e soltou um grito; a Rainha Vermelha estava acariciando seu pé, a boca curvada em um sorriso sangrento.

— Mãe?

Soluçando, Kelsea se afastou e rastejou na direção de Ewen, desesperada para romper o vínculo dele com Brenna. Empurrou-se apoiada no cotovelo bom, deslizando um pé de cada vez, gritando o nome de Ewen, mas terrivelmente ciente de que estava indo muito devagar, não chegaria a eles a tempo... mas ergueu o olhar, perplexa, quando a voz de Ewen ecoou pelo aposento de pedra.

— Consigo ver que você tem uma faca nas costas.

O sorriso de Brenna sumiu. Ela olhou para Ewen por um tempo, os olhos arregalados e os dentes trincados em concentração.

— Largue a faca.

O rosto de Brenna se contorceu de raiva, tanta raiva que Kelsea sentiu do outro lado da sala, como calor. Ewen se adiantou, erguendo a própria faca, e os olhos de Brenna se arregalaram de choque.

— Você não pode — sussurrou ela. — Não pode ser...

— Largue a faca — repetiu Ewen, e Kelsea só conseguiu ficar olhando para ele, se perguntando se estava sonhando. Ele tinha quase o dobro do tamanho de Brenna, embora, até alguns minutos antes, Kelsea estivesse segura de que Brenna era a maior dos dois, e a bruxa precisou recuar na direção do fogo. Golpeou loucamente com a faca, mas Ewen estava fora do alcance dela.

— Abaixe isso.

— Não!

— Abaixe. — O rosto de Ewen parecia um muro, teimoso e paciente, e Kelsea de repente teve uma noção do que estava acontecendo: Brenna escolheu um péssimo alvo. Não havia nada em Ewen para o tipo específico de sofrimento ao qual Brenna podia se agarrar, porque ele era diferente.

Ótimo.

— Onde está? — gritou Brenna, o olhar grudado no rosto de Ewen.

Ela tentou golpeá-lo de novo, mas dessa vez se esticou demais e perdeu o equilíbrio, caindo para a frente. Ewen tentou segurá-la, e ela cortou o braço dele, depois pulou para trás, direto para o fogo.

— Pegue ela! — gritou Kelsea, impotente. Ewen estava tentando tirar Brenna do fogo; ele soltou um grito quando as chamas queimaram sua mão. Os gritos de Brenna ecoaram pela pequena casa de pedra, até Ewen finalmente conseguir tirá-la do fogo, mas o vestido grosso estava em chamas e não havia nada com que apagá-las. Brenna gritou de dor enquanto Ewen ficava olhando, sem poder fazer nada. Um cheiro nauseante começou a se espalhar pelo aposento, um do qual Kelsea se lembrava bem de Argive.

— Rola ela! — gritou para Ewen. — Rola ela no chão!

Ewen engoliu em seco e começou a rolar Brenna com os pés, tentando apagar o fogo. Mas Kelsea sabia que era tarde demais. Brenna tinha parado de gritar.

— Glynn.

Ela olhou para o lado e viu a Rainha Vermelha. Os olhos estavam entreabertos, mas Kelsea viu um brilho vermelho entre as pálpebras. Alguma coisa despertou dentro dela, um instinto natural que indicava perigo, mas ela perguntou:

— Você está bem?

— Não. — A Rainha Vermelha indicou o próprio corpo, que estava todo sangrento. — Mas pelo menos estou de volta.

— Majestade? — perguntou Ewen com a voz falhada. — Majestade, eu fiz meu melhor, ela... Eu acho que ela...

— Ewen, venha aqui.

— Majestade...

— Eu preciso que você corte minhas amarras.

Ewen se levantou e correu até ela com a faca. Kelsea virou para o lado quando ele começou a cortar, e de repente seus pulsos estavam livres e ela os esticou na frente do corpo, sentindo os ombros estalarem de alívio.

— Escute, Ewen — ordenou ela. — Ela teria me matado. Teria me torturado por prazer e depois teria me matado. E teria matado *você* se tivesse conseguido pegá-lo. Mas você não a matou. Você pediu que uma prisioneira entregasse a arma, e ela se recusou.

Ewen assentiu, mas uma sombra tinha surgido no rosto dele, e Kelsea não achava que seria uma sombra fácil de dissipar.

— Como você veio parar aqui, Ewen?

— O capitão, Majestade. Ele me enviou até aqui. A mim e Bradshaw.

— O mágico? Ele está aqui?

— Não, Lady. Ele foi buscar o capitão alguns dias atrás. Estou sozinho.

Kelsea se levantou e atravessou a sala para chegar até Brenna. O corpo dela era uma ruína enegrecida, e Kelsea sentiu uma pontada de infelicidade. Desprezava aquela mulher, mas, no fim, o ressentimento de Brenna era legítimo. A verdade estava na cara de Kelsea havia semanas: executar Thorne tinha sido um erro terrível, e o que fez com ele no processo foi bem pior.

— Ewen — murmurou ela. — Tem capas na carroça lá fora. Traga-as para cá.

Ewen saiu correndo, o rosto exibindo alívio por ter recebido uma ordem fácil de executar. Kelsea respirou fundo, mas se arrependeu imediatamente; o ar fedia a carne queimada.

— Glynn — sussurrou a Rainha Vermelha novamente, e Kelsea foi se agachar novamente ao lado dela, pegando a faca de Brenna antes.

— Quando voltarmos para a cidade — disse ela para a Rainha Vermelha —, nós vamos cuidar dos seus ferimentos.

— Não é necessário. Veja.

Kelsea olhou para baixo e viu que os cortes nas coxas da Rainha Vermelha já estavam se fechando, a pele se regenerando sozinha.

Ewen voltou, quase correndo, com as capas, e Kelsea mandou que ele as jogasse sobre o cadáver de Brenna. Ela planejava cremar os restos, mas Ewen não precisaria ver isso.

— Glynn — murmurou a Rainha Vermelha novamente. — Mande o garoto sair.

Kelsea assentiu para Ewen, que hesitou por um momento antes de sair da casinha, fechando a porta. Kelsea se virou para a Rainha Vermelha e percebeu outro vislumbre vermelho nos olhos dela.

— Eu estou mudando — disse a Rainha Vermelha com firmeza. — Mudando para outra coisa. Não sou mais dona de mim mesma. Alguma coisa no meu sangue me manda matar você, e eu tenho vontade de escutar.

Kelsea recuou.

— Eu conseguiria me alimentar de carne humana. De certas formas, foi o que fiz durante todos esses anos do meu reino. — A Rainha Vermelha sorriu, os olhos chamas vermelhas profundas. — Mas ser controlada por outra pessoa, não poder escolher meu próprio destino... Eu vivi essa vida muito tempo atrás. Não posso enfrentar isso de novo.

— O que aconteceu com você?

A Rainha Vermelha ofereceu a mão, e Kelsea viu a safira de Finn na palma.

— Você pode ver, Glynn? Se puder, quero que me faça uma gentileza em troca.

Me faça uma gentileza. As palavras ecoaram na cabeça de Kelsea, e ela viu Mhurn, o rosto sorridente quando ela cortou sua garganta. Ficou com medo de repente, com mais medo do que quando acordou e encontrou Brenna de pé ao lado de sua cama.

— Eu não quis matar você antes. O que faz você pensar que eu faria isso agora?

— É diferente, Glynn. Agora, eu estou implorando.

Kelsea fechou os olhos. Alguma coisa tocou sua mão, e ela olhou para baixo e viu a Rainha Vermelha abrindo seus dedos, colocando a safira de Finn na palma e fechando sua mão.

— Eu sei o que você teme — sussurrou ela, os olhos cintilavam em vermelho. — Você teme se tornar como eu.

Isso não era verdade. Kelsea não temia se tornar a Rainha Vermelha, não, mas não era isso que a mantinha acordada à noite. O que ela temia mais do que tudo era se tornar sua mãe.

— É bom ter medo. Mas a morte é fluida. Há uma diferença gritante entre assassinato a sangue-frio e interromper o sofrimento. E, Glynn, eu estou implorando.

Kelsea olhou para a safira de Finn. Não a queria, não podia usá-la, mas também não podia simplesmente descartá-la. Coisas poderosas tinham que ser protegidas. Se ela era uma Tear, como Finn e Fetch tinham alegado, sua família vinha escondendo coisas assim havia muito tempo.

— Eu não posso me matar, Glynn. Não tenho coragem. Mas você pode, eu acho, sem ficar com a consciência pesada. Você se transforma no que deseja ser.

Kelsea quase fez uma careta ao ouvir essas palavras. Mais uma vez viu Mhurn, sorrindo enquanto Coryn enfiava a agulha no braço dele. Na ocasião, Kelsea encarou aquilo como um ato de misericórdia, mas era mesmo? A Rainha Vermelha estava à sua frente, não o corpo ferido e desajeitado, mas a mulher por baixo, delineada em luz vermelha. Mas ela estava sumindo, sendo dominada por outra coisa...

— Eu não tenho muito tempo, Glynn. Veja.

Kelsea olhou e quase recuou de pavor. A mente da mulher, que lutou tanto contra ela antes, estava aberta, uma metrópole ampla e barulhenta de pensamentos e ideias e lembranças e arrependimentos. Sons, imagens, sentimentos, tudo isso atingiu Kelsea como uma maré, tão forte que ela achou que poderia se afogar.

No fundo estava a mãe, presa em uma teia enorme de sentimentos contraditórios: amor, ódio, inveja, saudade, arrependimento, dor. A Rainha Bela via a jovem Evelyn como um peão, assim como a própria Evelyn agora via todos os outros, um ciclo que pareceu quase inevitável a Kelsea, e a tristeza dessa ideia quase a convenceu a sair da mente da Rainha Vermelha. Mas ela não fez isso, pois, como sempre, a história era envolvente, e valia passar por todo aquele sofrimento para chegar ao final.

Quando Evelyn tinha catorze anos, o rei cadarese ofereceu ao Tearling uma aliança, uma complicada troca que envolvia cavalos e madeira, pedras preciosas e ouro. As negociações foram longas e complexas, arrastando-se por meses. No fim, os dois embaixadores estavam exaustos e a corte tear estava cansada de entreter a delegação cadarese, que esperava cortesias elaboradas e consistia quase exclusivamente de homens que não conseguiam controlar as próprias mãos. A Fortaleza toda deu um suspiro de alívio quando as delegações chegaram a um acordo tênue, e para selar o acordo com boa vontade, a Rainha Bela incluiu Evelyn, a bastarda da corte, como um presente para o rei cadarese.

Evelyn estava acostumada a ser tratada de um modo diferente. Tinha convivido com comentários maldosos e os elogios que outros despejavam em Elaine — sua linda irmã, a filha legítima —, enquanto em Evelyn só pareciam encontrar defeitos. Estava até acostumada com a negligência da mãe, que variava entre a indiferença e a irritação. Mas aquela traição final... Evelyn não estava preparada para aquilo. Havia uma cena ali, uma imagem que não ficava clara para Kelsea, talvez por existir de forma nebulosa para Evelyn também, uma cena de gritos e recriminação e lágrimas, e, por fim, súplicas, súplicas infrutíferas das quais Evelyn se lembrava pouco, através de um véu escuro de humilhação. A mãe dela não se comoveu, e no final Evelyn foi enviada junto com os cadarese. Sua última visão da Fortaleza foi quase idêntica à de Kelsea: de pé no final da ponte de Nova Londres, tomada de dor, cercada por homens em quem não confiava, o olhar voltado para a cidade. Mas, quando a delegação saiu de Nova Londres, a dor se transformou em fúria.

A delegação de Cadare nunca chegou em casa. Na terceira noite de viagem, os embaixadores, embriagados por um barril de cerveja tear oferecido como cortesia e pelos sonhos grandiosos das recompensas que receberiam do rei por terem completado a missão, foram dormir sem prender a criança estranha e feia que estavam levando para casa. Ela ficou tão retraída durante a viagem que eles se esqueceram dela. Eles tomaram o barril inteiro, e a maioria nem reagiu quando a criança Evelyn se aproximou na ponta dos pés, segurando uma faca, e começou a cortar as gargantas deles.

Uma mão segurou a de Kelsea.

— Eu não tenho muito tempo — sussurrou Evelyn. — Por favor. Tudo está frio. E meu coração...

Kelsea escutou por um momento e viu que a mulher estava certa; o coração dela estava batendo, mas de um jeito estranho, arrastado, como se fosse um relógio prestes a parar de funcionar, muitos tique-taques e de repente uma pausa. Mas havia tantas outras histórias para ver! Apenas um homem acordou e, ao ver a criança encharcada de sangue, os dentes à mostra como os de um animal e os olhos cintilando com morte, fugiu para o sul, para as Terras Secas, e nunca mais se teve notícias dele. O incidente destruiu a aliança cadarese apesar de ter sido abafado e poucas pessoas saberem o que realmente aconteceu; a história oficial era que as negociações não deram em nada. Mesmo agora, Kelsea era capaz de parar e se impressionar em como Evelyn serviu a seu próprio futuro sem querer, pois, se o Tearling e Cadare tivessem firmado uma aliança duradora, Mortmesne não poderia ter se tornado o reino dominante de agora. Em vez disso, o assassinato dos embaixadores, um assassinato que o rei cadarese acreditou até o final ter sido cometido pelos tear, azedou o relacionamento entre os dois países durante muitos anos. Quando uma jovem feiticeira surgiu do nada e começou a provocar o caos no que era na época a Nova Europa, não havia união, e assim não houve esforço em conjunto para impedi-la. Mas isso estava anos no futuro. Depois de matar os embaixadores cadarese, Evelyn fugiu para o norte e...

— Por favor — repetiu a Rainha Vermelha.

— Você não consegue fazer isso sozinha? — perguntou Kelsea em desespero.

— Eu já tentei. Desistir vai contra a minha essência. Meu corpo não vai aceitar que não haja mais futuro.

Kelsea acreditava; o sofrimento nos olhos de Evelyn era real. Se tivesse a chance, aquela mulher ia preferir tirar a própria vida, controlar a morte como tinha dominado todo o resto. Mesmo vagamente, Kelsea conseguia ver a dor que custaria a ela colocar a morte nas mãos de uma estranha.

— Eu não quero fazer isso — disse Kelsea, e ficou surpresa de ver que as palavras eram verdadeiras.

Evelyn deu um sorriso sombrio.

— Tem uma máxima que a minha mãe gostava de dizer: ter é o inferno do querer. O destino nos trouxe até aqui. Por favor.

Me ajude, pediu Kelsea, sem saber para quem estava implorando. Barty? Carlin? Clava? Tear? A dama de espadas, a força que vivia dentro dela quando assassinou Arlen Thorne, pois entendia agora que ele fora assassinado, aquela força tinha sumido. Mas não havia nada no lugar. Só havia Kelsea. Ela queria ser ela mesma de novo, mas só agora entendia o quanto aquele desejo lhe custou. Conseguia sentir o coração de Evelyn, tão vulnerável como se estivesse em suas próprias mãos.

— Em pouco tempo, vai parar sozinho — sussurrou Evelyn. — E tenho medo, muito medo, de começar a bater para outra pessoa.

Kelsea hesitou, parte dela, a parte rebelde, ainda desesperada para ver o final da história da Rainha Vermelha. Row Finn estava lá, esperando, e ainda havia tantas coisas que Kelsea precisava saber...

— Por favor — repetiu Evelyn. — Estou no meu limite.

E estava. Kelsea sentia o coração da mulher falhando. Os fantasmas de Mhurn e Thorne pareciam surgir e sumir do seu campo de visão, mas, estranhamente, Kelsea não tinha medo deles. Katie também estava lá, exigindo parte da mente de Kelsea. Ela sentia que o tempo estava acabando e levantou a faca acima do peito de Evelyn, segurando-a com as duas mãos para não escorregar. Como com Mhurn, não teria coragem de repetir.

— Ele tem medo de você, sabia? — sussurrou Evelyn. Ela indicou a safira de Finn, agora pendurada na mão de Kelsea, as facetas escuras cintilando à luz do fogo. — Use isso e acabe logo com ele.

Kelsea ficou olhando para ela, mas Evelyn já tinha fechado os olhos.

— Estou pronta, criança. Não perca a coragem.

Kelsea respirou fundo. Os rostos apareceram na frente dela de novo, de Mhurn e Thorne, mas Evelyn estava certa: havia muitos tipos diferentes de morte.

— Uma gentileza — sussurrou ela, piscando para afastar as lágrimas.

— Sim. — Os lábios de Evelyn se moveram no que poderia ter sido um sorriso. — Uma gentileza.

Reunindo toda a coragem que tinha, Kelsea golpeou com a faca.

LIVRO III

O país de Tear

O ressurgimento do cristianismo fundamentalista na cidade de William Tear foi um grande golpe, algo que Jonathan Tear reconheceu imediatamente, mas não conseguiu neutralizar. Poucas coisas são mais perigosas para um ideal igualitário do que o conceito de algumas pessoas escolhidas, e a divisão resultante da atuação prematura da Igreja de Deus ajudou a exacerbar as muitas falhas ideológicas que já permeavam a paisagem. No momento de dificuldade, o povo de Tear estava pronto a se voltar uns contra os outros, e a queda da Cidade foi rápida, tão rápida que os historiadores questionam se todas as comunidades desse tipo não estão destinadas ao fracasso. Nossa espécie é capaz de altruísmo, sem dúvida, mas não é algo que fazemos por vontade própria, muito menos bem.

— *A Travessia em retrospecto*, ELLEN ALCOTT

Nos dois anos seguintes à morte de William Tear, Katie Rice aprendeu muito. Acompanhava Jonathan constantemente, e ele às vezes apenas sabia coisas. Mas havia mais do que isso. Às vezes, Katie sentia como se habitasse o coração escondido da Cidade, um polo onde todos os segredos estavam enterrados, e agora ela sabia muitas coisas, até algumas que desejava não saber.

Ela sabia, por exemplo, que durante o trabalho de parto de Lily Tear, Jonathan e a sra. Johnson, a parteira, tentaram fazer uma cesárea. Os resultados foram horrendos, e Lily morreu em agonia. Katie ouviria seus gritos até o fim dos dias, mas isso não era o pior. No último momento, um pensamento disparou como uma flecha da mente de Jonathan, tomado de desespero, mas tão claro e intenso que Katie quase conseguia ler, como se ele o tivesse escrito:

Nós estamos fracassando.

Katie não entendeu isso. A morte de Lily não era culpa de Jonathan; no máximo, era culpa do pai, por não conseguir voltar com médicos ou até por não ter levado o Navio Branco em segurança durante a Travessia original, embora Katie não conseguisse acreditar nisso de verdade, não com a lembrança do rosto angustiado de Tear. Ele já tinha punido a si mesmo. Nenhuma culpa podia ser colocada nas costas de Jonathan, mas Katie sabia que ele se culpava pela morte da mãe. Nenhum homem era uma ilha, mas talvez Jonathan fosse um istmo, e por isso Katie não tentou convencê-lo que ele não tinha culpa. Jonathan não aceitava consolo, só o tempo poderia diminuir sua culpa. Katie o conhecia bem o bastante para entender isso.

Ela sabia que mais duas crianças tinham desaparecido: Annie Bellam, voltando para casa da leiteria, e Jill McIntyre, que estava brincando de pique-esconde perto do pátio do colégio, ambas sem deixar rastros. Esses desaparecimentos eram ruins, mas, por causa de Jonathan, Katie também sabia que a depredação no cemitério tinha recomeçado, que quinze túmulos foram violados nos últimos catorze meses, todos de crianças. A Cidade não sabia sobre o cemitério; a própria Katie tinha refeito vários túmulos, acrescentando mais terra para disfarçar e cobrindo com folhas. Mas, depois do desaparecimento da garota McIntyre, os cristãos ficaram bem piores. Paul Annescott, ou irmão Paul, como ele agora se intitulava, alegava que os desaparecimentos eram um julgamento divino, uma punição pela falta de fé. Isso não surpreendeu Katie; o que a deixou estupefata foi a quantidade de gente que o levou a sério. Foi como ela temia; sem William Tear, não havia voz forte o bastante para neutralizar o fluxo cada vez mais histérico de retórica religiosa. Sua mãe e Jonathan estavam trabalhando nisso; Jonathan não tinha o talento do pai para acalmar uma multidão, mas podia falar bem quando precisava, a voz baixa e lógica, a voz de um homem que só queria o melhor para todo mundo. Mas não foi suficiente. Oito meses antes, centenas de pessoas começaram a construção de uma igreja, uma construção pequena de tábuas brancas na extremidade sul da cidade, e agora que a igreja estava pronta, Annescott dava sermões todas as manhãs. Ele abriu mão do emprego de apicultor, mas ninguém ousava brigar com ele, nem Jonathan. Katie sabia de muitas coisas agora, mas não sabia como consertar o que havia de errado na Cidade. Esperava que Jonathan soubesse, mas também não tinha como ter certeza, e tinha a sensação inquietante de que o resto da guarda de Jonathan também estava tomada de dúvida.

Gavin era o pior. Ele reclamava sem parar dos turnos que Katie designava para ele, dizia que interferiam nos seus deveres na igreja. Se ela soubesse que ele acabaria se tornando um devoto, nunca o teria escolhido para a tarefa, mas não podia dispensá-lo. Ele ainda era o melhor do grupo com uma faca, e Morgan e Lear o admiravam tanto quanto admiravam Jonathan. (*Mais, talvez*, sussurrava a mente de Katie com frequência, e ela tremeu, sentindo que nada bom podia advir disso.) Isso, por sua vez, abalava Alain e Howell, que apenas seguiam a maioria. Virginia continuou sendo aliada convicta de Katie, mas até isso parecia um fracasso: ela conseguiu manter a lealdade da única mulher do grupo, mas não dos homens. Não sabia se era sexismo, mas, de qualquer modo, achava que William Tear teria ficado decepcionado. Mais cedo ou mais tarde, ela sabia, Gavin a desafiaria pela liderança da guarda de Jonathan, e Katie não tinha ideia de como se livraria de um desafio desses. Jonathan a apoiaria, mas Katie não deveria precisar que ele intercedesse; isso só confirmaria sua falta de autoridade. O problema ficava se repetindo em pensamento, mas ela não via uma resposta que não incluísse expulsar Gavin da guarda.

Claro, todas essas discordâncias tinham que ser mantidas fora do círculo deles. Para a Cidade, os sete eram apenas amigos de Jonathan, sendo que um deles estava com ele o tempo todo. À noite, um membro da guarda dormia na cama extra que tinha sido colocada na sala de Jonathan. Havia muita reclamação sobre o turno da noite, e Katie sabia que a maioria, ou ao menos Gavin e seus amigos, achava que ela estava sendo alarmista. Katie não se importava. Ainda não havia sinal da violência que William Tear previu, mas ela não duvidava que estivesse a caminho, e estava determinada a vê-la se aproximar com antecedência. Tinha feito uma promessa a Tear, e essa promessa parecia ser infinitamente mais importante agora que ele estava morto. Alguns dias ainda sentia como se ela e os outros fossem crianças, apenas brincando de serem adultos, mas eles não tinham alternativa. Não havia mais ninguém.

Ela sabia que Row Finn tinha feito duas expedições com a equipe de alpinistas de Jen Devlin e que, um mês antes, partiu em uma terceira. Como amiga de Row, ela também sabia que ele não estava interessado em explorar. Mas foi só por Jonathan que soube o que Row estava procurando nas montanhas: safiras, do mesmo tipo da que estava pendurada no pescoço de Jonathan. Todo mundo achava uma safira pequena de tempos em tempos; parecia cobrir o leito de pedra da Cidade. Mas, nas montanhas, a safira era de bem mais fácil acesso, bem mais fácil de cortar em pedaços grandes e inteiros. Jonathan sabia disso, então Katie também sabia, mas ela não entendia direito o que Row ia querer com as safiras, nem o que pretendia fazer se conseguisse trazer algum pedaço. Ela conhecia Row bem o suficiente para saber que, se havia alguma coisa de valor no mundo, ele ia querer para si, e assim, nos dois anos que se passaram, ela se viu olhando para o antigo amigo com algo pior do que arrependimento: desconfiança.

Quando Row não estava longe, explorando montanhas, ele ia à igreja todos os dias. Era popular, tão popular que às vezes Paul Annescott deixava que ele fizesse os sermões. Katie ouviu algumas vezes, mas era obrigada a fazer isso de um aglomerado de carvalhos do outro lado da rua; os sermões de Row eram tão lotados que as pessoas se amontoavam a ponto de terem que ficar de pé na varanda. Katie ouvia e roía as unhas, enquanto a voz de Row explodia porta afora, falando sobre pessoas escolhidas, pessoas que eram melhores e mais merecedoras. Ele tinha uma voz excelente para um pregador, até Katie tinha que admitir, grave e carregada de uma emoção que Katie desconfiava ser puramente artificial. Havia um tom de inflexibilidade nos sermões de Row que Katie não sabia se os outros percebiam; afinal, ela já o tinha conhecido melhor do que qualquer um. Ele sempre foi um excelente ator; a pergunta era: quanto do garoto passou para o homem? Por Gavin, Katie sabia que a igreja aceitava as viagens de Row para as montanhas como uma espécie de peregrinação, quarenta dias no deserto ou algo do tipo, e isso também a deixava inquieta. Row adoraria traçar um paralelo com Cristo; ele sempre se sentiu traído por sua falta de reconhecimento na cidade. Se Row pretendia ludibriar a igreja, Katie não derramaria uma lágrima pelos fiéis, mas a ideia de tanta gente disposta a ser enganada por um único homem parecia perigosa.

Para Jonathan?

Ela não sabia. De certa forma, Jonathan era o maior mistério de todos. Katie muitas vezes se perguntava por que ele precisava de uma guarda se sabia tanto sobre tantas coisas, se via muito além do que o resto deles. Às vezes, parecia que a guarda era pura exibição, mas Katie não sabia quem eles estavam tentando enganar. Às vezes, ela até se perguntava se William Tear tinha algum plano ou se os tinha reunido e treinado por impulso. Katie sabia como matar um homem com as próprias mãos, mas como isso beneficiaria alguém se ela não conseguia ver o inimigo com quem tinha que lutar?

— O que tem de errado com este lugar? — perguntou ela a Jonathan um dia, a caminho da biblioteca. As pessoas acenavam e sorriam para eles, mas até Katie conseguia sentir o grande vazio por trás dos cumprimentos, os sorrisos sumindo assim que se viravam. Alguma coisa na Cidade tinha se transformado, e até Katie conseguir encontrar a ponta da linha, não havia como desenrolá-la.

— Eles esqueceram — respondeu Jonathan. — Esqueceram a primeira lição da Travessia.

— E qual é? — Katie odiava quando Jonathan falava da Travessia. Ele sabia muito sobre o assunto, mais do que qualquer outra pessoa da idade deles, mas só entregava as informações em pedacinhos.

— Nós cuidamos uns dos outros. — Jonathan balançou a cabeça. — Até os membros originais do Blue Horizon parecem ter esquecido.

— Não minha mãe! — disse Katie. — Ela sabe.

— E não adianta muito.

— O que isso quer dizer?

Inesperadamente, Jonathan segurou a mão dela. Katie pensou em puxá-la de volta, mas não fez isso. A mão de Jonathan estava quente, não desagradável, e afinal, por que ela se importaria se as pessoas os vissem de mãos dadas? Metade da Cidade já achava que eles estavam transando mesmo; esse boato era fonte de grande diversão para o resto da guarda.

— Sua mãe não é mais a mesma, Katie — disse ele. — Lamento dizer, mas a vida dela estava ligada à do meu pai, e, sem ele, ela não tem mais uma motivação.

Katie começou a protestar, mas alguma coisa a silenciou, uma voz dentro dela que não permitia mais que ela discutisse sobre aquela verdade desagradável. A cada ano, aquela voz ficava mais forte; Katie se ressentia dela às vezes, mas costumava ser útil, particularmente em uma cidade em que tanta coisa dependia da política do pragmatismo. Sua mãe não estava bem desde que William Tear partira. Fazia as tarefas do dia a dia, mas Katie quase não a via mais sorrir, e fazia meses que não ouvia a mãe rir. Ela estava destruída, e não era a única. A partida de Tear arrancou as entranhas da cidade, e quanto mais tempo ele demorava para voltar, mais Katie via a comunidade como uma matilha de lobos lutando pela carcaça. Na última reunião, Todd Perry pediu uma votação sobre permitir que as pessoas andassem com facas pela cidade. Jonathan, Katie e Virginia pesaram fortemente contra, e a moção foi derrotada por uma margem pequena. Mas eles não podiam se enganar sobre para que lado o vento estava soprando.

— Eu os odeio às vezes — comentou Jonathan, baixinho. — Não é o que meu pai sentiria, mas eu sinto. Às vezes, eu penso: se eles querem andar armados e construir cercas e deixar que uma igreja diga a eles o que fazer, foda-se. Eles podem construir sua cidade de pensamento fechado e morar lá, e descobrir depois que lugar de merda vai ser. Não é problema meu.

Por um momento, Katie ficou chocada demais para responder, pois Jonathan nunca tinha expressado esse tipo de ideia. Com a guarda, ele era o eterno otimista; não havia nada que não pudesse ser resolvido, e agora ela estava alarmada pela desesperança nas palavras dele. Tinha prometido a William Tear que protegeria Jonathan, e sempre supôs que tal proteção, se chegasse a isso, seria com o uso de armas. Mas ela se perguntava se Tear não estava pensando naquele momento, bem ali. Uma lembrança se apossou dela: sentada com William Tear no quintal, cinco anos antes, segurando a safira. Tear já sabia então?

— Você está certo — disse ela. — Não é o que seu pai sentiria.

— Eu não sou meu pai.

— Isso não importa, Jonathan. Você é o que temos.

— Eu não quero! — disse ele com rispidez, soltando a mão dela. Eles estavam na frente da biblioteca, e ao ouvir o tom da voz de Jonathan, várias crianças no banco olharam, os olhos ansiosos pela perspectiva de ver uma discussão.

— Que pena — respondeu Katie.

Sentia pena de Jonathan, de verdade, e, em algumas noites, deitada em sua cama estreita, ela achava que talvez sentisse pena demais, mas aquela não era hora para solidariedade. Um guarda era como um muro de pedra, e pedras das boas não cediam. Pedras das boas rachavam no meio, mas não cediam um centímetro. Ela baixou a voz, ciente das crianças prestando atenção: condutores pequenos e perfeitos, prontos para transmitir a conversa para os pais.

— Ninguém nunca quer lutar, Jonathan. Mas, se chegar a você e for a luta certa, você não foge.

— E se estivermos destinados a perder?

— Você não sabe isso.

— Não?

A mão dele tinha subido para o peito, e Katie sabia que Jonathan estava segurando a safira logo abaixo da blusa. O desespero no gesto, a dependência que revelava, deixaram Katie furiosa de repente, e ela puxou a mão dele, sentindo-se uma hipócrita, pois entendia o ódio de Jonathan, o desprezo pelas pessoas que eram burras demais para saber que seu futuro dançava no fio de uma navalha, um futuro de ricos e pobres, de violência e espadas, de pessoas compradas e vendidas...

Como eu sei disso?

Não tenho certeza, mas eu sei.

Era verdade. Era como se houvesse outra pessoa dentro da cabeça dela, sabendo por ela. A certeza a deixou enjoada, mas ela a deixou de lado e se concentrou em Jonathan.

— Você não *sabe* nada — sibilou ela. — Não dou a mínima para magia nem para visões. O futuro não está determinado. Podemos mudá-lo a qualquer momento.

Jonathan olhou para ela por um longo momento e, inesperadamente, sorriu.

— Você está rindo de mim? — perguntou ela.

— Não. Só lembrando uma coisa que meu pai disse antes de partir.

— O quê?

— Ele disse que eu escolhi a guarda certa. Que era você quem nos faria seguir em frente.

Por um momento, Katie não conseguiu responder. Sua raiva sumiu e ela ficou tocada, mais do que era capaz de descrever, de descobrir depois de tantos anos que não foi uma decepção aos olhos de William Tear. Ele a escolheu para proteger seu filho.

— A crise passou — murmurou Jonathan, balançando a cabeça com pesar. — Mas não por muito tempo. Você pode não acreditar nas minhas visões, mas eu sei quando há problemas a caminho, e tem coisas bem ruins vindo por aí.

Ele sabia, Katie admitiu com relutância para si mesma, mas afastou o pensamento, segurou a mão dele de novo e o puxou para a biblioteca.

— Não esta tarde, adivinho. Agora, vamos logo.

* * *

Três dias depois, Row Finn voltou para a cidade sozinho.

Devia estar quinze quilos mais magro, as roupas rasgadas e imundas e a mochila quase destruída. Os passos eram cambaleantes, e ele parecia estar delirando. Quando viu Ben Markham e Elisa Wu, que estavam pescando nas margens do Caddell, ele desabou.

A história se espalhou como um raio pela Cidade. De acordo com a sra. Finn, que, enciumada, protegia o filho dos visitantes, a expedição se perdeu nas montanhas e eles sucumbiram, um a um, à ação do tempo e à fome. Row foi o último sobrevivente e por sorte encontrou uma trilha estreita na mata que o levou até o sopé da montanha. Ele sobreviveu à viagem para casa comendo raízes e frutas silvestres que conseguiu encontrar na floresta.

A Cidade acreditou na história. Katie, não.

Ela ainda não tinha encontrado Row, mas tinha ouvido o suficiente. Os fiéis da igreja foram até ele, determinados a engordá-lo. Virginia, que foi ver Row dois dias antes, disse que a casa estava cheia de comida, pães, bolos e sopas.

— De mulheres também — disse Virginia para Katie com austeridade. — Um monte de mulheres daquela igreja gosta de ver Row Finn acamado, isso eu posso garantir.

Pelos outros membros da expedição, a Cidade teve um raro momento de luto genuíno. Jen Devlin em particular era uma perda inestimável. Fizeram uma cerimônia única para os onze mortos, uma cerimônia durante a qual Katie ficou de olhos secos, observando não as várias pessoas que falaram em memória dos mortos, mas a casa de Finn, visível duas ruas colina abaixo. Estava desesperada para interrogar Row, mas não queria plateia quando fizesse isso. A conversa não seria agradável. Ela não queria desconfiar do velho amigo, mas não podia evitar.

No final, demorou mais de uma semana para conseguir se encontrar com ele a sós. A igreja de Row estava em uma espécie de retiro de orações nas planícies por dois dias, e a mãe dele foi jogar carteado. A história de Row tornou a sra. Finn uma convidada requisitada, e Katie gostava ainda menos da mulher por se agarrar de forma desesperada àquela popularidade fugaz. Vê-la acompanhando com alegria um grupo de mulheres — mulheres que não queriam saber dela até então — fez Katie querer sacudi-la pelos ombros.

Katie não se deu ao trabalho de bater na porta antes de entrar na casa dos Finn. Quando chegou no quarto de Row, ela o encontrou deitado na cama, os olhos fechados, o rosto como de um anjo em repouso. O peso que ele perdeu o deixou mais bonito, as bochechas como mármore entalhado. Katie não conseguiu deixar de se perguntar como seria a vida de Row se ele tivesse nascido sem aquele rosto.

— Eu sei que você está fingindo, Row.

Ele abriu os olhos e sorriu.

— Você sempre sabe, não é, Katie?

— Sobre você, sim. — Ela puxou uma cadeira; havia várias espalhadas em volta da cama. — Escondido dos seus visitantes?

— Eles me cansam.

Ela olhou em volta, observando os arranjos de flores e as cestas de pães, bolos e doces, e deu uma risada de desdém.

— Acho que é esse o preço de ser o novo messias, não é?

— Eu não sou o messias — respondeu Row com um sorriso agradável, mas o olhar carregava a expressão diabólica de sempre. — Só um homem devoto.

— Por que não me conta o que aconteceu lá?

— A cidade inteira já sabe a história.

— Eu sei. — Ela sorriu, mas não foi um sorriso genuíno como o de Row; parecia o inverno em sua boca. — Mas eu gostaria de ouvir a *sua* versão.

— Não confia em mim, Katie?

— Não brinque comigo, Row. O que aconteceu?

Ele contou essencialmente a mesma história que ela tinha ouvido: perdidos nas montanhas, a expedição foi morrendo lentamente de fome e frio. Ele durou mais porque racionou comida com cuidado e se protegeu do frio entre dois cavalos até eles também morrerem. Só houve dois pontos em que Katie sentiu Row maquiando a verdade: o racionamento de comida e a trilha que ele encontrou para descer a montanha. Mas Katie não conseguiu fazer com que ele revelasse toda a história, e finalmente desistiu e se recostou na cadeira, insatisfeita.

— Você não sentiu minha falta, Katie?

Katie hesitou. *Tinha* sentido falta dele, mas só percebeu naquele momento. As coisas eram mais interessantes com Row por perto; isso não tinha mudado, embora todo o resto sim. Mas, ao mesmo tempo, a Cidade parecia mais segura durante a ausência de Row.

— Eu senti sua falta, Katie.

— Por quê?

— Porque você me conhece. É útil todo mundo achar que eu sou bom, eu acho, mas também é cansativo.

— Eu sabia que sua baboseira de igreja era mentira.

— O irmão Paul está morrendo.

Katie estranhou a mudança abrupta de assunto.

— De quê?

— Câncer, o sr. Miller acha. O irmão Paul deve viver pelo resto do ano, mas não muito mais do que isso, e a dor pode o obrigar a acabar com a própria vida bem antes.

— Ele pode acabar com a própria vida? Eu achava que era pecado.

— Talvez, mas, para a maioria das pessoas, a fé é uma coisa bem flexível.

— Eu já reparei.

Row sorriu.

— Não precisa ser algo ruim, Katie. Os que têm fé são *fáceis*. Fáceis de convencer, fáceis de manipular, fáceis de descartar. Quando o irmão Paul morrer, ele vai passar a igreja para mim.

— Que importância isso tem para mim? — perguntou Katie, mas, por dentro, sentiu um arrepio. Pensou na igreja lotada que tinha visto nos últimos sermões de Row, no amontoado de gente na varanda.

Quantos?, perguntou-se ela. *Trezentos? Quatrocentos?*

— Você poderia me ajudar, Katie.

— Não.

— Pense bem. Deus tornou essas pessoas maleáveis. Elas vão acreditar em qualquer coisa que sair da boca do irmão Paul.

— Ou da sua.

— Ou da minha. Nós poderíamos fazer um ótimo uso disso!

— Para fazer o quê, Row?

Ele segurou a mão dela. Se estava falando alguns momentos antes com o novo Row, encantador e falso, ela agora via que ele estava sendo sincero. Isso só tornou tudo pior. Queria puxar a mão de volta, mas parou quando Row tirou uma corrente de prata de debaixo da camisa. Uma safira cintilou na luz da tarde.

— Onde você conseguiu isso? — perguntou ela. — É de Jonathan!

— Não, é minha. Eu fiz uma para mim.

— Como?

— Você sempre achou que William Tear era perfeito — disse Row com uma risadinha. — Mas ele não é.

Isso não era resposta, mas Katie franziu a testa mesmo assim, pois sentia uma mistura habilidosa de verdades e mentiras na declaração de Row, sentia que *havia* uma resposta ali, se ao menos conseguisse entender o que ele queria dizer.

— Funciona para mim — disse Row. — Assim como funciona para Jonathan. Eu vejo coisas. *Sei* coisas. Sei que o grande santo está morto.

Katie deu um pulo, derrubou a cadeira e se inclinou para segurar os ombros dele, empurrando-o contra a cabeceira da cama.

— Você vai ficar de bico fechado, Row.

— Pense bem, Katie — repetiu ele, ignorando-a. — Tear morreu. A Cidade sobre a qual sempre falamos, a Cidade em que gente inteligente como nós seria líder, e o resto, seguidores. Nós mesmos poderíamos criá-la.

Katie sentiu vontade de protestar que nunca tinha pensado esse tipo de coisa, mas tinha, lembrava-se agora. Ela pensou tantas coisas horríveis quando era nova. Doía lembrar-se delas. Row tirou as mãos dela de seus ombros e, tardiamente, Katie percebeu que, mesmo tendo passado fome, ele estava bem mais forte. Katie viu o brilho diabólico nos olhos dele... mas não do tipo inofensivo do qual se lembrava de quando eles eram mais novos. Ele colocou o cordão de prata e a safira embaixo da camisa novamente.

— E todos os não crentes, as pessoas que não pertencem à sua igreja? Você acha que eles vão aceitar isso?

— Elas não vão mais estar aqui.

A certeza seca da resposta dele a deixou gelada, pois Katie sentiu violência nas palavras, uma sombra enorme e nascente cujo contorno ela mal conseguia vislumbrar.

— E quanto a mim, Row?

— Ah, Rapunzel. Eu não deixaria nada acontecer a você. — Ele deu um sorriso torto, como o antigo Row, e por um momento Katie baixou a guarda, toda a sua desconfiança enterrada de repente sob a nostalgia. Os dois foram tão *próximos* no passado!

— O que você acha, Katie?

Apesar de tudo, por um instante ela ficou tentada a dizer sim, pois a visão de Row ainda tinha o poder de deixá-la hesitante: o lugar sobre o qual eles falaram durante anos, uma verdadeira meritocracia, sem as ideias ambíguas de Tear atrapalhando. Ela e Row planejaram tudo juntos, montando um castelo na mente deles.

Mas eu mudei, percebeu Katie. *Todo o ressentimento que eu sentia não me limita agora. Eu posso deixar isso para trás.*

Mas podia mesmo? Todo o desprezo que sentia pelas pessoas da Cidade, tolos com tão pouca noção de individualidade que precisavam acreditar em um Deus invisível que espia dentro dos quartos das pessoas, esse desprezo de repente a dominou, e ela conseguiu ver a visão de Row à sua frente: uma cidade em que esse tipo de pessoa era relegado a segundo plano, onde a tolice delas ficava em quarentena para não poder fazer mal a ninguém. Que maravilhoso seria viver em uma cidade em que as mentes fracas eram punidas, em que gente como Row e Jonathan...

Quem está se iludindo agora?, perguntou sua mente. *Jonathan? Você acha mesmo que há espaço para Jonathan Tear no paraíso de Row?*

Isso trouxe a realidade de volta com um baque. Katie podia não saber como Row pretendia implementar seu grande plano, mas conhecia Row. Ele sempre odiou os Tear, odiava o ideal por trás deles mais ainda do que odiava as pessoas em si. Jonathan não era William Tear, talvez, mas era perigoso demais para poder entrar no reino de Row.

Katie se levantou da cadeira, sentindo uma dor há muito enterrada retorcer suas entranhas. Tantos anos antes, ela soube que um dia teria que fazer uma escolha. Mas não sabia que teria que ser tão cedo.

— Eu não posso ir com você, Row — disse ela. — Eu sirvo Jonathan Tear.

Row franziu a testa, mas só por um momento, e o bom humor falso reapareceu.

— Ah, sim, a famosa guarda.

O queixo de Katie caiu.

— Você achou mesmo que eu não descobriria, Katie? Não há segredos nesta cidade. Eu sempre soube que Tear era uma fraude, mas você não sabia, sabia?

— Ele não era uma fraude! — gritou ela, furiosa. — É para Jonathan! É para proteger Jonathan!

Row deu um sorriso indulgente, como se ela fosse uma criança.

— Foi o que Tear disse, com certeza. Mas pense bem, Katie. Pode parecer uma guarda, mas o que Tear estava realmente treinando era uma força policial. Uma força policial *secreta*, que só responde ao filho dele. Que tipo de utopia precisa de uma polícia secreta?

— Você acha que eu não sei que você sente inveja de Jonathan? — perguntou ela, e teve o prazer de ver Row fechar a cara. — Você sempre teve inveja dele! Sempre quis o que ele tem!

— E você?

— Eu sirvo os Tear — repetiu Katie com teimosia. — Eu sirvo Jonathan.

Row inclinou a cabeça para trás e riu.

— Está vendo, Katie? Você também é uma das fiéis!

Katie o segurou de novo, pretendendo puxá-lo da cama. Naquele momento, odiou Row, odiou-o por inteiro, porque já conseguia sentir as palavras dele penetrando em sua mente, fazendo-a pensar duas vezes, fazendo-a *duvidar*. Mas depois ela o soltou e recuou. Jonathan estava em primeiro lugar, sempre, e não seria bom para Jonathan se ela arrumasse uma briga com o filho favorito dos cristãos.

Row se espreguiçou de novo, mas dessa vez resolveu se levantar da cama. Não estava usando nada sob o lençol; Katie fez o melhor que pôde para afastar o olhar, mas falhou, e o breve vislumbre que teve fez com que ela se sentisse ardendo por dentro. Em seguida, ficou com vergonha. Ele era seu amigo mais antigo; o que tinha acontecido com os dois? Quando tudo mudou?

— Como está indo essa coisa de messias para você, Katie?

— Fique longe de Jonathan. Não chegue perto dele.

— Não vou precisar, Katie — respondeu Row, sorrindo, mas agora o sorriso não parecia atraente, mas reptiliano. Ela virou de costas, mas um momento depois sentiu seu corpo estremecer quando Row deslizou a mão entre suas pernas.

— Olhe quanto quiser, Katie.

— Eu não quero.

— Deve ser exaustivo dedicar todo o seu tempo a um William Tear de segunda categoria. Por que não trocar?

Katie apertou os punhos. Por baixo da excitação crescente em seu ventre, ela sentiu uma onda titânica de raiva surgindo, por Row achar que ela era uma tola, por ele a tratar como uma das centenas de outras mulheres na cidade que já tinham sucumbido aos seus desejos. Eles podiam não ser mais amigos, mas ela merecia mais consideração do que isso.

— O paraíso de Tear vai desabar sob os pés de Jonathan, Katie, como eu disse que aconteceria. E para quem as pessoas vão se virar na confusão, se não para Deus?

Ela saiu correndo do quarto de Row, desvencilhando-se de forma desajeitada e batendo com o ombro na moldura da porta.

— Pense bem, Katie! — gritou Row para ela. — Você está em um navio naufragado! Venha para o meu e vamos ver até onde conseguimos navegar!

Katie cambaleou pelo corredor, os olhos cheios de lágrimas. Descendo os degraus, ela esbarrou na sra. Finn e em várias outras mulheres, mas não conseguiu trocar amabilidades, só esbarrou com o ombro nas mulheres com um pedido de desculpas murmurado, indo mais rápido a cada degrau. Quando chegou no fim da escada da varanda, ela desatou a correr.

— Lady.

A voz de Clava. Isso era bom, pois até ali, no fim do mundo, ela ficaria feliz de ver Clava uma última vez.

— Sei que está me ouvindo, Lady. Você pode acordar?

Kelsea não queria acordar. Conseguia sentir a safira de William Tear sobre o peito, quase como uma companheira que esteve com ela em viagens estranhas, mas estava começando a pensar que nunca precisou da pedra para ver o passado, pois todos estavam com ela agora: Tear, Jonathan, Lily, Katie, Dorian... até Row Finn.

— Lady, se você não acordar, vou mandar você ser batizada.

Os olhos dela se abriram, e ela viu Clava de pé ao seu lado, segurando uma vela. Em volta dele, o quarto estava escuro. Ela se sentou rapidamente.

— Lazarus? É você?

— Claro que é ele. — Coryn apareceu no meio da escuridão. — Como se desse para confundir esses ombros com qualquer outra pessoa.

Kelsea esticou o braço para Clava, mas ele não segurou sua mão. Eles se olharam por um longo momento.

— Eu vou me retirar — murmurou Coryn. — Estou feliz de você estar bem, Lady.

Quando ele abriu a porta, Kelsea viu uma parte do corredor iluminada por tochas. A porta se fechou, e Clava e ela estavam novamente se encarando. Kelsea se lembrou de forma repentina e dolorosa daquele dia na ponte. O vão entre os dois foi enorme, mas parecia ainda maior agora. Ela viu desconfiança nos olhos dele, e doeu bem mais do que a raiva.

— Onde estamos?

— Na casa de uma mulher que era leal à sua mãe. Lady Chilton.

— Nós não estamos em Gin Reach.

— Não, Lady. A um dia a cavalo para o norte, na parte sul de Almont. Você está em uma das suas fugas desde que a encontramos, três dias atrás.

— Três dias!

— Foi muito tempo, Lady, e a Guarda ficou preocupada. Vamos ter que deixar Pen entrar aqui logo, senão ele vai começar a mastigar os móveis. — Clava sorriu, mas o sorriso não chegou aos olhos.

— Você não me perdoou, Lazarus.

Ele permaneceu em silêncio.

— O que você esperava que eu fizesse?

— Que nos contasse, droga! Eu teria ido com você.

— Eu sei que teria, Lazarus. Mas eu achava que ia morrer. Por que eu pediria a qualquer pessoa para ir comigo?

— Porque é meu trabalho! — rugiu ele, e a voz pareceu sacudir os móveis do espaço apertado. — É minha promessa! A escolha era minha, não sua!

— Eu precisava de você no Tearling. Precisava que cuidasse do reino. Em quem mais eu podia confiar?

Ao ouvir essas palavras, a raiva de Clava pareceu evaporar. Ele olhou para o chão, as bochechas ficando vermelhas.

— Você escolheu errado, Lady. Eu fracassei.

— O que você quer dizer?

— A Fortaleza está sob cerco.

— Por quem?

— Pelo Arvath, com uma legião mort. Nosso pessoal está preso lá dentro, mas não vão aguentar para sempre. Nova Londres está sendo controlada pela turba, mas a turba também é comandada pelo Arvath.

As mãos de Kelsea apertaram as cobertas. Seus dedos estavam brancos, mas ela esperava que Clava não reparasse. A imagem do Santo Padre na sua Fortaleza (*sentado no meu trono!*) era como um buraco negro dentro dela. A cidade toda, o reino todo, à mercê do deus venenoso de Anders... A ideia fazia suas entranhas arderem, mas, naquele momento, a dúvida de Clava pareceu mais urgente.

— Foi tão culpa minha quanto sua, Lazarus — disse ela suavemente. — Tem dias em que me pergunto se não deveria ter deixado a remessa em paz.

— Você estava tentando fazer a coisa certa, Lady. Não é culpa sua ter dado tão errado.

Isso a fez pensar em Simon, na longa conversa que eles tiveram no calabouço. Se o assunto era física ou história, não fazia diferença: tentar fazer a coisa certa muitas vezes resultava em algo muito pior. Kelsea afastou essa ideia, pois sentia que era o primeiro passo para a paralisia, uma incapacidade de tomar decisões por medo de consequências imprevisíveis.

— Mas — continuou Clava — eu fui embora. Nós todos fomos embora para salvar você. Nós deixamos o reino desprotegido para que o Santo Padre pudesse roubá-lo.

— Não dá para ter as duas coisas, Lazarus. Ou o manto cinzento fica sempre presente, ou é tirado por uma exigência maior. Foi culpa minha, talvez, por pedir que você fosse ao mesmo tempo Guarda da Rainha e Regente. Eu imagino que os dois costumem ter propósitos divergentes.

— Não preciso de consolo, Lady.

— O que está feito está feito, Lazarus. Nós dois erramos, mas você uma vez me disse que não se ganha nada remoendo o passado. O futuro, isso sim, importa. — Ela esticou a mão de novo. — Então, que tal perdoarmos um ao outro, para podermos seguir em frente?

Por um longo momento, Clava só olhou para a mão dela, e Kelsea esperou, sentindo novamente como se estivesse à beira de um precipício. O rosto da Rainha Vermelha surgiu brevemente na mente dela antes de desaparecer. A jornada de um ponto a outro foi longa, mas alguma coisa dizia a ela que ainda não tinha terminado, e como poderia ir a qualquer lugar sem Clava? Guarda, voz da razão, voz da consciência... Ela precisava de todas essas coisas. Sua garganta se apertou quando Clava esticou a mão e segurou a dela.

— Tão grande quanto o Oceano de Deus — sussurrou ela. — Lembra?

— Lembro, Lady. — Ele afastou o olhar, piscando, e Kelsea aproveitou a oportunidade para alongar os braços e os ombros, que ainda doíam por causa das amarras de Brenna. A novidade sobre o Santo Padre ardia no peito dela. Gostaria de voltar e consertar os próprios erros, mas as raízes desse problema iam bem mais fundo, até a colonização inexperiente, o princípio de Tearling, onde tudo começou a dar errado.

Tear conseguiu viajar no tempo, pensou ela em desafio. E houve épocas, nas profundezas de suas visões, em que Kelsea sentiu quase como se estivesse fazendo o mesmo, não só vendo, mas viajando, como se estivesse mesmo lá, no mundo de Lily e de Katie. Mas ela não controlava nada. Alguma peça ainda estava faltando.

— Lazarus, tinha um homem na cela ao lado da minha, um engenheiro.

— Simon, Lady. Ele veio conosco.

Kelsea sorriu, aliviada de ouvir uma boa notícia. Só Deus sabia que bem uma prensa tipográfica faria para o atual Tearling, mas ela ainda estava feliz de Simon ter saído da prisão.

— Onde ele está?

— No andar de baixo. Mal conseguimos fazer Hall se concentrar em outra coisa ultimamente.

— Gêmeos — respondeu Kelsea, assentindo. — Agora entendi.

— Por que você o queria?

Ela explicou sobre a prensa tipográfica e esperou que Clava fizesse um comentário desdenhoso sobre livros e leitura. Mas ele ouviu em silêncio, e quando ela acabou, comentou:

— Isso é valioso, Lady.

— É?

— É.

— E o que aconteceu com o verdadeiro Lazarus?

Sua boca tremeu.

— Eu andei... lendo.

— Lendo o quê?

— Seus livros, Lady. Já li nove até agora.

Kelsea ficou olhando para ele, genuinamente surpresa.

— São boas, aquelas histórias — continuou Clava, as bochechas coradas. — Ensinam as dores dos outros.

— Empatia. Carlin sempre disse que esse era o grande valor da ficção, nos colocar dentro da mente de estranhos. Lazarus, o que aconteceu com minha biblioteca?

— Ainda está na Ala da Rainha, também sob cerco.

Kelsea fechou as mãos. A ideia do Santo Padre tocando nos livros dela... por um momento, achou que ia vomitar na colcha da cama.

— De qualquer forma — continuou Clava, limpando a garganta —, entendo o valor de uma prensa assim. Se conseguirmos superar isso, Arliss e eu vamos ajudar Simon a adquirir as peças.

Kelsea sorriu, comovida.

— Eu senti sua falta, Lazarus. Mais do que senti falta da luz do sol, na verdade.

— Machucaram você, Lady?

Ela fez uma careta, pensando no carcereiro, nas surras. Depois, sentiu vergonha. Havia muitas outras pessoas naquele calabouço. Como uma rainha com algo a dar em troca, Kelsea teve tratamento privilegiado. Os outros não tinham nada.

Meu sofrimento foi real, insistiu ela.

Talvez. Mas não deixe que isso a cegue para os que sofrem mais.

— Não houve dano permanente, Lazarus — respondeu ela, por fim. — Vou deixar tudo no passado.

Ela olhou ao redor, para as sombras provocadas pelas velas que tremeluziam na parede. Em algum lugar, ao longe, ela ouviu gente conversando.

— Casa de Lady Chilton, você disse? Não a conheço.

Clava suspirou, e Kelsea soube que ele estava escolhendo as palavras com cuidado.

— Ela não é... bem, Lady. Não vai ser uma acomodação sem riscos.

— Qual é o problema dela? É mentalmente instável?

— Essa seria uma palavra gentil, Lady.

— Então, por que estamos aqui?

— Porque precisávamos de um lugar para esperar sua fuga acabar, e Lady Chilton estava disposta a nos receber. Nós não podíamos ficar naquela cidade fronteiriça maldita; atraía atenção demais. Esta casa é grande o bastante para abrigar todas as pessoas que trouxemos, e há suprimentos suficientes. Lady Chilton estava bem preparada para o cerco quando os mort vieram. Mas, principalmente, estamos aqui porque ela tem uma grande dívida comigo.

— Que tipo de dívida?

— Eu salvei a vida dela uma vez. Ela ainda lembra.

— Qual é o problema dela?

— A doença dela não é da nossa conta, Lady. Ela prometeu ficar nos andares superiores, longe de você. Espero ir embora daqui amanhã.

Kelsea continuava inquieta, mas não tinha outra opção. Olhou para si mesma e viu que ainda estava usando as roupas imundas do deserto.

— Eu preciso de roupas.

Clava indicou a cômoda.

— Lady Chilton emprestou um vestido.

Pensar no deserto fez Kelsea se lembrar do resto daquela noite estranha, e ela perguntou:

— Ewen está aqui?

— Está, Lady. Nós o encontramos em Gin Reach, e ele nos contou uma história muito estranha.

— Estranha, mas verdadeira.

— Ewen se atormenta com a ideia de que não é um verdadeiro Guarda da Rainha; "mascote" foi a palavra que ele usou. Eu o mandei para Gin Reach só como precaução. Nunca achei que fosse acontecer alguma coisa lá.

— Ele salvou minha vida, Lazarus. Talvez até mais que isso. — Kelsea fechou os olhos e viu o rosto de Brenna a centímetros do seu, o olhar penetrando na mente de Kelsea, na de Lily no fundo.

Nós duas estávamos lá, Kelsea percebeu de repente. *As duas lá ao mesmo tempo, Lily e eu. Como isso é possível?*

— Bom, vou avisar o resto da Guarda, Lady. Se Ewen fez papel de herói, vai ser honrado por isso.

— Ele fez. — Ela empurrou a coberta. — Jogue aquele vestido para mim.

Alguns minutos depois, Clava a levou por um longo corredor iluminado por tochas. A casa era construída não com a pedra cinza-clara das paredes da Fortaleza, mas de blocos cor de areia que pareciam gastos pelo vento e pelo tempo. Uma corrente soprava pelo corredor, bagunçando o cabelo de Kelsea e a fazendo tremer.

— Isolamento térmico ruim — comentou Clava. — Este lugar tinha que ter sido reformado dez anos atrás, mas Lady Chilton deixou que se deteriorasse.

— Ela foi à minha coroação? Por que eu...

Mas não conseguiu falar mais nada, pois Elston e Kibb dobraram a esquina de repente, metade da Guarda atrás deles. Antes que Kelsea pudesse cumprimentá--los, sua mão foi esmagada no aperto da mão enorme de Elston.

— Você está bem, Lady? — perguntou ele.

— Estou, El.

— Eu rezei por você, Lady — disse Dyer, e sorriu enquanto ela batia de leve na bochecha dele. A visão de todos fez Kelsea sorrir, mas ao mesmo tempo ela ficou inquieta. Clava, Elston, Kibb, Coryn, Galen, Dyer, Cae... ao redor dela estavam rostos felizes, rostos amados, pessoas de quem ela sentiu saudade, mas, por baixo da alegria de vê-los novamente, havia uma sensação de desgraça, atrasada e distante, mas real mesmo assim. Se a Fortaleza estava mesmo sob cerco, eles eram todos exilados, pessoas sem lar.

— Está sentindo dor, Lady? — perguntou Coryn. — Estou com meu kit.

— Eu estou bem — respondeu ela, aceitando os apertos de mão de Kibb e Galen. Ao olhar ao redor, percebeu a ausência nítida de um rosto.

— Onde está Pen?

— Eu o mandei cavalgar pelo perímetro, Lady — respondeu Elston. — Não há perigo aqui; estamos em uma planície, e qualquer ameaça pode ser vista a quilômetros de distância. Mas ele estava deixando todo mundo louco, o pobrezinho apaixonado...

— Ponha-se no seu lugar! — gritou Clava, e Kelsea sentiu as bochechas corarem.

— Desculpe, Lady — murmurou Elston, mas seus olhos brilharam com tanto bom humor que Kelsea balançou a cabeça e deu um tapinha no ombro dele.

— Quem mais está aqui? — perguntou ela.

— Hall e o pessoal dele estão no andar de baixo. Levieux também, e ele pediu para falar com você quando estiver disposta.

— Levieux?

— Ele foi útil, Lady, nos ajudou a entrar no Palais — respondeu Clava rapidamente, olhando para ela de um jeito que dizia que era melhor eles conversarem sobre isso mais tarde. Kelsea assentiu, mas quando pensou em Fetch, não conseguiu visualizar o homem, só o garoto, Gavin. O que isso queria dizer? Ela olhou para trás de Elston e tomou um susto; por um momento, teve certeza de que havia alguém no final do corredor a observando. Mas, quando piscou, a figura tinha sumido.

— Lady?

Ela se virou para Clava.

— Pensei ter visto alguém lá no final do corredor.

— Você ainda não está bem, Lady.

Kelsea assentiu, mas quanto mais pensava no assunto, mais tinha certeza de que a pessoa estava lá: uma mulher com um vestido preto comprido e um véu escuro.

Mentalmente instável, pensou ela, e um toque de inquietação surgiu dentro dela.

— Vamos partir de manhã — disse ela para eles.

— Lady?

— Você disse que a Fortaleza estava sob cerco. Nós não podemos ficar aqui escondidos enquanto meu reino pega fogo. Que tipo de rainha eu seria?

— Rá! — Dyer se virou para Coryn. — Você me deve dez libras!

Clava balançou a cabeça.

— Nós sabíamos que você ia dizer isso, Lady. Minha única dúvida era quanto tempo demoraria para falar.

— Bom, é verdade.

— Você não tem exército, Lady. O Santo Padre tem um batalhão inteiro de mercenários mort. A única coisa que você vai conseguir se voltar para Nova Londres é acabar sendo morta.

Kelsea assentiu, tentando levar o conselho dele a sério, ser a rainha inteligente que devia ser. Mas não podia ficar esperando ali, no meio do nada, longe de tudo. O que poderia ser resolvido assim?

— Lady.

Ela se virou, e ali estava Pen, vindo do outro lado do corredor.

— Pen!

Ela ia correr até ele, mas Clava segurou seu pulso.

— Espere, Lady.

— O quê?

— As coisas não são mais as mesmas. — Clava se virou para o resto da Guarda. — Todos vocês, de volta aos seus postos! Vocês vão ver a rainha no jantar!

Os guardas foram embora, e Kelsea não pôde deixar de notar que eles pareceram de repente ansiosos para estarem longe. Em poucos segundos, todos tinham desaparecido em vários corredores.

— Lady. — Pen fez uma reverência. — É um prazer vê-la bem.

Ela ficou olhando para ele, confusa. Aquele homem frio não era o Pen que ela conhecia. Mas se lembrou da cena da ponte e entendeu. Pen estava com raiva dela, claro que estava, como Clava. Ela fugiu de todos eles, de sua guarda, e foi direto para os braços do inimigo. Tentou não pensar em Pen quando estava na prisão, mas claro que ele ainda estava ali, pensando naquela traição. Bom, ela o compensaria. Ela poderia...

— Pen não vai mais ser seu guarda-costas, Lady — disse Clava, seco.

— O quê?

— A partir de hoje, Elston vai assumir os deveres de Pen.

Kelsea se virou para olhar para Pen, que estava encarando o chão.

— O que aconteceu?

— Vou dar alguns minutos aos dois, mas só alguns — respondeu Clava, falando com Pen. — Depois disso, não quero mais os dois sozinhos juntos.

Pen assentiu, mas Kelsea se virou para Clava.

— Você não faz mudanças na minha Guarda pelas minhas costas, Lazarus! Eu não pedi um novo guarda-costas. Essa decisão não é sua.

— Não, Lady — disse Pen. — É minha.

Ela o encarou boquiaberta. Eles estavam dormindo juntos, sim, mas podiam parar! Não era motivo para mudar a guarda.

— Pen? O que houve?

— Alguns minutos — repetiu Clava, antes de seguir na direção do quarto de Kelsea.

Pen esperou até que Clava desaparecesse lá dentro antes de erguer o olhar para Kelsea, e ela quase se encolheu pelo que viu lá: puro profissionalismo, mais nada.

— Você não me quer mais, Pen?

— Eu sou um guarda, Lady. É o que sempre quis ser, desde que o capitão me encontrou. — Ele deu de ombros com um sorriso, e por um momento o gelo rompeu e ele era o velho Pen, o Pen que ela conhecia. — Eu amo você, Lady. Acho que a amo desde que você me perguntou se eu podia ajudar a montar a maldita tenda. Mas, enquanto estava fora, eu descobri que não posso amar você e ser um Guarda da Rainha ao mesmo tempo.

Kelsea assentiu, mas foi um gesto involuntário. Ela não amava Pen, amava? Não sabia mais. O sexo os uniu, elevou a relação deles a um patamar bem maior do que pretendiam no começo. Uma sombra se moveu atrás do ombro de Pen, e Kelsea achou ter visto novamente uma figura de pé no final do corredor. No instante seguinte, tinha sumido.

Ela voltou a atenção para Pen. Seu orgulho estava ferido; claro que estava. Mas, se cedesse a esse impulso, perderia não só um parceiro de cama, mas também um amigo. Ela cerrou os dentes, esforçando-se ao máximo para esconder a decepção.

— Você pretende permanecer na Guarda? — perguntou ela.

— Sim, Lady. Mas não vou ser seu guarda-costas. E você vai ter que me tratar como trata o resto, senão não posso ficar.

Ela assentiu lentamente, sentindo uma pontada de dor. Eles não tiveram muitas noites, os dois, mas foram noites boas, algo entre o amor e a amizade, um oásis de doçura no deserto árduo que era a vida de Kelsea desde que foi embora do chalé. Ela sentiria falta daquele lado de Pen, mas junto com a dor havia um certo respeito por ele, que crescia a cada segundo.

Nós somos parecidos, pensou ela, olhando para o rosto de Pen. Por trás dos olhos dele, ela viu de repente sua cidade, as colinas em chamas, e percebeu que esse trabalho, o grande trabalho de sua vida, era mais importante do que qualquer coisa que pudesse querer para si mesma. Poderia haver mais homens, muitos deles, mas nenhum atrapalharia o trabalho. Ela não permitiria.

Respirando fundo, ela esticou a mão e a ofereceu para Pen. Pen sorriu, os olhos brilhantes, e Kelsea percebeu que jamais o veria assim novamente. Eles conversariam, ririam, pegariam no pé um do outro, como Kelsea fazia com o resto dos guardas... mas nunca mais seria assim. Eles apertaram as mãos, e Pen segurou a dela por um momento antes de soltá-la enquanto engolia em seco. Quando olhou novamente, o homem Pen tinha sumido, e ele era agora o guarda Pen, os olhos a observando, distantes e analíticos.

— Você não parece bem, Lady.

— Eu acabei de acordar. — Mas ele estava certo. Ela foi acordada por Clava. A voz de Katie batia insistentemente na mente dela, recusando-se a deixá-la em paz. — Levieux está aqui, não está? Eu preciso falar com ele.

Precisava falar com ele, sim, segurar a camisa dele e sacudi-lo até ele soltar algumas respostas sobre o que aconteceu a Jonathan Tear. Não havia necessidade de esperar o ritmo lento das visões de Katie, não com ela podendo perguntar a história toda para alguém que esteve lá.

— Você vai ter que esperar, Lady. — Clava tinha reaparecido atrás dela, acompanhado por Elston. Kelsea não conseguia se localizar no ambiente; havia algo de estranho nos corredores, as proporções pareciam erradas. — Levieux partiu várias horas atrás e disse que vai voltar tarde. Mas o jantar foi servido no andar de baixo. Pen, vá.

Pen foi embora. Kelsea o viu se afastar, sentindo uma última pontada de dor, depois se virou para Clava e Elston, a boca se firmando.

Ao trabalho!

— Este corredor se move, senhor — murmurou Elston. — Eu fico vendo coisas escondidas nos cantos.

Clava olhou para trás e seu rosto ficou tenso.

— Não confio na dona da casa. Quanto mais cedo formos embora, melhor.

— Você está de acordo, Lady? — perguntou Elston. — Eu como seu guarda-costas?

Ela assentiu e sorriu para ele, apesar de seu coração doer.

— Vamos jantar, então.

Ela os seguiu pelo corredor.

Kelsea acordou na escuridão. Por um momento, não soube onde estava; parecia que a cada noite ela despertava em um lugar novo. Mas quando uma tocha estalou na parede, ela se lembrou: estava na casa de Lady Chilton, no quarto que Clava designou para ela. Elston estava do lado de fora.

Havia alguém no quarto.

Kelsea ouviu um movimento suave atrás de si, pouco mais de um sussurro de ar, perto da porta. Pensou em se virar naquela direção, mas, quando tentou, viu que seus músculos estavam paralisados. Não queria ver. Espontaneamente, sua mente conjurou uma imagem da garotinha no calabouço, e Kelsea sentiu o corpo todo se arrepiar. Podia gritar pedindo ajuda; Elston estava do lado de fora. Mas a criança no calabouço era muito rápida.

Outro som suave, mais perto agora, o roçar leve de couro no chão. Um passo, talvez, mas a imaginação de Kelsea dizia outra coisa. Ela visualizou a criança a menos de um metro da cama, pronta para dar o bote.

Não como Brenna, sussurrou sua mente, e foi como se tivesse levado um choque. Não, ela não seria levada como foi por Brenna, dominada, indefesa. Permanecendo deitada, ela contraiu todos os músculos, preparando-se para reagir. A faca estava embaixo do travesseiro; não havia como pegá-la sem que ficasse evidente. Mas ela achou que conseguiria pegar meio segundo depois que começasse a se mover.

Um último passo, bem ao lado de Kelsea. Ela agiu, rolou na direção do som e acertou o invasor, caindo da cama em cima dele. Por um momento, viu uma silhueta escura embaixo de si, e a figura soltou um guincho baixo ao cair. Kelsea puxou a faca da bainha e montou na coisa, procurando o pescoço. Em seguida, recuou, horrorizada.

A criatura não tinha rosto.

Mas, um momento depois, Kelsea se deu conta do quanto isso era ridículo. Foi enganada pela luz do fogo, por sua imaginação hiperestimulada. Aquilo não era um monstro, só uma mulher usando um vestido preto comprido e um véu que cobria a cabeça toda. A mulher tentou se arrastar para trás, mas Kelsea a segurou contra o chão.

— Lady Chilton, presumo — disse ela, ofegante, explorando o véu com as mãos. — E o que você quer comigo para ficar me perseguindo pela casa?

Ao encontrar a barra do véu, ela puxou com força, rasgando a renda e revelando o rosto da mulher na luz. Mas agora foi a vez de Kelsea de se afastar o mais rápido que conseguiu, a respiração arranhando a garganta em um resfolegar rouco.

O rosto embaixo do véu pertencia à sua mãe.

A senhora da casa

O inferno? O inferno é um conto de fadas para os trouxas, pois que punição poderia ser pior do que a que infligimos a nós mesmos? Nós ardemos tanto nesta vida que não é possível que sobre nada.

— *Coleção de sermões do padre Tyler*, ARQUIVO DO ARVATH

— Foi ideia de Clava — disse a mulher, como se isso explicasse tudo.

Elas estavam sentadas em duas poltronas de costas altas, de frente para a lareira apagada do quarto. Estava frio, mas Kelsea levou a sério as superstições da Rainha Vermelha e se recusou a acender o fogo. Não entendia o jogo de Row Finn a longo prazo, ainda não, mas, se ele estava livre de verdade, Kelsea só podia ser a única que o ameaçava agora.

A luz das tochas era fraca, mas Kelsea não conseguia parar de olhar para a mãe, torcendo para encontrar um defeito na aparência dela, alguma coisa que indicasse que a coisa toda era um truque. Mas não encontrou. A mulher à sua frente era mais velha do que o retrato que Kelsea tinha visto na Fortaleza, com linhas finas em volta da boca e dos olhos. O vestido preto e o véu, indicativos de luto, envelheciam na ainda mais. Mas ela era, inconfundivelmente, Elyssa Raleigh.

— O que foi ideia de Clava?

— Ora, me tirar de lá. — Elyssa deu uma gargalhada melodiosa. — Tantas pessoas estavam tentando me matar. Era até emocionante.

Kelsea olhou para a porta quase em desespero. Tinha mandado Elston chamar Clava o mais rápido possível, mas fez isso com a porta fechada, e estava com medo de Elston ter entendido errado. Quando Clava chegasse, ela achava que seria capaz de bater nele. Clava a fazia sentir tanta culpa quando Kelsea guardava as coisas para si, mas ele guardou o maior segredo de todos.

— Carroll e Clava eram meus melhores guardas, os mais inteligentes, sabe... — Elyssa fez uma pausa, a boca de boneca se virando para baixo nos cantos. — Clava me disse que Carroll está morto.

— Está — respondeu Kelsea automaticamente, mas um momento depois se deu conta de que também nunca tinha visto o corpo *dele*. Estaria ele também por aí? E Barty e Carlin? Como poderia acreditar na palavra de Clava sobre qualquer coisa? Durante anos, Kelsea quis tantas coisas da mulher sentada à sua frente, amor e aprovação e vingança e, mais tarde, uma oportunidade de gritar na cara dela. Mas agora que o momento tinha chegado, Kelsea não sabia o que queria além de desejar que não estivesse ali, naquele quarto. Tinha se acostumado a odiar a mãe, estava à vontade com isso. Não precisava desse status quo abalado.

— Os dois tiveram a ideia, mas foi Clava quem me tirou da Fortaleza. Ele tem tantos esconderijos, sabe. Ele me trouxe para cá. — Elyssa franziu a testa de novo. — É uma vida chata, tão longe da capital. Clava visita quando pode, e tenho meus negócios...

— Que negócios? — perguntou Kelsea com rispidez.

— Vestidos — respondeu Elyssa com orgulho. — Sou uma das estilistas mais procuradas no Tearling. Mas tenho que trabalhar daqui e mandar alguém tirar medidas e pegar pedidos. — A boca murchou. — Não posso ir a lugar nenhum.

Kelsea fez uma careta. Uma série de respostas grosseiras surgiu nos lábios, mas ela se segurou. Daria sua opinião completa e sincera para a mulher, mas só depois de ouvir a história toda.

— Mas estou tão feliz de ver você! — exclamou Elyssa, colocando a mão no braço dela. Kelsea ficou tensa, mas Elyssa não pareceu perceber, ocupada demais examinando seus olhos, observando seu rosto. — E está tão bonita!

Kelsea se encolheu, quase como se tivesse levado um tapa. Todos aqueles dias no chalé em que ficou na janela, olhando para fora e esperando que sua mãe chegasse... tinha certeza de que sua mãe seria sábia e gentil e boa, que elogiaria Kelsea como Carlin não fazia, a elogiaria por todas as coisas que ela aprendeu, todo o trabalho que fez. Mesmo se Kelsea fosse bonita, esse não era o elogio que desejava, pois mesmo quando era bem nova, ela já sabia como significava pouco. Por um momento, ela ficou perto de dizer para Elyssa que essa beleza não era dela, mas engoliu as palavras.

— Eu achei que havia um corpo — grunhiu ela. — Quando você morreu, havia um corpo.

— E havia mesmo — respondeu Clava atrás dela, fazendo Kelsea se sobressaltar. Ele tinha entrado silenciosamente no quarto enquanto elas conversavam, e agora o corpo grande saiu das sombras e apoiou a mão no ombro de Elyssa.

— Como você entrou aqui? — perguntou ele.

— Esta casa está cheia de passagens secretas. Um truque que aprendi com você.

— O corpo — perguntou Kelsea. — Você disse que havia um corpo.

— O corpo da rainha morta — concordou Clava —, deitado na cama com a garganta cortada.

— Como? — perguntou Kelsea.

Clava só olhou para ela por um longo momento.

— Ah, Lazarus, não. Uma sósia?

— Uma sósia perfeita, parecida o bastante para enganar até o resto da Guarda.

— Onde você a encontrou?

— Carroll a encontrou. No Gut, trabalhando.

Kelsea olhou para ele como se estivesse vendo um estranho.

— Foi muito inteligente da parte deles, de verdade — disse Elyssa. — Ter a ideia e depois encontrar alguém tão parecida comigo. Uma pena ela ter que morrer, mesmo sendo só uma prostituta.

As mãos de Kelsea se fecharam, mas ela se segurou. A criatura na outra poltrona não valia a pena. Mas Clava...

— Você fez isso, Lazarus?

— Eu sou um Guarda da Rainha, Lady. Meu primeiro trabalho é proteger a rainha.

Ela olhou para ele de cara feia, pois as palavras abriram um buraco enorme dentro dela. Pela primeira vez, ela entendia que havia dois lados naquela declaração, um bom e um horrendo. Clava também tinha um trabalho a fazer, assim como Kelsea. Às vezes, ela achava que faria qualquer coisa para juntar o país em cacos, mas havia um limite ao qual não podia se rebaixar... não havia?

— Havia novas tentativas de assassinato todos os dias, Lady. Algumas bastante inteligentes, provavelmente originárias de Demesne. Carroll e eu sabíamos que, mais cedo ou mais tarde, alguém passaria por nós. Não podíamos ficar esperando acontecer.

E essa foi sua solução?

— Foi. Isso ou deixar a rainha morrer.

— E o reino que você deixou para trás? E ainda por cima com meu tio? E as pessoas?

— A segurança da rainha é nossa prioridade, Lady — respondeu Clava inexoravelmente. — Todo o resto é secundário.

— Você também encontrou uma sósia minha?

— Não, Lady. Eu sabia que você não permitiria.

— Isso mesmo, claro que não! — disse ela rispidamente. — Não sei quão pouca moral você acha que temos, mas...

— Você me conhece agora, Lady. Não me conhecia vinte anos atrás. Eu era um homem diferente, não tão distante da Creche.

— Ah, se era! — disse Elyssa, dando um tapinha na mão de Kelsea antes que ela pudesse afastá-la. — Gritava e brigava e ficava emburrado no canto quando as coisas não saíam como ele queria. Carroll o chamava de selvagem, e não estava errado.

Kelsea tirou a mão do braço da cadeira, sentindo-se enojada. Apesar da diferença de idade, sua mãe parecia mais jovem do que Kelsea, quase uma criança... mas Kelsea não permitiria que ela fugisse assim. Criança ou não, ela devia respostas.

— Por que você me abandonou?

— Eu não tive escolha. — Os olhos de Elyssa se desviaram para Clava e depois para longe, um movimento furtivo. — Você estava em perigo.

— Você está mentindo.

— Por que você quer falar do passado? — lamentou sua mãe. — O passado foi tão feio!

— Feio — murmurou Kelsea.

Clava olhou para ela em súplica, mas ela o ignorou, enojada. Ele ia mesmo interferir a favor daquela mulher, mesmo agora?

— Lazarus, nos deixe sozinhas.

— Lady...

— Feche a porta e espere lá fora.

Ele olhou para ela por mais um momento longo e angustiado e saiu.

Kelsea se virou para a mãe. Parte de seu desprazer parecia ter finalmente sido percebido por Elyssa, que tinha começado a se mexer na cadeira e não olhava nos olhos de Kelsea.

— Você fez todos eles prometerem esconder a remessa de mim.

— Sim.

— Por quê? — Kelsea se ouviu levantando a voz de raiva. — De que isso poderia servir?

— Eu achei que conseguiria resolver — disse sua mãe baixinho. — Achei que era uma solução temporária, e que em pouco tempo pensaríamos em uma solução, bem antes de você voltar. Clava é tão inteligente, eu achava que ele e Thorne...

— Thorne, resolver a questão da remessa? De que merda você está falando?

— Eu queria que você não falasse palavrão. É tão feio.

Aquela palavra de novo. Se sua mãe estava querendo irritá-la deliberadamente, não podia ter escolhido outra melhor. De que adiantava qualquer coisa, afinal, se não fosse bonita? A mente de sua mãe parecia um lago congelado; ideias podiam escorregar por ela, mas nada penetraria. Kelsea queria responsabilidade, queria que a mãe respondesse por seu egoísmo, suas decisões ruins, seus crimes. Mas como se exigia responsabilidade de uma coisa congelada?

— Eu esperava que você nunca precisasse saber — continuou sua mãe. — E não foi tão ruim! Nós mantivemos a paz por dezessete anos!

— Vocês não mantiveram a paz. — A raiva de Kelsea estava borbulhando; ela a sentia espiando pelas beiradas da mente, esperando uma oportunidade de saltar. — Vocês *compraram* paz com o tráfico de pessoas que deviam proteger.

— Elas eram pobres! — insistiu Elyssa com indignação. — O reino não tinha como alimentá-las! Pelo menos em Mortmesne elas teriam alimento e cuidados, foi o que Thorne disse...

— E por que você questionaria as palavras de Arlen Thorne? — A vontade de bater na cara da mãe era tão forte que Kelsea precisou sentar em cima das mãos até que passasse.

Essa é minha mãe, pensou ela. A ideia era insuportável. Como queria ser filha de Carlin, de qualquer outra pessoa. Aquela mulher deu a ela metade do que ela era... mas só metade. A ideia atingiu Kelsea como uma boia salva-vidas, e ela se inclinou para a frente, esquecendo de repente a raiva.

— Quem é meu pai?

Elyssa baixou os olhos, a expressão mais uma vez ansiosa.

— Não é possível que ainda tenha importância.

— Eu sei que você passou nas mãos da Guarda inteira. Não ligo para isso. Mas quero um nome.

— Pode ser que eu não saiba.

— Você sabe. Lazarus também sabe.

— Ele não diria. — Elyssa sorriu. — Meu guarda fiel.

Kelsea fez uma careta.

— Lazarus não pertence a ninguém.

— Ele já pertenceu a mim. — Os olhos de Elyssa ficaram distantes. — Eu o descartei.

— Não quero saber disso.

— Por que você fala do passado? — perguntou Elyssa de novo. — Já passou faz tempo. Eu soube que a Rainha Vermelha finalmente morreu. É verdade?

Kelsea fechou os olhos.

— Você não vai me distrair. Meu pai. Eu quero um nome.

— Não importa! Ele está morto!

— Então não há motivo para não me contar.

Elyssa afastou os olhos de novo, e uma desconfiança horrível surgiu na mente de Kelsea. Em todas as suas reflexões sobre quem era seu pai, havia uma opção que ela nunca considerou, porque não podia. Clava teria lhe contado.

Não teria, não, lembrou sua mente, quase com arrogância. *Ele é um Guarda da Rainha até o fim.*

— Um dos meus guardas — respondeu Elyssa por fim. — Eu fiquei com ele só uma semana. Ele não é *importante*!

— O nome.

— Ele ficou tão triste quando veio até nós! — Elyssa estava falando sem parar agora, as palavras se atropelando. — Tinha talento com a espada, apesar de ter vindo de uma região de fazendas. Carroll o queria para a Guarda, e eu só pensei em fazer com que ele se sentisse melhor, não pretendia...

— Quem?

— Mhurn. Não sei se você o conheceu...

— Eu o conheci. — Kelsea ouviu a própria voz, seca e calma de uma maneira quase suspeita, mas sua mãe não era de reparar nesse tipo de coisa. — Ele sabia? — perguntou ela. — Sabia que era meu pai?

— Acho que não. Ele nunca perguntou.

Kelsea sentiu uma onda de alívio, mas pequena. Parecia haver duas partes na mente dela agora, correndo em pistas paralelas. Uma funcionava bem o bastante, mas a outra estava hipnotizada pela lembrança: sangue jorrando sobre a mão dela e o rosto sorridente de Mhurn, os olhos desfocados da morphia.

Eu matei meu pai.

— Carroll trouxe Mhurn para a Guarda. Ele tinha perdido esposa e filha para os mort e, ah, estava péssimo! — Elyssa levantou o olhar, e Kelsea viu um raro toque de arrependimento sincero nos olhos dela. — Eu nunca consegui resistir a um homem sofrendo.

Kelsea assentiu, sustentando o sorriso agradável no rosto com esforço.

— Não é minha fraqueza...

Eu matei meu pai.

— ... mas já li sobre isso. Por favor, continue.

— Quando Clava descobriu, ficou furioso, mas você sabe que ele não tinha o direito de ficar, nós já não estávamos mais juntos. Mas às vezes eu me pergunto se ele levou você embora só para me punir...

— Lazarus me levou embora?

— Ele e Carroll. Eles fizeram isso pelas minhas costas! — A sombra de um beicinho surgiu nos lábios de Elyssa. — Eu nunca teria dado você para ninguém.

Kelsea se encostou na poltrona, Mhurn jogado misericordiosamente para o fundo da cabeça. Finalmente a resposta a uma pergunta que a atormentava desde aquele dia no Gramado da Fortaleza: por que uma mulher egoísta como aquela daria a filha para que ficasse protegida? Kelsea conjecturou todos os tipos de motivos, mas não pensou no mais simples de todos: não foi decisão da sua mãe. Outros fizeram a escolha por ela.

Mas por quê?

— Eu senti muita saudade no começo. — A voz de Elyssa estava reflexiva, como se ela estivesse descrevendo uma coisa que aconteceu com outra pessoa. — Você era um bebê fofo e, ah, como sorria para mim! Mas acabou sendo uma boa decisão. Senão teríamos tido que encontrar uma sósia para você também!

Ela riu, e ao ouvir o som, uma coisa dentro de Kelsea finalmente se partiu. Ela pulou da poltrona, derrubando-a, segurou a mulher sorridente e começou a sacudi-la. Mas isso não era suficiente. Ela queria dar um tapa na mãe, pedir que ela assumisse suas falhas, que consertasse as coisas de alguma forma.

— Lady — murmurou Clava, e Kelsea parou. Ele tinha entrado novamente, e estava a alguns metros das duas, as mãos levantadas em súplica.

— O quê, Lazarus? — As mãos estavam a centímetros do pescoço da mãe, e ela queria, ah, queria... Sua mãe não era o verdadeiro mal, talvez, assim como Thorne ou o carcereiro e até o jovem Row Finn. Mas, mesmo assim, ela queria *tanto*...

— Não faça isso, Lady.

— Você não poderia me impedir.

— Talvez não, mas eu teria que tentar. E ela... — Clava respirou fundo. — Ela não vale a pena.

Kelsea olhou para a mãe, que tinha se encolhido na poltrona e estava olhando para ela com olhos arregalados e surpresos. Pior do que surpresos; perplexos, como se não pudesse imaginar o que tinha feito de errado. Kelsea pensou se uma Elyssa bem mais jovem tinha feito a mesma cara quando as tentativas de assassinato começaram, as remessas passando por baixo da janela dela todos os meses, uma mulher incapaz de entender por que não era amada por todos...

— Não faça isso, Lady — repetiu Clava, a voz suplicante, e Kelsea via que ele estava certo, embora não pelo motivo no qual ele acreditava. Independentemente do que Kelsea fizesse ali, ela não teria o que queria. Desejava vingança, mas a mulher sobre a qual queria despejar sua fúria não era aquela. Aquela mulher-criança nunca conseguiria compreender a magnitude de seus erros. Não haveria explicação nem responsabilidade. Não haveria catarse.

Ninguém para eu odiar.

Em um livro, a ideia talvez fosse libertadora, talvez curasse alguma coisa dentro de Kelsea. Na realidade, era a ideia mais solitária que ela podia ter. Toda a força sumiu de seus braços, e ela recuou.

— Pronto, está resolvido — disse Elyssa, o rosto se iluminando. — Acabamos com o passado agora?

— Acabamos — respondeu Kelsea, embora a voz tivesse soado medonha até aos seus próprios ouvidos. Elas nunca acabariam com o passado, mas sua mãe não era do tipo que entendia isso. Elyssa se levantou da cadeira, os braços esticados, e Kelsea viu, horrorizada, que ela pretendia abraçá-la. Ela chegou para trás e tropeçou em pedras irregulares.

— O que foi? — perguntou sua mãe, a voz perplexa novamente e, pior, um pouco magoada. — Não há mais segredos. Finalmente podemos nos conhecer.

— Não.

— O quê? Por quê? — Elyssa ficou olhando para ela, o leve beicinho de volta nos cantos da boca. — Você é minha filha. Eu não fui uma mãe perfeita, certamente, mas você está crescida agora. Não é possível que não possamos deixar o passado para trás.

— Não podemos. — Kelsea fez uma pausa e escolheu as palavras com cuidado, pois nunca mais planejava falar com aquela mulher. — Você é uma mulher egoísta, descuidada e estúpida. Nunca devia ter sido responsável pelo destino dos outros. Eu acredito que sou uma pessoa melhor por ter sido criada por Barty e Carlin, por não ter conhecido você. Não quero parte nenhuma de você.

O queixo da mãe caiu. Ela começou a protestar, mas Kelsea se virou. Elyssa tentou ir atrás, mas Clava se moveu para bloquear a passagem.

— Onde fica sua porta? — perguntou ele.

— Que porta?

— A sua porta — repetiu Clava pacientemente. — Como você entrou aqui?

— Fica aqui. — Elyssa bateu na parede, e uma porta se abriu e revelou um retângulo preto na pedra. Mais uma passagem secreta; nenhuma construção naquele reino era o que parecia?

— Vá.

— Mas ela não entende! Ela...

— A rainha falou.

Elyssa fez expressão de ultraje.

— Eu sou a rainha!

— Não. Você trocou sua coroa pela segurança muito tempo atrás.

— Mas...

— Você vai? Ou preciso acompanhá-la?

— Você era meu melhor guarda, Clava! — Sua mãe parecia estar à beira das lágrimas. — O que aconteceu?

Clava cerrou o maxilar. Sem dizer mais nada, ele a guiou pela porta e a fechou depois que ela passou. Por um longo minuto, punhos bateram do outro lado, então silêncio.

— A Guarda sabe? — perguntou Kelsea a Clava. — O resto dela?

— Só Carroll. Ele sempre me usou para os trabalhos que mais ninguém faria. Costumo pensar que foi por isso que me recrutou.

— Ela sempre pode voltar — disse Kelsea. — Pode voltar pelo corredor e se mostrar para a Guarda toda.

— Ela não vai fazer isso.

— Por quê?

— Porque eu ameacei matá-la se fizesse isso.

— Você falou sério?

— Não sei.

Kelsea se sentou na cama. Queria se deitar, voltar a dormir e esquecer tudo aquilo. Mas sentia que se ela e Clava não tivessem essa conversa agora, jamais a teriam. Kelsea perderia a coragem, e eles voltariam à amizade fácil e às vezes amarga, um lago parado que os dois iam querer deixar quieto.

— Eu matei meu pai. Não sabia, mas matei mesmo assim.

— Sim, Lady.

— Por que você não me contou?

— Se você não tivesse livrado Mhurn da desgraça dele, Lady, nós teríamos feito isso. Era a coisa certa a fazer. Ele estava destruído, e na época parecia improvável que você fosse descobrir algum dia quem ele era. Nenhum de nós teria contado, não depois daquilo.

— Você devia ter me contado.

— Para quê?

Kelsea não sabia responder. Tinha matado muita gente; aquela vez foi tão diferente? E o que havia de tão importante no sangue? Ela tinha acabado de cortar os laços com a mulher que a pariu, e foi a decisão certa. Poderia vir a ter muitos sentimentos sobre aquele momento ao longo da vida, alguns com toques de arrependimento, mas não tanto quanto se tivesse feito uma escolha diferente. O sangue não tornava Elyssa uma mãe melhor nem tornava Mhurn um pai; ele havia enfiado uma faca nas costas dela. Kelsea se sentia bem mais próxima de Barty e Carlin, até de Clava, do que dos próprios pais.

— Tão forte quanto eu queira que seja — sussurrou ela. Alguém tinha lhe dito isso uma vez. Clava? A Rainha Vermelha? Não conseguia lembrar. Animais davam valor a linhagens de sangue, mas humanos deviam ter evoluído para fazer melhor do que isso.

As circunstâncias do seu nascimento não importam. A gentileza e a humanidade são tudo.

Essa voz ela reconheceu: William Tear, falando com Lily sobre uma das piores noites da vida dela. Se era verdade, se aquele era o teste Tear, o pai e a mãe de Kelsea fracassaram.

— Para onde vamos daqui, Lazarus? — perguntou ela. — Eu fico exilada, como ela, escondida no meio do nada enquanto as coisas só vão piorando?

— Não sei, Lady. Nós não podemos ficar aqui, não por muito tempo, mas não sei para onde vamos. Nova Londres está sitiada pelo Santo Padre e pelos mort, mas você tem só setenta e cinco soldados aqui embaixo. Seria suicídio voltar.

Kelsea assentiu. Ela sabia bem o que era atacar a toca do leão; na verdade, as ações inconsequentes foram a base de boa parte do seu reinado, mesmo quando tudo que ela podia fazer era acabar sendo morta. Mas parecia igualmente inconsequente ficar sentada ali, garantindo a própria segurança enquanto seu reino pegava fogo. Esse era o jeito da sua mãe.

— Nós chegamos tão longe, Lazarus. Viemos mesmo até aqui só para fracassar?

— Às vezes é assim que as coisas são, Lady.

Mas Kelsea não acreditava nisso. Talvez fosse apenas por sua longa vida de leitora de livros, em que o enredo era cuidadosamente elaborado e cada ação tomada tinha algum significado. Eles lutaram muito juntos para fracassarem agora. Devia haver alguma opção, mesmo ela não conseguindo enxergar. Sua mente inquieta procurou no passado, na história de muitas camadas dos Tear pela qual ela tinha sofrido. A morte de Jonathan Tear estava se aproximando rapidamente, uma tragédia terrível... mas poderia ter sido evitada? E isso teria mesmo salvado o Tearling? Katie podia ter conseguido matar Row Finn, talvez, mas os problemas da Cidade eram mais profundos do que um único homem, e matar um candidato a ditador só deixava um trono vazio. Kelsea sentia uma solução em algum lugar do passado, mas ainda não tinha ficado clara.

Como Jonathan Tear morreu?

Katie ainda não tinha lhe mostrado, mas ela não podia mais esperar que as lembranças dela se revelassem. Ela olhou para Clava, que ainda a observava com olhos preocupados.

— Onde está Fetch?

Eles o encontraram na varanda do segundo andar com Hall e vários soldados dele. O sol estava prestes a surgir no horizonte leste, mas o ar estava seco e frio; o inverno tinha realmente chegado. A casa de Lady Chilton (*da minha mãe*, pensou Kelsea, *da minha mãe*) era cercada de grama que cintilava com cristais de gelo na manhã marfim.

Quando Kelsea e seus guardas surgiram na varanda, Hall e Blaser fizeram uma reverência. Ela ficou feliz em ver os dois, mas teve que interromper uma fala de Hall que soou horrivelmente como o começo de um pedido de desculpas. No caminho pela casa, eles passaram por uma galeria que dava vista para a entrada, um piso de pedra amplo onde soldados dormiam, menos de cem, tudo que restava do exército de Hall. Era intolerável imaginá-lo pedindo desculpas.

Fetch e seus quatro homens estavam na varanda, todos olhando para o leste com lunetas. Por um momento, Kelsea ficou hipnotizada pela visão deles: Howell, Morgan, Alain, Lear e Gavin, cinco garotos da Cidade, agora crescidos e aparentemente condenados.

Kelsea se virou para sua Guarda.

— Nos deixem sozinhos por um momento.

— De jeito nenhum! — exclamou Elston.

— Meu Deus, El, não me obrigue a passar por isso com todos os homens da Guarda.

— Elston — disse Clava, baixinho. — Venha.

Elston lançou um olhar assassino para Fetch, mas seguiu Clava pela porta de vidro que dava acesso à varanda. Pen e Dyer foram com eles. Pen não mostrou relutância nenhuma, e Kelsea sentiu uma pontada de incômodo, mas a deixou de lado. Aprenderia a viver com a indiferença de Pen. Havia questões mais importantes a resolver. Com um sinal de Fetch, os quatro homens foram atrás, Morgan tirando um chapéu imaginário para Kelsea ao sair.

Quando as portas se fecharam, ela se virou para Fetch. Não o via fazia muito tempo, ou ao menos era o que parecia, e ele continuava tão bonito quanto sempre fora, mas, mesmo assim, ela ficou surpresa ao perceber que o poder dele sobre ela tinha diminuído. Podia estar olhando para o homem, mas não conseguia deixar de ver o garoto, Gavin: arrogante e negligente, um alvo fácil para Row Finn. Ver o garoto tolo que ele foi reduzia um pouco o homem, e apesar de a primeira reação de Kelsea ser de decepção, ela percebeu que o alívio logo superou.

— Você parece estar bem, rainha tear — comentou ele. — Muito bem para uma garota que estava na prisão.

— Eu estou bem.

— E o que aconteceu com a rainha mort?

— Eu a matei.

Fetch fez um som de quem achava graça.

— Você não acredita em mim.

— Acredito. Estou rindo de mim mesmo.

— Por quê?

— Houve uma época em que achei que era para isso que você estava aqui: para nos livrar da rainha mort de uma vez por todas. Agora, você conseguiu, e não estamos melhores do que antes. Tear ainda fracassa.

— Você teve seu papel nesse fracasso, Gavin.

Ele hesitou, surpreso, mas um momento depois ele disse:

— Eu sabia que você acabaria descobrindo. Row também sabia.

— O que ele quer?

— O que sempre quis. Uma coroa.

— Que coroa?

— A coroa Tear. Row a fez de prata e safiras, mas não era uma joia comum. Row disse que permitiria que ele consertasse o passado.

— Consertasse o passado — repetiu Kelsea, bem desperta. Tinha passado meses tentando descobrir como consertar o passado. — Como?

— Não sei. Ele sempre achou que tinha sido roubado, que o destino tirou alguma coisa dele. Ele era inteligente demais para ser apenas o filho de Sarah Finn.

— Onde está essa coroa?

— Em algum lugar de Nova Londres. Eu a estou caçando há meses, mas não tive sorte. O padre a roubou do Arvath quando fugiu...

— O padre Tyler?

— É, mas não conseguimos encontrá-lo. Eu o rastreei até a Creche, mas perdi o rastro.

Kelsea assentiu, embora ficasse triste com a ideia do velho padre lá embaixo. Clava talvez conseguisse encontrá-lo, mas não podia pedir a ele para voltar para aquele inferno. Ele contou para ela sobre seu projeto na Creche durante o jantar na noite anterior, e apesar de ter ficado satisfeita de ele ter seguido as palavras dela, ela se perguntou por que ele contrataria os Caden para um trabalho desses. Agora ela sabia, e quanto aquele lugar poderia ser ruim se assustava até Clava? Ele sem dúvida riria disso, de coroas e magia; Kelsea quase conseguia ouvir o ceticismo na voz dele. Mas o canto da sereia que era aquela ideia (*consertar o passado, consertar o passado*) ecoava em sua cabeça. Ela se virou para Fetch.

— Você matou Jonathan Tear?

— Não.

— Você e Row eram amigos.

Ele piscou, surpreso com a pergunta, e respondeu:

— Sim. Nós éramos amigos. Pelo menos eu achava que sim.

— Por que ele odiava tanto os Tear?

— Row sempre disse que seu nascimento foi um grande erro.

— O que isso quer dizer?

— Não sei. Mas ele disse que a coroa corrigiria esse erro. — Fetch se virou, a voz falhando. — Nós só queríamos reconstruir uma sociedade decente, como era antes da Travessia...

— O que você está dizendo? — sibilou Kelsea. — O mundo antes da Travessia era bem pior do que o nosso!

— Mas nós não sabíamos disso! — Fetch olhou para ela, o rosto quase suplicante. — Nunca nos contaram. Nós só sabíamos o que Row dizia. Ele dizia que era um mundo melhor, onde pessoas inteligentes e esforçadas eram recompensadas com uma vida melhor. Melhores casas, melhor comida, um futuro mais brilhante... foi o que ele nos ofereceu.

Kelsea cerrou os punhos. Houve uma época em que ela achou que estava apaixonada por aquele homem, mas aquilo parecia um episódio da vida de outra pessoa. O garoto, Gavin, ofuscava tudo. Se Fetch tivesse declarado seu amor eterno por ela naquele momento, ela teria cuspido na cara dele.

— Por que em nome de Deus você não me contou tudo isso antes? — perguntou ela. — O que esperava conseguir escondendo tanta coisa de mim?

— Você me dá mais crédito do que eu mereço, rainha tear. A resposta é bem simples: eu estava com vergonha. Você acharia fácil exibir seus piores momentos para um estranho?

— Não — respondeu ela depois de um instante. — Mas eu também não colocaria meu orgulho à frente do que é benéfico para o reino.

— O que é benéfico? Tudo isso já está feito, foi feito trezentos anos atrás. Que importância pode ter agora?

— O passado sempre importa, seu tolo — rosnou Kelsea. — De uma vez por todas, quem matou Jonathan Tear?

— Ah, foi Row quem o matou — respondeu Fetch com cansaço. — Ele matou todos, Dorian, Virginia e Evan Alcott, qualquer um que pudesse atrapalhá-lo. Até matou a sra. Ziv, a bibliotecária, mas já era tarde demais; ela já tinha enviado quase todos os livros da biblioteca para um esconderijo.

— Ele não matou todas essas pessoas sozinho.

Fetch olhou para ela, o olhar duro.

— Você está tentando me envergonhar mais, rainha tear? Eu fui um tolo, mas o que está feito está feito. Já derramei minhas lágrimas pelo passado.

— O que aconteceu depois que Jonathan morreu?

— Eu ajudei Katie a fugir. Foi a única coisa boa que fiz, porque Row pretendia se livrar dela também. Mas ela estava grávida, ela me contou, e eu não consegui aguentar isso; teria sido um pecado grande demais...

— Esqueça isso! — disparou Kelsea; a palavra *pecado* sempre a irritava, e ela ficou enojada com a ideia de que ele só achou Katie digna de ser salva porque estava carregando um bebê. — Quem era o pai? Jonathan?

— Ela não quis me contar. — Fetch se virou, mas não antes de Kelsea ver um toque de mágoa nos olhos dele, e de repente lembrou que ele uma vez convidou Katie para ir a um festival. Ele a admirava, talvez até mais, o bastante para ajudá-la a fugir... mas não o bastante para ajudar Jonathan. — Ela sumiu e levou a coroa de Row. Quando Row descobriu, ficou louco, e achei que mataria todos nós, mas ele já tinha começado a desaparecer. Katie nos amaldiçoou, mas levamos meses para reparar que havia algo de errado.

— Ela não puniu vocês o suficiente.

O rosto de Fetch ficou vermelho de raiva, e por um momento Kelsea achou que ele pudesse tentar bater nela. Mas, depois de outro momento, ele baixou o punho e se apoiou sem forças na amurada da varanda, derrotado.

— Pode dizer o que quiser, rainha tear. Mas quando se viveu por séculos, quando todo mundo que você ama morreu à sua volta e o mundo está cheio de estranhos, talvez você seja mais compreensiva.

Mas Kelsea não estava com humor de sentir empatia. Ela se virou para observar a terra além da varanda, apertando os olhos para o norte com um desejo inútil de ver Nova Londres. Mas qual Nova Londres? A de Katie ou a sua? As duas estavam agora sob cerco, e Kelsea sentiu uma pontada repentina de dor pelos sonhos fracassados de William Tear. Ele se esforçou tanto por seu mundo melhor... todos eles, Lily e Dorian e Jonathan, todas as pessoas que subiram nos navios. Elas lutaram e passaram fome e até morreram em busca do sonho mais antigo da humanidade, mas não sabiam que a visão de Tear era imperfeita. Era fácil demais. A utopia não era a tábula rasa que Tear tinha imaginado, mas uma evolução. A humanidade teria que trabalhar para essa sociedade, e trabalhar duro, dedicando-se a uma vigilância ininterrupta para se proteger dos erros do passado. Levaria gerações, incontáveis gerações, talvez, mas...

— Nós poderíamos conseguir — murmurou Kelsea. — E, mesmo que não conseguíssemos, nós devíamos estar cada vez chegando mais perto.

— O que foi, rainha tear?

Kelsea levantou o rosto, mas sem o ver, com uma certeza repentina do que tinha que fazer. Não sabia se o passado podia ser modificado, se os erros de William Tear podiam ser consertados. Mas não chegar nem a tentar parecia a decisão mais negligente de todas, e agora Kelsea percebia que ela também ficou presa na visão de Tear, assim como Lily, assim como todos. O sonho mais antigo da humanidade... valia a pena morrer tentando pela menor chance de conseguir atingi-lo. Ela esticou a mão por baixo da blusa para pegar a safira de Tear, sentir o mundo melhor dele, a centenas de anos de distância, mas tão próximo que quase conseguia tocar nele. E quem podia dizer o que era mais real: o presente ou o passado? Pouco antes de se virar e gritar chamando Clava, Kelsea percebeu que não importava.

Ela vivia nos dois.

Duas horas depois, Kelsea estava montada em um cavalo, cercada por sua Guarda, assim como por Hall e seus soldados. Clava estava à frente dela, e os braços de Kelsea estavam amarrados nele com cordas grossas. Foi ideia de Clava, e foi boa; uma fuga poderia se abater sobre Kelsea a qualquer momento. Se sua Guarda achou as amarras estranhas, ninguém demonstrou; Coryn a amarrou e Kibb fez seus nós elaborados. O mero ato de estar amarrada foi útil, pois agora parecia tarde demais para mudar de opinião sobre voltar. Kelsea não era a ateia perfeita, não mesmo; achava a ideia do inevitável confortável demais.

— Com que rapidez podemos cavalgar? — perguntou ela a Clava.

— Mais rápido agora que você não está nos atrasando, Lady — respondeu Clava, e o comentário silenciou Kelsea, como ele pretendia.

Ali perto estava o general Hall em seu garanhão cinza, o irmão Simon ao lado, e atrás os tristes soldados remanescentes do exército tear. Fetch e seus homens também estavam lá; Hall e Fetch pareciam ter uma certa afinidade, e Kelsea os viu conversando durante os preparativos para a viagem. Kelsea se sentia uma fraude; sabia que o único motivo para Hall e a maior parte da Guarda ter concordado com aquela decisão era por eles acreditarem que ela daria um jeito em tudo, que equilibraria as chances.

Eu consigo fazer isso?, perguntou-se Kelsea. *Como?*

Ela não sabia. A safira de Tear estava em seu pescoço, a safira de Row enfiada no fundo do alforje, junto ao pedaço de pedra que ela trouxe do passado. Mas que bem aquelas coisas fizeram? Clava disse uma vez que ela estaria melhor sem as safiras, e ela se perguntou se ele não estava certo. Em algum lugar de Nova Londres havia uma coroa, uma coroa que podia ajudá-la, mas que podia ser só a esperança de uma tola. Havia boas chances de ela os estar levando para uma carnificina.

Mas eu não posso ficar aqui, pensou ela, sentindo sua determinação crescer. Ela olhou para as janelas da casa da mãe, vidraças cintilantes que refletiam o deserto luminoso e não revelavam nada. Em relação a deixar a mulher vestida de preto para trás, Kelsea sentiu apenas alívio. Não ficaria ali enquanto Nova Londres pegava fogo. Afinal, era melhor morrer com as mãos limpas.

— Vamos, então — disse Clava abruptamente, e virou o cavalo. Kelsea oscilou com ele, o estômago despencando; sem controle do cavalo e com as mãos amarradas, ela pressentiu que a viagem seria extremamente desagradável. Mas não havia como evitar. Katie estava ali de novo, sua mente se juntando à de Kelsea, quase se sobrepondo a ela. Kelsea se lembrava disso da última noite na Fortaleza, quando a mente de Lily a puxava de volta constantemente, fora de seu controle. Ela e Katie foram gradualmente uma em direção à outra, como duas esferas se aproximando da órbita da outra, mas agora Kelsea sentia como se o eclipse estivesse quase nelas.

— Nós vamos para Nova Londres! — gritou Clava para o grupo de soldados reunidos. — Não vamos parar, exceto por ordem da rainha ou minha! Se tudo der certo, devemos chegar lá amanhã à noite!

Se tudo der certo, pensou Kelsea enjoada. Eles se viraram para noroeste, e mesmo de uma distância tão grande, Kelsea achava que conseguia ouvir gritos.

Por favor, Tear, nos ajude, implorou ela silenciosamente. Ela até prendeu a respiração por um momento, torcendo por uma resposta, mas não houve nenhuma. William Tear não podia ajudá-los. Eles estavam sozinhos.

O país Tear

Está aqui, mas está confuso;
A verdadeira cara da canalhice só é vista quando usada.

— *Otelo*, WILLIAM SHAKESPEARE (*Literatura da pré-Travessia*)

A Cidade tinha mudado.

Katie não conseguia descrever bem a mudança, nem para si mesma. Mas sentia toda vez que andava pelas áreas comuns. As ruas estavam diferentes do que foram na infância dela, vazias e frias. Vizinhos tinham se barricado atrás de cercas, e a deteriorização tinha começado a aparecer aqui e ali entre as casas, pois os que não conseguiam manter suas moradias ficavam sem ajuda. A cidade tinha começado a ter cheiro de decadência.

Uma noite, quarenta famílias simplesmente se reuniram e partiram. Quando notaram que tinham ido embora, o grupo já estava longe, seguindo para o sul. Jonathan queria segui-los, mas Katie o convenceu a não ir. Nenhuma daquelas famílias fazia parte da igreja de Row, e pelo menos metade delas se queixou de problemas com os membros da igreja ao longo do último ano. Mesmo que Jonathan os convencesse a voltar, eles seriam recebidos com a mesma perseguição que tinham aguentado antes: pedras jogadas nas janelas e bichos de estimação mortos na calada da noite. Duas semanas antes, um grupo encurralou a sra. Ziv e bateu nela com varas, obrigando-a a fechar a biblioteca.

Katie também poderia ter escolhido sair da cidade se suas responsabilidades não fossem tão grandes. Mas como Jonathan estava ali, ela não ia a lugar nenhum. Mesmo assim, a perda das quarenta famílias teve seu preço; dentre elas estavam os dois melhores carpinteiros da Cidade, vários criadores de gado e, o mais doloroso para Katie, o sr. Lynn, que cuidava da fazenda de ovelhas. Sem ele, a qualidade da lã despencaria.

Havia mais de um culpado — o pensamento limitado alimentava a religião e vice-versa —, mas Katie não pôde deixar de olhar para o norte, na direção da encosta da igrejinha branca na extremidade da cidade. No ano desde que Row assumiu a congregação, seus sermões foram ficando cada vez mais sombrios, e a igreja também. O Deus de Row era um policial ávido por moralidade, e a noção de que um policiamento assim era um paradoxo à própria ideia da Cidade não parecia mais incomodar ninguém além de Katie e Jonathan. Os que não estavam trabalhando pareciam estar sempre na igreja, que tinha movimento o dia todo, quer Row estivesse pregando ou não. Katie gostaria de botar a culpa na religião em si, mas nem ela conseguia se enganar tanto. Uma igreja só era tão boa ou ruim quanto a filosofia que emanava do púlpito. Toda a sua fúria agora se concentrava nas pessoas que seguiam Row, pessoas que deviam saber melhor. Elas deviam ter sido melhores no passado, senão William Tear não as teria levado na Travessia. Ele escolheu aquelas pessoas a dedo; sua mãe sempre dizia isso. Mas as coisas mudaram, tão profundamente que Katie não conseguia prever o que ninguém na Cidade faria, tirando Jonathan e, por mais estranho que pareça, Row.

Ela tinha começado a seguir Row de forma quase indolente, como uma espécie de exercício. Ele estava aprontando alguma coisa e ela sabia, mas isso não tornava mais fácil de pegá-lo no flagra. Ele ia para a igreja todos os dias, onde fazia sermões de manhã e à noite para quem quisesse ouvir. Sempre que saía da igreja, as mulheres o cercavam, e havia uma diferente na casa dele todas as noites, apesar de ele ser muito discreto; as mulheres nunca chegavam antes da meia-noite ou uma da manhã, bem depois de a maior parte da Cidade estar dormindo. Katie considerou brevemente trazer esses casos a público, mas no final se segurou, um pouco enojada consigo mesma. Se sentia atraída por Row, aquele dia no quarto dele nunca saiu de sua cabeça, na verdade, e ela não se enganava achando que não sentia inveja, mas o que ele fazia na esfera particular era particular, e hipocrisia não mudava isso. Se quisesse pegar Row em alguma coisa, teria que ser em público, em um assunto que afetasse a Cidade toda. Nada menor do que isso serviria.

Entre sermões, Row ia para a serralheria de Jenna Carver, e com o passar dos dias, sua dedicação ao trabalho começou a intrigar Katie cada vez mais. Ela fez perguntas por aí e descobriu que a igreja de Row tomava conta dele: a congregação cuidava da casa dele, e as mulheres uma vez chegaram a sair no tapa para decidir quem levaria o jantar de Row. Ele não precisava mais ter emprego. Mas, todos os dias, sem falta, ele ia à oficina de Jenna e ficava cinco ou seis horas. Uma tarde, quando Katie encontrou oportunidade de se aproximar da oficina e espiar pela janela, ela viu o vidro coberto de papel, a janela bloqueada.

Está aprontando alguma, pensou ela a caminho de casa. Ela ainda se lembrava daquela noite muito tempo antes, quando Row a levou até a serralheria e mostrou o cordão de Tear. Mas anos se passaram, e agora ele poderia estar fazendo qualquer coisa lá. Katie decidiu que tinha que saber.

No dia seguinte, ela esperou em frente à oficina, escondida atrás do moinho de Ellen Wycroft. Row saiu para fazer o sermão da noite, mas Katie tinha que esperar mais uma hora, até o jantar, para que Jenna Carver também saísse de lá. O sol já tinha se posto; o outono estava rapidamente dando lugar ao inverno. Na noite de sexta, a Cidade faria o festival de outono, a última festa antes de chegar a hora de lacrar tudo e se preparar para a neve vindoura. Katie amava o festival quando era mais nova, mas a cada ano depois da morte de William Tear, parecia mais sombrio, toda a alegria forçada e todo mundo da Cidade observando o outro com atenção, procurando sinais de fraqueza. Mas Jonathan não podia faltar ao festival, então ela tinha que ir. Agora, Katie raramente o perdia de vista. Virginia e Gavin estavam com ele, jantando, mas nem essa situação era perfeitamente confortável. Katie não gostava de tirar os olhos de Jonathan.

A porta da oficina de Jenna estava trancada. Katie não esperava por isso, mas também não ficou surpresa. Antigamente, a única construção na cidade com uma fechadura era a biblioteca, que a sra. Ziv trancava quando ia para casa, à noite. Mas desde a morte de Tear, as pessoas começaram a trancar as portas, e até a instalar trancas extras. A maioria era rudimentar, ferrolhos e correntes feitos em casa, mas a tranca da oficina era sólida, feita de metal e com buraco para uma chave.

Ao olhar em volta, Katie não viu ninguém. Nos anos desde que ela e Row começaram a ir lá, algumas pessoas construíram casas em Lower Bend, mas agora essas pessoas estavam dentro de casa jantando, as portas fechadas. Metade dos postes da rua nem foram acesos. Algumas ruas depois, Katie ouviu um cachorro latindo, sons repetidos indefinidamente. Ninguém se deu o trabalho de calar o cachorro; toda a consideração que marcou a infância de Katie não existia mais.

Ao ver que a rua estava vazia, ela pegou a faca e se inclinou na direção da fechadura. Sua mente observou que William Tear não gostaria do que ela estava fazendo, arrombando uma porta em uma cidade que foi construída com base no direito à privacidade. Mas se deu conta de que isso era besteira; foi Tear quem os ensinou a arrombar fechaduras. Abrir portas, construir barricadas, usar a faca, combate mano a mano, resistir a interrogatórios... Tear os ensinou todas aquelas habilidades.

Polícia secreta, sussurrou a voz de Row na mente dela. *Polícia secreta, que só responde a Jonathan.*

A faca escorregou da mão de Katie. Ela falou um palavrão, afastou uma mecha suada dos olhos e começou tudo de novo. Só precisou de mais cinco minutos para abrir a porta. Jenna era excelente ferreira, mas não chaveira; Tear teria ficado enojado.

Katie entrou na oficina escura e fechou a porta. Depois de acender um fósforo que tinha no bolso, ela viu um lampião em uma bancada próxima e o acendeu. O brilho era fraco e débil, mas suficiente para enxergar. Sobre uma das bancadas ela encontrou uma pequena cunha de madeira e a enfiou embaixo da porta. Se Jenna, ou pior, Row, voltasse inesperadamente, ela podia quebrar a janela dos fundos e fugir.

Ela não ia até lá desde aquela noite cinco anos antes, mas uma olhada rápida deixou claro que muito pouco tinha mudado. As bancadas ainda estavam cheias de trabalho em andamento. Jenna fabricava joias novas, mas também fazia um bom trabalho recuperando peças que vieram com seus donos na Travessia. Katie segurou o lampião alto enquanto observava a mesa comprida que era a bancada de trabalho de Row. Viu vários pedaços de prata, mas nenhuma safira. A gaveta onde a safira de Tear ficou guardada tanto tempo atrás estava vazia, exceto por um pequeno pedaço de prata.

Eu devia ter mandado que ele fosse vigiado anos atrás, pensou Katie com raiva. *Quantas coisas ele conseguiu fazer despercebido? Quantas coisas enquanto ficávamos brincando com facas?*

Mas outra voz perguntou se aquela era a cidade em que ela gostaria de morar: uma comunidade que mantinha os cidadãos sob constante vigilância em nome da segurança. Tear tinha falado alguma coisa sobre isso uma vez, não foi? Sim, tinha, muito tempo antes, quando Lear fez uma pergunta sobre o dever do governo de manter seus cidadãos em segurança. Katie fechou os olhos e estava de repente lá de novo: na sala de Tear, com quinze ou dezesseis nos, o fogo ardendo na lareira e a pergunta de Lear pairando no ar.

— Em casos assim, Lear, a segurança é uma ilusão — disse Tear. — Uma população descontente vai desgastar até o estado mais seguro. Mas mesmo se a segurança fosse algo possível de se alcançar pela força, Lear, pergunte a si mesmo: quanto a segurança é importante? Por ela é válido minar regularmente todos os princípios sobre os quais uma nação livre foi fundada? Que tipo de nação você vai ter, então?

Katie prendeu a respiração. Ela estava passando a mão pela superfície da bancada de Row, quase desanimada, já ciente de que, se houvesse algo ali, não tinha conseguido encontrar. Mas seus dedos encontraram uma série de calombos sutis, não projetados, mas lixados, simétricos demais para serem farpas. Ela aproximou o lampião e olhou para o que havia ali: uma espécie de abertura. Tentou enfiar as unhas, depois enfiou a faca, mas não obteve sucesso: o vão era estreito demais. Katie pensou por um momento e colocou os dedos nos calombos e empurrou. Com um *ping* suave e metálico, uma parte da mesa se abriu, revelando um compartimento secreto. Dentro havia uma caixa de cerejeira polida.

Cerejeira, pensou Katie. Não havia cerejeiras na cidade, mas Martin Karczmar tinha encontrado algumas em suas explorações do outro lado do rio; as cerejas que ele trazia eram valorizadas na Cidade, e até os galhos eram valorizados por todos que trabalhavam com madeira. Mas, para conseguir tanta madeira sólida, seria preciso cortar uma árvore inteira. Quem se daria o trabalho?

Ela tirou a caixa do compartimento secreto. Tinha sido polida a ponto de a superfície ficar quase tão lisa quanto ferro. A caixa tinha um fecho, mas felizmente não tinha tranca. Katie levantou a tampa e ofegou.

Dentro da caixa havia uma coroa. Parecia ser de prata maciça, com pedras azuis brilhantes aqui e ali que eram incrivelmente parecidas com a safira de William Tear. Era um trabalho lindo; Katie a levou para perto da luz e admirou o objeto, mas sua mente também estava a mil, longe da oficina de Jenna. Por que Row faria aquela coisa, e em segredo? Para que precisaria de uma coroa?

Não seja burra, sussurrou sua mente. *Só tem uma resposta para essa pergunta.*

A porta tremeu. Katie quase largou a caixa, mas a abraçou no peito. A maçaneta girou, mas a cunha que ela colocou debaixo da porta a manteve fechada.

Alguém bateu.

Silenciosamente, Katie colocou a caixa na bancada e foi na ponta dos pés até a porta, puxando a faca da bainha. Havia uma chance de a luz vazar pela moldura da porta, mas tudo bem; Jenna podia ter deixado um lampião aceso quando foi para casa jantar. Katie levou a orelha até a madeira da porta. Não conseguia ouvir nada, mas sentia que a pessoa não tinha ido embora.

É você?, perguntou ela silenciosamente. Row sempre parecia saber tudo; será que sabia que tinha alguém lá dentro, mexendo com o brinquedo novo dele?

Segurando bem a faca, ela se inclinou e começou a puxar silenciosamente a cunha de debaixo da porta. Seu coração estava disparado, borrando sua visão, e suor escorria da palma da mão e pelo cabo da faca.

Como nossos corpos nos traem, pensou ela com tristeza. Não era como nos treinos. Ela soltou a cunha e se levantou lentamente, sentindo um dos joelhos estalar. Colocou a mão na maçaneta pretendendo abrir a porta, mas no final hesitou, sem conseguir dar o último passo. Se houvesse alguém ali, o que pretendia fazer? Esfaquear a pessoa? Seria mesmo capaz de matar alguém? E se fosse Row? Poderia matá-lo? Não sabia, e por um longo momento ficou paralisada, sem conseguir se mover um centímetro.

Os passos se afastaram, e Katie ouviu botas descendo os degraus de Jenna. Ela se encostou na porta, o coração acelerado de alívio. Passou a mão pela testa, que estava molhada. Esperou mais alguns segundos para ver se a pessoa voltaria e correu até a bancada. Já tinha ficado ali tempo demais; o sermão de Row acabaria logo. Ele podia voltar a qualquer momento.

Katie colocou a coroa de volta na caixa e travou o fecho, depois olhou para a superfície brilhante, a mente inquieta. Era só uma coroa, não uma arma; mesmo que Row tivesse sonhos secretos de ser o Rei da Cidade (e ele tinha; ela sabia que tinha), a coroa não o ajudaria a realizá-los. Ela podia deixá-la ali, colocar de volta no compartimento, e ninguém saberia. Mas alguma coisa dentro dela a avisou para não julgar a coroa pela aparência. Por que a coisa era tão elaborada, decorada com tantas safiras? O que Row pretendia alcançar?

Roubar era uma das piores coisas que alguém podia fazer, a antítese do que a Cidade representava, pois não havia declaração mais inequívoca de que uma coisa não seria dada livremente do que o fato de que era preciso roubá-la. Katie nunca tinha roubado nada na vida, e sentia que o ato abriria uma porta dentro dela, uma porta escura que não seria facilmente fechada.

Nós achávamos que Tear era perfeito, mas ele não era, pensou ela sombriamente, olhando para a superfície polida da caixa. *Ele nos abandonou quando mais precisávamos dele. E se as palavras de Tear não são de confiança, quem podemos escutar então?*

Você mesma.

A ideia pareceu perigosamente herege, pior ainda do que roubar. Mas não havia outra resposta. Katie pegou a caixa e a colocou debaixo do suéter frouxo, prendeu a barra na cintura da calça e apertou o cordão. Em seguida, apagou o lampião e saiu. Ficou alerta, procurando Row, mas não viu ninguém, e quando dobrou a esquina da rua seguinte, ela abraçou a caixa e saiu correndo. Ainda estava com medo, e muito, mas sentia vontade de rir, e várias risadinhas escaparam quando ela desapareceu floresta adentro, indo para o coração da cidade.

O festival de outono daquele ano estava como sempre: havia decorações penduradas nas árvores próximas ao centro da cidade, as ruas iluminadas com lanternas de papel. Os artesãos montaram barracas na praça, exibindo os artigos que estavam dispostos a trocar. Mas aqui, de novo, as coisas estavam diferentes. A alegria que costumava marcar a ocasião estava ausente. Clientes andavam entre barracas, e a cerveja era abundante, mas em toda parte parecia haver grupinhos cochichando e olhando em volta. Os artesãos, que normalmente levavam artigos pequenos que davam de presente para as crianças, agora dificultavam a negociação de tudo.

Katie percebeu que não conseguia relaxar. Parecia ouvir sussurros em toda parte. Ela, Gavin e Virginia andavam em volta das barracas, um triângulo instintivo do qual Jonathan era sempre o centro, e sentia olhos neles, olhos que se afastavam assim que ela se virava para olhar. Ela sentia como se estivesse percorrendo sem parar uma lista de paranoias, mas não conseguia convencer a si mesma de que era só sua imaginação. As pessoas sorriam para Jonathan, mas todos os sorrisos pareciam falsos.

Alguém colocou uma caneca de cerveja na mão dela, mas Katie a deixou em uma mesa. Sua mãe estava presente, olhando, mas essa era só parte do motivo. Katie sentia alguma coisa crescendo, pairando sobre eles, quase como a eletricidade estática no ar antes de uma tempestade chegar do sul. Para todo lado que virava, via olhos brilhantes, dentes cintilantes, pele luminosa. Sentia como se estivesse com febre. Havia música tocando, e as pessoas estavam dançando no espaço amplo e livre no centro da praça, mas os dançarinos pareciam errados aos olhos de Katie, como se estivessem se esforçando demais para formar uma atmosfera jovial, para esconder alguma coisa podre, para afastar a Morte Rubra.

— Katie!

Ela pulou quando alguém a puxou pela cintura. Sua mão já estava a caminho da faca embaixo da blusa quando ela se deu conta de que era só Brian Lord.

— Venha dançar comigo, Katie!

— Não! — respondeu ela, afastando as mãos dele. Sentia como se todo mundo estivesse olhando para ela, mas, quando se virou, os olhos estavam voltados para outro lugar. Brian desapareceu, e ela continuou andando no meio da multidão, procurando um lugar para se sentar.

— Katie.

Ela se virou e encontrou Row. O olhar dele avaliou Jonathan rapidamente e pareceu deixá-lo de lado ao se voltar para Katie.

— O que você quer, Row?

— Uma dança, ora.

Katie lançou um olhar para Jonathan, mas ele, Gavin e Virginia estavam observando uma barraca próxima cheia de artigos de couro: botas e cintos.

— Ele está bem — murmurou Row no ouvido dela. — Ele sempre está bem, Katie. Não precisa de você. Por que não ter um momento para si? Ninguém precisa saber.

Ele puxou a mão dela, e Katie o seguiu, passando pela barraca de biscoitos de gengibre da sra. Harris e seguindo para a floresta. As árvores se fecharam em volta deles, e Katie sentiu um momento de tensão (*é tão escuro aqui!*) antes de se lembrar da faca. Row estava tentando levá-la mais para dentro da floresta, mas ela parou e se soltou da mão dele.

— O que você quer? — repetiu ela.

— Você roubou uma coisa, Katie.

— E o que seria?

Ele colocou a mão na cintura dela, fazendo Katie estremecer.

— Onde está?

— Não sei do que você está falando — respondeu ela, tentando manter os pensamentos protegidos. Ela tinha enterrado a coroa na floresta atrás do parque da cidade, bem abaixo das raízes de um carvalho velho e seco. Ninguém encontraria a não ser que estivesse procurando, mas Row já tinha conseguido espiar dentro da mente dela antes. Um galho estalou quando ele chegou mais perto e ficou parado na frente dela, bem mais alto na escuridão. Ela pensou na outra noite, tanto tempo antes, e um arrepio lhe desceu pela espinha. Como eles foram de duas crianças se esgueirando pela floresta a aquilo? Onde tudo começou a apodrecer? A mão dele ainda estava em sua cintura, e Katie a removeu, afastando os dedos dele.

— Não brinque comigo, Row. Não sou um dos seus idiotas da igreja.

— Não, não é mesmo, mas você foi enganada. Nós todos fomos enganados por Tear.

— Isso de novo não.

— Pense bem, Katie. Por que guardar tanto segredo sobre tudo? Por que esconder o passado? — Ele segurou o braço dela e entrou em uma área iluminada pelo luar, e Katie viu que o rosto dele estava pálido, os olhos arregalados e febris, quase vermelhos. Por um momento apavorante, ele a lembrou da coisa que ela viu na floresta naquela noite, e ela cambaleou para trás e quase caiu em cima de uma árvore. Mas, quando ergueu o rosto, ele era só Row de novo. — Eu sei porque ele escondeu o passado, Katie. Ele não queria que a gente soubesse que havia outro jeito para as coisas terem acontecido. Onde cada um seria tratado de acordo com seus talentos... os inteligentes e trabalhadores recompensados, e os preguiçosos e burros, punidos.

— Isso pode funcionar com sua congregação, Row, mas não comigo. Não preciso da sua palavra para saber a história. Eu *leio*, Row. Seu paraíso é um pesadelo.

— Só para os fracos, Katie — respondeu Row, um sorriso na voz. — Os fracos eram peões. Mas você e eu poderíamos ser qualquer coisa.

Ele a empurrou contra um dos troncos, as mãos puxando as roupas dela com violência, e Katie percebeu que não queria pará-lo. Estava bêbada, mas não podia culpar o álcool. Era o esquecimento. Lembrava-se daquela noite, anos antes, Row na janela dela, a chamando para o mundo noturno. Não sabia por que tinha ido naquela ocasião e não sabia agora... exceto talvez que não devia. Talvez fosse só isso. Ela não amava Row, achava que talvez pudesse até odiá-lo, em um lugar escuro e profundo onde o amor e o ódio eram mais próximos do que parentes. Mas o ódio era um afrodisíaco por si só, bem mais poderoso, e ela curvou os dedos e passou as unhas pelas costas de Row.

Ele a penetrou, e Katie gozou, surpresa. O tronco da árvore machucava suas costas, mas ela não se importou; a dor parecia combinar com todo o resto. Row a estava fodendo agora, do jeito que ela leu nos livros, e o prazer era tão inacreditável que Katie tampou a boca para não gritar. A alguns metros dali, o festival prosseguia, as pessoas conversando e rindo. Ela tentou pensar em Jonathan, mas ele estava longe, no universo cheio de luz além das árvores. A boca de Row estava no seu pescoço, nos seus seios, mordendo seus mamilos até ela achar que sangrariam, mas a dor alimentava a coisa dentro dela. Parte dela desejava que isso pudesse continuar para sempre, que eles nunca tivessem que voltar para a cidade, onde eram inimigos. Estava próxima do terceiro orgasmo quando Row enrijeceu, meteu mais fundo nela e ficou um longo momento parado antes de relaxar, ofegante, no ombro dela.

— Não é tarde demais, Katie — sussurrou ele. — Nós poderíamos ser reis.

Katie olhou para ele, sentindo a ruptura dentro de si se fechar e voltar a ser ela mesma. Tinha vinte anos, Jonathan tinha quase vinte e um, Row tinha vinte e dois. Ela não podia mais dar desculpas por nenhum deles, nem para ela mesma.

— Reis — repetiu ela, empurrando-o, fazendo uma careta quando ele se afastou. — Eu reparei que você só fez uma coroa, Row. Foi para mim?

— Katie...

— Claro que não. Você não foi feito para dividir, então não venha com essa merda. Essa cidade não é sua. Pertence aos Tear.

Row riu. Katie sentiu como se tivesse perdido alguma informação vital. Talvez pela centésima vez, ela se perguntou por que William Tear não matou Row muito tempo antes. Sem dúvida, ele previu que isso aconteceria.

— Estou dando a você uma última chance, Katie. Venha comigo.

— Senão o quê?

Row não disse nada, mas não importava, pois um momento depois um grito soou vindo da Cidade. Katie se virou, mas não conseguia ver nada pelas árvores, só o brilho das luzes do festival. Vários outros gritos soaram em rápida sucessão, ecoando pelas árvores da área iluminada. Katie começou a correr, mas parecia que estava andando na lama. Row riu atrás dela, um som frio, o som que Katie imaginava que larvas fariam se contorcendo para entrar com ansiedade por uma abertura em um caixão. Ela viu roupas se movendo pelas árvores conforme as pessoas corriam do festival, gritando, e puxou a faca no caminho, pensando que não importava mais se as pessoas a vissem com a arma, as pessoas tinham que saber que havia uma força na cidade além de Row e seu bando lamentável de puxa-sacos, mesmo que Jonathan pagasse por isso mais tarde.

Ela passou pela barraca da sra. Harris e estacou. A praça estava deserta, mas luzes fortes iluminavam as barracas, os toldos balançando com a brisa, e o chão um tapete de cacos quebrados. Ficou olhando para os cacos por alguns momentos antes de entender: canecas de cerveja largadas na correria, os restos molhando as pedras. Ela olhou para a direita e sentiu a respiração ficar presa no peito.

Havia dois corpos no chão no centro da área aberta, numa poça de sangue. Katie chegou mais perto e virou um dos corpos, e deu um pulo para trás com um grito baixo e horrorizado ao ver o rosto de Virginia, os olhos arregalados e a boca frouxa. A garganta tinha sido cortada. Um filete de sangue escorria pelo queixo dela. Sem pensar, guiada por uma sensação de terrível inevitabilidade, Katie virou o segundo corpo.

Era sua mãe.

O primeiro pensamento de Katie foi de ficar agradecida pelos olhos de sua mãe estarem fechados. Havia sangue no pescoço dela e na blusa, mas, com os olhos fechados, ela parecia estranhamente em paz, da forma como Katie sempre a viu no sono. Mas a paralisia só durou um momento, e ela saiu cambaleando, os braços abraçando o corpo, os olhos arregalados e chocados, a respiração ofegante na garganta.

Jonathan!

Ela olhou ao redor, desesperada, mas não viu sinal dele nem de Gavin... Gavin, que estava de guarda enquanto Katie relaxava um pouco na floresta. Ouviu um estalo de cacos quebrados atrás dela, e Katie se virou, certa de que era Row. Aquilo era trabalho de Row, da gente dele, e eles não podiam matar sua mãe e deixá-la viva, porque ela mataria todos eles...

Mas não era Row, só uma raposa, um dos filhotes que moravam na floresta e que foi investigar o banquete de restos de comida no chão.

Katie voltou a olhar para os dois cadáveres à sua frente, sentindo-se estranhamente entorpecida, quase analítica. Alguém esfaqueou Virginia e sua mãe, mas não foi Row. Quem foi? Virginia estava protegendo Jonathan. Ela e Gavin... Onde estava Gavin? Ninguém conseguia passar por ele com uma faca. Katie olhou ao redor, sentindo-se observada. Row ainda estava em algum lugar por ali, devia estar. Na floresta, talvez, gabando-se sobre como foi fácil distraí-la, tirá-la do caminho, fazê-la se passar por tola...

— *Onde você está?* — gritou Katie.

Mas não havia sinal de ninguém, só a praça deserta, os lampiões acesos balançando no vento do final de outono.

Ela arrombou a porta da casa de Row com facilidade; era uma casa velha, construída depois da Travessia, e a porta caiu com um estrondo após o primeiro chute. Katie entrou correndo, a faca à frente do corpo.

Um quadro grande de Row, feito pela mãe dele, dominava o saguão. Ele tinha oito ou nove anos na imagem, e não era um desenho muito bom, mas a mãe dele decorou a moldura de forma extravagante, com flores e galhos de azevinho colados. Katie já tinha passado por aquele retrato centenas de vezes sem nem reparar nele direito, menos ainda pensando no que poderia significar todas aquelas flores penduradas na moldura, ainda emitindo um odor adocicado e podre.

Ela encontrou a sra. Finn na sala, sentada na cadeira de balanço, olhando a lareira. A casa estava fria e não havia fogo aceso, e isso incomodou Katie por um motivo que ela não conseguiu entender bem. A sra. Finn nem olhou quando Katie entrou na sala.

— Saia daqui, puta Tear.

Katie parou, estupefata. Nunca tinha gostado da mãe de Row, mas elas sempre se deram bem; na verdade, Katie escondeu seu desprezo pela mulher bem melhor do que o próprio filho. Mas o tom da sra. Finn tinha tanto veneno quanto suas palavras.

— Onde está ele?

— Ele está no comando agora — respondeu a sra. Finn. — Nós não vamos ter mais que lidar com vocês.

— Quem seriam "vocês"? — perguntou Katie, olhando em volta. Row não estava ali, e ela não viu pistas. Katie se perguntou se teria que arrancar a informação da mãe dele à força. Seria capaz de fazer isso? Talvez não, mas cada palavra saindo da boca da mulher tornava aquela ideia mais fácil. Sua mãe estava morta (a mente de Katie empurrou esse pensamento para longe, isolando-o), mas aquela mulher horrível continuava viva, ainda encontrando desculpas para o filho, mesmo agora.

— Todos vocês — rosnou a sra. Finn —, achando que são tão melhores que o resto de nós. Ignorando meu garoto inteligente e corajoso por aquele afeminado fraco. Todos aqueles livros não ajudaram vocês, não é? O *meu* garoto é quem manda nesta cidade.

— Então você também tem inveja de Jonathan — comentou Katie, tateando a faca. — Igual a Row.

— Jonathan Tear é uma fraude! — disse a sra. Finn com rispidez. — Ele não é o pai, e por que deveria ser? Aquela piranha da mãe dele estragou tudo!

Katie respirou fundo, magoada. De todas as suas lembranças da mãe de Jonathan, naquele momento ela só conseguia pensar no retrato pendurado na sala dos Tear: Lily, o arco na mão, um sorriso beatífico no rosto e o cabelo decorado com flores cascateando pelas costas. Embora conhecesse dos livros, Katie nunca tinha ouvido a palavra *piranha* dita em voz alta na vida, e o ódio naquela única palavra a deixou gelada.

— Você era amiga de Row, garota. Eu lembro, e ele também. E foi só eles estalarem os dedos que você o largou.

— Onde está Jonathan? — perguntou Katie.

Ocorreu a ela naquele momento questionar por que não foi levada *com* Jonathan, mas a resposta veio com facilidade: Row queria sua coroa de volta e esperava que Katie o guiasse até ela. Não entendia o mundo em que Row e os Tear viviam, com joias e magia e coisas não vistas, mas conseguia perceber que a coroa só representava problemas, e naquele momento decidiu não chegar mais perto dela. Poderia muito bem ficar apodrecendo na terra para sempre.

A sra. Finn sorriu, cheia de ressentimento.

— Meu garoto não precisa mais de você. Ele tem seus próprios dons. William Tear não pode mais fazer mal a ele.

Katie estreitou os olhos, tentando entender a última declaração. Até onde sabia, Tear nunca deu atenção a Row; na verdade, a falta de distinção, a sensação de que nunca foi valorizado como deveria, esse era o problema fundamental. Row sempre achou que merecia mais. Mas William Tear não depreciava Row nem o elogiava, nem mesmo quando era merecido, nem mesmo quando deveria, considerando a inteligência e a versatilidade de Row. Tear o ignorou tão bem que deve ter sido deliberado... e agora, uma desconfiança horrível surgiu na mente de Katie. Ela olhou para a sra. Finn, já tentando reverter os pensamentos, pois não queria uma resposta para aquela pergunta, não queria saber...

— Eu passei a manhã lendo — anunciou a sra. Finn, esticando a mão para a mesa.

Katie deu um pulo para a frente, tão tensa que tinha certeza de que a sra. Finn escondia uma faca. Mas ela só pegou um livro de capa de couro com uma cruz dourada.

— Você conhece a história de Caim, criança?

— Caim? — perguntou Katie, sem entender. Ela tinha lido a Bíblia, claro, para ter certeza de que entendia o que saía do púlpito de Row. Mas, naquele momento, o nome não disse nada para ela.

— Caim. O filho preterido, ignorado e deixado de lado não por culpa dele. A vontade de Deus. — A sra. Finn sorriu de novo, e o sorriso não era mais ressentido, mas medonho, como se ela estivesse espiando por uma fenda e vendo sua própria morte. — Eu li sobre Caim e Abel muitas vezes. Nós tivemos um deus nesta cidade, injusto e corrupto, mas ele se foi. E meu filho vai ter seu lugar de direito.

— Seu marido...

— Meu marido morreu quatro anos antes da Travessia! — interrompeu a sra. Finn. — Nós estávamos vindo para cá para fazer um mundo melhor, e como ele decide começar? Escolhendo Lily! Mesmo antes de o primeiro barco chegar à margem, todo mundo já sabia! — A sra. Finn segurou os braços da cadeira de balanço e gritou: — Eu estava no quarto mês de gravidez, e ele me deixou por uma americana!

Katie recuou, resistindo por pouco ao impulso de tapar os ouvidos. A sra. Finn nunca entregaria Row. Mas, se Katie ficasse ali, ela continuaria falando, e Katie não queria ouvir mais. Ela pensou em si mesma mais nova, sentada em um banco com William Tear no sol poente. Se soubesse de tudo naquela época, ainda teria dito sim?

— Eu conheço a Bíblia — murmurou a sra. Finn com satisfação sombria. — Nós somos as pessoas divinas nesta casa. Caim se ergueu.

Katie abriu a boca para dizer alguma coisa, não sabia bem o quê; possivelmente que Caim e seus descendentes foram amaldiçoados para sempre por aquele ato irremediável. Mas, antes que pudesse falar, sentiu os pelos da nuca se eriçarem. Virou-se e viu Gavin, o punho erguido na direção dela. O golpe a jogou para o lado e fez sua cabeça bater na parede. E então, ela parou de se preocupar com eles... com William Tear, com sua mãe, com Jonathan, com todo mundo.

Quando Katie acordou, estava morrendo de frio. Parecia estar em um aposento de muita escuridão, que não admitia luz nem mais nada. Suas narinas ardiam, e depois de um momento, ela percebeu que sentia cheiro de mofo: podridão e terra úmida ao redor. Ela tateou em volta e encontrou um corpo quente ao seu lado.

— Katie.

— Jonathan — sussurrou ela, e por um momento sentiu um alívio tão grande que o aprisionamento pareceu uma coisa pequena. Jonathan não gostava de abraços, mas Katie não se importou; ela o puxou para perto e passou os braços em volta dele na escuridão. Sua mãe estava morta, ela lembrou agora, e Virginia também. Estavam todos mortos: Tear, Lily, tia Maddy. Ela e Jonathan foram os únicos que sobraram.

— Você está machucado?

— Ainda não.

A resposta a deixou gelada, mas Katie não insistiu no assunto. Soltou-o e começou a tatear em volta. Piso de pedra, paredes de pedra, tudo coberto com uma camada fina de gosma úmida que parecia musgo. Algum tipo de porão. Todo mundo tinha um porão, mas as casas da Cidade eram feitas de madeira, não pedra. Acima da cabeça dela, ao longe, Katie ouviu uma coisa que primeiro achou que fosse o vento, mas um momento depois percebeu que era musical demais para isso.

— Gente cantando — murmurou ela. — Nós estamos embaixo da igreja.

— Sim.

Ela inclinou a cabeça, prestando atenção novamente. A música tinha o timbre forte de um coral, mas estava distante, muito distante. Eles estavam em um subsolo fundo, fundo demais para qualquer pessoa os ouvir, e essa percepção também deixou sua pele arrepiada. Row tinha construído aquele lugar, só podia ser. Mas para quê?

— Deve haver uma porta.

— Nem precisa procurar — disse Jonathan. — Tem fechadura.

— Eu sei arrombar uma fechadura.

— Não essa. — Jonathan suspirou, e Katie ouviu um humor sombrio na voz dele. — Seu amigo é um chaveiro e tanto.

— Ele não é meu amigo — rosnou Katie, tateando junto à parede. Sua mão finalmente encontrou madeira, a moldura da porta, depois uma porta, tão grossa que mesmo quando ela bateu, machucando o punho, só foi recompensada com um *tum* pesado e seco.

Ela recuou, passou por cima de Jonathan e se sentou novamente encostada na parede.

— Elas estão mortas? — perguntou Jonathan. — Virginia e a sua mãe?

— Estão — respondeu Katie. Sentia as lágrimas presas na garganta, mas lutou contra o choro mordendo o lábio até tirar sangue. Se começasse a chorar naquele lugar escuro, não pararia nunca.

— Gavin — respondeu Jonathan, surpreso. — Sobre Row eu sabia, mas Gavin... Eu nunca pensei...

Por quê?, Katie teve vontade de gritar. *Por que você não sabia? Você sabe de tudo que acontece, então por que não sabia disso?*

Ela respirou fundo, tentando se acalmar. *O pânico não leva ninguém a lugar algum*, William Tear sempre dizia, e mesmo um Tear imaginário era uma presença tranquilizadora. Gavin era um traidor, e Katie só podia supor que o resto da guarda também tinha se virado contra eles. Ninguém estava indo salvá-los. Se houvesse uma saída, eles teriam que encontrá-la ali dentro. Acima da cabeça deles a cantoria aumentou, chegando a um crescendo em uma nota aguda e morrendo.

— O que Row quer conosco? — perguntou ela.

— Ele quer a safira do meu pai.

— E por que não a pega?

— Ele não pode — respondeu Jonathan.

Ele hesitou, e Katie sentiu que ele estava elaborando a resposta com cuidado. A irritação dela veio à tona novamente (ele tinha que guardar segredos mesmo agora?), mas o ímpeto passou rápido. Os Tear eram o que eram. Ela sabia no que estava se metendo desde aquele dia na clareira, quando Jonathan segurou na mão dela e falou coisas sem sentido. Não tinha o direito de reclamar agora de onde eles tinham ido parar.

— Eu não entendo tudo sobre minha safira — continuou Jonathan. — Nem meu pai entendia, apesar de ele saber mais do que eu. Row sempre a quis para si, mas ela não pode ser tirada. Eu tenho que oferecê-la por vontade própria, e ele sabe disso.

— O que acontece se ele tentar pegar?

— Punição.

— O que isso quer dizer?

— Me dê sua mão.

Katie esticou a mão, e Jonathan depositou uma coisa fria na palma. Ela não segurava a safira de Tear havia muitos anos, mas ainda se lembrava da sensação com perfeição: fria, sim, mas viva, quase respirando.

— Eles estão todos aqui — murmurou Jonathan, fechando os dedos em volta dos dela. — Gerações de Tear. Nem sei até quando no passado eles vão; eu tive apenas um vislumbre do todo. Essa pedra tem vontade própria, mas é a vontade deles, todos eles. Meu pai está aí, e um dia eu também vou estar... todos nós, juntos.

Katie fechou os olhos e por um momento prendeu a respiração, desejando conseguir ver as coisas como Jonathan via, saber o que ele sabia, deslocar-se por aquele mundo secreto e invisível. Mas não era uma Tear, nunca foi. Nunca veria além do que Jonathan contava, e embora houvesse tristeza naquele pensamento, também havia alívio. Jonathan passou a vida atormentado por visões; havia um preço que acompanhava a magia Tear, mesmo que poucos soubessem disso. Lily sabia, Katie tinha certeza, e talvez sua mãe. Mas sentia que Row talvez não soubesse. Uma ideia começou a se formar na mente dela, mas sumiu.

O que nós podemos fazer?, perguntou-se ela. Poderia enfrentar Row em uma luta, talvez. Mas poderia matá-lo? Ela pensou na coisa que a perseguiu pela floresta, com membros brancos e olhos vermelhos, uma criatura que Row sem dúvida criou, trabalhando na escuridão enquanto o resto da Cidade dormia. Poderia matar aquilo? Não tinha sua faca; alguém a tirou dela quando estava inconsciente. Mas teria feito diferença? Aquela confusão não podia ser resolvida com facas.

— Row é poderoso — continuou Jonathan. — Mas não infalível. Está mexendo com coisas que não compreende, e apesar de não saber, isso o torna fraco.

Katie assentiu, entendendo aquela declaração em sua intenção, ainda que não nos detalhes. Row era cuidadoso, mas não cauteloso. Seu alcance sempre foi além de sua compreensão, e uma das primeiras lições que Katie aprendeu nos treinos de Tear foi que tentar alcançar longe demais deixava você vulnerável, mesmo que você mesmo não conseguisse enxergar essa vulnerabilidade. Era sempre mais fácil ver essas coisas de fora do círculo; se ao menos ela pudesse ter ficado de fora *daquele* círculo, de alguma forma, avaliando a situação de forma tão distante quanto tinha feito naquela época.

Katie.

Ela estremeceu. Alguma coisa se moveu na mente dela, deliberada, mas estrangeira, uma voz que não era a dela.

— O que foi? — perguntou Jonathan.

Ela balançou a cabeça. A cantoria tinha recomeçado no andar de cima. Seu cérebro parecia estar se partindo em dois. Jonathan sabia quem era o pai de Row? Se não sabia, ela não podia contar. Nunca entendeu o que sentia por aquele jovem estranho, mas, fosse o que fosse, não precisava contar para ele sobre William Tear, não precisava minar tudo que Jonathan achava que sabia. Esse nunca foi seu papel.

A corrente do lado de fora da porta balançou, e Katie ouviu o estalo da tranca sendo aberta. A luz de uma tocha inundou o aposento, e Katie viu que eles estavam em uma câmara comprida e estreita, com uns seis metros por três. As paredes de pedra estavam brilhando de umidade que escorria do teto.

Quem construiu isso?, perguntou-se Katie. *E quando?*

Gavin entrou, seguido de mais quatro homens: Lear, Morgan, Howell e Alain. Katie os observou com uma expressão dura, desejando estar com a faca por apenas cinco segundos. Não podia derrotar Gavin, mas os outros quatro seria fácil.

— Nós trouxemos água — anunciou Gavin brevemente, enquanto Lear e Howell colocavam um balde no chão. Gavin pareceu ter lido os pensamentos dela, pois segurava sua faca, e seus olhos nunca se afastavam de Katie conforme se movia pelo aposento.

— Por quanto tempo nós vamos ficar aqui? — perguntou ela.

— Não muito, eu acho. Row está ocupado agora, mas vai cuidar de vocês quando terminar.

— Eu não fui bom o suficiente para você, Gav? — perguntou Jonathan, e Katie não conseguiu segurar um sorriso ao ouvir o deboche na voz dele. — Meu pai não fez você se sentir especial o bastante?

— Não tem nada a ver com isso! — disse Gavin com rispidez. — Tem a ver com a cidade que a gente quer!

Jonathan balançou a cabeça, uma expressão de repulsa surgindo no rosto, e Katie viu Gavin se encolher. Ele precisava tanto que gostassem dele, Gavin, mesmo as pessoas que ele tinha traído. Era uma falha profunda de personalidade, e Katie olhou para ele com tanto desprezo que ele voltou a se encolher.

— Que tipo de cidade é essa? — perguntou ela. — Uma cidade em que Row manda e vocês obedecem? Ele com certeza manipulou vocês bem o bastante até agora.

— Eu tomo minhas próprias decisões! — sibilou Gavin. — E nenhum de nós pode fazer isso na cidade de Tear!

— Então foi isso que ele disse para vocês — refletiu Jonathan. — Que nós estamos atrapalhando a democracia.

— Vocês estão!

Katie queria retrucar, mandar que ele calasse a boca, mas não podia. Por um único e estranho momento, ela viu Jonathan pelos olhos de Gavin, pelos olhos de Row, e a sinceridade borbulhou dentro dela, uma verdade tão desagradável quanto inegável. Eles estavam errados, todos eles, mas, nessa única coisa, estavam certos. Como você podia dizer para todo mundo que eles eram iguais quando os Tear estavam ali, lindos e resplandecentes, diferentes de todos? Como alguém poderia construir uma sociedade igualitária na cidade de William Tear?

Mas, um momento depois, ela afastou o pensamento, horrorizada.

— E vocês quatro? — perguntou ela, virando-se para Howell e os outros. Nenhum deles olhou nos olhos dela, só Lear.

— Nós prometemos proteger a Cidade — disse ele. — Nós temos que ter uma visão clara. Temos que nos livrar do peso morto.

— Peso morto. E o que Row planeja fazer conosco?

Lear olhou com infelicidade para os outros quatro, e Katie viu, alarmada, que nenhum deles sabia.

— Entendi. Vocês são conselheiros úteis até não serem mais.

— Cala a boca, Katie! — rugiu Gavin.

Ele chutou o balde, chegando perigosamente perto de derramá-lo; a água escorreu pela beirada até os pés de Jonathan.

— Foi por isso que não escolhi você, Gavin — murmurou Jonathan. — Você tem um buraco aí dentro que aceita preencher com qualquer coisa. Não importa o quê.

Gavin ergueu a faca, mas Lear segurou o braço dele e falou com rapidez:

— Nós só tínhamos que trazer a água.

Gavin olhou para os dois, Jonathan e Katie, por um momento longo e furioso, em seguida colocou a faca no bolso e se dirigiu para a porta.

— Vamos. Eles não são mais problema nosso.

Katie arreganhou os dentes. Um momento antes, estava pensando que Gavin era burro demais para merecer sua raiva. Mas, ao ouvir as palavras dele, todo o desprezo, a ideia de que podia lavar as mãos só porque era em que ele escolhia acreditar, Katie sentiu várias pequenas explosões dispararem no cérebro.

— Eu vou ser seu problema, Gavin Murphy! — gritou ela para as costas dele conforme o grupo saía pela porta. — Você é um traidor, e quando eu sair daqui, vou tratá-lo como um! Nem Row vai poder proteger você de mim!

A porta foi batida quando eles saíram, mas não antes de Katie ter um vislumbre do rosto de Gavin, pálido e apavorado de repente. Ela sorriu para ele, mostrando todos os dentes, e a fechadura foi trancada e toda a luz desapareceu.

— Admiro a bravata — comentou Jonathan secamente. — Mas é uma ameaça difícil de cumprir, essa aí.

— Não ligo. Ele tem medo de Row; pode ter medo de mim também.

— Gavin tem medo de tudo. Isso o torna incrivelmente fácil de manipular. O medo dominava a pré-Travessia; meu pai falava muito sobre isso. Países inteiros fechavam as fronteiras e construíam muros para afastar ameaças-fantasma. Dá para imaginar?

— Dá — disse Katie, seca. Demorou apenas vinte curtos anos para transformarem a boa cidade de Tear em uma ruína. Row só precisou de uma igreja e, perversamente, de falta de fé. Ela conseguia acreditar em qualquer coisa agora. Inclinou a cabeça para trás, apoiou na parede e fechou os olhos. Por algum motivo, era mais fácil suportar a escuridão assim. — Como seu pai os venceu?

— Ele não venceu. Tentou, mas no final não teve outra escolha além de fugir. Eles chamaram de Travessia, mas na verdade não passou de uma retirada. E agora, isso também fracassou.

A voz dele estava desolada, tão desolada que acertou Katie como uma flecha e pareceu parti-la ao meio. Ela procurou a mão dele na escuridão e entrelaçou os dedos dos dois.

— Não seja bobo.

— Eu não sou. — A voz de Jonathan ganhou força de repente, como se ele tivesse decidido uma coisa. — Eu preciso que você me faça um favor.

— O quê?

Houve um tilintar de metal na escuridão, e Katie tomou um susto quando sentiu um objeto deslizar pelo seu pescoço, uma pedra pesada caindo sobre o peito.

— O que você está fazendo?

— Estou dando para você.

— Por quê?

— Porque você é mais forte do que eu. Sempre foi. — A voz de Jonathan soou amarga na escuridão. — Vai ser muito mais difícil dobrar você.

— Nenhum de nós vai ser dobrado.

— Eu vou. — A mão de Jonathan segurou a dela. — Nós não temos opções. É melhor do que nada.

Katie fez uma careta. Os Tear eram pragmáticos; sempre foram. Mas não conseguia deixar de desejar uma coisa melhor: não um meio-termo, mas uma solução mágica, o santo graal do governo. Onde estava aquela coisa perfeita? Ela sentia que, se conseguisse encontrá-la, estaria disposta a passar a vida trabalhando para fazê-la acontecer.

Belas palavras em um porão, debochou a voz de Jonathan.

Katie franziu a testa e inclinou a cabeça para trás. Era hora de esperar, de esvaziar a mente, de se preparar para o momento em que seu amigo mais antigo e íntimo entraria pela porta carregando uma faca que pretendia usar contra ela.

O tempo passou. Horas, dias, talvez. Katie não conseguia saber. Às vezes, dormia no ombro de Jonathan, às vezes ele no dela. Às vezes, ela acordava no escuro sem lembrança de onde estava, sentia a mão de Jonathan na sua e percebia que não importava se eles estavam em um porão ou em uma clareira, na Cidade ou fora dela. Eles estavam juntos, os dois, unidos pelo mesmo propósito, e isso os deixava mil vezes mais próximos do que já tinham sido, tão próximos que quando a mão de Jonathan entrou embaixo da blusa dela e Katie subiu no colo dele, pareceu quase uma ação automática, uma consequência natural de um lugar aonde eles já tinham ido, não amor, mas uma coisa mil vezes mais poderosa. Quando Jonathan a penetrou, puxando o cabelo dela para trás para expor o pescoço, Katie quase gritou de prazer, e quando a safira no pescoço dela começou a brilhar, iluminando o rosto de Jonathan e o dela, Katie viu que ele não era totalmente ele mesmo, que ele também estava nas mãos de outra coisa, e ela esqueceu quando sua mente se embaralhou e desembaralhou, pensando sem parar *Agora nós estamos juntos agora nós somos um...*

Quando acabou, eles dormiram. Jonathan não disse nada, nem Katie, mas ela achava que nenhum dos dois estava dormindo de verdade. Eles estavam esperando... se preparando, do seu jeito, para o momento final: o estalar da fechadura e a abertura da porta.

A grande aposta

Quando a invasão de Nova Londres finalmente aconteceu, foi bem diferente do que qualquer um pudesse ter imaginado. Mais de mil soldados mort entraram na cidade indefesa, pilhando e queimando tudo em seu caminho, e desses, quinhentos foram fazer o cerco à Fortaleza. O Santo Padre tinha contratado aquelas tropas — e, como evidências posteriores revelaram, chegou ao ponto de transportá-las em segredo —, porém, como costuma acontecer quando mercenários são envolvidos, o resultado alcançado não foi o planejado. Os mort sentiam-se enganados, e foram não só atrás de riqueza, mas de sangue e vingança. A carnificina só pode ser estimada, pois sobraram poucos para registrá-la, e nenhum dos quais sabia escrever...

— *O Tearling como nação militar*, CALLOW, O MÁRTIR

Olhando para sua cidade, Kelsea teve uma sensação curiosa de visão dupla. Estava olhando para Nova Londres, um lugar que conhecia bem. Os amontoados de casas nas colinas, o forte cinzento que era a Fortaleza, a torre branca do Arvath, todas aquelas coisas lhe eram familiares. Mas, ao mesmo tempo, não conseguia deixar de ver a cidade pelos olhos de Katie, como um câncer enorme de potencial desperdiçado. Saber o que Nova Londres deveria ter sido piorava a visão do que tinha se tornado.

O lado ocidental da cidade estava em chamas. Mesmo dali, na base da colina sudoeste, Kelsea ouvia os gritos das pessoas fugindo do fogo, mas não se deixou enganar que o fogo era o único problema. Os mort estavam soltos pela cidade dela. Não havia muro no lado ocidental, e era uma subida fácil pela colina até chegar ao bairro lá embaixo, o Lower Bend. Mas Kelsea não sabia por onde começar. Estava cercada de homens armados: Hall e o restante do exército tear, assim como sua Guarda. Mas não eram suficientes. Ela não poderia retomar a cidade usando a força.

— Majestade — murmurou Clava com urgência.

Ela se virou para o sul, na direção da nuvem enorme de poeira que os seguia desde o último dia. No começo, era pequena, pouco mais do que uma agitação no horizonte, mas nas últimas horas tinha se definido em uma névoa larga e indefinida espalhada pela Almont do Sul. Sua Guarda ficava olhando para trás com inquietação, mas não houve tempo de parar. Kelsea se virou para Fetch e o viu a observando, os olhos arregalados e sem esperança.

— Ele está vindo atrás de você? — perguntou ela.

— Não, rainha tear. De você.

— O que você está dizendo? — perguntou Elston. — Fale coisas que façam sentido. O que é aquilo?

— O Órfão.

— O Órfão é uma lenda para crianças, conto de fadas — protestou Dyer.

— Silêncio, Dyer. — Ela hesitou, pois teve um pensamento repentino, e foi se agachar ao lado de Fetch. — O que aconteceu com Row? Depois que Jonathan morreu?

— Ele foi amaldiçoado. Nós só descobrimos que Katie estava com a magia de Jonathan depois que ele estava morto e, quando descobrimos, nem Row ousou tocar nela. Ela fugiu, mas antes amaldiçoou todos nós. — Fetch indicou os quatro homens ao redor dele, que assentiram com infelicidade, e virou os olhos tristes para a nuvem de poeira atrás deles. — Ela nos amaldiçoou como traidores, e nós continuamos pagando e pagando.

— E Row?

— Eu não sei o que Jonathan fez com ele. Row começou a sumir, depois simplesmente desapareceu. A Cidade foi tomada por uma guerra civil e foi destruída. Metade da população partiu para o leste, pela planície. Só anos depois descobrimos que Row não estava morto, mas em Fairwitch.

— E eu o libertei — murmurou Kelsea.

Ela não precisava da luneta para vê-los agora: uma horda de formas pequenas e escuras, correndo de quatro, avançando para o norte pela planície. Ela os levou até a cidade ou eles iam para lá de qualquer modo? Não sabia, mas não parecia fazer diferença. Ela não tinha resposta para a maré abaixo... Não tinha resposta no presente, pelo menos. Não entendia o que Row Finn tinha se tornado, mas não acreditava que ele pudesse ser vencido ali. Esse problema, como tantos outros, começou no passado, e era tarde demais para resolvê-lo.

— Lady — repetiu Clava. — Nós temos que ir. Agora.

Kelsea assentiu e olhou colina acima. O problema imediato estava lá. Ela precisava entrar em sua Fortaleza, mas o pandemônio reinava. Sua cidade estava tomada de violência... o que levava Kelsea de volta ao ponto de partida.

Ela enfiou a mão no bolso e pegou a safira de Row. As facetas azuis cintilavam na luz do sol poente, e mais uma vez Kelsea teve a sensação desconfortável de que a pedra estava piscando para ela, quase desafiando a colocá-la.

Que escolha eu tive?, perguntou-se ela. *Carlin me criou para evitar o uso de força, mas este mundo é governado pela força. É tarde demais para qualquer outra coisa.*

Ela se virou para a sua Guarda, que estava amontoada em volta dela na encosta da colina. O general Hall e seu irmão gêmeo também estavam lá, embora o grupo lamentável de soldados esperasse centenas de metros abaixo. Até Ewen estava ali, depois de insistir obstinadamente em segui-los até a cidade. Kelsea achava que Bradshaw tinha levado Ewen em seu cavalo, mas não tinha mais como ter certeza de nada naquela viagem. Quilômetros demais foram passados na obscuridade da mente de Katie. Mas agora ela podia se arrepender, no final, de Ewen estar com eles. Queria que ele tivesse ficado para trás, em segurança. Queria poder ter deixado todos em segurança, sua Guarda, seu país, queria tê-los embrulhado e escondido no passado, ou talvez no futuro. Em qualquer lugar, menos no presente. Ela deixou o cordão pender dos dedos e ficou vendo a luz brilhar na corrente.

Força, pensou ela. *Força é o que sobra quando todas as outras opções foram exauridas. Até Carlin devia saber disso.*

— Nós vamos subir — disse ela para os homens. — Até a Fortaleza. Eu sei que o primeiro instinto vai ser me proteger...

— Lá vem — murmurou Dyer.

— Mas me façam um favor e protejam apenas uns aos outros. Entendeu, Dyer?

— Sim, Lady, sim! Porque foi para isso que me ofereci: para proteger outros guardas enquanto deixo a rainha por contra própria.

Ela olhou feio para ele, mas viu que não conseguia continuar irritada; depois de um momento, balançou a cabeça e prosseguiu:

— Deixando as respostas espertinhas de lado, estou falando sério. Não sei o que vai acontecer quando eu botar isto — ela mostrou a safira —, mas não vai ser a coisa mais segura do mundo. Eu posso não ser eu mesma; eu posso ser...

A dama de espadas.

Ela engoliu em seco.

— Eu quero que todos vocês fiquem fora do meu caminho. Combinado?

Ninguém da Guarda olhou nos olhos dela, só Clava, que ergueu a sobrancelha de forma expressiva.

— Estou falando sério.

— Que tal irmos logo? — perguntou Elston. — Ou vamos ficar esperando aquelas coisas ali se aproximarem e darem um beijo na nossa boca?

Kelsea olhou para trás e viu que a maré de crianças tinha quase chegado ao pé da colina. Respirando fundo, ela colocou o segundo cordão, e quando a safira se acomodou entre seus seios, ela sentiu um consolo terrível, o consolo de voltar para uma casa que está há muito destruída, mas que sempre foi um lar.

— Vamos — disse ela, e começou a subir a colina, sem esperar para ver se eles iriam atrás.

— Agora — sussurrou Aisa, e o padre Tyler assentiu.

Juntos, eles empurraram a tampa acima da cabeça. Era pesada, de ferro sólido, mas Aisa sentiu-a ceder um pouco. Se eles fossem homens fortes, não haveria problema. Mas o padre Tyler estava mais frágil do que nunca, e o corpo de Aisa estava enfraquecido pela febre. Seu braço ferido parecia estar com as veias cheias de ferro derretido. Eles empurraram até as costas de Aisa doerem, mas só revelaram um quarto crescente de céu azul de começo da noite.

— Já é alguma coisa — murmurou Aisa. — Mais alguns minutos e vamos tentar...

Ela ficou em silêncio, prestando atenção.

— São eles? — sussurrou o padre Tyler, mas Aisa colocou a mão no pulso dele para que ele ficasse em silêncio. Ela achou que tinha ouvido alguma coisa no túnel abaixo, o roçar de uma bota na pedra.

— De novo — sussurrou ela. — Rápido.

Os dois seguraram a beirada da tampa e empurraram. Luzes fortes dançaram na visão de Aisa, mas eles só conseguiram deslocar a tampa até metade da abertura. A luz das estrelas iluminava os degraus da escada na qual eles estavam, e por um momento Aisa sentiu seu equilíbrio oscilar, como se fosse cair, não no túnel do qual tinha subido, mas em uma escuridão mais profunda do que qualquer outra que já tivesse conhecido.

— Eu consigo me espremer por aí — murmurou o padre Tyler. Ele subiu um pouco mais pela escada e enfiou o corpo magro pela abertura de meia-lua, depois se ergueu e saiu. A bolsa de couro surrada que ele carregava o tempo todo bateu no topo da escada, e Aisa fez uma careta. Ninguém nos túneis abaixo deixaria de ouvir aquele barulho.

Aisa fugiu dos Caden vários dias antes, desaparecendo em uma abertura profunda no túnel principal enquanto eles seguiram andando. Não foi uma decisão fácil, pois ela sentia uma forte lealdade por aqueles quatro homens. Mas sua lealdade à rainha era mais forte, e ela sabia que a rainha ia querer que o padre Tyler voltasse em segurança para a Fortaleza. Ela achou que seria algo relativamente rápido e simples: buscar o padre Tyler na alcova escondida, levá-lo até a Fortaleza e voltar sem ninguém perceber nada. Podia alegar que tinha se perdido nos túneis por um ou dois dias. Muito simples, muito fácil.

Ela tinha esquecido que os Caden não eram idiotas.

Ao pensar melhor, percebeu que eles deviam ter desconfiado que alguma coisa estava acontecendo desde o momento em que ela descobriu o padre Tyler. Ela ficou inquieta de o deixar lá embaixo, e sua preocupação deve ter ficado evidente. Quando ela fugiu deles, eles não a seguiram pelo túnel, como ela achou que fariam, mas esperaram escondidos, para ver aonde ela iria e o que faria. Foi só naquela manhã que ela começou a desconfiar que ela e o padre Tyler estavam sendo seguidos pelos túneis, e, àquela altura, era tarde demais para elaborar um plano alternativo. Eles estavam na extremidade sul do Gut, uma área de labirintos que Aisa não conhecia bem e na qual não conseguia se orientar direito. A melhor esperança deles era sair para a superfície, mas isso também apresentava perigos, e eles foram obrigados a esperar até escurecer.

Assim que o padre Tyler saiu, ele voltou a empurrar a tampa do bueiro. Tinha melhor apoio agora, e mesmo sozinho, conseguiu tirar o disco de ferro do caminho. Ele esticou a mão para Aisa.

— Venha, criança. Dê um impulso.

Aisa deu. Ela costumava se ressentir de ser chamada de criança, mas, por algum motivo, ao ser dito pelo velho padre, não a irritou. Ela segurou as mãos dele e flexionou os joelhos, preparando-se para pular, mas deu um grito quando uma mão segurou seu tornozelo.

— Aonde você pensa que vai, garota?

Chutando freneticamente, ela olhou para baixo e viu o rosto branco de Daniel na penumbra. Seus chutes de nada adiantaram; a mão dele parecia ferro. Mais uma vez, ela pensou em simplesmente deixar pra lá. Estava perto da morte, já estava assim havia dias. Só a preocupação com o padre a fez lutar contra essa perspectiva horrível.

— Nós demos uma chance a você, garota — sibilou Daniel. — E como você retribui? São dez mil libras de recompensa que você está tentando pegar só para você.

— Eu não quero a recompensa — retrucou ela.

O rosto de Daniel chegou mais perto, e ela percebeu com alarme que ele estava subindo a escada. A outra mão dele envolveu sua panturrilha e apertou até ela gritar.

— Nós somos uma guilda, sua traidora. Ninguém esconde dinheiro da guilda.

— É mentira! — ofegou ela. — Você escondeu! Eles me contaram! Lady Cross! Você a libertou e ficou com o dinheiro, e os Caden expulsaram você!

Daniel ficou olhando para ela, surpreso, e nesse momento o padre Tyler se inclinou na beirada do buraco e balançou a bolsa em um arco curto e veloz. A parte pesada da bolsa bateu na cara de Daniel, e ele caiu, uivando, da escada.

— Venha, criança! — gritou o padre Tyler. — Agora!

Aisa segurou as mãos dele e deixou-se ser puxada pelo buraco. Viu imediatamente que tinha calculado mal a posição deles; eles não estava mais no Gut, mas nos limites de Lower Bend. Conseguia se deslocar ali com facilidade, mas eles estavam a pelo menos um quilômetro e meio do Gramado da Fortaleza. Era longe demais. Ela mal conseguia andar, e menos ainda correr. Seu braço era uma teia inerte de agonia.

Do buraco aos pés dela veio uma série de xingamentos, depois o ruído grave de botas subindo a escada.

— Criança, nós temos que ir! — O padre Tyler segurou seu braço bom e puxou. Aisa piscou, meio cega de dor e febre, vendo pouco, ouvindo uma voz grave dentro da cabeça, de muito antes. Uma voz de pai, mas não do dela.

— Dor — sussurrou Aisa para o padre, cobrindo os olhos quando as janelas iluminadas passavam por eles, uma panóplia sem fim. — Só sinto dor...

As pernas dela se embaralharam, e ela começou a cair. Um momento depois, apesar de nem sentir direito, o padre a pegou no colo e começou a correr com ela nos braços. Cada passo fazia Aisa sentir como se sua cabeça fosse se partir ao meio, mas ela achava que o padre Tyler sabia aonde estava indo, pois ele correu por uma viela próxima, depois outra, percorrendo cuidadosamente o entorno do Gut, indo para o centro da cidade.

Javel estava com fome. Sentia a fome como uma pedra, no fundo do estômago, uma dor tortuosa e repugnante, tão parecida com náusea que às vezes ele não sabia identificar a diferença. Por um tempo a dor passou, e ele se esqueceu completamente dela, mas bastou um leve odor de comida e a fome voltou com tudo. Eles já tinham começado a racionar as provisões, e agora, por mais que a Guarda do Portão trabalhasse, só havia duas parcas refeições por dia. A Fortaleza ainda tinha um estoque relativamente bom desde a invasão mort, e, se necessário, a comida duraria por muito tempo. Mas cerco era cerco.

Depois de uma longa luta, eles finalmente conseguiram selar o Portão da Fortaleza e bloqueá-lo com barras de ferro. Em um gesto corajoso, Vil levou uma pequena tropa pelo muro até a ponte levadiça e construiu um muro de tijolos enquanto os mort dormiam, de forma que, quando acordaram, o cimento já tinha endurecido e virado um verdadeiro obstáculo. Mas no dia anterior os mort conseguiram quebrar o muro e começaram a trabalhar no Portão. Os reforços de madeira estavam enfraquecendo gradualmente, mas Vil nao parecia nervoso. Ele estava agindo como era de se esperar, como um herói, sem pensar em si mesmo, mas nas pessoas lá em cima, as mulheres e crianças presas na Fortaleza. Vil podia ser um herói, mas Javel estava com medo.

De tempos em tempos, Vil levava dois ou três Guardas do Portão até as sacadas dos pisos mais altos, onde eles podiam ver a cidade. Não havia nada de bom para se ver. Por mais que a quantidade de mort abaixo cobrisse o gramado e a ponte levadiça, parecia haver o dobro disso na cidade em si, botando fogo, roubando e fazendo coisas bem piores. Javel não queria olhar, mas parecia não conseguir evitar. O ponto de vista era bom demais, e o som dos gritos se espalhava facilmente pelo gramado. Mas hoje a vista estava misericordiosamente enevoada, obscurecida pela fumaça do fogo que ardia no horizonte, a oeste da cidade.

— Se ao menos aquele fogo viesse para cá — comentou Martin. — Tem óleo lá embaixo, e eles não têm onde se livrar dele.

— O fogo também seria ruim para nós — disse Vil. — Tem madeira demais aqui. A ponte é de madeira.

Javel ficou em silêncio. A ideia de ficar preso ali com fogo ao redor era terrível demais para imaginar. Ele se perguntou talvez pela centésima vez por que não nasceu corajoso, como os homens à sua volta. De que a covardia dele tinha servido? O rosto de Allie, tomado de desprezo, surgiu à sua frente, e ele fechou os olhos, como se pudesse fugir do olhar dela.

— O Santo Padre apareceu hoje? — perguntou Vil.

— Ainda não — respondeu Martin. — Mas ele vem. Aquelas tropas são dele. A rainha devia acusá-lo de traição.

— Que rainha? Tem alguma rainha aqui?

— Eu só quis dizer...

— Eu sei o que você quis dizer — respondeu Vil, cansado. — Chega. Vamos descer. Nós precisamos dormir.

Mas, quando chegaram ao térreo, eles não encontraram silêncio, mas uma discussão acalorada na frente do Portão, a Guarda do Portão toda frente a frente com um grupo de Guardas da Rainha e uma mulher que Javel reconheceu com facilidade: Andalie, a bruxa da rainha. Ao lado dela, de mãos dadas, estava a mesma garotinha que falou com Javel antes. Ele estremeceu ao ver as duas.

— O que está acontecendo? — perguntou Vil. — Por que vocês não estão em seus postos?

— A mulher, senhor — respondeu Ethan. — Ela insiste que devemos abrir o Portão.

Vil se virou para Andalie, o olhar inquieto.

— Isso é loucura.

— A rainha está chegando — retrucou ela. — Abra o portão.

Um dos Guardas da Rainha se adiantou, o mesmo arqueiro que Javel havia visto antes. Ele não passava de um garoto, mas sua postura era tão combativa que Vil deu um passo para trás.

— Clava deixou Andalie no comando! — disse o arqueiro. — Abram o portão!

Ele empurrou Vil, que caiu para trás. Marco e Jeremy puxaram as espadas, mas se viram de frente para mais de vinte Guardas da Rainha, todos armados até os dentes. Javel avaliou os homens à frente por um longo momento, mas não os estava vendo; só via uma mulher alta montada em um cavalo, uma mulher de muitas tristezas, com uma coroa na cabeça. Em sua mente, ouvia os gritos de mulheres e crianças.

Só um homem de coragem abriria a porta, sussurrou a voz de Dyer.

Você é corajoso, Javel? Allie, a voz nem cruel nem gentil, com dúvida sincera. E, por fim, a voz da rainha, muito tempo antes, na Fortaleza:

Não quer descobrir?

Javel queria.

Um momento depois, ele se virou para as portas atrás de si e começou a trabalhar nos reforços com frenesi, tirando uma tábua de madeira de cada vez. Havia mãos em seus ombros, puxando-o para trás, mas acabaram parando, e ele percebeu com gratidão que outras mãos o estavam ajudando, muitas mãos, arrastando as enormes tábuas de madeira da pilha e revelando lentamente o carvalho grosso do Portão da Fortaleza.

O Arvath foi a primeira construção a cair.

Caiu tão rápido, tão rápido, que Kelsea quase se sentiu traída. Ela queria ver a casa do Santo Padre cair pedacinho a pedacinho, as pedras brancas primeiro rachando, depois se soltando, depois caindo em pedaços grandes, como neve caía das árvores durante o período inicial mais quente de primavera. Ela queria ver a coisa toda desabar. Mas a queda foi muito rápida; ela mal voltou a mente para aquela torre branca alta e as rachaduras largas se espalharam pela circunferência, rachaduras tão grossas que Kelsea conseguia ver mesmo de longe. A cruz brilhante no alto foi a primeira a cair, desabou da torre, e em poucos segundos, o prédio inteiro desmoronou em um tornado de pó.

Traição ou não, foi muito bom. Só agora Kelsea percebia do quanto de si abriu mão nos meses anteriores, no quanto da personalidade dela estava morta, sufocada embaixo do controle rígido que ela impôs a si mesma para sobreviver no calabouço. Tudo era pintado em tons de cinza lá embaixo, e não houve possibilidade mínima de deixar seu temperamento se soltar, de deixar que explodisse. Ela se perguntou se tinha quase enlouquecido, se teria notado se tivesse atravessado a fronteira e se perdido na insanidade. Talvez só tivesse parecido como uma nova fase.

Não importava. Agora, estava livre.

Ela sentiu sutilmente a Guarda em volta, seguindo-a pela cidade. Eles estavam correndo, todos eles, pois as criaturas de Row Finn vinham logo atrás, e Kelsea conseguia sentir o sujeito não muito longe, toda a sua atenção voltada para ela. Às vezes, achava até que sentia os olhos dele. Várias vezes, seus guardas pararam para disparar flechas na rua, para trás, mas Kelsea sabia que não atingiriam nada. As crianças de Row eram rápidas demais.

Eles atravessaram o Circo, e Kelsea sentiu mais do que viu as pessoas saindo do caminho. Era como se aquelas pessoas não importassem. Os problemas delas eram pequenos demais; Kelsea os sentiu ao passar. Eram problemas com cônjuges, de falta de dinheiro, com bebida.

Elas deviam sair do caminho, ela pensou com ferocidade, como se aquela viagem fosse uma discussão na qual ela tinha sido vingada. *Elas deviam sair do caminho. Eu sou a dama de espadas.*

Eles contornaram o Gut, onde as casas e construções desciam até um vale, a região entre duas colinas. Houve uma época em que aquela depressão abrigava um anfiteatro, onde os utópicos de William Tear se reuniam e decidiam as coisas por votação popular. A democracia em ação, mas não de verdade. Por trás de tudo estava Tear, sempre Tear, e quando aquela força motriz se foi, a Cidade não tinha mais nada, ficou exposta para o denominador comum mais baixo. A liderança era tudo que diferenciava uma democracia de uma turba. Quando estavam atravessando o Gut, Kelsea sentiu a Creche embaixo, um formigueiro de câmaras e túneis, construída só Deus sabia quando. Ao pensar naquele calabouço profundo na terra, Kelsea se perguntou se a Creche tinha sido construída pelo próprio Row. Quem sabia o que ele podia ter feito sorrateiramente?

Se ao menos eu pudesse impedir, pensou ela, o pensamento tão familiar que parecia seguir um rumo determinado, um caminho gasto em sua mente. Se alguém tivesse conseguido impedir! Quando eles deixaram o Gut para trás, Kelsea abriu uma rachadura enorme na terra, assim como fez quando quebrou a ponte de Nova Londres tantos meses antes. A rua embaixo dela tremeu, mas ela não ficou para ver os efeitos de seu trabalho. Sabia como seria, podia prever da mesma forma que Simon podia prever a operação de uma de suas muitas máquinas. A rachadura seria funda, até a teia de túneis onde o coração sombrio de Nova Londres vivia. Vigas desabariam, fundações afundariam, até as ruas em si começariam a despencar na fissura que ela criou. Podia levar horas ou dias, mas o Gut, a Creche, tudo isso não passaria de um sítio arqueológico, com camadas infinitas de madeira e pedra para alguém escavar no futuro distante.

— Lady, não! — gritou Clava. — A garota! Aisa!

Kelsea afastou o pensamento, irritada pela interferência. Que valor uma vida podia ter em comparação à dor ampla que foi sentida lá embaixo? Talvez, depois de um tempo, a cidade toda afundasse em um buraco na terra e virasse uma pilha de detritos. Aquele resultado parecia certo. Como era possível reconstruir com a base quebrada? Eles teriam que remover tudo e recomeçar do zero.

Isso é Row falando.

A voz era de Katie, mas Kelsea também a afastou. A reconstrução podia vir depois. Agora, só queria punir. Pelo Grande Bulevar, onde as pessoas fugiam quando a viam se aproximar. Ela fez contato visual com uma mulher na frente de uma chapelaria, e a mulher começou a gritar.

O que eles veem?, perguntou-se Kelsea. Ela se virou para perguntar a Clava, mas ele não estava por perto. Seis metros atrás dela, Elston estava lutando com vários homens de uniforme preto do exército mort.

Mort?, pensou ela, intrigada. *Aqui?*

Ela voltou a atenção para os soldados mort, e eles caíram no chão, o peito do uniforme ficando manchado de sangue. O resto da Guarda ainda estava com ela, mas Kelsea não pôde deixar de notar que eles não olhavam para ela, que se esforçavam para manter o olhar para a frente. Ninguém gostava da dama de espadas... nem Clava, nem seus guardas, nem ninguém. A safira latejava sobre a pele dela, e Kelsea sentia Row Finn em sua cabeça, a longa vida dele, um aparente acúmulo sem fim de experiências, sem tempo para se perder em uma só, mas ela viu

> Seus dedos gorduchos brincando com um jogo da bugalha no piso de madeira

> Sua mãe inútil sentada à mesa, chorando à luz de velas, e Kelsea olhou para a mulher e sentiu algo que era quase ódio, um desprezo que ia até seu coração

> William Tear de pé na rua, olhando para ela de longe, o rosto mostrando desconfiança e pesar

> Seguindo Jonathan Tear pela rua, os dois jovens, com no máximo dez ou onze anos, mas o coração de Kelsea ardia de fome, a fome de ser alguém especial, uma criança de ouro aos olhos da Cidade

> O rosto de Jen Devlin embaixo dela, os olhos saltados e as bochechas ficando roxas conforme Kelsea sufocava a mulher, sem gostar nem desgostar da confusão magoada nos olhos de Jen, só pensando que era culpa de Jen por confiar, por pensar que sua intenção era boa

Olhando para uma pilha de safiras não lapidadas em sua mão, sem saber o que fazer com elas, sem saber o que tinha conseguido, só que finalmente ali estava uma coisa que era *dela*

Eles chegaram ao cume do bulevar, e ali estava o Gramado da Fortaleza, mas não como ela o deixou. Havia mais soldados mort ali, espalhados pelo gramado e cercando a Fortaleza. A ponte levadiça estava baixada, e o portão parecia já ter caído, mas os mort estavam ocupados com um aríete, mesmo assim. Vários estavam tentando escalar o muro externo de pedra da Fortaleza, querendo chegar às sacadas do terceiro andar.

— Onde está o capitão? — gritou Coryn atrás dela.

— Sumiu! — respondeu Elston. — Ele estava conosco no bulevar, e depois eu não sei!

Kelsea balançou a cabeça. Não podia se incomodar com Clava, nem com nenhum deles. Tinha outros assuntos a resolver, pois vira uma coisa no gramado abaixo: uma tenda branca com uma cruz. Se Sua Santidade tinha escapado do Arvath, melhor ainda. Sua mente se projetou até Row Finn, procurando fogo, o fogo que ele sempre controlou, e quando o encontrou ela ofegou de alegria, vendo a tenda branca se incendiar, os gritos de homens ecoando através do tecido. Os homens nos muros eram os próximos; eles caíram no fosso e desapareceram, deixando apenas uma mancha de sangue cada vez maior na superfície da água. Os homens no portão tinham óleo, ela via agora, e estavam se preparando para atear fogo na frente ampla da Fortaleza. Ela segurou as entranhas dos homens e puxou, sorrindo quando o sangue jorrou pelo gramado e os corpos caíram onde estavam.

— Lady! O capitão!

A voz de Elston. Irritada de novo, Kelsea se virou e viu que ele estava apontando para a colina, para a entrada do bulevar. A visão despertou uma lembrança nela, tão clara que era quase um déjà-vu, e ela estremeceu, voltando um pouco a si mesma. Quando...

Povo de Tearling!

... aquilo aconteceu?

Na entrada do gramado, Clava estava lutando com quatro homens usando capas vermelhas. Era um dia de lembranças; por um momento, Kelsea se perguntou se eles estavam novamente às margens do rio Caddell, lutando pela vida. Havia uma pequena forma ao lado de Clava, bem pequena se comparada ao volume do corpo dele, também lutando. O capuz do pequenino guerreiro caiu, e ela viu a filha de Andalie, Aisa, tentando afastar dois Caden com a faca. O rosto dela estava ardendo em febre, e o braço esquerdo pendia, inerte. Não tinha como ela vencer; enquanto Kelsea observava, um dos Caden a agarrou e quebrou o pescoço dela.

Atrás de si, Kelsea ouviu um grito agudo vindo da Fortaleza: Andalie, mas Kelsea não podia se distrair com ela também. Uma terceira forma descia correndo pela colina na direção dela e da Guarda, e a maré de violência dentro de Kelsea ficou momentaneamente esquecida quando ela reconheceu o padre Tyler. Ela foi tomada pela irrealidade daquele momento de novo, a mesma sensação de estar em um sonho que tinha sentido algumas vezes desde que acordou na casa de sua mãe.

O padre Tyler parecia um espantalho; as roupas imundas feito uma vela de barco pendurada no corpo fino. Clava cobriu a retaguarda dele, afastando os Caden. Dyer e Kibb foram ajudá-lo, mas não havia necessidade; Kelsea podia facilmente cuidar dos quatro homens de capa vermelha. Ela não temia mais os Caden nem ninguém.

— Levem a rainha para dentro! — gritou Clava.

Ele deixou Dyer e Kibb lutando e desceu a colina correndo, forçando todos a seguirem em frente.

Para dentro de onde?, perguntou-se Kelsea, mas quando se virou para a Fortaleza, viu que, por algum milagre, o portão estava aberto. Havia soldados mort mortos em volta da ponte levadiça e do gramado mais abaixo, e Kelsea só pôde se maravilhar com a visão; ela tinha feito isso? Não, claro que não. Foi a dama de espadas.

— Lady, fuja! — gritou Elston, segurando o braço dela, apontando para o alto da colina. Seguindo o olhar dele, Kelsea sentiu medo verdadeiro se apoderar dela pela primeira vez naquele dia. A entrada do Grande Bulevar estava tomada por crianças, uma horda tão grande que umas empurravam e se espremiam para passar por cima das outras. Como a garotinha no calabouço, elas andavam de quatro, e isso tornava fácil distinguir a figura alta sobre duas pernas no meio delas: Row Finn, com sua pele pálida e seus olhos brilhantes. Ele finalmente exibia o belo rosto, e Kelsea não tinha poder de detê-lo. Sentia um muro ali, cercando a ele e às crianças, o mesmo tipo de escudo que a Rainha Vermelha ergueu para defender seu exército sob os muros de Nova Londres.

— Venha, Lady! — gritou Elston novamente, e Kelsea permitiu que ele a puxasse pelo gramado. Agora, ela estava correndo com um bloco de guardas ao redor, e não viu o que aconteceu com Dyer ou Kibb, nem com os Caden.

— Majestade — murmurou o padre Tyler ao lado dela.

Nunca na vida ela tinha visto um homem tão maltratado, tão perto de desmaiar. Ele ofereceu uma tira grossa para ela, e Kelsea viu que ele ainda estava carregando a antiga bolsa, apesar de parecer consideravelmente mais gasta. Ele esperava que ela a carregasse para ele? Era isso?

A velha Kelsea teria carregado a bolsa, debochou a voz de Carlin na mente dela, e Kelsea pegou a bolsa, franzindo a testa.

— Graças a Deus — disse o padre Tyler, lágrimas escorrendo pelo rosto. — Graças a Deus.

Ela ficou olhando para ele sem entender, mas eles estavam percorrendo a ponte levadiça agora, passando pelo portão. Clava os alcançou durante a corrida e, assim que passaram, começou a gritar ordens, levando Kelsea por várias pilhas de tijolos quebrados. Ela viu muitos rostos: Andalie, branca de horror, abraçando Glee; Devin; até Javel, com o uniforme de Guarda do Portão. Mas não havia tempo de falar com ninguém, pois a Guarda já a estava levando pelo corredor. Às suas costas, Kelsea ainda ouvia as crianças de Row chegando, um guincho agudo que parecia estar dentro da cabeça dela e fora também. Ao olhar para trás, ela viu que o corredor estava coberto delas; passavam por cima da Guarda do Portão, subindo pelas paredes e pelo teto, seus movimentos doentios e como o de insetos. A bolsa do padre Tyler batia na perna de Kelsea, machucando o joelho, mas ela não podia devolvê-la para ele; o padre tinha ficado para trás.

— Aqui — disse Clava, abrindo uma das muitas portas do corredor principal. — Nos isolem aqui dentro.

Ele empurrou Kelsea, e ela ficou aliviada de ver Pen, Elston, Ewen, Coryn e Galen entrarem junto. Clava bateu a porta.

— Bloqueiem a porta! — gritou ele.

Elston e Coryn encostaram os ombros na porta na hora que começou a tremer. Pen parou na frente de Kelsea, a espada na mão. Ela se sentou no chão, piscando, e a bolsa do padre Tyler caiu no chão ao seu lado.

— Ah, Deus, Lazarus — murmurou ela. — Como eu falhei.

— Isso não é do seu feitio, Lady — resmungou Clava, empurrando o ombro junto com o monte de homens segurando a porta. — Não me venha com sentimentalismo.

O que mais posso fazer?, ela queria perguntar. Clava tinha escolhido bem o aposento; a porta era de carvalho grosso, mas não aguentaria para sempre. A dama de espadas tinha sumido, e só restava Kelsea, que não era tão resiliente. Um golpe forte sacudiu a porta, e a sala ecoou com um gemido de madeira rangendo. Sem mais nada a fazer, Kelsea abriu a bolsa do padre Tyler e encontrou duas coisas: uma Bíblia velha e surrada e uma caixa avermelhada grande.

— Empurrem, rapazes! — gritou Clava. — Empurrem pela rainha!

Outro golpe ecoou na porta, mas Kelsea mal ouviu. Estava olhando para a superfície polida de cerejeira. Já tinha visto aquela caixa, nas mãos de Katie. Era quase tão velha quanto o Tearling, mas ali estava. Ela abriu o fecho, levantou a tampa e olhou para a coroa, perfeita em cada detalhe, como Katie tinha visto.

Ele queria ser rei, pensou ela. *Era só o que queria, e eu não adoraria apresentá-lo para a dama de espadas? Ah, como eu adoraria...*

BUM!

Outro golpe forte sacudiu a porta, e vários dos guardas gritaram com o impacto. Coryn caiu no chão.

Voltando a si, Kelsea pegou a coroa, ignorando uma voz fraca e tirana que parecia percorrer os dedos dela até o cérebro...

Não se atreva!

... e a colocou na cabeça. Atrás da parede de pedra, ouviu Row Finn gritar de raiva.

Ela esperava que a coroa fosse pesada, pois era o que parecia na caixa, mas era leve como ar em sua cabeça; ela sentiu seu poder percorrê-la, um fio de eletricidade diretamente até o peito, um prazer tão grande que era agonizante, fazendo-a fechar os olhos. Ela os abriu e

Viu-se no chalé.

Mas estava vazio. Ela sempre conseguia saber, mesmo quando tinha acabado de acordar, se Barty e Carlin estavam em casa. Agora, sentia o cheiro da ausência deles. Nada se movia nos aposentos ao redor. Até a poeira no ar parecia letárgica, abandonada.

Ela estava no meio da biblioteca de Carlin. Sentia-se anos mais nova, sete ou oito, talvez, como naquelas manhãs em que ia para lá e se encolhia no Canto da Kelsea e sentia que tudo estava certo no mundo. Mas o Canto da Kelsea não estava mais lá; na verdade, a sala não tinha mobília nenhuma fora as estantes. Os livros de Carlin a cercavam de todos os lados... mas não velhos e surrados, como muitos eram na juventude de Kelsea. Aqueles pareciam novinhos. Instintivamente, Kelsea pegou um (não segurava um livro havia tanto tempo!) e viu que tinha escolhido *O olho mais azul*. Mas quando o abriu, as páginas estavam em branco.

Alarmada, ela pegou outro livro — *Algo sinistro vem por aí* — e deu uma folheada. Nada, só uma coleção de páginas vazias.

— Carlin! — chamou ela. Mas não houve resposta, só a sonolência do chalé vazio em uma tarde de domingo de sua infância. Ela amava as vezes em que Carlin saía, quando só ficavam ela e Barty e nenhum dos dois precisava olhar para trás, esperando reprovação. Mas, ao ver os livros em branco, ela sentiu que o silêncio familiar do chalé mais parecia um pesadelo.

Ela pegou o Shakespeare de Carlin, aquele baluarte da língua inglesa tinha que ser indelével demais para ser apagado, mas também estava em branco. Em pânico, Kelsea puxou um livro atrás do outro, mas todos estavam vazios. Só parecia uma biblioteca, mais nada. Sem palavras, o papel não tinha valor.

— *Carlin!* — gritou ela.

— Ela não está aqui.

Kelsea se virou e viu William Tear. A presença dele parecia quase lógica, como as coisas eram nos sonhos. Só os livros em branco eram horríveis demais para serem verdade.

— Por que estão em branco? — perguntou ela.

— Eu diria que é porque o futuro não está escrito. — Tear pegou dois livros caídos e os colocou delicadamente de volta. — Mas não tenho certeza. Eu nunca tentei alterar o passado.

— Por que não? — perguntou Kelsea. — A pré-Travessia... você podia ter voltado e mudado, não podia? Frewell, o Ato de Poderes Emergenciais...

— Parecia mais fácil controlar o futuro mudando o presente. O passado é uma coisa difícil de manejar.

As palavras dele não lhe eram estranhas. Outra pessoa tinha lhe dito quase a mesma coisa, não foi? Alguma coisa sobre borboletas... Parecia que tinha acontecido décadas antes.

— Você acha que não tenho o direito de alterar o passado? — perguntou ela.

— Eu não disse isso. Mas você precisa estar preparada para o preço dessa decisão.

— Eu estou preparada — respondeu Kelsea, sem ter certeza se era verdade. — Não há outra opção. O Tearling está destruído.

— Tearling — murmurou ele, a voz reflexiva. — Eu falei para não batizarem nada em minha homenagem.

— Ninguém escutou. — Kelsea olhou para a biblioteca, para o chalé vazio. — Por que estamos aqui?

— Para conversar, criança. Eu também falava com meus ancestrais, mas não neste lugar. Nós íamos para Southport, para o calçadão onde passei minha infância. Eu ficava assustado de ver o calçadão tão vazio... mas eu era mais novo do que você.

— Você sabe quem eu sou?

— Eu sei que você tem meu sangue, senão eu não estaria aqui. Mas você é Tear ou Finn?

Kelsea pensou na pergunta por um longo momento e admitiu com relutância:

— Não sei. Acho que ninguém sabe. Por que você rejeitou Row?

— Nós não contamos para ele. A mãe deveria guardar segredo.

— Por que vocês não contaram para ele?

— Eu só soube que Sarah estava grávida depois do Desembarque. Eu não podia ficar com ela, não quando soube que Lily era mais do que uma visão. Sarah exigiu que eu escolhesse. Eu escolhi Lily, e por isso perdi meu filho.

— Mas Row sabia.

— Sabia. Ela era uma mulher fraca, Sarah, e Row era um manipulador habilidoso. Ela nunca conseguiu esconder nada dele por muito tempo.

— Você sentia orgulho dele.

Tear franziu a testa, perturbado.

— Eu sentia orgulho do potencial dele. Mas previ a desgraça.

— A desgraça está sobre nós — pressionou Kelsea. — Você não pode ajudar?

— Qual é seu nome, criança?

— Kelsea Glynn.

— Glynn... Não conheço esse nome. Vejo que você tem muitas histórias a contar, e gostaria de saber o que aconteceu com a nossa cidade. Mas vejo que seu tempo é curto. Venha.

Ele a levou para fora da biblioteca e pelo pequeno corredor do chalé. Em toda parte, Kelsea via coisas de que se lembrava: os castiçais de prata de Carlin; o vaso que Kelsea lascou aos doze anos; a sapateira que Barty entalhou para guardar as botas deles. Mas não havia velas nos castiçais nem botas na sapateira, e o vaso estava novinho.

Tear abriu a porta da frente e a chamou. Ao seguir atrás dele, Kelsea esperava ver o mesmo caminho de terra que sempre levou ao chalé, mas, quando saiu, ela arfou e levou as mãos aos ouvidos.

Eles estavam em um túnel barulhento, e a pele de Kelsea foi açoitada por um vento que parecia soprar em todas as direções. Foi lembrada dos túneis das lembranças de Lily, com carros velozes e barulhos ensurdecedores, mas aquele túnel estava vazio, sem carros e sem gente. Em vez das paredes de concreto da época de Lily, Kelsea via o túnel como uma vista ampla, com pessoas e lugares, todos em constante movimento. Sua visão se prolongava por quilômetros.

— O que é isso?

— O tempo — disse Tear ao seu lado. — Passado, presente e futuro.

— Qual é qual? — perguntou Kelsea, olhando para a direita e para a esquerda. Não conseguia distinguir as cenas.

— É tudo uma coisa só — respondeu Tear. — O passado controla o futuro; não é por isso que você está aqui?

O olhar de Kelsea se fixou em uma cena, e ela andou pelo túnel vazio para olhar melhor: uma sala pequena com piso de madeira e paredes de pedra. Um grupo de homens segurava a porta com toda a força, e, atrás deles, no chão, havia uma mulher de pernas cruzadas, os olhos fechados, com uma coroa na cabeça. Enquanto Kelsea olhava, uma rachadura apareceu na porta, e a madeira começou a lascar.

— Você tem muito pouco tempo — repetiu Tear. — Você pode voltar para lá. Ou pode escolher outra coisa.

Mas Kelsea já estava procurando, lendo as cenas à frente, mais rápido do que já tinha lido qualquer livro.

Há tanto tempo aqui!

Era verdade, mas era o tempo de Kelsea, pois, no número aparentemente infinito de cenas à frente, não havia nada que ela não reconhecesse. Ela viu a remessa percorrendo a planície Almont, nove jaulas compridas seguindo para Mortmesne. Viu o Navio Branco afundando na tempestade terrível (Deus do céu, se ela ao menos tivesse conseguido impedir!), viu o presidente Frewell atrás de um púlpito; viu um William Tear bem mais jovem pulando de um avião; viu Lily observando aos prantos enquanto a irmã mais nova era levada pelo corredor por quatro homens de uniforme preto... e assim continuou. E agora, Kelsea via cenas ainda mais distantes, mais e mais no passado, em uma época sem carros, sem eletricidade e até sem livros. Era assustador para ela o vazio uivante daquele mundo, a maior parte da humanidade presa numa luta pela sobrevivência. Não queria voltar tanto.

Ela voltou sua atenção para o futuro, mas o que viu lá era ainda mais apavorante. Ela morreria na Fortaleza, destruída pelas criaturas de Row. Elas seriam um tormento constante para a humanidade, mas um dia seriam erradicadas quando alguém descobrisse uma vacina; a visão de Kelsea se ampliou, e ela viu o Tearling centenas de anos no futuro, um reino déspota que se baseou no legado de Kelsea e ampliou seu domínio a um verdadeiro império, o Novo Mundo inteiro sob controle tear. Esse novo Tearling não era melhor do que Mortmesne, inflado de poder e motivado por um sentimento de superioridade tão apurado que beirava o destino manifesto. E isso fazia sentido. O perigo do império, afinal, estava na personalidade dos imperadores.

— Escolha rápido — avisou Tear, a voz distante.

Kelsea olhou para trás e viu que as crianças de Row estavam em cima da sua Guarda, mais rápido do que as lâminas deles conseguiam acompanhar. Uma delas finalmente conseguiu derrubar Clava e mordeu o ombro dele. Kelsea sentiu uma rachadura se abrir dentro de si, ampla e funda, e fechou a boca para não gritar de dor. Pen foi o próximo, a espada inútil contra as criaturas que cercavam seus tornozelos e o puxavam para baixo. Em segundos, a mulher com a coroa ficou desprotegida, e as crianças foram para cima dela.

— Nem aqui o tempo pode esperar para sempre — disse Tear. — Escolha.

Kelsea, entorpecida, virou-se para o panorama à sua frente, pulando pelas cenas, a mente indo mais rápido do que em qualquer outra ocasião, até ela encontrar o que estava procurando: Katie e Jonathan em um aposento úmido. O aposento não tinha luz, mas Kelsea via os dois adormecidos, Jonathan com a cabeça encostada no ombro de Katie.

— Isso — disse Kelsea para Tear. — Eu escolho isso.

Ela levantou a safira de Finn. A dama de espadas estava ali, esperando, mas Kelsea não a temia mais. As coisas que Kelsea não podia fazer, as coisas que precisavam ser feitas, essas eram sua área de atuação. As duas nasceram da raiva.

Indo para casa.

— Tem certeza? — perguntou Tear.

— Tenho.

— Boa sorte, criança. — Ele deu um tapinha no ombro dela. — Um dia, talvez, quando seu tempo tiver acabado, pode ser que nos encontremos de novo. Vejo que você tem uma história para contar, e eu gostaria de ouvi-la.

Os olhos de Kelsea se encheram de lágrimas. Ela se virou para agradecer, mas Tear tinha sumido.

Tearling

— A antiga história de Tearling, CONTADA POR

Na escuridão da cela, Katie acordou do sonho mais estranho que tinha tido na vida.

Estava conversando com a mãe de Jonathan, as duas envoltas em névoa, não a neblina branca que cobria a Cidade quando chegava o outono, vinda das montanhas, mas uma cortina densa cinza-escura. Dava para olhar para aquela neblina por cem anos, em cem direções, e não conseguir encontrar a saída.

— Preciso da sua ajuda — disse Lily, e Katie assentiu; era só um sonho, afinal. Ela devia ter sentido medo, pois Lily estava morta havia muito tempo, três anos. Mas Katie não tinha medo. Ela sempre amou Lily quando ela estava viva, e não conseguia acreditar que o fantasma dela pretendia lhe fazer mal.

Isso não queria dizer que aquela versão de Lily não era assustadora. De tempos em tempos, Lily piscava, e Katie vislumbrava outra coisa por baixo da superfície, algo terrível. Aquela Lily não era gentil, não era compreensiva, e sim vingativa... mas Katie não achava que fosse vingança contra ela o que Lily buscava. Esperava que não. Sentia como se, a qualquer momento, Lily pudesse soltar a pele e revelar uma coisa totalmente diferente, uma forma escura e curvada que usava Lily como máscara.

— Que tipo de ajuda? — perguntou ela, mas só estava ouvindo parcialmente. A outra metade de sua mente estava sintonizada na cela, esperando o estalo de uma chave na fechadura, o sinal de que Row tinha ido atrás deles. Ela achava que prometeria qualquer coisa a Lily se ela pudesse tirá-la daquele lugar nebuloso e levá-la de volta para Jonathan. Katie encarou o rosto de Lily em busca de pistas, mas só viu uma espécie mortal de paciência. E também reparou em outra coisa: Lily usava uma coroa, um círculo prateado cravejado de pedras azuis. A coroa de Row! E Katie relaxou de repente, porque lhe pareceu a prova mais indiscutível de que estava sonhando. A coroa de Row não podia estar ali, na cabeça de Lily. Katie a tinha enterrado na floresta, e ficaria lá para sempre, sem poder fazer mal a ninguém.

— Eu preciso estar aqui — disse Lily. — Preciso que você me permita estar aqui.

Katie franziu a testa, mas assentiu, quase em transe, deixando que a voz de Lily a envolvesse. Por alguns momentos, ficou confusa, achou que estava falando não com Lily, mas com William Tear; mas o mundo voltou à solidez habitual e ela piscou enquanto uma luz se acendia acima da sua cabeça. Ela tinha passado horas esperando o estalo da tranca, mas acabou nem ouvindo. Gavin e seus quatro capangas estavam olhando para eles, todos segurando tochas em uma das mãos e facas na outra. Muitas para Katie enfrentar, mesmo que estivesse armada.

— Levantem-se — ordenou Gavin, a voz inexpressiva. — Ele quer ver vocês.

Ele se inclinou para segurar o braço dela, mas Katie se soltou.

— Não toque em mim, traidor.

— Eu não sou traidor. Estou ajudando a salvar a Cidade.

Ela trincou os dentes e se perguntou como podia ter sido tão cega, tão burra. Katie também não sabia do que a Cidade precisava, mas sabia que, o que quer que fosse, não viria de Row, que só desejava tudo para si. Mas o rosto de Gavin era arrogante e seguro. Katie queria dar um soco nele; apertou a mão em punho, então ficou paralisada, intrigada, quando sua mão se abriu por vontade própria. Alguma coisa se mexeu com inquietação dentro da mente dela, mas logo ficou parada.

Eu sonhei?, perguntou-se Katie. *Sonhei aquilo tudo?*

— Vamos — disse Gavin. — Siga Lear.

Katie o seguiu, perguntando-se por que não amarraram as mãos dela. *Houve* um sonho, ela se lembrava agora, mas não conseguia lembrar de jeito nenhum o que foi. Quando subiu a escada, uma escada bem longa, com bem mais degraus do que qualquer estrutura similar que ela já tivesse visto na Cidade, ela sentiu um baque quando uma coisa pesada bateu em seu peito. A safira de Tear, claro, ainda guardada embaixo da blusa. Jonathan a entregou para ela durante aquele longo interlúdio de sonho na escuridão. Katie se perguntou se estava sonhando. Se ao menos pudesse acordar na cama estreita, o livro ao seu lado na mesa de cabeceira e sua mãe no quarto ao lado. Se ao menos fosse terminar assim.

Ela olhou para Jonathan e o achou pálido, mas composto. A luz das tochas tremeluziu, e por um momento, todas as linhas das maçãs do rosto ficaram com um contorno cinza, como uma caveira. Katie quase gritou, mas permaneceu em silêncio ao sentir a mão dele se entrelaçar na dela na escuridão.

— Nós tentamos, Katie — sussurrou ele, as palavras quase inaudíveis. — Fizemos nosso melhor.

Ela o encarou, mas Jonathan estava olhando para a frente, concentrado no futuro, sem nem notar como aquelas palavras perfuraram seu coração, levaram-na de volta à clareira aos quinze anos, no dia em que ela e Jonathan foram os únicos que restaram. Se ao menos pudessem voltar no tempo! Havia tanto que eles podiam ter feito diferente, a começar por Row. Katie o teria estrangulado na floresta e enterrado o corpo dele, sem ninguém saber.

Tear não ia querer isso.

Tear está morto. Por que isso devia nos impedir agora?

Não houve resposta, só aquela sensação de movimento no fundo da mente dela, pensamentos que não eram de Katie. Por um momento, o nó afrouxou, e um único pensamento se destacou...

espadas

... e sumiu.

Eles chegaram ao topo e se viram em um corredor comprido e estreito, iluminado por tochas. Katie olhou para trás, mas só viu o começo da escada, uma boca aberta que bocejava na escuridão.

Quantas pessoas?, Katie se perguntou de repente. *Row não construiu esse porão para Jonathan e para mim. Cristo, quantas pessoas ele já deixou aqui embaixo?*

Quando chegaram ao final do corredor, uma sombra comprida e estreita passou pela porta, e Katie ficou tensa, preparando-se para agarrar a faca de Alain. Ele sempre foi o mais fraco entre os membros da guarda. Apesar de ser provável que Gavin a esfaquearia em segundos, talvez ela tivesse tempo de enfiar a lâmina no coração de Row. Valeria sua morte.

Mas não era Row. Katie foi enganada pela sombra. A forma que passava pela porta era um garotinho com menos de um metro e vinte de altura, mas Katie precisou apertar os olhos por um longo momento até reconhecer Yusuf Mansour.

— Que *porra* é essa? O que vocês fizeram com ele?

Gavin afastou o olhar, e Katie percebeu com repulsa que ele não sabia. O Yusuf que Katie conheceu era um menino simpático, bom com cálculos e ansioso por agradar. A criatura tinha o rosto de Yusuf, mas a semelhança acabava aí. Ele era pálido, tão pálido que a pele quase parecia branca, e os olhos eram escuros e vazios. Ele não sorriu nem exibiu sinais de reconhecimento, só olhou para o grupo, e quando eles foram na direção da porta, Katie notou com alarme que os olhos de Yusuf estavam grudados em Jonathan.

A última coisa de que ela se lembrava foi de passar pela porta.

Rowland Finn tinha imaginado aquele momento tantas vezes que, quando finalmente chegou, ele quase esperava se decepcionar. Ali estava Jonathan Tear, o filho favorito — ah, e seu coração ainda ardia por aquela injustiça; Tear não deu nada à Cidade —, e ali estava Katie, a cabeça baixa, e isso também era certo, porque Katie devia estar arrependida...

Katie ergueu o rosto, e Row sentiu toda a sua confiança desaparecer. O mais leve toque de medo pareceu dar uma baforada na sua nuca.

Katie tinha que estar arrependida. Durante anos, sempre que imaginava aquele momento, ele sabia o que aconteceria: Katie estaria arrependida de não ter escolhido seu lado. A postura dela estava certa, encolhida e derrotada, mas o rosto estava todo errado. Ela olhou para ele sem expressão, o rosto quase vazio, como se de choque. Ela não parecia saber onde estava.

Row se virou para Gavin, que estava por perto, querendo ser útil. Diferentemente de Katie, Gavin agia com perfeição, como uma marionete; era só puxar uma cordinha e ele faria o que mandassem.

— Qual é o problema dela? Está drogada? Apanhou?

— Não — respondeu Gavin. — Nós não tocamos nela.

Row deixou isso de lado por enquanto.

— Jonathan! Onde está a safira de William Tear?

Tear ergueu o olhar, e Row se encolheu ao ver a pena no rosto dele. Jonathan Tear não sentiria pena dele, não agora, não com a vitória de Row.

— Você vai entregá-la para mim. Ninguém pode escapar da dor, nem mesmo um Tear.

Ao ouvir isso, Katie se mexeu um pouco, e Row viu algo surgir por baixo daquela expressão drogada. Mas ela logo voltou a ficar imóvel. Um alarme distante pareceu disparar dentro dele. Era quase como se ela estivesse em transe... mas Katie não tinha transes. Nunca teve nenhum dom. Row se virou novamente para Tear.

— Me entregue a safira.

— Não — respondeu Tear, quase com cansaço. — Se você vai me matar, é melhor matar logo. Você não vai ficar com ela.

Row franziu a testa. Não ousava *pegar* a pedra; esse era o problema. Sua safira funcionava, mas só esporadicamente, de forma inconsistente, nada como o poder que ele sentiu quando segurou a pedra de Tear. Mas nunca ocorreu a ele simplesmente matar Jonathan e pegar a pedra. Ele sabia que não podia ser assim tão fácil, nada era, mas, por baixo da certeza, havia uma ainda maior: qualquer magia que pudesse ser tomada à força não valia a pena ter. Row conquistou seu poder, passou anos apurando-o. Ninguém podia tomá-lo dele.

Ele estalou os dedos para Yusuf, que deu um pulo, o rosto se abrindo em um sorriso bestial. O sorriso gelava o sangue de Row, mas ele não conseguia deixar de sentir um orgulho quase paternal. Aquela criança, que não era mais uma criança, mas sua criação. Tinha mais duas em formação, no fundo das catacumbas que ele cavou embaixo da igreja, mas aquelas três não eram nada em comparação ao que ele podia fazer. Haveria tantas mais.

Ele esperava que a visão de Yusuf fosse apagar a pena do rosto de Tear, mas mais uma vez se decepcionou. Jonathan só olhou para a criança por um longo momento e disse:

— Então é isso que você anda fazendo no escuro. Nem meu pai achou que você se rebaixaria tanto.

Row cerrou os punhos. Mesmo agora, depois de tantos anos, ele odiava aquela ideia, de que William Tear tivesse falado sobre ele pelas suas costas, falado sobre ele no seio da família da qual Row sempre fora excluído. Tear, Lily, Jonathan, Katie, a escrota Rice, todos estavam dentro, e ele ficou de fora.

Katie continuava a parecer quase catatônica. Ela tinha roubado sua coroa; apenas Katie sabia onde estava, mas Row não tinha ilusões de que conseguiria aquela informação sem uma luta. A dor de Jonathan seria duplamente útil, mas agora, ao olhar para os olhos turvos de Katie, ele se perguntou se ela seria capaz de entender que Jonathan estava sendo torturado. Ela repararia?

Não era para ser assim, droga!, pensou ele de novo. *Ela tinha que chorar! Os dois deviam estar com medo!*

Ele estalou os dedos na frente do rosto de Katie, mas ela o ignorou. Apenas esticou a mão para Jonathan, que a segurou. O ciúme, com suas garras afiadas, arranhou a coluna de Row. Ele não estava gostando da forma como Katie e Jonathan estavam se olhando, se comunicando sem precisarem falar. Uma vez, os dois foram assim, Row e Katie. Em uma cidade que o esqueceu, só Katie o via com clareza. Quanto mais ela e Jonathan se olhavam daquele jeito, mais inquieto Row ficava, até que ele finalmente disse para Lear:

— Separe os dois.

Lear segurou Katie e a puxou para longe. Katie ergueu o rosto, e Row deu um passo para trás. O rosto dela era uma mistura de cores, e os olhos tinham se apertado até virarem linhas verdes. No momento seguinte, ela deu um pulo e atacou Jonathan.

Row ficou olhando acontecer, chocado demais para reagir; ele mandou que Gavin ficasse de olho nela, supondo que, se Katie fosse atacar alguém, seria ele. Mas agora, ela estava lutando com Tear, subindo nas costas dele. Lear e Gavin e os outros estavam paralisados, a boca aberta, enquanto Katie mostrava os dentes e passava os braços pelo pescoço de Tear. Jonathan nem tentou revidar, só ficou parado, lutando para respirar, e no último minuto Row percebeu o que ia acontecer e se aproximou, mas era tarde demais. O estalo do pescoço de Tear se quebrando foi quase ensurdecedor no vazio intenso e seco da igreja. Katie o largou, e o corpo caiu no chão, os olhos arregalados.

— Que Deus nos ajude! — gritou Gavin, e Row queria mandar que ele calasse a boca, só um tolo como Gavin ainda acreditaria em Deus, e logo em um momento daqueles, mas mordeu a língua. Podia precisar de Gavin agora. Katie olhou para o corpo de Tear, os ombros tremendo, e Row a observou, sentindo como se a estivesse vendo pela primeira vez.

— Katie? — perguntou ele.

Ela olhou para a frente, e Alain começou a gritar.

A boca de Katie estava bem aberta, tanto que quem parecia estar gritando era ela. Enquanto Row olhava, o buraco foi ficando maior, crescendo em circunferência até parecer que a boca ia engolir a cabeça. Os olhos e o nariz foram empurrados para trás até parecerem estar primeiro no alto da cabeça e depois atrás. A boca aberta virou um buraco negro, e Row ficou olhando, paralisado de terror, uma mão surgir, então um braço.

Alain saiu correndo, aos berros. Howell e Morgan foram logo atrás. Gavin e Lear continuaram na sala, mas Gavin tinha ido para o canto do púlpito e abraçado os joelhos, os olhos arregalados e feridos, olhando Katie se transformar. Agora, um ombro surgiu, e enquanto Row encarava, as beiradas da boca oscilaram, e uma cabeça abriu caminho. Quando viu o rosto, Row gritou. Os mortos não o assustavam. Ele lidava com cadáveres havia anos. Os mortos não o assustavam, mas aquilo não era um cadáver.

Era um fantasma.

Lily Freeman saiu da forma de Katie, livrando-se dela com a mesma facilidade com que uma cobra se livra da pele, deixando Katie para trás, uma pilha pequena descartada no chão. Lily estava nua, o corpo manchado de preto, como manchas de terra, o cabelo comprido e escuro solto, não a mulher que Row conheceu, mas uma pessoa bem mais jovem. Ele tinha visto aquela Lily no retrato pendurado na sala dos Tear. Várias vezes, Row entrou escondido para explorar a casa de Tear quando não havia ninguém lá, e o retrato de Lily sempre o impressionou, apesar de ele não saber dizer por quê. Por menor utilidade que Row tivesse para a mãe, ele sempre conseguiu sentir a raiva dela quando olhava para o quadro, para a Lily feliz que estragou tudo, tirou tudo que os Finn deviam ter tido.

Lily estava usando sua coroa. Row olhou para seu brilho azul e prata, horrorizado; estava preparado para matar para pegá-la de volta, até para torturar Katie se chegasse a tanto, mas não podia arrancar a coisa da cabeça de um fantasma, assim como não poderia ter tirado a pedra do pescoço de Jonathan Tear. Sua coroa poderia estar na lua que daria no mesmo.

Ela se virou para olhar para ele, e Row gritou de novo. O rosto era de Lily, mas os olhos eram pupilas enormes e pretas. A boca era dura, uma careta contornada de preto, como se os lábios estivessem cobertos de fuligem.

— Você estava certo, Row — sussurrou ela, e isso foi o pior de tudo, pois as palavras eram de Katie; era a voz de Katie que ecoava da boca daquela aparição imunda. — Nós não temos espaço para pessoas especiais aqui.

Ela avançou para a frente, e Row recuou e tropeçou atrás de um dos dez bancos que ocupavam o lado direito da igreja.

— Nem para pessoas salvas — disse Lily, a voz rouca. — Nem para pessoas escolhidas. Só para todo mundo, todos juntos.

Uma sombra apareceu na luz: Yusuf, rosnando, as mãos erguidas como garras, e Row sentiu uma explosão louca de alívio, porque, apesar de não entender tudo sobre a criança, ele sabia do que ela era capaz...

Lily rosnou para Yusuf, um som tão não humano quanto o grunhido de um porco. Yusuf se encolheu como se tivesse sido golpeado e caiu no chão, contorcendo-se. No canto, Gavin deu um gemido baixo e escondeu o rosto nos joelhos. Lear não estava em lugar nenhum; tinha caído em um dos bancos.

— Nós éramos bons amigos, Row — sussurrou a aparição, a voz sibilante, o som de uma carcaça sendo arrastada na pedra. — Por que está fugindo de mim?

Row se virou e disparou pelo corredor entre os bancos, mas quando olhou para trás, ali estava ela, no final da fileira, ainda mais perto do que antes. Ela sorriu para ele, e Row viu que os dentes eram afiados como agulhas.

— Katie? — disse ele e, com a boca cheia de horror sombrio: — Lily?

— Katie? Lily? Ah, Row. — A coisa riu e levantou os braços, e Row viu que estava segurando uma espada, não uma das ferramentas pequenas de jardinagem que a Cidade usava na colheita, mas uma espada larga e achatada, da altura de um homem, a ponta pingando sangue.

Ele saiu correndo na direção da porta, por onde a luz abençoada do sol entrava, pensando *Deus, me livre dessa, por favor, e vou ser o homem que acham que eu sou, o irmão Row, o padre Row, qualquer coisa, só...*

Ele não tinha percorrido nem um metro e meio quando as portas se fecharam, e ele se chocou com a madeira a toda velocidade, quicou e caiu no chão com sangue escorrendo no olho esquerdo, uma mancha negra na visão à direita.

Como é possível?, perguntou sua mente, louca e autoritária. *Nós planejamos tão bem! Eles agiram tão bem! Como é possível?*

Bem perto, ele ouviu o barulho de passos se aproximando e fechou bem os olhos. Quando era criança (ele não pensava nisso havia tanto tempo), tinha medo de monstros em seu quarto à noite, mas, se fechasse os olhos por tempo suficiente, eles sempre sumiam. O que não daria para estar de volta lá, encolhido na cama, com cinco anos!

Dedos seguraram seus ombros, as pontas como garras, e Row foi posto de pé. Ele abriu o olho bom e viu as pupilas pretas profundas olhando diretamente para ele. Quando a criatura falou, o hálito passou pelos dentes de agulhas, e era o cheiro das criptas que ele abriu em busca de tesouros quando tinha treze anos, sem saber direito o que pretendia fazer com aquilo, mas sabendo que tinha a força para terminar, mesmo na época...

— Eu defendo esta terra, Rowland Finn. Ninguém quer saber como faço isso, mas eu faço.

Row começou a gritar.

Katie despertou aos poucos, com a sensação de ter se libertado lentamente de um sonho incompreensível.

Estava deitada no chão, no meio da igreja, na frente do púlpito onde Row fez tantos sermões ao longo dos anos. Havia uma coisa fria sobre seu peito, e depois de um momento ela percebeu que era o cordão de prata, a safira de Jonathan em seu pescoço.

Ao levantar a cabeça, ela viu um corpo a alguns metros. Parecia Jonathan, mas não podia ser; os dois tinham acabado de subir a escada. Ela ficou de joelhos e se arrastou até ele, virando-o.

Os olhos mortos de Jonathan pareciam olhar dentro dela.

Katie não ficou surpresa. Um canto obscuro de sua mente murmurava que ela sempre soube que terminava assim, claro que soube, William Tear contou... mas a falta de surpresa não diminuía sua dor.

Um som engasgado veio do outro lado da igreja. Katie olhou ao redor e viu Gavin, encolhido no canto, os olhos arregalados olhando para ela.

— O que você fez? — perguntou ela, embora o veneno na voz estivesse enterrado embaixo das lágrimas. — O que você fez com ele?

Gavin balançou a cabeça, o rosto pálido de pânico.

— Não fui eu! Eu juro!

Ela se levantou e andou até ele; ao se aproximar, Gavin passou os braços em volta do corpo e se encolheu no canto, a voz falhando de pânico.

— Por favor, Katie, eu sinto muito, *perdão*!

Por um momento, ela hesitou, pensando em como seria bom matá-lo, em como seria fácil e prazeroso e justo... mas pensar no cadáver de Jonathan às suas costas a impediu.

Ela se virou e viu que as portas da igreja estavam escancaradas, um lindo dia de sol entrando pelo corredor. Lá fora, ouvia os gritinhos distantes de crianças no parque. Nada disso parecia se conectar com o que ela via ali: o corpo de Jonathan, Gavin encolhido no canto.

Nós estávamos subindo a escada, pensou ela, *e depois?*

No final do corredor, perto da porta, ela viu uma poça grande e escura do que parecia ser óleo. Mas, quando se aventurou para mais perto, o cheiro a atingiu como um tapa, e ela viu o movimento e o zumbido de numerosos insetos em volta da poça, moscas e borrachudos. Perto havia um objeto cintilante; Katie se aproximou mais e viu que era uma pedra azul em um cordão de prata.

Ela se virou para Gavin e perguntou:

— Onde está Row?

Gavin começou a chorar, e isso a irritou tanto que ela foi até lá e deu um tapa na cara dele.

— Agora você quer chorar, seu merdinha. O que vamos fazer?

— Não sei.

Repugnada, ela o deixou e pegou o cordão de Row. A corrente estava grudenta de sangue, mas ela a limpou na manga da camisa, os movimentos quase distraídos; Row nunca devia ter tido uma safira; não pertencia a ele. Ele trapaceou para consegui-la. Seus olhos foram até o cadáver de Jonathan de novo, e ela sentiu lágrimas escorrerem pelas bochechas, não só por Jonathan, mas por tudo, pelo potencial destruído da Cidade, tão afundado a ponto de permitir o que tinha acontecido ali. Ela se inclinou na direção do corpo de Jonathan e afastou o cabelo da testa. Tantos anos o protegendo do mal só para terminar daquele jeito. Mas, no fundo, estava confusa, pois por baixo da conclusão clara que via à sua frente, com Row desaparecido e Jonathan caído morto no chão, ela sentia que nada daquilo estava certo. Que não era assim que a história terminava. Por baixo, sob a superfície, havia um final diferente: Jonathan morto, sim, mas ela nunca vira o corpo. Ela fugiu, fugiu e foi embora, deixando Row e Gavin para trás, lidando com o inferno que os traidores da Cidade teriam que enfrentar... mas, mesmo enquanto tentava entender, essa segunda visão sumiu, dissipou-se como fumaça. Ela não fugiu; ainda estava ali, e Katie sentiu a responsabilidade cair sobre si como um manto.

— Gavin. Levante-se.

Ele olhou para ela, os olhos arregalados e temerosos. Ele só tinha vinte anos, pensou Katie, e ela ficou perplexa de uma idade que já tinha parecido tão antiga agora se revelar de uma juventude quase insuportável. Naquele momento, Katie achava que poderia até sentir pena de Row, que, no fim das contas, era quase tão jovem e burro quanto o resto deles.

— *Levanta.*

Gavin ficou de pé, e Katie viu que ele estava com medo dela. Ótimo.

— Você ajudou a dividir esta cidade, Gavin.

Ele engoliu em seco, os olhos se desviando involuntariamente para o corpo de Jonathan, e Katie assentiu ao ler o pensamento mudo.

— Você disse que não havia lugar para os Tear aqui. Mas eu não sou Tear, e nem você. Nem Lear, Howell, Morgan ou Alain. Você ajudou Row a destruir esta cidade. Agora, você vai me ajudar a consertá-la. Entendeu?

Gavin assentiu com vigor. Os dedos foram até a testa, como se ele pretendesse fazer o sinal da cruz. Mas, no último momento, a mão se afastou, e ele ficou com expressão consternada.

Esperando instruções, pensou Katie com desprezo. Bom, Gavin sempre precisou de alguém para dizer a ele o que fazer. Ela terminou de limpar o sangue do colar de Row, usando cuspe nas partes em que tinha começado a coagular, polindo até a safira parecer nova. Considerou colocar a corrente no pescoço, mas, no último momento hesitou, sem saber bem por quê; um medo antigo que exigia cuidado, que falava de fantasmas...

Depois de pensar mais um momento, ela colocou a safira no bolso. Nos longos anos seguintes, Caitlyn Tear pensaria com frequência naquele colar, e às vezes o pegaria para observá-lo. Uma ou duas vezes, até considerou colocá-lo.

Mas acabou nunca fazendo isso.

Kelsea acordou em um aposento iluminado pelo sol.

Não seu quarto na Fortaleza; ela nunca tinha visto aquele lugar. Era um quarto com paredes pintadas de branco, pequeno e arrumado, com uma escrivaninha e uma cadeira e duas estantes cheias de livros. A luz entrava por uma janela grande de vidro acima da escrivaninha. Um movimento leve e exploratório da cabeça revelou para Kelsea que ela estava deitada em uma cama de solteiro estreita.

Meu quarto.

O pensamento surgiu do nada, de um canto distante do cérebro dela que ainda parecia estar dormindo.

Kelsea se sentou, afastou as cobertas e colocou os pés no chão. Os lençóis, os travesseiros, o piso... tudo naquele quarto parecia incrivelmente limpo. Ela estava tão acostumada com a Fortaleza, onde botas deixavam marcas de lama e todo mundo estava ocupado demais para se incomodar. Mas aquele quarto era limpo com frequência.

Eu que limpo, pensou Kelsea. Mais uma vez, o pensamento foi estranho, alienígena, acompanhado de uma lembrança: varrer o quarto com uma vassoura velha.

O que aconteceu?, ela se perguntou. *Como a história terminou?*

— Kelsea! Café da manhã!

A voz a fez se sobressaltar. Era uma mulher...

minha mãe

... mas o som estava abafado, como se ela estivesse chamando de outro andar.

Kelsea se levantou da cama e, ao fazer isso, sentiu a familiaridade do local se solidificar na mente. Era o quarto dela desde que era pequena. Ali perto estava a porta do armário, cheio de roupas das quais ela gostava: uns poucos vestidos para ocasiões especiais, mas em geral calças e suéteres confortáveis. Aquela escrivaninha era dela, com seus livros. Ela parou ao lado da estante, olhando os títulos. Alguns dos livros ela conhecia, e os abriu, aliviada de ver palavras em cada página: ali estava Tolkien, ali estava Faulkner, ali estavam Christie, Morrison, Atwood, Wolfe. Mas não reconheceu as edições. Estavam em boas condições, bem-cuidadas. Ela conhecia aqueles livros, até as lombadas. Alguns ela amava desde a infância.

— Kelsea!

A voz soou mais próxima, e ela lançou um olhar quase de pânico para a porta. Sua mente não revelou nada.

Meu nome é Kelsea, ela disse para si mesma. *Pelo menos sei disso. Meu nome não mudou.*

Ela correu até o armário e pegou uma calça e um suéter azul. O fundo do armário estava cheio de caixas vazias, e ela olhou para as caixas por um momento antes de lembrar: claro! Estava se preparando para se mudar, mas para onde? Sua mente parecia estar cheia de fossos de minas, túneis que escondiam aquela vida do seu olhar. Ela devia estar empacotando suas coisas, mas só ficou enrolando nas últimas semanas, sem querer que seus pertences fossem levados para um lugar onde não poderia pegá-los.

Quando estava vestida, Kelsea abriu a porta do quarto com cautela, como se esperando encontrar dragões do outro lado. Viu um corredor curto com várias portas fechadas e, mais à frente, uma escada que levava para baixo. Na parede perto do alto da escada havia um espelho de corpo inteiro com moldura de madeira. Ela sentiu cheiro de ovos mexidos.

— Kelsea Raleigh, desça agora mesmo! Você vai se atrasar para o trabalho!

— Raleigh — murmurou ela, baixinho. Certo. Não havia Glynn aqui, nem Barty e nem Carlin, porque ela não foi criada por outras pessoas; ela passou a vida toda naquela casa, e agora estava cansada, cansada de sua mãe acordá-la de manhã, cansada de sua mãe saber tudo da vida dela. Ela amava a mãe, mas ela também a deixava louca. Kelsea queria uma casa só sua. Era por isso que estava de mudança.

Ela foi na direção da escada, ainda meio sonolenta, mas um vislumbre do espelho a fez parar.

Seu rosto olhou de volta para ela.

Ela colocou a mão na superfície lisa do espelho, os olhos procurando com avidez. Ali estava uma garota de dezoito anos com um rosto redondo e gentil e olhos verdes brilhantes. Um passo para trás mostrou que ela tinha uma estrutura sólida e forte. Não era Lily, aquela mulher, a aparência nem bonita nem memorável... mas Kelsea seria capaz de ficar olhando para sempre.

Meu próprio rosto.

— Kelsea!

Depois de um último olhar, ela desceu a escada.

No pé da escada, ela encontrou uma porta aberta que levava a uma área de jantar. Havia pratos na mesa, não louça pesada de pedra, mas trabalho delicado de cerâmica, azul e branco. Ela tocou na beirada de um prato e percebeu que era liso.

— Aí está você!

Ela se virou e deu de cara com Elyssa Raleigh em uma cozinha pequena que dava para a sala de jantar. Estava com uma espátula na mão e um prato na outra. Ela parecia exausta.

— Aqui, tome o café da manhã! — Ela colocou o prato nas mãos de Kelsea. — Estou atrasada: tenho que ir até a casa da sra. Clement; a filha dela vai se casar e quer um vestido *absurdo*...

Kelsea pegou o prato, sentindo isso encaixar em sua mente, outra informação sólida: sua mãe era costureira.

— Vá, vá! Você também vai se atrasar!

Sua mãe a empurrou na direção da mesa, e Kelsea se sentou. Sentiu-se resvalando, quase perdendo o contato com a realidade. Ninguém reconheceria a rainha Elyssa... porque não havia rainha Elyssa, nunca houve. Kelsea nunca sentiu menos vontade de comer; queria só olhar a mãe trabalhar na cozinha, guardando utensílios, sumindo de tempos em tempos por uma porta aberta que Kelsea sabia que levava à despensa fria.

Costureira, sussurrou sua mente. Kelsea era capaz de aceitar isso, mas sentiu o resto, o mundo além daquela casa, pairando acima dela, um enorme desconhecido. Quem era seu pai?

— Está na hora de ir — disse sua mãe. — Me dê um abraço.

Kelsea olhou para ela, perplexa e com raiva. Como se ela fosse abraçar aquela mulher, uma mulher que fez tantas coisas egoístas... mas tinha feito mesmo? Kelsea se sentiu de repente perdida, vagando pelo vão enorme dentro de si, o abismo entre o mundo que ela sempre conheceu e aquela cozinha. A rainha Elyssa destruiu o Tearling, mas aquela não era a rainha Elyssa. A mulher à frente dela era fútil, talvez; Kelsea sentia que aquele era um ponto de divergência entre as duas havia muito tempo. Mas não era uma destruidora de reinos.

— Kelsea? — chamou sua mãe, franzindo a testa, e Kelsea soube que parte do que estava sentindo devia estar visível em seu rosto. — Eu sei que você está ansiosa para se mudar daqui, Kel. Eu também fiquei na sua idade. Mas vou sentir sua falta. Posso ganhar um abraço?

Kelsea olhou para ela por um longo momento, tentando afastar o passado, ou pelo menos fazer as pazes com ele. Nunca tinha sido boa em perdoar; era muito fácil passar da raiva ao ressentimento. Mas sua mente exigia um nível mínimo de justiça, e essa justiça dizia que sua mãe não era um perigo para ninguém. Kelsea realmente podia responsabilizá-la por aquela outra vida, quando essa mãe não tomava decisões, só fazia roupas?

Movendo-se com rigidez, como se estivesse manipulando os membros de outra pessoa, Kelsea se levantou e passou os braços em volta da mãe, a mãe que conhecia tão bem... e, ao mesmo tempo, não conhecia. Quando elas se abraçaram, ela foi inundada por um aroma cítrico, parecido com limão.

— Tenha um bom-dia, querida — disse sua mãe, e saiu rapidamente da cozinha, deixando Kelsea olhando para o prato cheio. Um relógio pendurado acima da pia tocou, avisando que eram nove da manhã. Ela tinha que estar no trabalho às nove e meia.

— Mas onde eu trabalho? — ela perguntou ao espaço vazio.

Não conseguia lembrar, mas sabia para onde ir.

Na rua lá fora, Kelsea precisou parar.

As casas, para começar, eram tão... arrumadas. Casas de madeira pintadas e limpas, bem próximas umas das outras, uma floresta não de árvores, mas de cúpulas e espigões brancos, subindo pela colina. Não havia cerca em volta; muitos dos jardins exibiam carvalhos, e vários foram arrumados com canteiros de flores, mas, fora isso, o espaço era compartilhado. E aqui, *aqui* havia uma coisa que Kelsea só tinha visto pelos olhos de Lily, nos bairros falsamente alegres da Nova Canaã da pré-Travessia: caixas de correspondência, uma na frente de cada casa.

Perplexa, quase atordoada, Kelsea andou da sua casa até a rua. Reparou na caixa de correspondência, amarelo vivo, com o número 413 pintado em vermelho. A rua estava movimentada; carroças puxadas por cavalos passavam em intervalos de segundos, e as pessoas andavam com pressa, também a caminho do trabalho. Tudo parecia arrumado e próspero, mas isso fez Kelsea pensar de novo em Nova Canaã. Via muitas coisas boas ali, mas eram *reais*?

Sem pensar, ela virou para a direita e seguiu rapidamente pela rua com o resto das pessoas, o mesmo caminho que fazia para o trabalho todas as manhãs, mas seus olhos procuravam respostas em toda parte. Sentia como se algo escapasse dela, uma coisa tão básica que sua mente se recusava a perceber...

Já tinha caminhado quase um quilômetro quando percebeu. Ela passou por muita gente na rua: trabalhadores braçais usando roupas manchadas e carregando suas ferramentas; homens e mulheres bem vestidos que pareciam estar indo para algum tipo de escritório; transportadores, carregando todo tipo de bens cobertos de lona nas carroças... mas em nenhum lugar ela viu uma armadura, nem o volume revelador de uma capa que dizia que havia uma armadura escondida embaixo. E, junto com essa percepção, ela teve outra: não tinha visto *aço*. Nada de espadas, nada de facas... Kelsea olhou para as pessoas que passavam por ela, procurando um cabo de espada, uma bainha. Mas não havia nada.

O que nós fizemos?

Obedecendo ao hábito dos pés, Kelsea seguiu a rua até o final e virou à esquerda em uma alameda larga que reconheceu como o Grande Bulevar. Havia as mesmas lojas com seus toldos alegres: chapelarias, boticários, ferrarias, mercados... mas alguma coisa era diferente, e novamente, a diferença era tão básica que Kelsea não conseguiu identificar à princípio, só conseguiu seguir em frente, os passos se sucedendo, a mente distante. Ela olhou para a direita e parou de repente.

A vitrine à sua frente estava cheia de livros.

Alguém esbarrou nela, e por um momento Kelsea perdeu o equilíbrio, mas um homem segurou seu braço para estabilizá-la.

— Desculpe — gritou o homem enquanto se afastava, apressado. — Estou atrasado para o trabalho!

Kelsea assentiu, atordoada, e voltou a olhar para a vitrine.

Os livros estavam arrumados, várias camadas formando uma pirâmide. Kelsea viu livros que reconhecia, como *Filth*, *O grande Gatsby*, *Sempre vivemos no castelo*, mas muitos outros dos quais nunca tinha ouvido falar: *Nesse mundo em chamas*, de Matthew Lynne; *Artimanhas*, de Marina Ellis; um monte de outros livros que nunca estiveram nas estantes de Carlin. O pôster escrito à mão acima da vitrine dizia simplesmente: "Clássicos".

Kelsea recuou um pouco, tomando mais cuidado agora de evitar a movimentação de pessoas indo para o trabalho, e foi recompensada com outro pôster pintado à mão, esse pendurado embaixo do toldo que protegia a loja.

"Livros Copperfield", dizia o letreiro.

A loja estava fechada; o aposento atrás da vitrine ainda estava escuro. Kelsea andou até a porta e tentou espiar lá dentro, mas não conseguiu ver muito; a porta era feita de algum tipo de vidro temperado, feito para bloquear a luz. Ela viu vidro assim em Mortmesne, nos aposentos da Rainha Vermelha, mas nada parecido tinha chegado ao Tearling. Kelsea recuou e voltou a olhar pela vitrine. Era uma livraria. Sua livraria favorita. A maioria dos livros na estante em casa foi comprada ali. Era seu lugar predileto para passar as tardes de sábado.

Um relógio tocou em algum lugar, várias ruas depois, assustando-a. Já eram nove e meia. Chegaria atrasada no trabalho, e apesar de sua perplexidade, um instinto antigo entrou em ação e a pôs em movimento de novo; ela nunca tinha se atrasado para o trabalho. Ela se apressou pelo bulevar, segurando a bolsa para não bater no quadril, como fez em todos os dias desde que se formara na escola aos dezessete anos... mas alguma coisa estava diferente ali, uma coisa tão diferente que...

— Meu Deus — sussurrou ela.

Ela estava no meio do Grande Bulevar, olhando para mais de um quilômetro de estrada. Já tinha estado ali antes, no mesmo lugar, no dia que ela e Clava chegaram à Nova Londres, e lembrava como a Fortaleza se projetava conforme eles se aproximavam, titânica, lançando uma sombra comprida pelo bulevar.

Mas não havia Fortaleza.

Kelsea olhou para a rua por um longo momento antes de conseguir confirmar esse fato. Onde a sombra da Fortaleza deveria estar, não havia nada, só a silhueta distante de mais prédios, onde o bulevar subia pela colina. Ao ver isso, Kelsea virou a cabeça para a direita, procurando automaticamente o outro prédio de destaque no horizonte de Nova Londres... e não encontrou o Arvath.

Kelsea olhou para o horizonte vazio por muito tempo.

— Carlin, está vendo isso? — sussurrou ela.

De alguma forma, achava que Carlin via.

Ela saiu andando de novo, tentando entender o que aquilo queria dizer. Sem Fortaleza, sem Arvath... o que aquelas pessoas tinham? Quem governava a cidade? Revirou a mente, torcendo para encontrar essa resposta, mas nada surgiu. Teria que preencher as lacunas com o tempo.

— Tudo bem — murmurou ela. — Vou fazer isso.

Seus passos a levaram para a direita agora, para longe do bulevar e para uma rua estreita que devia levar aos arredores do Gut. Mas um olhar foi suficiente para revelar que o Gut também tinha mudado. O amontoado de casas velhas e tortas e chaminés fumegantes parecia ter se transformando em um bairro comercial próspero. Havia placas de cobre penduradas em cada porta, anunciando serviços profissionais: um contador, um dentista, um médico, um advogado.

O que nós fizemos?, sua mente perguntou novamente, mas dessa vez a voz era de Katie, exigindo respostas, exigindo uma avaliação. Mas Kelsea sentia como se precisasse tomar muito cuidado aqui. Demesne, afinal, também parecia uma cidade agradável e próspera vista de fora.

Ela tinha chegado ao trabalho.

Kelsea olhou para a estrutura à frente, um prédio de tijolos com vários andares. Cada andar possuía muitas janelas — Kelsea não conseguia se acostumar com tanto vidro —, e a porta da frente era acessível por degraus largos, feitos para muitas pessoas subirem. Kelsea olhou para baixo e viu outra placa, essa presa no chão.

Biblioteca Pública de Nova Londres

Ela olhou para a placa por muito tempo, até o relógio sinalizar a passagem de um quarto de hora e ela perceber que precisava se mexer, que estava mesmo atrasada. Subiu os degraus de pedra, abriu uma porta de vidro e se viu em um aposento fresco e amplo. As janelas também deviam ser temperadas, percebeu ela, para manter o calor do lado de fora. Para todo lado que olhava, ela via prateleiras altas, cheias de livros... nem conseguia imaginar quantos. Vagamente, Kelsea se deu conta de que era a coisa mais extraordinária que tinha visto naquele dia, mas não conseguiu se maravilhar. Parecia que tinha perdido a capacidade de ficar surpresa. Ela amava aquela biblioteca, mas era seu local de trabalho.

Ela entrou atrás do balcão de retiradas, que estava vazio (a biblioteca só abria às dez), e desceu para o labirinto de escritórios no porão. Seus colegas acenaram quando ela passou, e Kelsea retribuiu o aceno, sabendo o nome de todos, mas não queria conversar. Só queria se sentar à sua mesa. Estava no meio de um projeto enorme, lembrava-se agora; um homem rico tinha morrido e deixara a biblioteca com todos os livros, e eles precisavam ser limpos e categorizados. Era um trabalho tranquilizador.

— Kelsea!

Ela se virou, e ali estava Carlin, logo atrás dela. Por um momento, Kelsea achou que era apenas outra fase de um sonho; com uma certa perplexidade, viu que Carlin usava os mesmos óculos de leitura que sempre usara no chalé. Mas a reprovação no rosto da mulher era familiar demais, intensa demais.

— Você está atrasada — disse Carlin.

O tom implicava que seria preferível que Kelsea estivesse morta.

— Desculpe.

— Bom, é só a primeira vez. Mas não quero que vire um hábito. Entendeu?

— Entendi.

Carlin desapareceu na sala mais próxima e fechou a porta, e Kelsea não ficou surpresa de ver outra plaquinha ali: "Carlin Glynn, bibliotecária-chefe". Depois de um momento, seguiu pelo corredor com passos inseguros. Perguntou-se se tinha ficado louca. Talvez fosse mais uma fuga, outra realidade que existia em algum lugar nas extremidades do Tearling que ela conhecia.

E se não for?

Ela parou no meio do corredor, tomada por esse pensamento. Era possível? E se as três, Kelsea, Lily, Katie, realmente tivessem conseguido, pegado o passado, o presente e o futuro e os fundido naquele lugar?

O sonho mais antigo da humanidade, pensou Kelsea, e no fundo da mente ela ouviu a voz de Tear, de William Tear, que tinha visto aquele lugar em visões, bem antes de qualquer um saber que o Tearling podia ser real.

Sem armas, sem vigilância, sem drogas, sem dívidas, sem ganância.

Mas era aquele lugar? A ideia parecia impossível a Kelsea, para quem até as pequenas vitórias sempre tiveram um preço. Mesmo que o mundo à frente dela não fosse um sonho, mas sim realidade, claro que devia haver um lado ruim, alguma coisa que atrapalhasse tudo que ela tinha visto. Devia haver algum custo.

Ela chegou em sua sala — "Kelsea Raleigh, bibliotecária assistente" — e, quando abriu a porta, encontrou a parede dos fundos com pilhas de livros do chão ao teto. Velhos, novos, de todos os tipos, e ao vê-los Kelsea relaxou pela primeira vez. Tinha visto mais livros em um dia do que em toda a sua vida no Tearling, e um mundo com tantos livros facilmente acessíveis não podia ser tão terrível. Mas, mesmo assim, alguma coisa dentro dela, uma pontada sombria de aviso, a fez pegar um tomo surrado de uma das pilhas e abri-lo. Ao encontrar as páginas cobertas de palavras, ela deu um suspiro de alívio. Tudo que viu naquele dia dizia que ela tinha conseguido, que tinha conquistado mais para seu pequeno reino do que poderia desejar. Até Carlin ficaria orgulhosa se soubesse, mas Kelsea não precisava mais dos elogios de Carlin. O Tearling estava em segurança, e Kelsea ficou satisfeita com isso.

Por um tempo, pelo menos.

Quanto mais Kelsea conhecia o novo Tearling, melhor parecia aos seus olhos. Talvez não fosse o sonho inalcançável de William Tear que ganhou vida, pois ainda havia gradações sutis de riqueza, e a natureza humana tornava os conflitos pessoais inevitáveis, mas a comunidade era extraordinariamente aberta, aparentemente sem nem um pingo da corrupção que marcava o Tearling ou os reinos vizinhos. Não havia tráfico, nem de drogas nem de pessoas nem de mais nada. Se um homem queria portar uma arma, não havia lei contra, mas Kelsea não viu uma única faca, exceto no açougue, e a violência parecia estar limitada a brigas ocasionais geradas por cerveja em excesso.

Havia mesmo livros por toda parte, e a cidade tinha seis jornais diferentes. Não havia sem-teto; apesar de alguns serem mais ricos do que outros, com os médicos em particular vivendo uma vida luxuosa, todo mundo tinha casa, comida, roupas, cuidados, e Kelsea não ouvia as reclamações que marcaram os anos finais da Cidade. Essa base de cuidados foi fiel ao sonho de William Tear, o motor que levou todos a subirem nos navios, e zumbia alegremente ali, intrínseco, valorizado pela comunidade.

E Nova Londres não era a única cidade assim; réplicas do protótipo de William Tear haviam se espalhado por todo o Novo Mundo, governados despreocupadamente por um parlamento que raramente se reunia. Não havia Mortmesne nem Cadare. Mesmo que Evelyn Raleigh tivesse existido, ela nunca teria se tornado a Rainha Vermelha.

Nos dias que vieram em seguida, Kelsea visitou o prédio do parlamento, que não ficava muito longe do antigo local do Arvath; a Universidade de Nova Londres, na qual ela mesma tinha se formado pouco tempo antes; e, por fim e o mais estranho, o Museu Tear, uma exibição de dois aposentos aberta ao público, que ficava perto do antigo bairro de armazéns. Lá, Kelsea ouviu um guia turístico empolgado contar a história da Travessia; de William Tear, que os liderou pelo oceano; de Jonathan Tear, que foi assassinado por um conselheiro traidor, Row Finn. Esse conselheiro foi morto logo em seguida pela guarda de Jonathan Tear, dando fim à rebelião em ascensão.

Kelsea só estava prestando meia atenção. Na parede da primeira sala havia uma fileira de retratos, muitos dos quais ela reconhecia: William Tear, parecendo preferir estar em qualquer outro lugar; Lily, no campo com o arco, olhando para trás apesar de o futuro ainda estar à frente dela, indefinido; e Jonathan Tear, o rosto impassível, os olhos escuros cheios de preocupação. Só o último retrato era novo para Kelsea, e ela ficou para trás conforme o grupo seguiu para ficar olhando por um bom tempo para o retrato, e a voz alta e alegre do guia soou na direção dela.

— Caitlyn Tear, primeira e única rainha de Tearling! Ela governou por muito tempo, até os setenta e sete anos.

O retrato não era o mesmo que Kelsea tinha visto na Fortaleza, nem parecido. Aquela Caitlyn Tear era mais velha, o rosto prematuramente enrugado, a boca rígida. O cabelo ainda era longo e lustroso como antes, cascateando pelas costas, mas ela não usava uma coroa. Uma mulher austera, pensou Kelsea, que ria pouco, isso se ria.

— A rainha Caitlyn ajudou a escrever a Constituição Tear, e muitas das nossas leis atuais vêm da época do reinado dela. Ela levou mais de cinquenta anos para elaborar e construir o Parlamento Tear, mas quando completou setenta e sete anos, finalmente passou o governo para o parlamento e deixou o trono. O Tearling nunca mais teve um monarca!

Kelsea absorveu essa informação em silêncio; não era o final que ela poderia ter previsto, mas fazia sentido. Uma constituição e um parlamento... parecia um casamento entre a melhor Inglaterra e a melhor América pré-Travessia. Katie talvez não soubesse disso, mas Lear saberia, Lear, que era estudante de história.

Katie precisou dos cinco — Gavin, Howell, Lear, Alain e Morgan —, cada um com um dom diferente. Kelsea percebeu que gostava disso, gostava da ideia dos cinco passando sessenta anos pagando por seus crimes. Não muitas vidas, só uma. Parecia justo.

— As joias ainda estão aqui! — disse o guia, animado, indicando um móvel de exposição que ocupava todo o aposento. Kelsea olhou para trás e as viu ali: as duas safiras sobre uma almofada de veludo azul. Ela foi tomada por uma sensação de irrealidade e precisou segurar na beirada do móvel por um momento antes de recuar.

Quando o passeio terminou, Kelsea seguiu o guia para fora da sala e olhou com inquietação para trás, para o brilho das safiras no sol, mas já era tarde demais. Em algum lugar dentro dela, um alarme tinha disparado, o mesmo que sentiu de manhã na biblioteca. Em sua longa história com as pedras, elas sempre tiveram duas caras, e apesar de não pertencerem mais a ela (talvez nunca tivessem pertencido), continuavam sendo um lembrete desagradável de que nada era fácil. Sempre havia um preço, e pela primeira vez em muitos dias Kelsea pensou em Clava, na Guarda. Eles estariam em algum lugar ali? Alguns talvez nem tivessem nascido; ela compreendeu o suficiente da conversa de Simon sobre o efeito borboleta para considerar isso. Mas, se Carlin estava viva, talvez alguns da Guarda também estivessem. Clava e Pen, Elston, Coryn e Kibb... ela daria qualquer coisa para vê-los novamente.

Mas conseguiria encontrá-los? Ao sair para o sol e observar o horizonte amplo da cidade com os olhos semicerrados, Kelsea sentiu-se intimidada. Era um mundo muito maior, aquela Nova Londres, e não havia nada comparável à Guarda da Rainha. O uso da espada não era valorizado. Seus guardas talvez não se destacassem.

Mas ela precisava tentar! Uma coisa extraordinária tinha acontecido, uma cisão na linha do tempo do mundo, e Kelsea percebeu de repente que, mais do que qualquer coisa, desejava alguém com quem conversar, alguém que tivesse estado lá, com ela. Ainda se lembrava do passado, e se ela se lembrava, outros também deviam se lembrar. Mesmo que não acreditassem nela sobre Katie e Row e o resto, eles poderiam ao menos conversar sobre a Fortaleza, sobre o mundo que conheceram.

Dois dias depois, ela viu Pen.

Estava no mercado, procurando uvas, embora estivesse uma estação adiantada, quando o viu passando na calçada. Seu coração deu um salto e ela saiu correndo do mercado, gritando o nome dele.

Ele não se virou. Estava com uma bolsa de couro pendurada no ombro, e Kelsea seguiu a bolsa pela multidão, chamando-o. Ele não pareceu ouvir, e isso fez Kelsea se questionar de novo se estava maluca, se era só o sonho mais extenso e vívido que alguém já tinha tido. Por fim, alcançou-o e segurou o ombro dele.

— Pen!

Ele se virou e olhou para ela sem reconhecê-la.

— Perdão?

— Pen? — ela perguntou com insegurança. — Não é você?

— Desculpe — disse ele —, mas acho que você me confundiu com outra pessoa. Meu nome é Andrew.

Kelsea olhou para ele por um longo momento. *Era* Pen em todos os detalhes... mas ele tinha um nome diferente.

— Desejo a você um bom dia — disse ele, dando um tapinha no ombro dela, depois se virou e saiu andando.

Kelsea o seguiu. Não era boba o bastante para abordá-lo de novo, pois a falta de reconhecimento no rosto dele pareceu congelar seu coração, mas não podia deixar que ele desaparecesse, não depois de tê-lo encontrado. Ficando afastada, ela o seguiu por várias ruas, até ele entrar em um pequeno chalé de pedra, um pouco distante da rua. Quando subiu pelos degraus da varanda, uma porta se abriu, e Kelsea viu uma mulher, uma loura bonita com um bebê no colo. Pen a beijou, eles entraram e fecharam a porta.

Kelsea ficou parada por muito tempo, olhando para a casa de Pen. Nunca tinha se sentido tão solitária na vida, nem mesmo no chalé com Barty e Carlin. Barty pelo menos a amava. Talvez Carlin também, do jeito dela. Mas Pen não a conhecia. Nunca a conheceu. E agora, um pensamento verdadeiramente horrível a atingiu: e se toda a sua Guarda fosse assim? E se todas as pessoas que a amaram, lutaram com ela, cuidaram dela, a vissem como uma estranha? Ela sempre disse para Clava que estaria disposta a sacrificar qualquer coisa por seu reino, mas aquele era um preço que nunca tinha considerado: ficar sozinha.

Ela acabou se afastando da casa de Pen e se obrigou a voltar para casa. Andava ocupada ultimamente, preparando-se para sair da casa da mãe e se mudar para um pequeno apartamento próximo da biblioteca. Seria o primeiro lar só seu, e a ideia a empolgava... mas agora, todo o seu prazer em ter uma casa só sua parecia tão artificial e sem sentido quanto um arco-íris. Por um momento, desejou ter morrido na Fortaleza; pelo menos assim teria todos à sua volta. Eles estariam juntos.

Mais duas vezes ela voltou ao Museu Tear, para olhar para as safiras expostas. Mesmo pelo vidro, os dedos de Kelsea coçavam para pegá-las, para segurar as pedras e recomeçar tudo, até a destruição do reino se fosse necessário, se ao menos ela pudesse ter sua vida de volta, sua família ao redor...

Ela não voltou ao museu para uma quarta visita, mas não importava. O mal já estava feito.

Nas semanas seguintes, sem nem pretender, Kelsea começou a perguntar aos colegas do trabalho se alguém conhecia um homem chamado Christian. Achava que seria um nome bem comum, mas acabou não sendo; havia poucas igrejas em Nova Londres, e o nome parecia ter caído no esquecimento mesmo entre os devotos. Kelsea não sabia por que estava procurando Clava; mesmo que o encontrasse, só podia ser uma repetição da mesma cena terrível que teve com Pen. Mas ela sentia que tinha que saber. Alguns da Guarda dela não tinham nascido, talvez, mas alguns ainda podiam estar por aí, e, sabendo disso, Kelsea não podia deixar esse assunto de lado.

No fim das contas, mesmo naquela Nova Londres, Clava era uma figura reconhecível. Kelsea não precisou procurar muito para descobrir que um homem chamado Christian McAvoy era chefe da força policial da cidade. Aquele Christian McAvoy era um homem grande, com bem mais de um metro e oitenta, e era considerado um excelente policial, rigoroso, porém justo. Ninguém mentia para o sujeito, pois ele sempre sabia.

Durante duas semanas, Kelsea enrolou. Queria vê-lo, mas não queria. Estava atraída pela ideia, mas apavorada. No fim, ela não resistiu.

Durante seu horário de almoço, Kelsea pegou uma carroça-táxi para atravessar a cidade. Não incomodaria Clava, ela disse para si mesma; só queria vê-lo. Faria bem a ela vê-lo, saber que ele realmente existia, que ele, como Pen, era feliz naquela nova cidade. Que Kelsea fez algum bem a ele. Não queria incomodá-lo. Só queria vê-lo.

Mas quando chegou a hora, quando o homem alto com o rosto de Clava saiu da delegacia de polícia e olhou através de Kelsea como se não a conhecesse, ela viu que tinha cometido um erro terrível. Toda força sumiu de seus membros. Ela estava do outro lado da rua, na escada do prédio em frente à delegacia, e quando Clava atravessou a rua, ela desabou na escada e escondeu o rosto nas mãos.

Eu me lembro de todos eles. Eu me lembro de todos eles, mas eles não se lembram de mim. Nunca vão se lembrar.

A ideia era tão apavorante que Kelsea começou a chorar. Tinha criado aquilo, ela disse para si mesma; era um feito grandioso, algo importante, mais importante do que qualquer vida. Seu reino havia se transformado em uma economia próspera, com comércio livre e um fluxo desimpedido de informação. O Tearling tinha leis, leis codificadas, e um judiciário para fazê-las ser cumpridas. A Igreja tinha sido separada do Estado. O reino era cheio não só de livrarias, mas de escolas e universidades. Todos trabalhadores ganhavam salários. As pessoas criavam os filhos sem medo da violência. Era um bom país, e só o que Kelsea tinha sido obrigada a dar em troca era tudo. De repente, lembrou-se de quando gritou com Fetch, de dizer que ele mereceu o destino que teve: ver todos os que conhecia e amava morrerem à sua volta. Ela não sabia, não entendia. Chorou ainda mais, tão perdida que, à princípio, não sentiu a mão delicada nas costas.

— Você está bem, criança?

Kelsea secou os olhos, ergueu o rosto e viu o padre Tyler.

— Não tem problema você ficar aqui — garantiu ele, confundindo a expressão de susto no rosto dela. — A casa de Deus é aberta a todos, principalmente aos que sofrem.

— A casa de Deus — murmurou Kelsea.

Não tinha nem reparado na pequena cruz no telhado do prédio atrás de si. O rosto do padre Tyler era pálido, mas ele não possuía a palidez magra e faminta da qual Kelsea se lembrava; ela duvidava que aquele padre Tyler fosse um asceta. Ele nem de longe lembrava a criatura tímida e assustada do Arvath.

— Quer entrar? — perguntou ele. — Mesmo que por alguns minutos, para fugir do sol?

Kelsea queria, mas sabia que não podia. O padre Tyler, também a tratando como uma estranha... seria mais do que ela poderia suportar.

— A casa de Deus não é para mim, padre — disse ela com pesar na voz. — Eu não sou crente.

— E eu não sou padre — respondeu ele, sorrindo. — Sou só um irmão. Irmão Tyler. Esta é minha igreja.

— Como se chama sua igreja?

— Não tem nome — respondeu o padre Tyler (ela não conseguia pensar nele como irmão). — Os paroquianos vêm sempre que querem. Eu faço sermões aos domingos. Às vezes, nós saímos e fazemos trabalhos beneficentes.

— Parabéns — murmurou Kelsea, de forma nada caridosa.

Teria dado o mundo para ver o padre Tyler, mas só tinha o irmão Tyler, um homem sorridente de Deus que não fazia ideia de quem ela era.

— Por quem você chora? — perguntou ele.

— Não importa.

— Claro que importa. — Ele se sentou ao lado dela nos degraus e abraçou os joelhos. Kelsea tinha quase certeza de que ele não sofria mais da artrite terrível e se perguntou como aquele milagre foi alcançado. Mas, claro, o atual Tearling era cheio de médicos. O centro da cidade tinha até um hospital.

— Você perdeu um ente querido?

Kelsea deu uma gargalhada soluçada, pois aquilo era pior do que uma perda. Todo mundo ao redor dela continuava alheio e feliz naquele novo mundo. Ela não foi exatamente abandonada, mas sim deixada para trás, e não conseguia imaginar uma solidão maior.

— Me diga, padre — perguntou ela —, você já conheceu alguém que perdeu tudo?

— Sim, mas nunca uma pessoa tão jovem. E isso torna o acontecimento uma tragédia.

— O que você quer dizer?

— Quantos anos você tem, criança? Dezoito, dezenove?

— Dezenove.

— Aí está. Você é uma jovem saudável... você é saudável, não é?

Kelsea assentiu.

— Você é uma jovem saudável, com a vida toda pela frente, mas fica aqui sentada chorando pelo passado.

Eu já vivi minha vida. Mas Kelsea não respondeu. Não tinha jogado nas costas de Pen nem de Clava o peso do passado que eles não tinham como conhecer; também não faria isso com o padre Tyler.

— O passado colore tudo — disse ela. — Um homem de Deus e da história sabe disso.

— Como você sabe que sou um homem da história?

— Só um palpite — respondeu Kelsea com cautela. Não estava com ânimo para isso, para ficar pisando em ovos com um homem que já tinha conhecido bem, fingindo não conhecê-lo. Ela botou a bolsa no ombro.

— Eu tenho que ir, padre.

— Espere um momento, criança. — O olhar aguçado a avaliou. — Você perdeu tudo, você diz.

— Perdi.

— Então, olhe ao redor. — Ele apontou para a rua. — Todas essas pessoas. Não é possível que você não encontre uma coisa nova a que se dedicar.

Kelsea piscou, alarmada com o otimismo nas palavras dele. Como alguém podia ser tão resiliente?

— Seu conselho é bom, padre. Mas é um conselho para outra pessoa. Eu agradeço pelo local de descanso.

— Claro, criança. — Ele indicou o prédio atrás dele. — Você é bem-vinda a qualquer momento, para voltar e conversar.

— Obrigada.

Mas Kelsea sabia que não voltaria, e não olhou para trás ao descer os degraus da igreja. Ainda se sentia um pouco tonta, como se o chão tivesse sido tirado de debaixo dela.

Todas essas coisas que se foram... para onde foram? Ainda estão por aí?

Ela desejou não ter ido até a delegacia. Só dor a esperava lá, como sabia que seria. Até Clava estava perdido para ela.

Não é possível que você não encontre uma coisa nova a que se dedicar.

Mas o que poderia ser? Ela já tinha realizado o grande trabalho de sua vida. Tinha salvado o Tearling, e agora não era mais rainha, só uma mulher jovem e comum. Não havia mais atos de heroísmo em seu futuro. O que poderia fazer como Kelsea Raleigh? Ela gostava do trabalho na biblioteca; amava seu pequeno apartamento. Mas isso era tudo? Como podia não ter uma vida vazia depois de ver reinos ascenderem e caírem?

Também há um lado bom, comentou sua mente com uma voz seca e dura que Kelsea reconheceu como sendo de Andalie. *Ninguém quer assassinar você agora, não é? Você não matou ninguém. Não foi cruel com ninguém.*

Verdade. A dama de espadas, a sombra de vingança que caiu sobre Kelsea quase a partir do momento que ela assumiu o trono... ela tinha sumido, enterrada em um passado distante. Kelsea sentia a ausência dela, como uma farpa que foi retirada, e tinha certeza (tanto quanto podia ter certeza de qualquer coisa nesse novo mundo) de que a dama de espadas nunca mais a incomodaria. Havia uma vantagem ali, uma grande vantagem, talvez... mas Kelsea não confiava que veria com clareza. O passado estava atrapalhando.

Na junção do Grande Bulevar (agora chamado Rua da Rainha Caitlyn), Kelsea desceu da carroça e começou a andar lentamente para o trabalho. Depois de olhar o relógio, ela ficou aliviada de ver que ainda tinha muito tempo. Não tinha se atrasado de novo desde aquela primeira manhã, e Carlin parou de olhar o relógio quando Kelsea passava pela porta, o que era um alívio. Carlin não mudou nem um pouco; Kelsea continuava querendo muito a aprovação dela, mas Carlin faria com que ela corresse atrás de cada centímetro. Como antigamente. Kelsea sentiu as lágrimas ameaçando cair novamente, e andou mais rápido. Mas, por baixo das lágrimas, as palavras do padre Tyler batiam em seu cérebro.

A vida toda pela frente.

Ela queria que essa ideia sumisse. Deixar o passado irrecuperável para trás e tentar se dedicar ao futuro... isso exigiria coragem, bem mais do que ela tinha. O passado era uma parte muito grande dela.

Você tem coragem, infanta, sussurrou Arliss em sua mente.

Era verdade; ela sempre teve coragem. Mas o que precisava era de uma concussão. Como poderia esquecer tudo e recomeçar, ali, naquela vida normal?

Ela seguiu para a biblioteca, terrivelmente ciente de que tinha começado a chorar de novo. Revirou a bolsa, mas não tinha sido inteligente o bastante para se lembrar de levar um lenço.

Havia coisa pior a caminho: Carlin estava na varanda da biblioteca, sentada em uma das cadeiras. Ela gostava de almoçar do lado de fora quando estava fresco, e por isso o resto dos funcionários evitava a varanda, por princípio. Kelsea tentou passar o mais rapidamente possível.

— Kelsea?

Murmurando um xingamento em pensamento, Kelsea se virou.

— O que aconteceu com você? — perguntou Carlin.

— Nada — respondeu ela, baixando a cabeça, e naquele momento percebeu que quase podia ser verdade. Nada tinha acontecido, nada real fora da cabeça dela... mas poderia algum dia aceitar isso? Ela limpou os olhos molhados e tomou um susto quando sentiu a mão de Carlin no seu ombro.

De todos os momentos estranhos que Kelsea tinha vivido nas semanas anteriores, aquele era o mais perturbador. Não havia carinho em Carlin, nunca houve; ela nunca tocava em ninguém, exceto para disciplinar. Mas agora, a mão no ombro de Kelsea não beliscou, e quando ela ergueu o olhar, viu que o rosto severo e enrugado de Carlin estava gentil. Atônita, Kelsea percebeu que naquele novo Tearling tudo podia ser diferente. Até Carlin Glynn podia mudar, se tornar outra pessoa.

— Kelsea?

Engolindo as lágrimas, Kelsea respirou fundo e endireitou os ombros. Não era rainha, mas uma garota normal, uma boa cidadã de Tearling... seu reino, que não precisava mais ser salvo, que estava inteiro.

— Kelsea, por onde você andou?

Agradecimentos

Qualquer um que duvide do papel do editor em uma publicação nunca teve um bom editor. Este livro foi de longe o trabalho mais difícil e mais trabalhoso que já fiz, e em vários momentos eu teria ficado feliz em destruí-lo e nunca mais escrever nada. Minha boa amiga e editora Maya Ziv ficou ao meu lado durante o longo e complicado processo de transformar o primeiro manuscrito horroroso em um livro do qual posso sentir orgulho, e qualquer defeito que ainda exista na versão final é resultado da minha imaginação. Maya me fez cortar vários palavrões também!

Sou duplamente afortunada de ter não só uma grande editora, mas também uma grande agente. Obrigada, Dorian Karchmar, por sempre acreditar que o Tearling valia todo o trabalho, isso sem contar os problemas que vieram junto. Há mais de um Clava aqui; eu agradeço pela proteção, tanto pessoal quanto profissionalmente, enquanto eu escrevia esses livros. Todas as outras pessoas da William Morris Endeavor também foram incrivelmente boas comigo; agradeço a Jamie Carr, Laura Bonner, Simone Blaser, Ashley Fox, Michelle Feehan e Cathryn Summerhayes.

Agradeço a todos na HarperCollins, mas particularmente a Jonathan Burnham, por me dar a extensão de prazo de que eu precisava para terminar este livro direito. Agradeço também a Emily Griffin, à maga da continuidade, Miranda Ottewell, a Heather Drucker, a Amanda Ainsworth, a Katie O'Callaghan, a Virginia Stanley e a Erin Wicks, por toda a ajuda ao longo dos anos e pela grande tolerância com minhas, hum, idiossincrasias problemáticas.

Agradeço às muitas pessoas gentis da Transworld Publishers, particularmente a Simon Taylor, Sophie Christopher e Leanne Oliver. São todas boas pessoas, muito gentis com a americana esquisita entre elas.

Minha família e meus amigos foram incrivelmente compreensivos com o sr. Hyde que surge quando estou chegando no final do prazo. Agradeço ao meu marido, Shane, por me ajudar a manter a sanidade — e não perder a dele! — enquanto eu estava sob tremenda pressão. Obrigada, pai, por nunca me mandar dar um jeito na vida e parar de estudar na área de humanas. E, principalmente, obrigada a Christian e Katie, por serem quem são.

Como sempre, fico muito grata a todos os bibliotecários e livrarias independentes por aí, pelo grande amor e apoio aos livros, mas eu gostaria de mencionar particularmente a Copperfield's Books em Petaluma e os fantásticos funcionários Amber Reed e Ray Lawrason, que me guiam na direção de bons livros.

Minha palavra final é para os leitores.

O Tearling não é um mundo fácil, eu sei. Como sou do contra, estou determinada a fazer esse reino ecoar a vida, onde respostas às nossas perguntas não são entregues em um pacote lindo com uma fita, mas precisam ser *conquistadas*, por experiências e frustrações, às vezes até lágrimas (e, acreditem, nem todas essas lágrimas são de Kelsea). Às vezes, as respostas não vêm. Para todos os leitores que permaneceram na história, compreendendo e às vezes até apreciando o fato de que o Tearling é um mundo que se abre gradualmente, cheio de história perdida e muitas vezes confusa, obrigada pela sua fé no conceito. Espero que vocês achem que sua paciência foi recompensada no final.

Agora, vamos todos sair para fazer o mundo melhor.

ESTA OBRA FOI COMPOSTA PELA ABREU'S SYSTEM EM CAPITOLINA REGULAR
E IMPRESSA EM OFSETE PELA LIS GRÁFICA SOBRE PAPEL PÓLEN SOFT DA SUZANO
PAPEL E CELULOSE PARA A EDITORA SCHWARCZ EM FEVEREIRO DE 2018

A marca FSC® é a garantia de que a madeira utilizada na fabricação do papel deste livro provém de florestas que foram gerenciadas de maneira ambientalmente correta, socialmente justa e economicamente viável, além de outras fontes de origem controlada.